Brenda Jagger kam 1936 in Bradford/Yorkshire zur Welt. Sie arbeitete in Paris, Dundee und als Bewährungshelferin im Norden Englands. Die Beschäftigung mit schwererziehbaren Mädchen und ihrer eigenen Familie – sie ist verheiratet und hat drei Töchter – hat sie gelehrt, »die soziale Situation der Frau von einer ganz anderen Seite aus zu betrachten«.
Besonders die Trilogie über die Barforth-Familie hat die 1986 verstorbene Autorin berühmt gemacht.

Von Brenda Jagger sind außerdem erschienen:

»Wolken über dem Tal« (Band 1215)
»Steine und Rosen« (Band 1370)
»Licht über dem Moor« (Band 1371)
»Das Familienerbe« (Band 1532)
»Aphrodites Tochter« (Band 1540)

Vollständige Taschenbuchausgabe Januar 1991
Droemersche Verlagsanstalt Th. Knaur Nachf., München

Titel der Originalausgabe »A Winter's Child«

Originalverlag William Collins Sons & Co. Ltd., London
Umschlaggestaltung Adolf Bachmann
Umschlagillustration Pino Daeni/Schlück
Druck und Bindung Elsnerdruck, Berlin
Printed in Germany 5 4 3 2 1
ISBN 3-426-01533-1

Brenda Jagger:
Claire

Roman

Aus dem Englischen von Mechthild Sandberg

Knaur

I

Miriam Swanfield war, da sie sich für liebenswert hielt, immer überzeugt gewesen, auf die Zuneigung anderer ein Recht zu haben. Und da sie sich auch für großzügig hielt, hatte sie sich nie gescheut, von allem Guten, das die Welt freundlicherweise zu bieten hatte, ihren Anteil zu beanspruchen.

Sie war ein hübsches Mädchen gewesen, mit einer Haut wie Milch und Blut, zitternden Augenaufschlägen und einem eisernen Willen. Zart wie eine Teerose und dadurch unbesiegbar. Ihr Leben lang hatte sie darauf geachtet, arglos, hilflos und liebenswert zu wirken, und mit diesen Waffen hatte sie sich eine Position erobert, die sie nie wieder aufzugeben gedachte.

Sie war eine geborene Harper, Tochter eines unbedeutenden Textilhändlers einer kleinen Industriestadt in West Yorkshire; und da sie der mühevollen Plackerei im Laden des Vaters zutiefst abgeneigt war, hatte sie mit achtzehn die traditionelle Flucht in die Ehe ergriffen; sie hatte jedoch nicht etwa einen kleinen Angestellten oder Kaufmann geheiratet – und somit Plackerei gegen Plackerei eingetauscht –, sondern einen begüterten Mann. Doch die zahlreichen Glückwünsche, die man ihr entgegenbrachte, waren von gewissen, sehr eindeutigen Warnungen begleitet, da der betreffende Herr, wenn auch in der Tat Herr über ein ansehnliches Vermögen, das er sich im Textilhandel erworben hatte, von arroganter und aufbrausender Wesensart war und – selbst den Fünfzigern nahe – einen fünfjährigen Sohn hatte.

Ein harter Mann, dieser Aaron Swanfield, kleinlich und wollüstig, eine Kombination, an der seine selige, aber offensichtlich sparsam betrauerte, erste Frau wenig Freude gehabt hatte. Arme Miriam. Er hatte sie geheiratet, so munkelte man in Faxby, weil er sie anders nicht hatte haben können; jedermann wußte schließlich, daß der Preis des anständigen jungen Mädchens der Trauring war. Und war der Preis einmal bezahlt, das Vergnügen genossen, so würde er sie aus seinem Bett in die Küche verbannen, sie Abend für Abend in dem großen, tristen Haus in High Meadows allein lassen, damit sie die Haushaltsbücher führte, wenn sie das konnte, und das trotzige, schwierige Kind erzog, dessen Geburt nach zwanzig unfruchtbaren Jahren dem Vater äußerst lästig und für die Mutter tödlich gewesen war.

In Faxby hatte man das alles schon erlebt. Ein blühendes junges Ding, ein alter, genußsüchtiger Mann, der Abwechslung von den zweifelhaften Vergnügungen suchte, die man heimlich, aber nicht billig im Hotel *Crown* kaufen konnte. Ein, zwei Monate der Leidenschaft, dann würde der Reiz des Neuen in den Augen des Ehemanns so weit verblaßt sein, daß er sich fragte, ob er nicht besser daran getan hätte, eine tüchtige Frau mittleren Alters zu nehmen, die dankbar gewesen wäre, ihm das Haus zu führen und seinen Sohn großziehen zu dürfen. Und die Braut würde begreifen, daß Geld – da ihr Mann ihr wahrscheinlich nicht allzu viel in die Finger geben würde – nicht alles war.

Arme Miriam.

Doch ohne sich schrecken zu lassen, war sie am Morgen ihrer Hochzeit selig zur Kirche gegangen, ein Traum aus weißen Spitzen und weißen Rosen und rosig erwartungsvoller Jungfräulichkeit, und hatte es fertiggebracht, das Herz ihres Mannes so wundersam, aber sicher zu führen, daß sie dreißig Jahre lang sein verhätschelter Liebling, seine «hübsche Mimi» blieb. Selbst jetzt noch, sieben Jahre nach seinem Tod, war sie, wenn auch ihre porzellanpuppenhafte Zierlichkeit sich inzwischen zu den stattlichen, vollbusigen Proportionen einer Königinwitwe ausgewachsen hatte, im Geist seine «hübsche Mimi».

Er hatte immer nur Geld angehäuft. Mimi hatte ihn gelehrt, es auszugeben. Er war ungesellig gewesen, hatte seine Nachbarn mit Verachtung oder bestenfalls Nichtachtung behandelt. Miriam, die nicht nur mit Leidenschaft sang und tanzte, sondern auch gern gesehen und gehört werden wollte, machte High Meadows, das kalte, öde Herrenhaus, das Aaron als Kapitalanlage mit der Mitgift seiner ersten Frau gekauft hatte, bald zu ihrer ganz eigenen freundlichen Kulisse. Er war ein zynischer, einsiedlerischer Mensch gewesen, der von Frauen nie mehr erwartet hatte als die Befriedigung seiner Lust. Miriam, mit ihrem sprudelnden Entzücken an Blumen, Festen und neuen Seidenkleidern, mit ihrem reizenden kindlichen Verlangen nach glitzernden Weihnachtsgeschenken und Pralinen in Goldpapier, mit ihrer Entschlossenheit, das Leben rückhaltlos zu genießen, bezauberte und zähmte ihn und machte ihn zufrieden wie ein Narr.

Aaron. Sie erinnerte sich gut, wie ängstlich besorgt er gewesen war, als sie seelenruhig und ohne Mühe ihr erstes Kind zur Welt gebracht hatte, gerade neun Monate nach der Hochzeit, was nicht wenige ihrer lieben Freunde und Nachbarn zum Nachrechnen veranlaßt hatte. Und sieben Jahre später und wiederum sieben Jahre danach zwei weitere kleine Goldkinder, ihren einzigen Sohn Jeremy und eine zweite Tochter, die, wie Aaron – inzwischen natürlich recht betagt und zur Sentimentalität neigend – erklärte, so hübsch war wie Mimi. Vielleicht nicht ganz so. Umgeben von ihren drei Engelchen und unter Aarons Fittichen in Luxus geborgen, hatte Miriam jedenfalls eine Weile Mühe, sich etwas einfallen zu lassen, was noch zu wünschen übrigblieb.

Sie mochte ihre Töchter und vergötterte ihren Sohn. Und dann war noch Benedict da, der Sohn ihres Mannes aus erster Ehe, von dem man zwar nicht behaupten konnte, daß er jemanden liebte, der sich aber mit viel Geschick in der Fabrik betätigte, so daß seinem Vater Zeit blieb, sich um Miriam zu kümmern. Sie war Herrin des schönsten Hauses weit und breit; sie hatte einen Mann, der sie auf Händen trug und während ihrer ganzen Ehe nie ein Wort über die Höhe ihrer Ausgaben verlor. Keine schwamm in der Strömung von Faxbys nicht sonderlich exklusiver, aber von Rivalitäten geprägter Gesellschaft mit mehr Erfolg oder Eleganz als Miriam, deren schillernde, tropische Farbenpracht alle anderen zu gemeinen Heringen degradierte. Sie hatte allte, was sie sich wünschte. Sie erwartete nicht, daß sie es verlieren oder sich etwas ändern würde.

«Ich glaube, ich werde langsam alt», sagte Aaron.

«Unsinn, mein Herz.» Für sie war er immer alt gewesen. Er wollte vermutlich sagen, daß er eines Tages – nun – sterben würde. Sie beschloß, es für den Augenblick nicht zu glauben.

«Noch nicht, Aaron. Ich brauche dich. Jeremy ist erst achtzehn, und Polly noch ein richtiges Kind. Wie soll ich ohne dich mit ihnen zurechtkommen?»

«Ich werde schon für alles sorgen», erwiderte er.

«Natürlich, mein Herz.» Sie hatte nie daran gezweifelt.

Als er eines schrecklichen Morgens drei Monate später am Frühstückstisch zusammenbrach und dabei Toastwärmer, Marmeladentöpfe und das silberne Kaffeeservice mitriß, war sie natürlich außer sich vor Schmerz, aber bezüglich ihrer Zukunft ohne Furcht.

«Hol Benedict», japste er. Und als der schwierige junge Mann, weit davon entfernt, sein Lieblingssohn zu sein, von der Fabrik kam – ganz der dunkeläugige, dunkelhäutige Sproß der ersten Mrs. Swanfield –, streckte er ihm eine knorrige, schon zitternde Hand hin, nicht aus Liebe, sondern um seinen letzten Befehl zu unterstreichen.

«Kümmre dich um meine Frau», stieß er hervor, und seine Finger gruben sich tief in Benedicts völlig ruhigen Arm. «Ich bezahle dich gut genug dafür. Die Zügel liegen in deinen Händen.»

«Ja, Vater.» Benedict war ein tüchtiger Mann mit nüchternem Blick, von Aaron bewußt zu Geschäftstüchtigkeit und Scharfblick erzogen. Umgeben von soviel Flatterhaftigkeit hatte er jemanden mit einem kühlen Kopf gebraucht. Große Herzlichkeit hatte es zwischen den beiden nie gegeben.

«Kümmre dich um meine Frau und um deine Geschwister. Und sorge dafür, daß Mimi alles hat, was sie braucht.»

«Ich brauche nichts», sagte die traurige, tief verschleierte Miriam nach dem Begräbnis. «Ich möchte nur, daß hier in High Meadows alles so bleibt wie immer. Wir wissen beide, lieber Benedict, wie sehr dein Vater sich das gewünscht hätte.»

Mit einem offenen, vertrauensvollen Lächeln hatte sie zu ihm aufgesehen, ganz so wie sie an ihrem Hochzeitstag zu seinem Vater aufgesehen hatte. Für sie gab es keinen Zweifel, daß das Testament ihres Mannes, das Faxby amüsierte und ihre älteste Tochter, die immer Geld brauchte, erboste, einzig zu ihrem Wohl gemacht war.

Aaron hatte versprochen, für sie zu sorgen. Indem er Benedict seine Position als Präsident der Swanfield-Werke übertragen hatte, wollte er sicherstellen, daß die Fabrik unter Benedicts kompetenter Leitung weiterhin florierte und somit die Dividenden zahlen konnte, auf die Miriam angewiesen war, um sich ihre kleinen Bequemlichkeiten leisten zu können. Indem er Benedict die Kontrolle über das Familienvermögen übertragen hatte, wollte er ihr Scherereien ersparen; nun nämlich würden sich Miriams zwar geliebte, aber recht anspruchsvolle Kinder an Benedict und nicht an ihre Mutter wenden müssen, wenn sie höhere Wechsel wollten, Kapitalausschüttungen, neue Automobile, neue Häuser, einen Sitz im Aufsichtsrat der Firma – lauter praktische Dinge, für die sich Miriam nie interessiert hatte.

Sollte Benedict sich mit ihnen befassen. Sollte er sich das Gezänk anhören, das zweifellos entstehen würde, wenn ihr Sohn und ihre Töchter erkannten, daß sie zwar reichlich Geld geerbt hatten, es aber, abgesehen von dem festgesetzten monatlichen Wechsel, nur ausgeben konnten, wenn ihr niemals übermäßig zugänglicher Stiefbruder Benedict damit einverstanden war.

Sollte er sie von der Vernunft dieses Arrangements überzeugen, wenn er das konnte, was sie stark bezweifelte. Sie selbst sah die Sache einfach so: Ihr Mann wünschte, daß sie genau wie immer Geld ausgeben konnte, ohne dafür Verantwortung zu tragen. Und in seiner Abwesenheit hatte er Benedict zu seinem Stellvertreter gemacht.

So erfreulich simpel war das für Miriam.

Nur ein Punkt hatte ihr vorübergehend etwas Sorge gemacht. Auch High Meadows war Benedict vermacht worden, nicht von seinem Vater, sondern von seiner längst verstorbenen Mutter, mit deren Mitgift das Anwesen ursprünglich erworben worden war. Miriam hatte dort nur lebenslanges Wohnrecht. Und Benedict hatte eine Frau, die leicht Miriams Autorität hätte herausfordern können.

«Nola, liebes Kind», fragte Miriam ein, zwei Monate nach der Beerdigung, «möchtest du morgens dabei sein, wenn die Köchin den Speisezettel bringt? Um acht.»

Die jüngere Mrs. Swanfield, eine Frau träger Lebensart, die selten vor Mittag aufstand, war erstaunt, und Miriam, die die Reaktion mit Befriedigung bemerkte, ging augenblicklich daran, ihr häusliches Reich so einzurichten, wie es ihr behagte, alles so zu machen, wie es immer gemacht worden war, so, wie Aaron – das behauptete sie fest – es gewollt hätte. So beschäftigt war sie mit ihren Teegesellschaften und Tanzfesten, ihren Tennis- und Krocketnachmittagen, ihren Essenseinladungen, ihren «lieben Kindern» und «lieben Freunden», daß selbst der Ausbruch des Krieges im Sommer 1914 ihr zunächst kaum mehr bedeutete als Ärger mit den Zimmermädchen, die ausgerechnet zur Zeit der Gartenfeste in die Munitionsfabriken davonliefen, wo der Lohn höher und die Arbeitszeit kürzer war. Wie lästig! Bis ihr Sohn Jeremy sich lange vor Einführung der Wehrpflicht freiwillig zur Front meldete und genau wie eine Viertelmillion anderer in der dreitägigen Schlacht von Neuve Chapelle fiel.

Er war einundzwanzig Jahre alt gewesen, ihr liebstes Kind. Ihre älteste Tochter war ihr immer zu gefühlsbetont und reizlos gewesen, die jüngere vielleicht eine Spur zu hübsch. Jeremy jedoch war gerade so gewesen, wie ein junger Mann ihrer Meinung nach sein sollte: gescheit genug, um in Oxford die besten Noten zu erzielen, aber nicht zu gelehrt, um amüsant zu sein; tapfer genug, um dem Ruf seines Landes zu den Waffen zu folgen, ohne jedoch großes Aufhebens davon zu machen; leider auch alt genug, um überstürzt und ohne ihre Einwilligung eine Kriegsehe einzugehen.

Seine Heirat hatte sie ernstlich verstimmt. Wenn überhaupt, dann hätte Jeremy eine Prinzessin heiraten sollen, nicht dieses unscheinbare junge Ding, das er so überraschend gewählt hatte, ausgerechnet die Stieftochter ihres Rechtsbeistands, sicher ein anständiges Mädchen, die richtige Ehefrau für den Sohn eines Bankdirektors oder auch ihres Arztes, aber doch nicht für ihren eigenen Sohn. Es war ihr schwergefallen, ihm zu vergeben, und sie hatte es eigentlich auch nie getan, da sein Tod drei Wochen später Verzeihung belanglos gemacht hatte. Doch ganz allmählich – wie es eben so geht – gelang es ihr, ihren Kummer unter den kleinlichen Sorgen des Kriegsalltags zu begraben: wo man genug Kohle und Zucker herbekam; wie man den Haushalt weiterführen sollte, als sich der Butler aus unerfindlichen Gründen genau wie vorher ihr Sohn, ein Gentleman, zur Front meldete und als der Chauffeur und sämtliche Gärtner achtzehn Monate später bei der Zwangsaushebung eingezogen wurden und das letzte zuverlässige Zimmermädchen Straßenbahnführerin in Faxby geworden war. Den größten Teil ihres Gartens opferte sie Kartoffeln und Kohl, zog ihre eigenen Blumen und lernte, ohne die regelmäßigen Lebensmittellieferungen und das Läuten des Briefträgers sechsmal am Tag zu leben. Sie befahl, die Brötchen zum Tee in Zukunft mit Margarine zu bestreichen, und als die deutsche Blockade empfindlich spürbar wurde, wies sie die Schwarzmarktangebote von Kriegsprofitlern ab und ließ ihre Köchin um Zucker und Fleisch anstehen wie alle anderen.

Sie übernahm den Vorsitz von Ausschüssen, die Unterkünfte für belgische Flüchtlinge suchten, und sammelte für britische Soldatenfrauen, die von der staatlichen Unterstützung von zwölf Shilling pro Woche beim besten Willen nicht leben konnten; ihr Wohlwollen erstreckte sich gar auf die «Kriegsbabys», die unbequemen, aber vorhersehbaren Produkte der vorübergehenden Stationierung eines Füsilierbataillons in Faxby. So beschäftigt, hatte sie keine Zeit, über das Schicksal von Jeremys junger Witwe zu grübeln, die, anstatt ihn mit geziemender Würde zu betrauern, unverzüglich auf und davon gegangen war, um in London einen Krankenwagen zu fahren und danach Rotkreuzschwester in Frankreich zu werden.

Rastloses Geschöpf. Was wohl aus ihr geworden war?

Selbstverständlich mußte ihr Stiefvater, Mr. Lyall, etwas von ihr wissen. Aber ebenso selbstverständlich zog Miriam es vor, sie einfach zu vergessen. Sie war daher ziemlich verdattert zu hören und wenig angetan von Benedicts lässiger Art, es ihr mitzuteilen, daß das junge Mädchen, sechs Monate nach Kriegsende, nach Hause kommen würde.

Nach Hause? Was sollte das denn heißen? Sie wußte es natürlich genau, dennoch stellte sie ihm die Frage und sah ihm dabei mit unschuldsvollen blauen Augen in das dunkle, völlig desinteressierte Gesicht. Der gute Benedict. So ungeheuer tüchtig. Immer so beschäftigt und brüsk, richtig abschreckend. Wie leicht er beinahe jeden einschüchtern konnte mit diesen finsteren Blicken. Ganz sicher seine Schwestern Polly und Eunice und Eunices Ehemann, ganz sicher die Abteilungsleiter in der Firma. Jeden. Aber nicht Miriam. Es konnte nicht schaden, ihn das hin und wieder merken zu lassen.

«Ach Gott, ich kann mich kaum an sie erinnern», sagte sie, obwohl sie sich genau erinnerte. «Wie soll ich sie empfangen? Es ist vier Jahre her, Benedict. Und die Geschichten, die man über diese Militärlazarette hört! Mein Gott. Wir dürfen nicht vergessen, daß Polly noch unverheiratet ist.»

Was mochte das Mädchen in den vier Jahren im Ausland erlebt haben? Was für unpassende Geschichten würde sie erzählen? Und, was wesentlicher war, konnte sie sich überhaupt in einer Welt wiedereinleben, die zweifellos zu jenem Zustand zurückkehren würde, der Miriam als der «normale» teuer war. Tee im Garten. Erdbeeren mit Sahne. Gute Manieren. Lange Verlobungen. Keine überstürzte, liederliche Leidenschaft, sondern schmachtende, romantische Liebe. Junge Mädchen, die Handschuhe und Korsetts trugen und nur einen vernünftigen und ungefährlichen Ehrgeiz hatten: die jungfräulichen Bräute von Gentlemen zu werden. Ein zuverlässiger Bestand an arbeitswilligen Kindermädchen, Köchinnen, Butlern und Zimmermädchen, die sich diskret im Hintergrund hielten; Tage der Muße, die jetzt, in ihrer Erinnerung an jene Vorkriegswelt, stets licht, ohne Regen, von Vogelgezwitscher durchdrungen und von Sonnenlicht vergoldet schienen.

Naiv, aber sehr fest hatte Miriam geglaubt, daß am Tag des Waffenstillstands oder spätestens am Tag danach alle Knappheit und Einschränkung automatisch ein Ende haben würden. Der Held würde in sein Häuschen oder Schloß zurückkehren, die Uniform ausziehen und das frühere Leben wiederaufnehmen. Die Toten würde man ordentlich unter Zeilen weißer Grabsteine aufreihen, die mit Mohnblüten prachtvoll umkränzt waren. Die Verwundeten – Miriams Vorstellungskraft reichte dabei nicht über einen leeren Ärmel, ein Hinken, vielleicht auch eine Augenklappe hinaus – würden unauffällig, wie sich das gehörte, ein stilles Leben führen. Lieferanten würden wieder devot sein, Handwerker tüchtig. Die Ordnung, nicht nur unter den Nationen, was Miriam im Grund nicht interessierte, sondern unter den gesellschaftlichen Klassen würde augenblicklich wiederhergestellt sein. Und obwohl der Zucker immer noch rationiert war, Dienstmädchen unter vierzig kaum zu haben waren und ihr Butler, der sich eine Brust voll Orden und das Offizierspatent geholt hatte, ihr Angebot der Rückkehr in seine alte Position ausgeschlagen hatte, um die Leitung eines Hotels am Ort zu übernehmen, fand Miriam, sie hätte nun lang genug gewartet.

Sie wollte in diesem Jahr wieder Gesellschaften geben, ihren Geburtstag im Mai mit einem Gartenfest feiern, ein paar kleine Tanzfeste und Abendessen geben, um einen annehmbaren jungen Mann für Polly zu finden. Und in diesen Zeiten erweiterter Möglichkeiten für gebildete junge Damen, wo es beinahe unmöglich war, eine anständige Sekretärin und Gesellschafterin aufzutreiben, konnte die «junge Mrs. Jeremy» sich sehr nützlich erweisen.

«Hm, eigentlich – hat man sie nur flüchtig erlebt. Ich erinnere mich kaum», murmelte sie und schloß die Augen, das vollkommen erhaltene Bild des schlanken Schulmädchens, das Jeremy mitgebracht hatte, um so genauer zu betrachten. Ein hübsches Ding, wenn man etwas für dunkle Brünette übrig hatte, was bei Miriam nicht der Fall war, ein stilles Mädchen mit ernsten stiefmütterchendunklen Augen, von zaghafter Art. Miriam, blond, üppig, sprudelnd hatte auch das nicht gefallen.

«Mutter, das ist Claire.» Er hatte nicht zu sagen brauchen: «Ich liebe sie», das Beben in seiner Stimme, das Glühen seines Gesichtes hatten genug gesagt. Und *ihr* junges Gesicht war von einem strahlenden Staunen übergossen gewesen, das Miriam kannte, aber nie selbst empfunden hatte, da nur Jugend solch völlige Verzauberung nähren konnte, und Aaron – nun ja, Aaron hatte ihr anderes gegeben. Und wenn es sie bekümmert hatte, daß Jeremy eine Frau erwählt hatte, die ihr in jeder Hinsicht so unähnlich war, so beschloß sie, das jetzt zu ignorieren.

«Mutter – ist sie nicht wunderbar?» Nein. Miriam hatte sie nicht wunderbar gefunden. Aber wenn das Mädchen die Fähigkeit zur Hingabe besaß, wie Jeremy zu glauben schien – «Sie betet mich an, Mutter. Bin ich nicht der glücklichste Mann auf Erden?» –, warum sollte sie dann jetzt, wo Jeremy nicht mehr war, ihre Hingabe nicht seiner Mutter schenken? Was war passender, natürlicher? Welch bessere Wiedergutmachung konnte das Mädchen für die Unverschämtheit ihrer Behauptung anbieten, daß sie durch diese armselige kleine Hochzeitsfeier, die genau zehn Minuten gedauert hatte, die nächste Anverwandte ihres Jeremy geworden war, so daß seine persönlichen Besitztümer, sein Kleidersack, seine Briefe, sein Tagebuch, ja, selbst die Nachricht von seinem Tod, dieser Ehefrau gesandt worden waren und nicht *ihr*, der Mutter.

Ja, Wiedergutmachung tat not. Der Überzeugung war Miriam immer gewesen. Und schließlich, wenn das Mädchen Wunden nähen konnte, konnte sie bestimmt auch Einladungskarten adressieren. Wenn sie Krankenwagen fahren konnte, war doch wohl anzunehmen, daß sie die Einkäufe erledigen, am Zug aus London die Pakete abholen konnte, lästige Besucher und Bittsteller abwimmeln, einem bei allen möglichen lästigen Aufgaben zur Hand gehen konnte. Miriam – das verstand sich von selbst – würde sehr gütig zu ihr sein. Ein hervorragender Einfall. Allerdings war sie im Augenblick noch nicht bereit, ihn aufzudecken und sich damit ihr kleines Spielchen mit Benedict zu verderben.

Er war ein stilles, unfreundliches Kind von gerade fünf Jahren gewesen, als sie seinen Vater geheiratet hatte, groß für sein Alter und gut gebaut, aber schmal und blaß. Die dunklen Augen mit dem seltsam beunruhigenden Blick hatten sie daran erinnert, daß sich seine bisherigen Lebenserfahrungen auf den Tod des einen Elternteils und die Vernachlässigung durch den anderen beschränkten. Miriam, die nur dreizehn Jahre älter war als er, hatte beschlossen, die gütige ältere Schwester zu spielen, und stellte sich eine wunderhübsche Beziehung vor, die auf ihrer Hochherzigkeit und seiner Dankbarkeit basierte. Sie hatte nur gewünscht, ihn zu bezaubern und zu erheitern, und weil er hinter der Fassade ausgezeichneter Manieren und unnatürlicher Kühle unbezaubert und unerheitert blieb, sich ihre Freundlichkeit nur eben gefallen ließ, weil sein Vater ihn sonst geschlagen hätte, war sie zuerst enttäuscht, dann gekränkt, dann tief verärgert und beschuldigte ihn im stillen, ihr absichtlich die Rolle der «bösen Stiefmutter» aufzuzwingen, wo sie doch wußte, daß sie genau die Richtige war, die gute Fee zu spielen. Doch die Geburt ihrer eigenen Kinder, die sie entgegenkommenderweise augenblicklich liebten, hatte sie von aller Schuld freigesprochen. Die Schuld hatte eindeutig Benedict gehabt, er ganz allein. Er war gar nicht schüchtern, wie sie barmherzigerweise vorgegeben hatte, sondern unsozial; nicht direkt undankbar, aber unfähig, all das Gute zu würdigen, das sie so gern für ihn getan hätte. Mit einem Seufzer der Erleichterung beschränkte sie fortan ihre Aktivitäten darauf, ihn zu verpflegen und zu kleiden, und ließ ihn ansonsten in Ruhe.

Jetzt jedoch, wo er ein Mann geworden war, jetzt, wo Aaron ihn ihr als den Fels in der Brandung hinterlassen hatte, wie beruhigend, wie ungemein angenehm war es da häufig, sich nur zum Spaß bei ihm anzulehnen – nur um zu sehen, wie weit er sie gehen lassen würde.

«Aber Benedict, verstehst du denn nicht», murmelte sie und vermerkte mit Befriedigung, daß er bereits auf die Uhr an der Wand ihres Salons geblickt hatte. Zweifellos hatte er dringende, profitverheißende Termine mit Männern, die wenig Zeit hatten, in dem mit Eiche getäfelten ehemaligen Büro ihres Mannes auf ihn zu warten. Gut. Sie würde ihn zehn Minuten aufhalten und es – wenn es ihr gelang – als Sieg für sich buchen.

«Entschuldige, Benedict, aber ihr Männer erkennt die Tragweite dieser Dinge nicht immer. Die Kleine war recht wohlerzogen, wenn ich mich recht erinnere. Aber jetzt ...! Himmel – wir wissen nicht einmal sicher, daß sie *Offiziere* gepflegt hat.»

«Ich könnte mir denken», versetzte Benedict kurz und trocken, während sein Blick wieder zur Uhr schweifte, «daß die Anatomie im wesentlichen die gleiche ist.»

«Ach das», sagte sie gänzlich unbeirrt und reduzierte mit einer Geste ihrer drallen Hand die Frage der männlichen Anatomie zu Bedeutungslosigkeit. «Mein lieber Junge, ich sprach von der Ausdrucksweise – den Ansichten – von dem, was ein gemeiner Soldat vermutlich sagt – oder gar tut. Du mußt doch wissen, was ich meine.»

Er lächelte flüchtig, verstand sie, dachte sie, vielleicht nur zu gut.

Nicht daß sie das störte. Aaron, der sie geliebt hatte, war schrecklich leicht zu täuschen gewesen, Benedict hingegen, der sie wahrscheinlich gar nicht besonders mochte, war weit weniger geneigt, sich von den Bergen beeindrucken zu lassen, zu denen sie so gern die kleinsten Maulwurfshügel machte, die ihr in den Weg kamen. Ein aufreizender Mensch, immer so unzugänglich und manchmal durchaus geringschätzig, aber gerade deshalb eine um so größere Herausforderung.

«Lieber Junge – so ein Dilemma! Ich muß es den anderen mit größter Vorsicht beibringen. Beim Tee vielleicht?»

«Eine ausgezeichnete Idee.» Sie hörte den Sarkasmus in seiner Stimme, da diese Diskussionen beim Tee ihre Lieblingslösung für jegliche Krise waren, und lächelte ihn wieder an. Der gute Benedict. Sie war ihm so eine Last. Er trug es mit solcher Ungeduld. Sie war direkt stolz darauf. Aber immer noch in Stimmung, ein bißchen Zwietracht zu säen, fand sie am Nachmittag beim Tee Gelegenheit, sich über Benedict bei seiner Frau zu beschweren.

«Nola, meine Liebe, ich möchte gewiß keinen Sturm im Wasserglas entfesseln...»

«Natürlich nicht, Miriam.»

Ein Blick in das ausdruckslose, gelangweilte Gesicht ihrer Schwiegertochter verriet Miriam, daß Mrs. Benedict Swanfield ihr kaum zuhörte und nicht interessiert war.

Daß Benedict des Geldes wegen geheiratet hatte, daran hatte Miriam nie gezweifelt und konnte sich auch keinen anderen Grund vorstellen, weshalb er fünfzehn Jahre zuvor diese Frau gewählt haben sollte, Nola Crozier, Tochter eines Wollkaufmanns aus Bradford, deren Familie außer Geld zahlreiche Verbindungen zum Ausland und zur Kunst hatte, Vettern und Cousinen, die Beethoven-Sonaten spielten oder in so entlegenen Orten wie Leipzig und Budapest studierten, mit einer allgemeinen Neigung, Fremdsprachen zu sprechen und Auslandsreisen zu unternehmen, was irgendwie bewirkte, daß Nola selbst fremdländisch und auf Miriam daher verdächtig wirkte, nicht ganz vertrauenswürdig.

Lange umworben hatte Benedict seine Braut nicht. Und die hatte es ihrer Erziehung gemäß auch nicht erwartet. Die Beziehung war wie Benedict Swanfield selbst kühl und leidenschaftslos gewesen und zu einem geglückten Ende geführt worden. Das Hochzeitsdatum wurde festgesetzt, ein Brillantsolitär von geziemendem Wert gekauft, die Bedingungen des Ehevertrags wurden ausgehandelt, dann wurde

Nola Crozier, von ihrer Mutter zu nicht viel mehr als zum Klavierspiel und zur Konversation in Französisch und Deutsch erzogen, Nola Swanfield und zog mit ihrem Gepäck, das ihr Monogramm trug, mit ihrer teuren Aussteuer und ihrer leicht geringschätzigen Art in High Meadows ein, wo sie seitdem wie ein unordentlicher, unpünktlicher, irgendwie widerborstiger Gast lebte.

Sie war nicht hübsch im konventionellen Sinn, schon gar nicht nach Miriams Maßstäben, die, da für sie Schönheit ausschließlich in zarten Farben, üppigen Rundungen und großen blauen Augen bestand, wie sie selbst und ihre Töchter sie hatten, von Anfang an über den beklagenswert flachen Busen von Nola entsetzt gewesen war, über den unglückseligen roten Schimmer in ihrem Haar, die gelbliche Blässe ihrer Haut und am meisten vielleicht über ihre merkwürdige Vorliebe für schlichte Kleider mit geraden Röcken in gedämpften Farben von Schlamm und Senf und Salbei. Eine seltsame junge Frau, die nun im Alter von fünfunddreißig Jahren, ob Miriam es zugeben wollte oder nicht, genau dem Frauenbild entsprach, das jede Modezeitschrift nach dem Krieg, der die gerafften Schleppen und engen Korsetts ausrangiert hatte, die für die gepolsterte edwardianische Silhouette wesentlich waren, als «dernier cri» propagierte.

Sie war mager und spröde in ihren Bewegungen, das blasse, spitze Gesicht und das kastanienbraune Haar, das sie tief in die Stirn trug, gaben ihr den Reiz eines peinlich gepflegten Fuchses. Sie hatte schmale, nervöse Hände, längliche hellgrüne Augen, einen geraden Knabenkörper, dessen geschmeidige Anonymität sich zur Vorführung der neuen knappen Kleider eignete, die schockierende achtzehn Zentimeter über der schlanken, seidenbestrumpften Fessel endeten. Sie trug hüftlange Perlenschnüre aus Bernstein, goldene Ketten und Medaillons, lange Ohrgehänge, ein mit astrologischen Symbolen besticktes Stirnband. Sie schminkte sich die Augenlider, rauchte türkische Zigaretten in einer langen Elfenbeinspitze mit goldenem Mundstück, pflegte die Augen halb geschlossen zu halten. Ihr Gehabe hatte etwas Träges, leicht Müdes, ihre Stimme war äußerst leise, ohne Hebungen oder Senkungen.

«Was hat Benedict denn jetzt wieder getan, um dich zu verstimmen?»

Sie war nicht im geringsten interessiert, es zu erfahren, und erhöhte dadurch noch Miriams Vergnügen daran, ihr recht weitschweifig zu erzählen, was Benedict ihr am Morgen mitgeteilt hatte und wie unangenehm seine Art, sie zu unterrichten, sie berührt hatte.

«Ich weiß, der Junge meint es gut», erklärte sie und brachte es trotz ihres großen, weichen Busens fertig, kätzchenhaft zierlich zu wirken, «und ich verstehe ja, daß er *ständig* mit sehr wichtigen Dingen beschäftigt ist. Aber trotzdem, Nola, meine Liebe, finde ich, war es wenig rücksichtsvoll von ihm, mir eine so delikate Angelegenheit so brüsk zu unterbreiten...» Dazu machte sie eine gefällige kleine Geste mit Schultern und Armen, die das Geriesel ihrer Spitzenärmel, ihre Armbänder, die kurzen rosigen Finger, die vor lauter funkelnden Ringen hilflos waren, zur Geltung brachten.

«Ja, gewiß», sagte Nola, während sie eine Zigarette in die Spitze schob. Ihre Finger waren so braun und zerbrechlich wie kleine Ästchen unter dem Gewicht der Brillanten und Smaragde, auf die sie dank ihrer gesellschaftlichen Stellung ein Anrecht hatte. «Aber – ich hatte ganz vergessen, daß Jeremy eine Frau hatte. Ist sie von Belang?»

Das stimmte natürlich nicht. Sie wollte Miriam nur ärgern, obwohl Hochzeiten als solche in der Tat nicht Nolas Gefallen fanden. Selbst mit größter Sorgfalt zur Frau und Mutter erzogen, hatte sie alle Verpflichtungen, so wie sie sie verstand, erfüllt, machte durch ihre Heirat mit dem gesellschaftlich und finanziell tadellos dastehenden Benedict eine glänzende Partie, brachte in den ersten drei Jahren sogar zwei Kinder des richtigen Geschlechts zur Welt, gesunde und – wie das Kindermädchen sagte – hübsche Jungen, die bald außer Haus aufs Internat kamen. Sie fehlten ihr nicht. Und es wunderte sie auch nicht, daß alles sie langweilte – Miriam, das Leben in High Meadows, der Mann, der sie ihrer Mitgift wegen geheiratet hatte. High Meadows war ja Miriams Haus, gerade so wie die düstere und überladene Villa in Bradford das Haus ihrer Mutter gewesen war. Auch dort hatte sie sich gelangweilt. Sie war Langeweile gewöhnt und hatte ihre eigenen Methoden entwickelt, sie auf Abstand zu halten. Im Haus ihrer Mutter hatte sie die Ozeane träge dahinfließender Zeit mit der Lektüre französischer und deutscher Romane überbrückt; in den fünfzehn Jahren ihrer Ehe hatte sie mit plötzlicher Leidenschaft alle möglichen Liebhabereien aufgenommen und ebenso plötzlich wieder aufgegeben: die Musik, das Malen mit Öl- und Aquarellfarben, Theaterspielen, die Philosophie, das Töpfern, griechischer Tanz, manuelle Techniken zum Bedrucken von Textilien, die feine Kunst, orientalische Muster auf Fächer, Wandschirme und Elfenbeinkästchen zu malen; sie hatte sich heftig, wenn auch vorübergehend, für das Hallé-Orchester, das russische Ballett und die Landschaftsfotografie begeistert. Und auch für andere, heimliche, weniger harmlose Spiele hatte sie ihre Vorliebe entdeckt.

Hochzeiten gehörten nicht dazu.

«Nola», hauchte Miriam, die nur so tat, als wäre sie entsetzt, «du mußt dich doch erinnern.»

Nola lächelte, zwinkerte durch die sich drehenden Schwaden von Rauch, in denen sie lebte, spielte mit den Bernsteinperlen und den ägyptischen Amuletts an ihrem Hals.

«Warum?» fragte sie.

Ja, warum eigentlich? Doch nicht Miriam antwortete ihr, sondern ihre Tochter, Eunice Hartwell, die, da sie vielleicht als einziges Familienmitglied an die Zartheit ihrer Mutter glaubte, dieser ganz unnötigerweise zu Hilfe kam.

«Nola, wie kannst du so etwas sagen! Dabei meinst du es nicht einmal ernst.»

«Nein?»

Eunice schüttelte verwirrt und ärgerlich den Kopf.

«Wie meine ich es denn, Eunice?»

Eunice hatte keine Ahnung und – wie sie wohl wußte – keine Hoffnung, sich aus einem Netz zu befreien, in das Nola sie hineinzog. Arme Eunice, dachte Miriam, ohne recht zu wissen, warum; sie sah sie einfach so. Eine verwaschene, verschwommene Ausgabe der Mutter, blaßgelb, wo Miriam golden strahlte, wäßrig blau, wo Miriam wie ein Saphir blitzte, eine Frau voll guter Absichten, von abrupter, schreckhafter Art, viel zu schnell bereit, für einen Ehemann in die Bresche zu springen, der es nicht verdiente, und absolut nicht bereit, auch nur ein Wort des Vorwurfs über die Ungebärdigkeit ihrer vier Kinder hinzunehmen.

Arme Eunice: ein reizloses, leidenschaftliches Mädchen, das sich zu einer emotionalen, uneleganten Frau entwickelt hatte. Tolpatschig, unüberlegt und viel zu schnell gab sie ihre Liebe, hatte sich im erstmöglichen Augenblick in einem gewaltigen Ausbruch von Ekstase, Leidenschaft, Anbetung, der nicht nur unklug, sondern auch entscheidend gewesen war, in den erstbesten jungen Mann verliebt. Einen andern könne sie nie lieben, sagte sie von Anfang an. Und da sie denen, die sie liebte, nichts verweigern konnte, war sie ihrem Toby fünfzehn schwierige Jahre hindurch absolut treu und beinahe sklavisch ergeben geblieben, von Natur aus eine zaghafte Frau, die dennoch sowohl mit ihrem Vater als auch mit ihrem Bruder Benedict den Kampf aufgenommen hatte, als Tobys geschäftliche Unternehmungen eine nach der anderen daneben gegangen waren, und ihm schließlich durch reine und häufig hysterische Beharrlichkeit einen Platz im Aufsichtsrat der Swanfield-Werke erobert hatte.

Arme Eunice. Denn Toby hatte in der Firma wenig getaugt. Er war ein Mann sprunghafter Neigungen und der Auffassung, man solle das Leben genießen. Er hatte von Anfang an eine höchst aristokratische Sorglosigkeit bezüglich unbezahlter Rechnungen an den Tag gelegt. Und während Eunice nicht nur bezaubert, sondern völlig geblendet blieb von so viel kultivierter Extravaganz, war das bei ihrem Bruder Benedict nicht der Fall.

Selbstverständlich war genug Geld bereitgestellt worden, um ihr ein anständiges Einkommen zu sichern, aber wie die anderen Familienmitglieder konnte sie ihr Kapital nicht anrühren, ohne zuerst Benedict von der Notwendigkeit dazu zu überzeugen. Sie hatte Firmenanteile, die, wie die lebenslustigen Freunde ihres Mannes ihr wiederholt erklärt hatten, verkauft werden konnten. Gewiß. Aber nur an Benedict, und nur wenn er zu kaufen wünschte. Ihr Vater hatte sie zur reichen Frau gemacht, die häufig keinen Penny in der Tasche hatte, oft nur mit Mühe die Löhne ihrer Angestellten bezahlen und die Rechnungen beim Lebensmittelhändler begleichen konnte, deren einzige Hoffnung, sich von einer Finanzkrise zur nächsten zu retten, darin bestand, ihren Bruder anzubetteln oder zu belügen. Und da Benedict schwer zu täuschen war und sie selbst entsetzt über den inneren Druck, der sie zwang, ganz gegen ihre Natur, zu betrügen, gab es Zeiten, wo sie ihren Bruder mit einer Inbrunst haßte, die sie erschreckte und ihr weh tat.

Eunice wollte niemanden hassen. Sie wollte ehrlich, offen und großzügig sein und sich nicht raffinierte Lügen und Manöver ausdenken müssen, um Toby das zu beschaffen, was ihr von Rechts wegen doch sowieso gehörte. Aber Toby war es, der sie zu diesen Manövern zwang, und sie liebte Toby. Ihr Vater war es, der Benedict die Kontrolle über ihr Erbe gegeben hatte. Und sie hatte ihren Vater geliebt. Früher einmal, wenn auch aus der Ferne, hatte sie Benedict geliebt.

Welch ein Wirrwarr! Allein der Gedanke daran, trieb ihr die

Tränen in die Augen. Doch da es unklug gewesen wäre, vor Nola zu weinen, wandte sie ihre Gedanken dem Mädchen zu, mit dem ihr Bruder Jeremy so kurze Zeit verheiratet gewesen war.

Natürlich erinnerte sie sich. Ein hochgewachsenes, schlankes Mädchen mit dunklem Haar, das am Hinterkopf in schweren Locken gerafft war, von einem Glanz stiller Glückseligkeit umgeben, so daß sie Eunice für immer als verliebtes Mädchen im Gedächtnis blieb. Sie hatte bezaubernd und verzaubert ausgesehen, wie das bei jungen Bräuten sein sollte, obwohl sie gewußt haben mußte, daß praktisch alle gegen die Heirat gewesen waren, von Miriam bis Edward Lyall, ihrem Stiefvater, der wie Miriam der Meinung gewesen war, Claire, die Tochter seiner Frau aus einer früheren Ehe, wäre keine passende Partie für einen Swanfield. Doch Jeremy war auf seine charmante lockere Art hart geblieben, und Benedict hatte recht überraschend seine Einwilligung gegeben. Benedict! Mit Schrecken merkte Eunice, daß sie in unterdrückter, schmerzhafter Wut mit den Zähnen knirschte. Benedict. O ja, dieser unnötigen Heirat und allen damit verbundenen Folgen und Ausgaben hatte er zugestimmt. Aber nichts konnte ihn bewegen, Toby ein angemessenes Gehalt zu zahlen und ihr so, jedesmal wenn sie eine Zahlungsaufforderung entdeckte, wie heute morgen in Tobys Tasche oder neulich in der Kupfervase im Vorsaal, diese Bittgänge nach High Meadows zu ersparen. Wieso hatten sich die Beträge so angehäuft? Wo war das Geld geblieben? Das würde Benedict wissen wollen. Wieder riß sie ihre Gedanken von ihm los, versuchte, sie auf den jüngeren, gutmütigeren Jeremy und seine Braut zu konzentrieren.

Ein hübsches Ding, ein bißchen zu ehrfürchtig vielleicht, ein wenig traurig gar, doch insgesamt gelassen. Ganz anders als Eunice, die an ihrem Hochzeitstag schwanger gewesen war, da sie sich Toby kopflos ganz gegeben hatte, als ihr Vater drohte, seine Einwilligung zu verweigern. Aber es hätte sowieso keiner sie lange von ihm fernhalten können. Als sie jetzt an Jeremys dunkelhaarige, stille Braut dachte und an das, was die beiden auseinandergerissen hatte, rief sie mit Tränen in der Stimme: «Wir müssen sie mit aller Herzlichkeit aufnehmen. Das arme Ding – wie kann sie es nur ertragen?»

«Was denn?» fragte Nola.

«Mein Gott – das weißt du doch!» versetzte Eunice fassungslos. «Und abgesehen von allem anderen – wie traurig, wie schrecklich, mit dreiundzwanzig schon Witwe zu sein.»

Nola lächelte, zwinkerte, inhalierte den Rauch ihrer Zigarette auf eine träge, aufreizende Art, die weder Eunice noch Miriam als sinnlich erkannten, wenn sie ihnen auch Unbehagen einflößte. «Wie traurig», murmelte sie, «oder auch wie lustig!»

«Nola!» Eunice, die sich den Verlust Tobys höchstens mit einem Schauder kalter Furcht vorstellen konnte und ihren Mann deshalb beim ersten Hinweis auf die Einführung der allgemeinen Wehrpflicht zu einer kriegswichtigen Beschäftigung gedrängt hatte, war entsetzt. «Wie kannst du so etwas sagen!»

Nola, nüchtern und unsentimental, zuckte nur die Achseln. «Findest du das so schlimm? Sie ist nun schon einige Zeit Witwe, Eunice, und hat verwundete Soldaten gepflegt. Das dürfte ihrer Wiederherstellung geholfen haben. Außerdem vergißt man.»

«*Ich* vergesse nicht», erklärte Miriam.

«Natürlich nicht, Mutter.» Eunice war ganz Teilnahme und wie so oft auf dem Holzweg. Miriam nämlich dachte nicht an Jeremy, sondern an Aaron, ihren Mann. Und der Gedanke war so überraschend schmerzlich, daß ihr, was ungewöhnlich war, die Tränen kamen.

Was konnte da los sein? Sie hatte ihn des Geldes wegen geheiratet, da hatte sie sich nie etwas vorgemacht. Sie erinnerte sich deutlich ihres Jubels über die Aussicht, reich zu werden, ihrer immerwährenden Freude an diesem Reichtum. Hingegen konnte sie sich nicht erinnern, wann sie ihn eigentlich so liebgewonnen hatte. Welches Ereignis hatte das bewirkt? War es eine allmähliche, unmerkliche Wandlung von Dankbarkeit in Zuneigung gewesen? Hatte Aaron diese Zuneigung je gespürt, wenn sie selbst erst jetzt, so spät in ihrem Leben, das wahre Ausmaß dieses Gefühls wahrnahm? Wieder füllten sich Miriams Augen flüchtig mit Tränen.

Aber sie hatte es immer verstanden, ihren Kummer abzuschütteln. Wie zwei ihrer Kinder, ihre jüngste Tochter und ihr verlorener Jeremy, war sie im Mai geboren, der Zeit zarter, duftender Blüte, von der sie, wie sie glaubte, alle drei ihr leichtes, sonniges Naturell hatten, den unverwüstlichen Optimismus und die Gutmütigkeit. So war der drückende Septembertag, an dem Eunice verspätet und nach Luft schnappend auf die Welt gekommen war, schuld daran, daß Eunice sich ständig abstrampelte wie eine Ertrinkende.

Miriam hatte wie viele begüterte und keinesfalls unsensible Frauen ihre eigene Ansicht über die Geheimnisse des Lebens, ihre eigene

Vorstellung von Schicksal und Bestimmung, und war seit langem der Meinung, daß weniger die Sterne als die Witterung den Charakter Neugeborener beeinflußte.

Stolz auf ihre Wahrnehmungsgabe musterte sie Nola. März. Ein stürmischer Tag plötzlicher Schauer und flüchtigen Sonnenscheins, vermutete sie, so daß Nola ein Kind geworden war, das nie wußte, was es wollte, eine ewig unzufriedene Frau. Das Geburtsdatum von Claire Lyall – Mrs. Jeremy Swanfield – hatte sie nicht im Kopf, aber sie hoffte auf Juni, den leichtlebigen, trägen Mitsommer mit warmen Tagen der Fülle und des Wachstums. Dann konnte man ein friedliches Naturell erwarten, ein gefälliges Mädchen, das sie nicht reizen würde wie Nola, nicht quälen wie Eunice, nicht aufreiben wie Polly, die neunzehn, lebenshungrig und romantisch war und daher ganz unmöglich. Kein Zweifel, eine dreiundzwanzigjährige Witwe ohne Zuhause und ohne Einkommen, abgesehen von dem, was Benedict ihr gnädigerweise geben würde, war genau das, was sie brauchte.

Die Tür öffnete sich. Innerlich noch bei Sommerwiesen und dem stets gegenwärtigen Gefühl, daß irgendwo unmittelbar jenseits ihres Blickfelds Aaron wartete, drehte Miriam den Kopf und sah Benedict eintreten. Aarons Ebenbild, so nahe man ihm kommen konnte. Sie konnte sich allerdings nicht entsinnen, daß Aaron je so apart, so kritisch, so distanziert gewesen war wie sein Sohn.

Ein hochgewachsener, dunkler Mann, der sich den Vierzig näherte, mit schmalem, olivgetöntem Gesicht, in dem die Verschlossenheit sogleich sichtbar war; Augen so tiefliegend, daß sie kohlschwarz wirkten, ein beherrschter Mund, ein athletischer Körper, durch die nüchterne, autoritäre Art des Geschäftsmanns etwas in den Hintergrund gedrängt. Augenblicklich waren sie sich alle drei, wenn auch auf unterschiedliche Art, seiner bewußt.

«Oh, Benedict!» Eunice fuhr schuldbewußt zusammen, ein sicheres Anzeichen, dachte Miriam, daß sie dringend Geld brauchte.

«So, so», sagte Nola gedehnt. «Benedict – um diese Tageszeit. Wie wunderbar.»

Sie streckte die nervöse, ringgeschmückte Hand zum überquellenden Aschenbecher und verfehlte ihn absichtlich. Mit schwingenden Goldkettchen und Bernsteinperlen, die länglichen Augen verengt, aber abwägend auf ihren Mann gerichtet, verstreute sie träge, herausfordernd Zigarettenasche über die glänzende Tischplatte und den flauschigen Teppich.

«Benedict, ich würde dich gern sprechen.» Eunice schrie beinahe, weil ihr der Mund wieder ganz trocken war.

«Ja?» Er war zu ihrer Verfügung, und das nahm ihr den Mut.

«Also – wenn du Zeit hast, ich meine –»

«Natürlich.»

Sie schluckte krampfhaft. «Oh – es eilt nicht. Ich bin den ganzen Nachmittag hier.»

Was hatte er gesagt, um sie zurückschrecken zu lassen? Nichts. Er hatte sie nur angesehen und genau gewußt, was sie ihm sagen wollte, wieviel davon wahr war, wieviel davon verzweifelte Erfindung; er wußte, wozu sie das Geld brauchte, wie der letzte Wechsel, der alle Ausgaben hätte decken sollen, verschleudert worden war, daß sie eine schlechte Verwalterin war, eine allzu nachgiebige Mutter. Er wußte vermutlich mehr über Toby, seine Schwächen, seine Untüchtigkeit, sein leichtsinniges, liebenswertes, leicht auszubeutendes Wesen als sie selbst. Wußte Dinge, die er ihr nie sagen und sie sowieso niemals glauben würde, die aber hart und bitter zwischen ihnen standen. Er würde ihr Vorwürfe machen, sie tadeln, ihr raten, aber verstehen würde er nicht. Sie konnte keinen Halt, keine Hilfe bei ihm suchen, so sehr sie danach verlangte.

Miriam, die nichts zu erbitten und daher nichts zu fürchten hatte, lächelte ihm nicht liebevoll, aber vielleicht anerkennend entgegen. Sie wußte, daß er mitten in einem eiskalten Dezember geboren war, an einem schwarzen, bitterkalten Abend, der Schnee so hoch, daß das Gig des Arztes auf der Fahrt nach High Meadows steckengeblieben war, so daß Aaron Swanfield seinem erstgeborenen und nicht gerade willkommenen Sohn mit eigener, sicher ungeschickter Hand hatte auf die Welt helfen müssen. Unbedeckt, fast vergessen hatte er ihn im kalten Zimmer liegengelassen, während er seiner sterbenden Frau nach Kräften Trost gespendet hatte.

Miriam konnte verstehen, daß Benedict die Welt in jenen ersten Augenblicken trostlos und feindselig erschienen sein mußte, die Geburt als Kampf, bei dem nur er, nicht seine Gegnerin überlebt hatte. Hatte er das Leben immer so empfunden? Sie fröstelte, dann besann sie sich hastig ihres Maiengemüts und bedachte ihn mit einem weiteren durchaus koketten Lächeln.

«Wir sprachen gerade über das Problem unserer jungen Witwe, mein Lieber.»

«Ist sie wirklich ein solches Problem?»

«Hm.» Miriam wurde zur «hübschen Mimi», zuckersüß und einschmeichelnd. «Das kommt auf dich an, lieber Junge. Du bist schließlich das Oberhaupt der Familie, nicht wahr?»

«Ich denke, ja.»

«Nun – ich möchte sie nicht einladen, zu uns ins Haus zu ziehen, wie mir das angemessen erscheint, um dann festzustellen, daß ich gegen deine Wünsche gehandelt habe. Benedict – was meinst du?»

«Miriam», antwortete er leicht erheitert, wie manchmal, wenn er mit ihr sprach, «ich meine, du mußt tun, was du für richtig hältst.»

Gut. Genau das war ihre Absicht gewesen, würde immer ihre Absicht sein. Aber trotz aller Raffinesse und Unerschrockenheit, trotz des sicheren Rückhalts, den ihr Benedicts Versprechen an seinen Vater gab, hatte selbst Miriam den ältesten Sohn ihres Mannes bisher nie herausgefordert, ohne sich vorher zu vergewissern, daß es um eine Sache ging, die ihn nicht sonderlich interessierte.

2

Claire Swanfield saß in dem leeren Vorortzug und versuchte krampfhaft, sich an Jeremys Gesicht zu erinnern, aber es gelang ihr nicht. Er war einundzwanzig gewesen, als sie ihn das letztemal gesehen hatte, ein schlanker junger Mann mit heiterem Lächeln, blauen Augen, hellbraunem Haar, beinahe einen Meter achtzig groß, ein schlaksiger Junge, dessen kantigen Körper Reife und Wohlleben erst noch ausfüllen mußten. Sie war neunzehn gewesen, scheu und verliebt, immer noch überrascht von ihrem Glück.

Im Rückblick auf jene andere Dimension, jener Realität des «kurz vor dem Krieg», konnte sie, wenn auch nur verschwommen, den Schimmer eines Bildes ihrer selbst erhaschen, wie sie damals gewesen war, wohlerzogen und unpersönlich, eben aus dem Pensionat nach Faxby heimgekehrt, wo sie sich nicht wohl fühlte, da sie glaubte, das genau geregelte Leben zu stören, das ihre Mutter mit ihrem ältlichen zweiten Mann führte. Sie war ernsthaft, unsicher, konventionell, ausgesprochen romantisch, herrlich naiv gewesen und hatte Jeremy Swanfield so gesehen, wie er selbst sich sah, als einen Helden, im Aufbruch zu einem großartigen und glorreichen Abenteuer, und wie durch ein Wunder hatte dieser Held sie auserwählt, ihr sein Schwert zu Füßen zu legen.

Liebe, oder körperliche Anziehung von solcher Intensität, daß sie als Liebe gelten konnte, war zwischen ihnen aufgeflammt und hatte lange genug gebrannt, um alle Opposition zu überwinden. Er mußte an die Front, und wenigstens die Männer seiner Familie verstanden, daß er nicht einfach unberührt gehen wollte. Drei Tage und drei Nächte in einem Londoner Hotel, das war ihre Ehe gewesen. Eine gegenseitige Erforschung ihrer Körper, zu mehr war keine Zeit. Drei Tage liebten sie sich, dann reiste er nach Frankreich, und sie kehrte in die vertraute spannungsreiche Atmosphäre im Haus ihrer Mutter zurück. Drei Wochen später war er tot.

Sie erinnerte sich nicht an Kummer oder Tränen, nur an den körperlichen Effekt eines Hammerschlags. Sie war nach oben in ihr Zimmer gelaufen, hatte sich auf ihr Bett gesetzt und gewartet, während unter ihr, in Edwards Arbeitszimmer, ihre Mutter, die Swanfields und Edward Lyall überlegt hatten, was man mit ihr tun, wohin man sie schicken solle, worauf sie ein Anrecht hatte, zu wem sie gehörte. Drei Tage hatte sie zu Jeremy Swanfield gehört. Zwar begannen diese drei Tage an den Rändern schon zu verblassen, aber sie hatten sie wenigstens von den Einschränkungen ihrer Mädchenzeit befreit. Sie war aufgestanden, leicht benommen, der Stimmen der Autorität im Zimmer unter ihr vage gewahr, hatte ihren Koffer gepackt und war am folgenden Morgen geflohen. Gar nicht so weit vielleicht, konkret gemessen, zu den Militär- und Feldlazaretten, den von Wasser überfluteten Zelten, dem Schlamm, den Grabenratten, dem Gemetzel, das Jeremys großes Abenteuer war. Doch es wurde eine endlose Irrfahrt, von der sie niemals zurückkehren sollte. Sie ließ das Kind, die eifrige Halbwüchsige, die selige junge Braut zurück, jene Aspekte der Claire Lyall, die ihr vertraut waren. Sie wurde «Schwester Swanfield», die Wunden verband, brandige Glieder zur Amputation vorbereitete, von Gas versengte und geblendete Augen spülte, das Blut aus durchtrennten Arterien aufwischte, Männern, die an der inneren Kälte des Kriegsschocks eingingen oder deren Verwundungen durch die Syphilis kompliziert wurden, eine freundliche Geste oder ein gutes Wort schenkte, wenn sie unter den Schichten bitterer Erschöpfung eines hervorholen konnte.

Ihr Leben als junge Dame aus Faxby nahm rasch die Beschaffenheit eines fernen Traums an, die ständige Beschäftigung ihrer Mutter mit Essen und Garderobe, mit dem Bemühen, es ihrem Mann recht zu machen, und der Sorge darüber, «was die Swanfields sagen würden», kam ihr vor wie Kleinkinderkram, so daß ihre Briefe nach Hause kurz und selten wurden und gelegentlich verächtlich. Sie hatte nicht offen rebelliert. Sie war einfach gewachsen, weitergezogen. Und dann war Paul gekommen.

Sie war inzwischen einundzwanzig, ihren Erfahrungen und Fähigkeiten nach eine Frau, die immer noch wie ein unberührtes Mädchen aussah, schlank und rank, mit samtdunklen Augen und kurzem Haar, das in dichten Fransen über den schwarzen, schön geschwungenen Augenbrauen lag. Ein ovales Gesicht, aus dem Humor sprach und zu Zeiten eine trügerische, beinahe orientalische Ruhe. Auf den ersten

Blick wirkte sie nicht nur anziehend, sondern angenehm weiblich, ja, sanft, damenhaft, wie es ihrer Mutter und ihren Gouvernanten gefallen hätte. In Wirklichkeit aber hatte der Krieg ihr Wesen zwar nicht verhärtet, aber doch geschärft, zugespitzt, zu einem hohen Grad von Selbstgenügsamkeit geschliffen, ihm alle Sentimentalität und alle Illusion genommen. Sie fragte nicht mehr, warum das Massaker stattfand. Sie wußte, daß es keinen Grund gab. Aber da es nun einmal war, da sie mitten hineingeraten war und es nicht beenden konnte, funktionierte sie, sah zu, wie sie damit fertig wurde, verengte ihren Blickwinkel so weit, daß er sich in den Grenzen zwischen dem einen Verwundetenzug und dem nächsten hielt, und machte sich die Vorsicht der Überlebenden zu eigen, die nur oberflächliche Beziehungen ohne Verbindlichkeit wünschte. Es schien ihr das beste – ja, es schien wesentlich –, die Möglichkeit der Freude zu opfern, um nicht das Risiko des Leidens einzugehen. Bis Paul kam. Und selbst dann kämpfte sie hart dagegen an.

Sie begegneten sich auf einer Kanalfähre, beide auf der Fahrt in den Urlaub, sie mit dem Ziel, Freunde in Devon zu besuchen, er, um die Verwicklungen mit seiner jungen Frau zu klären, die ein Kind erwartete, das unmöglich von ihm sein konnte. Wie Jeremy war er direkt von der Universität an die Front gegangen, als Offizier, dem andere Menschenleben anvertraut wurden, obwohl er mit der Verantwortung für andere lediglich als Kapitän seines Kricketteams in der Schule Bekanntschaft gemacht hatte. Er hatte den Tod schnell kennengelernt, und bisher war es ihm gelungen, am Leben zu bleiben. Sie war direkt aus der Schule in ihre kurze Ehe gestolpert und dann in diese entsetzlichen Feldlager geflohen, wo sie dem Tod so oft ins Auge gesehen hatte, daß sie anfing, sich dem Leben fernzuhalten. Sie verbrachten einen Tag zusammen in London und verpaßten darüber ihre Züge, doch als er sie bat, bei ihm zu bleiben, lehnte sie ab. Während sie auf den Zug nach Devon warteten, nahm er sie in die Arme, als wäre dies immer schon ihr Platz, und küßte sie mit all der aufgestauten Leidenschaft, die er nicht mit ihr ausleben konnte, da keine Zeit blieb. Sie stolperte in ihr Abteil und schlug die Tür zu, schwindlig, aber froh, dem Verlangen nach ihm zu entkommen.

Nun war sie sicher, glaubte es jedenfalls. Doch ein paar Tage später, nachdem er finanzielle Vorsorge für die junge Frau getroffen hatte, an die er sich kaum noch erinnern konnte, hatte er das Dorf und das Gasthaus ausfindig gemacht, wo sie wohnte.

«Hier bin ich. Wenn du mich fortschickst, weiß ich nicht, ob ich gehen kann.»

Er sagte nicht, es kann sein, daß ich nächste Woche falle oder übernächste; das war ja das erste, was sie über ihn gewußt hatte. Doch während sie Hand in Hand durch grünes englisches Land wanderten, das Claire in seiner beschaulichen Natürlichkeit weniger real schien als die schlammdurchtränkten Schlachtfelder, kam der Moment, wo die Zurückweisung schmerzhafter, einen Grad undenkbarer schien als das hoffnungslose Vabanquespiel, das in ihren Augen die Liebe war.

In den zwei Wochen seines Urlaubs liebten sie sich mit dem gleichen Gefühl, Wochen in Augenblicke zu pressen, Jahre in Tage, das sie mit Jeremy gekannt hatte. Aber dann, als hätten sie beide eine zweite Unberührtheit hingegeben, glitten sie wunderbarerweise von wildem Drängen in eine Harmonie von Körper und Seele, die ihnen zeitlos schien.

Ihr Leben war erfüllt von Paul, seinen Briefen, seinen Urlauben, der reinen Freude des Beisammenseins mit ihm, ob sie nun in irgendeinem Café saßen, sich in einem französischen Gasthaus oder einem billigen Hotel an der englischen Küste ein Bett teilten, durch hektische, vom Krieg geprägte Straßen schlenderten oder über leere Strände, wo Stacheldraht drohte; mit ihm zu sprechen und ihn zu betrachten, wenn er antwortete, ihn anzusehen, ihn zu berühren, war Wonne.

Auch der Krieg war angefüllt von Paul, wurde zu einer Sache, wo es nur um das Überleben eines einzigen Mannes ging. Bei jedem Brief, den sie bekam, wußte sie, daß er schon tot sein konnte. Sie kannte die vielen obszönen Variationen des Todes, die sein Leben beenden konnten. Sie war sich mit schrecklicher Klarheit bewußt, was Bomben, Geschütze, Feuer, Senfgas, ein langes Jagdmesser anrichten konnten, ohne ihn zu töten; sie war sich bewußt, daß sie Paul vielleicht eines Tages als verkrüppelten, kastrierten Invaliden wiedersehen würde. Morgens stand sie mit diesem Wissen auf. Es begleitete sie beim Essen, bei der Arbeit, im Schlaf. Irgendwie – was sonst hätte sie tun können? – wurde sie damit fertig.

Sie verabredeten, kein Pläne zu machen, und machten sie doch. Um einen Skandal zu vermeiden, mit dem seine Frau ihrer Jugend wegen und seine Mutter ihrer konventionellen Lebensauffassung wegen nicht fertig geworden wären, hatte er die Vaterschaft für das

Kind anerkannt und somit eine Scheidung nach dem Krieg fraglich gemacht. Er wollte von sich aus allerdings sowieso kein Verfahren gegen die «arme Gwen» einleiten; in seiner Welt gehörte sich so etwas nicht. Wenn sie sich von ihm scheiden ließ, wollte er froh und dankbar sein und unverzüglich Claire heiraten. Wenn nicht, würden sie eben unverheiratet miteinander leben, natürlich nicht im kleinlichen Provinznest Faxby und erst recht nicht in der noch spießigeren Gemeinde, wo Pauls Vater Bischof werden sollte, sondern in einem Winkel der Welt, wo aufrichtige Gefühle akzeptiert wurden. Sie waren beide zu vorsichtig und zu abergläubisch, um sich schon jetzt nach dieser goldenen Zukunft zu sehnen, dennoch sehnten sie sich danach, glaubten daran, konnten keinen Kompromiß akzeptieren.

Erst nach vier angstvollen Wochen erfuhr sie, daß er an einem heißen Nachmittag im September 1918 gefallen war. Der Freund, den er gebeten hatte, sie im Fall seines Todes zu unterrichten, fiel eine Stunde vor ihm, so daß sie schließlich durch einen kurzen, verlegenen Brief seiner Frau von ihrem Verlust erfuhr. Gwen Daneleigh wollte mit diesem Brief eine Schuld begleichen. Durch die Anerkennung ihres Kindes als das seine hatte Paul sie vor Schande bewahrt; sie wußte, daß sie kein Recht hatte, ihm wegen seiner Liebe zu Claire zu grollen. Sie hatte sogar versucht, sich darüber zu freuen, denn sie wünschte niemandem Böses. Aber es hätte viel Kummer auf sie gewartet, wenn er am Leben geblieben wäre. Sie hatte Pauls Tod wirklich nicht gewollt. Daran klammerte sie sich verzweifelt. Aber jetzt, wo er tot war, brauchte sie nicht den qualvollen Prozeß der Scheidung durchzumachen, war vor Skandal und Mitleid sicher, ebenso wie vor der ewigen Angst, jemand – ihre Mutter oder Pauls Mutter – würde herausfinden, daß Paul gar nicht der Vater des Kindes war. Als sie Claire endlich in einer Londoner Teestube gegenübersaß, war sie entsetzt, nicht nur über die geballte, mühsam beherrschte Gewalt von Claires Schmerz, sondern auch vom beklemmend durchdringenden Blick der dunklen Augen, die nur allzu klar sahen, daß Paul Daneleighs Witwe nicht trauern konnte.

«Kann ich irgend etwas tun?» sagte sie verwirrt und eingeschüchtert. «Möchten Sie irgend etwas von ihm haben?»

«Nichts.» Ohne ein weiteres Wort stand Claire auf und ging.

Der Krieg endete einen Monat später, am elften November, Anlaß zu lautem Jubel in der Heimat und tiefem, verwundertem Schweigen, das sich wie eine Nebeldecke über die Schützengräben senkte. Der

Krieg war aus. In London und Leeds, Manchester, Birmingham und Faxby tanzten die Leute auf der Straße, Freudenfeuer brannten, jubelnde, hysterische Männer und Frauen fielen sich in die Arme, sangen sich heiser, tranken sich besinnungslos. Während in Frankreich zwei Heere im Novemberregen hinter Stacheldraht kauerten und einander über den grauenvollen Müll des Niemandslands hinweg anstarrten, wie sie das vier Jahre lang getan hatten: Nur war jetzt Stille. Der Krieg war aus. Er hatte neun Millionen junger Männer getötet und siebenunddreißig Millionen verkrüppelt. Aber jetzt war er vorbei. Der letzte Schuß war gefallen, hatte jemand gesagt. Und wir haben gesiegt. Auch das hatte jemand gesagt. Den Männern, die auf beiden Seiten im Schlamm und Dreck der Gräben hockten, war es längst gleichgültig.

In dieser Nacht starben zwei Männer auf der Station, auf der Claire immer noch arbeitete. Drei weitere, dachte sie, würden kaum den folgenden Nachmittag erleben. Immer noch mußten Wunden verbunden, letzte Botschaften aufgeschrieben, den Hinterbliebenen Märchen über die letzten Stunden eines Toten erzählt werden. Es ist schnell gegangen. Sauber. Ein gnädiger Tod. Nie – nie – war es so gewesen. Aber die Worte kamen so automatisch, daß ihre Hände von selbst schrieben, während ihr Verstand abschaltete. Immer noch gab es Arbeit, Lazarettzüge mußten be- und entladen, die schrecklichen Telegramme geschickt werden. Und schon kam unsichtbar und heimtückisch die spanische Grippe, die auf der ganzen Welt mehr Menschenleben forderte als der Krieg. Jemand erzählte ihr, daß in einer besonders verseuchten Gegend die Toten in Orangenkisten gelegt wurden, weil es nicht genug Särge gab.

«Wirklich?» sagte sie und widmete sich wieder den frommen Lügen für die achtzehnjährige Ehefrau eines toten Soldaten.

Im Dezember kehrte sie nach London zurück und saß Weihnachten, da sie ihre Mutter nicht unterrichtet hatte, allein in einer Londoner Pension und starrte die weiße Wand an. Das Neue Jahr empfing sie mit dumpfer Gleichgültigkeit. Einen oder zwei trostlose Monate lang irrte sie danach auf eisstarrer Pilgerfahrt durch die Hotels an der Südküste, wo sie mit Paul gewohnt hatte, verlor ihn an jedem geheimen Treffpunkt von neuem, quälte sich, bis Geldmangel und die drängenden Briefe ihrer Mutter sie nach Faxby zurückriefen.

Am liebsten wäre sie nicht gefahren. Doch als sich der Zug dem vertrauten Bahnhof näherte, wußte sie, daß das Ziel keine Rolle mehr spielte. Sie hatte niemandem in Faxby von ihrer Beziehung zu Paul erzählt. Ihre Mutter wäre unfähig gewesen, hinter die Tatsachen von Ehefrau und Kind zu sehen, und vielleicht hatte sie auch ganz gegen ihren Willen ein wenig Furcht vor der vereinten Strenge von Edward Lyall und Benedict Swanfield, den sie an ihrem Hochzeitstag recht einschüchternd gefunden hatte.

Konnten diese Männer sie auch jetzt noch einschüchtern? Sie bezweifelte es. Doch es blieb die Tatsache, daß sie – anders konnte man es nicht bezeichnen – unter Vorspiegelung falscher Tatsachen heimkehrte, als Witwe eines Mannes, dessen Familie nach so langer Zeit vielleicht nicht gerade herzzerreißenden Schmerz verlangen würde, gewiß aber erwartete, daß sie sich seiner erinnerte. Wieder versuchte sie, sich ihn vorzustellen, doch vor ihrem inneren Auge erstand augenblicklich und schmerzlich das schmale Gesicht Paul Daneleighs mit den leicht spöttischen grauen Augen und der feinen hellen Haut. Kein anderer. Paul – und ein verwischtes Bild identischer Fremder. Aber auch damit konnte sie umgehen, da nicht nur der Krieg, sondern ihre Erziehung zur «Dame» sie gelehrt hatte, den Schein zu wahren. Als der Zug hielt, schlüpfte sie in den neuen, pelzverbrämten Kosakenmantel, den sie mit ihrem letzten Geld gekauft hatte, da sie wußte, wie wichtig es ihrer Mutter war, daß sie elegant aussah. Sie nahm Tasche und Handschuhe, rückte das freche Federhütchen zurecht. Sicher würde man von ihr Erklärungen wegen ihres kurzen Haares erwarten, dabei war sie es längst nicht mehr gewöhnt, anderen Rechenschaft über ihr Tun abzulegen. Seufzend stieg sie aus und trat in den trüben Nachmittag hinaus.

In den letzten vier Jahren war sie ständig unter strapaziösen und gefährlichen Bedingungen unterwegs gewesen, und es hätte ihr jetzt keinerlei Schwierigkeiten gemacht, sich samt ihrem Gepäck allein zum Haus ihrer Mutter im stillen Vorort Upper Heaton zu begeben. Aber in Faxby war soviel Unternehmungsgeist bei jungen Damen nicht gut angesehen, und noch ehe sie die Waggontür losließ, fiel ihr ein, daß sie um ihrer Mutter willen solche Dinge Edward Lyall überlassen mußte.

«Claire?» War es eine Frage? Sie lächelte, bot ihm kühl, aber freundlich die Hand, eine erwachsene Frau, leicht erheitert über das unversehens zu Menschengröße geschrumpfte Ungeheuer ihrer Kindheit. Tatsächlich war sie nicht ganz so gelassen, wie sie schien; an ihren eigenen Ehemann hatte sie sich zwar nicht erinnern können, aber mit dem Ehemann ihrer Mutter war das anders. Er schien unverändert; das gleiche angespannte, dunkle Gesicht, die schmalen Gelehrtenschultern, die altbekannte leicht gequälte Miene eines Mannes, der von unangenehmen Pflichten überlastet ist, nervlich und seelisch ständig überbeansprucht.

«Guten Tag, Edward. Wie geht es dir?»

«Hm – man darf nicht klagen. Und du? Bist du gut gereist?»

«Einigermaßen. Du siehst gut aus, Edward.»

«Ah ja – gewiß. Aber das war immer schon mein Problem. Ich sehe gut aus, deshalb glaubt alle Welt, es ginge mir auch gut, was leider beileibe nicht der Fall ist.»

Also immer noch der alte Hypochonder, dachte sie und wartete höflich lächelnd, wie sich das für eine Dame gehörte, während er sich mit ihrem Gepäck herumschlug, dessen heruntergekommener Zustand ihn schockierte. Unverkennbar hatten diese Koffer und Kartons in Militärbaracken herumgelegen, waren durch den Dreck der Feldlazarette geschleift, auf Krankentransportzügen befördert worden, die Edward sich lieber nicht vorstellte; ihm lag nichts daran, mit dem Dreck und den Bazillen, die vermutlich an ihnen hafteten, den Kofferraum seines Wagens, sein Gästezimmer, seinen Speicher zu infizieren.

«Lieber Himmel, Claire – wozu all dieser Kram?»

Sie hatten sich knapp vier Jahre nicht gesehen. Beide hätten es vorgezogen, sich nie wiederzusehen. Doch da Dorothy Lyall Claires Mutter und Edwards Frau war, betrachtete einer den anderen als unvermeidliches Übel und hatte für sich beschlossen, das Beste daraus zu machen.

«Schön, dann komm. Deine Mutter wartet. Ich sagte, wir würden zum Tee zu Hause sein.»

Die Frau, deren Heimkehr aus dem Krieg Edward wichtiger gewesen wäre als das tägliche Teezeremoniell mit Toast und Himbeerkonfitüre, gab es nicht. Claire stieg in seinen alten Talbot und schloß, von flüchtigem Widerwillen überkommen, einen Moment die Augen.

Sie war nicht in Faxby geboren und nicht dort erzogen. Doch nach ihrem Zuhause gefragt, wäre ihr kein anderer Ort eingefallen. Faxby war von Yorkshires Industriestädten weder die blühendste noch die beeindruckendste. Das dicht besiedelte Stadtgebiet zerfiel in die Altstadt mit ihren steilen Kopfsteingassen, deren Namen an die Zeit erinnerten, als die Stadt ihren Wohlstand den Schafherden und alten Wasserrädern verdankte, und das neue, fortschrittlichere Faxby, in der Blütezeit von Königin Victorias Regierung erbaut, um den Größenvorstellungen der Textilbarone Rechnung zu tragen, der neuen Elite, die aus der industriellen Revolution hervorgegangen war.

Diesen Männern lag vor allem daran, Fabriken für ihre Maschinen zu erbauen. Sie wetteiferten darum, wer die höchsten Schornsteine, die prächtigsten Verschnörkelungen an den mächtigen schmiedeeisernen Toren hatte, und umgaben ihre Industriepaläste mit Reihen niedriger Stadthäuser, ohne der Schönheit oder der Hygiene Rechnung zu tragen, da es jedem allein darauf ankam, mehr Menschen – mehr Arbeiter – auf jedem Quadratmeter zusammenzupferchen als die Konkurrenz. Doch als auf die ersten fieberhaften Tage risikoreichen und skrupellosen Raffens eine Ewigkeit, wie es schien, stetig fließender Gewinne folgte, wandten sich die Fabrikherren der Verschönerung ihrer Stadt zu. Sie fegten das Spinnennetz alter Straßen und baufälliger Häuser weg, um einen Platz für ihr Rathaus zu schaffen – jeder durfte einmal Bürgermeister werden –, dazu mehrere breite Straßen mit Bürobauten, Lagerhäusern und Banken. Eine Konzerthalle und ein Hauptpostamt kamen zur Vervollkommnung der Pracht des Rathausplatzes hinzu, und an zwei gegenüberliegenden Ecken entstanden zwei Hotels.

Vom Auto aus fielen Claire keine Veränderungen auf, obwohl man auch hier den Krieg zu spüren bekommen hatte: an den Gewinnen, die er den Fabriken gebracht hatte, und an den Verlusten an Menschenleben. Wie so viele andere hatte auch diese Stadt ihr eigenes Bataillon gestellt, die Kompanie der «Kameraden von Faxby», die, im selben Viertel aufgewachsen, am selben nebligen Morgen in denselben Gräben niedergemetzelt worden waren. Um die sich automatisch aufdrängende Vorstellung des Schmerzes zu vertreiben, der in diesen Straßen geherrscht haben mußte, als die Telegramme gekommen waren und jede Familie erfahren hatte, daß sie mindestens einen ihrer Männer verloren hatte, wandte sie sich lebhaft an Edward, eine arge Strapaze für seine Nerven, da er beim Fahren zu Gesprächen nicht bereit – ja, unfähig war.

Aber Upper Heaton war nur acht Meilen weit. Die alten Bäume, die anmutigen georgianischen Plätze, die stillen Häuser schienen unberührt und unbewegt von Unglück. Es war eine kleine abseitige Welt, wo gelehrsame Männer wie Edward Lyall abends nach dem Essen ihren Port tranken und Frauen wie Dorothy sich immer noch als dekorative, untergeordnete, von Natur aus minderwertige Geschöpfe sahen.

«Wir sind da», sagte Edward.

Verspürte sie Widerwillen hineinzugehen? Verspürte er Widerwillen, ihr zu öffnen, fürchtete er den neuerlichen Ansturm ihrer Jugend, die Wirkung ihrer Anwesenheit auf ihre Mutter, die sich sonst einzig ihm widmete? Sehr wahrscheinlich. Ein Dutzend Jahre zuvor war er, ein überaus konventioneller Junggeselle von dreiundfünfzig Jahren, erstaunlicherweise den Reizen einer frischwangigen, vollbusigen Frau von zweiunddreißig erlegen, einer verarmten Witwe, bezahlte Gesellschafterin bei einem seiner Nachbarn. Er hatte die Mutter gewollt, niemals die Tochter. In den ersten acht Ehejahren war ihm das Internat zu Hilfe gekommen, dann der Krieg. Was jetzt? Claire schluckte, lief den Gartenweg hinauf, vorbei an der Fremden in Haube und Schürze, die die Tür geöffnet hatte, zum Salon, wo eine andere Frau, die eine Fremde hätte sein können, sie erwartete.

«Mutter!»

«Claire!»

Sie umarmten sich verlegen, da sie es einfacher fanden, als miteinander zu sprechen.

«Du siehst gut aus, Mutter.»

«Liebchen – leg deine Handschuhe ab und den Hut.»

Ihr schimmerndes, sündhaft kurzes Haar kam zum Vorschein.

«Guter Gott!» Dorothy griff unwillkürlich nach der Pracht ihres hüftlangen Haares. Doch sie hatte so etwas erwartet, hatte von der neuen Mode gehört und gelesen und Edward gewarnt. Sie hatten es ausführlich besprochen, und er hatte versprochen, sich nicht aufzuregen. Denn Haar wächst ja wieder, wie er – recht geistreich, fand sie – festgestellt hatte. Dennoch verblüffte und schockierte es sie, daß ihre Tochter gar nicht burschikos wirkte, wie man erwartet hätte, sondern im Gegenteil sehr weiblich. Schick. Das war das einzige Wort, das ihr einfiel. Daß das Edwards Beifall finden würde, war nicht zu hoffen.

«Der Tee ist fertig», sagte sie, sich auf vertrauten Boden zurückziehend. «Bitte setz dich doch.»

Claire setzte sich gehorsam. Wie oft hatte sie diese Szene miterlebt, wie oft würde sie sie noch miterleben: ihre Mutter am Teetisch, wie sie sich auf die Lippe biß und stirnrunzelnd die Konsistenz von

Edwards Marmelade prüfte, während sie ihm den Toast strich und dazu in der noch mageren Nachkriegszeit auch ihren Anteil an Butter und den des Mädchens verwendete.

«Mutter, wie schön, dich zu sehen.»

Doch wirklich nah waren sie sich nie gewesen. Claires ganzes Leben war Dorothy zu beschäftigt gewesen, um Mutter zu sein; zuerst mit Claires problematischem, leichtsinnigem, zigeunerdunklem Vater; dann mit den Nöten und Demütigungen einer von Schulden belasteten Witwenschaft; dann mit Edward. Sie hatte das Muttersein nie als Freude betrachtet, immer nur als Pflicht, und es wäre ihr schwergefallen, einen Bezug zu Claire zu finden, die die Augen ihres Vaters geerbt hatte – und daher vielleicht auch sein Wesen –, selbst wenn Edward sie gemocht hätte. Das aber war nicht der Fall gewesen.

Hätte sie ihrer Mutter geglichen, er hätte sie vielleicht eher annehmen können. Aber der Anblick dieses dunklen, fast fremdländisch wirkenden Mädchens neben seiner hellen, rosigen Dorothy flößte ihm Unbehagen ein.

«Und wem schlägst du nach, Kleine?» pflegten gewisse Damen vielsagend zu fragen und erinnerten Edward nachdrücklich daran, daß Dorothy einst intime Beziehungen zu einem anderen Mann gehabt hatte. Ohne sich des Grunds bewußt zu sein, begann er, Claire von Ausflügen und Einladungen auszuschließen und ihr den Besuch der Gemeindekirche zu verleiden, wo er – wenn es seine Gesundheit erlaubte – die Orgel spielte. Internate, meinte er manchmal, waren das Heil seiner Nerven, seiner Verdauung und seiner Ehe gewesen.

Kam Claire in den Schulferien nach Upper Heaton, so bewegte sie sich vorsichtig und leise im Schatten seines Unwillens, während er sich mit allen Tricks des eifersüchtigen Liebhabers und Hypochonders – mit Nervenschwäche, Lungenleiden, Herzgeräuschen – in den Vordergrund drängte. Sie konnte nicht hoffen, ihm zu gefallen, und bemühte sich daher gar nicht, hatte es ihm trotz ihrer ausgezeichneten Schulzeugnisse und guten Manieren nie recht machen können, bis sie zur allgemeinen Überraschung Jeremy Swanfield geheiratet hatte.

Die Swanfields hatten Edward immer viel bedeutet, nicht nur als Mandanten, sondern auch als eine Familie, die er höchster Wertschätzung würdig fand. Doch als Miriam Claire zum Tennis einlud, war seine erste Reaktion abzusagen.

«Ich kann das nicht riskieren», sagte er zu Dorothy. «Das Mädchen blamiert mich höchstens.»

Aber das noch größere Risiko, Miriam durch eine Absage zu beleidigen, belastete seine Nerven zu sehr, und nachdem er Claire mit seinen Ermahnungen, Befehlen und dem ungeheuren Wirbel, den er um ihr Haar und ihre Schuhe machte, zu Bockigkeit und Tränen getrieben hatte, führte er sie doch in den gepflegten Garten, wo sie Jeremy begegnete.

Sie erinnerte sich jetzt: ein schläfriger Sommernachmittag, der kaum den kalten Hauch von Edwards Mißfallen erwärmt hatte, und dann das erregende Wunder – ein gutaussehender junger Mann, der sie anstarrte und flüsterte: «Ich muß Sie wiedersehen.» Doch dieser junge Mann, dessen Maienheiterkeit ihr Herz gewonnen hatte und dem sie, wäre er am Leben geblieben, wahrscheinlich treu geblieben wäre, hatte noch immer kein Gesicht.

«Tee ohne Zucker und keinen Kuchen, wie du siehst», bemerkte Edward spitz. «Wir zu Hause haben auch gelitten. Wenn es auch diesmal keine Rolle spielt, da wir heute abend in High Meadows essen.»

«Ach ja?» Hatte sie scharf gesprochen? Ihre Mutter zog warnend eine Augenbraue hoch. Doch wenn sie wirklich ein wenig brüsk gewesen war, so ignorierte es Edward; er freute sich zu sehr auf High Meadows, eine Nach-Tisch-Zigarre mit Benedict, ein Grübchenlächeln von Miriam.

«Sie wollen dich sicher sehen», sagte Dorothy still, und Claire gab der unausgesprochenen Bitte ihrer Mutter – «Bitte mach jetzt keine Szene» – viel bereitwilliger nach, als ihr recht war, und murmelte gehorsam: «Ja, wahrscheinlich.»

Keiner von beiden hatte ihren Einsatz in Frankreich angesprochen, nicht den Krieg, der eine ganze Generation verkrüppelt hatte, nicht den unsicheren Frieden, in dem Claire keine Garantie für die Zukunft sehen konnte. Plötzlich fand sie das Zimmer erstickend, die schweren Samtportieren und düstere Eichentäfelung erdrückend, und nicht zum erstenmal öffnete sich eine Kluft zwischen ihr und diesen Menschen – allen Menschen –, die die ständige Wahrscheinlichkeit eines gewaltsamen Todes nicht hatten ertragen müssen.

«Ich helfe dir auspacken», sagte Dorothy, und sie gingen in das rosarote Zimmer hinauf, das Dorothy nach ihren eigenen Jungmädchenträumen eingerichtet und in dem sich Claire nie richtig zu Hause gefühlt hatte.

«Himmel, was für scheußliches Gepäck!» Aber Dorothy war eine handfeste Frau, die sich den Luxus der Zimperlichkeit nie hatte leisten können, und so ging sie sogleich auf die Knie und öffnete Riemen und Schnallen, völlig ungezwungen Claire gegenüber, solange ihre Beziehung auf der praktischen Ebene blieb. Sorgfältig sortierte sie die Sachen in saubere Häufchen, wie früher, wenn Claire von der Schule nach Hause gekommen war; eines für die Wäscherin, eines für das Nähzimmer, eines für die Altkleidersammlung. Wenn es sie schockierte, daß die solide Baumwollwäsche, die sie Claire mitgegeben hatte, gegen gewagte Dessous aus Seide, Spitze und Crêpe de Chine vertauscht worden war, so ließ sie sich nichts merken, sondern räumte sie nur weg, ehe, wie Claire vermutete, die Mädchen sie sehen konnten.

Während die beiden Frauen arbeiteten, erzählte Dorothy Unverfängliches über Dinge, die ihr tägliches Leben beherrschten und ihr vertraut waren. Da ging es zum Beispiel um die delikate Frage, wer in diesem Jahr bei der Blumenschau die Preise verteilen sollte, um das ewige Dienstbotenproblem, das gerade jetzt besonders brennend war, wo die Mädchen mit so aufgeblasenen Vorstellungen aus den Munitionsfabriken zurückkehrten.

«Aber wenigstens», schloß sie zuversichtlich, «brauchen wir jetzt keine Mullbinden mehr zu rollen und keine Kopfschützer mehr zu stricken.»

«Es muß schrecklich gewesen sein.» Mit einem raschen, heimlichen Lächeln streckte sich Claire in dem tiefen Sessel beim Fenster aus und zündete sich eine Zigarette an. Sie rauchte nicht mit der nervösen Manieriertheit Nola Swanfields, sondern so genußvoll, wie man das in Faxby bisher nur von Männern kannte.

«Du rauchst!» Es klang nicht anklagend, doch Dorothys Kopf fuhr hoch wie der eines Terriers, der ein Kaninchen wittert.

Claire schloß die Augen und zog von neuem an ihrer Zigarette, nicht trotzig, sondern erheitert. Beinahe träumerisch sagte sie: «Ich weiß Mutter. Nicht vor Edward.»

Dorothy, immer noch vor den Koffern auf den Knien, zuckte die Achseln. Ihre Schultern waren ein bißchen rundlicher als früher, doch in Edwards Augen bei Kerzenlicht immer noch weißer Marmor. Ihre helle Haut errötete in rasch aufflammender Empörung, denn milde war sie nur mit ihrem Mann, den sie stets sofort in Schutz nahm.

«Du findest ihn vielleicht kleinlich. Aber er mag eben nicht mit

Dingen konfrontiert werden, die er nicht erwartet. Und er käme nie auf den Gedanken, daß du rauchst.»

«Woher weißt du dann, daß er etwas dagegen hätte?»

«Aber Claire! Weil ich es eben weiß.»

Wie oft hatte sie das gehört? Ungezählte Male, viel zu oft. Aber in dem tiefen, weichen Sessel, auf dem Gesicht die kühle Frühlingssonne, war ihr zu wohl, um sich zu ärgern, neigte sie immer noch mehr zu Erheiterung und Verständnis als Verurteilung. Sie wußte, ihre Mutter würde die skandalösen Wäschestücke aus schwarzem Crêpe de Chine und pfirsichfarbener Seide selbst waschen und heimlich trocknen, damit die Wäscherin nicht mit dem Mädchen von nebenan klatschen konnte. Aber was machte das schon? Sie hatte die Kleidungsstücke getragen, um Paul zu gefallen, und schämte sich dessen nicht. Es tat ihr nur leid, daß sie zu jung und schüchtern gewesen war, das gleiche für Jeremy zu tun. In einer Idealwelt wäre es möglich gewesen, ihrer Mutter das zu sagen und verstanden zu werden. Aber Claire hatte schon vor langer Zeit gelernt, die Begrenzungen der Welt zu akzeptieren, in der sie lebte. Sie konnte nicht mit ihrer Mutter reden. Aber sie verstand ihre Ängste, ihre Unsicherheiten, ihre Bedürfnisse. Sie wußte, warum ihre Mutter sich so benahm, wie sie es tat, und nahm sich daher nicht das Recht, unfreundlich zu sein.

«Gut, Mutter. Ich werde in Edwards Beisein nicht rauchen und mich auch nicht von ihm erwischen lassen.»

Leicht, ohne Anstrengung hatte sie nachgegeben. Aber Dorothy konnte nie einen Sieg genießen, wenn nicht zuvor eine Schlacht stattgefunden hatte.

«Dir mag es trivial erscheinen, Claire, aber abgesehen von allem anderen, ist es nun einmal Edwards Haus.»

«Ich weiß, Mutter.»

«Und er hat es wirklich auf der Lunge.»

«Mutter!» Ihre Stimme war nicht hart geworden, aber leicht abgekühlt. «Er raucht selbst hin und wieder eine Zigarre, wenn ihm jemand wie Benedict Swanfield eine anbietet.»

Die Bemerkung war wahr, aber unfreundlich. Sie wartete darauf, daß Dorothy ihr das sagen würde. Doch bei dem Zauberwort Swanfield verebbte die gefällige Röte in Dorothys Gesicht. Sie wurde ernst und eifrig wie eine Hofdame, wenn sie mit ihrer Königin spricht.

«Ein so kluger Mann», sagte sie ganz in Gedanken. «Edward schätzt ihn sehr. Ruh dich heute nachmittag gut aus. Er wird heute abend mit dir sprechen wollen. Mach dann bitte keine Mätzchen, Claire.»

«Mätzchen? Wie meinst du das?»

«Bezüglich deiner Stellung bei den Swanfields.»

«Und was für eine Stellung soll das sein?»

Dorothy Lyall richtete sich recht schwerfällig auf und biß sich auf die Lippe wie zuvor beim Tee. Dann schüttelte sie den Kopf und seufzte tief. «Du willst also Mätzchen machen. Das hatte ich befürchtet.» Mit Mühe verkniff sie sich hinzuzufügen: «Wie dein Vater.»

«Was erwartet Edward von mir, Mutter?»

«Himmel, es geht doch nicht um Edward –»

«Mutter!» Von Erheiterung oder Nachsicht war nichts übrig, doch ihre Stimme war ruhig. Sie war entschlossen, sich nicht manipulieren oder seelisch unter Druck setzen zu lassen, sondern rational zu bleiben. «Dir, Mutter, geht es immer um Edward. Also, was erwartet er?»

«Und weshalb sollte ich nicht auf ihn Rücksicht nehmen? Du scheinst zu vergessen, Claire, daß er und –»

«Ich weiß. Darüber sind wir uns einig. Was will er?»

«Nur dein Bestes. Da brauchst du gar nicht die Brauen hochzuziehen! Die Swanfields sind wichtige Leute, und wenn Mrs. Swanfield die Güte hat, dir in High Meadows ein Heim zu bieten, dann – Himmel – die meisten Mädchen in Faxby würden für eine solche Chance alles geben.»

«Nein, Mutter.»

«Was soll das heißen?»

Doch sie hatte von dem Moment an, als ihr Mann ihr seine Wünsche mitgeteilt hatte, gewußt, was Claire sagen würde. Sie hatte die ängstliche kleine Rede schon geübt, mit der sie ihm die Weigerung ihrer Tochter mitteilen wollte. Was sie ihm nicht übermitteln konnte, war die ruhige Autorität, mit der Claire gesprochen hatte. Dies war kein Akt des Trotzes, der mit Drohungen oder sonstwie niedergeschlagen werden konnte, sondern die wohlüberlegte Entscheidung einer Frau, für die nur Vernunftgründe zählten. Ausgeschlossen, dieser Frau zu erzählen, wie sich Edward vor Freude die Hände gerieben, ja sogar leise vor sich hingesummt hatte, als Benedict

Swanfield ihn von den Plänen der Familie für Claire unterrichtet hatte. Als Jeremys Frau hatte sie einen Platz in High Meadows. Sie würde ihr eigenes Zimmer haben, ihr eigenes Mädchen, ihren monatlichen Wechsel, Kredit in Faxbys besseren Geschäften, ihr eigenes Auto. Wichtiger aber war noch, daß mit ihrem Aufenthalt in High Meadows automatisch die Genehmigung für ihre Mutter und deren Ehemann verbunden war, sie jederzeit ganz zwanglos zu besuchen. Das würde Edward aufleben lassen. Aber konnte sie ihrer Tochter das sagen? Ihr Gesicht wurde fleckigrot vor Verlegenheit, als Claires Blick sie traf und ihr klar wurde, wie leicht ihre Tochter begriffen hatte.

«Es tut mir leid, Mutter.»

Aber Dorothy, nicht Claire, würde die Vorwürfe Edwards ertragen müssen, die spitzen Anspielungen auf Undankbarkeit, die Wirkung seiner nervösen Verdauungsstörungen, die eine schlaflose Nacht lang Dorothys Fürsorge erfordern würden. Wie konnte sie Claire umstimmen? Drohungen fruchteten da nichts mehr. Bitten? Konnte sie an Claires Loyalität oder Zuneigung appellieren? Als wäre ihr eine Last ins Genick gefallen, ließ sie plötzlich den Kopf hängen, beschämt über die Antwort auf ihre eigene Frage und die Tränen in ihren Augen.

Aber was sonst hätte sie tun können? Wie hätten sie und Claire ohne Edward überleben sollen?

«Claire – du scheinst zu vergessen, daß Edward und ich – daß wir glücklich sind. Du hast nie berücksichtigt, daß ich – daß ich –» Sie mußte, ganz untypisch für sie, nach Luft schnappen. Ihre Wangen und Ohren waren gerötet vor Verlegenheit. «Du willst nicht zugeben, daß ich –»

Claire, die genau wußte, was ihre Mutter sagen wollte und nicht konnte, lieferte mitleidig und liebevoll einen Kompromiß.

«– daß du ihn gern hast.»

«Aber natürlich.» Befreit aus ihrer Verlegenheit und von der Qual des Sich-Fragens, warum sie es unter dem klaren Blick ihrer Tochter nicht über sich brachte zu sagen, « – daß ich ihn liebe», lachte Dorothy plötzlich. Nach dieser ersten Kampfrunde hatte sie zwar ein Stück Boden unter den Füßen verloren, nicht aber den Glauben an ihre eigene Hartnäckigkeit und die verbissene Entschlossenheit, die ihr immer ermöglicht hatte, an einem anderen Tag erneut zu kämpfen.

«Himmel, wir müssen uns langsam umziehen», sagte sie mit

einem Blick auf die Uhr. «Bitte sei pünktlich, Claire. Es sind ja immerhin die Swanfields, und du weißt, wie leicht Edward in Panik gerät.»

«Ja, Mutter.»

Dorothy lächelte, und ihre Wangen wurden wieder rosig.

«Gut. Das war ein netter Plausch. Ach, und Claire?»

«Ja, Mutter?»

«Du hast doch noch ein Abendkleid? Ich meine ein ordentliches. So –»

«So wie es Edward angemessen findet? Ja.»

«Gut. Dann kannst du vielleicht spätestens um halb sieben unten sein. Nur falls der Wagen nicht anspringt und wir Mr. Stevens aus der Werkstatt holen müssen. Leg dich jetzt ein bißchen hin, Kind. Der Abend wird sicher lang.»

Sie schloß leise die Tür, um Edward nicht zu stören, der unten im Arbeitszimmer ein Schläfchen machte. Claire zog ihre Schuhe aus, legte sich aufs Bett, schloß die Augen und beschwor mit Verstand, Sinnen und Gefühlen das Bild Pauls herauf, füllte das Zimmer mit ihm, bis Paul die Wirklichkeit und Edward verschwunden war.

3

Miriam Swanfield begrüßte ihre wiederentdeckte Schwiegertochter mit einer Rührung, die sie in der Situation für unbedingt erforderlich hielt und die Claire, die spürte, wie sehr sie die Szene genoß, nicht abwehrte.

«Liebes Kind, es ist, als wäre es gestern gewesen.»

«Ja – ja, wirklich.»

Sie merkte sofort, daß ihre Erinnerung an Miriam völlig unrichtig war. Die imposante, beinahe majestätische Witwe von vor vier Jahren war zu einer egozentrischen kleinen Frau geschrumpft, um einiges zu gewichtig für ihre kleinen, möglicherweise geschwollenen Füßchen. Ihr war gar nicht, als wäre es «gestern» gewesen, vielmehr hatte sie das Gefühl, ein ganzes Jahrhundert sei verflossen, seit sie das letztemal diesen ach so weiblichen Salon mit seiner Mischung aus Gefälligkeit und Heimeligkeit betreten hatte. Doch entgegenkommend ließ sie sich von Miriam beim Arm nehmen und wie eine Trophäe von einem Swanfield zum nächsten schleppen.

«Du erinnerst dich an Eunice?»

Kaum. Eine verhuschte, wohlmeinende Frau, die bei ihrer Hochzeit in Tränen ausgebrochen war und jetzt zu Claires Überraschung keinen Tag älter schien, eher das Aussehen eines verbrauchten, etwas verängstigten Mädchens angenommen hatte.

«Ja, gewiß.»

«Und Toby», sagte Eunice, «mein Mann.» Brachte ihn hastig zum Vorschein, ehe ihn jemand übersehen konnte, sorgte dafür, daß er seinen Anteil an Aufmerksamkeit erhielt, den Platz, der ihm gebührte. Ein blasser, schmächtiger, zierlich gebauter Mann mit einem liebenswürdigen Lächeln, der Claire an einen überzüchteten, nicht allzu robusten Windhund erinnerte.

«Wie schön, Sie wiederzusehen.»

«Und Nola?»

Sie bot einer Frau die Hand, die ihr nur müde die lackierten Fingerspitzen hinstreckte und kaum die geschminkten Lider hob, um sie zu mustern. Doch war der Blick scharf und taxierend, ein wenig zu gründlich, um noch höflich zu sein.

«Sind wir uns begegnet, als Sie das letztemal hier waren?»

Claire lächelte. «Ich glaube schon.» Natürlich waren sie einander begegnet. Sie wußten es beide. Aber Claire war damals ein Kind gewesen, für Nola weder als Rivalin noch als Verbündete von Interesse. Jetzt war sie kein Kind mehr. Nola senkte lässig die Hand und glitt tiefer in ihren Sessel. Durch den dünnen taubenblauen Crêpe ihres Kleides waren die Konturen ihrer übereinandergeschlagenen Beine auf eine Miriam stets beunruhigende Weise sichtbar.

«Nun, da werden wir uns jetzt sicher öfter sehen.»

«Komm, setz dich zu mir.» Miriam hatte keinen Augenblick Claires Arm freigegeben. «Bis Benedict kommt. Du siehst wirklich elegant aus.»

In Wahrheit war Claires dunkelrotes, kittelähnlich geschnittenes Kleid mit der Fransenschärpe um die Hüften so wenig nach ihrem wie nach Dorothys Geschmack. Es war zu schlicht, zu streng und gleichzeitig zu sinnlich; es stellte nicht wie ihre eigenen Kleider triumphierend nackte Arme und weiße Schultern zur Schau, sondern eine ganz schmale, biegsame Silhouette, eine neue Form von Weiblichkeit, die ihnen fremd war und daher gefährlich schien.

Aber Dorothy, die längst alle Träume an eine Tochter in weißem Organdy aufgegeben hatte, sagte nichts, als Claire am Abend herunterkam, zumal sie Edward vorsichtshalber schon vorher darauf hingewiesen hatte, daß die Swanfields ja von Nola ausgefallene Garderoben gewöhnt waren und daher Claires Exzentrik sicher nicht übelnehmen würden.

In der Tat bewegte sich Claire in ihrem schlichten Kittel mit einer Anmut und Weichheit, die Nola fehlten, und eine Distanziertheit ging von ihr aus, die nicht kühl war wie die Benedicts, sondern ein Zusammenspiel feiner Nuancen von Schmerz und Humor, von Sanftheit und Härte zugleich.

Miriam gefielen Claires ruhige Hände mit den spitz zugefeilten Nägeln, die langen Jettohrringe, die von den kleinen, am Kopf anliegenden Ohren herabhingen und den schönen Schwung des Halses betonten. Beinahe wider Willen gefiel ihr der geometrische Schnitt des dunklen Haares, der etwas Orientalisches hatte.

Dies war nicht das wohlerzogene junge Ding, das Miriam in Erinnerung hatte. Es war auch nicht die fügsame, leichtgläubige, unkritische Gesellschafterin. Statt dessen hatte das Schicksal, das Miriams Bedürfnisse besser kannte als sie selbst, ihr eine attraktive Frau gesandt, ungewöhnlich, phantasievoll, wahrscheinlich unterhaltsam, die ihr viel besser passen würde als so ein gehorsames, dankbares Ding. Erst als sie, Claire neben sich, diese erfreuliche Wendung der Dinge näher bedachte, fiel ihr Jeremy wieder ein.

Ihr kamen die Tränen, und sie schob ihre heiße Wange näher an Claires Gesicht, als dieser lieb war. «Ich habe sein Zimmer gelassen, wie es war», flüsterte sie. «Später gehen wir hinauf.»

«Oh! Ach ja – danke.» Einen Moment lang hatte Claire keine Ahnung, wovon sie sprach.

Sie hatte Jeremys Zimmer nie gesehen; hatte nie daran gedacht. Jetzt versuchte sie um seiner Mutter willen, ihn zu sehen: als Heranwachsenden, als jungen Mann. Doch sie sah Paul, und Schmerz durchzuckte sie, die noch immer in jeder Menschenmenge nach ihm suchte, tat so weh, daß sie ihn nicht verbergen und nichts anderes tun konnte, als ihn in ein Geschenk für Miriam zu verwandeln, die ihn selbstverständlich für Kummer um Jeremy halten würde. Das war wenig genug getan für Jeremys Mutter, und sie wußte, Paul hätte den Betrug nicht übelgenommen. Jeremy? Sie hatte ihn nicht gut genug kennengelernt, um das beurteilen zu können.

«Liebes Kind», hauchte Miriam völlig überzeugt und tief befriedigt, «wir dürfen uns nicht gegenseitig aufregen.» Aber es war nicht zu vermeiden, daß Miriams Bekümmerung sich Eunice mitteilte, deren Herz immer dem Überfließen nahe war.

«Der arme Jeremy. Wie schrecklich», murmelte sie und streckte die Hand nach ihrem Mann aus; nicht nur damit er ihr ein Taschentuch gab, sondern um sich zu vergewissern, daß er heil und gesund neben ihr saß. Es war eine Geste der Zärtlichkeit, die augenblicklich zur Verwirrung geriet, als die Tür sich öffnete und Benedict Swanfield eintrat.

«Guten Abend», sagte er, eine neutrale, banale Bemerkung, und doch lag plötzlich eine gewisse Spannung in der Luft.

«Oh, Benedict.» Eunice ließ das Taschentuch auf den Schoß fallen, als wollte sie es verstecken.

«Tatsächlich, er ist es.» Nola dehnte ihren geschmeidigen Körper ein wenig herausfordernder und zwinkerte träge wie eine Katze.

«Benedict – lieber Freund!» Edwards Stimme war voll öligen Triumphs darüber, daß er diesen Mann beim Vornamen nennen durfte.

«Oh, Mr. Swanfield», sagte Dorothy, die es nicht schaffte, ihn beim Vornamen zu nennen. Sie errötete, als er ihr die Hand gab, und verhaspelte sich in ihrem Eifer, einen guten Eindruck zu machen – um Edwards willen –, so daß sie seine alltägliche Bemerkung mißverstand und ungewandt etwas Beliebiges darauf antwortete.

Toby Hartwell schluckte, lächelte, hüstelte nur.

«Benedict», sagte Miriam wie ein niedliches Kind, das ein Gesellschaftsspiel vorschlägt. «Komm näher, lieber Junge, und gestehe, daß du Claire nicht wiedererkannt hast.»

Er gab ihr die Hand, stimmte zu, daß sie sich verändert hatte. Doch das Kompliment, zu dem Miriam ihn aufgefordert hatte, enthielt, kühl und knapp wie er sprach, unterschwellig die Feststellung, daß sie einfach erwachsen geworden war. Was war daran überraschend oder besonders interessant? Und doch, dachte sie, während sie ihn offen anlächelte, hatte er ihre Heirat mit Jeremy nicht verhindert, obwohl er der einzige war, der es hätte tun können.

Damals hatte sie ungeheure Angst vor ihm gehabt, die Knie hatten ihr geschlottert, als sie auf seine Einladung hin nach High Meadows gekommen war, um sein Urteil entgegenzunehmen.

Er zeigte sich weder gütig noch beruhigend.

«Mein Bruder ist überzeugt davon, ohne Sie nicht leben zu können», sagte er trocken. «Ob er davon auch mich überzeugt hat, ist eine andere Frage, die Sie nicht zu kümmern braucht – so wie die Dinge liegen. Unter normalen Umständen würde ich sagen, daß Sie beide zu jung sind und mein Bruder zu unbesonnen, um größere Entscheidungen zu treffen. Aber die Umstände sind nicht normal. Man kann kaum behaupten, daß ein Mann, der binnen kurzem andere Männer in die Schlacht führen muß, nicht reif genug ist, eine Frau zu nehmen. Die Tatsache, daß er für beides nicht die nötige Erfahrung besitzt, muß man eben außer acht lassen. Ihnen kann ich nur sagen, gleich, was geschieht, an Geld wird es nicht fehlen.»

An Geld wird es nicht fehlen. Sie erinnerte sich, wie Jeremy darüber gelacht hatte. «Typisch Benedict», hatte er gesagt, und zum erstenmal erreichte sie seine Stimme durch den langen Tunnel der Zeit. «Das ist seine Antwort auf alles. Geld ist da – oder auch nicht –, das ist seine Art, mit den Dingen umzugehen. Das beste wäre, ich machte dich schwanger, ehe ich ins Feld gehe, Claire, und du bringst einen süßen kleinen Burschen auf die Welt, der genauso ist wie ich. Dann sorgt Mutter schon dafür, daß er dir nichts verwehrt.»

Aber sie hatte kein Kind bekommen. Auch von Paul nicht.

Es raschelte an der Tür, ein Hauch von Parfüm, von Farbe, Wärme, leisem Gelächter wehte ins Zimmer.

«Polly!» rief Miriam, und alle drehten die Köpfe und sahen bewundernd oder gereizt auf die junge Dame an der Tür: hochgewachsen, strahlend, sprudelnd, auf eine unschuldig raffinierte Art so verführerisch wie einst die «hübsche Mimi».

«Bin ich zu spät dran? Ach Gott, ja – ich komme zu spät.»

Das war zweifellos genau ihre Absicht gewesen. Sie machte einen Knicks und einen kleinen Tanzschritt, so daß der saphirblaue Rock mit den silbernen Pailletten ihr glitzernd um die langen Beine wirbelte. Das blonde Haar glänzte, die blauen Augen blitzten und leuchteten, der Mund mit den kräftigen Zähnen lächelte strahlend, sagte den Anwesenden, daß sie zufrieden mit sich war und es sie wunschlos glücklich machen würde, wenn alle sie netterweise weiterhin anstarren würden.

«Habt ihr auf mich gewartet?» fragte sie.

«Es hat sich gelohnt, finde ich», antwortete ihr Schwager Toby Hartwell galant. Er war gutmütig und kinderlieb.

«Sie sind reizend, Miß Polly», sagte Edward höflich.

«Ach, das ist aber nett, Mr. Lyall, danke.»

Wieder ein kleiner Knicks, ein kleines Tänzchen, dann stellte sie sich mit der ganzen transparenten Eitelkeit ihrer neunzehn Jahre vor Benedict in Positur, als wollte sie ihn auffordern, sie so zu sehen, wie Toby und sogar Edward sie sahen, wie bald jeder junge Mann in Faxby sie sehen würde. Als Frau.

«Ich denke, wir können jetzt essen», sagte er.

Das Speisezimmer in High Meadows war von aufdringlicher Pracht, nicht mit Miriams Vorliebe für geblümte Gemütlichkeit eingerichtet, sondern, den Größenvorstellungen ihres verstorbenen Mannes entsprechend, mit massiven Mahagonimöbeln und schweren dunklen Stoffen, eine Demonstration gediegenen Wohlstandes, der nie vergehen würde. Über dem Kamin aus weißem Marmor hing das Porträt Aaron Swanfields, der düsteren Blicks zum Engelsgesicht der fünfundzwanzigjährigen Miriam an der gegenüberliegenden Wand hinübersah.

Der Maler hatte ihr eine silbrige Helle gegeben, große vergißmeinnichtblaue Augen, eine unwirkliche Märchenschönheit, der alles Individuelle fehlte. Doch sie war entzückt über die gewissenhafte Aufmerksamkeit, die er jedem Detail ihres Kleides und ihres Schmucks gewidmet hatte, und ließ später Eunice von ihm malen, aber nicht die chaotische sentimentale Eunice, sondern ein stilles, verhärmtes Mädchen von fünfzehn, dessen schmale Hände in ewiger Ruhe gefaltet waren, die Eunice niemals ausgehalten hätte. Polly und Jeremy, rosiges Püppchen und adretter Schuljunge, steckten in den gleichen ovalen Rahmen, und alle drei sahen genauso aus, wie Miriam sie wünschte.

Aber Jeremy war tot. Eunice war unglücklich. Und Polly? Sie saß eingeengt von der Aufgeblasenheit des einen und dem verdrießlichen Schweigen des anderen zwischen Edward und Nola, die Ellbogen aufgestützt, den Kopf gesenkt: Der funkelnde Glanz war matt geworden. Claire, die verstand, wie gründlich Benedict sie ernüchtert hatte, lächelte sie an und ließ dem Lächeln ein Zwinkern folgen, als sie eine besonders altjüngferliche Bemerkung Edwards mithörte. Wenn sie in diesem Haus eine Freundin gewinnen konnte, dann kam Polly am ehesten in Frage. Doch in den vier kurzen Jahren, die sie trennten und die kaum eine Rolle hätte spielen sollen, lag die Erfahrung des Krieges. Claire brachte es beim besten Willen nicht fertig, Polly als etwas anderes als ein Kind zu sehen.

«Claire, meine Liebe», sagte Miriam, die sie liebevoll und mit Besitzermiene beobachtet hatte. «Du ißt ja gar nicht. Aber er würde nicht wollen, daß du dich grämst.»

Was? Wer? Mit einem höflich fragenden Lächeln beugte sie sich vor, verstand und schlüpfte augenblicklich in die Hülle gesellschaftlichen Scheins, lächelte voll falscher Wehmut, so daß wenigstens Jeremys Mutter zufrieden sein konnte.

«Sie sind sicher stolz auf Ihre Tochter, Mrs. Lyall.»

«Oh.» Dorothy sah Miriam perplex an. «Oh, ja – ja, natürlich. Sie war sehr tapfer.»

«Schlimme Zeiten», meinte Edward. «Am besten man vergißt sie.»

«Ich finde Ihren Haarschnitt einfach fabelhaft», sagte Polly.

«Danke», antwortete Claire.

«Sie haben wahrscheinlich gehört», sagte Toby Hartwell leise, entschuldigend, «daß ich eine Munitionsfabrik übernehmen mußte.

War natürlich jammerschade, die große Schau zu verpassen, aber auch diese Arbeit war lebenswichtig.»

«Oh – absolut», bestätigte Claire.

«Und gefährlich», warf Eunice rot und erregt ein. «In den Fabriken gab es Explosionen, Menschen kamen ums Leben, die Arbeiter wurden ganz gelb von den Chemikalien ...»

«Sicher», bemerkte Benedict, der nicht den Eindruck gemacht hatte, als hörte er zu, «aber wenigstens hatten die Leute alle Arbeit. Das wird jetzt wohl anders werden.»

Danach blieb es eine Zeitlang still.

In High Meadows beachtete man noch den Brauch, die Herren bei Port und Zigarren allein zu lassen. Claire, die Miriam durch den Korridor folgte, wußte, daß der Moment höchster Gefahr gekommen war. Im Salon, wo der Kaffee wartete, würde Miriam ihr winken, sich zu ihr zu setzen. Dann die Fotoalben, Jeremy in sämtlichen Stadien seiner Kindheit, auf seinem ersten Pony, in seinem ersten und letzten Automobil, Jeremy als Akademiker, der Sportsmann, der tapfere Soldat, der geliebte Sohn. Der Gang in sein Zimmer, wo die Haarbürsten so lagen, wie er sie zuletzt hingelegt hatte, das Bett unverändert, seit er das letztemal darin geschlafen hatte, seine Kricketpullover, die Pfeife, die er nie richtig rauchen gelernt hatte, die Kleinigkeiten einer sorglosen Jugend. Mehr nicht, da es ihm verwehrt worden war, ein Mann zu werden, und sie ihn durch ihr Vergessen von neuem getötet hatte.

Brennendes Sehnen nach Paul überschwemmte sie, so heiß und elementar, daß es ihr körperlichen Schmerz bereitete. Wie konnte sie – wo dieser Schmerz noch in ihr war – hingehen, mit Jeremys Mutter inmitten der Überreste von Jeremys Leben stehen und um Paul weinen?

Sie mußte es hinter sich bringen, da es nicht zu vermeiden war. Sie konnte ja nicht einfach davongehen wie eben Nola und ein Gesicht machen, als brauche sie dringend frische Luft oder eine Zigarette. Sie konnte sich auch nicht auf das baldige Erscheinen der Herren im Salon verlassen, das Miriams Anwesenheit als Gastgeberin notwendig gemacht hätte; sie wußte, Edward würde Benedict Swanfield, diesen Mann von Bedeutung, so lange wie möglich zurückhalten.

«Claire.» Polly berührte leicht ihren Arm. «Kommen Sie mit nach oben, meine Kleider ansehen.»

Aufschub?

«Claire?» sagte Dorothy mit einem besorgten Blick auf Miriam. Aber Miriam war Eunice in die Fänge geraten, die fiebrig auf sie einredete. «Er hat keinen Ton davon gesagt, daß er . . .», dann folgte hektisches Geflüster, das Miriam offensichtlich unwillkommen war, ihre Aufmerksamkeit aber doch so lange gefangennahm, daß Claire entfliehen konnte.

So wie Pollys Zimmer hatte sich Dorothy immer Claires oder wohl ihr eigenes erträumt: weiße Spitzen, herzförmige Satinkissen, heitere, wenn auch leicht aufdringliche Unschuld. Ein Zimmer für Mädchenträume und romantisches Herzklopfen, ein Orchideenhaus, in dem das Töchterchen nach Mutters Wohlgefallen erblühen und reifen durfte.

Polly, an deren Unschuld es keinen Zweifel geben konnte, wartete kaum, bis Claire sich auf einem niedrigen Puff gesetzt hatte, ehe sie eine Schublade aufzog und ihr eine Zigarette anbot.

«Sie rauchen doch?»

«Ja. Danke.» Erheitert vermerkte Claire, daß es Polly tief enttäuscht hätte, wenn sie nicht geraucht hätte.

«Das dachte ich mir. Es sagt viel über einen Menschen, nicht?»

«Weiß es Ihre Mutter?»

«Sicher.» Polly zog einen Flunsch. «Sie kramt ja dauernd in meinen Sachen, wenn ich weg bin. Aber solange sie es nicht *sieht*, braucht sie nichts zu unternehmen. Das ist doch die Regel, nicht?»

Sie rauchte mit der künstlichen Lässigkeit der Anfängerin, warf verstohlene Blicke in den Spiegel und beobachtete, wie sündig, herausfordernd, mondän sie wirkte, während sie ihren Kleiderschrank aufriß und ein Kleid nach dem anderen herauszog, einen Regenbogen pastellfarbener Gaze- und Satinstoffe, silber- und golddurchwirkter Brokate, perlenbestickter Chiffons, Seidenmusseline. Die Röcke waren nicht so schmal geschnitten wie Claires oder Nolas, aber doch eng genug, um Miriam zu beunruhigen, die nicht wollte, daß sich ihre Tochter den zweifelhaften Ruf des «Flapper» erwarb, des flachbrüstigen, schmalhüftigen, gemalten Knabenmädchens der gegenwärtigen Mode.

«Ich habe sie alle selbst gemacht», berichtete Polly, überzeugt, daß Überraschung und Bewunderung folgen würden. «Was anderes habe ich in den letzten zwei Jahren, seit ich von der Schule bin, nicht getan. Doch – auf das Kriegsende gewartet. War das langweilig!»

«Nun, wenigstens haben Sie sich die Wartezeit verkürzt.»

Polly zuckte die Achseln, warf wieder einen heimlichen Blick in den Spiegel, war viel zu vertieft in die Betrachtung ihres Bildes, um die leicht erbitterte Belustigung Claires zu bemerken, die in jenen zwei Jahren mehr mit Leichentüchern als mit Abendkleidern zu tun gehabt und einige Bekanntschaft mit Furcht und Entsetzen gepflegt hatte.

«Was hätte man sonst schon tun können?» Pollys Stimme war plötzlich quengelig. «Benedict wollte, daß ich auf der Schule bleibe, aber sogar die langweiligen Lehrerinnen haben ihm gesagt, daß das sinnlos wäre. Also hab ich mich hingesetzt und all die Kleider geschneidert. Ach, war das eine öde Zeit! Aber jetzt, wo alles wieder normal wird und die Leute bestimmt bald wieder Feste geben – also, ich bin gerüstet. Na, wie finden Sie das?» Sie hielt ein prächtiges Abendkleid aus smaragdgrünem Satin hoch, das mit Kristallperlen und goldenem Flitter besetzt war. Ihr Gesicht war so lebendig und aufgeregt wie das eines Kindes auf einer Geburtstagsfeier. «Also – wie finden Sie es?»

«Wunderschön. Woher haben Sie denn den Stoff?»

Polly sprudelte über vor Eifer. «Ich wußte, daß Sie das fragen würden. Denn so etwas konnte man ja seit Kriegsbeginn nicht mehr kaufen, nicht? Überall gab es nur Serge und Tweed. Ich hab das alles vom Dachboden.»

Sie hielt inne und machte einen ihrer kleinen angedeuteten Knickse, bereit, eigenhändig ihren Einfallsreichtum zu beklatschen, falls Claire es nicht tun sollte.

«Ja, vom Dachboden. Da hängen die alten Ballkleider meiner Mutter zu Dutzenden. Völlig aus der Mode natürlich, aber die Stoffe – einfach fabelhaft! Sie sagte, nur ihr Hochzeitskleid müßte ich in Ruhe lassen, alle anderen könnte ich haben. Es war umwerfend. Toll, Chiffon und diese hinreißenden Satins. Knallrot, schauen Sie, und dieses sündige Orange mit Schwarz. Es würde mich interessieren, wann meine liebe Frau Mama *das* getragen hat. Und diese Stoffmengen! Wieso sind Frauen eigentlich heutzutage so viel schlanker?»

«Vielleicht weil sie in der Schule Tennis spielen und Fahrrad fahren.»

Pollys Gesicht drückte Zweifel aus. Sie hätte sich wohl eine etwas dramatischere Antwort gewünscht. «Also, ich hab in der Schule nie Sport getrieben. Ich hab höchstens geschwänzt. Aber ich bin doch wirklich nicht dick, oder?»

Claire schüttelte den Kopf.

«Eine Freundin von mir sagt, es käme daher, daß es im Krieg keine Sahne, keinen Zucker und keine Butter gegeben hat und daß man dauernd herumrennen und Fähnchen für die Kriegerwitwen und die belgischen Flüchtlinge verkaufen mußte. Das stimmt wahrscheinlich. Unsere Mütter haben ja den ganzen Tag nur herumgesessen und Schokoladenkuchen gegessen. Finden Sie meinen Busen zu groß? Nein? Gut. Ich bin manchmal unsicher.»

Sie drehte sich wieder zum Spiegel und versenkte sich in die Betrachtung ihrer Schönheit, für die sie insgeheim so dankbar war, bis ihr Blick auf Claire fiel, die ruhig hinter ihr saß, kleiner, zierlicher, nicht funkelnd, wie Polly zu funkeln wünschte, nicht wie Polly darauf aus, zu verführen, und dennoch verführerisch, fein, unvergeßlich. Schick, dachte Polly. Elegant. Und vor allem frei von den kleinlichen Einschränkungen von Mutter und Bruder, die sie klein und farblos haben und vor Dummheiten bewahren wollten, wo sie doch nach Wagnis und Aufregung lechzte und endlich ihre eigenen Erfahrungen machen wollte.

«Sie haben wirklich Glück», hauchte sie.

«Finden Sie?»

«Ja, natürlich – Sie haben genau das richtige Alter. Und verheiratet waren Sie auch, Claire, da kann man sich doch viel mehr erlauben. Ich meine, man kann rauchen und Cocktails trinken und die ganze Nacht wegbleiben, wenn man will. Ich kann das nicht. Ich muß immer vorsichtig sein, bis ich endlich den Richtigen gefunden habe.»

«Das wird sicher nicht lang dauern, Polly.»

«Einen Mann zu finden?» Es war das größte Kompliment, das Claire ihr hatte machen können. Sie strahlte. «Ha, ich hoffe, ich finde einen ganzen Haufen Männer. Mich hat nur der Krieg verhindert. Die interessanten Männer gingen alle weg, und ich war noch nicht alt genug, um mit ihnen zu gehen. Ich mußte mit den grünen Knaben, den Angsthasen und den alten Knackern zu Hause bleiben – und mit dem lieben Toby, der gern behauptet, er wäre Jägerpilot geworden, wenn nur Eunice ihn gelassen hätte. Die arme Eunice. Alle nennen sie so. Warum wohl?»

«Keine Ahnung. Sie scheint mir – eine gute Seele zu sein.»

«O ja, das ist sie», antwortete Polly seufzend und kniete neben Claire nieder. Ihr leuchtend blauer Rock flog hoch, enthüllte lange Beine in blauen Seidenstrümpfen und ein Spitzenstrumpfband mit blauen Rosenblüten. Sie hatte sich beim Abendessen beinahe zu Tode gelangweilt und weit mehr Wein getrunken, als für sie gut war. Bei einem guten Butler hätte das nicht passieren können, aber Atkins, die Beschließerin, war von dem Hin und Her mit Karaffen, Flaschen und Eiskübeln zu stark in Anspruch genommen, um zu bemerken, wessen Glas sie füllte. So kam es, daß Polly beschwipst und unvorsichtig genug war, mit Claire zusammen – schließlich auch eine Swanfield – dem Vergnügen zu frönen, über die Familie herzuziehen.

«Eunice meint es gut.» Sie zitierte unverkennbar ihre Mutter. «Aber Toby ist hoffnungslos. Er ist lieb, sicher, auch geistreich und gescheit und wäre wahrscheinlich tatsächlich Jägerpilot geworden, wenn Eunice ihn gelassen hätte. Aber außer Kricket, Rudern und Autofahren kann er eigentlich nichts. Trotzdem mag ich ihn gern. Ich weiß selbst nicht, warum.»

«Weil er so etwas Melancholisches hat wahrscheinlich. Darauf fliegen viele Frauen.»

Den Kopf zur Seite geneigt, ein blaubestrumpftes Bein über das andere geschlagen, dachte Polly darüber nach und schnurrte förmlich vor Behagen bei dem Gedanken an die sonnige Zukunft, die ihr gewiß war, und über die Tatsache, daß Claire sie soeben als Frau bezeichnet hatte.

«Hm, ja, das leuchtet mir ein. Aber wenn ich mir vorstelle, ich wäre mit einem Mann verheiratet, der es nie ganz schafft! Entsetzlich! Ich suche einen, der stark und sicher ist, der mich mitreißen würde – wissen Sie – und sich nie mit einem Nein zufriedengeben würde ...»

«Wie Ihr Bruder Benedict, vielleicht.»

Polly, die an einen schwarzäugigen Wüstenscheich gedacht hatte, einen aristokratischen Piraten der sieben Meere mit goldenem Ohrring und einem Leopardenfell in der Kabine, war so entsetzt, daß es komisch wirkte. «Benedict!»

Sie hatte Benedict offensichtlich nie als einen Mann mit Begierden und Gefühlen gesehen, sondern immer nur als Symbol der Autorität, als jemanden, der sich den meisten ihrer jugendlichen Wünsche seit dem Tod ihres Vaters entgegengestellt hatte.

«Aber nein, nicht wie Benedict! Wie kommen Sie denn darauf?»

«Er scheint ein Autokrat zu sein, und so einen Mann suchen Sie doch.»

«Sie kennen ihn nicht.»

«Nein. Im Grunde nicht.»

«Dann seien Sie nur vorsichtig. Die Leute sagen, er wäre wie mein Vater – und er sieht ihm auch ein bißchen ähnlich. Aber das ist auch alles. Vater war stark, ja, und keiner hätte gewagt, ihm zu widersprechen. Aber er hat mir nie angst gemacht. Ich fühlte mich immer sicher bei ihm. Wenn er sagte, es würde alles gut werden, dann stimmte das auch – das wußte man einfach. Er wollte mich glücklich sehen. Es machte ihm Freude, mich zu beschenken. Benedict hingegen denkt nur daran, wie lange ich Klavier geübt habe, wie viele französische Verben ich gelernt habe. Er läßt mich nie allein in die Stadt fahren, höchstens mal zu *Feathers'* Teestube, aber nie ins Hotel *Crown* oder so, wo was los ist. Aber nicht etwa, weil ihm etwas an mir liegt. Glauben Sie das nur ja nicht! Er will sich einfach die Mühe ersparen, mir helfen zu müssen, falls ich eine Dummheit machen sollte. Benedict liegt an keinem Menschen etwas. Wenn Nola nicht so ein Biest wäre, könnte sie mir direkt leid tun.»

«Tut sie sich selber leid?»

Polly zuckte die Achseln, verdrossen wie ein Kind. «Ich hab keine Ahnung. Ich weiß nur, daß sie ihm nie Paroli bietet. Na ja, man kann's ihr nicht verübeln, wir anderen tun's auch nicht. Sogar Mutter behandelt Benedict mit Vorsicht. Entschuldigungen interessieren ihn nicht. Er sagt einfach: ‹Tu dies oder tu das›, und geht.»

Sie warf den Kopf zurück und zwinkerte krampfhaft, als aus weinseligem Übermut kummervolles Erinnern wurde, wie sehr der Vater ihr fehlte, der ihr Sicherheit, Trost und Anteilnahme gegeben hatte.

«Ehrlich, Claire, es war schrecklich. Weil es immer weiterging, Tag für Tag, und man konnte nur herumsitzen und warten, daß etwas passiert – daß das Leben endlich anfängt, meine ich –, und dabei hatte man die ganze Zeit Angst, man würde zu alt sein, wenn es endlich soweit wäre. Ich weiß nicht, wie ich es erklären soll, ohne gefühllos zu wirken – und das bin ich nun wirklich nicht –, aber es gab Zeiten, da habe ich Frauen wie Sie, die ihre Ehemänner und Verlobten verloren hatten, beneidet. Schlimm, nicht? Aber sie hatten wenigstens etwas erlebt!»

«Ja.» Kummer. Ernüchterung. Und nun erlebte man Desorientierung und den bitteren Verdacht, daß man sich im Schlamm von Flandern unter seinesgleichen eher zu Hause fühlen konnte als hier unter den vertrauten Göttern – lauter falsche Götter, wie sie jetzt überzeugt war – der Tradition, Gesellschaft und Familie.

Aber Polly, die nicht daran dachte, jemandem weh zu tun, lächelte schon wieder, strahlend und eifrig, einzig von dem Bedürfnis beherrscht, verlorene Zeit gutzumachen, ihre Zeit der Jugend und des Leichtsinns zu beanspruchen, solange es noch ging. Sie wollte flirten, tanzen, einen zornigen jungen Mann kennenlernen, oder, noch besser, gleich ein halbes Dutzend, und wenn der Spaß lang genug gedauert hatte – ein, zwei Jahre, stellte sie sich vor –, wollte sie heiraten, Kinder haben, den ganzen Morgen im Bett bleiben wie Nola, über Köchin, Chauffeur und Gärtner gebieten wie ihre Mutter. Sie wollte gar nichts Spektakuläres tun, sondern nur den natürlichen Neigungen eines normalen Mädchens folgen – so wie sie sie verstand.

«Es ist vorbei», sagte sie kategorisch. «Und wenn sie endlich aufhören würden, darüber zu reden – also, ich finde es absolut morbide, wie sie dauernd die Opfer zählen und sich dann ausrechnen, daß drei oder vier Frauen von zehn ledig bleiben müssen, weil nicht mehr genug Männer da sind.»

«Das ist aber zufällig wahr, Polly.»

«Ja, ja, das sagt Nola auch. Sie behauptet, wir gehen einer von Frauen beherrschten Welt entgegen. Aber das kommt daher, weil sie mal Suffragette war.»

«Nola? Tatsächlich?» Das interessierte sie wirklich.

«Na ja, nicht richtig. Sie spielte damit herum, wie sie das mit allem tut. Ein Jahr war es Bildhauerei, im Jahr danach Botanik, dann Religion und griechischer Tanz und weiß Gott was noch – dann das Stimmrecht für die Frauen. Sie ist nie mitmarschiert und hat nie Ziegelsteine geworfen oder so was, weil Benedict das nicht zugelassen hätte. Sie redete nur davon, und immer dann, wenn Mutter es am wenigsten wollte. Es kam ja auch nicht viel dabei heraus.»

«Das würde ich nicht sagen. Immerhin bekamen die Frauen letztes Jahr das Wahlrecht.»

«Na schön.» Polly war nicht beeindruckt. «Aber nur die über dreißig. Und welche Frau möchte zugeben, daß sie über dreißig ist? Aber wenn man wählen will, muß man sich eintragen, und dann weiß jeder Bescheid. Wie vielen Frauen ist das recht? Benedict sagt, die Regierung setzt darauf, daß es nicht viele sind, deshalb hätte man ja gerade bei dreißig die Grenze gesetzt.»

«Sehr wahrscheinlich. Aber so schlecht denke ich nicht von den Frauen.»

Es war nicht die Antwort, die Polly erwartet hatte. Sie begriff sie eigentlich auch gar nicht und versetzte mit einem Anflug von Trotz: «Meine Mutter sagt immer, eine kluge Frau kann auch ohne Wahlrecht alles bekommen, was sie will. Und da muß ich ihr ausnahmsweise zustimmen. Sie waren nie eine Suffragette, Claire?»

Claire war plötzlich müde. «Nein. Ich war zu jung. Meine Mutter hätte mir auch nicht erlaubt, mit Ziegelsteinen zu werfen.»

Hatte sie es denn je gewollt? Theoretisch, idealistisch gesehen, ja. Vor allem aber hatte sie von Jeremy bewundert und umworben, von Paul geliebt und gebraucht werden wollen. Und was hatte sie sich je heftiger im Leben gewünscht, als die Chance – die Zeit –, Pauls Kind zu tragen? Ihre Ziele waren von denen Pollys nicht verschieden gewesen. Deshalb hatte sie kein Recht, Polly zu grollen oder ihr übelzunehmen, daß ihre eigenen Liebhaber tot waren, ihre eigene Jugend ihr gestohlen worden war, während Polly noch wartete, reich an Hoffnung und Gelegenheit. Und doch spürte sie Groll gegen Polly. Sie fand, sie hätte sich lange genug soviel jugendlichem Überschwang ausgesetzt, und stand auf, um der Sitzung ruhig und freundlich ein Ende zu machen. «Wir sollten vielleicht wieder hinuntergehen.»

«Ja, verflixt. Aber wir müssen uns oft sehen, Claire. Und wenn Benedict sich soweit herablassen sollte, Ihnen den Wagen zu leihen – ich meine, ohne den Chauffeur –, könnten wir die schönsten Spritztouren machen. Haben Sie nicht Lust, nach Leeds zu fahren? Zum Einkaufen. Wie wäre es am Dienstag?»

Claire willigte mit falscher Freundlichkeit ein und fragte nach dem Badezimmer. Sie brauchte jetzt dringend einen Moment für sich allein. Als sie später hinunterging, kamen die Herren gerade aus dem Speisezimmer, Edward noch immer mit Benedict im Gespräch, das er offensichtlich hochinteressant fand, obwohl Toby Hartwell bodenlos gelangweilt wirkte.

«Oh – hallo», sagte er zu Claire, nicht schäkernd, sondern schlicht erleichtert, dem Druck oder der Kälte von Benedicts Gesellschaft zu entrinnen. Dann sah er seine Frau, die wie ein Wachtposten im Schatten stand, und fuhr leicht zusammen. «Guter Gott, Eunice – mußt du einen so erschrecken?»

Doch sie hatte nicht auf ihren Mann gewartet. «Benedict!»

«Eunice?»

«Kann ich dich kurz sprechen?»

«Jetzt?»

«Ja. Jetzt. Bitte.»

Mit ausdrucksloser Miene sah er auf seine Uhr. «Du hast dir leider nicht gerade den günstigsten Moment ausgesucht.» Obwohl sein Ton weder besonders kurzangebunden noch ungeduldig war, bar jeder Drohung, nur knapp und sachlich, stürzte er sie in tiefste Verwirrung.

«Aber ich muß dich etwas fragen – dir etwas sagen – seit Tagen schon.»

«Ja. Das weiß ich, Eunice.»

«Und da du heute abend nach London fährst...»

«Genau.»

«Darum –»

«Darum habe ich nur noch drei Viertelstunden Zeit und ziemlich viel zu tun. Claire, hätten Sie einen Moment Zeit für mich? Im Arbeitszimmer? Ich halte Sie nicht lange auf.»

Sie blieb auf der untersten Stufe stehen und sah ihn fragend an. Warum gerade ich?

«Aber gewiß», sagte Edward an ihrer Stelle. «Sie möchten mich sicher dabeihaben.»

«Meinen Sie?» versetzte Benedict. «Sollte es erforderlich sein, werde ich Sie holen lassen.»

Sah er nicht die ratlose Geste, die Eunice an ihren Mann richtete, nicht das tapfere Lächeln, das künstlich bekümmerte Gehaben, mit dem Toby reagierte? Konnte ihm entgangen sein, wie servil der leicht kränkbare Edward, der wohl wußte, daß er wie ein Botenjunge entlassen worden war, gelächelt hatte und davongeeilt war? War ihm nicht klar, daß diejenigen, die er auf diese geringschätzige Katz-und-Maus-Art behandelte, ihm das wahrscheinlich nie verzeihen würden?

Mit einem ruhigen Lächeln trat sie in das Zimmer, dessen Tür er ihr offenhielt, setzte sich in den Sessel, den er ihr anbot. Das Zimmer war dunkelbraun, peinlich ordentlich, so unpersönlich wie der Mann in dem Sessel hinter dem Schreibtisch, der eine greifbare Distanz zwischen ihnen schuf, seinem Verhalten angemessen.

«Schön, Claire...» Wieder sah er auf die Uhr, berechnete mit der Gründlichkeit des Geschäftsmannes, der nicht nur einen Zug erreichen muß, sondern für den Zeit in jedem Fall Geld ist, die Anzahl der

Minuten, die er zur Verfügung hatte, überlegte, wie er sie am besten verwendete. «Ich denke, es gibt einiges zu klären.»

«Ja.» Sie wußte es, war nicht froh darüber, wollte es hinter sich bringen. «Bezüglich meiner Zukunftspläne, nehme ich an.»

«Ah – Sie haben also Pläne?»

«Nein. Eigentlich nicht. Jedenfalls noch nicht.»

Ihr war klar, daß diese Antwort einem Mann, der in Eile war, nicht gefallen konnte; doch sie schien ihn nicht zu überraschen. Solche Antworten war er wohl von Polly, Eunice und Miriam gewöhnt. Sie wollte sich aber nicht in das Häuflein domestizierter Frauen einreihen lassen, die ihn um Geld, Gefälligkeiten oder Aufmerksamkeit anbettelten, und merkte, wie sie gereizt wurde.

«Ich weiß noch nicht, was ich tun werde, Mr. Swanfield. Ich bin vor allem nach Faxby gekommen, um meine Mutter zu sehen. Alles weitere steht im Moment noch in den Sternen.»

Das Zimmer war nicht hell, sein dunkles Gesicht noch dunkler durch die Schatten, aber sie hatte den Eindruck, daß er flüchtig lächelte, nachsichtig wie mit einem Kind, das Erwachsenenworte und -situationen ausprobiert, die seine Fähigkeiten und sein Begriffsvermögen übersteigen. Er sah sie so an, wie sie eine halbe Stunde zuvor Polly angesehen hatte, als diese ihre Zigarette geraucht hatte. Seine Herablassung machte sie wütend. Denn sie war kein Kind. Beileibe nicht. Sie verspürte ein drängendes Verlangen – das kindisch war, wie sie wußte –, es ihm zu beweisen.

«Nun gut», sagte er und tat damit den Punkt als Formalität ab, über die schon entschieden war. «Darf ich dann, da meine Zeit begrenzt ist, davon ausgehen, daß Sie zu uns nach High Meadows ziehen werden, und alles Entsprechende veranlassen? Ich weiß, der Vorschlag wurde Ihnen bereits unterbreitet. Ich finde, das Arrangement ist naheliegend.»

Konnte er sie zwingen? Wie sie da in dem dunkel getäfelten Raum saß, dessen schwere Vorhänge den frischen Frühlingsabend nicht hereinließen in die dumpfe Stille, spürte sie, wie sie schwach wurde, sich von neuem in den wirren und häufig irrealen Ängsten ihrer Kindheit verfing. Früher einmal – vor langer Zeit – hatte Edward Lyall sie leicht und skrupellos über Dorothy beherrscht, da sie Dorothys Werte übernommen und gemeint hatte, ihnen gehorchen zu müssen, um geliebt zu werden. Doch diese Zeit war vorbei. Die erstickende, kleinkarierte Welt von Dorothy, Edward und Miriam

Swanfield gab es nicht mehr, wenn es sie jenseits ihrer eng begrenzten Vorstellungskraft überhaupt gegeben hatte. Sie hatte sie einstürzen sehen. Was hatte sie jetzt noch zu fürchten?

«Mr. Swanfield.» Sie lächelte sogar. «Ich möchte nicht undankbar erscheinen, und es liegt mir fern, Jeremys Mutter beleidigen zu wollen, aber ich finde ein solches Arrangement nicht naheliegend.»

«Dann erwägen Sie, bei Ihrer Mutter zu leben?»

«O nein!» Und wieder lächelte sie, heiter und gut gelaunt. «Das wäre Mr. Lyall nicht recht. Und mir auch nicht.»

«Das kann ich mir vorstellen.» Die häuslichen Spannungen der Familie Lyall schienen ihm bekannt. «Aber wohin wollen Sie dann? Ja, gewiß, Sie haben mir gesagt, daß Sie noch keine festen Pläne haben. Ich meine, Sie sollten, während Sie versuchen, sich schlüssig zu werden, Miriams Vorschlag annehmen. Sie freut sich auf Ihre Gesellschaft, und da Sie nichts anderes vorhaben – wollen wir es fürs erste dabei belassen?»

Wie oft hatte er wohl diesen Satz schon gesagt, um dann mit einem Blick auf die Uhr aufzustehen und davonzugehen, ohne auf Groll, Widerstand oder den Willen zur Gegenwehr der anderen Rücksicht zu nehmen? Es war nicht leicht, seiner Überzeugung, daß andere – insbesondere seine weiblichen Verwandten – ihm gehorchen würden, zu widerstehen.

«Tut mir leid», sagte sie ruhig.

«Was?»

«Daß ich lästig fallen muß.»

«Es liegt in Ihrer Hand, das zu ändern.»

«Sie meinen, indem ich tue, was man mir sagt?»

Genau das meinte er. Sie wußten es beide.

«Wir bieten Ihnen nicht Barmherzigkeit», sagte er beinahe schroff. «Sie haben hier gewisse Rechte, wie Sie wohl wissen.»

Hatte er sie mißverstanden? Glaubte er, daß sie, weit davon entfernt, sein Angebot von Sicherheit und Geborgenheit auszuschlagen, einfach berechnend war? Eine durchtriebene Person, die möglichst viel für sich herausschlagen wollte? Anscheinend. Ein wenig traurig schüttelte sie den Kopf.

«Rechte? Nein – nein, das glaube ich nicht.»

«Meine liebe Claire», sagte er ungehalten, offensichtlich in dem Verdacht, es mit einer habgierigen Person zu tun zu haben, aber überzeugt, leicht mit ihr fertig werden zu können. «Ich stelle

Tatsachen fest. Sie waren die Ehefrau meines Bruders. Bei seinem Tod erbten Sie seinen Platz in diesem Haus und seinen Anteil am Familienvermögen. Das wissen Sie doch.»

Wieder schüttelte sie den Kopf, womit sie nicht die Tatsache an sich leugnen wollte, von der Edward Lyall sie unterrichtet hatte, aber ihre Angemessenheit. «Ich bin anderer Meinung.»

Als sie sich eine Zigarette nahm, beugte er sich vor und gab ihr Feuer. «Claire, vielleicht erklären Sie mir in aller Kürze, was der Unsinn soll. Hat Edward Lyall Ihnen die testamentarischen Verfügungen meines Vaters, soweit sie Sie betreffen, nie erklärt?»

«Doch, wahrscheinlich.»

«Er *muß* sie Ihnen erklärt haben. Zweimal. Einmal bei Ihrer Heirat und nochmals, als Jeremy fiel. Das war meine Anweisung. Hat er sie etwa nicht beachtet?»

«Doch, doch, natürlich. Er hat mich aufgeklärt. Und er schrieb mir, um mir alles begreiflich zu machen.»

«Und haben Sie begriffen?»

Sie seufzte, dann straffte sie die Schultern, spielte so perfekt das brave Kind, das sich anschickt, ein Gedicht aufzusagen, daß er warnend die Stirn runzelte.

«Gewiß. Ihr Vater ließ sein gesamtes Vermögen in Ihrer treuhänderischen Verwaltung. Sie können darüber bestimmen, ob etwas ausgezahlt wird und in welchen Beträgen. Die rechtliche Seite verstehe ich auf jeden Fall.»

«Was für eine Seite gibt es denn noch zu verstehen?» Er stand auf und trat in den tiefen Schatten hinter dem Schreibtisch, wo er aus einer silbernen Schatulle eine Zigarre nahm und anzündete. Sein beharrlicher Blick bereitete ihr Unbehagen, um so mehr, da sie sein Gesicht nicht sehen konnte. Doch der Moment war gekommen, sich zu erklären. Obwohl ihr Mund trocken war und ihr Kopf in dieser rauchigen Düsternis zu schmerzen begann, gestattete sie sich kein Zaudern.

«Mr. Swanfield, ich war drei Tage die Frau Ihres Bruders. Ich kannte ihn vorher einige Wochen und schrieb ihm hinterher einige Wochen. Ich kann nicht glauben – wirklich nicht –, daß diese drei Tage mir für den Rest meines Lebens das Recht auf Unterhalt durch seine Familie geben sollen. Ich habe in diesen drei Tagen nichts getan – jedenfalls nicht genug –, um mir das zu verdienen.»

Sprach sie zu sich selbst? War er weggegangen, hatte sie allein zurückgelassen, verschwendete sie ihre Worte an die leere Dunkelheit? Wie konnte man zu diesem Mann durchdringen? Vielleicht war es gar nicht möglich. Wenn es sein Wunsch war, abgetrennt, distanziert und allein zu sein, dann würde gerade sie diesen Wunsch nicht in Frage stellen. Doch dann hörte sie seine Stimme, trocken und verächtlich; immer noch mißtrauisch, dachte sie, für den Fall, daß all ihr Edelmut nicht mehr sein sollte als ein berechnendes Manöver.

«Eine merkwürdige Einstellung, Claire. Die Gesetze unseres Landes sind nicht Ihrer Meinung.»

«Das ist mir, ehrlich gesagt, gleichgültig.»

«Nun – was vielleicht wesentlich ist – auch die Familie Swanfield ist nicht Ihrer Meinung. Ebenso wenig die Lyalls oder sonst eine Familie mit einer heiratsfähigen Tochter. Ist Ihnen das auch gleichgültig?»

«Im großen und ganzen, ja. Sie haben ein Recht auf Ihre Meinung, ich auf meine. Am dringendsten brauche ich gegenwärtig eine Zeit des Alleinseins.»

«Eine bequeme Philosophie. Soll ich daraus entnehmen, daß Sie vorhaben, die Summe, die ich Ihnen möglicherweise aussetzen werde, auszuschlagen?»

Sie schluckte, dann hob sie die Augen und sah ihm direkt ins Gesicht. Sein scharfer Blick war kühl taxierend und machte sie trotz aller Entschlossenheit ein wenig unsicher.

«Ich dachte, jegliche Zahlung an mich würde von meiner Bereitschaft abhängen, nach High Meadows zu kommen.»

«Natürlich.» Als hätte er plötzlich seinen Entschluß gefaßt oder das Interesse verloren, sagte er kurz: «Aber so ist es nicht. Sie können für den Anfang zweihundertfünfzig Pfund pro Jahr haben. Große Sprünge kann man damit nicht machen, aber es dürfte Ihnen reichen, sich ein halbwegs komfortables Leben allein zu leisten. Wollen Sie das Geld haben? Wenn nicht, fließt es wieder in die Vermögensmasse, bis Sie empfänglicherer Stimmung sind. Oder bis zu meinem Tod. Dann werden Sie sich allerdings mit einem Heer von Rechtsanwälten und Bankleuten herumschlagen müssen. Also, ich muß mich jetzt wirklich beeilen, was soll ich tun?»

«Warum? Wieso sind Sie so entgegenkommend, Mr. Swanfield?»

«Habe ich den Ruf, nicht entgegenkommend zu sein?»

«Und es sind keine Bedingungen daran geknüpft?»

«Doch, vielleicht. Ja, natürlich sind Bedingungen daran geknüpft.

Ich verlange von Ihnen den Beweis, daß Sie mit Geld umgehen können. Von Zeit zu Zeit vielleicht auch anderes. Die Beachtung gewisser Familientraditionen beispielsweise. Wenn Sie sich erst einmal an das bißchen Sicherheit gewöhnt haben, das einem zweihundertfünfzig Pfund gewähren, werden Sie das Geld nicht gern wieder hergeben wollen.»

«Und Sie würden es mir natürlich nehmen, wann immer es Ihnen paßt?»

«Die Macht habe ich, ja. Ich würde sie nicht willkürlich gebrauchen. Ich kann entgegenkommend sein. Ich bin nicht großzügig. Jedenfalls nicht, soweit es treuhänderisch verwaltete Gelder angeht. Aber die Bedingungen, die mit der Auszahlung einhergehen sollten, stelle ich, nicht Edward Lyall. Vielleicht sehen Sie darin einen gewissen Vorteil.»

Er bot ihr Freiheit. Sie war beinahe sicher. Freiheit von Edward jedenfalls und der entwürdigenden Notwendigkeit, sich seinen Ansichten zu beugen, weil einem das bißchen Geld fehlte, sich ein Zugbillett zu kaufen, ein Zimmer oder eine Wohnung zu mieten. Mit zweihundertfünfzig Pfund im Jahr konnte sie atmen, wählen. Auf ihre Erleichterung folgte ein Schwall nackter Schadenfreude. Was würde Edward sagen, wenn er entdecken mußte, daß sie nicht nur seiner Fuchtel entronnen war, sondern daß ausgerechnet der hochverehrte Mr. Swanfield ihr die Mittel dazu geliefert hatte? Sie lächelte plötzlich und strahlte vor spitzbübischer Freude über Edwards Enttäuschung.

«Sie nehmen also mein Angebot an?»

«Ja. Vielen Dank.»

«Gut – ich hatte auch kaum daran gezweifelt.»

«Ich schon. Bitte halten Sie mich nicht für naiv oder undankbar. Ich weiß, was man mit Geld alles kaufen kann, welche Freiheit es einem gewährt. Aber ich finde wirklich, man sollte es sich verdienen.»

«Gut, dann kommen Sie her, und leisten Sie Miriam Gesellschaft.»

«Sie sagten, das wäre keine Bedingung.»

«Ist es auch nicht. Ich zeige Ihnen nur, wie Sie Ihre Skrupel überwinden können.»

«Bitte nehmen Sie mich ernst, Mr. Swanfield.»

Wieder sah sie das flüchtige Lächeln, dann den absichtlichen

Rückzug in den Schatten, als wollte er seine Erheiterung wie alles andere strikt für sich behalten.

«Wir sind uns also einig, daß ich Ihnen, bis Sie auf eigenen Füßen stehen, einen Wechsel zahle.»

«Sie glauben nicht, daß ich je auf eigenen Füßen stehen werde.»

«Nein. Ich denke, nächstes Jahr um diese Zeit sind Sie wieder verheiratet und werden die Freigabe Ihres Kapitals verlangen.»

Sie lächelte, nahm seine Einschätzung ihrer Ziele und Fähigkeiten entgegen, ohne beleidigt zu sein. «So stürmisch bin ich nicht, Mr. Swanfield. Im Augenblick reicht mir eine kleine Wohnung in Faxby. Und eine Arbeit.»

«Gut.» Er schien nicht mehr sagen zu wollen. «Miriam wird natürlich enttäuscht sein. Aber ich werde es ihr so taktvoll wie möglich beibringen.»

«Vielleicht sollte ich das selbst tun. Ja. Ich denke schon.»

«Sie haben wirklich ein sehr aktives Gewissen, Mrs. Swanfield.»

«Ja, ich weiß. Es ärgert mich oft.»

«Würde es Ihnen etwas ausmachen, mich Benedict zu nennen? Es klänge vielleicht – da wir doch Schwägerin und Schwager sind – etwas natürlicher als Mr. Swanfield.»

«Lieber Himmel.» Sie lachte, auf vertrauten Boden zurückkehrend. «Benedict – entschuldigen Sie.»

Doch der Impuls von Wärme, ihre Bereitschaft, ihn als Menschen, als Mann wahrzunehmen, wurden augenblicklich durch seine sardonische Erwiderung zunichte gemacht. «Sie brauchen sich nicht zu entschuldigen. Mir ist aufgefallen, daß Ihre Mutter auch ihre Schwierigkeiten mit meinem Vornamen hat.»

«Meine Mutter –», begann sie, spürte, wie sinnlos das war, und verwandelte ihre Verteidigungsrede für Dorothy in einen simplen Ausruf, den sie mit einem Achselzucken abrundete. Ihre Mutter war eine wohlmeinende, zaghafte, gehemmte Frau. Benedict war die Gehemmtheit aufgefallen. Der Rest interessierte ihn sicher nicht. Wie müde sie jetzt war, wie gefährlich nahe ihren Grenzen, diesem schrecklichen Gefühl, das sie manchmal überfiel, wenn sie, anstatt festzubleiben und weiterhin ruhig und wohlerzogen um ihre persönliche Freiheit zu kämpfen, am liebsten davongelaufen wäre, um sich in einer stillen, geheimen Ecke zu verkriechen und die Erklärungen und Auseinandersetzungen – wie ihre Mutter und Miriam es immer getan hatten, wie auch Polly es tun würde – anderen zu überlassen.

Doch das war nicht der Weg, für den sie sich entschieden hatte. Zwar brauchte sie Miriams Vorwürfe nicht gleich an diesem Abend über sich ergehen zu lassen, doch Edward konnte sie nicht entrinnen. Er würde da sein, im Auto nach Upper Heaton, am Morgen beim Frühstück, und seine Nerven und seine Verdauung würden schrecklich leiden, wenn sie ihren Verrat offenbarte.

Sie konnte es ertragen. Sie würde es ertragen müssen. Und Dorothys Vorwürfe dazu.

«Ich danke Ihnen, Benedict.»

«Gut. Würden Sie mir Edward Lyall hereinschicken?»

«Sicher. Darf ich fragen, warum?»

«Weil ihn jemand mit Ihrem neuen finanziellen Status vertraut machen sollte, meinen Sie nicht?»

Eine Last war ihr abgenommen worden. Wußte er das? Sein verschlossenes Gesicht sagte ihr nichts. Doch als sie durch den Flur ging, spürte sie, daß die Müdigkeit nachgelassen hatte; Gelassenheit und Entschlossenheit waren zurückgekehrt, und als sie den Salon betrat und Edward winkte, fragten sich die meisten der dort Anwesenden, wieso sie lächelte, nachdem sie so lange mit ihrer aller Zahlmeister, Zuchtmeister und Inquisitor Benedict in Klausur gewesen war.

4

Ausgerechnet Nola besorgte ihr die Wohnung.

Sie war auf Freundschaftsangebote von Polly gefaßt gewesen, und als sie Nolas gutturale Stimme am Telefon hörte, reagierte sie vor lauter Überraschung so brüsk wie Edward, der, wenn er telefonierte, den Hörer äußerst vorsichtig abzunehmen und so bald wie möglich wieder einzuhängen pflegte, als hätte er Angst, er könnte explodieren.

«Ich wollte fragen, ob Sie Lust auf eine Tasse Tee mit mir haben? Heute nachmittag? Um drei? Im Hotel *Crown*.»

Das Hotel *Crown* war keinesfalls der naheliegende Ort für den Nachmittagstee. Es hatte seit jeher etwas Anrüchiges gehabt und stand in einem alten, einst blühenden Teil der Stadt, der verödet war, als Faxby seinen Mittelpunkt zum Rathausplatz verlegt hatte. Sie hatte einige Mühe, sich inmitten soviel verfallender Pracht zu orientieren und zwischen den hohen grauen Häusern, die schäbig, doch hochmütig unter alten Bäumen im feinen Frühlingsregen standen, ihren Weg zu finden. Erst als sie vor dem Säulenportal geparkt hatte, fiel ihr auf, daß es geschlossen zu sein schien. Dennoch ging sie hinein, vorsichtig zwischen Brettern, Leitern und Farbeimern hindurch, und wurde zu ihrer Erleichterung von einem kleinen Jungen in Empfang genommen, den man als Ausguck postiert hatte und der sie, viel interessierter an den Renovierungsarbeiten als an Claire, zu einer Tür führte und davonlief.

Sie klopfte, hörte erst Bewegung, dann leise Stimmen, und trat ein. Ihr war sofort klar, daß der Mann, der korrekt fünfzehn Zentimeter von Nola entfernt saß, eben erst an diesen Platz gerückt war. Auf dem Tablett vor den beiden standen nicht Teegeschirr und silberner Kessel, sondern hohe, geriefte Gläser, eine Dose mit türkischen Zigaretten, ein Eiskübel, aus dem der schlanke Hals einer dunkelgrünen Flasche ragte.

«Oh, Claire – hallo!» Nola, die aufreizend lässig im niedrigen Sofa lehnte, blinzelte mit schwerlidrigen, hellen Augen durch den Rauch ihrer Zigarette. Sie wirkte schlangenhaft geschmeidig und ungemein elegant in dem schmalen salbeigrünen Kleid mit dem Fuchspelz um den Hals. Ihre Begrüßung war so beiläufig, daß Claire sich flüchtig fragte, ob sie die Einladung vergessen hatte, bedauerte oder sie ihr nun doch nicht paßte.

Doch wenn das stimmte, so entschloß sich Nola schnell, das Beste aus der Situation zu machen, bat Claire herein und forderte sie mit einer Folge von Gesten, die sie sich in den Tagen ihrer Begeisterung für das russische Ballett angeeignet hatte, auf, sich zu setzen.

«Darf ich vorstellen – Major Hardie. Kit, das ist meine Schwägerin, Jeremys Frau. Sie erinnern sich nicht an Kit, Claire? Nein, das war wohl vor Ihrer Zeit.»

Er hatte einen warmen, festen Händedruck; die gepflegten, aber kräftigen Hände, dachte Claire, konnten sicher energisch ein durchgegangenes Pferd zügeln oder eine Meute widerspenstiger Hunde zur Räson bringen. In den Augenwinkeln hatte er ein Netz von Lachfältchen, die Augen selbst waren von einem strahlenden, scharfen Blau, die Augen des Jägers, der durch den herbstlichen Frühnebel nach dem ersten Fasan, dem flüchtenden Fuchs Ausschau hält. Ein Landjunker, dem es so natürlich gewesen sein mußte, im Krieg über Soldaten zu befehlen wie im Frieden über Förster und Jagdgehilfen. Das Gebieterische war gemildert durch lockere Gutgelauntheit, die leicht spöttische Nonchalance der Begüterten, die ganz einfach nicht erwarten, daß man ihnen widerspricht.

«Hallo», sagte er mit voller Stimme, in der sie einen nördlichen Anklang hörte. Schottland vielleicht? Moorhuhn und Heide und Malzwhisky mit einem Anflug von Weltmännischkeit. Ein bankrotter schottischer Lord vielleicht mit einer Vorliebe für *foie gras* und alten Champagner? Es paßte zu ihm. Während er sich um sie bemühte, ihr den Sessel zuwies, den er für sie am besten fand, und ihr Wein einschenkte, wurde ihr zweierlei bewußt: ihre jähe Reaktion auf seinen Charme und die Enttäuschung, daß er ihn an Nola verschwendete.

«Ja», sagte Nola, die die Reaktion bemerkte und sich das übrige leicht denken konnte. «Mein Freund, Major Hardie.» Plötzlich öffnete sie weit die trägen Augen, lächelte Claire ins Gesicht und legte ihre Hand flüchtig auf das Knie des Majors.

Mein Freund. Mein Fund. Meine Zerstreuung. Sie lächelte wieder. Er gehört mir, meine Liebe. Claire nickte. Und keiner von beiden kam Verlegenheit oder gekränkte Moral in den Sinn.

Ich bin eine untreue Ehefrau, schien Nola zu sagen. Werden Sie es meinem Mann verraten?

Nein, antwortete Claire stumm, und Nola, die Claires Widerwillen, zu richten oder hineingezogen zu werden, klar lesen konnte, lächelte voll Genugtuung. Gut. Sie hatte es nicht anders erwartet. Nicht Freundschaft und schon gar nicht Loyalität; diesen Dingen war Nola viel zu selten begegnet, um ihnen großen Wert beizumessen. Doch eine «Vereinbarung» zwischen zwei Frauen, die einander von Nutzen sein konnten – solange die Vereinbarung Gültigkeit hatte.

Claire hob ihr Glas. Der Major ebenfalls.

«Auf – worauf sollen wir trinken?» fragte er.

Nola räkelte sich auf dem Sofa und zupfte an ihrem Pelz. Er würde auf sie trinken, so oder so. Dafür würde sie schon sorgen. Solange es ihr gefiel. Sie zerstreute. Wenn es bedeutungslos wurde, wenn alles schal und fade geworden war, konnten sie und ihr Major auf jeden beliebigen trinken. Auf jeden, dachte sie, der sie haben wollte. Aber noch war es nicht soweit.

«Auf irgend etwas», murmelte sie. «Oder auf das Hotel *Crown* – das uns vielleicht im nächsten Winter vor dem Tod durch Langeweile rettet.» Als Claire sie fragend ansah, fügte sie hinzu: «Haben Sie die Winter in Faxby vergessen, Claire? Lang und kalt, und man kann nichts tun, als im Schoß der Familie zu ersticken. Kit wird das ändern. Er hat gerade die Leitung dieses Hotels übernommen und wird dafür sorgen, daß wir alle unseren gerechten Anteil an Dekadenz und Verruchtheit bekommen – oder zumindest kulinarisches Essen, guten Wein und Jazz. Man sollte ihm einen Orden dafür geben.»

Orden hatte er sicher genug, dachte Claire, die sich ihm interessiert und etwas überrascht zuwendete.

«Die Eigentümer haben mir *carte blanche* gegeben», sagte er. «Das ist sehr nobel von ihnen, oder wäre es, wenn nicht ziemlich klar wäre, daß sie nicht viel zu verlieren haben. Ich habe ein Jahr Zeit – daher die Renovierungsarbeiten. Wenn ich scheitere, kommt der ganze Kasten samt Inventar und mir unter den Hammer.»

Nach so kurzer Bekanntschaft schon fiel es ihr schwer, bei ihm an Scheitern zu denken. Dennoch schien ihr, da sie Faxby gründlich kannte, das Unternehmen so riskant wie die vielen unüberlegten

Wagnisse, auf die sich überall im Land ausgediente Offiziere einließen, für die es in Friedenszeiten keine Arbeit gab. Dabei hatte sie diesen Mann nicht für leichtfertig gehalten.

«Braucht Faxby noch ein Hotel, Major Hardie?»

Wer kam denn nach Faxby außer eisenbahnfahrenden Handlungsreisenden, denen man schon gute Gründe würde bieten müssen, die Bahnhofshotels zu verlassen.

«Nein.» Seine ruhige Bewertung überraschte sie. «Faxby hat genau die Anzahl von Hotels, die es braucht, und die Art von Hotels, die es verdient. Zimmer und Bedienung sind adäquat. Will man aber einmal einen Freund zum Essen ausführen – also im *Great Northern* bekommt man eine dicke braune Suppe und Kohlgemüse, und im *Midland* –!»

Er schauderte, und sie lachte, als sie fragte: «Und was serviert man im *Crown*?»

«Bis jetzt noch nichts. Am Tag, als ich hier ankam, stürzte praktisch über meinem Haupt die Küchendecke ein, was nicht schlimm gewesen wäre, hätte ich nicht meinen belgischen Freund mitgehabt, einen sehr fähigen Koch, der nicht begeistert war, als es plötzlich Mörtel regnete. Aber nach einer Weile beruhigte er sich – er ist Flüchtling und hat kein Zuhause –, und nun wartet er unter einer nagelneuen Decke und vor nagelneuen Öfen auf den Eröffnungstag. Ich könnte mir vorstellen, daß seine Schildkrötensuppe oder sein Austernsoufflé Sie reizen könnten, wenn Sie mal einen Freund zu einem guten Diner einladen wollen. Und hinterher vielleicht Hummer *à la bordelaise* – wie wäre das? – oder ein schöner Rehrücken. Und dann Erdbeeren in Curaçao und Brandy mit Schlagsahne.»

«Major Hardie – wo bekommt man heutzutage solches Essen?»

«Oh, das ist kein Problem. Es hat natürlich seinen Preis. Aber die Textilbarone und Stahlmagnaten von Faxby können sich das leisten. Hier gibt es angeblich mehr Millionäre als sonstwo im Land.»

«Sicher.» Sie wirkte, ohne sich dessen bewußt zu sein und sehr zu seiner Befriedigung, beunruhigt um ihn. «Aber es sind keine Hummer-*à-la-bordelaise*-Millionäre. Major, wie gut kennen Sie Faxby?»

«Oh – einigermaßen.»

Sie bezweifelte es. Hätte er längere Zeit in Faxby gelebt, wo es gutaussehende, weltgewandte Männer nie im Überfluß gab, er wäre nicht unbemerkt geblieben. Man hätte seine Gesellschaft gesucht, ihn herumgereicht. Man hätte sich seiner erinnert. Doch sie hatte nie von ihm gehört. Er konnte höchstens einmal als Wochenendgast in der Gegend gewesen sein, zur Jagd vielleicht auf einem der alten Güter in der Umgebung. Da sie ahnte, daß er mittellos war, und argwöhnte, daß er Faxbys Geschmack nach seinem eigenen einschätzte, den er sich in feinsinnigeren Gegenden erworben hatte, sagte sie besorgt: «Hier speist man nicht außer Haus, Major. Wo außer in London geht man überhaupt zum Essen aus? Faxby kann man beim besten Willen nicht als mondän bezeichnen. Wir haben keine Theater außer dem *Princess*, und das ist im Grund nur ein Revuetheater, es besteht also kein Bedarf an Restaurants für Theaterbesucher. Und die Kinogänger könnten kaum Ihre Preise bezahlen. Und wenn man einen Freund zum Essen einladen möchte, so bewirtet man ihn hier bei sich zu Hause.»

«Ich weiß.» Die warmen blauen Augen schienen zu blinzeln. «So war es immer. Aber kann es so weitergehen?»

«Warum nicht?»

«Das will ich Ihnen sagen. Bald gibt es wieder Butter und Sahne im Überfluß, und in den Läden werden sich die Zuckersäcke stapeln. Aber wie steht es mit Hausmädchen?»

Was sollte das heißen? Sie war in eine Welt hineingeboren worden, in der Hausmädchen einfach zur Landschaft gehörten. Auch wenn Frauen wie ihre Mutter und Miriam Swanfield ihre Untüchtigkeit beklagten, ihre mißliche Neigung zu Erkältungen und Tränenausbrüchen, hatte sie niemals ernstlich ein Leben ohne sie in Betracht gezogen.

«Es fragt sich», sagte er, «wie die Mädchen sich verhalten werden, wo sie jetzt gemerkt haben, daß sie in der Fabrik bei kürzerer Arbeitszeit höheren Lohn verdienen können. Man braucht schon ein ganzes Regiment von Hausmädchen, wenn man ein Abendessen für vierundzwanzig Personen oder ein Frühstück für ein Dutzend Leute geben will. Da findet man es vielleicht bequemer, die Einladung im Hotel *Crown* zu geben.»

«Ich hoffe es von Herzen.»

«Danke. Aber Sie glauben es nicht?»

Sie lächelte. «Sie sind ein mutiger Mann.»

«Richtig. Er hat nicht umsonst die ganze Brust voller Orden.» Nolas Stimme klang träge, schläfrig, und ihr spitzes Gesicht verriet eine Art geheimer Belustigung, die Claire gar nicht erst zu verstehen versuchte.

«Na schön, aber –» Doch ehe der Major seinen Mut nach bewährter Heldenmanier gering hinstellen konnte, klopfte es, und eine respektvolle Stimme rief ihn zu wichtigeren Geschäften.

«Major Hardie, der Bauunternehmer ist da.»

Als die Tür hinter ihm zufiel, sah Nola Claire mit ihren hellen Augen an und sagte: «Er war Butler in High Meadows. Das wußten Sie natürlich nicht.»

Schweigen. Es hatte ihr die Sprache verschlagen. Doch sie wußte, daß sie etwas sagen mußte. Es war nicht das erstemal, daß ihr eine Frau einen Schlag ins Gesicht gab – vielleicht sogar nur zur eigenen Erheiterung.

«Nein. Das wußte ich nicht.» Warum sollte es überhaupt von Bedeutung sein? Der Krieg hatte doch gewiß diesen ganzen Unsinn von Standesunterschied und wissen, wo man hingehörte, weggefegt. Mit Recht. Sie hatte nie etwas davon gehalten. Aber Mädchen aus gutem Hause, wo es gutaussehende Burschen und Lakaien gab, die ihnen gefährlich werden konnten, hatte man eben von Generation zu Generation hinter einer Mauer aus Vorurteilen und Tabus erzogen. Spuren davon – schwach, unerfreulich, verstohlen – waren immer noch da. Nolas Untreue an sich war ihr gleichgültig gewesen, die Tatsache jedoch, daß sie ihren Mann mit seinem früheren Butler betrog, machte ihr zu schaffen. Sie wußte nur zu genau, wie Benedict Swanfield, Miriam, Dorothy, alle, die ihnen als «anständige Leute» galten, darauf reagieren würden. Und wenn sie auch ihr Standesbewußtsein, ihre Standesblindheit nicht teilte, so war ihr doch unbehaglich. Und sie kam sich töricht vor.

«Ja», sagte Nola, «der Butler. Ein schöner Skandal, hm? Er ging gleich im Sommer 1914 an die Front, deswegen sind Sie ihm wahrscheinlich nicht begegnet. Aber Mädchen aus gutem Hause beachten ja Dienstboten sowieso nicht. Wenn Ihnen der Standesunterschied zu schaffen machen sollte, dann lassen Sie sich beruhigen. Er ist mir nie aufgefallen, als er noch in High Meadows war. Ich glaube, auch Miriam hat ihn erst bemerkt, als er ging und ihr klar wurde, wie reibungslos der Haushalt unter seiner Leitung gelaufen war. Ich traf ihn vor einem Jahr auf einem Fest in London und sah nur einen verteufelt gutaussehenden Mann – in Uniform natürlich, das macht sich ja immer gut. Das verstehen Sie sicher.»

«Ja.»

«Er hat so ziemlich jede Auszeichnung erhalten, die es gibt. Für ‹ungewöhnliche Tapferkeit› und ‹treuen Dienst am Vaterland›, wie es so schön heißt. Nur muß man wissen, daß Kit immer zuerst an sich selbst denkt. Er holte sich Orden und Ruhm, aber er überlebte. Das ist typisch Kit Hardie. Er ist einer, der immer durchkommt. Und ein Opportunist dazu. Er benützt Dinge und Menschen. Wenn Sie also nicht benützt werden wollen – was wirklich ganz lustig sein kann –, dann hüten Sie sich. Die Eigentümer dieses Hotels sind meine Vettern Arnold und Bernard Crozier, die unheimlich viel Besitz haben.»

Wieder schlug sie die schmalen Augen zu einem katzenhaften Blick auf, der sagte, Claire könne sich denken, was sie wolle, sie – Nola – kümmere es keinen Pfifferling. Was kümmerte sie überhaupt? Vieles, wie es schien, es fragte sich nur, wie lange.

«Er benützt mich, ich benütze ihn. Er ist ehrgeizig. Ich langweile mich. Darauf läuft es hinaus.» Sie lächelte, beinahe blendend diesmal. Das reichte. Mehr war es nie gewesen. Ein gutaussehender Mann, der ihre Sinne entflammte und ihren Verstand beschäftigte. Vorübergehend. Und wenn die Flaute des Desinteresses kam, mußte sie eben damit fertig werden, sie aushalten, bis ein neuer Wind aufkam.

«Nun, Claire», fragte sie heiter, «was halten Sie davon?»

«Wenn es Ihnen paßt, Nola, was geht es dann mich an?»

«Mir paßt?» Nola war erheitert, ein wenig geringschätzig, wußte wohl, daß dieses Mädchen trotz aller Gelassenheit noch jung genug war, um sentimental zu sein. «Ob es mir paßt oder nicht, was kann man sonst schon tun?»

«Ich weiß nicht», antwortete Claire. «Man hofft.»

«Aber ja, natürlich.» Nola beugte sich vor und lachte kehlig. «Man hofft. Auf Wunder. Jedesmal. Ist das nicht gerade der Spaß daran?» Nachdem sie so in wenigen Worten ihre Lebenseinstellung zusammengefaßt hatte, kam sie unvermittelt zum wahren Grund ihrer Einladung. «Ich höre, Sie suchen eine Wohnung.»

«Ja.»

«Es ist nicht leicht, etwas zu finden.»

Aber Nola, begriff Claire sofort, würde ihr helfen. Für einen Preis. Dafür, vermutete sie, daß sie sich als Alibi zur Verfügung stellte, als Schutz für Nola, die in einer Provinzstadt wie Faxby, wo man scharfe Augen und spitze Zungen hatte und Ehebruch immer noch eine ernste Sache war, sicher ständig Vorwände und Entschuldigungen brauchte. Wollte Claire diesen Part übernehmen? Nicht sonderlich gern. Doch andererseits – hielt ein Gefühl der Loyalität den Swanfields gegenüber sie zurück? Sie bezweifelte es mit einer gewissen wehmütigen Erheiterung. Und sie brauchte eine Wohnung. Dringend.

«Es gibt nicht viele freie Wohnungen», fuhr Nola fort. «Die vielen Kriegsehen – da sind Wohnungen rar. Haben Sie schon etwas Passendes gefunden?»

«Nichts, was ich mir hätte leisten können.»

«Na ja, man braucht nicht gleich zu verzweifeln. Ich habe genau das Richtige – gleich hier, über die Straße und um die Ecke – voilà! Eine Zweizimmerwohnung mit Bad und Küche ganz für Sie allein. Kit Hardie ist da vor einer Woche ausgezogen. Er wohnt jetzt hier, und die Wohnung steht noch leer. Ich gehe mit Ihnen hinüber, damit Sie sie ansehen können. Das Haus gehört übrigens auch meinen Verwandten, den Croziers.»

Nola hatte ihre Bedingungen gestellt, Claire hatte sie verstanden, wenn auch noch nicht ganz angenommen.

«Gut, Nola.»

«Es könnte wirklich gut werden. Zu unser beider Vorteil.»

Einen erregten Handwerker an seiner Seite, stand Kit Hardie im Chaos des Foyers, als sie kamen. Nola schritt mit schwingendem Fuchs durch Mauerbrocken und Mörtel, als existierten sie nicht, Claire ging vorsichtig – sie dachte an ihre Schuhe –, aber ohne Eile, bereit, mit den Arbeitern im Vorübergehen ein Lächeln zu tauschen. Eine attraktive Frau, diese jüngste Mrs. Swanfield. Keine leichte Eroberung wie Nola, die gar nicht hatte erobert werden müssen, sondern ihn im Sturm genommen hatte, befeuert – wie er wohl wußte – vom Reiz des Neuen, den ein Mann wie er, ein «gemeiner» Bürger für sie hatte, wenn er selbst sich auch nie, nicht einmal damals, als er noch anderer Leute Schuhe geputzt und Töpfe geschrubbt hatte, als gemeiner Bürger gefühlt hatte. Zäh ja, nicht leicht unterzukriegen, erfahren darin, sich den Rücken freizuhalten und jede Situation zum eigenen Vorteil auszunutzen. Aber nicht gemein.

Er war sein Leben lang ein hungriger Kämpfer gewesen, ein kluger, wenn auch nicht immer fairer Kämpfer, da er in einer Welt aufgewachsen war, wo mit hinterhältigen Schlägen immer zu rechnen war. Eine grausame Welt, die Welt des «gemeinen Mannes», weit härter, als jene sich vorstellen konnten, die die lange Kindheit der Begüterten genossen hatten. Jeremy Swanfield zum Beispiel, der, von jeglicher Verantwortung abgeschirmt, bis in die Fünfziger ein Knabe geblieben wäre. Nola, die mit ihren Privilegien nichts anderes zu tun wußte, als sie zu vergeuden. All diese Bürschchen, die sich schon im ersten Kriegsjahr Hauptmann und Oberst nannten und ihre erste Schlacht wie eine Kricketpartie angesehen hatten. Claire? Obwohl seine niedrige Herkunft ihm im Umgang mit Frauen nie ein Hindernis gewesen war, machte er sich jetzt über Claire Gedanken.

Sie wußte inzwischen natürlich, daß er Miriam Swanfields Butler gewesen war. Dafür hatte Nola gewiß gesorgt. Er hatte sie zwar nicht getäuscht, er hatte aber auch nichts getan, um ihren irrigen Eindruck, einen geborenen Gentleman vor sich zu haben, zu korrigieren; einen Mann, der seine Privilegien mühelos ererbt und sie sich nicht unter Einsatz seines Lebens, manchmal auch mit Betrug erstritten hatte. Er schämte sich der Tatsache nicht. Aber wie hätte diese verschlossene, irgendwie zerbrechliche Frau – diese schöne Frau – reagiert? Ganz gewiß hätte seine plebejische Herkunft sie nicht erregt wie Nola, die hinter der geschliffenen Fassade eifrig nach Resten von Grobheit und Primitivität suchte, die sie so faszinierten. In bezug auf Nola hatte er keine Illusionen. Er hatte überhaupt keine Illusionen. Die hatte er sich nie leisten können. Dennoch, dachte er, wäre er wahrscheinlich enttäuscht, wenn Claire Swanfield nun in seiner Gegenwart befangen sein sollte wie eine zimperliche Gouvernante oder – noch schlimmer – neugierig darauf, wie so ein gutaussehender, gutgebauter, gemeiner Mann im Bett wäre.

Doch ihr Lächeln war so freundlich und offen wie zuvor. «Sie scheinen viel zu tun zu haben», sagte sie, nur aus dem Wunsch, mit ihm zu sprechen.

«Ja.» Auch sein Ton war ungezwungen, warm, sein Blick unverhohlen bewundernd, leicht spekulativ, eine Spur belustigt – weil es seine Gewohnheit war, über die Welt zu lachen oder so zu tun. «Diese Leute hier erklären mir dauernd, sie könnten nicht rechtzeitig fertig werden. Aber ich habe eine höhere Meinung von ihnen. Ich denke, wir können es schaffen.»

«Kit.» Nola brach brüsk in das Gespräch ein, das sich nicht um sie drehte. «Ich brauche deine Schlüssel.»

«Ja. Ich gebe euch Euan mit. Der kann euch die Haustür aufmachen. Sie klemmt. Euan – kommen Sie doch mal runter.»

Ein junger Mann, der auf einem wackeligen Brett zwischen zwei Leitern balancierte, legte seinen Pinsel weg, salutierte, schwang sich behende zu Boden. Ein Arbeiter, wie es schien, in bespritzter Kordhose und mit nacktem Oberkörper, bis er im manierierten Tonfall des hochnäsigen Internatsschülers sagte: «Ja, Major Hardie, Sir. Zu Ihren Diensten.»

«Schon gut, Euan.» Kit Hardies Ton war nachsichtig, doch hinter der Gutmütigkeit lauerte eine Andeutung, daß diese Art der Begrüßung ihn eines Tages nicht mehr belustigen würde. «Führen Sie die Damen zur Wohnung hinüber.»

«Ja, Sir. Sofort, Sir.»

«Hören Sie auf, den Idioten zu spielen, Euan. Und ziehen Sie sich Ihr Hemd an.»

Grinsend zog er sich ein grelles, aber schäbiges blau-rot kariertes Hemd über den Kopf. Der Brustkorb unter den erhobenen Armen war knochig unter der dünnen, hellen Haut, die neben der braungebrannten, kernigen Robustheit Kit Hardies kränklich wirkte. Es war ein nervöser, empfindlicher Körper, von dem Claire – Pauls wegen – rasch wegsah.

«Das ist Euan Ash», erklärte Kit Hardie. «Leutnant Ash, wie er mir sagte, ehemaliger Schüler von Eton und –»

«– und der einzige Nachteil an der Wohnung», warf Nola unfreundlich ein, «da er Ihr Nachbar ist. Allerdings nicht lange, wie zu hoffen ist. Er ist nämlich unterwegs nach – wohin wollen Sie gleich wieder, Euan?»

Euan, der sich das Hemd zuknöpfte, drehte den Kopf und lächelte sie mit der bewußten Süße und unverhohlenen Bosheit eines gefallenen Engels an. «Das weiß ich manchmal selber nicht. Edinburgh? Kapstadt? Sidi-bel-Abbès?»

«Fürs erste brauchen Sie nur bis zur Wohnung zu kommen», bemerkte Kit Hardie. «Machen Sie den Damen die Tür auf, Euan. Setzen Sie Wasser auf. Und achten Sie auf Ihre Ausdrucksweise.»

«Keine Sorge, Major. Wenn das die Dame ist, von der wir gehört haben, die Lazarettschwester, dann ist sie drastische Worte gewöhnt. Ich glaube sowieso, *diese* Mrs. Swanfield und ich, wir sind uns vielleicht schon einmal begegnet.»

Es hätte gut sein können. Sein Gesicht hatte in den vergangenen vier Jahren in Hunderten von Variationen aus Hunderten von Lazarettbetten zu ihr aufgesehen; manchmal waren die Augen blau, manchmal braun, manchmal blind; das Gehaben forsch, trotzig, bitter; manchmal klammerte er sich an ihre Hand, manchmal stieß er sie fluchend von sich. Sie hatte ihn gebrochen und verkrüppelt zum Lazarettschiff begleitet und vom nächsten Verwundetenkonvoi abgeholt. Sie hatte in Holzbaracken, auf freiem Feld, in Zelten seine Fieberträume ausgehalten, seine Qual, seine Desillusionierung, seine Obszönitäten, seine gelegentlichen Ausbrüche von Lust, seine Momente der Zärtlichkeit, die noch tiefer berührten. Sie erkannte instinktiv, daß er wie sie zu der großen Zahl der Halb-Lebendigen gehörte, die – anders als Kit Hardie – nur langsam genasen, und sie sah ihn lächelnd an und nickte zum Zeichen ihrer Verwandtschaft.

Er war etwa sechsundzwanzig, so groß wie Kit Hardie, aber abgemagert bis auf die Knochen, ein Körper ohne Substanz, ein schmales Gesicht mit hoher Stirn, feinem hellen Haar und blauen Augen, die Haut von kränklicher Blässe, und hinter der Fassade unbekümmerter Jugend, ja, Unreife, etwas, das uralt, müde und absolut zynisch war.

Sie wußte, ohne zu fragen, daß er – wie Paul – direkt von der Universität in den Krieg gezogen war; daß er wie Tausende anderer junger Offiziere entwurzelt war und in dieser gefahrlosen, langweiligen, kleinlichen Welt des Friedens nichts fand, das ihn fesselte; daß er sich treiben ließ, bis der Tag kam – wenn er je kommen sollte –, an dem er seine Rastlosigkeit, seinen Groll, seine Verlorenheit wie die Uniform ablegen und den Krieg endlich wegstecken konnte.

Mehr wollte sie nicht wissen. Und so schritt sie zwischen ihm und Nola, ein Puffer zwischen ihrer Feindseligkeit, zum Mannheim Crescent, der, fünf Minuten entfernt, ihr Ziel war. Das Haus interessierte sie vom ersten Moment.

«Eine edle Dame in mißlicher Lage, finden Sie nicht», sagte Euan Ash und drückte das verschnörkelte, quietschende Tor auf, um sie durch den traurigen Garten mit den verwilderten Büschen, dem Unkraut, den gebeugten Bäumen zu führen.

«Es ist nicht übel», sagte sie zu ihm.

«Es ist wunderschön. Ein Stück Paradies. Der Traum jedes Frontsoldaten.»

Er sperrte die Tür auf, die auf überlasteten Angeln schwerfällig knarrend nach innen glitt. Das dunkle Vestibül war früher einmal beeindruckend gewesen, dazu bestimmt, einem frühen Textilbaron imposanter Rahmen zu sein, dann verlassen, als die explosionsartige

Entwicklung der Industrie das Leben in der Stadt unangenehm gemacht hatte. Mannheim Crescent hatte seine Exklusivität eingebüßt, war höchstens noch anständig, dann erträglich, und schließlich, als auch die Rechtsanwälte, Ärzte und kleinen Kaufleute fortgezogen waren, galt es nur noch als «dubiose» Gegend.

Die Straße verkam. Die Häuser – zu groß, um von den Leuten, die sie nun bewohnten, ordentlich instand gehalten zu werden – wurden aufgeteilt, zunächst in ziemlich große Wohnungen, dann in kleine Einheiten, wo Tanz- und Musikstunden gegeben wurden, religiöse Sekten und politische Parteien mit ungewöhnlichen Zielen und von kurzer Lebensdauer ihre Versammlungen abhielten, Leute ohne festen Wohnsitz und feste Arbeit sich die Küchen und die unzuverlässigen sanitären Anlagen teilten.

«Eine Pracht, nicht wahr?» sagte Euan Ash. «Sie bekommen das frühere Speisezimmer, glaube ich. Anna Pawlowa – so würde sie jedenfalls am liebsten genannt werden – gibt da hinten im früheren Salon Ballettstunden. Und ich habe ungefähr zwei Quadratmeter am Ende des Flurs. Er geht auf einen Wintergarten hinaus, den ich als Atelier benütze. Ich male nämlich – oder versuche es –, meine Entschuldigung dafür, daß ich sonst höchstens ab und zu mal dem Major aushelfe. Ich porträtiere Sie gern, wenn Sie möchten – mein Vorwand, um mit schönen Frauen allein zu sein.»

«Reine Zeitverschwendung, Claire. Er kann nichts.» Nola ging mit schwingendem Pelz und gereiztem Schritt an ihm vorbei.

«Ich höre selten Klagen», sagte er sanft und lächelte wieder dieses boshafte Lächeln.

«Machen Sie auf!» befahl sie kurz.

«Madam!»

«Wie hübsch», sagte Claire, die ins Zimmer trat, ohne es zu sehen, nur um den beiden zu entkommen. Dann aber registrierte sie, daß der Raum nicht schäbig war, wie sie erwartet hatte, sondern sauber, kühl, gut proportioniert und daß er nicht nach Feuchtigkeit und Moder roch, sondern nach Lavendel und schwachen, keineswegs unangenehmen Spuren von Tabakrauch. Die Möbel waren schlicht, billig, vermutete sie, obwohl sie von Möbelpreisen wenig Ahnung hatte, doch die beiden Sessel und das Sofa paßten, wenn auch unterschiedlichen Stils, mit ihren Bezügen aus grün-weißem Chintz gut zusammen. Ein Bücherregal war da, ein Tisch, ein Buffet, ein offener Kamin mit breitem Sims, alles blitzsauber.

«Ein ordnungsliebender Mensch, der Major.» Euan zündete sich eine Zigarette an und warf das brennende Streichholz in den Kamin.

Claire hatte die Fenstertür bemerkt und den langen, von einer Mauer umgebenen Garten dahinter. Zwei flache Steinstufen führten in eine verwunschene Wildnis, deren Farben von Salbei- bis Lorbeer- und Smaragdgrün reichten, hier und dort aufgehellt vom leuchtenden Gelb einer Narzisse und dem zarten Gold von Forsythienblüten über glänzendem, knospendem Rhododendron. Ein feiner, linder Regen fiel, und leichter Dunst spielte in den Kronen einer Zweierreihe von Bäumen, Äpfel und Pflaumen, dachte sie, so alt und ungepflegt, daß ihre Äste ineinandergriffen und man dort im Frühjahr wohl unter einem Dach aus Blüten ging.

Es war niemand da. Hinter der bemoosten grauen Mauer war nichts zu sehen als tiefhängender grauer Himmel und eine alte Ulme mit breit ausladenden Ästen. In diesem Garten würde sie allein sein, in diesem Haus, mit den wechselnden Mietern, würde sie anonym bleiben können. Es war eine Annäherung an die Freiheit, der größte Schritt vielleicht, den sie im Augenblick machen konnte, wo das vertraute Netz aus den Ängsten ihrer Mutter sie schon viel fester wieder eingefangen hatte, als ihr recht war. Dorothy Lyall wußte nicht, daß sie ihre Tochter brauchte. Aber Claire wußte es. Und sie wußte auch, daß sie Faxby nicht verlassen konnte, solange das Bedürfnis nicht abgenommen oder sich gelegt hatte.

«Sie sollten sie nehmen», meinte Nola, die in einem Sessel hinter ihr saß. «Im Moment finden Sie nichts anderes. Im Krieg wurden keine Häuser gebaut. Die Leute kriechen sogar in Scheunen und alten Eisenbahnwaggons unter. Entschließen Sie sich, sonst landen Sie noch in Upper Heaton oder High Meadows.»

«Und merken Sie sich», sagte Euan mit Unschuldsmiene, «daß Nola immer alles am besten weiß.»

«Sie sollen doch Wasser aufsetzen!» fuhr sie ihn an.

Lachend streckte er Claire die Hand hin, die kühl war und ein wenig rauh. «Kommen Sie, Claire. Sehen Sie sich die Küche lieber jetzt an, wo sie noch so ist, wie Kit sie verlassen hat. Ich hoffe nur, Sie kommen an die von ihm gesetzten Normen heran. Wir haben die Küche zwar gemeinsam, aber ich koche höchst selten. Wenn Sie nichts dagegen haben, schmarotze ich allerdings gern.»

Die quadratische Küche am Ende des schmalen flaschengrünen Flurs war einfach und sauber. In der Mitte stand ein geschrubbter

Holztisch, an den Wänden waren offene Regale – größtenteils leer –, unter dem Fenster mit dem Chintzvorhang ein Spülstein und ein Gasofen, eine angenehme Alternative, wie Claire fand, zu dem gewaltigen schwarzen Kohleofen aus Gußeisen, der die ganze Innenwand einnahm.

«Können Sie mit dem Ding umgehen?» fragte er, während er den Kessel füllte und das Gas anzündete. Sie lächelte. Vor 1914 hatte sie nicht einmal gewußt, wie man ein Ei kochte, geschweige denn, wie man Feuer machte. Jetzt konnte sie es, fragte sich aber, wieviel Zeit sie solchen Tätigkeiten wirklich opfern sollte.

«Ach, ich glaube, ich käme schon zurecht.»

«Ich weiß nicht, ob das reicht. Kit ist da der reinste Zauberer. Wär schade, wenn wir uns jetzt bescheiden müßten.»

«Er hat hier oben wohl auch alles geputzt?»

Lachend setzte er sich zu ihr. «Wer sonst? Die Wohnung war ein Schweinestall, als er kam. Mir war das gar nicht aufgefallen. Ich zog ungefähr eine Woche vor ihm ein, wissen Sie – eine Art Zwischenstation auf der Reise. Und da ich nicht vorhatte zu bleiben, erschien es mir sinnlos, etwas zu verändern. Aber Kit sieht das anders. Ruck, zuck hatte er die Mäuse so weit, daß sie salutierten. Ich wette, er hat sich im Krieg auch noch jeden Morgen und jeden Abend rasiert.»

«Sie taten das wohl nicht?»

«Keine Spur. Ich hatte einen Bart bis zu den Knien.»

«Wann haben Sie sich gemeldet?»

«Mein liebes Kind – im August 1914. Wie alle anderen.»

«Direkt von Oxford aus?»

«Ich glaube, es war Cambridge.»

«Und wohin wurden Sie geschickt?»

«Ach, hierhin und dorthin. Es ist mir entfallen.»

War Euan Ash irgendwo in der Gegend von Neuve Chapelle gewesen, als Jeremy im folgenden März von einer Gewehrkugel getroffen am feindlichen Stacheldraht aufgespießt wurde und dort gekreuzigt hing, bis ein barmherziger Schütze ihm den Gnadenschuß gab?

«Der Name kommt mir bekannt vor», sagte er, in den hellblauen Augen diese trügerische Unschuld.

War er an der Somme gewesen, wo die britische Armee an einem einzigen Tag – dem unvergeßlichen 1. Juli 1916 – sechzigtausend Männer verlor, was sie jedoch nicht davon abhielt, ihren Angriff fortzusetzen, bis sie um den Preis von vierhundertzwanzigtausend Verwundeten und Gefallenen innerhalb von drei Monaten lumpige drei Meilen vorgerückt war?

«Waren Sie in Passchendaele?»

«War da nicht jeder?»

War er im folgenden September bei Amiens gewesen, als eines Morgens eine britische Granate, die nicht weit genug flog, Paul das Bein abriß und er langsam in dem von ihr geschlagenen Krater verblutete?

«Ich glaube, es regnete viel», sagte Euan. «Einmal, nachdem ich fünf Tage bis zu den Knöcheln in Grabenwasser gestanden hatte, kriegte ich kaum die Stiefel runter. Aber ich tat immer nur, was unbedingt nötig war. Nur keine übertriebene Tapferkeit! Da war Kit Hardie schon ein anderes Kaliber. Ein echter Held!»

«Sie mögen ihn wohl nicht?»

Die hellen Augen wurden eine Spur engelhafter, das Lächeln süßer. «Aber Claire! Was für eine Frage. Sie müssen doch schon gemerkt haben, daß er ein ganz toller Hecht ist. Es gibt nichts, was er nicht kann! Unser Butler zu Hause konnte gerade eben die Tür aufmachen und den Rotwein klauen. Und nicht mal das konnte er besonders gut.»

«Und wo sind Sie zu Hause, Euan?»

Sein strahlendes Lächeln war nur ein Trick, um sein wahres Gesicht zu verschleiern und sie zu blenden. «Ziemlich weit von hier. Ich bin nach Edinburgh unterwegs, wo ich einen Freund besuchen will. Hab ich das nicht gesagt?»

«Nola erwähnte es. Mir fällt auf, daß sie nicht viel für Sie übrig hat.»

Er lachte trocken. Ohne das falsche Lächeln sah sein Gesicht vorübergehend müde und viel älter aus. «Sie hat eben einen guten Geschmack.»

«Ich nehme an, es hat einen Grund.»

«Aber sicher. Sie wird ihn Ihnen vielleicht eines Tages selbst verraten. *Ich* kann nicht viel dazu sagen, weil ein Gentleman ja über solche Dinge nicht spricht. Ich bin vielleicht das Faktotum des Majors, aber wir wollen nicht vergessen, daß ich als Gentleman zur Welt kam.»

«Und der Major nicht. Wollen Sie das damit sagen?»

«Ich bemühe mich, es nicht zu tun. Vielleicht ist er ein natürlicher

Gentleman. Er wird jedenfalls ein höchst erfolgreicher Mann werden, ich hingegen nie. Bitte kein Mitleid – falls es Ihnen hochkommen sollte, meine ich.»

«Mein Mitleid nimmt zusehends ab.»

«Sehr gescheit, Schwester Swanfield.»

«Sie haben mir durch die Blume gesagt, daß Sie mit Nola eine Affäre hatten – nicht sehr gentlemanlike.»

«Oh, da gebe ich Ihnen völlig recht. Aber ich glaube, Nola ist es gleich, wer davon weiß, Hauptsache, ihr Mann erfährt nichts. Sie wollte sich damit sowieso nur die Wartezeit bis zu Kits Kommen verkürzen. Sie kam her, um ihm eine Wohnung zu besorgen. Und was entdeckte Sie? Einen armen, verkannten Künstler – meinte sie! –, der dringend eine Muse brauchte, die ihn inspirieren und lancieren konnte. Sie hatte große Pläne für mich. Gute Pläne – nur, mit mir Pläne machen taugt nicht. So war das. Dann kam Kit. Pläne sind genau seine Kragenweite. Sie knöpfte sich ihre Verwandten vor und überredete sie, ihm ein anständiges Gehalt und einen Anteil am Gewinn zu geben und ihn das Hotel völlig ummodeln zu lassen. Meine Bilder fand sie plötzlich schlecht. Nehmen Sie die Wohnung?»

«Vielleicht.»

Das Wasser kochte. Er richtete rasch das Tablett, und als sie ins Wohnzimmer kamen, war Kit Hardie da, lächelnd und bestimmend, kräftiger und gesünder als Euan, ruhiger als Nola, selbstsicherer als Claire; ein Mann ohne Schulbildung, dennoch weit fähiger, die Schwierigkeiten des Lebens zu meistern als sie alle miteinander.

«Milch und Zucker, Major?» Euan spielte absichtlich den Dienstboten. Aber damit konnte er, dessen Möglichkeiten, wie Kit wußte, im selben Feuer verbrannt waren wie sein Illusionen, Kit nicht beleidigen. Kit hatte den Krieg so schrecklich gefunden wie jeder andere, hatte außer in der Schlacht nie auf Mensch oder Tier geschossen; Euan hingegen hatte auf der Jagd gewiß jede Menge Rebhühner und Fasane geschossen und die grausame Fuchshetze mitgemacht, die Kit verabscheute. Doch Euan, als Knabe in den Krieg gezogen, war als lebender Toter zurückgekehrt. Kit hingegen, im Überleben schon geübt, hatte überlebt.

Kit hatte nicht nach Gründen zu fragen brauchen, als Euan Ash, der aussah wie ein umherziehender Maurer und sich ausdrückte wie ein junger Gentlemen, ins *Crown* gekommen war und sich erboten hatte, für Kost und Logis jede Arbeit zu tun. Als er später angeboten hatte, für eine Kiste Whisky die Zimmerdecken des Hotels neu zu verputzen und zu streichen, hatte Kit auch das verstanden. Sollte sich Euan eines Morgens nicht blicken lassen und nie wieder erscheinen, so würde er nicht nach ihm forschen. Und auch Claire sicher nicht, dachte er, die aufgrund ihrer Kriegserfahrung diesen Toten in Euan erkennen und wissen mußte, daß es keine Heilung gab. Sonst hätte er ihr Euans Gesellschaft nicht zugemutet. Er ließ sie in Ruhe ihren Tee trinken, zeigte ihr die Wohnung, erzählte von den Nachbarn und einer gewissen streunenden Katze und entführte sie in den Garten, ohne ihr Zeit zu lassen, ihre eigenen Absichten deutlich zu machen.

Die Luft war kühl, die Erde feucht und schwer. An den Stämmen der alten Bäume schimmerte grünes Moos. Das Lärmen von Straße und Stadt, fremde Forderungen und Erwartungen verloren sich in dieser verzauberten Wildnis.

«Ich finde es hier sehr schön», sagte er, und sie war erstaunt und merkwürdigerweise erfreut darüber.

«Ich auch.» Schweigend gingen sie nebeneinander. Sie spürte die gegenseitige Anziehung, die noch ganz körperlicher Natur war, die aber, weit davon entfernt, sie zu beunruhigen, sie wie eine warme Decke zu umhüllen schien und die nadelscharfen Erinnerungen dämpfte, die Euan Ash wachgerufen hatte.

Kit Hardie, sechsunddreißig Jahre alt, war älter als die anderen Männer, die sie gekannt hatte, wesentlich gefestigter, eigennützig zweifellos, auch grob manchmal unter dem geschliffenen Charme. Aber selbstsicher, entschieden, stark. Wie angenehm vielleicht, sich – wenn nur für ein Weilchen – von ihm führen, bestimmen und behüten zu lassen. Wie erholsam. Wie einfach.

«Nola wird Ihnen erzählt haben», sagte er, «daß ich in High Meadows in Stellung war.»

«In Stellung – das paßt gar nicht zu Ihnen.»

«Nein. Das hier paßt mir besser. Nehmen Sie die Wohnung?»

«Hm, ja – vielleicht.»

Die blauen Augen und der sinnliche, doch humorvolle Mund lächelten. «Das ist keine Antwort. Wollen wir es noch einmal versuchen? Nehmen Sie die Wohnung?»

«Ja, vielleicht.»

«Claire –?» Zum erstenmal nannte er sie beim Vornamen.

«Ja», sagte sie, «ich nehme sie.»

5

Es war Dorothy Lyall unverständlich, wie jemand, dem andere Möglichkeiten offenstanden, sich ausgerechnet am Mannheim Crescent niederlassen konnte, der tristen Landschaft ihrer ersten Ehe, aus der Edward sie gerettet hatte.

Edward jedoch fand Claires Entscheidung nicht verwunderlich. Ob Dorothy denn nie die Anzeichen eines unsteten Wesens bei ihrer Tochter bemerkt hätte, fragte er. Ein Erbe des Vaters zweifellos, das nun er – die er sie guten Glaubens bei sich aufgenommen hatte – tragen mußte. War es ein Wunder, daß die ganze unselige Geschichte ihn krank machte? Von besonders giftigem Bauchgrimmen gequält, zog er sich in sein Arbeitszimmer zurück und ließ sich in dem Gefühl, enttäuscht und hintergangen worden zu sein, in einen Sessel sinken.

Dorothy lief in Claires Zimmer und schrie ihr die alte Beschuldigung ins Gesicht: «Willst du meine Ehe ruinieren?» Als Claire ihre Zimmertür abschloß, lauerte sie ihr auf der Treppe auf und fragte sie händeringend: «Warum tust du das? Warum?»

Letztlich jedoch ging es einzig um die Frage: Was werden die Swanfields sagen? Und erst als sich zeigte, daß sie den Lyalls ihr Wohlwollen nicht entziehen würden, fand Edward die Seelengröße, seiner Frau die Sünden ihrer Tochter zu verzeihen und ihr wieder Frieden zu gönnen.

Sobald Edwards schlechte Laune vorbei war, zog Claire um. Sie nahm nur ihre Kleider, Pauls Briefe und den Band von Rupert Brooke mit, den Jeremy ihr geschenkt hatte; keine anderen Erinnerungsstücke, keine Souvenirs an eine brave Mädchenzeit. Sie wollte nur Ruhe haben. Allein sein; dennoch gab sie Dorothys leicht hysterischem Beharren nach, ihr beim Umzug zu helfen, und willigte ein, sie am folgenden Mittwoch und jeden Mittwoch danach in *Feathers'* Teestube zu treffen, wo die Leute, die Edward wichtig fand, sie in schönster Einträchtigkeit an ihrem Fenstertisch beim Tee sehen konnten.

«Himmel», sagte Nola, die eine Stunde nach Dorothys Abgang mit Fuchspelz und orange-goldener Jockeymütze in die Wohnung kam. «Der Kaminsims sieht richtig steril aus. Aber macht nichts. Ich habe gerade einen neuen Freund aufgetan – einen Bildhauer –, der fantastische moderne Sachen macht. Im Augenblick arbeitet er an ‹Kummer› und ‹Eifersucht› – den negativen Gefühlen. Er ist natürlich völlig unbekannt, ein Skandal, aber – ach, weißt du, es ist unheimlich wichtig und aufregend, von Anfang an dabeizusein. Ich mach dich gelegentlich mit ihm bekannt. Nicht billig. Jedenfalls jetzt nicht mehr, wo ich ihm seinen Wert gezeigt habe. Aber es ist eine tolle Kapitalanlage. Du wirst es nicht bereuen.»

«Ich schenke Ihnen ein paar Kohlezeichnungen», sagte Euan. «Perseverance Street an einem regnerischen Samstagabend – wenn das nicht symbolträchtig ist!»

«Mutter sagt», erklärte Polly strahlend und lehnte sich anmutig an die Küchentür, damit Euan sie gut sehen konnte, «daß die kleinen Dinge das Zuhause machen, und da wir in High Meadows massenhaft große und kleine Dinge haben, sollst du dir am Sonntag, wenn du zum Abendessen kommst, etwas aussuchen. Sie schickt dir um sechs Uhr den Wagen.»

Um eine Flut unerwünschter Geschenke zu vermeiden, stöberte sie einen Morgen lang in der heruntergekommenen Passage herum, wo sich Faxbys wenige Kunst- und Antiquitätenhändler installiert hatten. Mit einer Sammlung weißer Figurinen, Nymphen der klassischen Antike aus Massenproduktion, wie sie vermutete, und mehreren Drucken, die ein bißchen an Renoir und Monet erinnerten – glitzerndes Sonnenlicht auf blaßgrünem Wasser, Weizenfelder unter blauem Himmel, weißgekleidete Mädchen mit bunten Sonnenschirmen –, kam sie wieder heraus.

«Kitsch», erklärte Nola, für die in diesem Sommer einzig bizarre Spiralgebilde aus Stein und Metall Kunst waren. «Billig zum Glück. Da hast du wenigstens noch etwas Geld für wahre Kunst übrig. Ich organisiere im Juni eine Ausstellung für meinen Freund, den Bildhauer. Der Junge ist ein Genie! Ich habe ihm nicht weit von hier ein Atelier besorgt, da wirst du ihn mal kennenlernen. Wie wär's nächsten Dienstag? Gut. Gegen drei. Ich brauche wohl nicht zu sagen, daß Polly ausgesprochen lästig wäre.»

Doch Polly, die Mannheim Crescent als einen Ort sündhaft lockerer Bohème anzusehen schien, war nicht so leicht abzuwimmeln, zumal sie mindestens zweimal die Woche als Abgesandte Miriams kam und stets teure Geschenke mitbrachte, die – das war Claire klar – sie noch fester an Faxby binden sollten.

«Mutter meinte, du brauchst vielleicht ein wenig Aufheiterung.»

Strahlend wie ein Weihnachtsengel brachte Polly einen Fellteppich, einen exquisiten chinesischen Paravent, der «im Speicher verschimmelte», eine gesteppte Tagesdecke zum Vorschein.

«Mutter meinte, du brauchst sicher Geschirr.» Und schon kam ein großer Karton mit einem Crown-Derby-Eßservice, das «kein Mensch haben wollte», und einem Kaffeeservice aus zartem, blumenbestreutem Minton-Porzellan.

«Wie großzügig von den Swanfields», schwärmte Dorothy. «Edward wird glücklich sein.»

Edwards und Dorothys wegen und auch weil Miriam schließlich Jeremys Mutter war, fiel es ihr danach schwer, die Gaben aus Garten und Gewächshäusern der Swanfields zurückzuweisen, die ihr in überquellenden Körben und in Form prachtvoller Buketts überbracht wurden; noch weniger konnte sie die kleinen Briefchen von Miriam zurückweisen, mit denen sie zum Tee, zu Erdbeeren mit Sahne im Garten, zum Krocket oder Tennis, «zu einem meiner kleinen Feste, auf denen du damals mit Jeremy getanzt hast», eingeladen wurde.

Sie hatte nie in High Meadows getanzt, aber sie tat es jetzt mit den sehr jungen Männern und den irgendwie geschlechtslos wirkenden älteren, die Miriam für Polly geeignet fand. Sie machte freundliche, belanglose Konversation, während Polly in goldblitzendem Satin mißgelaunt am Klavier lehnte.

«Claire», sagte Miriam, «ich würde gern einmal über Polly mit dir sprechen. Später, unter vier Augen. Sie will sich unbedingt das Haar schneiden und die Kleider kürzen lassen, und ich weiß wirklich nicht, wie weit man da gehen kann, ohne die guten Sitten zu verletzen. Hast du am Donnerstag eine halbe Stunde Zeit für mich? Um zwei? Oder nein, zum Mittagessen. Ich schicke dir den Wagen.»

Der Wagen kam, Polly bockte, und Miriam sagte heuchlerisch, scheinbar hilflos: «Liebes Kind, wenn du dir unbedingt das Haar schneiden lassen willst, muß ich mich wohl damit abfinden. Aber was wird Benedict sagen?»

«Das ist mir gleich.» Doch ihr fehlte – wie Miriam genau wußte –

der Mut, ohne die Zustimmung ihres Bruders zu handeln. Nach mindestens fünf weiteren Besuchen, die am Stand der Dinge nichts änderten, ging Claire einfach zu Benedict.

«Polly möchte sich gern das Haar schneiden lassen.»

«Ich weiß.»

«Oh –» Das kam unerwartet. «Und wie denkst du darüber?»

«Muß ich etwas darüber denken?»

«Sicher nicht. Aber sie möchte eben deine Meinung hören.»

«Wieso hält sie mich qualifiziert, in so einer Sache eine Meinung zu äußern?» fragte er schroff.

Hatte er zugestimmt? Hatte er abgelehnt? Hatte er lediglich sagen wollen, daß Polly sich seinetwegen den Kopf abschneiden lassen konnte, wenn sie nur ihn nicht damit belästigte? Claire beobachtete die ausdruckslosen dunklen Augen, die zur Uhr schweiften, und wußte es nicht. Doch sie hatte selbst wenig Zeit an diesem Mittwochmorgen, da Dorothy sie bei *Feathers'* erwartete und Nola am Nachmittag beim Umzug ihres Bildhauers ihre Hilfe wünschte. Sie sagte deshalb gegen ihre Gewohnheit recht scharf: «Du hättest also nichts dagegen?»

«Wogegen?»

«Daß Polly sich das Haar schneidet.»

Er lächelte; nicht besonders angenehm, fand sie.

«In einer Frage von so immenser Wichtigkeit sollte sie vielleicht tun, was ihre Mutter für richtig hält.»

«Er sagt, du darfst», meldete sie nicht ganz wahrheitsgemäß.

«Wirklich?» fragte Miriam, die wußte oder vielleicht nur hoffte, daß er nichts dergleichen gesagt hatte.

«Ja.» Claire lächelte süß und falsch.

Doch damit war die Sache nicht erledigt. Auf Pollys Verlangen nämlich, augenblicklich in den Frisiersalon zu fahren, erhob Miriam heftigsten Protest. Niemals! Weder sie noch ihre Freundinnen hatten je ein solches Etablissement aufgesucht. Man durfte diese amerikanischen Sitten wie zum Beispiel auch das Trinken von Cocktails und der Gebrauch von Lippenstift nicht ermutigen. Eine Dame ließ sich das Haar von ihrem Mädchen machen. Und wenn – wie Polly behauptete – in High Meadows niemand die neue Kunst beherrschte, Damen das Haar zu schneiden, wußte Miriam beim besten Willen nicht, was zu tun war. «Dann geh ich eben zu einem Herrenfriseur», maulte Polly rebellisch.

«Claire!» rief Miriam mit versagender Stimme, und Minuten später saß Claire im Wagen, um aus Faxby das Mädchen zu holen, das ihr das Haar zu schneiden pflegte. Später sah sie erschöpft und ungeduldig zu, wie Pollys Locken fielen und Miriam rührselige Tränen über den Verlust der goldenen Pracht vergoß. Polly selbst, die erwartet hatte, daß ihr Haar glatt und dicht am Kopf anliegen würde wie Claires, brach in Tränen aus und schleuderte wütend ihre Bürste durch das Zimmer, als sich zeigte, daß ihr ganzer Kopf von dichten Ringellocken bedeckt war.

«Was habt ihr mit mir gemacht?» schrie sie.

Miriam zog ihr Riechfläschchen heraus, und Claire schob die verschreckte Friseuse hastig aus dem Zimmer.

«So geh ich nicht auf die Straße», schluchzte Polly. «Niemals wieder. Am besten dreh ich gleich das Gas auf.»

«Du meine Güte», rief Eunice Hartwell, die unerwartet zur Tür hereinkam. «Polly, was hast du getan?»

«Verschwinde!» kreischte Polly. «Ich bin häßlich – wie du!»

Doch nachdem sie ihren Lockenkopf etwa eine Stunde lang aus sämtlichen Perspektiven betrachtet hatte, fand sie, diese knabenhafte Frisur akzentuiere wirklich – wie Claire gesagt hatte – den weiblichen Reiz ihres Gesichts und ihres Körpers und sähe hochmodern aus.

«Ich kenne Frauen, die ein Vermögen dafür ausgeben, sich das Haar in solche Locken legen zu lassen», sagte Claire nicht aus Freundlichkeit, sondern um endlich wegzukommen.

«Mondän», sagte Eunice zweifelnd. «Zu mondän, finde ich.»

«O Gott», hauchte Miriam, «ich hoffe, man verwechselt sie nicht mit einem – wie nennt man sie gleich? – *Flapper.*»

So ermuntert – denn es war seit langem ihr Traum, als *Flapper* zu gelten – verliebte sich Polly prompt in ihr neues Bild und präsentierte sich stolz einem bewundernden Publikum, das aus den Hausmädchen, dem Gärtnerjungen und Eunices Ehemann Toby bestand, der netterweise so tat, als erkenne er sie nicht. «Wer ist denn das hinreißende Mädchen? Doch nicht Polly?»

«Eben diesselbe», sagte sie und knickste kokett. Doch Benedict dämpfte ihren Überschwang gründlich, wenn auch vielleicht unbeabsichtigt; er bemerkte die neue Frisur gar nicht.

«Benedict, ich habe mir das Haar schneiden lassen.»

«Ach, deshalb hast du wieder die Klavierstunde versäumt?»

«Ach das!»

«Ja, Polly, das! Ich habe eben Miß Peterson getroffen. Sie hatte eine geschlagene Stunde auf dich gewartet! Ich habe sie im Wagen nach Hause geschickt. Es ist bedauerlich, daß ich es schon wieder sagen muß, Polly: wenn du meinst, die Stunde ausfallen lassen zu müssen, dann solltest du wenigstens den Anstand haben, deiner Lehrerin Bescheid zu geben. Es erstaunt mich, daß du das immer wieder duldest, Miriam. Die Frau kommt extra mit der Trambahn vom anderen Ende der Stadt. Abgesehen von den Umständen, die es ihr macht, finde ich es unsinnig, für Stunden zu bezahlen, die Polly nicht nimmt.»

«Ach Benedict», sagte Miriam lächelnd. «Wie soll Claire denn nach Faxby kommen, wenn du Miß Peterson im Wagen nach Hause geschickt hast?»

Als der Wagen kam, bepackte Miriam sie mit einem Strauß Fresien, einem Korb mit Zimtbrötchen und einem Schokoladenkuchen und erklärte, man würde sich am Sonntag sehen.

«Am Sonntag?»

«Aber ja, Kind. Sonntags essen wir immer alle zusammen. Das ist der Familientag. Da gelten keine Entschuldigungen. Von Montag bis Samstag können sie essen, wo sie wollen, pflegte Aaron, mein Mann, zu sagen, aber an einem Abend in der Woche essen sie an meinem Tisch – schließlich zahle ich ihre Rechnungen. Damit wollte er natürlich nur sagen, wieviel es ihm bedeutete, uns harmonisch vereint zu sehen. Er legte großen Wert auf Tradition, und Benedict ist ihm sehr ähnlich. Auch er besteht auf diesen Familienessen.»

«Ah ja.» Eine zarte Mahnung, daß Benedict auch ihr Zahlmeister war.

Im Mai ging sie auf das Gartenfest zu Miriams Geburtstag. In einem langen blaßlila Kleid und einem Florentinerhut wandelte sie Arm in Arm mit einer strahlenden Miriam durch den Garten. Die Sonne schien, die Rhododendronhecke war über Nacht erblüht und zeigte sich in einer Pracht von tiefroten, violetten und weißen Blüten. Der Kirschgarten hatte sich in der milden Witterung in eine Wolke duftender rosa Blüten verwandelt. Unter den ausladenden Ästen der Kastanien standen die ersten blauen Glockenblumen, Mädchen in hellen Kleidern glitten wie Schwäne über den Rasen, und die jungen Männer in Flanellhosen und Blazer erinnerten Miriam so stark an Jeremy, daß sie sich einen schmerzlichen Moment lang recht schwer auf Claires Arm stützen mußte und ihr Gleichgewicht erst wiederfand, als ihre Enkel ihr die unerfreulicheren Realitäten der Knabenzeit wieder zu Bewußtsein brachten.

«Geht spielen, Kinder», sagte sie nervös zu Benedicts zwei ernsthaften, stillen Jungen. Die vier Hartwell-Enkel brauchte sie dazu nicht zu ermahnen, die hatten sich vom Moment ihres Eintreffens an auf dem Rasen gebalgt wie die jungen Hunde und schon in den ersten fünf Minuten die teuren neuen Schuhe und Jacketts ruiniert, die Eunice ihnen gekauft hatte.

«Eunice, kannst du sie nicht etwas dämpfen?»

«Mutter! Sie tollen doch nur herum. Das ist nur natürlich.» Zornrot sah Eunice zu Benedicts manierlichen Söhnen hinüber, die ihr nicht im mindesten natürlich schienen.

Unter den Bäumen und im Rosengarten standen kleine Tische mit Organdydecken. Es gab Champagner, eine herzförmige Geburtstagstorte mit rosarotem Guß, wie Miriam ihn liebte, Eiscreme, Berge von Konfekt, und ein Streichquartett spielte in der Laube beim Goldfischteich. Eunices Söhne mußten mit Gewalt zu Miriam geschleppt werden, um ihr die Geschenke zu überreichen, deren Auswahl Eunice Wochen der Unschlüssigkeit gekostet hatte. Benedicts Kinder entledigten sich des gleichen Amtes korrekt wie kleine Soldaten, überreichten mit höflicher Verbeugung die Geschenke, die der Abteilungsleiter von *Taylor & Timms* auf Nolas Befehl ausgesucht hatte. Wie es der von Aaron und Miriam eingeführte Brauch wollte, gab es auch für die Gäste Geschenke. Der Tag endete mit einer Schatzsuche in Haus und Garten, die dauerte, bis jeder Gast sein hübsch eingewickeltes, von Miriam selbst mit einem Namensschildchen versehenes Päckchen gefunden hatte.

«Liebes Kind», rief Miriam und winkte Claire, «komm, leiste mir Gesellschaft. Du kannst dir die Schatzsuche sparen. Ich habe dein Geschenk hier.» Damit reichte sie Claire liebevoll ein altes goldenes Medaillon, in dem die Fotografie eines hübschen unbekannten Kindes und ein blondes Kinderlöckchen enthalten waren. Jeremy, wie Claire erschreckt begriff.

«Trag es am Sonntag zum Essen. Zu deinem roten Kleid.»

Sie bezweifelte, daß sie das Medaillon je tragen würde. Die Kette brannte auf ihrer Haut, als Miriam sie ihr umlegte und ihr erzählte, daß das Medaillon Jeremys Geburtstagsgeschenk für sie gewesen war, mit seinem ersten Taschengeld gekauft. Die Fotografie hatte er bei einer heimlichen Fahrt nach Leeds machen lassen, für die sie ihn, da sie ihn verdächtigte, Dummheiten gemacht zu haben, noch bestraft hatte.

«Und er sagte kein Wort, weil er wußte, wie sehr ich Überraschungen liebe, und er mir den Spaß nicht verderben wollte. Ach, er hatte ein so gutes Herz.»

«Ja.» Claire wußte keinen Grund, das zu bezweifeln. Sie konnte sich nur nicht erinnern.

Es gab aber auch Tage, wo es ihr gelang, sich den Swanfields und Lyalls innerlich zu entziehen, wie eine Katze, die man zwar sehen und berühren kann, die aber dennoch ganz für sich bleibt. Sie hatte noch nicht begonnen, an Glück zu denken. Dafür war es zu früh, und sie brauchte es noch nicht. Einmal schon hatte sie großes Glück kennengelernt, wenn auch unter schwierigen Umständen; sie hatte den Quell dieses Glücks verloren, doch sie glaubte nicht, daß sie damit auch die Fähigkeit zum Glück verloren hatte. Mit der Zeit würde sie wieder aufleben. Schon jetzt war ihre Sinnlichkeit nicht mehr betäubt, sondern rührte sich neugierig mit den natürlichen Impulsen einer gesunden Frau, die sie vielleicht treiben würden, sich einen Liebhaber zu suchen, noch ehe ihr Herz bereit war.

Doch im Augenblick beglückten sie Körperempfindungen bescheidenerer Art. Nach vier Jahren harter Strapazen, bei eiskaltem oder verseuchtem Wasser, mit kalten Füßen, blasenbedeckten Händen, feuchten Matratzen, Ruhr und Flöhen, war es ein Luxus, Wärme und Sauberkeit um sich zu haben. Nach vier Jahren ständiger Gefahr war es wunderbar, sich sicher fühlen zu können. Nach vier Jahren überfüllter Baracken, gemeinschaftlichen Essens, Badens und Atmens war es Reichtum, eine Tür zu haben, die man zusperren, einen Raum, wo man sich unbeobachtet bewegen konnte. Nachdem sie – aufgrund ihrer eigenen Entscheidung – vier Jahre lang jedem Mann gehört hatte, der im Schmerz aufgeschrien hatte, war sie es zufrieden, sich treiben zu lassen, auszuweichen, auf der Oberfläche des Lebens auszuruhen, bis sie sich, von der Einsamkeit gestärkt, vielleicht rüsten würde, ein neues Ziel zu wählen. Bis dahin schien ihr das Haus am Mannheim Crescent mit seiner bunt gemischten Bewohnerschaft aus Ziellosen und Heimatlosen das richtige Zuhause.

An manchen regnerischen Morgen stand sie überhaupt nicht auf. An sonnigen Morgen ging sie, in ihren alten Kimono gewickelt, barfuß und unfrisiert in den Garten hinaus und trank ihren Frühstückskaffee auf einer Steinbank unter dem Pflaumenbaum. Sie rauchte und las und genoß es, keine Pläne machen zu müssen, einfach dem Augenblick zu leben. Sie sah zu, wie die Knospen der Pflaumenblüten sich öffneten, nahm mit der Haut die Düfte des feuchten, sprießenden Grüns auf, von Glockenblume und Löwenzahn, vom Farn, der sich in der Sonne entfaltete. Sie lauschte dem Rascheln der Blätter und der Gräser, den Bewegungen und Stimmen der Vögel, den stockenden Klängen eines Klaviers, die ab und zu aus dem zweiten Stock herunterwehten, wo eine gebrechliche alte Jungfer Unterricht gab.

Sie machte lange Spaziergänge im Regen, nicht immer absichtlich, sondern mehr, weil Regen eben zu Faxby gehörte; linder, federfeiner Regen im Sommer, prasselnde Güsse zu anderen Jahreszeiten. Immer hing ein Hauch von Regen über den Hügeln, die die Stadt umschlossen. Ihre gepflasterten Straßen glänzten von Feuchtigkeit, und im Frühling fiel abends meist Nebel, der sich mit dem Rauch aus den Fabrikschloten mischte. Wenn sie genug gelaufen war, machte sie es sich in ihrem grünen Chintzsessel bequem und dachte manchmal, aber nur vage, an die Zukunft.

Sie war traditionsgemäß nicht zur Arbeit erzogen worden, sondern zur Ehe, nicht dazu, sich den Lebensunterhalt zu verdienen, sondern dazu, dem Mann, der sie versorgte, häusliche Gemütlichkeit zu liefern. Sie konnte Klavier spielen, sprach französisch, war eine gewandte Briefschreiberin. Bis zu Pauls Tod hatte sie nie ernstlich an einen eigenen Beruf gedacht. Sie hatte nur bei ihm sein wollen, um ihn bei jeder Unternehmung, die er in Angriff nehmen sollte, zu unterstützen, seinen Ehrgeiz zu nähren, was kein großes Opfer war, da sie selbst keinen hatte. Sie wußte, daß sie gern wieder heiraten würde, erwartete aber nicht, daß es bald sein würde, konnte nicht mehr garantieren, daß eine solche Ehe halten würde. Die Werte ihrer Mädchenzeit galten nicht mehr, das wußte sie. Sie war eine «neue Frau», hatte, da sie Hals über Kopf nach Frankreich gegangen war, keine der neuen Fertigkeiten erworben, die jene Frauen sich angeeignet hatten, die die Plätze der Männer einnahmen, als die Wehrpflicht dem Land die Arbeiter raubte. Sie hatte nie Maschinenschreiben oder Buchführung gelernt, und es drängte sie nicht, es zu lernen. Sie konnte Wunden verbinden, Augenbäder bereiten, Medikamente verabreichen, aber da sie nie wieder ein Krankenhaus betreten wollte – was nun?

«Eine überwältigende Hausfrau sind Sie nicht gerade, hm?»

meinte Euan, der ihr zusah, wie sie völlig unbekümmert die Scherben einer Untertasse zusammenkehrte.

«Nein. Erwarten Sie also nicht, daß ich für Sie saubermache. Ich hab mit mir selbst genug zu tun.»

«Natürlich.» Er lächelte das Lächeln des gefallenen Engels. «Ich dachte mir gleich, daß Sie unbequem sind. Aber keine Sorge. Wir können immer Kit Hardie mit seiner Kehrschaufel herüberkommen lassen. Ich brauche nicht viel Komfort.»

Sie hatte inzwischen seine Wohnung gesehen, ein kleines, fast leeres Zimmer und einen alten Wintergarten, in dem heilloses Durcheinander herrschte. Der riesige Arbeitstisch war unter seiner Last unfertiger, liegengelassener, gerade angefangener Skizzen praktisch nicht zu sehen. An den Wänden lehnten, mit den Gesichtern zur Wand wie unartige Kinder, zahllose Leinwände; Farben, Pinsel, Spachtel, Dosen und Gläser mit Firniß und Terpentin, ölige Lumpen, schmutzige Lappen, Stapel abgegriffener Zeitschriften überall.

«Das ist ja ein Chaos!»

«Mein natürliches Habitat, liebe Claire.»

Doch es machte ihr nichts aus, die Küche mit ihm zu teilen. Seine Präsenz äußerte sich hauptsächlich in den leeren Whiskyflaschen, die er auf dem Tisch stehenließ, und, drei-, viermal die Woche, in der Anwesenheit eines dürftig gekleideten Mädchens – kaum je zweimal dieselbe –, die ihm den Kaffee kochte und im Spülstein seine Socken und Hemden wusch.

«Er hat die Moral eines Straßenkaters», sagte Nola laut, damit er es hörte, nachdem sie eine dieser jungen Damen um elf Uhr morgens durch das Gartentor hatte kommen sehen. Und er stimmte ihr mit seinem Gespensterlächeln von Herzen zu.

«Was gibt's an einem Straßenkater auszusetzen? Er nimmt jede Gelegenheit zur Liebe wahr, weil er weiß, daß es die letzte sein kann. Was fangen Sie denn mit Ihrem Leben an, Nola?»

Sie saß an dem billigen Küchentisch, den Fuchs um die Schultern, einen Glockenhut mit einer Feder auf dem Kopf, Perlenschnüre aus Bernstein und aus Gold um den Hals, die ihr bis zu den Knien der lässig übereinandergeschlagenen Beine herabhingen. Sie war geschminkt und parfümiert, hielt in der einen Hand eine edelsteinbesetzte Zigarettenspitze, in der anderen eine Krokodilledertasche mit goldenem Schloß.

«Also, was tun *Sie*, Nola?»

«Mistkerl», sagte sie tonlos, klappte ihre Tasche auf, nahm ihre Handschuhe heraus, stand auf und ging.

«Das war nicht nett», sagte Claire.

«Ich weiß. Eigentlich bin ich gar kein Mistkerl.»

«Dafür habe ich Sie auch nie gehalten.»

«Was bin ich denn, schöne Claire?»

«Oh – ein junger Mann aus guter Familie, denke ich, mit einem privaten Einkommen, das es Ihnen erlaubt, wie ein Zigeuner herumzulaufen und im *Crown* auszuhelfen, ohne das Gesicht zu verlieren. Richtig?»

«So ziemlich. Aber das Einkommen ist wirklich winzig.»

«Immerhin so hoch, daß Sie Ihre teure Ausbildung einfach wegwerfen können.»

«Sonst noch etwas?»

«Wie soll ich das wissen?» Doch sie fuhr unvorsichtig fort: «Ich nehme an, Ihre Mutter züchtet Rassehunde, richtet den Jagdball und die Leute aus und gewinnt bei der Blumenschau sämtliche Preise. Und Ihr Vater ist Geistlicher – einer von der weltmännischen Sorte, der was von gutem Rotwein versteht.»

Ohne es zu wollen, hatte sie Pauls Eltern beschrieben, Pauls Familie, wie er sie ihr einst geschildert hatte. Und jetzt merkte sie mit Schrecken und Verwunderung, daß ihr die Tränen aus den Augen schossen. «Ach, Scheiße!» sagte sie laut und deutlich, und er lachte entzückt.

«Bravo, Schwester Swanfield. Wie eine echte Lazarettschwester gesprochen. Bitte sehr, ich habe sogar ein Taschentuch parat. Ich glaube, es ist Kits, aber das macht ja nichts.»

Gutmütig lächelnd trocknete er ihr die Augen, anscheinend an Frauentränen gewöhnt und nicht geneigt, sie allzu ernst zu nehmen. Der Künstler in ihm interessierte sich vermutlich mehr als für die Ursache ihres Kummers für die reine Mechanik des Weinens, das Zusammenspiel der Muskeln, die Reaktionen der Haut.

«Tut mir leid», sagte sie.

«Mir auch – ich kann Ihnen nicht sagen wie. Ich dachte eigentlich, ich hätte bald Gelegenheit, Sie in mein Bett zu locken. Aber vielleicht wird es nun doch nicht so bald sein, wenn ich Sie so sehr an einen anderen erinnere. Da liegt doch der Hase im Pfeffer, nicht?»

«Ja.»

«Und ich vermute weiter – in Anbetracht der Zeitspanne und so –, daß es sich nicht um Ihren Mann handelt.»

«Nein.»

«Gut. Schade ist es trotzdem. Ich hab mich so auf Sie gefreut.»

«Sie schlafen mit so vielen Frauen, Euan.»

Er grinste, eher jungenhaft diesmal als boshaft. «Ich weiß. Das ist im Augenblick so ziemlich alles, was ich mit einem gewissen Maß an Konzentration – und Erfolg tue. Als Gegengewicht zum Töten vielleicht.»

«Ja? Ich finde, Sie sind ein bißchen wahllos.»

«Das war ich beim Töten auch.»

«Der wahre Gegensatz zum Töten wäre es, diese Mädchen alle zu schwängern. Und das wollen Sie doch sicher nicht.»

«Guter Gott!» rief er erschreckt und lachte dann. «Ich hoffe, Ihnen ist klar, daß Sie möglicherweise meine Männlichkeit abgemurkst haben. Denn Vaterschaft –!» Er schauderte. «Bloß nicht! Da müßte ich davonlaufen – das wäre rücksichtsvoller.»

«Ein sehr bequemer Standpunkt und gar nicht originell. Und da wir gerade von Originalität sprechen, hat Nola recht, wenn Sie behauptet, Ihre Bilder wären schlecht?»

«Sehen Sie sie sich an.»

Sie ging mit ihm in den chaotischen Wintergarten und setzte sich auf ein zusammengeknülltes Kissen. Sie hatte seine Skizzen von Faxbys Gassen und den müllübersäten, brachliegenden Grundstükken gesehen, wo sich samstags abends Faxbys junge Leute trafen, um voreinander großzutun. Sie kannte die satirischen, manchmal boshaft richtigen Porträts, die er in der Schenke gleich hinter dem Mannheim Crescent hinwarf und für einen Shilling über den Tresen verkaufte. Aber sie hatte sich gescheut, seine anderen Arbeiten zu begutachten, da sie – wie sie plötzlich erkannte – gefürchtet hatte, das verzerrte Gesicht des Todes in den Schützengräben zu sehen und die Bilder aus ihren Alpträumen auf Euans Leinwand zu entdecken. Stattdessen sah sie zu ihrer ungeheuren Erleichterung zuerst ein Blatt, dann die Blütenblätter einer Blume, mit der Exaktheit eines Botanikers gemalt, eine Waldwelt kleiner, wilder Blüten und spitzer Gräser, vom Regen gekräuseltes Wasser, flache, vielgestaltige Kiesel, das Leben der Hecke am Wegrand und am Flußufer, die Ackerfurche, aus der Sicht der Heuschrecke, eine gesprenkelte, wichtigtuerische Drossel, eine Biene bei der gründlichen Erforschung einer Fingerhutblüte.

Es war die ländliche Bilderbuchidylle mit kleinen Tieren, gedämpften Farben und mildem Wetter, jedoch mit dem bestürzenden Beigeschmack von Realität, dem Wissen um das Gewehr, das der Mensch auf das eifrig scharrende Kaninchen richtet, um den groben Stiefel, der das Himmelschlüssel zertritt, um die Gegenwart des Menschen, der den natürlichen Kreislauf von Geburt und Tod, Notwendigkeit und Erneuerung – an sich schon grausam genug – stört.

Es war schön und schmerzlich. Die verwundeten Soldaten wären vielleicht leichter zu ertragen gewesen.

«Ich verstehe nicht genug, um zu urteilen», sagte sie rasch.

Er kniete neben ihr nieder, mager und kantig, und musterte die Bilder. «Ich denke, ‹mittelmäßig› wäre das richtige Wort. Als Maler könnte ich mir vielleicht gerade mein Leben damit verdienen, daß ich hübsche Bilder von nicht so hübschen Damen male.»

Sie knieten dicht nebeneinander, und er neigte nur leicht den Kopf und küßte sie, ohne daß ein anderer Teil seines Körpers außer dem kühlen Mund, der beweglichen Zunge sie berührte. Selbst so nah war er leicht und flüchtig wie ein Hauch, der Mann, der Nola durch die besitzergreifenden Finger geschlüpft war wie Wasser und der jetzt Claire nicht mit der Erweckung ihrer Sinnlichkeit an sich fesselte, sondern mit dem fragilen Schatten der Jahre, die sie unwissentlich geteilt hatten.

«Keine Angst», sagte er locker und liebenswürdig. «Ich will keine Verpflichtung, die mich zwingt, über morgen hinauszudenken.»

Sie stand lächelnd auf. Auch locker, auch liebenswürdig. «Ich habe keine Angst. Ich möchte nur keine Komplikationen. Und du bist kompliziert, Euan.»

«I wo, keine Spur. Ich bin ein schlichter Bursche. Natürlich treulos – hat man mir jedenfalls vorgehalten –, aber ich warne ja im voraus. Ich kann nur das bieten, was ich in mir habe, viel ist es nicht, und es ist nicht von Dauer, aber wenn es das jeweilige Bedürfnis deckt, ist es meiner Ansicht nach besser als nichts. Ich bin schließlich nur auf der Durchreise. Daraus habe ich nie ein Geheimnis gemacht.»

«Wohin willst du wirklich, Euan?»

Lächelnd stand er auf. «Ich bin auf dem Weg nach Edinburgh, zu einem Freund. Ob ich dort ankomme, hängt von vielerlei ab. Vom Wetter zum Beispiel. Wenn der Sommer schön wird, lande ich vielleicht irgendwo am Meer. Wenn es regnet, komme ich vielleicht über Carlisle nicht hinaus. Eile schadet. Komm mit! Zusammen reisen kann lustig sein. Nicht als Liebende natürlich – das ist zu dicht. Als Freunde, die ein Bett miteinander teilen. Freundschaft macht mir keine Angst.»

Wollte er zu einem Mädchen? Einer Ehefrau? Wie lange, fragte sie sich, hätte Paul gebraucht, um zu Gwendoline zurückzukehren, oder Jeremy zu ihr? Und selbst wenn es keine Frau geben sollte, kein unbekanntes Kind, keine halbvergessenen Versprechungen, wie lange brauchte man wirklich – nachdem man ohne allzu große Schwierigkeiten gelernt hatte, den Befehlen «Angreifen!», «Feuer!», «Töten» zu gehorchen –, sich mit gleichem Gehorsam den neuen Tagesbefehlen unterzuordnen: «Kehrt zur Normalität zurück!», «Schlagt Wurzeln!», «Seid, wie ihr wart!», «Lebt!»?

Niemand konnte ihr das sagen. Ewig, hatte sie den Eindruck. Darum konnte man nur versuchen, das Beste daraus zu machen.

«Ich bin kein guter Wandersgesell, Euan», antwortete sie, ging in die Küche, spülte ihre Kaffeetasse aus, setzte ihren Hut auf und ging, äußerlich gelassen und bewundernswert selbstgewiß, zum Hotel *Crown* hinüber, um mit Kit Hardie ein Glas Chablis zu trinken und ihm die Antwort auf ein Angebot zu geben, das er ihr kürzlich gemacht hatte.

6

Er war im nahezu fertiggestellten Foyer und betrachtete mit grimmigem Spott einen großen Marmorblock, der sich bei näherem Hinsehen und längerem Nachdenken als eine gesichtslose Schwangere mit drei Brüsten entpuppte.

«Das hat Nola geschickt», sagte Claire ausgelassen.

«Richtig.»

«Stellen Sie es doch in der Damentoilette auf – als Warnung.»

«Hm, wenn Sie meinen, eine Frau könnte es allen Ernstes für möglich halten, daß ihr solches widerfährt.»

«Machen Sie sich nichts daraus, Kit. Die Bildhauerei ist vielleicht bald wieder *passé*. Wie die pastorale Kunst – und Euan.»

Er lachte. «Und ich.» Er sah keinen Grund, Schmerz darüber zu heucheln, daß Nola mit dem Auftritt der Bildhauerei in ihrem Leben seiner müde geworden war. Anfänglich hatte er sich von ihren Aufmerksamkeiten geschmeichelt gefühlt; die Frau Benedict Swanfields war für ihn eine bedeutendere Eroberung als die Frauen anderer vornehmer, aber unbekannter Herren, Frauen, die während des Kriegs im hektischen Klima Londons auf seine schneidig sitzende Uniform und seine Orden geflogen waren. Er hatte gewußt, was diese Frauen wollten, und hatte es geliefert. Nola jedoch hatte die Dinge etwas weiter getrieben.

«Ich weiß, was *Sie* brauchen. Ich möchte Ihnen helfen», sagte sie zu ihm und machte sich sogleich mit Feuereifer daran, ihn so begeistert anzupreisen, bis sie ihren zaudernden Verwandten das Versprechen abgepreßt hatte, ihm das Hotel *Crown* anzuvertrauen.

Kit war beeindruckt und erheitert gewesen. Er hatte sie auch gemocht. Er wußte aus seiner Zeit in High Meadows, wie tollkühn sie ihren Ruf aufs Spiel setzte, wie rücksichtslos sie den langgliedrigen Körper, den er hundertmal im Lampenlicht von High Meadows zur Schau gestellt gesehen und nie begehrt hatte, mit Alkohol, Nikotin und Übermüdung strapazierte. An dem Abend, als sie ihm zum erstenmal diesen Körper geboten, sich beinahe herausfordernd auf sein schmales Hotelbett geworfen hatte, hatten weniger Begehren als Prestige, nicht der Gedanke an Nola selbst, sondern an ihren abweisenden Mann gezählt. Kit Hardie hatte vornehmeren und reicheren Familien als den Swanfields gedient und hatte, wie sich das für einen Dienstboten gehörte, jeden seiner Arbeitgeber ab und zu frischfröhlich betrogen, ohne sich viel dabei zu denken. Nur bei Benedict Swanfield, Fabrikherr mittleren Ranges, seit gerade zwei Generationen dem Arbeitermilieu entwachsen, hatte er wahre Autorität gefunden. Er hatte ihn weder gefürchtet noch gemocht, doch er hatte ihn nicht ein einziges Mal betrogen, bis er seine Frau verführt hatte. Mrs. Benedict Swanfield. Sehr bald wurde sie einfach Nola, turbulent, unglaublich generös, unglaublich querköpfig, aufregend und aufreizend zugleich. In ihren Fehlgriffen und guten Vorsätzen gleichermaßen unmäßig. Ein guter Kumpel manchmal. Eine Plage zu anderen Zeiten. Nicht liebenswert, denn Liebe hatte hier nichts zu tun. Dennoch wünschte er ihr das Beste.

Kit war der Sohn einer arbeitsamen Frau aus Northumbria, höchstens sechzehn konnte sie bei seiner Geburt gewesen sein, die es im Haus eines Kohlenbergwerksbesitzers vom Küchenmädchen zur Köchin gebracht hatte. Was seinen Vater anging, so hatte er bald gelernt, keine Fragen zu stellen. Ein draufgängerischer junger Landjunker, hatte er in seiner Jugend gern gedacht; später mußte er sich eingestehen – mit einem verschmitzten Lächeln –, daß es ebensogut der Butler gewesen sein konnte. Er hatte sich weiter keine Gedanken darüber gemacht, aber es war vielleicht tatsächlich der Grund – wie eine gewisse Londoner Dame einmal behauptet hatte – für seine lässige Einstellung zu sexueller Untreue. Er hatte es nicht näher analysiert.

«Du hast keine Moral», hatte ihm die Freundin vor Nola gesagt. Doch er hatte immer Wert darauf gelegt, nicht kleinlich zu sein, den Preis zu zahlen, wenn er fällig war, seinen Anteil an der Last zu tragen – ohne Klage. Und wenn sich ihm Gelegenheiten geboten hatten, hatte er sie nicht nur mit beiden Händen beim Schopf gepackt, sondern hatte seinen Vorteil energisch ausgenutzt und war so vom Unterlakaien zum Lakaien, vom Unterbutler zum Butler aufgestiegen. Jedoch nicht allein dank seiner Umsicht und Geschicklichkeit, sondern auch aufgrund konsequenter harter Arbeit.

Natürlich konnte ein Dienstbote niemals ein Gentleman werden, aber Kit hatte früh gelernt, daß er es mit etwas Glück und viel Geschick schaffen konnte, wie einer zu leben. Und er wußte keinen, der geschickter war als er selbst. Seine lockere Art hatten ihn die Jagdgäste eines Arbeitgebers gelehrt, für die er die Gewehre laden mußte. Wenn dann die Jagd vorbei war, die Herren im Bad saßen, hatte er sich die besten Moorhühner und Rebhühner ausgesucht und sie nach den raffinierten Rezepten eines französischen Meisterkochs zubereiten lassen. Seine Kennerschaft alten Ports und Rotweins hatte er sich angeeignet, während er anderen eingeschenkt und sich genommen hatte, was *er* als ihm gebührend betrachtete. Sich zu kleiden hatte er von Männern und Frauen gelernt, die sich in jenen Tagen endloser Muße vor dem Krieg mindestens viermal täglich umgezogen hatten, und er hatte in seiner Freizeit seine eigenen Anzüge und Mäntel – wenige, aber von hervorragender Qualität – mit mehr Aplomb und Stil getragen als jene.

Er war nicht habgierig. Eher wählerisch. Ein Experte auf seinem Gebiet. Verdammt gut in seiner Arbeit. Er war sich immer als etwas Besseres vorgekommen, hatte immer gefunden, seine Arbeitgeber wären nicht gut genug. Außer Benedict Swanfield. Aber war das nicht der Lauf der Dinge in einer Welt, wo reiche Männer im allgemeinen wichtigtuerisch waren, selten gut aussehend, Söhne hatten, denen es an Intelligenz oder Mumm fehlte, Töchter, die hohl oder albern waren, während ihre Frauen eingebildet oder selbstgerecht waren? Oder fustriert.

Da kannte er sich aus. Er hatte es häufig genug ausgenutzt, um schnelle Beförderungen zu erreichen. Doch nachdem er sie erlangt hatte, plagte ihn hartnäckig eine neue Frage. Was weiter? Was nun, wo er Können, Erfahrung, Sicherheit und ein angemessenes Einkommen hatte? Es hatte ihn zornig gemacht, daß seine Möglichkeiten durch das Klassensystem, das im Sommer 1914 niemand ernstlich in Frage stellte, so begrenzt waren.

«Hardie, mein Lieber, Sie bleiben doch», sagte Miriam, die seine Rastlosigkeit spürte und vermutete, sie hätte finanzielle Gründe.

Er hatte in dem Jahr eine Geliebte, die junge Witwe eines Lebensmittelhändlers, der ein tüchtiger Mann zur Befriedigung ihrer Wünsche und Führung des Geschäftes fehlte.

Zwei Wege hatten ihm offengestanden.

«Danke, Madam», sagte er mit Wärme zu Miriam, als sie ihm Gehaltserhöhung gab.

«Sie gehen also nicht, Hardie?»

«Nein, Madam.»

Das gleiche versprach er am Abend der schwarzäugigen Witwe, und am nächsten Morgen, auf dem Rückweg nach High Meadows, meldete er sich zur Front. Als beide Frauen sich beschwerten, nannte er es Patriotismus.

«Ich tue nur meine Pflicht, Madam.» Ein Impuls, den er augenblicklich bedauerte, als er das Durcheinander in den Ausbildungslagern sah, das Chaos in Frankreich. In den ersten Wochen im Schützengraben hatte er keine Ahnung, was er dort suchte. Und fand niemanden, der es ihm sagen konnte.

«Sie tun Ihre Pflicht, mein Junge.»

Sein Hauptmann war neunzehn gewesen, die Leutnants nicht älter, der Oberst ein alter Herr von fünfundzwanzig. Philosophiestudent, alter Landadel mit Erbsitz im Oberhaus.

Die Pflicht, der Schneid und das Chaos hatten sie alle bis zum Monatsende umgebracht und mit ihnen so viele einfache Soldaten, daß Kit plötzlich zu den dienstältesten Soldaten der Kompanie gehörte. Ein zuverlässiger Bursche, hieß es. Im Feuer die Ruhe selbst. In der Baracke sauber. Das Salz der Erde.

Er hatte weder Orden noch Beförderungen erwartet. Offiziere mußten schließlich aus gutem, besser noch, adligem Haus sein. Doch niemand hatte das Ausmaß des Gemetzels vorhergesehen, und obwohl ein gemeiner Mann im Heer ihrer britischen Majestät immer sehr gemein geblieben war, mußte man sich, als diese tapferen Hauptleute und Obersten tot in ihren frühen Gräbern lagen, fragen, wer denn nun ihren Platz einnehmen sollte.

Kit Hardie war unter den ersten seines Standes, die das Offizierspatent bekamen. Und als er auf Urlaub nach London zurückkehrte, stellte er fest, daß alle Klassenschranken gefallen waren. Vor dem Krieg hatte es reiche und arme Männer gegeben, vornehme und gemeine Männer. Jetzt, in diesem seltsamen, ungemütlichen Jahr 1919, gab es Männer, die gekämpft, und solche, die es nicht getan hatten. Kit fand es daher nur vernünftig, aus seinem Ruhm Kapital zu schlagen, ehe Orden unmodern und pensionierte Majore zum Gespött wurden.

Ihm hatte der Krieg, der Jeremy getötet und Euan Ash gezeichnet hatte, gutgetan. Und er schämte sich dessen nicht. Er hatte nicht mit Freude getötet, sondern nur wenn es notwendig gewesen war, um einen anderen daran zu hindern, ihn zu töten. Und nachdem er sich dazu entschlossen hatte, lehnte er es ab, darüber zu grübeln – auch dies eine Überlebensstrategie –, so daß er von Alpträumen und der Heimsuchung toter Gesichter verschont blieb. Aus all diesen Gründen war er Nola dankbar, daß sie ihre Verwandten überredet hatte, ihm die Chance zu geben, das Hotel *Crown* wieder auf die Höhe zu bringen.

Dankbar, ja. Aber nicht im Übermaß. Nicht in solchem Maß, daß er davon sein Urteil oder seine Pläne hätte beeinflussen lassen. Kit Hardie wollte vieles, nicht am wenigsten gesellschaftliches Prestige, und das *Crown* sollte seine Schöpfung sein, sein Prüffeld, nicht Nolas.

Sie hatte ein modernes Dekor gewollt, glatte Wände, kahle Böden, Zickzacklinien in hartem Schwarz und Weiß, dekadente Tigerfelle, Weinkelche auf schlanken Mädchenfiguren, originelle Krüge und Teekannen, bei denen die Flüssigkeit aus unerwarteten Öffnungen kam. Er hatte Fransenkissen gewählt, weiche Pastellfarben, die konventionelle Eleganz goldgeränderten Porzellans und geschliffenen Kristalls, die sie täglich in Miriams gemütlichem, unendlich langweiligem Salon ertragen mußte.

«Diese Einfallslosigkeit! Siehst du das denn nicht?»

«Doch, natürlich! Aber sie hat ihren Grund.»

«Was kann das für ein Grund sein?»

«Die Leute mögen diesen Stil.»

«Ach, die Leute!»

«Ja, sie zahlen die Rechnungen. Leute, die in High Meadows oder ähnlichen Gegenden wohnen, werden sich hier zu Hause fühlen. Und die anderen – ich denke, du wirst feststellen, daß die meisten, die nicht in High Meadows wohnen, sehr gern dort wohnen würden. Darum wird es auch ihnen hier gefallen.»

«Philister», sagte sie anklagend, aber noch recht liebevoll, da seine Künste als Liebhaber sie immer noch faszinierten. Doch es war nicht zu leugnen, daß sein Mangel an Stil ihr Verlangen nach ihm beeinträchtigt hatte.

Sie hatte erwartet, er würde wenigstens die schäbigen Decken herunterziehen und die gräßlichen Stuckverzierungen mit etwas Glattem, Glänzendem abdecken; er würde die verstaubten Lüster hinauswerfen und die Räume mit Art-Nouveau-Wandlampen in Lilienform beleuchten. Statt dessen hatte er die Leuchter eigenhändig poliert, bis sie blitzten, hatte jeden Zentimeter Stuck gesäubert und ausgebessert und Euan nach oben geschickt – gegen einen weiteren Kasten Whisky –, die kunstvolle Arbeit alter Regency-Handwerker zu restaurieren, Quadrate von Azurblau und Altrosa neu zu beleben, Girlanden von Akanthus und Blumen, deren Töne vom zartesten Rosa bis zum Scharlachrot reichten.

«Kit Hardie», sagte Nola, «du bist konventionell.»

«Habe ich das je geleugnet?»

Sie hatte nie danach gefragt. Sie hatte einfach gedacht, er wäre anders, weil sie ihn anders brauchte. Was hatte sie eigentlich gewollt? Wie gewöhnlich hatte sie keine Ahnung, wußte nur, daß es dies nicht war. Sie hatte die Renovierung des *Crown* als Experiment und Abenteuer angesehen. Sinnlos vielleicht auf lange Sicht, aber anregend – lustig. Er jedoch sah es als ernste Sache, nicht zu seinem oder ihrem Privatvergnügen gedacht. Plötzlich nahmen ihre Gespräche einen vertrauten Klang endgültigen Abschieds an.

«Nun ja», sagte sie achselzuckend und rückte ihr Robin-Hood-Hütchen zurecht. «Du wirst es schon schaffen, Kit.»

«Ich werd mir alle Mühe geben, Nola.»

Sie glaubte ihm, und flüchtig kam es ihr in den Sinn, sich zu fragen, wie es wohl war, wenn man etwas so direkt, so zielstrebig begehrte, selbst so begehrt wurde. Konnte nicht das vielleicht die Antwort sein? Doch einige Tage später trat die Bildhauerei in Gestalt eines leidenschaftlichen jungen Mannes in ihr Leben, eine Herausforderung, die sie eher verstand. Ein großes Talent – nicht ihr eigenes –, das sie fördern konnte. Ein Atelier in Faxby mußte gefunden werden, damit Genius und Muse leichter zusammenkommen konnten. Die lieben Verwandten mußten überzeugt werden, daß eine Investition in bizarre Stein- und Metallspiralen, Köpfe ohne Augen, aber mit Doppelnasen, vernünftig war.

«Viel Glück», sagte Kit Hardie bei Champagner.

Gerade eine Woche vor der Neueröffnung war nun das *Crown* ganz sein geworden. Der Schmutz von hundert Jahren war von der Fassade entfernt worden, was man in Faxby allgemein extravagant, wenn nicht gar töricht fand, da bekanntermaßen der Qualm aus den Fabrikschloten innerhalb von zwölf Monaten alles wieder schwarz machte. Das Holz war weiß gestrichen, worüber man in Faxby lachte, ein neues Schild mit einer goldenen Krone auf weißem Grund angebracht worden.

«Der erste Eindruck zählt», erklärte Kit äußerlich ruhig und zuversichtlich, obwohl er sich darüber im klaren war, daß nur eine rasche Anhäufung von Banknoten die Croziers beeindrucken würde. Das Foyer war deshalb ganz in Aquamarin und Gold gehalten, der Salon mit der herrlichen Barockdecke in Altrosa, belebt von Grünpflanzen und Farnen. Neben jedem Samtsessel stand ein Tischchen, auf dem man ein Glas, einen Aschenbecher, eine Kaffeekanne abstellen konnte. Es gab Kissen, Fußbänkchen und Leselampen, ein Schreibpult mit allem, was zum Schreiben nötig war. Am Fenster stand ein Kartentisch, mit Jagd- und Modezeitschriften, verschiedenen Tageszeitungen, die unverzüglich gebügelt werden mußten, wenn Kits Adlerauge sie zerknittert sah.

«Gerade die kleinen Dinge zählen», sagte er.

Im Speisesaal waren die Tische mit weißem gestärktem Leinen gedeckt, die Wände waren Wedgwood-blau. Eine breite Flügeltür verband ihn mit einem Raum ähnlicher Proportionen, so daß beide zusammen problemlos als Fest- und Tanzsaal bei Hochzeiten oder Geburtstagsfeiern fungieren konnten. Denn Dienstboten waren nicht nur schwer zu finden, sondern stellten in letzter Zeit auch noch Ansprüche, verlangten «geregelte Arbeitszeit» und Überstundenbezahlung.

Es gab noch ein zweites Restaurant, schummriger und intimer als der große Saal, wo die Tische weit auseinander in kleinen Nischen standen. Dort sollten die Meisterwerke von Aristide Keller serviert werden, dem dünnen, griesgrämigen Belgier, der mit seiner beinahe stummen, skeletthaften Frau Amandine in der jetzt großartig ausgestatteten Küche das Regiment führte und mit neurotischen Argusaugen seine Rezepte bewachte, fest überzeugt, die Küchenmädchen wollten sie ihm stehlen. Alle seine Forderungen nach zusätzlichen, besseren oder einfach anderen Geräten wurden prompt erfüllt.

«Es zahlt sich aus», sagte Kit zu Claire, «wenn man das Personal gut behandelt.»

Ohne recht zu wissen, wie es dazu kam – ob der Einfall ihrem oder seinem Kopf entsprungen war –, begleitete sie Amandine Keller, die nur französisch sprach, auf ein Dutzend Einkaufsexpeditionen, um ihr beim Einrichten ihres neuen Häuschens zu helfen, wobei Madame Keller sich höchst kapriziös zeigte.

«Ich brauche salbeigrüne Tischwäsche», erklärte sie, die einzige Farbe, wie Claire bemerkte, die es bei *Taylor & Timms* nicht gab.

Auch in Bradford konnte man damit nicht dienen; in Leeds, wohin man an einem schwülen Tag fuhr, stimmte die Farbe, aber nicht der Stoff, in Keighley, wo beides stimmte und Claire schon erleichtert aufatmete, wies Madame Keller die Ware wegen der schmalen hellbraunen Borte zurück.

«Uni», sagte sie nur.

«Versuchen Sie es in Manchester», meinte Kit.

«Ist sie das wert?»

«O ja – sonst macht kein Mensch ihretwegen solche Umstände. Wenn ihr Mann eines Abends einen Tobsuchtsanfall bekommt und mir davonläuft, erinnert sie sich vielleicht daran.»

Man fuhr nach Manchester, erstand das salbeigrüne Leinen – «nicht *genau* das, was mir vorschwebte, aber *enfin*, es geht» –, und Amandine Keller kam putzmunter nach Faxby zurück, während Claire völlig ausgepumpt war und nicht wußte, ob sie lachen oder weinen sollte.

«Warum tu ich mir das an?» stöhnte sie und ließ sich in den Sessel neben Kits Schreibtisch fallen.

Weil ich dich darum bitte, hätte er gern gesagt, da er wußte, daß es so war. Jedoch nicht ganz so, wie er es sich wünschte. Noch nicht. Nur ein Freundschaftsdienst, den sie vielen anderen auch erwiesen hätte. Euan Ash beispielsweise. Jedem, der ihr Mitgefühl weckte oder nicht lockerließ. Und darauf verstand er sich, auf das Nicht-Lockerlassen. Er ging vorsichtig zu Werke, sachte, ermüdete sie vielleicht, erheiterte sie aber auch, indem er sie jeden Morgen in die Triumphe und Katastrophen des neuen Tages verwickelte, die, mochten sie noch so nervenaufreibend sein, wenigstens nicht Miriam, Edward – oder Paul waren.

Es war nicht List. Es war –? Er zögerte, es zu benennen. Teil seines Werkzeugs vielleicht, eine Fähigkeit, bei denen, die ihm unterstellt waren, nicht nur Vertrauen zu wecken, sondern Enthusiasmus. Ein Trick. Eine Begabung. Sachverstand. Äußerst nützlich. Aber irgendwie weniger reell, wenn auf Claire angewendet. Sie war begehrenswert – still, träumerisch, beinahe wie der Spiegel eines Seerosenteichs. Doch in der Tiefe schwelte ein heißes Feuer, dessen war er sicher. Er hatte sie auf den ersten Blick begehrt. Und er mochte sie. Er hatte ihre Verletzung erkannt, den gebrochenen Flügel, und wußte sogar, wie er am besten zu ihr durchdringen konnte. Mit Stärke und Zuverlässigkeit. Seine Füße schritten fest auf sicherem Pfad, die ihren irrten ziellos. Mit Liebeslist konnte er vielleicht ihre derzeitige Schwäche ausnützen und sie dazu bewegen, ihm zu folgen. Aber für wie lange? Anderen Frauen hatte er gern und großzügig von seinem Charme, seiner Kraft und seiner Sinnlichkeit gegeben, und es hatte ihm genügt. Jetzt wollte er mehr geben. Einen festen Platz im Leben, um den er noch kämpfen mußte. Sicherheit. Die Früchte einer Arbeit, die er eben erst begonnen hatte.

Und da er ihr solche Geschenke noch nicht machen konnte, nahm er sie bei der Rückkehr aus Manchester nicht in die Arme, wie er das gern getan hätte, bestellte nicht das Champagnersouper, das sie vielleicht angenommen hätte, sondern ließ sie allein nach Hause gehen, schickte ihr nur später einen Korb cremefarbener Rosen.

Es war nicht Berechnung. Es war auch nicht Liebe. Oder wenn doch, so nicht die rührselige, reizlose Angelegenheit, die er sich darunter vorgestellt hatte. Er wußte nur, wenn es eine Frau gab, mit der er zusammenleben und zusammenarbeiten wollte, dann war es Claire.

«Es zahlt sich aus», zitierte Euan, als er Kits Rosen sah, «das Personal gut zu behandeln.»

«Ich bin nicht Personal.»

«Was dann?»

Sie zögerte. «Eine Freundin?»

«Fein. Du mußt zugeben, der Herr Major wählt seine Freunde gut. Ich arbeite für Whisky. Du für einen Strauß Rosen.»

«Arbeit ist das eigentlich nicht, Euan.»

Er zuckte die Achseln, schien unwirsch. «Wie dem auch sei, auf mich muß er eine Weile verzichten. Ich muß ein Bild malen.»

«Ein Auftrag?»

«Ach wo. Ein Bild – in meinem Kopf, das raus will. Vielleicht schafft es das. Wünsche mir Glück.»

«Von Herzen.»

«Danke.» Und dann sagte er beinahe zaghaft: «Es ist nicht leicht – damit allein zu sein.»

«Nein, wohl nicht.»

Doch sie hatte keine Vorstellung von der Anstrengung, dem Fieber, das sich seines abgemagerten Körpers bemächtigte, ihn noch mehr auszehrte, die Haut um seine Augen schwärzte, so daß er nach zwei, dann drei Nächten vor seiner Leinwand, wo er verzweifelt gerade jene Dinge loszuwerden suchte, die er ebenso verzweifelt zurückhalten mußte, aussah wie einer, der einen Monat lang nicht geschlafen hat.

Gestört vom Licht in seinem Atelier, seinen geräuschvollen nächtlichen Ausflügen in die Küche, beschwerte sich die Tanzlehrerin erbost. «Hören Sie mal –»

Er hörte ihr nicht zu, schien sie gar nicht zu sehen, blickte durch sie hindurch, als wäre sie Luft.

«Drogen», erklärte sie finster. «Haben Sie seine Haut gesehen – dieses Gelb? Ich seh so was sofort. Er ist gefährdet.»

Doch Claire, die hinter den Worten der Frau hörte: «Wir sind gefährdet», schüttelte den Kopf. «Er malt nur.» Sie räumte angebranntes Essen und kalten Tee weg, die er in der Küche stehengelassen hatte, und erriet, daß er sich vielleicht absichtlich aushungerte, sich in einer erschöpfenden Seelenqual verzehrte, die vielleicht zur Erneuerung führen würde.

«Lassen Sie ihn in Ruhe», sagte sie. Er verbrannte sich in einer Feuersbrunst, in die sie selbst sich bisher nicht hineingetraut hatte. Der Versuch einer Ausbrennung verdorrter Hoffnungen und verkrüppelter Emotionen im Hinblick auf die entfernte Möglichkeit, daß aus den Stümpfen ein neues Gefühl der Ganzheit, ein Schimmer von Lebensglaube wachsen würde.

Er trug seine Gespenster zu Grabe, stieß sie aus, indem er sie auf die Leinwand bannte. Sein Gesicht und seine Augen waren so bar jener spöttischen Lieblichkeit, jener engelhaften Bosheit, daß er ein Fremder zu sein schien. Ein neuer Mensch. Sie hoffte es aus tiefster Seele. Sie betete sogar für ihn, ohne Glauben an einen bestimmten Allmächtigen, nur weil sie nichts unversucht lassen wollte. «Ich weiß nicht, ob es dich gibt, aber wenn, dann – wirklich – du hast nicht viel für Menschen wie ihn und mich getan!» So ähnlich hatte sie auch für Paul gebetet.

«Wann bekommen wir das Meisterwerk zu sehen?» erkundigte sich Nola, die trotz ihrer Geringschätzung sofort bereit gewesen wäre, in Gegenwart der betuchten Croziers und der Presse eigenhändig die Enthüllung vorzunehmen.

«Laß ihn!» sagte Claire.

«Er macht nicht auf», schimpfte der Abgesandte des Hauswirts, der die Miete kassieren wollte.

Sie drückte ihm das Geld in die Hand. «Bitte lassen Sie ihn in Ruhe.»

Und dann war es vorbei.

Kit Hardie traf ihn eines Morgens am Küchentisch, wo er sich Whisky in seinen Tee goß. An der Wand lehnte das Bild.

«Es ist also fertig?»

«Es ist fertig.» Er sah nicht triumphierend aus, sondern durchsichtig und zerbrechlich, als könnte das kleinste Lüftchen ihn wegfegen.

«Kann ich's mir ansehen?»

Es war das Gesicht eines jungen Mannes und doch nicht direkt ein Gesicht. Nicht Euan selbst, wenn ihm auch sehr ähnlich, ein Jüngling, sehr blond, sehr licht, eine Reinheit in den Augen, so daß Kit, als er sie ansah, voll Unbehagen schluckte und das Gefühl hatte, er müßte wegsehen. Ein verschlossenes Gesicht und um es herum die offenen Gesichter kleiner Blumen, Wolken, Sand und gepflügte Erde; Eierschalen in tiefen, weichen Nestern, umschmeichelt von den Spitzen von Vogelfedern; die Flanken eines zufrieden atmenden Hundes; rasch ausgreifende Pferde; eine lächelnde Landschaft junger Männlichkeit, halb verloren und halb zurückgewiesen, aber immer noch lockend. Immer noch da.

«Ich weiß nicht», sagte Kit, dem selten die Worte fehlten.

«Was wissen Sie nicht?» Die müde Stimme war gleichgültig.

«Ich habe eine solche Jugend nicht gehabt, Euan.»

«Was für eine Jugend? Das ist ein Sammelbildchen von Sir Galahad im Kricketanzug beim Blumenpflücken.»

Kit war anderer Meinung. Ein verlorenes Paradies. Ein verdammtes Paradies, dessen sanfte Lockung eine grausame Illusion war: haarfeine Sprünge in den Eierschalen warnten vor toten Küken, ein Schaumflöckchen am Maul eines Hundes vor dem Wahnsinn; Fäule saß an den Blütenblättern einer Blume, Krankheit in den Hufen des Pferdes, der Keim der Lähmung in den Schwingen des Vogels; die Erdhügel konnten Gräber so gut wie Furchen sein; ein Hauch von Gift hing über dem Land. Es war ein zerstörtes Paradies, das vor den klaren Augen des jungen Pilgers, des reinherzigen Gläubigen, von innen verfaulte.

Und obwohl dies nie Kits Paradies gewesen war und er immer nur an seine eigene Energie und Entschlossenheit geglaubt hatte, schauderte ihn.

«Es ist gut, Euan», sagte er rauh.

«Herrgott!» Euans Stimme war ein heiseres Flüstern. «Es ist eine Bilderbuchillustration – für Kinder.»

Kit schüttelte mit einem bitteren Lächeln den Kopf. Er hatte keinen Platz in dieser sonnenbeschienenen, leidenden Welt, hatte nie eine Unschuld gekannt, die zerstört werden konnte, keine Jugend, die im flandrischen Schlamm zertrampelt werden konnte. Er hatte die beiläufige, alltägliche Brutalität von Mensch zu Mensch nicht erst lernen müssen. Er hatte immer um sie gewußt und mit ihr umgehen müssen, von den leichtfertigen Grausamkeiten seines unbekannten Vaters bis zur Gleichgültigkeit des letzten, trunksüchtigen Obersten, der Schuljungen ins Gemetzel nach Frankreich geschickt hatte. Er hatte immer gewußt, daß die Welt von Euans jungem Pilger eine Scheinwelt war. Dennoch wurde er zornig und hatte das Gefühl, sie verteidigen zu müssen – oder zumindest dieses herzzerreißende, beklemmende Abbild. «Es ist gut.»

Euan schien zu erschöpft, um den Kopf zu schütteln. Wozu auch leugnen? Es war wirklich gut. Es war, was er sich vorgenommen, was er Tropfen um qualvollen Tropfen aus sich hatte herauspressen wollen. An diesem Maßstab gemessen konnte man es als gelungen bezeichnen. Er lachte leise, bitter.

«Ah, Sie sind aus dem Winterschlaf aufgewacht?» Die Tanzlehrerin, die mit ihren breiten Schultern und den stämmigen Beinen eher wie eine Athletin aussah, kam in die Küche. Die scharfen Augen, immer auf der Suche nach Drogen und Orgien, fielen auf das Gemälde. «Oh – das ist wirklich hübsch.»

«Ja», sagte Euan lächelnd. «Nicht wahr?»

«Der Junge sieht blendend aus. Kennen Sie ihn?»

«Ein alter Freund.» Euans Augen, glanzlos und leer bisher, füllten sich wieder mit der boshaften Lieblichkeit.

«Na so was! Und ich dachte, Sie, äh –»

«Ich nähme Kokain und malte nackte Frauen.»

Sie errötete leicht, dann lachte sie unmelodisch und laut. «Stimmt. Ich geb's zu. Ein alter Freund, hm? Ich hätte nichts dagegen, den an meiner Wand zu haben.»

«Nehmen Sie ihn mit.» Selbst Kit glaubte, er scherze.

Aber er scherzte nicht.

«Nein, nein», rief sie bestürzt. «Ich wollte doch nicht – Es ist wirklich schön, aber sein Wert –»

«Null», sagte er, und das Lächeln des gefallenen Engels erhellte sein Gesicht wie der vergiftete Sonnenschein das Antlitz seines jungen Pilgers. «Es ist ein Geschenk – von mir für Sie, meine Liebe –, weil Sie schön sind und ich großzügig bin. Nehmen Sie es mit. Als ewige Erinnerung an mich.»

Nach zehn Minuten verwirrten Hin und Hers nahm sie es, fast überzeugt, daß es plötzlich explodieren, Wasser spritzen oder einen üblen Geruch verströmen würde; daß es auf jeden Fall kein gewöhnliches Bild war. Doch da es nichts kostete und groß war, nahm sie es und ließ die beiden Männer in einer Stille zurück, die von Kits ersticktem Mitleid und Zorn beinahe knisterte. Er fühlte sich – so verrückt das war – getrieben, das verdammte Gemälde zu verteidigen, und hätte Euan am liebsten am Kragen gepackt und kräftig geschüttelt.

«Sie verdammter Idiot», sagte er.

«Sehr wahrscheinlich.»

«Sie haben über diesem Gemälde Blut geschwitzt.»

«Ziemlich dünnes Blut», sagte Euan wegwerfend. «Blau natürlich, aber über seine beste Zeit hinaus.»

«Und dieses blöde Luder wollte es nicht einmal haben. Das wissen Sie wohl.» Kit war sehr böse.

«Ja, ich weiß. Ich will's auch nicht haben.»

«Sie hätten was Besseres damit anfangen können.»

Euan stand auf und pfiff ein Soldatenlied. Seine Pilgerfahrt, die Zeit der Unschuld lagen hinter ihm, die Suche war aufgegeben, die Wunden der Vergangenheit blieben ungeheilt. Es war umsonst gewesen. Auch gut. Er glaubte jetzt, daß er es erwartet hatte.

«Was denn, Kit?» fragte er mit blauen Engelsaugen. «Es Claire schenken?»

Sie kam wenig später in die Küche, als Euan, immer noch pfeifend, gerade durch den Hof davongegangen war. Ihr Gesicht war traurig, aber nicht überrascht.

«Ich habe die Ballettänzerin getroffen», sagte sie.

«Ja.»

«Hat Euan Ihnen das Bild gezeigt?»

«Ja. Es war – ich glaube, ich werde es nie vergessen.»

Sie seufzte. «Na ja –» Es war eine Erleichterung, danach in die praktische Welt von Vorhangstoffen und Bodenbelägen zu entrinnen, wo es ausschließlich um das leibliche Wohl von Hotelgästen ging. Die Zimmer im *Crown* sollten, wie Kit am Nachmittag bei Lachsbrötchen und einem Glas Chablis beschloß, an ihren Farben zu erkennen sein. Blaues Dekor für das Blaue Zimmer, rosa für das Rosenzimmer und so fort von Orange bis Lavendel. Ein hübscher Einfall, der sie Zeit und Kraft und wunde Füße kostete, da Kit selbst die Aschenbecher in den Dekorfarben wollte und ebenso die viktorianischen Nadelkissen auf den Toilettentischen.

«Sie haben völlig recht», sagte sie eine Woche später. «Kleinigkeiten zählen. Sie sollten mal meine Füße sehen! Das alles wegen Ihrer kleinen rosa Aschenbecher.»

«Dann lassen Sie mich für Ihre Mühe bezahlen.»

«Unsinn.» Sie nahm auch dafür nur Blumen, Pralinen und Wein, daß sie in einem Antiquitätengeschäft in Harrogate das schöne Klavier mit der Einlegearbeit entdeckt hatte, das nun auf einem Podium im Speisesaal stand und auf einen Pianisten wartete, der nicht nur einschmeichelnde Musik machen, sondern möglichst attraktiv und vor allem gepflegt sein sollte, da Kit die mit Schuppen besäten Abendanzüge der Streicher in *Feathers'* Teestube höchst unappetitlich fand.

Ein zweites Klavier ähnlichen Typs war für das kleinere Restaurant bestellt, und als letzte Neuheit, keineswegs von allen Bürgern Faxbys freundlich aufgenommen, sollte in einem Souterrainraum, der durch einen separaten Eingang betreten werden konnte, eine Tanzbar eingerichtet werden. Ach, eine Bar gab es doch in den meisten Hotels. Ja, aber Polly Swanfield hatte gehört, daß dies eine richtige Cocktailbar werden sollte, wo man die raffinierten neuen Drinks aus Amerika bekommen konnte. Und eine Jazzband würde spielen, hieß es. Ein richtiger Nachtklub sollte es werden, wie es sie in London gab, und das besonders Aufregende daran war, daß niemand wußte, ob diese Lokale vom Gesetz erlaubt waren oder nicht. Man stelle sich vor, da stürmt plötzlich die Polizei herein und nimmt alle Gäste fest! Das wäre ein Ding!

«Du hast so ein Glück, Claire», behauptete Polly. «Wohnst praktisch im *Crown!* Und wenn ich mir vorstelle, daß es nur Hardie ist, der mich immer so strafend angesehen hat, wenn ich meine Tennisschuhe im Flur stehen ließ! Nur Hardie. Meine Freundin, Mary-Ellen Stephens, die ihn neulich am Rathausplatz gesehen hat, sagt, er ist umwerfend attraktiv.»

Kits Büro im ersten Stock des Hotels war hell und sonnig, er selbst immer gelassen und sicher, ganz gleich, was für Krisen auftauchten. Oft eine Zuflucht für Claire.

«Ich möchte gern, daß Sie für mich arbeiten», sagte er zu ihr.

«Ja.»

«Ist das eine Zusage? Oder nur eine Kenntnisnahme?»

«Ich glaube, es heißt – warten wir ab.»

«Ist das wirklich nötig? Ich kann Sie nicht dauernd um Gefälligkeiten bitten.»

Doch als seine Sekretärin am Nachmittag rasende Kopfschmerzen bekam, tippte ihm Claire, die Mangel an Können durch Geduld aufwog, mit zwei Fingern seine Briefe und Rechnungen.

«Die Croziers kommen heute morgen mit einem Fotografen, und die Blumen im Foyer sehen erbärmlich aus. Gibt es nicht noch einen anderen Blumenhändler in Faxby, Claire?»

Claire stellte die Arrangements selbst zusammen und hatte ein fürsorgliches Auge auf sie, bis die Croziers nach einem letzten Glas Dom Pérignon wieder abfuhren.

Bald wachte sie morgens mit dem Gefühl auf – keineswegs unangenehm übrigens –, daß Kit sie erwartete, daß es Dinge zu tun gab, die sie ihm abnehmen konnte, und sie hätte das Gefühl gehabt, ihn im Stich zu lassen, wenn sie nicht erschien.

Aber war sie wirklich von Nutzen? Ein kühler Kopf. Ein scharfes Auge. Friedensstifterin, da Kit unter der jovialen Fassade anspruchsvoll und keineswegs sanft war.

«Lächeln Sie, verdammt noch mal!» hörte sie ihn eines Morgens einem neuen Zimmermädchen nachbrüllen, das statt dessen in Tränen ausbrach und etwas von einer kranken Mutter stammelte, was er nur mit einem kurzen «Reden Sie mit ihr, Claire» quittierte.

Claire, mit der Hysterie in allen ihren Formen vertraut, erläuterte ruhig und freundlich Kit Hardies Forderung, daß das Hotelpersonal seine Gefühle beherrschen müsse wie Schauspieler auf einer Bühne, daß der Gast immer recht habe, daß selbst ein kleines Zimmermädchen weiterlächeln müsse, auch wenn ihr noch so traurig zumute sei.

«Jede Ausbildung», sagte Kit, «müßte so hart sein, daß die Arbeit danach leicht scheint. Wenn sie so weit kommen.»

Nicht alle schafften es. Ehe der erste Gast das Hotel betreten hatte, hatte Aristide Keller einen der Beiköche gefeuert. Es war nicht klar, ob er den verschreckten jungen Mann verdächtigte, nach seinen Rezepten oder seiner Frau geschielt zu haben. Unter den Damen des Personals machte sich gefährliche Unruhe breit, als die Jazzmusiker und MacAllister, der Barkeeper mit seinem frechen Charme, eintrafen.

«Arbeiten Sie doch für mich», bat Kit Claire wieder, als er einen günstigen Moment sah.

«Ich habe doch nichts zu bieten.»

«Doch, Claire.» Seine Stimme war entschieden, er war bereit, sie zu überreden, sie, wenn nötig, vorsichtig in die Richtung zu drängen, in die er sie haben wollte. «Sie verstehen sich darauf, Öl auf die Wogen zu gießen.»

«Aber das ist doch kein Rüstzeug für eine Berufskarriere.»

«Wer weiß! In der Bar wird es bestimmt Scherereien geben.»

«Ja, das prophezeite mir Edward auch schon.»

«Er hat recht. Wenn den jungen Damen der Gin und MacAllisters Süßholzraspelei zu Kopf steigen. Ich seh's förmlich vor mir.»

«Ich auch. Eifersuchtsszenen. Heulkrämpfe in der Toilette...»

«Genau. *Ich* kann einer jungen Dame nicht in die Toilette folgen und sie trösten. Und Mr. Clarence ist auch noch da.»

«Oh? Kenne ich ihn?»

«Ich hoffe nicht. Er ist der stattliche junge Mann, den ich soeben für den Empfang engagiert habe. Sehr malerisch. Der könnte mit seinem Charme die Vögel von den Bäumen locken. Aber an einem schlechten Tag gibt er vielleicht zwei Wildfremden dasselbe Bett. Ich denke, Sie könnten das ohne allzuviel Peinlichkeit wieder in Ordnung bringen. Ich erfinde keine Arbeit, Claire. Ich brauche Sie.»

«Ja.»

«Was soll das jetzt wieder heißen?»

Sie erkannte genau, was da in seiner Stimme und seinem Gesicht war, spürte, wie ihre eigenen Sinne darauf reagierten, und errötete. Sie hatte versprochen, es sich zu überlegen. Nun war sie gekommen, ihm die Antwort zu geben.

«Wollen Sie mir absagen?»

«Nein.»

Sie hatte auch nicht vorgehabt, ihm fest zuzusagen, doch war es merkwürdigerweise eine Erleichterung festzustellen, daß sie zugesagt hatte. Sein Enthusiasmus war so mitreißend, daß sie ihre Unsicherheit vergaß und das Gefühl hatte, dies sei doch genau, was sie wollte. Mit einem fröhlichen Händedruck und einem Glas Champagner besiegelten sie ihren Vertrag.

«Sie werden es nicht bereuen, Claire.»

Dafür würde er sorgen. Als sie endlich nach Hause ging, war sie zu beschwipst, um sich darüber Gedanken zu machen, ob ihre Entscheidung richtig war. Das Ideale war es sicher nicht. Aber gab es das denn? Schon das Wort «ideal» konnte in ihr nur noch Widerwillen wecken, nachdem sie erlebt hatte, wozu Idealismus führen konnte. Es ging ihr nicht mehr wie früher einmal darum, mit ihrer Arbeit einen wichtigen Beitrag zur Rettung der Menschheit zu leisten. Sie war nicht mehr sicher, ob die Menschheit vor ihren kurzsichtigen Begierden und ihrem Zerstörungsdrang überhaupt gerettet werden konnte oder sollte. Wenn aber Zerstörung unvermeidlich war, konnte sie ebensogut Champagner servieren und Zimmermädchen trösten. Oder sich treiben lassen wie Euan.

Sie wollte nicht allzu tief über Euan nachdenken; sie wußte zu gut, was sie entdecken würde, deshalb lenkte sie sich mit dem Gedanken daran ab, daß ihre Arbeit im *Crown* sie wenigstens für die Swanfields weniger leicht erreichbar machte.

Am Abend war sie in High Meadows eingeladen, doch tatkräftig, wie sie sich jetzt fühlte, belastete sie das gar nicht. Sie war Miriam, Polly und Nola gegenüber schwach gewesen und hatte den Anschlägen auf ihre Gutmütigkeit zu oft nachgegeben. Jetzt mußte sie lernen, sich zu entziehen. Sie brauchte ja nur nein zu sagen.

Es verlangte sie nicht nach Schutz, drängte sie nicht, ihre einsame, oft unbequeme Freiheit gegen einen sicheren Platz im Schoß dieser mächtigen, klammernden Familie zu tauschen. Sie wollte erwachsen und allein bleiben, wie sie es vor drei Monaten gewesen war. Während sie in den Spiegel sah, mit ihrem Bild und ihrer gesunden Eitelkeit zufrieden, kam Freude in ihr auf, Triumph beinahe, als sie sich an Benedicts trockene Bemerkung erinnerte, sie würde wohl spätestens in zwölf Monaten wieder verheiratet sein und mit ihrer Bettelschale bei ihm anklopfen wie die anderen.

Er hatte sie als Mitgiftjägerin gesehen, als lästigen Plagegeist. Es drängte sie so heftig, ihm seinen Irrtum zu beweisen, ihm die neugefundene Anstellung wie einen Handschuh der Herausforderung vor die Füße zu werfen, daß sie erleichtert aufatmete, als sie draußen den Wagen hörte. Nicht der Chauffeur, sondern Benedict selbst war gekommen.

«Benedict!» rief sie und stellte verärgert fest, daß ihre Stimme so eifrig und erregt klang wie die Pollys. «So eine Überraschung!»

«Tatsächlich? Ich hatte den Wagen, da schien es das Einfachste, gleich selbst zu kommen.»

«Natürlich.» Sie wußte, er hatte keine Lust, Erklärungen zu geben, hatte den Kopf voll von Geschäften und war sicher abgespannt, so daß sie gut daran täte und er ihr dankbar wäre, ihm ihr Gänsegeschnatter zu ersparen. Aber sie hatte ihm etwas zu sagen. Auch wenn er keine Lust hatte zuzuhören.

«Ich habe auch eine Überraschung: Ich habe eben ein Angebot angenommen.»

«Ach?»

«Ja – ins Hotelgeschäft einzusteigen.» Sie hörte Pollys Stimme singen, «Benedict, schau, ich hab mir das Haar geschnitten», während sie den blondgelockten Kopf drehte und um Bewunderung, Zorn, Lob, Strafe oder sonst eine Art der Aufmerksamkeit bettelte, die er ihr versagte.

«So», sagte er jetzt, auch ihr seine Aufmerksamkeit verweigernd. «Hardie hat dir etwas zu tun gegeben, wie? Sehr anständig von ihm.»

Hardie! Hinter seinem neutralen Ton hörte sie den Spott, der besagte, «beim Butler Hardie». Ja, der Butler, der früher Benedict den Wein eingeschenkt, ihm auf silbernem Tablett die Post gebracht, ihm Hut und Handschuhe gereicht hatte und der jetzt, braver Bursche, der er war, der jungen «Mrs. Jeremy» etwas zu tun gegeben hatte, womit sie sich beschäftigen konnte, bis sie sich wieder fing. Sehr anständig von ihm.

Sie hielt den Kopf sehr hoch und schluckte die Wut hinunter, die ganz unvernünftig war; denn weshalb sollte ihr daran liegen, ausgerechnet ihn zu beeindrucken? «Er bezahlt mich dafür, Benedict», sagte sie strahlend.

«Wirklich? Das ist anständig.»

War er belustigt? Gewiß. Aber warum? Ihre Freude versiegte so rasch wie damals Pollys. Dennoch lächelte sie, obwohl sie sich selbst oberflächlich, frivol und naiv vorkam, wo sie doch sachlich, gelassen, überlegen hatte sein wollen.

«Damit bin ich unabhängig», sagte sie und fand sich dumm und albern dabei. Warum konnte sie nicht beweisen, daß sie eine vernünftige Frau war, wie sie das leicht und freundlich bei jedem anderen Mann getan hätte, indem sie zugab, daß das Gehalt vom *Crown* vielleicht für die Miete und die dringendsten Notwendigkeiten des Lebens reichte, nicht aber dazu, sie aus der finanziellen Abhängigkeit von den Swanfields zu befreien. Unabhängig! Wie hatte sie nur eine so dumme Bemerkung machen können!

«Ich denke», sagte er, «wir warten erst einmal ab, hm?»

7

Die Familie saß schon im Salon, jeder an seinem angestammten Platz, in der gewohnten Haltung: Polly gereizt und gelangweilt, Nola schläfrig, Eunice wachsam, damit nur niemand ihren Toby überging. Miriam allein war mit sich und der Welt zufrieden.

«Meine liebe Claire», sagte sie und sah mit Befriedigung das Medaillon an Claires Hals.

«Meine liebe Claire», äffte Nola sie nach, als sie sich zu Tisch setzten. «Ach, liebe, liebe Claire.»

Trotz ihres peniblen Gewissens fühlte sich Claire Nola nicht verpflichtet. Auch Polly nicht, die ihre eigenen Fehler machen mußte, und nicht Eunice, deren Fehler – ihre zu selbstlose, krampfhafte Liebe – nicht berichtigt werden konnten. Nicht dem gutmütigen, schwachen Toby, der sich ohne sichtbare Gegenwehr der Last dieser Liebe gebeugt hatte. Keinem. Sie hatte keinen Grund, sich verpflichtet zu fühlen. Sie konnte sich aus allem heraushalten. Das glaubte sie jedenfalls, bis Polly plötzlich klappernd die Gabel weglegte und mit klarer Stimme, die die monotonen Tischgespräche durchschnitt, erklärte: «Ich finde es gemein von dir, Claire, daß du gestern heimlich mit Nola nach Manchester gefahren bist, wo du weißt, daß ich schon ewig zum Einkaufen hinwill.»

Gestern? Claire hatte den Tag bei ihrer Mutter in Upper Heaton verbracht und den Abend zu Hause. Was hatte Nola getrieben? Die Antwort sprang ihr so deutlich ins Auge, als tanzte sie wie eine verräterische Flamme um Nolas Kopf. Sie war sich Benedicts Anwesenheit beklemmend bewußt.

Verdammte Polly. Verdammte Nola. Die eine eine alberne Gans, die mit ihren neunzehn Jahren eigentlich hätte gescheiter sein müssen, die andere – was denn? Eine Verrückte eindeutig, daß sie solche Risiken einging.

«Manchester», sagte Nola lässig, das Kinn in die Hand gestützt, «ist für Erwachsene, Polly. Es wäre eine Katastrophe gewesen, wenn du mitgewesen wärst. Wir verpaßten nämlich den letzten Zug. Nicht, Claire?»

Claire dachte nur daran, wie gern sie Nola den Hals umdrehen würde. Wie befriedigend es wäre, den Mut – oder die Grausamkeit – aufzubringen, kurz und bündig zu sagen: «Zieh du mich nicht in deine schäbigen Affären hinein.»

«Ja, sicher.»

«Wieso denn?» protestierte Polly. «Die Croziers hätten bestimmt ein Gästezimmer für mich gehabt. Außerdem haben sie massenhaft interessante Freunde. Es wäre lustig gewesen.»

Polly hegte keinen Verdacht, daß Nola gelogen haben könnte. Claire wußte selbst nicht, wo die Lüge anfing oder aufhörte. Vielleicht hatte sie wirklich den letzten Zug verpaßt. Wahrscheinlich, sonst hätte sie ihr Alibi besser vorbereitet. Aber warum hatte sie Claire nicht gewarnt? Ein rasch geflüstertes Wort vor dem Abendessen hätte gereicht.

Claire war nicht falsch, doch in ihrer Mädchenzeit hatte sie aus Notwendigkeit regelmäßig und routiniert gelogen. Das Leben mit Edward und Dorothy hatte sie Falschheit gelehrt: wie man freundlich lächelte, während man vor Angst fast verging, wie man lässige Worte sprach, während einem der Mund trocken wurde und man den Boden unter den Füßen nach versteckten Fallen abtastete. Sie war daher eine erfahrene, wenn auch unwillige Verbündete, die wußte, daß sie, um sich selbst zu schützen, zunächst vor allem entdecken mußte, ob jemand sie verdächtigte.

Miriam hielt die blauen Augen scheinbar aufmerksam auf ihren Teller gesenkt. Polly wollte oder konnte nicht über die Einkäufe hinaussehen, die sie in Manchester hatte machen wollen. Eunice schien verwirrt, aber nicht argwöhnisch. Toby, der so häufig selbst Lügen erfinden mußte, war plötzlich eifrig mit der Sauciere beschäftigt. Benedict? Sie konnte Benedict nicht ansehen, und doch wurde ihr Blick wie durch Zwang zu seinem dunklen, abweisenden Gesicht gezogen. Ob der Zwang von ihr selbst oder von ihm ausging, konnte sie nicht sagen. Obwohl seine Miene nichts zeigte, was sie hätte benennen können, wurde ihr kalt, und die alptraumhafte Gewißheit setzte sich in ihr fest, daß er direkt in sie hineinsehen konnte.

«Hat dir das Stück wenigstens gefallen?» fragte er sie.

«Ja», antwortete sie brüsk. Welches Stück? Warum konnte nicht

Nola in dieser drückenden, unnatürlichen Stille etwas sagen? Nola – lieber Himmel! Doch Nola saß reglos, atmete kaum, eine lauschende, wartende Gestalt, einen merkwürdigen Glanz in den Augen, die Lippen zu einem eigenartigen, fernen Lächeln verzogen, das Claire in Frankreich viele Male gesehen hatte: das beinahe sinnliche Wonnegefühl derer, die die Gefahr genießen. Verflixte Person. War sie diese Qual wert? Nein. Absolut nicht. Und doch – trotzdem – welches Stück? Plötzlich leerte sich ihr Hirn und füllte sich ebenso unvermittelt wieder mit einem Gewirr halb erinnerter Gesprächsfetzen. Weil sie etwas sagen mußte, riskierte sie es.

«Mich haben die Stücke von George Bernard Shaw immer sehr beeindruckt», erklärte sie gekünstelt.

Würde das genügen? Wurde in Manchester «Pygmalion» gegeben? Oder hatte Nola neulich von dem russischen Dramatiker Tschechow gesprochen und ihn mit Shaw verglichen? Hatte Nola dann behauptet, den «Kirschgarten» gesehen zu haben?

«Ja» – Benedicts Gesicht verriet ihr nichts –, «das dachte ich mir.»

«Ach, du lieber Gott, *das* Zeug», rief Toby, und sie begriff, daß er ihr helfen wollte. «Das ist mir zu hoch. Da mach ich lieber in der «Lustigen Witwe» ein Nickerchen. Wie wär's, Eunice? Sie wird in Leeds gegeben.»

«Au ja!» rief Polly. «Fahren wir hin!»

«Warte erst mal ab, ob du eingeladen wirst», fuhr Eunice sie an. «Nächste Woche ist zufällig unser Hochzeitstag.»

«Na und», versetzte Polly unerschrocken. «Bei eurer Hochzeit war ich ja auch dabei. Nimm eine Loge, Toby, und hinterher gehen wir ins Restaurant – ach, du bist ein Engel. Ich kann's gar nicht erwarten, in deinem tollen neuen Auto –»

Eunices Gabel schlug krachend gegen den Tellerrand.

«Ja, sicher, natürlich», sagte Toby mit einem unbehaglichen Blick auf Benedict.

«Oh, ihr habt einen neuen Wagen?» erkundigte sich Miriam.

«Genaugenommen nicht – ich meine –»

«Er meint» – Nola opferte Toby ohne Skrupel –, «daß er noch nicht bezahlt ist.»

«Wenn Toby schon so viel fahren muß», versetzte Eunice, «weil Benedict ihn herumschickt – weil er die Kunden chauffieren muß –, braucht er wenigstens ein vernünftiges Auto. Das ist doch wohl das mindeste.»

Benedict winkte dem Mädchen, ihm neu einzuschenken, und sagte kein Wort.

Am folgenden Morgen erschien Nola, früh für ihre Verhältnisse, in Claires Wohnung, nicht um sich zu entschuldigen, sondern um zu erklären. Sie hatte Claires Namen impulsiv gebraucht, um einer unvorhergesehenen Notlage zu entrinnen. Sie hatte Claire ja sogar am Morgen besucht, um sie zu warnen, aber nach einem Wortwechsel mit Euan Ash – Claire erinnerte sich sicher – war sie im Zorn gegangen und hatte die ganze Sache vergessen, bis Polly, diese dumme Gans, beinahe die Katze aus dem Sack gelassen hatte.

«Bring mich ja nie wieder in so eine Situation», sagte Claire scharf.

«Ach Gott, ach Gott – beleidigt, hm?»

«Wütend, Nola.»

«Warum denn? Es ist nichts passiert, und du warst hervorragend.»

«Ich war halbtot vor Angst.»

Nola lächelte. «Ja, ich weiß. Ich auch. Ein irres Gefühl. Habe ich dich schockiert?»

Claire schüttelte den Kopf. «Du kannst tun, was du willst, Nola – schlafen, mit wem du willst –, aber laß mich aus dem Spiel. Ganz besonders deinem Mann gegenüber.»

«Ach so – du hast Gewissensbisse wegen Benedict. Also das kannst du nun wirklich nicht beurteilen. Du hast ja keine Ahnung, wie eine Ehe läuft. Die paar Tage mit Jeremy kann man weiß Gott nicht als Ehe bezeichnen.»

«Das habe ich auch nie getan.»

«Genau. Darum laß dich in bezug auf Ehemänner im allgemeinen und meinen im besonderen belehren. Er ist genauso schlimm wie ich. Er hat andere Frauen, zumindest glaube ich das, denn mit mir will er seit Conrads Geburt nichts mehr zu tun haben.»

Claire wollte das alles nicht wissen. Und doch! Lieber Himmel! «Wie alt ist Conrad?»

«Dreizehn. Du brauchst mich gar nicht so strafend anzusehen, es sei denn, du bist blöd genug zu glauben, was man uns beigebracht hat – daß immer die Frau die Schuldige ist.»

«Nein, das glaube ich nicht.»

«Gut. Dann glaubst du vielleicht auch das andere Märchen nicht, das unsere Mütter erzählen – daß für eine Frau die Ehe die höchste und einzige Erfüllung ist und man einen Mann nur zum Altar zu schleppen braucht und schon liegt einem das Paradies zu Füßen.»

«Natürlich nicht.»

«Sei froh. Polly glaubt es nämlich. Und ich glaubte es auch. Meine Hochzeit war in Bradford das gesellschaftliche Ereignis des Jahres. Weißer Satin mit ellenlanger Schleppe, und Benedict reich und gut aussehend und ein klein bißchen finster, gerade so, daß es prickelt. Ich war damals genauso eine Gans wie Polly. In den Flitterwochen waren wir natürlich am Mittelmeer. Da machte ich mich ganz gut. Als Verlobte und Braut war ich nicht übel. Es schien mir die Vorstufe zum großen Crescendo. Leider ließ das auf sich warten, so daß ich anfing, mich zu fragen, was das Ganze eigentlich soll. Die Antwort, die ich allenthalben bekam, war: Schaff dir ein Kind an. Ich versuchte es, aber als Zuchtstute konnte ich keinen Blumentopf gewinnen. Mit Christian war's schon schlimm, mit Conrad noch schlimmer. Als die Ärzte mir rieten, es nicht noch einmal zu riskieren – tja, was soll ein Ehemann da tun? Vorausgesetzt, natürlich, er ist ein Gentleman!»

«Vermutlich –»

«Man sollte meinen, der Ehemann wäre über den Verlust seiner Privilegien – seiner ‹ehelichen Rechte›, wie man sagt – betrübt, oder täte wenigstens so, als wäre er's.»

«Nola!» sagte sie scharf und schreckte mit einer Heftigkeit, die sie selbst kaum verstand, von diesem allzu intimen Blick auf Benedict zurück. «Das ist wirklich nicht meine Sache.»

Doch Nola, von einer Emotion erfaßt, die sie veranlaßte, über sich zu spotten, während sie sich im gleichen Atem zu rechtfertigen suchte, wollte davon nichts hören. «Aber meine Sache ist es, und wenn ich sie zu der deinen machen will, dann habe ich jedes Recht dazu.»

«Warum solltest du das wollen, Nola?»

«Mein liebes Kind, diese tiefschürfenden Fragen stelle ich mir längst nicht mehr. Ich tue einfach, was ich kann und was ich gerade will. Also – als die Ärzte mir von weiteren Schwangerschaften abrieten, meinten sie vielleicht nicht für alle Ewigkeit. Und ich hatte vielleicht vor einer Schwangerschaft gar nicht so schreckliche Angst, wie ich vorgab. Kann sein, daß ich die Gefahr übertrieb – um meines lieben Mannes willen. Warum wohl?»

«Soll ich etwa raten?»

Sie lachte kehlig und drückte den Kopf an die Rückenlehne. «Liebe Claire – ich kann selber nur raten. Es kann natürlich sein, daß ich unseren sexuellen Beziehungen ein Ende machen wollte. Aber vielleicht wollte ich auch etwas ganz anderes. Männer begehren, was sie nicht haben können. Das wissen wir alle. Wie hätte ich wohl reagiert, wenn er in einer schlaflosen Nacht plötzlich bei mir geklopft hätte? Männer können vor Begierde wahnsinnig werden – erzählt man uns jedenfalls. Überleg dir das mal. Er hätte sich vielleicht in einem Anfall heftiger Leidenschaft auf mich gestürzt und mich an den Haaren nach oben gezogen. Was hätte ich dann wohl getan? Aber das tat er natürlich nicht. Er zog sehr rücksichtsvoll und sehr schnell aus unserem Schlafzimmer aus. Das war vor dreizehn Jahren. Er hat, glaube ich – das heißt, ich weiß es –, in den Dales ein Haus mit schwarzem Marmorbad, wo er sich mit seinen flüchtigen Abenteuern amüsiert. So leben wir. Er ist diskret. Ich bin es auch.»

«Nein, du bist es nicht.»

«Danke!»

«Nola! Bist du dir im klaren, was du riskierst?»

«Oh, durchaus. Ich sagte meinem Mann, ich könnte aus gesundheitlichen Gründen nicht mit ihm schlafen. Ich überzeugte meine Ärzte davon, daß meine Nerven es nicht aushalten würden. Es ist anzunehmen, daß die Ärzte ihn überzeugten. Sollte er dahinterkommen, daß ich die ganze Zeit mit anderen Männern geschlafen habe, was würde er tun? Mich umbringen?» Es war klar, daß sie von ihm zumindest den Versuch erwartete.

«Warum verläßt du ihn nicht, Nola?»

«Weshalb sollte ich?»

«Weil du dir nichts aus ihm machst. Und ihm liegt nichts an dir. Was soll also das Ganze?»

«Du sprichst doch nicht von Scheidung?» Ihr ganzer Körper wurde starr, ihre Stimme klang feindselig, gekränkt und – höchst uncharakteristisch – schockiert.

«Wovon sonst? Es ist nicht einfach, aber es ist möglich.»

«Das ist die Pest auch. Kennst du geschiedene Frauen?»

«Eine.»

«Und wie ist es ihr ergangen?»

Doch ehe Claire aus den Tiefen ihres Gedächtnisses Gesicht und Schicksal jener Frau hervorholen konnte, der sie drei Jahre zuvor in Frankreich begegnet war, gebot Nola ihr mit ungewöhnlich herrischer Geste Schweigen.

«Ich werde es dir sagen. Ihrer Mutter brach das Herz, ihr Vater strich ihren Namen aus der Familienbibel und enterbte sie. Ihre

Brüder und deren Frauen redeten nicht mehr mit ihr. Ihre Freundinnen luden sie nicht mehr ein, weil sie Angst hatten, sie könnte ihnen die Ehemänner stehlen. Wenn ihre Kinder noch klein waren, wurden sie ihr genommen, waren sie älter, so machten sie ihr Vorwürfe. Sie verlor ihr Zuhause, ihr Einkommen, ihre gesellschaftliche Stellung. Und jeder Mann, den sie kennenlernte, hielt sie für Freiwild und meinte, sie sollte dafür noch dankbar sein. War es nicht so?»

«Vielleicht.»

«Bestimmt. Und wahrscheinlich war der Ehemann deiner Bekannten noch so anständig, die Schuld auf sich zu nehmen. Benedict würde das nie tun. Er würde dafür sorgen, daß ich die Schuld bekäme und künftig von der Hand in den Mund leben müßte. Ich habe aber nicht die geringste Ahnung, wie man das macht, mein Engel, und auch kein Verlangen, es zu lernen.»

«Es kann lustig sein.»

«Ja – in deinem Alter vielleicht und wenn man ein Erbe als Rückhalt hat. Aber wenn du nichts hättest – so wie ich –»

«Aber Nola, du hast doch –»

«Was? Das Familienvermögen? Da kennst du meinen Vater schlecht. Er hat seine Töchter dazu erzogen, reich und verheiratet zu sein. Alle seine finanziellen Geschäfte laufen in diese Richtung. Er wird jeden Preis zahlen, um einen Skandal zu vermeiden. Aber sollte es je einen Skandal geben, würde er die, die ihn heraufbeschworen haben, verhungern lassen. Benedict mag sein, wie er will, mit dem Geld läßt er mir freie Hand, und ich habe nichts gelernt, als einem reichen Mann eine standesgemäße Frau zu sein. Soll ich mir vielleicht mein Leben mit Klavierstunden verdienen, wie die arme Seele bei dir oben im Haus? Oder mit Deutschunterricht? Ich würde entweder vor Langeweile oder vor Hunger sterben. Nein, mein Engel, meine einzige Hoffnung auf Unabhängigkeit ist eine reiche Witwe zu werden wie du. Aber Benedict, dieser Maschinenmensch, wird ewig leben.»

Claire hatte keine Lust, sich dabei aufzuhalten, wie treulose Frauen ihre treulosen Männer betrogen. Wenn Nola und Benedict an ihren Seitensprüngen Spaß hatten, sollten sie ruhig so weitermachen. Ihr lag nicht daran, sich um die Swanfields zu kümmern, sondern sie zu meiden, und das gelang ihr auch bis zu dem Abend etwa eine Woche später, als sie bei der Heimkehr Miriams Wagen vor dem Haus stehen sah. Verdammt! Miriam war doch mit Eunice und Toby in Leeds!

Wer also? Ach, was ging sie das an! Dabei blieb sie auch, als sie aus Euans Wohnung beschwipstes Gelächter hörte, darunter Pollys erregtes Kichern.

In ihrem Zimmer schlüpfte sie in den alten Kimono und machte es sich mit einem Buch gemütlich. Euan hatte also Gäste. Seit er sich von seinem, wie er es nannte, «Anfall von Aufrichtigkeit» erholt hatte, ging es bei ihm beinahe jeden Abend hoch her. Wenn Polly da mitmachen wollte, so war das ihre eigene Sache. Es war so lange schon ihr Wunsch, einem wilden jungen Mann zu begegnen, sollte man sie nun, da es endlich soweit war, nicht ihre eigenen Erfahrungen machen lassen? Ihre eigenen Fehler machen und ihre eigenen Lösungen finden, sie auf ihre eigene Art erwachsen werden lassen? Aber wer sollte den Wagen nach High Meadows zurückfahren? Polly gewiß nicht. Sollte sie in High Meadows anrufen? Und wenn Benedict sich meldete? Nein, der war sicher nicht da, sonst wäre Polly nicht ausgerissen. Vermutlich war er in London. Ja, Nola hatte so etwas gesagt. Aber konnte man sich auf Nolas Wort verlassen? Ganz gleich. Polly würde früher oder später Dummheiten machen. Warum nicht jetzt? Trotzdem – ach, verdammt. Nachdem sie die gleiche Passage zweimal gelesen hatte, ohne ein Wort zu verstehen, war sie froh, als sie beim dritten Versuch durch Euans Klopfen unterbrochen wurde.

Er war betrunken, aber mit Grazie, die Augen ein wenig glasig, aber die Sprechweise klar, die Haltung gerade. Nur seine Stimmung konnte bei diesen Gelegenheiten jäh umschlagen. Ein gefährlicher junger Mann? Zweifellos. Mindestens eine Nummer zu groß für Polly.

«Ich habe eine Jungfer in Bedrängnis bei mir», erklärte er, an den Türpfosten gelehnt. «Ihr scheint es zwar nichts auszumachen, aber ich wäre dir dankbar, wenn du sie entfernen würdest.»

«Warum?» fragte sie freundlich.

«Sie kreuzte vor Stunden mit einem Mann hier auf, den sie dir zeigen wollte. Statt dessen führte sie ihn mir vor.»

«Und er gefällt dir nicht?»

«Darum geht es nicht. Aber ich habe selbst was vor, verstehst du. Ich bin bestimmt nicht kleinlich, aber ich brauche eine gewisse Intimität. Außerdem steht ihre Unschuld auf dem Spiel.»

«Sie ist neunzehn, Euan. Was stand für dich in dem Alter auf dem Spiel?»

«Aber Claire, nur mein Leben! Das andere ist ein Schicksal schlimmer als der Tod, hat man dir das in der Schule nicht beigebracht? Aber nun ja, wenn es ihr nichts ausmacht und dich nicht stört ... Du hast einen sehr schönen Körper, Claire. Lassen wir die beiden einfach machen, hm? Und ich komme zu dir. Bitte, Claire?»

Er umfaßte ihre Taille. Lächelnd tippte sie ihm mit zwei Fingerspitzen auf die Brust und schob ihn weg.

«Dann erlöse mich wenigstens von Polly, diesem verwöhnten Fratz.»

Sie lief ins Atelier, kleiner als sonst, ohne Schuhe, aber bestimmt und fest entschlossen, die Sache so rasch wie möglich zu erledigen.

Polly lag reizend und zerzaust in einem Berg von Kissen, zeigte nackte Arme und bloße Schultern, lange Beine mit silbernen Spitzenstrumpfbändern, die der hübsche junge Mann neben ihr ungeschickt abzustreifen suchte, sehr zum Abscheu von Euans Mädchen, das pikiert am Tisch saß. Ihre Miene sagte klar, daß sie sich trotz ihrer billigen Schuhe, ihres Abendkleides aus zweiter Hand und ihrer Volksschulbildung niemals so benehmen würde.

«Guten Abend», sagte Claire im Ton einer Lageraufseherin zu dem weinseligen jungen Mann. «Ich bin Mrs. Swanfield. Ich finde, Sie sollten aufstehen und nach Hause gehen.»

Der Junge war jung und unausgegoren und wollte keinen Ärger. Claire und Euan gaben sich drohend und grimmig. Verdrossen und kleinlaut ging er davon, wünschte, er hätte die Wohnung am Mannheim Crescent nie betreten. Polly lachte, dann weinte sie, beschuldigte Claire, sich mit ihrer Mutter und Benedict und allen anderen verschworen zu haben, schlug nach ihr.

«Ich bleib hier bei Euan.» Sie legte sich wieder auf den Boden.

Euans Mädchen saß weiter pikiert am Tisch.

«Komm schon, Euan, leg dich zu mir.» Schnurrend und lockend wie ein verliebtes Kätzchen kuschelte sie sich in die Kissen.

«Ein andermal», sagte Euan mit einem Blick auf Claire und das schweigende, unmutige Mädchen, das plötzlich aufstand und wortlos hinausging. Als die Tür krachend zufiel, sagte Euan: «Polly, du hast mich zu einer Nacht der Einsamkeit und Frustration verdammt.»

«Das kann dir nur gut tun», meinte Claire und ging in ihr Zimmer, um sich anzuziehen.

«Ich möchte tanzen», verkündete Polly und tanzte selbstvergessen wie ein Kind durch den Flur und zur Wohnungstür hinaus, die Euan ihr aufhielt. Im Garten kreiselte sie in wilder Tarantella, um sich dann sehr säuberlich – da sie selbst *in extremis* nicht vergaß, auf ihr Kleid zu achten – im Gebüsch zu übergeben.

«Ich möchte sterben» erklärte sie als nächstes.

«Tu's im Wagen», meinte Euan freundlich.

«Ich will zu meinem Vater.» Sie war plötzlich das verletzliche kleine Mädchen, für das die Welt nicht mehr heil war, seit Aaron Swanfield sie verlassen hatte.

«Dann, liebe Polly», versetzte Euan, während er sich ihr hastig entzog, «bist du hier an der falschen Adresse.»

Sie schluchzte laut. «Ich will zu meinem Vater.» Nie hätte er zugelassen, daß sie sich so verloren und einsam fühlte, so wirr und elend. Trotz des vielen Alkohols, den sie gar nicht genossen hatte, wurde ihr schlagartig klar, daß sie ihrer Mutter nicht vertraute und vor Benedict Todesangst hatte, daß selbst Eunice, die früher lieb zu ihr gewesen war, nicht viel mit ihr zu tun haben wollte. Wer liebte sie aber dann? Keiner seit Aaron. Jedenfalls nicht so, wie sie es sich wünschte. Seit dem Tod ihres Vaters hatte sie sich nie mehr geborgen gefühlt.

«Ich möchte zu meinem Vater», jammerte sie.

«Um Gottes willen – bugsier sie in den Wagen», sagte Euan, hin- und hergerissen zwischen Gereiztheit und Erheiterung.

«Hinten hinein», sagte Claire, «für den Fall, daß sie sich noch einmal übergibt. Denn fahren muß ja wohl ich.»

«Ich denke schon. Aber ich laß dir den Motor an. Sieh nur zu, daß er dir bergauf nicht abstirbt. Ich würde ja mitfahren – aber, hm, besser nicht. Du wirst schon zurechtkommen.»

«Danke, Euan – daß du soviel Vertrauen in mich hast.»

Er lachte, salutierte, ging hinein.

Der Wagen war fremd, nicht leicht zu fahren, die Straße dunkel und schmal. Sie merkte, daß Polly zitterte und wohl auch weinte, wenn auch das Glas der Trennscheibe das Geräusch dämpfte.

Sie hatte keinen Plan. Es ging einfach darum, Polly sicher nach Hause zu bringen – sie loszuwerden. Sie konzentrierte sich ganz aufs Fahren und achtete zunächst nicht sonderlich auf den Wagen, der plötzlich wie aus dem Nichts hinter ihr heranschoß, kraftvoll und schnell, der sie eigentlich hätte überholen müssen, es aber nicht tat. Sie hätte hinterher nicht sagen können, wann genau ihr aufging, daß es Benedict war.

Sie sah, daß Polly entweder bewußtlos war oder eingeschlafen. Sie näherten sich High Meadows, und da die Straße nirgends anders hinführte, bog sie ein, hielt so dicht wie möglich vor der Haustür an und blieb wartend auf der gekiesten Auffahrt stehen.

Er würde wütend sein, voll Verachtung und verletzender Schärfe, und es war nicht ausgeschlossen, daß er ihr die ganze Sache zur Last legen und ihr nach bewährter Manier den Wechsel kürzen würde. Wie er Polly büßen lassen würde, wollte sie sich nicht vorstellen. Aber was blieb ihr anderes übrig, als sich ihm zu stellen und ihm, wenn schon nicht die ganze Wahrheit, so doch so viel zu sagen, daß er ein richtiges Bild der Dinge erhielt?

Doch als er aus dem Daimler stieg und ihr entgegenkam, sagte sie nur: «Wir dachten, du wärst in London.»

«Ja, so scheint es. Ich bin heute morgen zurückgekommen. Was ist geschehen?»

«Oh.» Ihr Ton war lässiger als beabsichtigt. «Polly ist betrunken. Sie kreuzte bei mir auf, da hab ich sie nach Hause gefahren.»

«Das hört sich an, als wäre es etwas ganz Alltägliches.»

«So war es nicht gemeint. Tut mir leid.»

War er zornig? Sie hatte keine Ahnung. Er trat näher und sah durch das Fenster auf Polly. Claire sah ihn an, als er sich ihr wieder zuwandte, aber sie konnte ihn nicht richtig sehen, seine Reaktion nicht einschätzen, weil ihre eigene so übermächtig war. Hatte sie denn solche Angst vor ihm? Offenbar. «Wolltest du sie mit Hilfe der Dienstboten nach oben bringen und die Leute bitten, ihrer Mutter nichts zu sagen?»

«So ungefähr.»

Er lächelte kaum merklich. «Dann tu das bitte. Und komm danach in mein Arbeitszimmer.»

Von zwei Mädchen begleitet, die teilnahmsvoll mit der Zunge schnalzten und sich darauf freuten, diese saftige Geschichte weitererzählen zu können, trug Parker, der Chauffeur, Polly nach oben. Claire wartete, bis sie ausgezogen war und in ihrem Bett lag, ehe sie ging. Sie war verwirrt, fragte sich mit Unbehagen, was Benedict von ihr wollte.

«Möchtest du etwas trinken?» frage er sie.

In Erinnerung an Pollys Ausdünstung nach Whisky, Parfüm und Erbrochenem, rümpfte sie die Nase. «Nein, danke, im Moment nicht.»

«Dann fahre ich dich nach Hause.»

«Ach? Das könnte doch – ich meine, Parker könnte mich doch –»

«Sicher. Trotzdem ...»

Erst als sie im Wagen saßen, sprang sie für Polly in die Bresche. «Soviel hat sie vermutlich gar nicht getrunken.»

«Gewiß. Aber es ist, gelinde gesagt, unklug, sich als Frau in der Öffentlichkeit zu betrinken. Das geht einfach nicht.»

«Sie regte sich sehr auf und weinte um ihren Vater.»

«Ah ja? Tja, da kann ich ihr leider nicht helfen.»

Als der Wagen vor ihrem Haus hielt, war sie plötzlich völlig unsicher. Sollte sie ihm danken oder warten, bis er ihr dankte, sollte sie ihm noch einen Kaffee anbieten oder sich einfach verabschieden?

Er kam um den Wagen herum und öffnete ihr die Tür. Dicht beieinander, zwischen Tor und Wagen eingekeilt, standen sie im Schatten von Hecke und Bäumen. Die Straße war leer, die Häuser dunkel, der Mond nur eine graue Dunstscheibe am düsteren Himmel.

«Danke, Benedict.»

«Danke dir, Claire.»

Seine Hand lag auf dem Tor, doch er öffnete es nicht.

«Möchtest du – äh – einen Kaffee vielleicht?»

«Nein. Keinen Kaffee.»

«Dann – ein Glas Brandy?»

Sie hatte den Eindruck, daß er kurz zögerte, dann schüttelte er den Kopf. «Ich glaube nicht.»

«Ja, dann ...»

Immer noch lag seine Hand auf dem Tor, so daß er ihr, wenn auch durchaus höflich, den Weg versperrte, sie zurückhielt, ohne sie anzufassen. Was mochte er von ihr wollen? Bei jedem anderen Mann hätte sie es gewußt.

«Claire, ich sollte dir vielleicht sagen ...»

«Ja?» Als sie hastig aufblickte, sah sie einen Funken Heiterkeit in seinem Gesicht, nicht gutmütig oder freundlich, eher scharf und nadelspitz. Aber doch Heiterkeit.

«Ich war heute abend auf einem Bankett der Handelskammer im Hotel *Great Northern.*»

«Ach?»

«Ja, ganz unerwartet, da ich einen Tag früher als vorgesehen aus London zurückkam.»

«Ja?»

«Meine Frau konnte mich nicht begleiten. Sie war bereits verabredet. Mit dir, Claire.» Sie drückte die Augen zu. «Ich weiß jetzt nicht mehr, wo, aber das spielt ja auch keine Rolle, nicht?»

Als sie widerwillig die Augen öffnete, sah sie ihn nur als eine geballte Masse von Schatten. «Benedict –»

«Bemühe dich nicht. Sie brauchte schnell einen Vorwand und hatte wohl keine Zeit, dich zu warnen. Wenn sie morgen kommt, brauchst du ihr die Illusion nicht zu rauben. Ganz gleich, wo ihr heute abend angeblich wart – du kannst es mir bestätigen, sollte ich fragen. Verstehen wir uns?»

Sie nickte automatisch. «Und Polly?» fragte sie heiser.

Daran hatte er selbstverständlich gedacht. «Polly hat mich nicht gesehen, und es würde ihr nicht einfallen, Nola von den heutigen Eskapaden zu erzählen. Ich schaffe es schon, ihr einen Vortrag über die Gefahren von Alkohol und Ausschweifung zu halten, ohne deinen Namen zu erwähnen. Keine Sorge.»

Er öffnete das Tor. «Also dann – gute Nacht.»

Sie ging, erreichte die Tür, wollte aufsperren und ließ mit ungeheurem Getöse, wie ihr schien, den Schlüssel fallen. «Ach, verflixt.»

Schon war Benedict bei ihr. Sein Schatten umhüllte sie, während er den Schlüssel aufhob und die schwere Tür aufsperrte.

«Gute Nacht, Claire. Und vergiß nicht – mach dir keine Sorgen.»

Doch schon als sie erleichtert in den dunklen Flur trat, beunruhigten sie zwei Gedanken. Der erste galt Nola, die ihre Gier nach Aufregung und nach viel mehr vielleicht damit zu stillen suchte, daß sie diesen Mann betrog, der wußte, daß er betrogen wurde, und sich nichts daraus machte. Wie grausam. Aber auch wie barmherzig. Wie verzwickt. Dann dachte sie an sich selbst, an ihre eigene Rolle in dieser traurigen Farce, sah Benedict wie er kühl bei Tisch gesessen und sich ihre Lügen angehört hatte.

8

Das Hotel *Crown* öffnete eine Woche später seine Tore, aber beileibe nicht zu allgemeinem Applaus. Achtzig Prozent der Bürger von Faxby quittierten das Ereignis mit Gleichgültigkeit; der Rest spaltete sich in solche, die von Neuerungen nichts hielten und an allem etwas auszusetzen hatten, und eine hartnäckige Minderheit, die nur die letzten Jahre des Trübsinns vergessen und sich amüsieren wollte.

Doch in den ersten Tagen gab es kaum Gäste. Die Zimmer blieben leer, im Restaurant wurden abends höchstens ein Dutzend Gäste bedient, Geschäftsleute in erster Linie, die «sich mal umsehen» wollten. Ihre nüchterne Kleidung, ihre trockenen Gespräche schufen eine Atmosphäre absoluter Langweiligkeit.

Zehn Tage, vierzehn, einen Monat und noch länger blieb der schöne rosarote Salon mit der Barockdecke leer und *Feathers'* Teestube voll. Dennoch konnte man jederzeit Tee haben, Zeitschriften und Magazine lagen auf dem Kartentisch, die Blumen wurden zweimal wöchentlich erneuert, die Kellner waren bereit.

«Sieht es sehr schlecht aus, Kit?» fragte Claire und überlegte, ob sie sich erbieten sollte, auf ihr Gehalt zu verzichten. Sie wußte, daß die Croziers für den Einsatz für die Renovierung rasche Dividende erwarteten. Aber ganz gleich, wie es in ihm aussah, nach außen blieb er zuversichtlich.

«Nicht schlechter, als ich mir ausgerechnet hatte. Aber Sie könnten Ihre Mutter zum Tee einladen. Und wenn es eine Möglichkeit gab, Miriam Swanfield...»

Miriam jedoch lehnte ab, wenn auch mit Charme. Doch da die Swanfields sich im Geist des *Noblesse oblige* verpflichtet fühlten, für ihren ehemaligen Butler etwas zu tun, erschien eines Nachmittags Eunice und war, nachdem sie sich zunächst recht skeptisch in einem rosa Sessel niedergelassen hatte, so hingerissen von dem *Mille-feuilles*-Gebäck, so entzückt von den Modezeitschriften – sie selbst hatte solchen Luxus aufgegeben, damit Toby sich seine Auto- und Rennzeitschriften halten konnte –, daß sie in der Woche darauf wiederkam.

«Wen kann ich noch einladen?» fragte Claire sehr bemüht.

«Wen kennen Sie? Wie wäre es mit früheren Schulkameradinnen? Solche, die sich zum Tee mit Freundinnen treffen. Im Restaurant brauchen wir auch Frauen. Ich kann ab und zu eine Berühmtheit vom Theater herlotsen, doch ein paar schicke junge Damen – aber nicht zu jung! – wären nicht fehl am Platz. Frauen, die zum Mittagessen große Hüte tragen und abends dekolletierte Kleider.»

Claire, die eigentlich keine alten Freundschaften hatte aufwärmen wollen, schrieb Briefe und führte Telefongespräche, die vom Komischen zum Peinlichen reichten, und fing in ihren Netzen eine Auswahl von Frauen, die auf ihre Annäherung unterschiedlich reagierten. Aber einige unter ihnen, gut verheiratet und leicht gelangweilt oder durch den Krieg verwitwet und einsam, fanden das Café des *Crown*, nachdem sie es kennengelernt hatten, gemütlicher zum Plausch als *Feathers'* Teestube. Andere, die sich angesichts des akuten Männermangels durch den Krieg entschlossen hatten, sich ihr eigenes Leben aufzubauen, fanden an einem Abendessen mit Freunden in der Stadt längst nichts Ungehöriges mehr.

«Gut gemacht», lobte Kit.

«Was noch?»

«Kümmern wir uns um die Mittagessen.»

Claire rief in der Firma Swanfield an und verlangte Toby.

«Claire?» fragte Toby nervös. «Was hab ich denn jetzt wieder verbrochen?»

«Du hast uns noch nicht im *Crown* besucht, weiter nichts.»

«Kann ich mir einen Besuch bei euch leisten? Ich habe Eunice versprochen zu sparen, und beim Pferderennen neulich –»

«Toby! Laß mich nicht im Stich», sagte sie in einem Ton, der Pollys sehr ähnlich war. «Ihr habt doch bestimmt ab und zu wichtige Kunden, die man beeindrucken muß.»

Er kam noch am selben Morgen zum Kaffee, inspizierte die Weinkarte, probierte die *Pâté*, verschwand in Kits Büro und tauchte eine Stunde später sichtlich befriedigt und von altem Brandy beschwingt wieder auf. Mittags kam er mit vier Leuten, und das Mahl zog sich bis vier Uhr nachmittags hin. Bald war er Dauergast, immer unbestimmt, nett und freundlich, großzügig mit Trinkgeldern, die er sich nicht leisten konnte, stets bereit, sich die Probleme anderer anzuhören. Claire hatte Gewissensbisse. Wußte Eunice, wie er seine Zeit und das Geld der Swanfields vertat? Wußte es Benedict? Wahrscheinlich wußten sie es beide. Sein Wert für das *Crown* jedenfalls, nicht nur dank der Summen, die er selbst ausgab, sondern dank der Gäste, die er einführte, war ungeheuer.

«Und nun, Kit?» fragte sie.

«Es wird sich herumsprechen, was wir zu bieten haben.»

Sie hoffte es.

Die Cocktailbar hingegen war vom Eröffnungsabend an – eine Woche später – täglich voll, jeder Tisch rund um die kleine Tanzfläche im voraus reserviert, jeder Sitzplatz, jeder Barhocker von jungen Leuten belegt, die anscheinend nicht mehr vom Leben wollten, als die ganze Nacht lang zu den heißen amerikanischen Rhythmen tanzen und die tollen Cocktails aus Gin und Wermut, Pernod und Grenadine trinken.

Der Krieg war vorbei. Die jungen Männer, die in schnittigen kleinen Roadsters an der Hintertür des *Crown* vorfuhren, hatten so viele Tapferkeitsmedaillen, daß es lächerlich gewesen wäre, wenn ihre Eltern sie vor den Übeln langer Nächte und des Alkohols gewarnt hätten. Die Zukunft, einst scheinbar grenzenlos, hatte sich als sehr kurz entpuppt. Jetzt kam es darauf an, in diese unbedeutende Spanne Zeit flüchtige Leidenschaften und flüchtige Vergnügungen hineinzupressen, Lärm zu machen, der wenigstens ein Echo hinterließ, wenn die Stimme verklang, Farben zu malen, die lebhaft genug waren, um wenigstens die Nacht zu überdauern, gemäß dem letzten Schrei, sowohl «verrückt» als auch «schick» zu sein.

«In der Bar nur belegte Brötchen», bestimmte Kit. «Kanapees. Hübsch dekoriert, damit sie das Auge erfreuen und den Gaumen reizen.»

«Liebling – ich bin hungrig», stöhnte eine emanzipierte junge Dame nach der anderen. Das Restaurant war nur einen Katzensprung entfernt, und da Reservierungen zum Abendessen nach halb zehn nicht mehr angenommen wurden, wurde es bei den jungen Leuten bald Mode, erst zu Abend zu essen, um dann gesättigt, angenehm beschwipst und leicht verliebter Stimmung hinunterzugehen und zu flirten, Brandy zu trinken und türkische Zigarren zu rauchen, vor allem aber zu tanzen.

Man tanzte den Bunny Hug und den Shimmy, den Foxtrott, den

Tango. Die Mädchen tanzten ohne Handschuhe, ohne Tanzkarte, mit völlig fremden Männern. Anstandsdamen und steife Förmlichkeit waren passé. Die jungen Damen kamen nich ins *Crown,* um sich einen Ehemann zu suchen. Sie kamen, um sich zu amüsieren. Hauptsache, man langweilte sich nicht. Oder erinnerte sich nicht. Wo konnte man den Groll über die Vergangenheit und das Gefühl der Sinnlosigkeit angesichts der Zukunft besser mit Tabak, Jazzmusik und Alkohol betäuben als im *Crown*?

«Nirgends», sagte Kit, «aber wenn wir Logiergäste hätten, könnten wir gewissermaßen auch noch im Schlaf Geld verdienen.»

«Major Hardie, können Sie mir vielleicht helfen?» fragte ein strahlendes, aber plötzlich ernstes junges Ding. «Wir geben zu meinem Einundzwanzigsten ein Fest – mit Zelt im Garten und allem Drum und Dran, aber da wir nicht genug Personal haben, läßt meine Mutter fragen, ob Sie vielleicht zehn, zwölf unserer Gäste im Hotel unterbringen können – nur für eine Nacht oder höchstens zwei. Vom vierundzwanzigsten zum fünfundzwanzigsten.»

«Hätten Sie nur früher gefragt!» rief Kit bedauernd.

«Bitte, Major Hardie, enttäuschen Sie mich nicht. Wenn meine Freunde nicht bei Ihnen übernachten können, sitze ich an meinem Geburtstag nur mit lauter alten Tanten da.»

Er blickte sinnend zum Himmel, als überlegte er, welche der zahlreichen Reservierungen am ehesten rückgängig zu machen wäre, und sagte: «Mr. Clarence, Mrs. Swanfield, stecken wir die Köpfe zusammen. Mal sehen, was wir für die junge Dame tun können.»

«Ach, Major Hardie! Meine Mutter wird ganz erleichtert sein.»

Sie kam persönlich, um sich zu bedanken, eine vernünftige, gutaussehende Frau von unauffälliger Eleganz, die «erste Dame» des Dorfes, wo ihre Familie seit Generationen lebte. Kit Hardie machte mit ihr einen Rundgang durch das Hotel, der beim Tee mit frischen Scones und Himbeermarmelade seinen krönenden Abschluß fand. Nichts Aufwendiges, nichts verdächtig Kontinentales, nichts, was die Dame nicht auch bei ihren Freunden erwartet hätte.

«Es ist wirklich hübsch hier», sagte sie, in einen Chintzsessel gelehnt, beifällig. «Sehr hübsch. Ich muß gestehen, ich hatte mehr Extravaganz erwartet. Ich bin erleichtert. Haben Sie auch Räume für geschlossene Gesellschaften? Ich bin Mitglied mehrer Komitees, und wenn da eine Feier ansteht, ist man bei der heutigen Personalknappheit wirklich besser beraten, außer Haus zu feiern.»

Sie verabschiedete sich mit Speisekarten und Prospekten.

«Es spricht sich herum», sagte Kit. Und als der Herbst kam, hatte Claire keine Bedenken mehr, ihr Gehalt anzunehmen, zumal sie sich klar war, daß sie es sich oft doppelt und dreifach verdiente.

«Das kann dir doch keinen Spaß machen», meinte Dorothy in der verzweifelten Hoffnung, Edward endlich mitteilen zu können, daß der jüngste Spleen ihrer Tochter sich gegeben hätte.

«Es ist für mich ein Grund, morgens aufzustehen.»

«Claire!» Dorothy war schockiert. «Du weißt, daß Klatsch unvermeidlich ist. Über deine Beziehung zu diesem Mann.»

«Unvermeidlich?»

«Natürlich. Du bist ständig mit ihm zusammen, manchmal stundenlang mit ihm allein in seinem Büro, wie es heißt. Ist das wirklich nötig, Claire? Einmal wurdest du um zwei Uhr morgens in seiner Gesellschaft gesehen. Auf dem Weg zu deiner Wohnung. Wie soll ich so etwas erklären?»

«Es war wahrscheinlich eine schöne Nacht.» Als sie sah, daß ihre Mutter ehrlich besorgt war, sagte sie kurz: «Mutter, der Betreffende muß selbst um diese Zeit noch unterwegs gewesen sein.»

«Ja, ja, das weiß ich.» Dorothy, die unter Edwards ständigem Druck stand, drohten die Nerven durchzugehen. «Trotzdem müßtest du eigentlich wissen, daß es leichtsinnig ist, sich unter solch kompromittierenden Umständen mit einem Mann sehen zu lassen, mit dem dich unmöglich etwas verbinden kann.»

«Unmöglich, Mutter?»

«Aber natürlich. Claire – er war in Stellung!» Hätte sie «im Gefängnis» oder «in einer Anstalt» gesagt, ihr Gesicht hätte nicht entrüsteter oder bitterer sein können.

«Ja, Mutter. Aber er war auch ein Kriegsheld. Du solltest seine Uniform sehen – Orden von oben bis unten.»

«Ach was, der Krieg ist vorbei!» fuhr Dorothy sie an. «Und jetzt, wo alles wieder beim alten ist – nun –»

«Ich weiß, Mutter. Eine Dame ist eine Dame, und ein Butler ist ein Butler.»

Was würden die Swanfields sagen, hatte Edward zweifellos gefragt, wenn sie mit ihrem ehemaligen Butler «etwas anfing»? Nun, sie würden ebenso wie Dorothy – und Edward – damit leben müssen. *Falls* sie «etwas anfangen» sollte.

Immer waren für sie nahe Beziehungen zu anderen Menschen mit

Schmerz verbunden gewesen; sie sah keinen Grund, weshalb sich das plötzlich ändern sollte. Nähe bedeutete Verletzung, deshalb mußte sie zusehen, daß zukünftige Wunden leicht und oberflächlich blieben und rasch verheilten. Bei ihrem derzeitigen Seelenzustand war sie Kit – wie er zu spüren schien – nicht gewachsen. Nicht daß er ihr weh tun würde; im Gegenteil, wenn sie in diesem Moment zu ihm ging, würde er sie vermutlich schnurstracks in die elegante kleine Wohnung hinaufführen, die er sich in der Mansarde des *Crown* eingerichtet hatte, und mit solcher Gründlichkeit lieben, daß ihr gar keine Luft blieb, sich darüber zu sorgen, was die Leute sagen könnten. Er würde ihr Halt geben, sie mit fester Hand und festem Willen führen, um sie an sich zu binden, bis sie ein Paar wurden. Sie war fast sicher, daß er das wünschte. Seine Gefühle für sie allerdings – und bei dem Gedanken lächelte sie mit liebevoller Toleranz – würden ihn nicht daran hindern, prompt und bereitwillig jeglicher Versuchung am Wegrand zu erliegen. Er war ein sinnenfroher Mann, der nie Grund zur Zurückhaltung gehabt hatte. Und solange er keinen Grund dazu hatte, würde ihm nicht einfallen, enthaltsam zu leben.

Ging es nur darum, die Schranke zwischen warmer Freundschaft, wie sie jetzt zwischen ihnen bestand, und den ausschließlicheren Gefühlen von Liebenden niederzureißen? Von einem Mann wie Kit geliebt zu werden, der niemals halbe Sachen machte, mußte gut sein. Aber was konnte sie ihm geben? Wenn er sich je ganz darauf einließ, würde er vom anderen das gleiche erwarten. Doch das zu geben, fühlte sie sich nicht fähig. In ihrer gegenwärtigen seelischen Verfassung wäre es Schwäche gewesen, Kapitulation, die Schranke niederzureißen. Das hatte er nicht verdient.

Unterdessen, da er es offensichtlich nicht eilig hatte, bewunderte sie ihn, mochte ihn, war froh, von ihm lernen zu können. Es gab natürlich Momente, meistens nach einer zu kurzen Nacht, wo sie ihn fordernd, ermüdend, pedantisch, extravagant fand. Doch wenn auf sein Verlangen das Silber, das sauber genug schien, noch einmal poliert, die Blumen, die leicht noch ein paar Tage gehalten hätten, ausgetauscht waren, wenn zum zwanzigstenmal die Zeitungen geordnet, die Aschenbecher geleert, die Kissen aufgeschüttelt waren, konnte man nicht leugnen, daß der Major das *Crown* weit über das Niveau der Bahnhofshotels hinausgehoben hatte. Und wenn es Temperamentsausbrüche gab, wenn Krisen, Panik oder das Chaos ausbrachen, genügte Kit Hardies Auftauchen, um die Wellen zu glätten. Er war der Mann, der die Entscheidung treffen, die Lösung bieten, wenn nötig die Schuld auf sich nehmen würde, der Ordnung schaffen und alles zu einem guten Ende bringen würde, indem er der Katastrophe mit ein wenig zusätzlichem Bemühen und Einfallsreichtum die Flügel stutzte.

«Was hast du eigentlich für einen Titel?» fragte Dorothy. «Zweite Direktorin? So bezeichnen wir dich jedenfalls unseren Freunden gegenüber. Du hast wohl nichts dagegen.»

Sie hatte nichts dagegen. Der Titel beschrieb gut genug ihre Aufgaben, die sie täglich von Kit Hardies Büro in sämtliche Teile des Hotels führten; ins Foyer, wo Mr. Clarence, dessen Charme flüchtigen Anfällen von Schwermut zu weichen pflegte, nicht immer zurechtkam; in das kleine Blumenzimmer, um sich zu vergewissern, daß die Mädchen an «blau für das Blaue Zimmer und rosa für das Rosenzimmer» gedacht hatten; zur Hausdame, um ungewohnter Niedergeschlagenheit eines Zimmermädchens auf den Grund zu gehen oder einer Unregelmäßigkeit in der Wäschekammer. Sie machte die Lohnabrechnung, prüfte den Umsatz in der Bar, fungierte in Aristide Kellers zahlreichen Streitigkeiten mit den Lieferanten als Schiedsrichterin, behielt zur Teezeit den Salon im Auge und leistete einsamen Damen freundlich Gesellschaft. Drei, häufig vier Abende die Woche ging sie im schwarzen, perlenbestickten Abendkleid durch die Räume, immer bereit, ein kleines Gespräch zu führen, Komplimente zu machen, Beschwerden entgegenzunehmen, für Ordnung zu sorgen und ein Auge auf den Barkeeper, MacAllister, zu haben, einen sympathischen Menschen, der aber, wie Kit behauptete, sicher keine Gelegenheit ausließ, schlecht einzuschenken, den vollen Preis zu verlangen und die Differenz einzustecken. Sie hörte, wenn auch nur mit halbem Ohr, Männern zu, die mit ihrer Männlichkeit und ihren Banknoten prahlten, und Männern, die charmant gestanden, daß es ihnen an beidem mangelte, hörte sich Liebesgeschichten an, Arnold Croziers Vorträge über die Kunst des Weintrinkens, Miss Adairs Behauptungen, daß nur der Neid ihrer Musiklehrer und ihre eigene Hochherzigkeit einer Serie nichtswürdiger Liebhaber gegenüber sie daran gehindert hätten, ein Star am internationalen Konzerthimmel zu werden.

«Ja, Mutter, ich denke, man könnte mich als zweite Direktorin bezeichnen.»

«Ah – gut», sagte Dorothy zweifelnd, da sie immer noch nicht wußte, wie sie Edward davon überzeugen sollte, daß man darauf stolz sein konnte. «Aber hast du dir das erträumt?»

«Es hält mich auf Trab und lenkt mich ab.»

Und es ermöglichte ihr, zu den Swanfields auf Distanz zu gehen, so daß sie sie nicht als so bedrohlich erlebte. Eunice und Toby hatten ihr nie angst gemacht. Nola, sagte sie sich, mußte man so nehmen, wie sie war, ohne viel Tiefgang vielleicht, aber häufig amüsant, manchmal faszinierend. Benedict war ein Rätsel, für das sie keine Lösung fand; sie hielt es daher für sinnlos, sich allzu eingehend mit ihm zu befassen. Und Polly war, wie Claire immer vermutet hatte, durchaus fähig, für sich selbst zu sorgen; sie hatte das Problem ihrer Selbständigkeit gelöst, indem sie sich einen Beschützer und möglichen Bräutigam zugelegt hatte, Roger Timms von *Taylor & Timms*, einen gewichtigen, liebenswürdigen jungen Mann, der dank seiner starken Kurzsichtigkeit im Krieg nicht eingezogen worden war. Die Freundschaft mit ihm erlaubte Polly nicht nur, im Kaufhaus seines Vaters wie eine Königin aufzutreten, sondern auch das bisher verbotene Hotel *Crown* aufzusuchen.

«Ich weiß, ich kann mich auf Roger verlassen», erklärte Miriam strahlend. Und wenn sie wußte, daß er es völlig zufrieden schien, mit kurzsichtigen Eulenaugen in sein Whiskyglas zu blinzeln, während Polly tanzte und flirtete – niemals mit ihm –, so war doch der Schein gewahrt, und Miriam brauchte sich nicht vorzuwerfen oder vorwerfen zu lassen, daß sie ihr jüngstes, nie sonderlich geliebtes Kind vernachlässigte.

«Roger, Liebling – ich möchte jetzt gehen.»

«In Ordnung, Prinzessin.» Und schon sprang er auf wie ein braver Hund, der nicht mehr verlangte, als ab und zu ein freundliches Kraulen.

«Er ist wirklich eine treue Seele», meinte Miriam sinnend. «Als Kind ein bißchen zurückgeblieben, aber immer schon eine Seele von einem Menschen. Und so reich. Polly hätte einen viel schlechteren Griff tun können.»

Das fand Polly auch. Im Augenblick jedenfalls.

Claire glaubte langsam, eine gewisse Freiheit von den Swanfields gewonnen zu haben. Doch sie hatte die Rechnung ohne Miriam und das Kriegerdenkmal gemacht.

In jeder Stadt, jedem Dorf Englands wollte man damals den im

Krieg Gefallenen ein Denkmal schaffen. Faxby war keine Ausnahme. Im Herbst sollte im Park das Standbild eines Soldaten enthüllt werden, der sich mit gesenktem Kopf auf sein Gewehr stützte. Sein Kampfgefährte sollte auf dem Rathausplatz stehen, wo man am elften November zum erstenmal Hymnen singen, Kränze niederlegen und zwei Schweigeminuten einlegen wollte, wie man das in Kapstadt während des ganzen Krieges täglich als Tribut an die Gefallenen getan hatte. Ähnliche Denkmäler oder Gedenktafeln wurden überall von Banken, Baugenossenschaften, Regimentern, Universitäten, Stadt- und Gemeinderäten, kommerziellen Unternehmen in Auftrag gegeben. Auf Vorschlag des Dekans von Westminster sollten die Leichen von sechs Soldaten aus den namenlosen Gräbern in Ypern, Cambrai, Arras, an der Marne, der Somme und der Aisne geborgen und nach Ypern gebracht werden, wo ein Offizier mit verbundenen Augen einen Sarg auswählen würde, der dann in der Westminster Abtei ein Staatsbegräbnis erhalten sollte.

Hätte Claire nicht den Kopf mit anderen Dingen voll gehabt, so hätte sie wissen müssen, daß sich die Firma Swanfield einer so heiligen Aufgabe nicht entziehen würde. Eine Gedenktafel mit den Namen der etwa vierzig gefallenen Firmenangehörigen hätte nach Benedicts Auffassung genügt. Absolut, stimmte Miriam zu, vorausgesetzt, es kam eine Skulptur hinzu, ein Fries vielleicht, der einen Zug junger Soldaten mit edlen, traurigen Gesichtern zeigte.

«Dann die Namen», überlegte sie laut, «und darunter einen kurzen Satz in goldenen Lettern. ‹Sie folgten dem Ruf des Vaterlandes› zum Beispiel. Oder besser: ‹Sie gaben ihr Leben›.»

«Wie wäre es mit ‹Lämmer auf dem Weg zur Schlachtbank›», meinte Nola.

«Und dann», fuhr Miriam fort, ohne auf Nola zu achten, «eine entsprechende Feier für die Angehörigen, wo jeder eine Gedenkmedaille bekommt.»

Jeden Sonntagabend in High Meadows hörte Claire davon und hörte es doch nicht, bis ihr an einem Novemberabend die Wahrheit aufging. Zweiundvierzig Männer aus der Arbeiterschaft der Firma Swanfield waren mit Jeremy Swanfield gefallen. Zweiundvierzig trauernde Mütter sollten sich daher im Werk einfinden, beinahe ebenso viele Väter, achtundzwanzig Witwen, vierunddreißig Kinder, Schwestern und Brüder, Großeltern, mehr Bräute, als vertretbar schien, doch Toby Hartwell, der die ganze Sache organisierte, hatte es unhöflich gefunden, allzu eingehende Fragen zu stellen. Der Geistliche der Gemeindekirche Faxby, ein Methodistenpfarrer und ein überschwenglicher Offizier der Heilsarmee würden ein paar Worte sprechen, danach würden Jeremy Swanfields Witwe und seine Mutter gemeinsam den Wandfries enthüllen und den anderen Witwen und Müttern mit einigen persönlichen Worten ein Andenken überreichen. Zum Schluß sollten zur Musik der Blaskapelle der Vereinigten Textilarbeiter Tee und Gebäck gereicht werden.

Unmöglich, an dieser Feier teilzunehmen, dachte sie schlaflos in ihrem Bett und wagte nicht, die Augen zu schließen, weil sie die Bilder fürchtete, die, wie sie wußte, hinter ihren geschlossenen Lidern lauerten.

«Wir sollten Schwarz tragen, mein Kind. Vielleicht ein weißes Sträußchen an der Schulter», sagte Miriam.

Sie lächelte nur blaß und sagte nichts.

«Eine traurige Pflicht», fuhr Miriam fort, «aber wir müssen uns unbedingt mit den einzelnen Familien unterhalten. Es macht nichts, wenn du die Namen nicht weißt. Sag einfach immer ‹meine Liebe›, wie ich.»

«Ich glaube, das halte ich nicht aus», sagte sie zu Euan.

«Dann tu's nicht.»

«So einfach ist das nicht.»

«O doch. Du brauchst nur nein zu sagen.»

«Was würdest du tun?»

«Hm – dasselbe wie immer: mich vollaufen lassen und dann in Klausur gehen, bis mir klar wäre, daß der ganze Zirkus bedeutungslos ist. Das ist Freiheit. Wenigstens hoffe ich das. Sich nicht zu kümmern. Das ist der Gnadenzustand, den ich erreichen möchte. Du solltest es mal versuchen.»

Sie hatte inzwischen sein Bild gesehen, das die Tanzlehrerin für den Preis des prunkvollen Rahmens, in den sie es gesteckt hatte, an den Kunsthändler und Pfandleiher gleich hinter dem *Crown* verkauft hatte. Euan mußte wissen, daß es dort zwischen Messingelefanten aus Bombay, angeschlagenem viktorianischem Porzellan und den Schalen mit alten Münzen und Orden aus dem Burenkrieg im Fenster stand. Sie hatte lange diese zauberische, schöne, kranke Welt von Euans und Pauls Kindheit betrachtet. Hatte sie beide im Gesicht des Pilgers erkannt und gespürt, wie bedingungslos ihr Glaube an all die magischen, schönen Lügen gewesen war, die diese Welt sie gelehrt hatte. Und sie fragte sich, ob auch Paul – hätte er die Lügen aufgedeckt gesehen – nicht mehr gewünscht hätte als eine flüchtige Bindung, ob er nicht – wie Euan – unfähig gewesen wäre, eine Beziehung aufrechtzuerhalten, die mehr gewesen wäre als die zweier Reisegefährten, die eine Zeitlang eine gemeinsame Straße wanderten. Fühlte sie selbst sich denn zu etwas Tieferem oder Dauerhafterem fähig?

«Du bist mir keine Hilfe», sagte sie, zum Kriegerdenkmal zurückkehrend.

«Das heißt, ich mische mich nicht ein. Tu das, was für dich recht ist. Es wäre vielleicht nicht das Rechte für mich. Ich weiß den Unterschied zwischen recht und unrecht sowieso nicht. Ich bildete mir mal ein, ihn zu wissen, aber das war in vorgeschichtlicher Zeit, als man uns noch lehrte, ‹du sollst nicht töten›. Dieser ganze Kram von Gerechtigkeit und Barmherzigkeit hat sich als ziemlich fadenscheinig erwiesen.»

Nach einer weiteren schlaflosen Nacht, einem weiteren Abend in High Meadows wurde der Druck von Miriams zuckersüßer Freundlichkeit so unerträglich, daß sie aufsprang, zu Benedict ins Arbeitszimmer lief und sagte: «Tut mir leid, aber ich kann nicht.» Sie sah, wie er vor der Intensität ihres Ausbruchs zurückwich, nicht erschrokken, dachte sie, sondern abgestoßen, die Nasenflügel zusammengekniffen, wie vom Geruch so hitzig geäußerter Gefühle beleidigt.

«Ich nehme an, du sprichst von der Gedenkfeier.»

«Richtig. Ich kann nicht teilnehmen.»

«Und warum nicht?»

Wieder wurde sie gerade in diesem Moment, wo es darauf ankam, ruhig zu bleiben, vernünftig und klar ihren Standpunkt zu vertreten, von ihrer eigenen Reaktion auf diesen leidenschaftslosen, arroganten Mann fortgerissen und in wirres Gestammel gestürzt.

«Ich kann nicht an einer Feier teilnehmen, noch dazu in führender Rolle, die ich – wo ich mich nicht wohl fühle.»

«Sie ist doch aber ganz harmlos.»

«Du warst nicht im Krieg», entgegnete sie hitzig. «Du kannst das nicht verstehen.»

«Ach so! Vielleicht möchtest du mich aufklären?»

«Ich will nicht erinnert werden! Ich brauche das nicht. Ich kann mich auch so erinnern. Falls du das verstehst!»

«Hm, ja – ich glaube, so weit reicht mein Verständnis. Aber du hast kein Monopol auf den Schmerz. Jede andere Frau unter den Anwesenden hat gewiß ebenso starke Erinnerungen.»

«Das bezweifle ich.»

«Ach? Nun, wenn man sich auf den Standpunkt stellt, daß du als Mitglied der gebildeten Klasse empfindsamer bist als Arbeiterfrauen, dann folgt daraus wohl, daß dein Verlust schmerzlicher ist. Meinst du das?»

«Bestimmt nicht.» Sie war weiß vor Zorn. «Ich meine – Herrgott, Benedict, ich habe es mit angesehen, und sie nicht. Sie erinnern sich ihrer Söhne, wie sie waren – stolz in der neuen Uniform mit gesunden Gliedmaßen und blitzenden Augen. Ich nicht! Ich sah, was aus ihnen wurde, und ich möchte nicht daran denken – noch nicht. Diesen Frauen wurde nicht gesagt –»

«Sie haben aber doch sicher eine ziemlich genaue Vorstellung –»

«Eben nicht! In den Briefen, die ihnen der Kommandeur oder eine Krankenschwester schrieb, hieß es immer, er wäre schnell gestorben und hätte nicht leiden müssen. Aber so war es nicht! Für jeden, der so friedlich starb, krepierten zwanzig andere in Schmutz und unerträglicher Qual, die manchmal Stunden und Tage dauerte – und andere machten ihrem Leben selbst ein Ende, weil sie es nicht mehr aushalten konnten. Auch das wurde den Müttern und Ehefrauen nicht gesagt.»

«Findest du, man hätte es ihnen sagen sollen?»

«Warum nicht? Warum, zum Teufel, nicht?»

«Um ihnen zusätzlichen Schmerz zu bereiten?»

«Nein! Damit sie beim nächsten Krieg nicht wieder weiße Federn verteilen. Damit diese Lügen, die Männer hätten ihr Leben gern gegeben, endlich ein Ende haben. Damit versuchen die Politiker sich herauszureden. Ich habe Hunderte junger Männer sterben sehen – Jungen! – Und nicht einer starb gern! Sie wurden geopfert. Und sie wußten es. Es war grauenvoll.»

Sie war völlig außer sich und hatte nur das Bedürfnis, sich vor ihm zu verkriechen wie ein krankes Tier. Zitternd, bis ins Innerste aufgewühlt, zog sie sich in die Fensternische zurück und setzte sich auf die gepolsterte Fensterbank. Solche Ausbrüche waren nicht ihre Art; es machte ihr zu schaffen, daß sie sich so hatte gehen lassen und ausgerechnet vor Benedict, diesem Ausbund an Beherrschtheit!

Doch die Verachtung, gegen die sie sich gewappnet hatte, kam nicht. Statt dessen goß er zwei Gläser Brandy ein und gab ihr eines.

Groß und ruhig blieb er vor ihr stehen, sperrte sie ein, wie damals am Gartentor, aber es lag nichts Bedrohliches darin. Er schien einfach zu warten.

«Entschuldige», sagte sie, ohne ihn anzusehen. «Ich weiß nicht, was zum Krieg geführt hat. Es kam mir damals nicht in den Sinn, danach zu fragen. Wenn man jung ist, kann man akzeptieren, daß manches einfach – *da* ist. Man glaubt, was einem gesagt wird, und wenn einem gesagt wird, ‹verteidige dein Vaterland›, dann tut man es, weil man jung und idealistisch ist, mit anderen Worten, leicht auszubeuten und verdammt einfältig. Für mich war es 1914 das Wichtigste, von zu Hause wegzukommen, und der Krieg war meine Gelegenheit. Ich weiß nicht, was ich erwartete. Schneidige Burschen in Paradeuniform, die sauber starben und ihren Müttern liebevolle letzte Nachrichten hinterließen, anstatt zu schreien und zu fluchen – oder zu wimmern –, weil sie gar nicht sterben wollten. Während ich älter wurde, wurden die Soldaten immer jünger. Es waren keine Berufssoldaten oder Freiwillige mehr, die sich den Krieg selbst ausgesucht hatten, sondern achtzehnjährige Verpflichtete, die – zumindest einige von ihnen – nur aus einem einzigen Grund in den Gräbern lagen: weil wir sie sonst als Deserteure erschossen hätten.»

«Wir?»

«Ja.» Die Bitterkeit in ihr war wie ein Gift. «Die Generäle, die tunlichst in der Etappe blieben. Die Politiker, die sicher zu Hause saßen und große Worte machten. Dumme Frauen, die die Männer überredeten, sich zu melden, und dann in ihre gemütliche Stube zurückkehrten, anstatt selbst anzupacken. Alte Männer, die mit dem Leben junger Männer spielten.»

«Und Kriegsgewinnler? Wie ich.»

«Wahrscheinlich.»

«Danke. Du hast nicht ganz unrecht, das muß ich zugeben. Die Geschäfte blühten 1914 gerade. Wir hatten scharfe Konkurrenz aus Deutschland. Das ist im Augenblick vorbei. Der Krieg brachte einen Aufschwung – Vollbeschäftigung, hohe Löhne. Auch das ist, fürchte ich, vorbei. Hätten die Männer, die wir mit unserem Kriegsdenkmal ehren wollen, überlebt, ich weiß nicht. Miriam war neulich sehr peinlich berührt, als ein ehemaliger Offizier an der Hintertür Bürsten verkaufen wollte.»

«Das sieht Miriam ähnlich.»

Als sie den Kopf hob, sah sie, daß er lächelte.

«Natürlich. Ein ehemaliger Gentleman als Hausierer! Vor einem Jahr, als er noch ein Regiment befehligte, hätte sie ihn im Salon empfangen. Aber bei einem Hausierer, auch wenn er eine Menge Orden und ein Universitätsstudium hat, geht das natürlich nicht. Sie fühlte sich richtig in der Zwickmühle. Aber wie dem auch sei, es ist nicht zu leugnen, daß sie aufrichtig an Jeremy hing. Sie hat wirklich um ihn getrauert. Ich verstehe nicht, warum du ihm nicht einen Nachmittag schenken kannst, wenn sie jetzt eine Gedenkfeier für ihn geben möchte.»

«Weil ich der Meinung bin, daß er für nichts gefallen ist.»

Er nahm ihr das leere Glas aus der Hand und bot ihr eine Zigarette an.

«Vielleicht stimme ich dir da zu, Claire.»

«Tatsächlich?»

«Vielleicht. Dieser Krieg, könnte ich sagen, wurde von allen Beteiligten so unüberlegt begonnen und mit einem so harten und kurzsichtigen Frieden beschlossen, daß er niemals der letzte aller Kriege sein wird, wie man uns weismachen will, sondern als Auslöser des nächsten Krieges in die Geschichte eingehen wird. Du würdest diesen Standpunkt zweifellos teilen. Miriam und vielleicht achtzig Prozent der Frauen, die du bei der Feier treffen wirst, sehen es lieber anders. Eine Illusion vielleicht. Aber es wäre sicher unbarmherzig und wohl auch sinnlos, sie zu zerstören. Meinst du nicht?» Als sie nicht antwortete, fügte er scharf hinzu: «Die Männer sind tot. Ich finde es nicht fair, *ihnen* die Unzulänglichkeit der Gründe zum Vorwurf zu machen.»

«Das tue ich gar nicht.»

«Und die Frauen sind am Leben und müssen das Beste daraus machen. Wir ehren schließlich die Toten, nicht die Generäle und Politiker – und die Kriegsgewinnler.»

Einen Moment hielt sie den Kopf gesenkt. Als sie aufsah, sagte sie: «Du hast recht, Benedict. Trotzdem kann ich nicht.»

Am Tag zuvor erst hatte Miriam sie ins Werk geführt, um ihr die Tafel und den Fries zu zeigen – eine Reihe kreideweißer Soldaten, Tote aus totem Gestein.

«Schön», hatte sie hastig gesagt, und jetzt sagte sie ebenso hastig: «Mit Prinzipien hat das nichts zu tun. Ich finde auch, daß wir die Männer ehren sollten. Aber ich schaff es nicht, mit den trauernden Frauen da in der Halle zu stehen. Ich könnte nicht atmen.» Sie erwartete Tadel, Zurechtweisung, Hinauswurf, aber nichts kam. Sein Schweigen war so unerträglich, daß sie es brechen mußte. «Ich weiß, daß Miriam das nicht verstehen wird, daß die Leute reden werden. Edward und meine Mutter werden mir das nie verzeihen. Aber ich erwarte gar nicht, daß einer von ihnen mich begreift. Und wenn du die Zahlungen an mich einstellen willst, dann tu es bitte. Es wäre vielleicht sogar gut, dann brauchte ich nicht mehr das Gefühl zu haben, daß ich tun muß, was mir gesagt wird, wenn ich schon euer Geld nehme.»

Sollte er sie bestrafen, ihr drohen, ihr etwas Konkretes entgegenhalten, mit dem sie sich auseinandersetzen konnte!

«Ich wußte nicht, daß du noch so starke Gefühle für meinen Bruder hast», sagte er leise.

Sie sprang auf, lief weg, drehte ihm den Rücken zu. «Ich kann mich nicht einmal erinnern, wie Jeremy ausgesehen hat – geschweige denn sonst etwas», rief sie.

«Ich verstehe.»

«Wie kannst du?» Sie drehte sich wieder um.

«Weil du Jeremy gar nicht kanntest.»

«Das sage ich mir auch dauernd. Aber das ändert nichts daran, daß es mich quält.»

«Wieder einmal das lästige Gewissen, hm? Du solltest es wirklich an die Kandare nehmen.»

«Ich weiß. Ich habe jetzt schon ein schlechtes Gewissen, weil ich nicht zu der Feier komme.»

«Dann komm.»

«Ich kann nicht.»

«Gut.» Er kam einen Schritt näher. Sein Gesicht zeigte nicht Zorn oder Gereiztheit, sondern eine gewisse Genugtuung, als hätte er den Beweis bekommen, daß er mit irgend etwas recht hatte.

«Was soll das heißen – ‹gut›?»

«Einfach. Wenn du nicht kannst, dann kannst du nicht.»

«Ganz recht. Ich bin kleinmütig.»

«Und du drückst dich um deine Pflicht. Es wäre nämlich deine Pflicht, dich gerade an diesem Tag ein paar Minuten lang um die betroffenen Angestellten der Firma zu kümmern. Sie werden sehr gekränkt sein, daß du nicht bereit bist, das zu tun.»

«Ich weiß. Das drückt mich am meisten.»

«Wie nett von dir. Darf ich dann vorschlagen, daß du den

diplomatischen Weg gehst und spätestens morgen die Grippe bekommst? Falls du es dir dann doch noch anders überlegen solltest, wird man dich allgemein für sehr tapfer halten und nicht zuviel von dir verlangen.»

«Ich werde es mir nicht anders überlegen.»

«Warten wir's ab.»

Ihr Entschluß stand fest, das Unbehagen, das sie seit Tagen gequält hatte, war gewichen. Ob richtig oder falsch, sie hatte sich entschieden; mit den Konsequenzen dieser Entscheidung würde sie schon fertig werden.

Was hätte Jeremy von ihr erwartet? Sie hatte versucht, diese Frage zu vermeiden, doch jetzt drängte sie sich ihr gewaltsam auf, und sie mußte bekennen, daß Jeremy, der nicht lange genug gelebt hatte, um den Glauben an Tapferkeit und Ruhm zu verlieren, sich vielleicht berechtigt fühlen würde, seinen Namen in Goldlettern auf weißem Marmor und seine Witwe um ihn weinen zu sehen.

«Ich bekomme eine Grippe», sagte sie am nächsten Morgen zu Euan.

«Ah – eine strategische Grippe, hm?»

«Ja. Ich gehe nicht zu der Feier.»

«Dann komm mit mir auf den Markt. Ich verkaufe für einen Freund Antiquitäten und mache nebenbei Skizzen.»

«Das kann ich doch nicht, wenn ich Grippe habe.»

«Hm, dann würden sie wirklich den Geldhahn zudrehen.»

«Egal», sagte sie mehr zu sich selbst. «Ich gehe auf keinen Fall.»

Doch kurz vor Mittag erschien ein Bote von der Firma Swanfield im *Crown* und übergab ihr einen amtlich aussehenden Brief mit der Aufschrift «Vertraulich und persönlich». «Tja», sagte sie zu Euan, der herübergekommen war, um einen Drink zu schnorren, «jetzt ist wahrscheinlich die Hälfte meines Einkommens weg.»

«Liebe Claire», schrieb Benedict in klarer, flüssiger Handschrift, «ich habe den Eindruck, daß die finanzielle Frage Dich unnötigerweise bedrückt. Um diesen Druck von Dir zu nehmen und Dir deutlich zu machen, daß Du bei Deinen Entscheidungen auf finanzielle Erwägungen keine Rücksicht zu nehmen brauchst, habe ich heute Deine monatlichen Zahlungen storniert und veranlaßt, daß Dir der volle Betrag jährlich ausgezahlt wird. Die Summe für die Zeit von November 1919 bis November 1920 wurde auf Deine Bank überwiesen. Ich hoffe, es ist Dir recht so.»

Er hatte ihr die einzige Waffe ausgeliefert, die er gegen sie in der Hand hatte. Er hatte ihr Freiheit und damit Eigenverantwortung gegeben. Eine Herausforderung. Er hatte ihr die einzige Entschuldigung genommen, die sie vor sich selbst hätte machen können, ihre einzige Chance zu sagen, er hat mich gezwungen. Nun konnte sie zu Hause herumliegen und raffinierte Spielchen machen wie Miriam und Nola, oder sie konnte die Herausforderung annehmen und ihm zeigen, woraus eine freie Frau gemacht war. Er hatte das natürlich geplant. Er hatte den richtigen, vielleicht einzigen Weg entdeckt, sie zu zwingen. Er hatte gesiegt.

9

Sie trug einen schwarzen Wollmantel mit Samtbesatz und einen tief in die Stirn gezogenen Glockenhut. Ihr blasses Gesicht wirkte ruhig, wenn auch wie leer, wie häufig in Momenten starker Belastung. Der Tag war regnerisch und trübe, ein häßlicher Novemberwind schleuderte unerwartete Regenschwalle auf die Blaskapelle, die unter dem Zeltdach im Hof nur teilweise geschützt war. Chrysanthemen in den Herbstfarben schmückten die Empfangshalle, wo ernste Frauen im Sonntagsstaat warteten. Ruhig standen sie in Reih und Glied vor den burgunderroten Samtvorhängen, die die Ehrentafel verhüllten. Erst die Swanfields, dann ihre Bankiers und Anwälte und dahinter, streng nach Rang, die Familien der Abteilungsleiter, Vorarbeiter, gelernten und ungelernten Arbeiter, die Mädchen, die mit einem der Gefallenen «gegangen» waren.

Miriam sah im schwarzen, langen Pelz still und traurig aus und zu Claires Überraschung sehr würdevoll. Eunice, der ihr Bisammantel zu groß schien, weinte schon jetzt, nicht nur um ihren Bruder Jeremy, sondern um ihren Sohn Justin, der ihr in letzter Zeit mehrmals Geld aus der Börse genommen hatte, und um ihren Sohn Simon, der Toby überredet hatte, ihm ein Motorrad zu kaufen. Nola wirkte gereizt und unwohl, Polly war so schön, ihre Haut über dem schwarzen Pelzkragen so weiß, ihr Haar so fein, ihr Gesicht so voll sanfter Trauer, daß selbst Claire – die Polly tiefer Gefühle nicht für fähig hielt – gerührt war. Toby Hartwell, der nicht an der Front gewesen war, stand soldatisch gerade, der Offizier und Gentleman *par excellence.* Benedict Swanfield, der ebenfalls nicht an der Front gewesen war, sah genauso aus, wie er immer aussah, ob in seinem Arbeitszimmer, bei der Aufsichtsratssitzung oder an der Wollbörse: zuverlässig, beherrscht, ganz Herr der Lage und doch nur am Rande beteiligt.

Die Geistlichen sprachen, eine Hymne wurde gesungen, ein Gebet gesprochen. Miriam trat vor, Claire, Hofdame einer gramgebeugten, trauernden Königin, folgte, und gemeinsam zogen sie den Vorhang zurück, um die goldenen Namen, den marmorweißen, eiskalten Fries zu enthüllen. Leises Seufzen, das Flüstern einer Frau, die ein Kind zum Schweigen ermahnte, verlegenes Räuspern, unterdrücktes Hüsteln, Füßescharren. Eunice weinte lauter, Polly ängstlich, als hätte sie eben erst begriffen, daß Menschen, so jung und gesund wie sie, wirklich sterben konnten. Hastig drückte sie sich an Schwager Tobys willig dargebotene Schulter wie ein Kind, das Angst vor dem Dunkel hat.

Miriam kehrte an ihren Platz zurück, um mit einem Ausdruck milder Trauer die zwei Schweigeminuten zu beachten. Claire trat neben sie, und während sie still zwischen Miriam und Benedict stand, nahm sie – ungläubig zunächst – einen schwachen Geruch wahr, der den Duft der Chrysanthemen überlagerte – einen Hauch, nur einen Hauch, der aber reichte, ihr den Magen umzudrehen, von Gas, in den sich der süßlich widerliche Geruch menschlicher Verwesung mischte. Von wo in dieser sauberen Marmorhalle kam er? Sie wußte, daß er nicht echt war. Dennoch berührte sie etwas, eine eisige Kälte, eine tote Hand, eine Angst, so primitiv, so tiefsitzend, daß man ihr nicht Herr werden konnte. Der Geruch kroch über ihre Haut, drang in ihre Poren ein, füllte ihre Lunge wie tödlicher Schlamm. Als sie den Blick zum Fries hob, sah sie, wie die blendend weißen Soldaten einer nach dem anderen sich zu einem ekelhaften Gelb verfärbten und wie schwärende Beulen anschwollen, zu stinkenden Riesen wurden, die von der Wand herabstiegen und im Gänsemarsch vorantappten, um sie aus schwefelgelben Gesichtern, die – vorübergehend – zu Pauls Gesicht wurden, blind anzustarren.

Sie wußte, daß sie halluzinierte. Sie wußte auch, daß es weder ungewöhnlich noch ernst war und vorübergehen würde. Am letzten Nachmittag mit Paul hatte dieser in einer Straße in Boulogne ganz deutlich einen Mann gesehen, von dem er wußte, daß er bereits zwei Jahre tot war. Beinahe jeder der Soldaten, die sie gepflegt hatte, war ähnlich erschreckenden und bizarren Täuschungen ausgesetzt gewesen. Es hatte von wiederauferstandenen Kameraden nur so gewimmelt in Frankreich. Gespenster überall. Manche hatten auf Urlaub in England plötzlich an einer Straßenecke Berge von Leichen liegen sehen, andere hatten sich beim Knall eines herausspringenden Champagnerkorkens zu Boden geworfen oder beim schwachen Zischen des Gasherdes in der Küche Magenkrämpfe bekommen.

Bei ihr war es nichts anderes. Diese schwefelgelben Phantome existierten nur in ihrer Fantasie. Dennoch schreckte sie innerlich in panischem Entsetzen vor ihnen zurück, und alle Vernunft ging unter in einer Angst, der sie hilflos ausgeliefert war. Der Raum um sie herum schwankte und schlingerte, so daß sie gegen den leeren Fries geschleudert wurde und dann tief hinunter in einen Schacht ihres Geistes, wo sie in einem Augenblick nackten Entsetzens sah, wie sie zu Nichts schrumpfte.

Sie wußte, daß sie ohnmächtig werden würde. Sie grub die Fingernägel in das Fleisch ihrer Arme. Es half nichts. Sie stürzte, kopfüber, dachte sie, in diesen Geruch von Gas, Verwesung und Chrysanthemen, bis Benedict Swanfield einen Arm ausstreckte, sie aufzuhalten, und sie in den Schatten sank, den sie immer um ihn gespürt hatte. Und dort blieb sie, gefangen, aber sicher, glich ihren gehetzten Atem, ihren rasenden Puls dem ruhigen Gleichmaß des seinen an, während ihr schwacher Geist bei seiner Logik, seinem kalten Realismus, seiner Kraft Zuflucht nahm.

Wieder sprachen die Geistlichen. Wieder wurde gebetet und gesungen. Der schwere Duft der Chrysanthemen wurde harmlos. Ihr Blick wurde klar. Die schwärenden Riesen stolperten davon. Ruhe und Vernunft kehrten so selbstverständlich zurück, daß die Halluzination, einmal verflogen, unbedeutend schien, etwas, das man mit einem Achselzucken abtun konnte.

Benedict ließ sie los. «Danke», sagte sie. Wie in Antwort auf ihre unausgesprochene Bitte, kein Aufhebens zu machen, nickte er nur und wandte seine Aufmerksamkeit den Versammelten zu, die sich zu zerstreuen begannen.

«Alles in Ordnung?» zischte Dorothy, erschreckt über Claires Schwächeanfall, aber auch besorgt, was die Swanfields davon halten würden.

«Komm, mein Kind», murmelte Miriam, entschlossen, den Zwischenfall zu übergehen, mehr in Unruhe um Polly, die offenbar nicht aufhören konnte zu weinen. «Wir müssen unsere Pflicht tun.» Während Polly mit tränenüberströmtem Gesicht von Toby hinausgeführt wurde, begrüßte Miriam die Gäste, erkundigte sich bei den jungen Frauen nach Name und Alter ihrer Kinder, fragte die älteren Frauen nach der Gesundheit, die offensichtlich unverheirateten jungen Mädchen in der letzten Reihe sogar nach ihrem Beruf. Sie war herzlich und mütterlich, aber die Antworten hörte sie kaum.

Claire folgte ihr. «Es freut mich sehr, daß Sie gekommen sind», murmelte sie fast unhörbar, nur um etwas zu sagen, während sie in anständige Gesichter sah, in neugierige, ein oder zwei, die noch immer vom Schmerz betäubt waren, hier und dort einem unfreundlichen Blick begegnete, einem Paar scharfer Augen, die den Wert von Miriams Pelz und Nolas Ringen taxierten.

«Schrecklich, das mit Mr. Jeremy», sagte jemand.

«Wir leiden alle an dem gleichen Verlust», erwiderte Miriam milde und ausnahmsweise aufrichtig.

Die Kapelle begann zu spielen. Toby mußte Polly verlassen, da er als offizieller Zeremonienmeister nun den Ausschank des Tees, die Verteilung der Gedenkmedaillen und des Kuchens überwachen mußte. Miriam forderte mit großer Geste alle Anwesenden auf, tüchtig zu essen. Polly, die vor dem Alleinsein noch mehr Angst hatte als vor frühem Tod, tauchte trocknen Auges, aber sehr blaß wieder auf, ein kleines Mädchen, das die große Dame spielte. Die blauen Augen spähten scheu unter dem breitkrempigen Hut hervor, suchten vielleicht immer noch den Vater und konnten keinen Ersatz finden. Eunice schenkte Tee aus, ein wachsames Auge auf Toby, in Gedanken bei ihren Söhnen. Nola hatte aus reiner Provokation alle drei Geistlichen um sich geschart und amüsierte sich damit, ihnen genau die Fragen zu stellen, die sie viel lieber nicht beantwortet hätten.

«Erklären Sie mir die Unterschiede in Ihren Glaubensauffassungen. Warum glauben Sie, daß Sie recht haben und er unrecht? Wie stehen Sie zu Scheidung, unehelicher Geburt, dem Leben nach dem Tod, der sozialen Stellung der Frau? Und was halten Sie von Geburtenkontrolle?»

Claire, äußerlich ruhig und heiter, spürte ein ungeheures Bedürfnis nach – was? Nach Befreiung. Das war das Wort, das ihr in den Sinn kam und blieb. Sie war in einen Zustand kribbelnder Rastlosigkeit, äußerster Spannung, brodelnden Unbehagens geraten, wie sie ihn aus Träumen kannte, wenn sie wußte, daß sie unverzüglich eine Reise antreten mußte, daß es lebensnotwendig war und nicht warten konnte, daß sie sich beeilen mußte und keinen Augenblick verlieren durfte. Lauf. Nimm diesen Zug. Hör das Ticken der Uhr. Geh jetzt. Aber wohin? Wozu?

«Hast du das Werk schon einmal gesehen?» fragte Benedict und bot ihr damit – konnte es Absicht sein? – die Atempause, die sie brauchte.

Es war still in der Weberei. Die Maschinen wirkten plump und finster, aber sie hatten nichts Gefährliches. Sie tauschten kein persönliches Wort, während sie in der beißend riechenden Stille unter der schmutzigen Decke standen, die hoch war wie die einer Kathedrale.

Er sagte nichts von ihrem Schwächeanfall bei der Enthüllung der Tafel.

Sie sagte nichts von seinem Brief.

Er sagte nichts von seinem Bruder, sie nichts von ihrem gefallenen Mann.

Statt dessen hörte sie mit leicht geneigtem Kopf zu, während er knapp und exakt erklärte, wie die frische Wolle gewaschen wurde, dann gekämmt, dann gedreht, zu Garn gesponnen, zu grobem grauem Tuch gewoben, das nach Prüfung in Wirkerei und Näherei durch die Wunder des Färbens und der Fertigbehandlung zu Kamelhaar, Kaschmir, Mohair, hochklassigem Anzugstoff, elegantem Kleiderstoff oder Polsterstoff für Automobile wurde.

«Ich habe neunhundert Webstühle», sagte er, «die am Tag zweiundzwanzigtausend Meter Tuch liefern können – wenn ich es möchte.»

«Möchtest du es denn nicht?»

«Nur wenn ich es verkaufen kann.»

«Aber alle Welt kauft doch Stoffe aus Yorkshire.»

Er lächelte, aber er sah sie dabei nicht an, teilte seine Erheiterung nicht mit ihr, stellte keinen Kontakt her.

«So sagt man, aber einige unserer Märkte existieren eben nicht mehr. Der Handel mit Rußland ist seit der Revolution zusammengebrochen. Die amerikanischen Importzölle sind abschreckend hoch. Deutschland ist bankrott. Und was das restliche Europa angeht, einschließlich unser Land – nun, wir haben hohe Kriegsschulden und können es Amerika nicht verübeln, daß es Rückzahlung erwartet. Wir müssen uns um unsere heimgekehrten Soldaten kümmern und die Munitionsarbeiter, die nicht mehr gebraucht werden, sich aber an hohe Löhne gewöhnt haben. Wenn wir sie nicht anstellen können, sind sie auf staatliche Mittel angewiesen, und da wird nicht viel übrig sein, wenn man die Kriegskosten bedenkt.»

«Ach, und ich dachte, wir hätten einen Boom.»

«Das stimmt auch. Die Leute aus den Munitionsfabriken haben noch Ersparnisse, die Soldaten ihre Abfindungen, von denen sie leben können. Aber wenn damit Schluß ist und es dann immer noch keine Arbeit gibt – nun, wenn dann die Frage ist, ob man lieber seine Miete bezahlen oder einen Kamelhaarmantel aus Swanfield-Tuch kaufen soll, würde wohl jeder vernünftige Mensch lieber seine Miete bezahlen.»

«Und du brauchtest keine zweiundzwanzigtausend Meter Tuch pro Tag mehr.»

«Nein. Und auch nicht die Arbeiter, um es herzustellen. Kannst du jetzt wieder zurück zu den anderen?»

«Ja.» Aber sie rührte sich nicht. Ein seltsames Widerstreben, den Schutz dieser fremdartigen Maschinen zu verlassen, hielt sie fest. «Kannst du mit den Maschinen umgehen, Benedict?»

«Natürlich.»

«Mit den Spinnmaschinen auch?»

«Ja. Warum fragst du?»

«Weil Jeremy es nicht konnte.»

«Ah, an etwas erinnerst du dich doch.»

«Ja. An das wenige. Hätte er nicht mehr wissen müssen?»

«Warum das gleiche Wissen duplizieren? Ich habe seit Jahren keinen Webstuhl angerührt. Ich weiß, wie die Maschinen funktionieren, meine Leute wissen, daß ich es weiß, und darauf kommt es an.»

«Ja. Aber macht es dir Spaß, Benedict? Ist es das, was du dir erträumt hast?»

«Möchtest du dir die Wirkerei ansehen?»

Er ging nicht nur nicht auf ihre Frage ein, er überhörte sie. Sie war schon verhallt, als er die schwere Tür aufschob und das Licht einschaltete, um ihr die hohen Tische zu zeigen, auf denen große Stücke unbearbeiteten grauen Tuchs lagen.

«Für dich sieht das alles gleich aus», meinte er, «aber das hier ist Kammgarn, das dort Kaschmir, das Mohair –»

«Ah ja», sagte sie, als sähe sie es, und sah doch gar nichts.

«Gut. Was kann ich dir sonst noch zeigen? Oder sagt dir dein Gewissen, daß du der Musik zuhören solltest?»

Erfrischt, wenn sie auch nicht wußte, was sie erfrischt hatte, kehrte sie in den Hof zurück, wo die Blaskapelle immer noch tapfer spielte. Sie lächelte Miriam zu, die so tat, als hätte sie sie nicht vermißt, und ihrer Mutter, die sie nur allzu offensichtlich vermißt hatte.

«Wo bist du nur gewesen?» zischte sie, aufrichtig und unklug.

Große Mengen Tee wurden getrunken, große Mengen Kuchen

gegessen, Claire fragte sich, wie dieser Nachmittag je zu Ende gehen sollte. Doch nicht lange, da kroch die frühe Novemberdunkelheit herauf, eine satte, unwiderstehliche Schläfrigkeit breitete sich aus. Ein Kind, das bis obenhin mit Kuchen vollgestopft war, mußte schleunigst heimgebracht werden, mehrere andere begannen zu jammern oder bekamen plötzlich blasse Gesichter, Männer scharrten mit den Füßen, Frauen nahmen Schals und Handtaschen und hatten nur noch Widerwillen für das übriggebliebene Gebäck; selbst die schallende Musik verlor an Schwung. Endlich, dachte Claire.

Nochmals einige Worte der geistlichen Herren, die dabei tunlichst vermieden, Nola anzusehen, und zum Abschluß eine kurze Ansprache von Benedict, der, indem er allen für ihr Kommen dankte, deutlich machte, daß die Veranstaltung nun geschlossen war. Miriam erhob sich langsam, wohl wissend, welch anmutiges Bild sie in ihrem langen Pelz bot, und streckte beide Arme aus zum Zeichen ihrer Bereitschaft, noch einmal jedem die Hand zu geben. Dorothy gab Claire auf ein Signal von Edward zu verstehen, daß sie das gleiche tun sollte. Nola begann eine Debatte über organisierte Religion und Geburtenkontrolle mit dem Vertreter der Heilsarmee, dessen Kollegen von der anglikanischen und methodistischen Kirche sich bereits davongestohlen hatten. Roger Timms kam pünktlich zu dem mit Polly vereinbarten Zeitpunkt und fuhr im neuen Wagen seines Vaters mit ihr davon. Eunices zweiter Sohn tauchte unversehens auf, dreist und verlegen zugleich, eine Kombination, die meist Ärger bedeutet, und redete lange mit leiser Stimme auf seine Mutter ein. In kleinen Gruppen gingen die Familien der Gefallenen davon, einige zu den nahen Häuschen, die sie von den Swanfields gemietet hatten, andere zur Straßenbahnhaltestelle, wo sie lange im naßkalten Wind warten mußten.

Claire sah mit Erstaunen, daß es erst vier Uhr war. Was jetzt? Noch Stunden bis zum Abendessen in Miriams Gesellschaft, Zeit genug, um jeden bittersüßen Tropfen des Nachmittags immer wieder auf der Zunge zergehen zu lassen. Wie konnte sie dem entrinnen, ohne Miriam zu kränken? Sie war inzwischen immun gegen die Fotoalben und Haarlocken, selbst gegen den Augenblick, vor dem ihr früher gegraut hatte, wenn die blauen Porzellanaugen sich mit Tränen füllten, das kleine Kinn zu beben begann und die leise Stimme flüsterte: «Ach wenn du nur ein Kind gehabt hättest – einen süßen kleinen Jungen wie Jeremy – ach, wäre das schön gewesen!» Aber nicht an diesem Abend! Erneut von dieser Flutwelle der Unrast überschwemmt, von der drängenden Überzeugung getrieben, schnellstens eine Reise anzutreten, eine lebenswichtige Aufgabe in Angriff nehmen zu müssen, gehetzt von einem Gefühl panischer Eile, raschen Laufs, schnellen Flugs und blinder Jagd nach irgend etwas, wußte sie, daß Miriam ihr an diesem Abend unerträglich sein würde.

Eunice, die inzwischen dafür gesorgt hatte, daß das Teegeschirr weggeräumt und die übriggebliebene Milch den Katzen gegeben wurde, trieb Mann und Sohn zum funkelnagelneuen, immer noch umstrittenen Auto. Sie wollte vermeiden, daß jemand Simon nach dem Verbleib seines Bruders fragte.

«Sollen wir dich mitnehmen, Claire?» fragte Toby in der Hoffnung, dadurch die Abrechnung abzuwenden, die, wie dem Gesicht seiner Frau zu entnehmen war, bevorstand.

«Das glaube ich kaum», fuhr Eunice dazwischen. Ihre Unhöflichkeit verriet ihre Qual. «Wir fahren die andere Richtung.»

Claire lächelte Toby an und schüttelte den Kopf.

«Du kommst wohl noch mit zu uns», knurrte Edward, der auf eine Einladung nach High Meadows gehofft hatte und verdrossen erkannte, daß damit nicht mehr zu rechnen war.

«Ach ja, komm mit.» Dorothy schien sich ehrlich auf ihre Gesellschaft zu freuen.

Wie sollte sie in ihrer gegenwärtigen Stimmung den übellaunigen Edward ertragen? Aber wenn sie ablehnte, tat sie Dorothy weh. Also mußte sie annehmen und ihn so lange ertragen, bis ihm doch wieder der Gaul durchging und sie ihn ärgerlich und wütend machte, was Dorothy ebenso weh tun würde.

«Ach Claire – da bist du!» Sie fuhr zusammen, als Benedict sie ansprach, und als sie hörte, was er ihr zu sagen hatte, war sie entsetzt. «Miriam möchte mit dir zusammen essen, da Polly ausgegangen ist. Vielleicht wartest du da drüben. Ich schicke Parker, sobald der Wagen da ist.»

Er wies auf einen Sessel in einem tiefen Erker, und sie setzte sich demütig, da sie wußte, daß es kein Entkommen gab. Er legte Edward eine Hand auf die Schulter, schob die andere unter Dorothys Ellbogen und führte die beiden in den Hof hinaus. Edward war von soviel Aufmerksamkeit unverkennbar geschmeichelt, so daß Dorothy mit einem friedlichen Abend rechnen konnte. War es möglich, daß

Benedict das wußte? fragte sich Claire, während sie beobachtete, wie er mit kühler Berechnung seinen Charme einsetzte. Und wenn ja, handelte er dann aus Güte oder Hinterhältigkeit oder um sich über den devoten Edward zu amüsieren? Oder war sie daran, in ein nebelhaftes Niemandsland zwischen Wirklichkeit und Fantasie zu gleiten, das gut der Vorort zur Halluzination sein konnte? Sehr wahrscheinlich. Aber das durfte nicht geschehen. Sie mußte sofort gehen. Allein. Doch die Aussicht auf die einsame Konfrontation mit sich selbst lockte sie nicht. Was dann? Sie konnte zu Euan gehen, oder zu Kit. Sie verlangte nicht nach Einsamkeit. Sie konnte zu einem Mann gehen, der durch den Geschlechtsakt allein ihren Körper ermüden und die qualvolle Rastlosigkeit ihrer Seele stillen würde. War das wirklich die Wurzel ihres inneren Aufruhrs? Sexuelles Verlangen, das natürliche Bedürfnis eines gesunden Körpers nach einem gesunden Körper; schlichte Körperempfindung anstelle komplexer Emotionen? War es nur das? Wie naheliegend – wie einfach – wie traurig, wenn ja.

Sie sah Parker vorfahren. Doch anstatt ihn zu ihr zu schicken, nickte Benedict ihm nur zu. Hatte er sie vergessen? Wie herrlich, wenn auch Miriam sie vergessen würde, so daß sie einfach eine Trambahn nehmen und abfahren konnte. Doch darauf war nicht zu hoffen. Sie hörte Miriams Trippelschritt, sah sie mit wehendem Pelz die breite Treppe herunterkommen. Gefolgt von Nola eilte sie durch das Foyer. Sie sah Claire nicht, und Claire merkte, daß in dem tiefen, schattigen Erker niemand sie sehen konnte. Aber das änderte nichts. Gleich würde man sie rufen.

«Hat jemand Claire gesehen?» Miriam war etwas außer Atem.

Na bitte. Claire stand auf.

«Claire?» wiederholte Benedict so ruhig, so neutral, daß selbst Claire, die wußte, daß er log, es nicht glauben konnte. «Sie ist mit ihrer Mutter nach Upper Heaton gefahren.»

«Unmöglich.» Miriam war sehr sicher. Doch dann wurde sie schwankend. «Hatte ich sie nicht gebeten, auf mich zu warten? Hm, vielleicht nicht. Bist du sicher, daß sie weg ist?»

«Leider ja. Ich habe sie wegfahren sehen.»

Es kam Miriam so wenig wie vorher Edward und Dorothy in den Sinn, an seinen Worten zu zweifeln. Sie schmollte einen Moment lang, dann klagte sie fröstelnd über die Kälte und ließ sich von Parker davonfahren.

Claire sah dem Wagen nach. Sie sah, wie Benedict in seinen eigenen Wagen stieg und ihn zu der Stelle fuhr, wo eben noch Miriams Bentley gestanden hatte. Sehr merkwürdig. Und sehr interessant! Sie schwankte zwischen Erheiterung und Beunruhigung. An diesem seltsamen Nachmittag schien alles möglich zu sein. Sie kam sich vor wie eine Schlafwandlerin, als sie langsam zu dem wartenden Mann hinausging und ohne ein Wort zu ihm in den Wagen stieg.

«Benedict, hast du mich gerettet?»

«Ich denke, ja. Jedenfalls vor Miriam und deiner Mutter. Hast du es sehr eilig heimzukommen?»

Heim? Ein seltsames Wort. Hatte sie seine Bedeutung je gekannt? Wußte sie, wo es zu suchen war, wie sie es erkennen würde, falls sie es je finden sollte?

«Nein», sagte sie in Antwort auf ihre, nicht seine Frage.

«Gut. Ich habe ein Haus in Wharfedale in einem Dorf namens Thornwick. Die beiden Schwestern, die mir das Haus führen, kochen ganz anständig. Hast du Lust, mit mir zu essen?»

Einen Moment schwieg sie. «Er hat ein Haus in den Dales», hatte Nola gesagt. «Mit einem Bad aus schwarzem Marmor. Dort amüsiert er sich mit seinen flüchtigen Abenteuern.» War es möglich, daß Benedict sie als Abenteuer sah? Ja, natürlich, warum nicht? Möglich, natürlich, äußerst gefährlich. Sie wußte mit Sicherheit, daß sie jeder Frau an ihrer Stelle, ohne zu zögern, geraten hätte, schnellstens das Weite zu suchen. Um Himmels willen nicht mit Dynamit spielen. Aber die Versuchung, diesen Mann aus nächster Nähe kennenzulernen, fern der Intrigen, Ängste und Frustrationen, die ihn mit seiner Familie verstrickten, war zu stark. Hier, im Gewand einer Einladung zum Essen, bot sich die Herausforderung, nach der ihre überreizten Nerven verlangten.

«Danke Benedict. Ich bin wirklich ziemlich hungrig.»

In schläfrigem Schweigen saß sie neben ihm, bis sie sehr tief einschlief – mehr ein Bewußtseinsverlust als Schlaf, aus dem sie frisch und, zu ihrer eigenen Belustigung, entspannt erwachte; ihre Rastlosigkeit war gesunder Neugier gewichen.

Sie fuhren auf einer dunklen, schmalen Straße unter einem Gitter sich kreuzender, kahler Äste, durch das sie den schwarzen Himmel und wehende Wolkenfetzen sehen konnte, leere Felder von frühwinterlicher Kargheit zu beiden Seiten.

Sie ließen das Dorf hinter sich. Die Straße stieg an, wurde schmäler, war das letzte Stück nur ein ausgefahrener Ziehweg zwischen zwei Steinmauern, ein dachloser Tunnel, durch den kalt und heulend der Novemberwind pfiff. An seinem Ende führte ein Tor auf einen gepflasterten Hof mit zwei Häusern, das eine lang und niedrig, das andere, etwas abseits, viel kleiner. Herrenhaus und Gesindehaus – aber der Hof war nicht voll rostiger Geräte und Pflugscharen, wie Claire das von anderen Höfen kannte, sondern leer und sauber, und das alte Holztor hatte einem verschnörkelten schmiedeeisernen Tor Platz gemacht. Alles wirkte gediegen: frisch gestrichene Fensterrahmen, solide Dachschindeln, kürzlich gesäuberte Kamine; die sanitären Anlagen waren sicher modern, und elektrisches Licht gab es bestimmt auch.

Sie stieg aus und lauschte, in den Wind gelehnt, den gedämpften Geräuschen des Hochmoors: dem Glucksen von Wasser über abgeschliffene Steine, dem Rascheln von rauhem Gras und Heidekraut, dem Blöken eines einsamen Schafes.

«Die Frauen, die dir das Haus führen, wohnen hier oben in dem Häuschen?»

«Ja. Und ich wohne im Bauernhaus – so oft ich kann.»

Die schöne alte Eichentür mit den schwarzen Eisenbeschlägen war so niedrig, daß Benedict den Kopf senken mußte, als er eintrat. Claire folgte ihm in einen überraschend hohen Raum, der früher vielleicht einmal unterteilt gewesen war. Die glänzenden Eichenbalken der weißgetünchten Decke waren dunkel vom Rauch des offenen Feuers, das Licht und Wärme verströmte. Vor dem offenen Kamin, eine ganze Wand aus roh behauenem Stein, standen tiefe Ledersessel auf einem großen Perserteppich in dunklen Braun- und Rottönen. Vitrinen und Regale an den Wänden waren mit Büchern und Porzellan gefüllt, auf kleinen Tischchen standen Gegenstände, die zu näherer Betrachtung lockten.

«Guten Abend, Mr. Swanfield», sagte eine schlichte Frau Ende Fünfzig und nahm Claire den Mantel ab, als hätte sie sie erwartet. «Kann ich etwas für Sie tun, Madam?»

«Ach ja – könnten Sie mir das Bad zeigen?»

Sie wollte es sehen, sehen, ob es wirklich schwarzmarmorne Dekadenz zu bieten hatte. Nicht im geringsten zaghaft oder beunruhigt, vielmehr heiter, wie beschwipst, befreit, folgte sie der guten Mrs. Mayhew, und siehe da, das Badezimmer übertraf alle ihre

Erwartungen: eine Wanne von wahrhaft kaiserlichen Proportionen, schwarz mit weißer Maserung, weißer Fellteppich auf schwarzweißen Fliesen. Im ersten Moment wirkte die Farbgebung hart und unruhig, aber das Auge gewöhnte sich rasch an die krassen Kontraste, so daß ihr die eleganten Accessoires nicht entgingen, die weißen, golddurchschossenen Opalglasbecher, die schlanke Nymphe, deren langes Haar im imaginären Wind flatterte und die auf nackten Alabasterarmen eine weiße Muschelseife hielt, die Wandmosaiken, zierliche Meerestiere, die in einer mitternachtsblauen See schwammen.

Plötzlich schoß ihr ein Gedanke in den Kopf und setzte sich dort fest: Wie Nola das alles gefallen hätte!

Ein Sessel am Feuer und ein Glas Sherry warteten auf sie, als sie ins Zimmer zurückkam, aber sie war so fasziniert von ihrer Umgebung, daß sie sich mit unverhohlenem Interesse umsah.

«Du hast wunderschöne Dinge, Benedict.» Und erstaunlich zarte Dinge. Französische Briefbeschwerer aus klarem Kristall, in das die Blütenblätter einer Blume oder die edelsteinbesetzten Flügel eines Schmetterlings eingeschlossen waren, schlanke Vasen aus Gemmenglas: weiße Chrysanthemen auf Bernstein, Akanthuslaub auf Saphir, exquisit, kostbar, zerbrechlich. Und moderne Dinge. Eine Tiffanylampe, irisierend wie der Schwanz eines Pfaus, eine Vase mit dem blassen Schimmer eines Seerosenteichs, eine andere, der Schwanz eines Paradiesvogels aus grünen Glasfedern, opalisierende, emaillierte Stücke von Lalique und Gallé, die Schätze der Art Nouveau, die in Upper Heaton und High Meadows verpönt waren. Wie Nola das alles geschätzt hätte.

Claire selbst war bezaubert von diesem ganz persönlichen Nebeneinander verschiedener Stilarten, wo die satte Opulenz von Orientteppich, Holzfeuer und geschnitztem Mahagoni perfekt ausgewogen wurde durch die Zartheit, den freimütig dekadenten Zauber dieser gläsernen Seerosen und Pfauenfedern.

«Und deine Bücher, Benedict?»

Lyrik? Swinburne und Dowson und Baudelaire vielleicht, zu dessen «Blumen des Bösen» der sinnliche Glanz, die reizende Mutwilligkeit des Art-Nouveau-Glases paßten? Aber es waren Werke politischer Philosophie – ein weiteres Rätsel –, prachtvoll gebunden, aber für Claire ohne Interesse.

«Hast du auch Grundbesitz?»

Er zog die Vorhänge auf. Durch die dichter werdende Dunkelheit sah sie auf das nackte Feld, das steil zum Bach abfiel, und die stillen, hohen Bäume dahinter. Ein Nachtwind, der kalt vom Moor aufstieg, rüttelte plötzlich am Fenster. Sie fröstelte. «Puh, es wird Winter.»

«Ja», sagte er. «Mir macht die Kälte nichts aus. Ich bin im Winter geboren. Miriam meint, er paßt zu meinem Wesen.»

«Echt Miriam. Ich kenne ihre Theorie. Ich bin im Juli geboren, daher ihrer Meinung nach warm, sonnig und fügsam.»

«Und – stimmt es?»

Sie lächelte und ging wieder zum Kamin. Sie fühlte sich – wie ließ es sich am besten ausdrücken? – für sich, abgegrenzt, wie man ihr das in High Meadows nie zugestand; frei von den ängstlichen Wünschen ihrer Mutter; erwachsen!

Möchtest du mit mir schlafen, Benedict? hätte sie beinahe gesagt und leicht sagen können, denn diese Situation kannte sie und verstand sich auf sie, hatte sie zwischen Jeremy und Paul mit einem Dutzend Männer erlebt, und die Entscheidung war einmal so und einmal anders ausgefallen. Die meisten dieser Begegnungen waren so flüchtig gewesen, wie diese hier sein würde.

Wo waren diese Männer jetzt? Sie schüttelte den Gedanken ab. Sie wenigstens war hier sicher und geborgen – in einem warmen, sauberen Zimmer, wo nichts Schlimmeres sie bedrohte als das natürliche Verlangen eines Mannes nach ihrem gesunden, lebendigen Körper. Sie lächelte ihn an, beschloß, erst zu essen und dann bei einem Glas Brandy darüber zu sprechen. Wahrscheinlich würde sie ablehnen. Es schien das beste.

Das Speisezimmer mit den schweren Eichenmöbeln schmückten überraschenderweise chinesische Kunstwerke: Seidenmalereien, Ziergegenstände aus zerbrechlichem chinesischem Porzellan. Auf dem glänzend polierten Boden lag ein blaßgrüner Teppich mit zarten chinesischen Blumen, der wie Samt schimmerte.

Das Essen, englische Hausmannskost, wäre Aristide Keller zu simpel gewesen, doch es war erstklassig zubereitet: vorzügliches Rindfleisch mit selbstgezogenen Kartoffeln, gut aufgegangener Yorkshire-Pudding und dicke braune Soße. Hinterher ein köstlicher Apfelkuchen, guter Cheddar-Käse und, einzige Konzession an französische Eßkultur, reifer Camembert. Der alte Rotwein war blumig, das Gespräch weit unbefangener, als sie gedacht hatte.

«Du hast es sehr gemütlich hier, Benedict.»

Er erzählte ihr liebenswürdig, aber doch so, als wäre sie eine neue Bekannte, die von seinem Leben wenig wußte, wie er das Haus einige Jahre zuvor in einem Zustand beinahe völligen Verfalls entdeckt und eingerichtet hatte. Und was hatte seine Frau in dem Sommer getan? Keiner flüchtigen Bekannten wäre es eingefallen, danach zu fragen. Darum – da sie einander ja in dieser Atmosphäre, an diesem intimen Ort nie zuvor begegnet waren – fragte sie nicht. Es interessierte sie auch nicht sonderlich. Sie saß mit einem intelligenten, attraktiven, kultivierten Mann zusammen, der mit ihr schlafen wollte, und seine Identität als ihr Schwager, Nolas Mann, Zahlmeister der Familie Swanfield – die Farben, in denen andere ihn gemalt hatten – verblaßten rasch hinter diesen tastenden Annäherungsversuchen, der leichten Ouvertüre zum Spiel der Liebe. Sie hatte nicht erwartet, daß er es so gut spielen würde. Sie hatte gewußt, daß er anziehend war, ihn aber nie wirklich so erlebt. Sie merkte jetzt leicht belustigt, daß er selbst es sehr wohl wußte, vermutlich aufgrund der Wirkung, die er seiner Erfahrung nach auf Frauen ausübte. Offensichtlich hatten seine Verführungskünste meist schnellen Erfolg. Benedict, der Logiker, konnte daraus nur schließen, daß er eine seinen Bedürfnissen angemessene Verführungskunst besaß. Schien es ihm wirklich so einfach und klar?

Kaffee und Brandy erwarteten sie im großen Wohnraum, wo das Licht der Tiffanylampen smaragdgrün und bernsteingelb schimmerte und der Feuerschein eine warme Kulisse zuckender Schatten zauberte. Sie sank in einen der tiefen Sessel, die so bequem waren, daß es ihr ganz natürlich schien, die Schuhe abzustreifen und sich zu strecken; ihren gesättigten und wohlig warmen Körper gelüstete nach der Liebe, und hätte sie ein oder zwei Gläser Rotwein mehr getrunken, so wäre der Ausgang klar gewesen. Sie wünschte fast, sie hätte es getan.

Um sich abzulenken, sah sie sich hastig um. Der bläuliche Schein des Briefbeschwerers auf dem Beistelltisch zog ihr Auge an. «Wie hübsch», sagte sie.

«Ja.» Er schien zu verstehen, daß sie von allem anderen reden wollte als vom wahren Grund ihres Zusammenseins, der sachte, aber unabänderlich immer drängender wurde. Ruhig und mit einem gewissen trockenen Humor sagte er: «Sehr hübsch. *Millefiori* von der Glasmanufaktur Baccarat in Lothringen. Etwa 1885. *Millefiori* heißt tausend Blumen. Halt ihn ans Licht.»

Sie tat es, schon nicht mehr sicher, ob sie Zeit gewinnen oder diesen angenehmen Zustand der Unschlüssigkeit verlängern wollte. Ihre Hand war wie von Edelsteinen übersät, als Lichtreflexe in den Farben von Saphir, Bernstein, Amethyst, Diamant nach allen Richtungen spritzten.

«Sie sind aus Glasschäften gemacht», bemerkte er.

«Nein, Benedict. Das sind echte Blütenblätter.»

«Leider nicht. Nur gefärbte Stäbchen, die geschliffen und dann in klares Glas eingeschmolzen wurden, das sie vergrößert –»

«Benedict» – ihr war leicht und beschwingt zumute, und sie lachte –, «es ist mir gleich, wie sie gemacht sind und wer sie macht. Ich bin nur froh, daß es jemand tut – oder tat.»

«Da hast du recht.» Er beugte sich in seinem Sessel vor und betrachtete sie mit dem scharfen und doch zärtlichen Blick eines Sammlers und Kenners. Der Mund wurde ihr trocken, der Atem stockte ihr einen Moment, sie spürte ihre Erregung und wußte, daß das erste Stadium abgeschlossen, daß die Zeit für Frage und Antwort gekommen war.

«Die Gemmenvasen sind auch wunderschön», sagte sie.

«Und du auch, Claire.»

«Willst du mich deiner Sammlung anfügen?» Sie wollte nach einer Zigarette greifen. Er bot ihr eine an, gab ihr Feuer und ging zu seinem Sessel zurück, allein die körperliche Distanz, die er so wieder herstellte, eine Provokation.

«Ja – jetzt mal ganz abgesehen von der Sammlung –, natürlich möchte ich dich haben, wie du sehr wohl weißt.»

«Würdest du mir verraten, warum?»

«Gewiß. Du bist eine sehr begehrenswerte Frau. Auch das weißt du sicher selbst.»

«Hm – ja. Aber ich hoffe sehr, das ist nicht das einzige, was du über mich zu sagen hast.»

Mochte sie ihn eigentlich? Nun, er machte sie jedenfalls neugierig, hatte also wohl eine verborgene Seite, die sie, wie alle anderen, nicht kannte. Wie überlegen würde sie sich fühlen, wenn ihr gelang, was alle anderen vergeblich versucht hatten – diese Seite zu entdecken. Kein hohes Ziel sicher, aber in dieser Welt der Kompromisse, halben Hoffnungen und halben Wahrheiten doch besser als gar kein Ziel. Wollte sie ihn überhaupt mögen? War es notwendig? Kit Hardie mochte sie, für Euan empfand sie vielleicht noch mehr und hatte sich gehütet, gegenüber einem von beiden verbindlich zu werden. Statt dessen war sie mit einem Mann, der Verbindlichkeit nicht verlangte und den daher ihre mangelnde Bereitschaft, vielleicht Unfähigkeit dazu, nicht verletzen konnte, an diesen isolierten Ort gekommen. Benedicts Motive waren ausschließlich und eindeutig sexueller Art. Weshalb hätte sie andere haben sollen? Doch noch während ein dünnes Stimmchen der Vorsicht ihr riet, ihren Kopf zu gebrauchen, war ihr klar, daß für sie – für die meisten Frauen vielleicht – der Geschlechtsakt niemals so unkompliziert, so von allem Gefühl abgespalten sein konnte.

Andere Männer hatten gesagt, du bist schön. Einige hatten gesagt, ich liebe dich. Benedict sagte ruhig: «Liebe Claire, jeder in High Meadows möchte dich besitzen. Aus unterschiedlichen Gründen. Ich denke, du wirst die meinen natürlicher und akzeptabler finden als manche andere. Ich glaube außerdem, daß du eine Beziehung ohne Anspruch auf Dauer suchst.»

«Ja, das glaube ich auch.»

«Sonst hätte ich dich nicht hierher mitgenommen. Ich neige nicht zur Dauerhaftigkeit in diesen Dingen – aus offenkundigen Gründen...»

Ruhig lächelnd sah sie ihm in die Augen. Er nahm ihr den Briefbeschwerer aus der Hand und legte ihn weg. «Meine Sachen interessieren dich, hm? Komm, ich zeige dir mehr.»

Er nahm sie bei der Hand und zog sie sachte hoch. Er ließ ihr Gelegenheit, ihm zu widerstehen, und Zeit, sich mit der Nähe seines Körpers vertraut zu machen, ehe er ihren Hals küßte, ihren Halsansatz, ihr Ohr. Ganz leicht streiften seine geschlossenen Lippen ihre Haut, wie der Flügel einer Biene, doch so kurz die Berührung war, das Prickeln der Wonne – und Gefahr – blieb.

«Die Gemmenvasen sind etwas ganz Besonderes», sagte er, als hätte er sie nicht berührt. «Soll ich dir sagen, aus wieviel Schichten Glas sie gemacht werden?»

«Ja.»

«Dann sieh genau hin.» Als sie den Kopf senkte, schob er die Hand unter ihr Kinn und küßte sie auf den Mund, öffnete leicht ihre Lippen und gab sie wieder frei, noch ehe sie sich entschließen konnte, ob sie kapitulieren sollte oder nicht.

«Die Pfauenvase ist von Tiffany», sagte er. «Wenn du die Zeichnung sehen willst, mußt du den Kopf ein wenig drehen.»

Diesmal erwartete sie seinen Kuß. Es war ein prickelndes Spiel, an dessen Konsequenzen sie lieber nicht denken wollte.

Und doch gab es keine Eile.

Als sie nach ihrem Glas griff und sah, daß es leer war, ließ sie sich frischen Brandy einschenken und trank ihn langsam, während er ihr die goldenen Ikonen zu beiden Seiten der Tür zeigte, die Aquarelle im Flur, von denen jedes sie dem Schlafzimmer näher brachte.

«Hast du schwarze Satinbettwäsche, Benedict?» fragte sie und wünschte, sie hätte es nicht getan. Doch ohne eine Spur von Verwunderung oder Ärger schlug er die Tagesdecke zurück und zeigte ihr gestärktes weißes Leinen, dem der Duft frischer Zitronen entstieg.

«Zieh das strenge Kleid aus, Claire. Es steht dir nicht.»

«Nein, das stimmt.»

Es war nicht kalt im Zimmer, das wie der Wohnraum von bunten Glaslampen und einem flackernden Feuer erleuchtet war, doch sie kleidete sich hastig aus, denn dies war der Moment, vor dem ihr graute. Weder die Jahre im Krankenhaus noch die gründliche Bekanntschaft mit der menschlichen Anatomie hatten ihr geholfen, die Scheu zu überwinden, die sie stets empfand, wenn sie sich zum erstenmal vor einem Mann auszog, der, bis dieses «erste Mal» glücklich vorüber war, ein Fremder blieb.

Vier Männer – nein, fünf – hatten ihr vor Benedict bei dieser qualvollen Übung zugesehen, und jeder hatte auf seine Weise gesagt: «Nicht so schnell. Laß mich das machen.» Benedict sagte nichts, sondern ließ sie unter dem weißen duftenden Leinen Zuflucht suchen und sich verstecken, bis er zu ihr kam. Aber jetzt, wo sie beide nackt waren, verflog ihre Scheu. Eine Weile lag sie passiv, die Augen geschlossen, ohne alle Gedanken, und überließ sich ganz seinen forschenden Händen, bis ihre Sinne wieder erwachten und sie von ihrem eigenen hitzigen Verlangen überwältigt wurde, dem brennenden Durst zweier dürrer Jahre.

Sie konnte nicht sagen, ich bin soweit. Nimm mich und tu es schnell. Das hätte Dorothy Lyalls Tochter niemals fertiggebracht. Aber sie konnte sich mit ihrem ganzen Begehren an ihn drücken, und das tat sie. Ihr fiebernder Körper sagte ihm klar, daß es bei diesem ersten Mal nicht auf Finesse ankam, sondern allein auf Kraft und Geschwindigkeit.

Sobald er in sie eindrang, kam der Orgasmus in einer gewaltigen

Eruption, die sie erschreckte, da ihr, während die wilde Wonne sie durchbrauste, die er ihr bereitet hatte, bewußt wurde, daß es kaum eine Rolle gespielt hätte, ob sie seinen Namen wußte.

«Es ist ziemlich lange her», sagte sie etwa zehn Minuten später schwach, wie um sich zu entschuldigen, da Frauen eigentlich nicht wie Männer nur um des Genusses willen genießen durften. Sie zumindest hatte das bisher nie getan, und irgendwie war ihr jetzt nicht ganz wohl.

«Mein liebes Kind, das weiß ich doch.»

Doch er blieb eine Weile mit dem Rücken zu ihr, angespannt, vermutlich unbefriedigt, von dem vertrauten Mantel der Distanziertheit – dem Schatten – umhüllt, den er mit dem Betreten dieses Hauses abgelegt hatte. Offensichtlich hatte sie ihm keine Freude gemacht. Nun, das war bedauerlich, und sie konnte es nicht ändern; aber sie war schließlich kein zahmes Weibchen, das nur zum Gefallen eines Mannes lebte. Nichts zwang sie, sich wiederzusehen, und sie hatte weiß Gott schon Schlimmeres erlebt. Aber nie hatte sie mit einem Mann geschlafen, der nicht eine gewisse Zuneigung gezeigt hatte; nie hatte sie hinterher die Zurückweisung starren Schweigens und eines ihr feindselig zugewandten Rückens ertragen müssen. Obwohl sie es akzeptieren konnte und nicht beabsichtigte, deswegen eine Szene zu machen, war es schade. Enttäuschend? Peinlich. Nicht leicht auszuhalten.

Am besten, sie stand auf, zog sich an und gab durch eine beiläufige Bemerkung zu verstehen, daß sie gehen wollte.

«Es ist sicher schon spät.»

«Nein», sagte er und wandte sich zu ihr. «Noch nicht.»

«Ach was –» Als sie sich aufsetzte, nahm er sie bei den Schultern und zog sie wieder hinunter, so daß sie beinahe unter ihm war. «Noch nicht, Claire.»

«Ich hatte den Eindruck, du möchtest, daß ich gehe.»

«Ich weiß. Aber es ist nicht so. Warte noch.»

Sie wartete, den Kopf an seiner Schulter, ihren Körper seinem angepaßt. Als er wieder zu ihr kam, mit Bedacht und ohne Eile diesmal Erfahrung und Fantasie spielen ließ, war ihr Verlangen nach ihm natürlich und gesund, nicht mehr verzweifelt, es ging nicht mehr darum, einen brennenden Durst zu löschen, sondern darum, den Genuß zu teilen. Und hinterher, als er sich wieder verschloß und es mit einiger Anstrengung schaffte, nur ein kleines Stück von ihr abzurücken, schlief sie vollkommen zufrieden ein. Sie fand ihn ruhig und gelassen, als sie eine halbe Stunde später erwachte.

«Kannst du über Nacht bleiben?»

«Leider nicht.»

Er fragte nicht, warum.

«Na ja – dann muß ich mich eben anziehen und fahren...»

Aber er nahm es ihr nicht übel, war galant und amüsant wie zu Anfang, war nicht zärtlich, nicht mehr verliebt, aber es war doch so, als wäre diese verborgene Seite, von der sie wußte, daß sie da war, und wünschte, daß sie da sei, ganz gleich, wie sie sich entpuppen sollte, irgendwie ein Stück näher an die Oberfläche gestiegen.

«Ich bin froh um das zweite Mal», sagte sie.

«Ah. Darf ich dir deshalb zusehen, wie du in diese hinreißenden Wäschestücke schlüpfst?»

«Himmel, das hatte ich gar nicht bemerkt.»

«O doch, hast du.»

«Na ja – gut dann.»

Ja. Vielleicht war es gut. Sie hoffte es.

«Kommst du wieder hierher, Benedict – oder fährst du nach High Meadows?» fragte sie draußen im grimmigen Wind.

«Ich weiß noch nicht.»

Sie begriff, daß er nicht die Absicht hatte, es ihr zu sagen. Und er schien auch nicht geneigt, sich aufzuhalten, als sie im Mannheim Crescent ankamen.

«Gute Nacht, Claire.»

«Gute Nacht, Benedict.»

So hatten sie auch an jenem Abend am Tor gestanden, als er ihr ungerührt mitgeteilt hatte, daß er von der Untreue seiner Frau wußte. Ungerührt, weil es ihn nicht kümmerte. Ungerührt auch jetzt. Und warum nicht? Sie erwartete nicht, daß sie ihm etwas bedeutete. Es hätte sie überrascht, beunruhigt, möglicherweise erschreckt. Dennoch war sie froh, daß sie einander ein zweites Mal geliebt hatten. Vielleicht, ja, wahrscheinlich würden sie nie wieder miteinander schlafen. Aber dieses eine Mal würde sie nicht vergessen.

10

Als sie am folgenden Morgen das Frühstücksgeschirr spülte, war sie sich Euans Anwesenheit peinlich bewußt. Ironisch, wissend saß er am Holztisch hinter ihr und trank mit engelhaft süßer Miene seinen Tee, in den er selbst zu dieser frühen Stunde einen Schuß Whisky gegeben hatte.

«Meinen Glückwunsch», sagte er.

«Wozu?»

«Nun, aus meinen Beobachtungen schließe ich, daß ein Mann in dein Leben getreten ist.»

«So könnte man sagen.»

«Daher – meinen Glückwunsch. Ich kann nicht behaupten, daß es mich überrascht, aber es könnte mir leid tun. Kenne ich ihn?»

Sie schüttelte den Kopf.

«Prächtig.» Er sah sie mit seinem Engelslächeln an. «Ich hatte schon Angst, es wäre Kit.»

«Nein. Kit ist es nicht.»

«Dann ist es ja gut.»

«Wieso?»

«Weil Kit wahnsinnig klammert, mein Herzblatt. Er hängt sich wie eine Klette an alles, was er für sich haben will.»

«Euan!» Sie drehte sich um. «Kit wechselt die Frauen wie die Schuhe und macht auch gar kein Hehl daraus.»

Er zuckte die Achseln. Im grausam scharfen Licht des Novembermorgens wirkte er gläsern und zerbrechlich. «Sicher, aber das ist nur eine Seite von ihm, Claire. Vielleicht seine beste und sicher seine natürlichste, aber er ist im Umbruch begriffen. Ist dir das nicht aufgefallen? Ich habe das Gefühl, er will ein ehrbarer Bürger werden.»

«Ach Himmel, Euan, tu nicht so gescheit.»

«Ich gebrauche nur mein geschultes Auge und mein teuer gedrilltes Hirn. Und wenn Kit nicht drauf und dran ist, ein Tugendbold zu werden, freß ich einen Besen. Für Kit den Butler und Kit den tapferen Major war es in Ordnung, ständig die Frauen zu wechseln – von Butlern erwartet man sowieso, daß sie sämtliche Dienstmädchen vernaschen, und wie Soldaten sind, wissen wir. Aber Kit der Hoteldirektor muß sich grundlegend ändern oder zumindest den Anschein erwecken, bis er genug Geld gescheffelt hat, um zu tun, was ihm Spaß macht. Nur überzüchtete Aristokraten wie ich und diese netten Kerle, die die Müllkarren fahren, können es sich leisten, ihre Verworfenheit offen zu zeigen. Bürgerliche Herren müssen sehr vorsichtig sein. Und wenn so einer ein nettes bürgerliches Mädchen wie dich in die Finger kriegt, dann läßt er so bald nicht wieder los. Jedenfalls nicht bald genug für mich, meine ich.»

«Ach, du hast es so eilig?»

Diesmal war sein Lächeln bewußt jungenhaft. «Du weißt doch, daß ich bald losmuß. Nach Edinburgh – in die Gegend.»

«Richtig. Vielleicht komme ich mit.»

«Lieber Gott – du hast wirklich eine schlimme Nacht hinter dir, wie?»

Sie wußte selbst kaum, was für eine Nacht es gewesen war. Sie wollte auch gar nicht genauer darüber nachdenken. Sie würde es einfach als vorübergehende geistige Verwirrung behandeln, direkte Folge der gräßlichen Gedenkfeier. Er hatte einen schwachen Moment ausgenutzt... Nein! Das waren die alten Lügen von Dorothy und Miriam. Auf dieses Niveau würde sie nicht wieder hinuntersteigen. Er war absolut ehrlich gewesen. Er hatte sexuelle Befriedigung gesucht. Und sie ebenfalls. Es wäre ungerecht und ziemlich hysterisch, es ihm zum Vorwurf zu machen, daß sie doch nicht so erfahren und routiniert war, wie sie sich eingebildet hatte. Hör auf, die verführte Unschuld zu spielen, die du gar nicht bist, sagte sie sich. Peinlichkeiten waren nicht zu befürchten. Wenn sie einander wieder begegneten, würde er sich benehmen, als wäre nichts geschehen. Es war ja auch weiter nichts geschehen – nichts von wirklicher Bedeutung. Und für eines war sie immerhin dankbar: Er hatte sie nicht damit beleidigt, daß er ihr an diesem Morgen Blumen schickte, die er durch seine Sekretärin – «Das übliche, Miss...» – hatte bestellen lassen. Oder doch? Sie ging schleunigst aus dem Haus für den Fall, daß diese unerwünschte Aufmerksamkeit doch noch eintreffen und ihr den ganzen Tag verderben sollte.

Kit, der seinen ersten Inspektionsgang hinter sich hatte, war im Foyer – frisch, gut aussehend, angenehm vertraut.

«Ah – das Licht meiner trüben Tage», sagte er und warf ihr einen Handkuß zu. Dann sah er kurz auf seine Uhr, um sie wissen zu lassen, daß er ihr Zuspätkommen bemerkt hatte.

Doch er fühlte sich gut an diesem Morgen, erlebte – was bei ihm selten vorkam – beinahe etwas wie Zufriedenheit. Zum erstenmal war an diesem Wochenende jedes Zimmer belegt gewesen; und Samstag wie Sonntag waren alle sechzehn Tische im Restaurant reserviert gewesen. Hätte nicht Mr. Clarence am Empfang gestanden und mit scharfem Auge seine Beobachtungen angestellt, um daraus obszöne Schlüsse zu ziehen, so hätte er Claire wahrscheinlich auf die Wange oder sogar auf den Mund geküßt und ihr das Haar gerauft. Er wußte zwar, daß sie beide noch nicht soweit waren, aber es konnte nicht schaden, die Gewohnheit körperlicher Berührung herzustellen und die Umwelt wissen zu lassen, daß Claire in festen Händen war.

«Guten Morgen, Kit. Du siehst gut aus.»

Blendend, in der Tat. So zuverlässig und stark, daß sie an diesem Morgen des Unbehagens heftig versucht war, bei ihm Halt zu suchen. Aber sie hatte ihm nichts versprochen. Es konnte keine Verpflichtung geben. Er hatte kein Recht, sie auch nur zu fragen, was sie trieb, noch weniger, sich dadurch verletzt zu fühlen. Sie wiederholte sich das mehrmals klar und deutlich, zornig über die völlig unnötigen Schuldgefühle, die sie veranlaßten, strahlender zu lächeln, herzlicher zu sein, als man von ihr an diesem trüben Novembermorgen erwarten konnte. Wie hatte *er* denn wohl die Nacht verbracht? Nach seiner Jovialität und seiner Ausstrahlung satter Zufriedenheit zu urteilen, sicher nicht allein. Mit einer reifen, wahrscheinlich wohlhabenden Frau, stellte sie sich vor, oder so einem dümmlichen Revuegirl vom Princess-Theater, je nach Laune und Gelegenheit. Und dennoch – ob Recht oder nicht, Versprechungen oder nicht – war sie ihm gegenüber den ganzen Tag irgendwie befangen.

Die Wochenendgäste reisten ab, ihre Zimmer wurden gesäubert, gelüftet, für die nächsten Bewohner vorbereitet. Die Blumen vom Wochenende wurden zusammen mit den Frühstücksresten weggeworfen und durch neue ersetzt. Um die Mittagszeit war es so ruhig, daß Aristide Keller nach Hause ging. Amandine mußte sich um Toby Hartwell und Nolas Vetter Arnold Crozier, inzwischen Stammgast im *Crown*, kümmern, dessen Wochenenden sich manchmal bis zum

Mittwoch ausdehnten. Die beiden Männer speisten an ihren bevorzugten Tischen in gegenüberliegenden Ecken des Speisesaals; Toby allein und melancholisch, noch an den Nachwehen des Wochenendes in High Meadows leidend; Arnold Crozier mit einem sehr jungen und sehr blonden Mädchen mit kruzem Rock und Kapotthütchen, die mit starrem Blick ihren Champagner trank und mit dem neuen goldenen Armband an ihrem Handgelenk klimperte, während er ihr erklärte, wie Flaschenweine gereift wurden.

«Gräßlicher alter Kerl.» Polly tauchte neben Claire auf, als Mr. Crozier gerade in seinem Rolls-Royce abfuhr. «Er hat mich mal in der Bar erwischt – du weißt doch, er lauert immer wie eine dicke Spinne in der Ecke und schlägt plötzlich zu. Gott, war das komisch – er quasselte endlos von irgendeinem Käfer, der vor Urzeiten mal auf einer kalifornischen Rebe rüberkam und sämtliche Weinstöcke Europas kahlfraß. Als ob mich das interessierte! Ich hatte Mühe, ernst zu bleiben. Aber da er Nolas Vetter ist und ihm das halbe Hotel und außerdem halb Bradford und halb Leeds gehören, konnte ich ihn nicht gut auslachen. Das wäre Mutter nicht recht gewesen. Sag mal, Claire, habt ihr eine Tasse Tee für mich? Ich bin den ganzen Morgen bei *Taylor & Timms* rumgerannt und völlig erledigt.»

Polly schlüpfte aus dem Mantel und ließ die Goldpapierpäckchen mit den blauen Bändern, vermutlich Parfüm, Spitzenstrumpfbänder, Stickereitaschentücher und andere hübsche Kleinigkeiten, zu Boden fallen, ehe sie sich in eine Ecke des leeren Restaurants setzte.

«Tee und Brötchen», rief sie dem Kellner zu. Sie sah ihn gar nicht, aber sie lächelte ihn an, als wäre er der einzige Mann auf der Welt. «Übrigens, Claire, bist du Roy Kington schon begegnet?»

Die Frage schien harmlos, beiläufig; doch Claire, die die volle Strahlkraft von Pollys blendendstem Lächeln abbekam, wußte es besser. Sie durchschaute Pollys künstliche Nonchalance und wußte nicht, ob sie Roger Timms bedauern oder sich für ihn freuen sollte.

«Ja, ich glaube schon. Er gehört zu deiner Clique, nicht?»

«Aber Claire.» Pollys Ton klang beinahe herablassend.

«Das ist Rex, sein jüngerer Bruder. Roy ist – na ja, älter eben. Ungefähr in deinem Alter. Er war im Krieg und danach zog er, statt nach Hause zu kommen, als Freiwilliger mit den Weißrussen gegen die Bolschewiken. Aber Roy wurde verwundet und mußte wieder nach Hause. Er sieht aus wie Rex, aber er ist größer und schlanker und einfach – Kennst du ihn wirklich nicht?»

Die Frage war scharf, fast anklagend und verriet Pollys Entschlossenheit, sich zu wehren, falls Claire vorhaben sollte, Roy Kington für sich zu erobern.

«Nein. Ich kenne ihn nicht.»

«Ja dann –» Sie war nicht ganz überzeugt. «Aber du wirst ihn kennenlernen. Im Augenblick ist er mit Sally Templeton liiert – du weißt schon, diese fade Bohnenstange mit dem roten Haar und den Silberlaméstrümpfen. Aber das wird nicht halten. Ich weiß das, weil – also ich hab mich neulich abend mit ihm darüber unterhalten.»

«Du meinst, du bist die nächste. Der arme Roger Timms.»

«Mit Roger hat das nichts zu tun.»

«Es hat auch mit mir nichts zu tun, Polly. Ich habe den Eindruck, du willst mich warnen, dir nicht ins Gehege zu kommen. Ich verstehe nicht, warum.»

«Du bist immer präsent. Und außerdem – ach, du hast ja keine Ahnung von dem Männermangel in unserer Generation.»

«Die habe ich sehr wohl.»

Doch Polly war zu schmerzlich verstrickt in die ersten quälenden Regungen von Eifersucht und erster Liebe, um die Kälte in Claires Ton zu bemerken.

«Ja, aber bei dir ist es etwas anderes. Du warst verheiratet. Du warst schon vor dem Krieg alt genug, um dir einen Mann zu suchen. Ich nicht. Und jetzt ist alles anders. Sicher, ich bin kein Mauerblümchen, im Gegenteil. Roys kleiner Bruder Rex frißt mir aus der Hand. Aber er ist ganze siebzehn, Claire, und ich bin fast zwanzig. Alte Knacker über dreißig kann ich jede Menge haben. Roger Timms ist verrückt nach mir. Aber die anderen – die für mich richtig wären – sind entweder tot oder verwundet, sind verlobt oder trinken zuviel wie Euan oder aber haben nichts anderes im Kopf, als in den afrikanischen Busch zu gehen und Tabak anzupflanzen oder so was. Und die übrigen sind so schwermütig, daß sie ebensogut tot sein könnten. Das weißt du doch, Claire.»

«Ja, Polly.»

«Wenn dann einer wie Roy Kington auftaucht, gut aussehend und geistreich, mit einem gewissen Ehrgeiz – und fünfundzwanzig Jahre! –, dann ist es doch verständlich, daß man gegen Konkurrenz vorbaut, oder?»

«Sicher Polly. Ich werde Abstand halten.»

Sie lächelte. «Ich wußte, du würdest mich verstehen. Er gefällt dir sicher. Er gefällt allen. Was meinst du, soll ich Mutter bitten, ihn gleich einmal einzuladen, oder soll ich warten, bis Benedict zurück ist?»

«Ist Benedict verreist?» Sie hatte das nicht fragen wollen, hätte sich jetzt am liebsten die Zunge abgebissen. Aber Polly, die nur auf Roy Kingtons Schwingungen eingestellt war, hörte keine Untertöne.

«Er ist heute morgen weggefahren. Ich weiß nicht, wohin. Aber Nola sah beim Frühstück sehr zufrieden aus, woraus ich entnehme, daß er nicht so bald zurückkommen wird. Vielleicht sollte ich die Gelegenheit beim Schopf ergreifen. – Claire?»

«Ja. Tu das.»

Polly stand auf, sammelte ihre Päckchen ein, bereit, in Aktion zu treten. «Ich werde gleich mal mit Mutter reden.»

«Ja, Polly. Tu das.» Er war also verreist. Es war völlig ohne Bedeutung. Sie brachte Polly hinaus, wo Roger Timms mit dem Mercedes wartete und auf Pollys Befehl brav Kurs auf High Meadows nahm.

Sie sah Benedict ein paar Tage später am Morgen im Hotelfoyer, das heißt, sie hörte ihn mit Kit Hardie sprechen, als sie mit den welken Blumen vom Wochenende die Treppe herunterkam.

«Nur zehn Zimmer», sagte Kit gerade. «Und sechzehn Tische, das heißt maximal vierundsechzig Gäste. Klein natürlich –»

«Ja», meinte Benedict, «aber überschaubar. Würden Sie einen Rundgang mit mir machen?»

«Mit Vergnügen, Sir.»

Sie ergriff hastig die Flucht und schaffte es, den ganzen Morgen ein Zusammentreffen mit Benedict zu vermeiden. Er war also ins Hotel gekommen. Bedeutungslos. Es war schließlich höchste Zeit, daß er Kit endlich würdigte, wie er es verdiente. Es freute sie für Kit, daß er gekommen war. Als Kit sie durch einen Kellner bitten ließ, ihm und seinem Gast zum Mittagessen Gesellschaft zu leisten, hätte sie sich am liebsten in die Toilette eingesperrt und abgelehnt. Aber das ging nicht. Kit konnte sie nicht wie Miriam mit Ausreden von Arbeitsüberlastung täuschen. Es blieb ihr nichts anderes übrig, als gute Miene zum bösen Spiel zu machen.

«Guten Morgen, Benedict. Wie nett.» Ganz die tüchtige, selbständige Frau. «Guten Morgen, Claire, wie reizend von dir, uns Gesellschaft zu leisten.»

Während Gerhard, der Oberkellner, und seine vorzüglich geschulten Helfer das «leichte Mittagessen» servierten, machte Claire, die zwischen den beiden Männern saß, leichte Konversation. Sie spürte die ungeheure Genugtuung Kits, seinen ehrlichen Triumph darüber, daß er, der Sohn «kleiner» Leute, der nicht einmal seinen Vater kannte, auf seinem Territorium einen Swanfield bewirtete; und bei Benedict nahm sie wiederum dieses bewußte Ausspielen seines Charmes wahr, die wohlberechnete Gefälligkeit.

Gegen Ende des Essens wurde Kit ans Telefon gerufen.

«Sag mal», fragte Benedict, ohne den Tonfall zurückhaltender Herzlichkeit zu ändern, «bist du heute abend frei?»

Möglich, daß sie so etwas erwartet hatte, aber sie hatte keine Antwort parat und wurde ihrer jetzt durch das Auftauchen des Oberkellners enthoben.

«Danke, Gerard», sagte sie, als er ihr das Glas neu gefüllt hatte, und lächelte Benedict so strahlend an, daß sie Polly in Hochform aus dem Feld geschlagen hätte. «Ein ungewöhnlicher Wein, findest du nicht, Benedict?»

«Köstlich.»

Sie trank und lächelte wieder. «Er kommt von einem kleinen Ort namens Vouvray – weißt du, wo das ist?»

«Ja. In der Nähe von Tours im Loire-Tal.»

«Richtig.»

«Ich weiß.» Sie tauschten ein scharfes Lächeln wie zwei Duellanten, ehe sie die Klingen kreuzen.

«Warst du schon einmal dort, Benedict?»

«In letzter Zeit nicht.»

«Kit war im Krieg auf Urlaub dort – wahrscheinlich besuchte er ein Mädchen –, und da entdeckte er den Wein.»

«Aufmerksamer Bursche.»

«Ja, denn in England ist der Wein nicht bekannt. In London bekommt man ihn vielleicht, aber in Faxby ist er eine Rarität, die nur im *Crown* zu haben ist. Oh, Kit – schon zurück. Ich erzähle Benedict gerade von unserem Vouvray.»

Mit liebenswürdigem Lächeln setzte sich Kit, und das Gespräch führte sogleich auf eine Reise durch das Loire-Tal, die jeden Weinkenner entzückt hätte. Die Herren nahmen Brandy, die immer noch strahlend lächelnde Dame Cointreau, dann gab es Kaffee, und wieder war Claire einen Moment mit Benedict allein.

«Ist der Kaffee aus Brasilien?» fragte er freundlich. «Oder stammt er von einer kleinen Plantage im Herzen Afrikas?»

Sie lächelte nur und sagte: «Sahne? Zucker?»

«Bist du nun heute abend frei, Claire?»

Sie schüttelte freundlich den Kopf.

Er würde nicht wieder fragen. Sie hatte etwas, das nie hätte beginnen sollen, so elegant wie möglich beendet. Sie wußte, er würde diese Entscheidung respektieren. Die Sache war erledigt. Sie hatte das Vernünftige, das Richtige getan. Völlig überzeugt davon ging sie mit ihm zum Wagen.

«Auf Wiedersehen, Claire.»

Der Nachmittag war beißend kalt, der Wind eisig.

«Morgen vielleicht?» fragte sie.

Zum Hintertörchen des Hauses im Mannheim Crescent konnte man nur durch Claires Garten gelangen. Die Gasse dahinter, zwischen zwei hohen Mauern eingeklemmt und von überhängenden Bäumen beschattet, war nicht beleuchtet, knapp breit genug für Benedicts Wagen. Warum hatte sie sich dort mit ihm verabredet? Lieber nicht nachdenken. Draußen, vor dem Hotel war er weder zornig noch distanziert gewesen, offensichtlich bereit, ihre Absage ruhig hinzunehmen. Aber ihr war die Erinnerung an die zerbrechliche und geheimnisvolle Qualität ihrer zweiten Liebesumarmung so nah gewesen, daß ihr Widerstand einfach zusammengebrochen war. Sie hatte eingewilligt, ihn wiederzusehen, weil sie es wünschte. Noch einmal, nur noch einmal. Das wollte sie sich gönnen. Danach mußte sie sich härter an die Kandare nehmen. Es war Zeit, die alten Einstellungen aus dem Krieg zu vergessen, wo man von einem Tag zum anderen gelebt hatte. Jetzt mußte man für die Zukunft planen. Der Krieg war vorüber.

Ihr Herz schlug nicht schneller, als die Scheinwerfer von Benedicts Wagen auftauchten. Den ganzen Tag hatte der Gedanke an den kommenden Abend sie so bedrückt, daß sie ihn jetzt nur noch hinter sich bringen wollte. Daß er verheiratet war, störte sie nicht sonderlich. Seine Ehe mit Nola bestand nur auf dem Papier. Gebrochene Herzen waren nicht zu fürchten. Doch in einer Kleinstadt wie Faxby blieb Ehebruch eine Schande, und sie konnte nicht ignorieren, wie sehr es Dorothy schaden würde, sollte man ihre Beziehung zu Benedict entdecken. Sie sagte sich, daß das unwahrscheinlich war, daß gerade Nola sicher nicht an einem Skandal gelegen war, aber der

Gedanke an Dorothy blieb wie ein blasser, hartnäckiger Schatten, der sie ebenso bedrängte wie die ängstliche Hoffnung, daß die Methoden von Doktor Marie Stopes, auf die sie, gerade so wie Nola, vertraute, auch in Zukunft wirken würden.

Die Angst vor ungewollter Mutterschaft hatte sie allerdings nicht von den qualvollen Kriegsbegegnungen vor Paul abhalten können, als sie es richtig gefunden hatte, zu geben, was sie konnte. Sie hatte sie an diesem Abend nicht veranlassen können, solide Unterwäsche und einen vernünftigen Mantel anzuziehen statt der verführerischen französischen Unterwäsche und des rückenfreien schwarzen Seidenkleids mit dem tiefen Dekolleté, das ganz offen ihre Erwartung einer Liebesnacht verriet.

Das war es schließlich, was er wollte, was sie selbst wollte, wenn auch ihr Körper ganz Ablehnung schien. Doch kaum saß sie in seinem Wagen, da tauchte sie ganz in seine Atmosphäre ein, und es schien unmöglich, daß die Konsequenzen dessen, was sie in seiner Welt tat, in ihre eigene hinüberwirken könnten. Gefährliche Illusion, das wußte sie, aber sie wirkte Wunder auf ihre Nerven und ihr Gewissen.

Das Haus winkte warm und verlockend, und während sie durch den pfeifenden Wind ging, nahm das Muster ihrer Zusammenkünfte in ihrem Kopf Gestalt an. Der Drink am Kamin. Das delikate Essen. Der Brandy. Das Bett. Die schweigende Heimfahrt. Klassisch. Banal. Außer –? Wie schrecklich, wie wahrhaft vernichtend, wenn er sich tatsächlich als banaler Mensch entpuppen sollte.

Er nahm ihren Mantel, schenkte ihr Sherry ein, ohne sie zu berühren, zog ihren Stuhl heraus, reichte ihr vom Beistelltisch Räucherlachspastete und heißen Toast.

«Ich bin hungrig», sagte sie.

«Und durstig?»

«Ja.»

«Gut.»

Ohne Aufhebens zog er aus dem Eiskübel eine Flasche des hellen, frischen Vouvray.

«Benedict, wie genial!» Sie war entzückt und bereit, es ihm zu zeigen. «Wie hast du den ergattert?»

Lächelnd füllte er die Gläser und trank einen Schluck. «Ja, wirklich ein angenehmer Wein.»

«Angenehm? Er ist köstlich. Ich könnte ihn den ganzen Tag trinken. Aber du sagst mir doch, wo du ihn herhast?»

«Aber sicher.» Er wirkte leise erheitert, noch distanziert, aber nicht unzugänglich. «Ich könnte sagen, er liegt seit zwanzig Jahren in meinem Keller und hat nur auf den richtigen Moment gewartet.»

Sie nickte mit strahlenden Augen.

«Oder ich könnte behaupten, ich hätte für viel Geld und Mühe irgendwo in St. James oder der Rue St. Honoré eine Flasche aufgestöbert – nur für dich, liebe Claire.»

«Ach ja, das würde mir gefallen.»

«Oder ich könnte dir erzählen, daß ich dem Direktor des Hotels *Crown* eine Kiste davon abgekauft habe.»

«Es wundert mich, daß er dazu bereit war.»

«Wirklich?»

Sie sah ihn einen Moment an. «Nein, eigentlich nicht.»

Mrs. Mayhew kam mit dem Hauptgericht, gebratene Rebhühner, Kartoffeln und Gemüsepüree, trug danach Zitronensoufflé und Käse auf und verschwand wieder.

«Wie diskret sie ist.»

Er schien beinahe überrascht. «Ja, natürlich.»

Sie war vom Wein beschwingt, als sie an den Kamin zurückkehrte, und hätte am liebsten nicht länger gewartet. Aber so traurig und albern das war, sie, Dorothys Tochter, hätte niemals beim Liebesspiel die Initiative ergreifen können, obwohl sie sich nach ihm sehnte, sich schon beim Essen nach ihm gesehnt hatte. Sie schämte sich dessen nicht, sie wußte, daß sie nur so hoffen konnte, ihn kennenzulernen. Immer würde er seine Worte abwägen, sein Verhalten beherrschen, sein Mienenspiel kontrollieren oder ihr jeweils das Bild von sich bieten, das ihm gerade gefiel. Aber beim Liebesakt war er nackt und ungeschützt und konnte die Unergründlichkeit nicht aufrechterhalten. Niemand konnte das. Beim letztenmal, dem zweitenmal, hatte sie nichts Grobes, keinen Mangel an Sensibilität an ihm entdeckt. Ja, dies war gewiß der sicherste Weg, ihn kennenzulernen. Sie lächelte bei der Überlegung, daß dieser Vorwand zum losen Lebenswandel so gut war wie jeder andere. Es schien außerdem die Wahrheit zu sein.

«Spielst du Backgammon?» fragte er.

«Ach, du lieber Gott – ja, ich glaube schon.»

«Du glaubst es? Entweder du spielst, oder du spielst nicht.»

«Doch, ja. Ich war mal auf einem Fest, in Frankreich, auf einem Schloß – wir waren alle ziemlich betrunken, wie das damals so üblich war –, und da hat mir jemand aus irgendeinem Grund Backgammon beigebracht. Du wirst mich natürlich in Grund und Boden spielen – ich bin keine Konkurrenz.»

Sie spielte recht gut, ein schnelles, risikoreiches Spiel, das, wie sie vermutet hatte, seinen tödlich genauen Kalkulationen nicht standhalten konnte.

«Benedict, ich verstehe nicht mal, was du tust. Wie soll ich dich dann aufhalten? Wenn du mich das nächstemal fragst, ob ich Schach spiele, gehe ich nach Hause.»

«Das tue ich sicher nicht. Ich bin im Schach sehr gut.» Er sah sie mit seinem leicht spöttischen Lächeln an. «Warum riskierst du so viel, Claire? Macht dir das Spaß?»

«Aber nein. Ich denke gar nicht darüber nach. Es ist doch nur ein Spiel.»

«Spiele sind dazu da, gewonnen zu werden.»

«Möglich. Aber ich kann sie nicht ernst nehmen.»

«Das solltest du aber.» Er sprach nicht mehr vom Backgammon. «Wenn man sich solche Blößen gibt, liebe Claire, ist das für andere praktisch eine Aufforderung, sie auszunützen. Siehst du das nicht?»

Sie lächelte. «Ach was – ich weiß wenigstens, wenn jemand mich ausnützt.»

«Und du bist so gutmütig, es geschehen zu lassen.»

«Gutmütigkeit – vielleicht auch Faulheit. Die meiste Zeit ist es mir ziemlich gleich.»

«Du bist nicht hart genug, Claire.»

«Ich weiß. Ich sollte meinen, daß du darüber froh bist.»

«Natürlich. Sehr froh.»

Das Muster war festgelegt. Zwei-, dreimal die Woche fuhr er mit ihr nach Thornwick, wo sie nach einem kultivierten Vorspiel seiner Wahl – Souper und Wein, er lehrte sie das Schachspiel, sie hörten gemeinsam Musik, die ihr zu schwer war, als daß sie sie hätte vergnüglich finden können – miteinander schliefen. Danach pflegte er ihr eine wortlose, feindselige Viertelstunde lang den Rücken zuzudrehen, bis das, was ihm zu schaffen machte, verflogen war. Er war älter als die anderen Männer, die sie gekannt hatte, seine Erfahrung vielfältiger, seine Geduld erstaunlich – um so mehr als er sonst in nichts geduldig war – und rührte sie manchmal tiefer, als vielleicht gut war. Immer verließ sie sein Bett mit einem Gefühl wunderbarer innerer Ruhe und gestillten Verlangens. Und ihr

Körper vibrierte manchmal noch Stunden später wie ein fein gestimmtes Instrument in erinnerter Harmonie.

So intensive Körperempfindungen hatte sie nie gekannt. Aber über seine Fähigkeit hinaus, sie zu erregen und zu einem Höhepunkt zu führen, wie sie ihn in früheren gestohlenen Momenten mit jungen Männern, wo man mehr an Liebe und Abschied als an gestillte Leidenschaft gedacht hatte, nie erlebt hatte, zeigte er sich ihr nicht. Weiterhin betrat sie zu Zeiten seiner Wahl seine Welt, gefällige Geliebte eines starken, geheimnisvollen Mannes nach entschieden altmodischem Muster.

Sie hatte nicht das Zeug zur altmodischen Geliebten. Sie dachte viel darüber nach. Sie brauchte Freundschaft und Partnerschaft von einem Mann. Sein Vertrauen, gemeinsames Lachen, vor allem Offenheit. So eine Beziehung wartete vielleicht bei Kit. Benedict gab ihr, abgesehen von einem gelegentlichen Aufblitzen trockenen Humors, nichts von alledem.

Doch er machte sie immer noch neugierig. Manchmal konnte sie sich die Faszination, die sie auf ihn ausübte, ruhig eingestehen. Manchmal konnte sie sich sogar die körperliche Bindung an ihn eingestehen und ihre perverse Lust, sich ihr zu unterwerfen. Mehr als alles hatte sie die völlige Unterordnung ihrer Mutter unter Edwards Diktat verabscheut. Aber wenn sie dies vom Wesen ihrer Mutter mitbekommen hatte, daß sie es genoß, das Spielzeug eines Mannes wie Benedict zu sein, dann mußte sie sich mit diesem Wesenszug auseinandersetzen und ihn unter Kontrolle halten.

Sie traf sich weiter mit ihm, weil sie mit ihm zusammensein wollte. Aber es war nicht mehr einfach und direkt. Es machte ihr Kopfzerbrechen, beunruhigte sie, doch es hielt an. Und als im *Crown* die Hektik der Vorweihnachtszeit einzog und sie täglich Überstunden machen mußte, führte sie bald – und nicht zum erstenmal – ein Leben gegen die Uhr.

«Bist du morgen frei?» Benedicts Stimme klang schroff am Telefon.

«Eigentlich schon. Es ist mein freier Abend.»

«Dann um acht.»

«Gut. Oder nein – vielleicht lieber um neun. Dann kann ich mich noch umziehen.»

Aber soundso oft rannte sie erst um neun gehetzt zum Hotel hinaus und kam gar nicht dazu, sich umzuziehen. Benedict, der das strenge graue Kleid mit dem weißen Kragen an ihr nicht mochte, sagte dann nur kurz: «Ich sehe, du hast dich nicht umgezogen.»

«Tut mir leid.» Jedesmal ärgerte sie sich darüber, daß sie sich entschuldigte. «Ich hatte nicht mal Zeit, mir das Gesicht zu waschen. Darum bin ich kühn genug, dich zu fragen, ob ich dein luxuriöses Bad benutzen darf.»

«Natürlich. Kannst du über Nacht bleiben?»

Dies war aus ihr selbst unerfindlichen Gründen die einzige Bitte, die sie ihm immer abschlug. Sie wußte, daß er gar nicht gern mitten in einer Winternacht aus dem warmen Bett aufstand, um sie nach Hause zu fahren. Doch sie widerstand all seinen Versuchen, sie in Thornwick festzuhalten, ebenso hartnäckig wie Miriams Anspielungen auf die leerstehenden Gästezimmer in High Meadows. Sie hatte ihre eigene Wohnung, ein wichtiges Zeichen ihrer Selbständigkeit, und solange ihre Kleider und ihre Schuhe in ihrem eigenen Schrank blieben und nicht ein paar Sachen hier, ein paar dort hingen, war sie sicher, diese Selbständigkeit zu behalten.

Deshalb machte sie Ausflüchte.

«Nein, ich muß morgen in aller Frühe dasein. Wir haben mittags vierundsechzig Gäste und danach eine Weihnachtsfeier...»

«Großartig. Ich fühle mich geschmeichelt, daß du mich überhaupt einschieben konntest. Du möchtest sicher früh nach Hause, damit du dich ausschlafen kannst.»

Er war berufstätige Frauen nicht gewöhnt. Aber sie hatte in ihrem Leben immer wieder mit autokratischen Männern die Klingen gekreuzt.

«Ja», antwortete sie lieb und unschuldsvoll, «aber wenn ich einen Ehemann hätte, müßtest du mich noch früher nach Hause bringen.»

Er lächelte kurz. *«Touché.»*

Doch in der Einsamkeit von Thornwick, ohne eigenes Auto und ohne Telefon, war sie ihm ganz ausgeliefert. Und oft war es, wenn er sie endlich nach Hause fuhr, so spät, daß ihr höchstens vier oder fünf Stunden Schlaf blieben, ehe sie die Vorbereitungen zu einer Weihnachtsfeier oder einem Festessen in Angriff nehmen mußte.

«Deine Affäre tut dir nicht gut», sagte Euan.

«Das geht dich nichts an.»

«Stimmt. Aber du weißt wohl, daß du dunkle Ringe unter den Augen hast?»

«Würdest du mich bitte in Ruhe lassen?»

«Ich sage es nur, weil es Kit unweigerlich auffallen wird. Und abgesehen davon, daß die Gäste so was nicht mögen, wird er nur allzugut wissen, was es damit auf sich hat.»

«Ihn geht das genausowenig an», murrte sie.

«Das wird er anders sehen.»

«Warum unternimmt er dann nichts?» Leidenschaftlich, verzweifelt wünschte sie manchmal, er würde eingreifen.

«Ach, so ist das», sagte Euan zuckersüß. «Du möchtest gerettet werden? Tja, mein Engel, wenn Kit im Moment zu viel um die Ohren hat – mit dem Weihnachtsgeschäft und seiner Wiener Flamme –, übernehme ich mit Vergnügen –»

Sie schlug krachend die Tür zu und lief ins *Crown* gegenüber, funkelte den adretten Mr. Clarence am Empfang wütend an, worauf der milde sagte: «Sie haben nur einen Handschuh an. Und der Major hat Sie vor einer halben Stunde gesucht.»

Verdammt! Doch Kit saß mit sich und der Welt zufrieden in seinem Büro, ohne die geringste Absicht, sie für ihr Zuspätkommen zu tadeln oder ihr die Nichterfüllung von Versprechen vorzuwerfen, die zu halten er sie noch nicht gebeten hatte. Er wollte lediglich seine Freude über die Novemberabrechnung mit ihr teilen und seine Erleichterung darüber, daß er dank der positiven Bilanz die langen, eisigen Gespräche mit den Croziers immer seltener fürchten mußte.

«Sieh dir das an.» Er legte ihr die Zahlen vor. «Es ist besser, als ich erwartet hatte, Claire. Aber das sage ich nur dir. Erheblich besser.»

Sie sah auf die Bilanz, ohne etwas zu begreifen, nur um ihm das volle Maß an Würdigung zu geben, das er verdiente.

«Kit, das ist wunderbar!» Die endlosen Zahlenkolonnen sagten ihr nichts, aber sie sah seine unermüdliche Energie, seine freundliche Tyrannei, sein Flair. Sie war tief beeindruckt, nicht von den wie gestochen geschriebenen Zahlen, sondern von Kit.

«Ja, nicht wahr? Bernard Crozier war zufrieden, und sogar Arnold raffte sich zu einem Lächeln auf.»

«Hattest du denn je Zweifel, Kit?»

«Immer.»

«Ich nicht. Du sagtest, du würdest es schaffen, und ich glaubte dir. Das zeigt –»

«Was für ein guter Lügner ich bin?»

«Nein, eher was für ein überzeugender Führer. Ich freu mich so für dich, Kit.»

«Ich weiß. Deshalb köpfen wir jetzt eine Flasche Champagner.»

«Zum Frühstück?»

«Aber sicher – und dazu gibt's ein paar kleine Happen.«

Gerard rollte strahlend den Servierwagen ins Zimmer – Champagner, Räucherlachs, heiße Croissants, Amandines Aprikosenmarmelade, Zimtmandelgebäck.

«Das ist lustig», sagte sie schwach, da ihr Mrs. Mayhews Roastbeef noch im Magen lag und ihr der Kopf vom Weißwein weh tat, den sie zu hastig getrunken hatte.

«Auf das *Crown.*»

«Und auf dich, Claire.»

Er sagte nicht «auf uns», dennoch flackerte ihr Lächeln unsicher, trübte sich einen Moment, um rasch wieder aufzuleuchten. Sie senkte die Lider.

Häufig überfiel diese Reaktion sie in diesem Winter an den endlosen «Familiensonntagen» in High Meadows, wenn sie, in einem bedrückenden Gefühl von Furcht und Unwirklichkeit gefangen, wie durch einen Schleier Benedict beobachtete, wie er distanziert und zugeknöpft am Kopf des Tisches saß und höchstens eine gelegentliche sarkastische Bemerkung zum Gespräch beisteuerte, eine Andeutung, daß er einem der Anwesenden auf irgendwelche Schliche gekommen war, den er später in sein Arbeitszimmer zitierte.

«Der arme Toby», sagte Nola lässig und musterte lächelnd Tobys blasses Gesicht, als dieser von einem solchen Strafgericht zurückkehrte. Mit zitternden Händen, den Tränen nahe, ging er in den Garten hinaus und stand lange Zeit im beißenden Wind. Oder: «Arme Eunice. Du hast wohl gehört, daß man ihren Liebling Justin aus der Schule entlassen hat, weil man ihn mit einem der Zimmermädchen im Bett fand?» Oder: «Arme Polly, mir wollte sie ja nicht glauben, daß Roy Kington ein Mitgiftjäger ist. Mal sehen, ob sie Benedict glaubt.»

Und Claire saß still da, die Hände scheinbar ruhig im Schoß, und lächelte dieses flackernde Lächeln.

Dabei hatte sie keinen Grund, sich Nola gegenüber schuldig zu fühlen. Die war immer noch von ihrem hohläugigen, ausgezehrten Bildhauer besessen. Er war das einzige, was sie interessierte. Schuldgefühle waren daher – theoretisch – überflüssig, unsinnig. Doch in der Praxis war es anders; da unterlagen Logik und Vernunft oft den Lehren ihrer Kindheit, die besagten, daß man einer anderen

Frau den Mann nicht wegnahm, schon gar nicht einer Frau, die man auf eine merkwürdige und ärgerliche Art gern hatte. Und natürlich war Claire auch die doppelte Moral der Welt ihrer Mutter vertraut, wo man sie verdammt hätte, weil sie es mit Benedict trieb, und ihr gleichzeitig gratuliert hätte, daß es ihr gelungen war, ihn zu verführen. Sie verabscheute diese doppelte Moral. Aber Dorothy fand sie in Ordnung. Und sie hatte den Verdacht, daß Nola sie trotz all ihres Avantgarde-Gehabes auch in Ordnung fand.

Ein Gedanke tröstete sie. Es war ja eine Beziehung ohne Dauer, die wahrscheinlich nicht über Weihnachten hinaus halten würde; das Risiko war daher bei einiger Vorsicht nicht allzu groß. Doch am Sonntag vor Weihnachten hätte sie beinahe den Gegenbeweis erhalten.

Endloser Familiensonntag. Ihr einziger freier Tag in der Woche von Miriam mit Beschlag belegt. Während ihrer ersten Wochen im *Crown* hatte sie Miriams Forderungen stark beschnitten, aber dann hatte Benedict neuen Anspruch erhoben. Früher hatte man sie nachmittags in High Meadows erwartet. «Häng dir doch hier ein paar Sachen in den Schrank, Kind, damit du dich zum Abendessen umziehen kannst. Du kannst das Blaue Zimmer haben.» Alles in Claire hatte sich dagegen gesträubt. Wenn erst ihre Kleider im Schrank hingen, ihre Bürsten auf dem Toilettentisch lagen, was dann? Sie schaffte es, ihre Ankunft bis zum Abendessen hinauszuziehen.

«Was tust du an Wintersonntagen?» hatte Benedict sie gefragt.

«Ich bleibe lang im Bett.»

«Dann komm und leg dich in meins.»

«Wie kannst du denn von zu Hause weg?»

«Indem ich durch die Tür hinausgehe, mein Kind.»

Wie herrlich, dachte sie, diese Selbstverständlichkeit.

«Ich gehe sonntags ins Büro», sagte er, «so glaubt man jedenfalls. Da wäre es doch naheliegend, daß ich dich abhole, ehe ich heimfahre. Wer sollte das Gegenteil behaupten, wenn du Punkt sieben mit mir erscheinst? Du brauchst nur die Sachen für den Abend mit nach Thornwick zu nehmen. Ganz einfach.»

«Hast du keine Gewissensbisse, Benedict?»

«Ach, ich glaube, deine reichen für uns beide.»

Wie er es darstellte, schien es ein Abenteuer, eine Erweiterung, nicht eine Beschneidung ihrer Freiheit. Deshalb willigte sie ein.

Beim erstenmal ging es glatt. Das zweitemal rief Euan, der sie mit der kleinen Reisetasche weggehen sah, ihr nach: «Viel Spaß!» Beim drittenmal hielt zwanzig Minuten vor der mit Benedict verabredeten Zeit ein asthmatisches kleines Auto vor dem Tor, und Nola stieg aus. Die Chiffonschals um ihren Hals flatterten wie Banner im Wind, als sie im langen Nutriamantel und einer Kappe aus grauen Federn zum Haus lief. Doch sie war zu sehr mit ihren eigenen Gedanken beschäftigt, um die verräterische Reisetasche und das schwarze Crêpe-de-Chine-Kleid zu bemerken, das gefaltet danebenlag. Auch Claires Verlegenheit entging ihr.

«Du mußt mir helfen», erklärte sie kategorisch.

«Ach du lieber Gott – ich soll wohl sagen, daß ich gestern abend mit dir zusammen war.» Die Ironie dieses Anliegens kam Claire peinlich zu Bewußtsein. Was war das für ein Kuddelmuddel von Falschheit geworden. Wie schmutzig! Doch ausnahmsweise suchte Nola kein Alibi.

«Es geht um das Auto, Claire», erklärte sie ungeduldig, als könnte sie nicht verstehen, wieso Claire nicht sofort begriffen hatte. «Benedict wird wütend sein, daß ich ihn nicht gefragt habe. Aber er hätte mir so eine Staatskarosse mit Chauffeur verpaßt, und solche Überwachung kann ich mir nicht leisten. Darum hab ich mir die kleine Nuckelpinne gekauft. Da würde sich kein Chauffeur, der auf sich hält, hineinsetzen. Toby hat sie für mich aufgetrieben, aber das möchte ich Benedict lieber nicht sagen. Tobys Ruf ist ja nicht der beste. Können wir nicht einfach sagen, daß du den Wagen gefunden hast?»

«Ja – ja, gut.» Sie hätte alles zugesagt.

«Gut gepflegt, spottbillig, von einem Bekannten von dir.»

«Ja, in Ordnung.»

«Ich werd mich revanchieren, falls mein holder Gatte brummen sollte.»

In knapp zehn Minuten würde ihr holder Gatte am Hintertörchen vorfahren. Wenn er sie durch eines der hohen Fenster sehen sollte, würde er wahrscheinlich lächeln. Claire jedoch konnte an der Situation nichts Amüsantes finden.

«Ist das alles, was du von mir willst, Nola?»

«Im Augenblick, ja, mein Engel. Es sei denn, du hast Lust, mir eine Tasse Kaffee zu machen.»

«Nicht übermäßig.»

«Ah, ich verstehe. Du hast was vor, hm?» Ihr Blick wurde so

scharf, sie spähte so angestrengt nach Anzeichen eines versteckten Liebhabers, daß sie wiederum die Reisetasche und das schwarze Kleid übersah. Unverhohlen neugierig, durchaus bereit, sich zu freuen, fragte sie: «Erwartest du jemanden? Einen Mann, meine ich?»

«Ja.»

«Du brauchst nicht gleich so bissig zu sein, ich hab weiß Gott nichts dagegen. Im Gegenteil, ich kann mir keine bessere Beschäftigung am Sonntagnachmittag vorstellen. Wer ist es?»

«Nola – lieber Gott!» Sie wand sich förmlich vor Demütigung, fühlte sich nichtswürdig – selbst angesichts dieser ebenfalls nichtswürdigen Frau.

«Ist es Kit?»

«Das sag ich nicht.»

«Ha!» Nolas geschminktes Gesicht wurde wissend. «Aber du sagst auch nicht, daß er es nicht ist.»

«Ich sage gar nichts.»

Nein, sie sagte nichts, aber man konnte das auslegen, wie man wollte. Was sollte Nola daran hindern, gleich am Nachmittag ins *Crown* hinüberzulaufen und Kit zu necken? Es sähe ihr ähnlich. «Gratuliere, Hardie, ich höre du hast endlich unser Dornröschen erweckt – hoffentlich mit etwas mehr als einem Kuß.» Und Kit würde wissen, daß Claire seinen Namen gebraucht hatte, um eine Affäre mit einem anderen zu vertuschen. Unmöglich!

«Es ist nicht Kit», sagte sie scharf, und Nolas kehliges Lachen verriet, daß sie alles nur schlimmer gemacht hatte.

«Aber, aber – natürlich nicht, mein Schatz. Ich glaube dir. Schade eigentlich, denn er ist ein talentierter Liebhaber. Höchst eindrucksvoll.»

«Nola, du sagst doch nichts – zu Kit, meine ich.»

«Warum denn nicht?»

«Weil ich dir sonst mit dem verdammten Auto nicht helfe.»

«Du meine Güte!» Nola trat einen Schritt zurück. Sie war erheitert, verwundert, erst recht neugierig jetzt. «Das wird ja richtig spannend! Solltest du etwa eine Affäre mit Kit haben und jetzt – tz, tz – du bist ihm untreu, hm, du schlimmes Ding? Ist es so?»

Nola fand es durchaus vorstellbar. Es war etwas, was sie selbst leicht hätte tun können.

«Kann sein», erwiderte Claire kurz und unwillig. Um Kit zu

schonen, hatte sie sich nun auf Nolas Niveau hinabbegeben. Und bis Nola die ganze Sache vergessen hatte, würde sie dort bleiben müssen. «Aber wenn du auch nur ein Wort zu ihm sagst, Nola, helfe ich dir nie wieder.»

Benedict stand seit einer Viertelstunde hinten am Tor, als sie endlich ihre Reisetasche in den Wagen warf und einstieg.

«Ich hab mich verspätet», sagte sie schroff, «weil deine Frau mich besucht hat.»

Ruhig steuerte er den Wagen durch die engen Gassen im Zentrum, ehe er im Konversationston sagte: «Sie wollte wohl ein Alibi von dir?»

«Ja. Ich soll sagen, daß ich den Nachmittag mit ihr verbringe, damit sie mit ihrem Liebhaber schlafen kann, während ich in Wirklichkeit mit dir schlafe – reichlich verwurstelt das Ganze oder inzestuös oder wie du's sonst nennen willst.»

Sie hatte so etwas nicht sagen wollen. Aber jetzt, wo die zornigen Worte heraus waren, schien es ihr ein zwar bedauerliches, aber passendes Ende der Affäre. Sie wußte, daß Benedict emotionale Szenen verhaßt waren. Welch eine Erleichterung, wenn er jetzt umkehrte und sie zurückfuhr. Wenigstens würden sie und Dorothy dann vor Klatsch sicher sein.

Er kehrte nicht um. Er schwieg, eher nachdenklich als verärgert, und nach einer Weile legte er, ohne sie anzusehen, eine Hand auf ihr Knie. Es war nur eine leichte Berührung, aber da er sie nie vorher auf diese beruhigende Art berührt hatte – ja, sie nie berührte, außer wenn er mit ihr schlafen wollte –, hatte sie eine Wirkung, die weit über das Beruhigende hinausging. Sie weckte in ihr den gefährlichen, sehnsüchtigen Impuls, sich ihm auszuliefern. Sie war wurzellos und unsicher; er hatte einen festen Weg vor sich und wußte – zumindest in bezug auf sie – genau, was er wollte. Sie suchte nur – ziemlich blind – ein Stück Freiheit, eine Art Heilung. Im Fall eines Konflikts würde also wohl er siegen.

«Hat meine Frau dich aus der Fassung gebracht?» fragte er.

«Nein. Ich mich selbst.»

«Natürlich.»

Er zog seine Hand weg, und sie wünschte sie augenblicklich zurück, obwohl sie wußte, daß es ihr leichter fallen würde, sich zu erklären, zu schützen, wenn er sie nicht berührte. Während sie noch darüber nachdachte, daß sie sich schützen, diesen Trancezustand der Verliebtheit unbedingt durchbrechen mußte, der ihr Urteil zu trüben drohte, machte er ihr ganz unerwartet ein Angebot.

«Was soll ich dir erzählen, Claire?»

Nie hatte er sie zu fragen aufgefordert. Hatte er sich je einem anderen Menschen geöffnet? Um ganz ehrlich zu sein – sie hoffte nicht.

«Ich denke – von Nola?»

«Ja?»

«Ich – ach Himmel – ich weiß nicht, was ich sagen will . . .»

«Daß du sie magst und dich das alles bedrückt?»

«Wahrscheinlich – was mich zu einer ganz schönen Heuchlerin macht. Aber mir ist klar, daß meine Gefühle bezüglich *deiner* Frau kaum dein Problem sein können.»

«Richtig. Aber ‹meine Frau›, wie wir sie nennen, weiß sehr wohl von meinen – meinen, wie sollen wir sagen?»

«Deinen flüchtigen Beziehungen.»

«Wenn du willst. Wer hat dich auf den Gedanken gebracht, daß mein Bett in Thornwick mit schwarzem Satin bezogen ist?»

«Nola!»

«Genau. Und wenn es ihr gefällt, ihre eigenen flüchtigen Beziehungen geheimzuhalten, kann ich das nicht schlimm finden. Es ist ein Spiel, das sie und ich zusammen spielen – das einzige –, und es sollte dich eigentlich nicht tangieren. Wir haben jung geheiratet, weil es unseren Familien paßte. Wir hätten vielleicht gemeinsam wachsen können. Das ist oft so. Bei uns war es nicht der Fall. Wir gingen getrennte Wege. Das ist nichts Ungewöhnliches, wenn auch nichts, worauf man stolz sein kann. Wir tun einander nichts Gutes und nichts Böses. Weshalb sollte sie in deinem Fall Einwendungen machen, wenn sie vorher nie dergleichen getan hat? Freundschaft hat hier nichts zu suchen.»

«Findest du?»

Er lächelte sein leicht spöttisches Lächeln. «Glaubst du denn, Rücksicht auf dich würde Nola an etwas hindern?»

«Das entschuldigt nicht –»

«Suchen wir Entschuldigungen? Ich denke, dir sollte die Versicherung genügen, daß es einen Skandal nicht geben wird, ganz gleich, was Nola tut oder zu tun droht.»

Wieder war sie erstaunt und beglückt, wie verzaubert von der leichten und doch festen Berührung seiner Hand.

«Ich glaube, ich kann dir versprechen, daß Nola deiner Mutter nie etwas von uns erzählen wird.»

Sie hätte nicht gedacht, daß es ihr möglich sein würde zu lachen, aber jetzt mußte sie tatsächlich lachen: über sich selbst und aus einem heftigen Glücksgefühl heraus, daß er sie inzwischen so gut kannte.

«Ich schäme mich einzugestehen, wie sehr mich das bedrückt.»

«Warum? Es beweist, daß du eine pflichtschuldige Tochter bist. Und ich kenne Edward Lyall zur Genüge, um deine Angst zu verstehen. Aber ist dir nicht klar, daß er dich mir notfalls in Fesseln ausliefern würde – wenn ich es verlangte? Und daß deine Mutter ihm dabei helfen würde?»

«Das möchte ich von meiner Mutter nicht denken.»

«Es ist aber wahr.»

«Ja. Ich weiß. Ich kenne auch den Grund.»

«Macht das einen Unterschied?»

«Ich glaube schon. Können wir von Nola sprechen?»

«Sicher – was noch?»

«Sie war heute nachmittag nicht wegen eines Alibis bei mir. Sie wollte mir ihr neues Auto zeigen.»

Sie zögerte. Sie wollte nicht Nolas Mittlerin und Benedicts Spitzel spielen und Dinge weitererzählen, die Toby, der schon genug Ärger hatte, in Schwierigkeiten bringen würden.

«Ah, sie hat ein Auto gekauft. Und?»

Claire holte tief Atem. «Ja. Ganz billig. Über einen Bekannten von mir. In erstklassigem Zustand.»

«Ich verstehe. Ist dieser Bekannte von dir vielleicht zufällig auch ein Bekannter von Toby?»

«Nicht daß ich wüßte. Hast du etwas dagegen, daß sie ihr eigenes Auto hat, Benedict?»

«Nein. Ich hab nicht einmal etwas dagegen, daß sie es von Toby gekauft und ihm dafür eine Provision gezahlt hat.»

«Warum ist sie dann –?»

«Ein Spiel, Claire. Nolas Spiel. Das Familienspiel, wenn du so willst, denn in irgendeiner Form spielen sie es alle. Angefangen hat wohl mein Vater damit. Er sagte automatisch zu allem nein – außer zu Miriam. Er wußte genau, was für jeden das Beste war, und wurde fuchsteufelswild, wenn jemand etwas anderes wollte. Nolas Vater ist ähnlich. Daher machen ihr Lügen nichts aus. Sie machen ihr Spaß. Dir nicht, das weiß ich.»

Später, wenn sie Zeit hatte zu analysieren, was er zu ihr gesagt hatte, würde sie vielleicht feststellen, daß es nur sehr wenig war. Sein Ton war kalt und spöttisch gewesen, dennoch hatte sie gespürt, daß es ihn Anstrengung gekostet hatte, überhaupt etwas zu sagen. Nicht weil er Schwierigkeiten hatte, sich auszudrücken, nicht aus Scheu oder natürlicher Unzulänglichkeit. Aber warum dann? Weil es ihm unmöglich war, sich zu öffnen, einen anderen an sich heranzulassen? Was mußte das für ein schreckliches Hemmnis sein, wenn er sich einmal öffnen *wollte!*

Als sie einige Stunden später nach Faxby zurückkehrte, trug sie ihre körperliche Befriedigung wie einen warmen Pelz um sich.

«Ich wollte eigentlich den heutigen Nachmittag nicht genießen», sagte sie schläfrig, leichtsinnig vor Glück.

«Ich weiß. Du wolltest mir sagen, es wäre lange genug gegangen.»

«Und – ist es so?»

«Vermutlich. Es hätte vermutlich nie anfangen sollen.»

«Benedict –?»

Wieder legte er seine Hand auf ihre Knie, beruhigend und besitzergreifend. «Nein», sagte er. «Noch nicht.»

Mit dem Betreten des Hauses in High Meadows nahmen sie eine andere Identität an. «Guten Abend, Marton», sagte er und warf dem Butler seinen Mantel zu. «Ich brauche zwanzig Minuten, um mich umzuziehen.» Damit ging er hinauf in ein Zimmer, das sie nie gesehen hatte, und lieferte sie Miriam aus, die immer früher als die anderen zum Abendessen herunterkam.

«Liebes Kind, wie hübsch du aussiehst.» Das war Routine. «Komm setz dich zu mir, damit ich dich genau ansehen kann.» Auch das war das übliche, ebenso der Zugriff der drallen kleinen Hand, die wie eine Samtklaue nach ihr faßte.

«Tja, mein Kind –» Plötzlich waren die blauen Augen viel zu unschuldsvoll, so wie Euans, wenn er einen tödlichen Pfeil auflegte. «Ich muß etwas mit dir besprechen.»

«Ja?»

«Claire – ich weiß genau, was du treibst.»

«Wie bitte?»

«Aber sicher.» Beide kleinen, weichen Hände waren jetzt in Aktion. Die eine hielt ihren Arm, die andere streichelte, drückte, preßte. «Du kannst mir nichts verbergen. Tag und Nacht bist du auf den Beinen. Du machst dich kaputt für diesen Mann, der sich für mich nie sonderlich angestrengt hat. Ich spreche von deiner Arbeit – von dieser gräßlichen Arbeit, Kind – wovon sonst? Wovon sonst!»

«Ach so, ja, natürlich.»

«Und ich werde dieser Arbeit den Krieg erklären. Deine Mutter und ich sind uns einig. Das ist nichts für dich. Du bist zu blaß, zu dünn, du brauchst jemanden, der sich um dich kümmert, Claire.»

«Aber nein.»

«Aber doch! Wenn ich dich nicht überzeugen kann, werde ich eben Benedict bitten, es zu tun. Er hat dich sehr gern. Aber das weißt du ja. Wir alle – ah, Eunice, du bist aber pünktlich heute abend. Ich hatte mir noch ein paar Minuten mit Claire allein erwartet. Aber laß nur. Ich habe sie eben gebeten, besser auf sich zu achten – oder uns für sie sorgen zu lassen. Du weißt, oben wartet dein eigenes Zimmer auf dich, Claire. Das Blaue Zimmer, Eunice. Du weißt, das zwischen Nola und Benedict.»

Es war das gewohnte harmlose Geschwätz, das nie so harmlos war, wie es schien. Was ahnte sie? Claire wurde eiskalt. Beweise hatte sie vielleicht keine, aber daß sie einen Verdacht hatte, verrieten der feine Nachdruck auf der Bemerkung, «deine Mutter und ich sind uns einig», was soviel bedeutete wie «was würde deine Mutter tun, wenn sie wüßte, was ich weiß», und die Schärfe in ihren Zügen, als sie deutlich «aber das weißt du ja» gesagt hatte.

Woher hatte sie ihr Wissen? Unwichtig. Was wollte sie? Miriam war wie Dorothy im Glauben an jungfräuliche Unberührtheit, absolute Treue und makellose Tugend erzogen worden. Aber im Gegensatz zu Dorothy scherte sie sich keinen Pfifferling darum. Während Claire ihr mit wachsender Unruhe in die blauen Unschuldsaugen sah, erkannte sie, daß Miriam, die solchen Wert auf weiße Handschuhe und gute Manieren legte, die kurze Röcke mißbilligte und bei der geringsten Bemerkung über den menschlichen Körper errötete, Ehebruch nicht schockieren konnte und daß sie ihn, wenn es ihren Zielen dienlich war, mit Freuden in ihrem eigenen Haus dulden würde, indem sie ihn einfach ignorierte. Was wollte sie wirklich? Claire wußte es. «Oben wartet dein eigenes Zimmer, Kind.» Sie schauderte.

Benedict kam herein. «Guten Abend, Miriam.»

Sie lächelte ihn süß an, den Sohn ihres verstorbenen Mannes, der ihr, wie sie meinte, Dienst schuldete. Wie groß war seine Macht über sie wirklich? Würde er, wenn sie mit einem Skandal drohen sollte, etwas gegen sie ausrichten können? Würde er es – der Gedanke kam ganz plötzlich – überhaupt wollen, wenn ihm das Blaue Zimmer direkt neben seinem genehm war?

«Ich habe Claire eben gesagt, daß sie nicht gut aussieht», bemerkte Miriam.

«Hm, vielleicht nicht.»

Ihr war, als hörte sie durch das Gemurmel ihrer Stimmen leise, wie die Tür des Blauen Zimmers in Schloß fiel.

11

Sie hatte nicht erwartet, daß die Weihnachtsfeiertage einfach werden würden, und hatte darum beschlossen, die Dinge zu nehmen, wie sie kamen. Nicht das erstemal in ihrem Leben bekam sie zu wenig Schlaf, rauchte zuviel und trank zuviel; nicht das erstemal lebte sie in beinahe ständiger Hektik und in dauerndem Wechsel von Ort, Stimmung und Rhythmus. Sie kannte das alles aus Frankreich, und damit verglichen war dies hier leicht, oft angenehm, ein tödlicher Ausgang war nicht zu fürchten. Körper und Nerven stellten sich auf die gesteigerten Anforderungen ein wie damals in Frankreich unter dem Donner der Kanonen.

Am Heiligen Abend fiel sie todmüde ins Bett, froh und dankbar, daß sie am ersten Feiertag nicht zu arbeiten brauchte. Doch sie konnte noch nicht sehr lang geschlafen haben, als lauter Gesang des unverkennbar alkoholisierten Euan Ash sie weckte. Er sang kein Weihnachtslied von Liebe und Frieden auf Erden, sondern ein Lied, das sie viele Male zur Begleitung müder Schritte auf schlammigen Straßen gehört hatte.

«Ach, ihr sucht die Kameraden?
Wir wissen, wo sie sind.
Die hängen vorn im Stacheldraht.»

Sie schloß die Augen und versuchte, den Gesang zu ignorieren. Aber er sang weiter, laut und beflügelt vom Whisky, den er vermutlich in Mengen genossen hatte, die jeden anderen betäubt hätten; jeden, der ihn nicht Tag für Tag in den Gräben getrunken hatte, um seine Gefühle abzustumpfen und seinen Wunsch, am Leben zu bleiben, zu verstärken. Claire verstand das. Aber andere – die älteren und behäbigeren Bewohner von Mannheim Crescent zum Beispiel – würden es nicht verstehen. Sie drehte sich seufzend um, während Euan vom Gesang zum Deklamieren überging.

Sie hörte, wie oben ein Fenster aufgerissen wurde, ein Mann fluchte, und auch auf der Straße wurden schimpfende Stimmen laut, als Euan nach dem Abschluß des ersten Vortrags gleich den nächsten in Angriff nahm. Sie wußte, wenn sie das noch weiter anhören mußte, würde sie die ganze Nacht mit brennenden Augen aufsitzen und vergeblich versuchen, den Zug stolpernder, gelb schwärender Männer aus ihrem Gesichtskreis zu bannen. Sie schlüpfte in Mantel und Schuhe und lief hinaus.

Er stand mit gespreizten Armen schwankend auf der Gartenmauer, körperlos und bleich, ein Geist, den der kalte Wind leicht wegblasen konnte im Vergleich mit den stämmigen Bürgern – dem Lebensmittelhändler von nebenan, dem Kohlenhändler, dem kurzsichtigen, korpulenten Buchhalter –, die ihm gegenüberstanden.

«Euan», rief sie. Gleich würde man weitere stämmige, gesetzte Bürger holen – die Polizei – und ihn wegbringen lassen.

Er lächelte sie engelssüß an.

«Euan, komm herunter.»

«Da oben schlafen Kinder», schimpfte der Kohlenhändler.

«Es ist Heiliger Abend», sagte der Lebensmittelhändler.

«Er gehört eingesperrt», erklärte der Buchhalter.

«Warum», rief eine weibliche Stimme aus einem Fenster, «holt niemand die Polizei?»

Euan deklamierte unverdrossen weiter.

Es gab nur ein Mittel, ihn herunterzuholen: Sie stellte sich hinter ihn und schubste ihn. Sie fielen beide in den Garten.

Euan richtete sich auf dem Komposthaufen auf, in den er gefallen war. «Lieutenant Euan St. John Bardsley Ash, Militärverdienstkreuz, zu Ihren Diensten.»

Sie bugsierte ihn in ihre Wohnung, da es in seiner keine Heizung gab und sie ihn nicht gleich allein lassen wollte.

«Hast du wirklich das Verdienstkreuz, Euan?»

«Ja. Zumindest hatte ich es mal. Ich hab's verlegt. Mensch – ich fühl mich schauerlich.»

Er hatte seit Tagen getrunken und kaum etwas gegessen. Sie konnte sein angestrengtes, röchelndes Atmen hören, unheilbare Nachwirkung des Giftgases in einem Schützengraben, die sich jeden Winter seines Lebens bemerkbar machen würde. Sie holte Decken und Kissen, schob ihre beiden Sessel zusammen und machte ihm ein Bett. Er ließ sich «hineinpacken», zudecken und sprang plötzlich wieder auf.

«Ich muß sofort nach Edinburgh.»

«Kommt nicht in Frage, Lieutenant Euan St. John Bardsley Ash. Marsch, ins Bett.»

«Ja, Madam.» Er salutierte, verlor das Gleichgewicht und fiel lachend und fröstelnd wieder in das Nest, das sie ihm gebaut hatte. «Mir ist kalt.»

«Ja. Mußt du dich übergeben?»

«Nein – nein, das passiert alten Soldaten nicht. Sie sterben auch nicht, sie –»

Er wurde bitter und obszön. Ohne darauf zu achten, packte sie ihn in die Decken.

«Gute Nacht, Euan.»

Er antwortete nicht. Sie schob seine kalten Hände unter die Decke. Er zitterte nicht mehr so heftig. Er war einfach betrunken und brauchte keine besondere Fürsorge mehr. Erleichtert kroch sie in ihr eigenes Bett.

Nicht Benedict, sondern Parker kam am folgenden Tag, um sie nach High Meadows abzuholen. Da sie gerade dabei war, Euan ein Omelett zu machen, bat sie ihn zu warten und stellte ihm eine Tasse Kaffee hin. Was er über diesen ausgezehrten jungen Mann im buntkarierten Arbeiterhemd und mit der Sprechweise des Aristokraten in ihrer Wohnung dachte, kümmerte sie nicht.

«Bleib heute nacht besser noch hier, Euan. Es ist wärmer. Ich komme erst morgen wieder.»

Am Heiligen Abend war sie unter dem Vorwand dringender Arbeit dem Blauen Zimmer entronnen, aber nun gab es kein Entkommen mehr, da Kit ihr zwei freie Tage gegeben hatte. Sie würde also den ersten Feiertag mit der «Familie» verbringen, abends warm und wohlig in das blaue Chintzbett sinken, am zweiten Feiertag gemütlich mit der Familie frühstücken, das üppige Mittagessen genießen und am Nachmittag so spät wie möglich aus Miriams Bannkreis in die böse Welt draußen entlassen werden.

Es erwartete sie das Blaue Zimmer mit einem hübschen Porzellanschild an der Tür, das ihren Namen trug. Im blaugekachelten offenen Kamin knisterte ein heimeliges Feuer, ein freundliches Mädchen ordnete ihre Sachen auf dem Toilettentisch, schob ihr Nachthemd unter das Kopfkissen, hängte ihre Sachen in den Schrank und nannte sie nicht «Madam», sondern «Miss», wie sich das für eine junge Dame schickte, die zur Familie gehörte.

Der Tag war klirrend kalt, ideales Weihnachtswetter, das Haus prangte im Schmuck glitzernden Lamettas und glänzender grüner Stechpalmen. Der Weihnachtsbaum war bunt wie aus einem Bilderbuch, mit roten Kerzen, goldenen und silbernen Glöckchen, gekrönt von einer Fee in weißer Krinoline mit goldenem Haar und blauen Augen, die vor langer Zeit auf Aaron Swanfields Anweisung nach einem Porträt von Miriam angefertigt worden war.

Sie war damals achtundzwanzig gewesen, puppig hübsch in weißem Satin, eine Rose im Haar. Dreiundfünfzig jetzt, gut einkorsettiert in Puderblau, die Wangen rosig von der Kälte, kam sie an diesem Morgen vom Kirchgang, gefolgt von ihrer kleinen Schar. Polly im grauen Samtcape mit weißem Pelzbesatz, ein lieblicher Engel; Nola, die ewige Jägerin, im Fuchs; Eunice im unförmig wirkenden Bisam, von ihren vier Söhnen umgeben; Justin verdrießlich, weil seine Eskapade mit dem Zimmermädchen im Internat ihm doch nicht das Air des Draufgängers eingebracht hatte; Simon verdrießlich, weil er überhaupt noch keine Eskapade zustande gebracht hatte; die beiden Kleinen schlicht gelangweilt. Toby und Benedict kamen zum Schluß, neutral wie Kleiderpuppen in ihren tadellosen Anzügen. Claire, die ins Vestibül eilte, um sie alle zu begrüßen, bemerkte plötzlich zwei Fremde, zwei junge Herren, die sich höflich abseits hielten. Nolas Söhne – Benedicts Söhne –, die für die Ferien nach Hause gekommen waren und hier alles – so war es ihr auch immer gegangen – fremd und ungewohnt fanden.

«Claire, du mußt mir verzeihen.» Miriam zeigte sich von der liebenswürdigsten Seite. «Ich habe dich extra gebeten, pünktlich zu sein, und nun habe ich mich selbst verspätet. Wir konnten uns kaum der vielen jungen Männer erwehren, die Polly unbedingt etwas ins Ohr flüstern mußten. Gib mir einen Kuß, mein Kind. So, Herrschaften, abgelegt.»

Alle legten ab.

«Sherry», verkündete sie strahlend, «am Kamin wie immer.»

Man prostete sich zu. «Fröhliche Weihnachten.»

«Fröhliche Weihnachten.»

«Ein herrlicher Morgen.»

«Eine ausgezeichnete Predigt.»

«Die gleiche wie letztes Jahr», sagte Nola.

«Trink nicht so schnell», mahnte Eunice ihren Sohn Justin.

«Warum nicht?» fragte Nola. «Jetzt, wo er ein Mann ist.»

«Und stell dein Glas nicht auf den polierten Tisch, Simon», schimpfte Eunice.

«Kann ich noch einen haben?» fragte Justin seine Großmutter.

«Nein, mein Junge.» Sie war freundlich, aber hart. «Einen Sherry vor dem Mittagessen – das ist die Tradition. Früher hat Großpapa ihn selbst eingeschenkt – aus dieser Karaffe hier.»

«Unheimlich süßes Zeug.» Nolas Grimasse ließ keinen Zweifel daran, daß sie trockenen Sherry bevorzugte.

«Ich mag süßen Sherry.» Eunice, die ihren Vater vermißte und ihre Mutter brauchte, sprach hitzig. «Es ist ein Damengetränk, sagte Vater immer.»

Nola lächelte amüsiert.

«Könnten wir nicht Champagner trinken?» meinte Polly.

«Es wird Zeit, daß wir uns zum Mittagessen frischmachen», entgegnete Miriam freundlich.

Das Mädchen hatte Claire das kirschrote Jumperkleid zurechtgelegt. Als sie umgezogen war, bürstete sie ihr Haar, legte eine Kette aus schwarzen und roten Perlen um und lief mit dem Gefühl, viel zu spät daran zu sein, hinunter. Doch dort erwarteten sie fünf peinliche Minuten des Alleinseins mit Benedicts schweigsamen Söhnen.

«Seid ihr für die Ferien nach Hause gekommen?»

Natürlich. Das sah doch jeder Idiot. Aber höflich nannten sie ihr Datum und Zeit ihrer Ankunft, die Dauer ihres Besuches, den Zug, mit dem sie wieder abreisen würden.

Worüber konnte sie noch mit ihnen sprechen? Eunices Söhne hätte sie nach ihren Weihnachtsgeschenken gefragt, bei Conrad und Christian Swanfield wagte sie nicht, ein so triviales Thema anzuschneiden. Mit Justin und Simon hätte sie über Autos, Motorräder oder Hunde, über Bücher und Filme sprechen können, und sie hätten ihr geantwortet, lässig oder unüberlegt vielleicht, aber wenigstens mit einigem Enthusiasmus.

«Mögt ihr eure Schule?» fragte sie zaghaft.

«Ja», antwortete Conrad. «Es ist eine sehr gute Schule.»

«Ja – sehr», sagte Christian.

Sie begriff, daß sie sie langweilig fanden, und war erleichtert, als sie jemanden kommen hörte. Doch Benedicts Erscheinen machte sie von neuem befangen.

«Ihr seid früh unten, Jungs», sagte er, und sie sah, daß auch er nicht wußte, worüber er mit ihnen sprechen sollte.

Das Mittagessen war ungeheuer üppig und zog sich endlos hin. Es gab den traditionellen Puter mit Maronenfüllung, flambierten Plumpudding, die gleiche Mahlzeit, die man an diesem Tag in jeder Mittelstandsfamilie in Faxby aß, nur wurde in High Meadows mehr Aufhebens gemacht, alles war üppiger, und Miriam konnte sich nie ganz verkneifen, so zu tun, als hätten sie und Aaron dieses Festessen erfunden. Hinterher versammelte man sich um den Weihnachtsbaum, um die Geschenke auszupacken. Eunice hatte Mühe, ihre Rangen zurückzuhalten, während Conrad und Christian gesetzt wie zwei Bischöfe dastanden, bis Miriam das Zeichen gab.

Claire hatte ihre Geschenke ohne viel Freude unter den Baum gelegt, eine unpersönliche Pflichtübung, da Miriam ihr Anfang November eine Liste mit Vorschlägen für sämtliche Familienmitglieder in die Hand gedrückt hatte. «Ich mache immer für jeden eine Liste, Kind. Da gibt es keine Enttäuschungen.»

So wußte sie, daß das teure Parfüm, das Benedict ihr schenkte, ebenfalls von Miriam ausgesucht worden war.

Bald gab es Weihnachtspapier und Glitzerband überall, Eunices Söhne und Polly lagen auf dem Boden und grapschten quietschend nach Geschenken, während Conrad und Christian mit ernsten Gesichtern die lateinische Grammatik, die Shakespeare-Ausgabe, die Bücher über alte Münzen und Industriearchitektur verglichen, die ihre Großmutter für sie ausgesucht hatte.

«Also – tausend Dank», sagte Toby in die Runde, offenkundig peinlich berührt von Eunices zwanghafter Neigung, nachzuprüfen, ob ihre Kinder und ihr Mann auch nicht zu kurz gekommen waren, ob das Parfüm, das sie von ihrem Bruder bekommen hatte, wirklich das gleiche war wie das von Claire und Polly.

Nola, in Gedanken bei ihrem Bildhauer in seiner kalten Wohnung in Leeds, ließ ihre Geschenke achtlos auf dem Tisch liegen und verschwand, um dem Geliebten per Brief mitzuteilen, daß Weihnachten für Liebende die Hölle war.

Benedict ging in sein Arbeitszimmer und schloß die Tür.

«Fröhliche Weihnachten», sagte Toby und gab Polly unter dem Mistelzweig einen knallenden Kuß, der sie veranlaßte, anmutig in seine Arme zu sinken, was ihn sichtlich in seinem Seelenfrieden störte.

«Toby», sagte Eunice scharf, «geh, mach mit den Jungen draußen ein Wettrennen oder so etwas.»

«Zeit für den Punsch», verkündete Miriam strahlend.

Ein Punsch nach Aarons Rezept, aus gutem Rotwein, Whisky, Champagner, den besten Früchten der Jahreszeit, nur soviel Zitronensaft wie unbedingt nötig. Dazu gab es heiße Fleischpastetchen, Früchtekuchen und Käse.

Nach fünf wurde der traditionelle «High tea» serviert, dazu Schweinefleischpasteten, gekochter Schinken, kalte Zunge und Putenfleisch, Rinderlende, Salate und dunkles Früchtebrot mit viel Alkohol. Danach ruhte man ein Weilchen, um sich dann für den Abend umzuziehen, wo weitere Gäste erwartet wurden.

«Mir ist schlecht», sagte Polly und ließ sich in Claires Zimmer aufs Bett fallen.

«Das wundert mich nicht. Du hast zuviel gegessen.»

«Stimmt. Aber das ist ja auch das einzige, was man tun kann. Ich hasse Weihnachten.»

«Gegen die Geschenke hattest du aber nichts einzuwenden.»

«Hm, ja. Ich hab Nolas Sachen auch genommen. Sie hat alles rumliegen lassen. Nur den Smaragdring von Benedict nicht. Der steckt fest und sicher an ihrem Finger. Ich nehme mal Brillanten.»

«Ah, ja.»

«Nächstes Jahr um diese Zeit spätestens, Claire, einen Brillanten wie ein Taubenei und dazu den passenden Ehering. Ich hätte schon heute den Verlobungsring haben können.»

«Von Roger Timms?»

Sie nickte kurz und wegwerfend, während sie sich auf dem Bett räkelte und die langen Arme in die Höhe streckte. Dann fuhr sie plötzlich gereizt und mißvergnügt hoch.

«Weißt du, zu wie vielen Festen die Jungen heute eingeladen sind?»

«Welche Jungen?»

«Alle Jungen. Jedes männliche Wesen, das alt genug ist, um Mamas Schürzenzipfel loszulassen. Aber *wir* müssen zu Hause sitzen und warten. Frauen gibt es ja genug. Den Männern dagegen stehen alle Möglichkeiten offen. Deshalb haben sie beschlossen, sich überall mal kurz sehen zu lassen, ihre kostbare Zeit aufzuteilen, damit jede Frau mal tanzen kann. Unheimlich lustig! Darum wollte Mutter auch dieses Jahr kein Fest geben: nicht genügend Tanzpartner und nicht genügend Personal. Du kannst dir nicht vorstellen, wie es früher zu Weihnachten hier war, wenn wir unseren Ball gaben: einfach märchenhaft. Weihnachten 1913, bei unserem letzten Ball, war ich dreizehn, viel zu jung, um etwas anzustellen. Ich konnte nur auf der Treppe sitzen und zusehen. Aber ich dachte ja, es würde nächstes Jahr wieder einen geben und ewig so weitergehen. Aber so wird es wohl nie wieder sein. Gott, wie ich Weihnachten hasse! Die Templetons geben ein großes Fest. Ein Tanzfest, nennen sie es. Weiß Gott, was das sein soll.»

«Ein Ball wahrscheinlich ohne genügend Tanzpartner und ohne genügend Personal.»

Polly schnitt eine Grimasse. «Sehr komisch. Mutter wollte eben das Risiko nicht eingehen. Aber Mrs. Templeton muß wahrscheinlich etwas unternehmen mit ihren vier mausgrauen Töchtern. Roger mußte seiner Mutter versprechen, daß er auf der Fahrt hierher bei den Templetons reinschaut. Wehe, er bleibt länger als eine halbe Stunde! Da kann er was erleben!» Von ihrer beinahe greifbaren Angst, Roy Kington könnte den ganzen Abend dort verbringen, brauchte sie gar nichts zu sagen.

Sie stand auf. «Also ich hasse diesen Tag jedenfalls! Und am meisten hasse ich diesen Teil: wenn alle sich in ihre Zimmer einsperren. Bei Nola kann man den Zigarettenrauch durch die Türritze kommen sehen. Mutter schnarcht. Eunice und Toby streiten sich bis aufs Messer, Eunice jedenfalls streitet, Toby wehrt sich ja nie, er könnte keiner Fliege was zuleide tun. Wahrscheinlich ist sie wütend, daß er ihr keinen Smaragdring kaufen kann. Benedict ist weggefahren –»

«Wohin?» Doch Polly merkte gar nicht, wie scharf Claire gesprochen hatte.

«Woher soll ich das wissen? Er kann Weihnachten wahrscheinlich so wenig ausstehen wie ich.»

War er nach Thornwick gefahren? Allein? Sie wollte nicht darüber nachdenken, sich den Gefühlen nicht stellen, die ihr Verdacht vielleicht auslösen würde. Plötzlich jedoch überfiel sie eine heftige Sehnsucht nach Benedicts schönem, ruhigen Haus, ein drängendes Verlangen nach Benedict selbst. Wie töricht! Wie falsch! Er hatte den ganzen Tag nicht ein Dutzend Worte mit ihr gewechselt, und auch sie hatte, bedrückt von der Atmosphäre im Haus und der schweigenden Anwesenheit seiner Kinder, ihm sehr wenig zu sagen gehabt. Ihr Verdacht, er könnte, um dieser Atmosphäre und seinen Söhnen zu entkommen, mit einer anderen Frau nach Thornwick gefahren sein, überraschte sie nicht. Es schien ihr typisch für Benedict; wahrscheinlich hielt er es seit Jahren so.

Es tat weh.

Sie ließ sich reichlich Zeit, ehe sie in ihr langes schwarzes Kleid schlüpfte, ihre Lippen nachzog und lässig, die Elfenbeinspitze mit der türkischen Zigarette zwischen den Lippen, in den Salon hinunterging, eine Frau ganz ohne Sorgen, wie jeder sehen konnte. Benedict sah es nicht, da er nicht da war. Auch Roy Kington war nicht da, dafür Roger Timms, schwerfällig und liebenswürdig wie immer. Auch Arnold Crozier war da, vom *Crown* heraufgekommen, wo er sich über Weihnachten eingemietet hatte, da er seit dem Krieg den Dezember nicht mehr in Cannes verbrachte. «Ein armer alter Witwer, der ein bißchen Aufmunterung braucht», wie Miriam behauptete, obwohl sie sehr wohl von den jungen Dingern wußte, die sich in seiner Suite die Klinke in die Hand gaben.

Arnold, Roger und Toby; Eunice von Kopfschmerzen gequält wie immer nach einem Streit mit Toby; Nola, die im schmalen, paillettenglitzernden grünen Kleid und dem grünen Turban Ähnlichkeit mit einer Schlange hatte und gelegentlich einen Blick auf den großen Smaragd an ihrer Hand warf. Polly beinahe beängstigend schön in scharlachroter Seide, doch hinter der betonten Nonchalance ein verängstigtes kleines Mädchen, das seine Jugend dahinschwinden sah. Claire, die sich zwang, nicht auf Benedict zu warten, nicht auf Nolas Ring zu sehen; Miriam von der Familie umgeben in ihrem magischen Kreis und doch allein in ihrer vollkommenen Zufriedenheit. Und dazu ein Sortiment obskurer Verwandter, denen man zu Weihnachten etwas schuldig war, mit Töchtern und Schwestern, zufrieden, wie es schien, in gedämpftem Gespräch beieinanderzusitzen; und ein paar sehr junge Männer, sechzehn und siebzehn Jahre alt, die Polly immer wieder unter dem Mistelzweig überfielen.

Polly hatte nichts gegen Küsse – oder Sex im allgemeinen. Da sie jedoch selbst völlig unerregt blieb, konnte sie außer der Macht, die es ihr gab, nichts weiter daran finden. Sie ließ sich gern küssen und kitzeln, fand das, besonders wenn sie einen Schwips hatte, sehr lustig und hätte das Spiel mit Freuden über Stunden ausgedehnt, hätte es nicht nach etwa zehn Minuten auf ihre jeweiligen Partner eine höchst beunruhigende Wirkung gehabt. Männer wollten mehr. Das verstand sie jetzt, auch wenn sie zunächst entsetzt gewesen war, als sie sich das erstemal aus dem *Crown* gestohlen hatte, um auf dem

Rücksitz eines geparkten Autos eine höchst unangenehme halbe Stunde zuzubringen. Sie war nur deshalb dazu bereit gewesen, weil die Mädchen mit den kürzesten Röcken und dem schicksten Haarschnitt, die «Flotten», das alle taten. Sie mußte sich zwingen, es ein zweites Mal zu tun. Aber wie bei den Zigaretten, die ihr anfangs gar nicht geschmeckt hatten, hatte sie durchgehalten, sich daran gewöhnt und die Regeln begriffen, die in ihrem Fall sehr einfach waren. Sie würde geben, was gegeben werden mußte, möglichst wenig, nur so viel wie nötig, um nicht als prüde oder kalt abgestempelt zu werden. Das wäre tödlich gewesen. Sollte der Druck hinreichend stark werden, so war sie bereit, weiter zu gehen, viel weiter, wenn sie davon nur nicht schwanger wurde.

Verhütung interessierte sie nicht. Sie hatte immer noch die Absicht, unberührt und ganz in Weiß zum Altar zu gehen. Doch nachdem sie akzeptiert hatte, daß in diesen wechselhaften Zeiten ihre goldene Schönheit einen Mann nur fesseln konnte, wenn er sie auch berühren durfte, erlaubte sie sogar Roger Timms, sie ab und zu mit offenem Mund zu küssen und ihr die Bluse aufzuknöpfen; andere durften schon ein wenig mehr. Roy Kington zum Beispiel schaffte es in einer umweglosen halben Stunde, ihren Körper intimer kennenzulernen als jeder andere. Während er ihre Brüste bearbeitete und ihr die Beine mit Macht auseinanderdrückte, tröstete sie sich für Mißbehagen und Peinlichkeit mit dem Gedanken, daß er wegen dieses ganzen Getues Sally Templeton in der Bar sitzengelassen hatte.

Jetzt aber war er bei den Templetons und tanzte vermutlich mit Sally, die bereit war, ihm alles zu geben, nur um diesem Haus voller Frauen zu entkommen, den Schwestern, die ihre Männer im Krieg verloren hatten, der verwitweten Mutter, den zwei unverheirateten Tanten, die alle eines Tages Pflege brauchen würden. Früher einmal hatte Sally ihr leid getan. Jetzt wünschte sie ihr Schlimmeres als den Tod – ewige Jungfernschaft.

Jedesmal, wenn ein Auto kam, zog es ihr den Magen zusammen – wie Claire –, stockte ihr der Atem, spitzte sie die Ohren. Ihr Blick flog ungeduldig zur Tür – dies anders als Claire, die äußerlich völlig beherrscht war –, und ihr Gesicht zeigte offene Enttäuschung, wenn wieder ein ältlicher Geschäftsmann oder Geistlicher eintrat.

«Herrgott noch mal, Roger, kannst du nicht stillsitzen, du zerknitterst mir das ganze Kleid.»

Wo blieb Roy? Er hatte versprochen zu kommen. Sie hatte ihm versprochen, daß es sich für ihn lohnen würde, obwohl ihr klar war, daß sie über das, was lohnenswert war, unterschiedliche Auffassungen hatten. Doch sie war bereit gewesen, ihm alles zu versprechen, nur um ihn zu sehen und zu verlocken.

Wieder kam ein Wagen die Auffahrt herauf, schnell, wie man das von einem ungebärdigen jungen Mann erwarten konnte. Sie sprang so plötzlich auf, daß Roger seinen Drink verschüttete, und rannte in den Vorsaal.

Es war Benedict.

«Guten Abend», sagte er.

«Guten Abend, Benedict», antworteten sie im Chor, aber nicht Claire und nicht Nola. Und auch Polly nicht, die jetzt unter dem Mistelzweig von ihren Verehrern umringt wurde wie ein in die Enge getriebenes Wild von einer Meute mutwilliger Hunde.

«Jetzt bin ich dran. Komm schon, Polly, sei kein Frosch.»

«Laßt mich endlich in Frieden – ihr –»

«Ach, das meinst du doch nicht so, Polly, Schätzchen.»

«Ich hab genug.» Zornig verpaßte sie einem Vetter einen kräftigen Schlag auf den Kopf, stieß einen wesentlich älteren Herrn, der gescheiter hätte sein müssen, mit solcher Wucht weg, daß er gegen den Weihnachtsbaum torkelte.

«Laßt mich los – ihr blöden Affen! Laßt mich!»

«Ist ja gut, Polly.» Toby sprang zu ihr, umfing sie mit beiden Armen und drehte sie um, so daß keiner der Quälgeister die Tränen auf ihrem Gesicht sehen konnte. «Was ist denn, mein Mädchen? Hast du was im Auge? Das werden wir gleich haben.»

Durch seine Frau Tränen gewöhnt, trocknete er ihr die Augen, während er besänftigend auf sie einredete und sie «Pollykind» nannte, wie man sie als Kind genannt hatte.

«Ach Toby, ich hab dich wirklich lieb.»

«Na, das will ich hoffen. Du warst immer meine Beste. Alles wieder gut, Prinzessin?»

«Dieses Mädchen», erklärte Eunice, die nichts gehört hatte, außer daß Polly ihre Verwandten als blöde Affen bezeichnet hatte, «braucht mal eine gehörige Tracht Prügel.»

«Ich glaube, ich trinke mir einen an», sagte Nola, die überhaupt nichts mitbekommen hatte. «Wie wär's, Claire?»

Claire nickte lächelnd.

«Zeit zum Abendessen», rief Miriam lieblich. «Kommt Kinder – vielleicht wartet unter den Tellern eine Überraschung.»

Nola wurde um zwei Uhr morgens so betrunken wie gewollt in ihr Zimmer getragen. Claire ging wenig später hinauf, zu müde und benebelt, um sich mit dem Verdacht zu befassen, daß Miriam sie absichtlich im Zimmer neben Benedict untergebracht hatte, um ihr zu zeigen, wie leicht auf gesellschaftlich akzeptable Weise Ehebruch zu arrangieren war. Sie schlief fast augenblicklich ein, so tief, daß ihr gerade Minuten vergangen schienen, als das Mädchen mit dem Frühstückstablett und einer Nachricht kam, die hoffen ließ, daß sie High Meadows früher als gedacht entrinnen konnte. Miriam fühlte sich nicht wohl und würde diesen Morgen nicht herunterkommen. Als Claire sie in ihrem Zimmer aufsuchte, erfuhr sie, daß sie eine leichte Erkältung hatte und so abgeschlagen war, daß sie sich ausnahmsweise einmal mehr nach Schlaf als Jubel, Trubel, Heiterkeit sehnte.

«Ich fahre dich nach Hause», sagte Benedict. «Parker ist nicht da.» Und noch ehe sie die Hauptstraße erreichten, hatte er die Rolle des Aufsichtsratsvorsitzenden der Firma Swanfield abgelegt und mühelos die des kühlen, attraktiven Fremden angenommen. «Hast du eine halbe Stunde Zeit?»

Als sie nickte, fuhr er stadtauswärts den Hügel hinauf, gefährlich schnell in Anbetracht der steilen Steigung und der scharfen Kurven. Die Luft war herb, und es roch nach Schnee. Tief am Himmel färbte ein Streifen Sonnenlicht die Wolken zartrosa. Die Stadt darunter war ein schwarzer Fleck im Talgrund; nur die Fabrikschornsteine und die Spitze eines Kirchturms ragten aus der Rauchglocke empor.

Sie stiegen aus und blieben auf dem kahlen Gipfel stehen, wo nichts sich regte als ein Vogel, der plötzlich vom nackten Feld aufstieg, schwarz vor dem rosig überhauchten Himmel.

«Ich denke», sagte er, «das hier wird dir besser gefallen als das nichtssagende Parfüm.» Es war ein Paar antiker Ohrgehänge, Trauben von Amethysten, Opalen und Perlen in einer wunderschön gearbeiteten viktorianischen Fassung. Sie war verlegen, dann entzückt, erstaunt, ja, leicht beunruhigt über ihr Triumphgefühl bei dem Gedanken, daß jeder mit dem nötigen Geld in ein Juweliergeschäft gehen und einen Smaragdring kaufen konnte, daß es aber viel Zeit und Geschmack brauchte, solche Ohrringe zu finden.

«Benedict!» rief sie glücklich und lief spontan in seine Arme.

«Sie gefallen dir also.»

«Das ist gar kein Ausdruck. Ich habe *dein* richtiges Geschenk für deinen Geburtstag am nächsten Wochenende aufgehoben.»

«An meinem Geburtstag fahre ich immer weg.»

«Ach – warum?»

«Um Miriams Begeisterung für Geburtstage zu entrinnen. Du kannst ja mitkommen. Ich reise nicht weit.»

«Wie weit?»

«An einen kleinen Ort namens Thornwick vielleicht?»

Sie lachte. So fein war ihr Körper auf den seinen eingespielt, auf seine Rhythmen eingestimmt, daß eine Berührung, eine Erinnerung, eine Anspielung Begehren entfachen konnte.

«Wir sind auch jetzt nicht weit von Thornwick», sagte er in ihr Ohr.

«Ich kann nicht. Dann komme ich zu spät zur Arbeit.»

«Wann mußt du da sein?»

«Um fünf.» Sieben hatte sie Kit versprochen, aber sie hielt es für sicherer, sich Spielraum zu lassen.

Er sah auf seine Uhr. «Dann kannst du.»

Das Haus war friedlich und fremd, wie sie es sich ersehnt hatte. Sie fühlte sich erlöst, als wären ihr Flügel gewachsen, als sie mit ihm zusammen eine Ebene erreichte, wo Vernunft, Identität, Konsequenzen bedeutungslos waren. Indem sie sich ganz gab, völlig losließ, wurde sie über alle Grenzen hinausgetragen, die sie sich selbst gesetzt hatte, die ihr durch Erziehung gesetzt waren, bis sie, von Wonne durchtränkt, gesättigt war, benommen hinterher und wie betäubt vor Seligkeit, so daß sie in diesem Zustand der Trance sagen konnte: «Warst du gestern auch hier?»

«Ja. Aber selbst mir fiel kein plausibler Vorwand ein, dich mitzunehmen.»

«Darum hast du eine andere mitgenommen?»

«Natürlich.»

Vielleicht hatte er es getan – oder nicht? Ganz gleich, es tat weh. «Nun, sehr fesselnd kann sie nicht gewesen sein, sonst wärst du eben wohl kaum so – so kraftvoll gewesen.» Und sie fügte hastig hinzu: «Darauf erwarte ich keine Antwort.»

«Sehr klug.»

«Außerdem muß ich jetzt sowieso gehen.»

«Ja.»

Würde er nach High Meadows zurückfahren? Was würde er tun, wenn er sie ins *Crown* zurückgebracht hatte? Sie hatte sich diese einfache Frage noch nie gestellt. Sie hatte ihn sich entweder in High Meadows mit Miriam vorgestellt – nie mit Nola – oder hier, mit ihr. Was tat er in der Zwischenzeit? Was an diesem Abend? Gab es eine Frau in seinem Leben, bei der er mehr suchte als sexuelle Abwechslung wie bei ihr, eine Frau, die ihn kannte, wie sie ihn nicht kannte, eine Frau, die an diesem Abend hierherkommen und sagen würde: «Erzähl mir von ihr. Tut sie dir gut?»

Sie konnte es nicht ertragen. War das Eifersucht? Lächerlich.

«Benedict?»

«Ja.»

«Müssen wir fahren?»

«Ja. Gleich», sagte er.

12

Sein Geburtstag bedeutete ihm nichts, das war deutlich zu merken. Zwischen den glitzernden Höhepunkten von Weihnachten und Neujahr gelegen, hätte er vor lauter Lametta und funkelnden Kugeln leicht übersehen werden können, wäre nicht Miriam gewesen, die aus Geburtstagsfeiern einen wahren Kult zu machen pflegte. Doch indem er an diesem Tag verreiste, gestattete er auch Miriam, seinen Geburtstag zu vergessen. «Benedict mag keinen Wirbel», erklärte sie Claire. «Das ist seine Dezembernatur. Wenn man Aufhebens um ihn macht, müßte er – nun – ein wenig auftauen. Und das ist nichts für ein Winterkind.«

Dennoch hatte sie viel Zeit und mehr Geld, als sie sich leisten konnte, für das Geschenk aufgewendet, das Euan schließlich für sie auftrieb: eine Jugendstilschale aus Glas in Form einer Lilie, deren Blütenblätter von einem hellen, opalisierenden Grün in ein eigenartiges bläuliches Weiß übergingen. Auf dem Grund des Blütenkelchs war der Kopf einer Frau mit halbgeschlossenen, träumenden Augen. Der Mund lächelte fein, das opalhelle Haar trieb sanft auf grünem Glaswasser. Es war ein stilles, träumendes Liliengesicht in tiefer Ruhe. Sie war entzückt, als Euan sie ihr brachte.

«Dir liegt wohl viel an dem Burschen», meinte er.

Sie zuckte die Achseln, hätte es gern geleugnet.

«Weiß Kit davon?»

«Fang nicht wieder damit an.»

Aber ahnte Kit etwas? Er hatte ihr in den Tagen nach Weihnachten Urlaub versprochen, aber als sie vom Nachmittag des neunundzwanzigsten bis zum Abend des dreißigsten freihaben wollte, sah er sie so forschend an, daß ihr richtig unbehaglich wurde. Schließlich nickte er ziemlich schroff und machte sie darauf aufmerksam – ohne eine Spur der fröhlichen Großzügigkeit, die sie von ihm gewöhnt war –, daß er sie keinesfalls vor dem Mittagessen entbehren könne. Und als Mr.

Clarence am Morgen des neunundzwanzigsten zweimal nieste, schickte Kit, der sonst von seinen Leuten erwartete, daß sie lächelnd durchhielten, ob sie nun an gebrochenem Herzen oder Lungenentzündung litten, ihn nach Hause und stellte Claire – wem sonst konnte er vertrauen – an seinen Platz am Empfang.

«Ich kann doch keine Epidemie unter den Gästen riskieren. Stell dir mal die Arztrechnungen vor.»

Sie stand wie auf Kohlen am Empfang, während sie mit dem Vorrücken des Zeigers der französischen Porzellanuhr alle Chancen schwinden sah, rechtzeitig wegzukommen.

Ursprünglich hatte Benedict mit ihr zum Mittagessen aufs Land fahren wollen. Sie hatte ablehnen müssen.

«Ich kann erst um drei weg.»

«Ach?» Er bemühte sich nicht, sein Mißvergnügen zu verbergen.

«Ja, tut mir leid.» In persönlichen Dingen war sie häufig schwach, aber wenn es um ihre Stellung als berufstätige Frau ging – oder um ihr Gewissen –, konnte sie fest sein.

«Gut. Ich hoffe, ich kann mich darauf verlassen. Wenn die Möglichkeit besteht, daß du es nicht –»

«Nein, Benedict. Drei Uhr schaffe ich leicht.»

Gut, dann würden sie eben zum Tee ausgehen, in ein Restaurant, das sie gewiß interessieren würde. Sie war tatsächlich gespannt. Wohin führte ein Mann wie Benedict eine Dame zum Tee? Sicher nicht in eine konventionelle Teestube; mindestens in ein ehemaliges Kloster, oder in ein mysteriöses, leicht anrüchiges Hotel. Und am nächsten Morgen würde sie neben ihm erwachen und Zeit haben, ihn zu betrachten und, hoffentlich, mit ihm zu sprechen. Es war etwas ganz anderes als sonst, wenn er sie gebeten hatte zu bleiben, weil es für ihn bequemer war. Dies war ein Teil des Geschenks, das sie ihm machen wollte, keine Einschränkung ihrer Freiheit, sondern ein Feiertag.

Sie wußte, daß ihm sein Geburtstag nichts bedeutete, aber sie wollte ihm einen besonderen Tag bereiten. Sie wollte ihm die Lilienschale schenken und sich selbst einen Tag und eine Nacht, ohne Rückhalt, einfach aus Freude am Geben. Er war reich und mächtig, er konnte sich kaufen oder auch einfach nehmen, was er wollte; doch immer häufiger verspürte sie ihm gegenüber den impulsiven Wunsch zu geben. Und an seinem Geburtstag wollte sie ihm von sich geben, nicht nur ihren Körper, sondern ihre Zuneigung, ihre Anteilnahme, ihre gute Laune. Großzügig und in doppeltem Maß wollte sie geben, da er nicht geben konnte oder wollte.

Nicht das erstemal in ihrem Leben bewegten sie solche Impulse. Sie hatte Jeremy alles gegeben, was ihr bei ihrer begrenzten Erfahrung möglich gewesen war. Sie hatte Paul die ganze Fülle ihrer Weiblichkeit geschenkt. Den fünf halb vergessenen Liebhabern zwischen diesen beiden Männern hatte sie Wärme und Zuwendung gegeben; es war nicht Liebe gewesen, aber tiefe Anteilnahme und Sorge. Wieso verspürte sie die gleiche teilnehmende Sorge für Benedict, der nicht jung und unsicher war wie diese Männer, auf den nicht der Tod auf dem Schlachtfeld wartete? Sie wußte es nicht. Sie wußte nur, daß sie so fühlte, und wollte es ihm an seinem Geburtstag auch zeigen.

Sie merkte, daß sie knapp kalkuliert hatte. Normalerweise war das Mittagessen im Hotel spätestens um zwei vorüber. Genug Zeit, theoretisch, um nach Hause zu gehen, sich umzuziehen, zu packen und Punkt drei unbeschwert zum Tor zu schlendern. In Wirklichkeit aber hütete nun Mr. Clarence das Bett, Kit war kühl und abweisend, Amandine Keller, die meist im Flüsterton sprach, drehte plötzlich durch und spie Gift und Galle auf ihren Mann, so daß man schließlich Claire holte, sie zu beruhigen, da hysterische Anfälle in Hotelküchen äußerst ansteckend waren. Das Mittagessen verspätete sich, die Speisenfolge für den Abend konnte nicht besprochen werden, da Aristide Keller von der Entdeckung, daß seine mäuschenhafte Frau in Wirklichkeit eine Schlange war, so erschüttert war, daß er nicht wußte, ob er in dieser Verfassung überhaupt kochen konnte. Kit, der normalerweise die Sache auf seine eigene freundliche beredsame Art geregelt hätte, sagte nur: «Sprich du mit ihm, Claire.»

Als sie um halb drei aus der Küche kam, hörte sie, daß die Aushilfskraft nicht erschienen war.

«Du wirst wohl noch zehn Minuten aushalten können», sagte Kit. Seine Stimme klang freundlich, sein Gesicht war drohend. Zehn Minuten verstrichen.

«Ich hole den Burschen. Bleib am Empfang, bis ich wieder da bin.» Ohne auf ihren Protest zu achten, eilte er zielstrebig und zornig hinaus und überließ ihr die Verantwortung für den ganzen Betrieb.

Es hielt sie natürlich nichts außer ihrem Gewissen. Aber das reichte. Verantwortungsloses Verhalten eines anderen – Kits in diesem Fall – rechtfertigte nicht eigene Verantwortungslosigkeit.

Obwohl sich in ihr etwas anstaute, das nach Entladung drängte, brachte sie es nicht fertig, ihren Posten zu verlassen.

Eine Minute nach drei kam er wieder. Allein.

«Ich fürchte, unter diesen Umständen kannst du nicht weg.»

Tief verletzt von seiner Feindseligkeit, aber nicht bereit, sie einfach hinzunehmen, stellte sie ihn zur Rede.

«Befiehlst du mir zu bleiben?»

«Nein, nein.» Selbst in einem Anfall kalter Eifersucht, ein Gefühl, das er noch nie verspürt hatte und mit dem er nicht umzugehen wußte, war er zu klug, so weit zu gehen. «Aber vielleicht bitte ich dich.»

Was hatte Nola ihm gesagt? Genug vermutlich, um ihn wissen zu lassen, daß sie einen Liebhaber hatte. Hatte er den Rest selber entdeckt? Hoffentlich nicht. Er sollte nicht wissen, daß es Benedict war, sein früherer Arbeitgeber.

«Tut mir leid, Kit.»

«Aber nicht so leid, daß du bleibst und mir hilfst.»

«Du kommst schon zurecht, Kit.»

«Das ist wohl kaum der springende Punkt.»

«Nein.» Ihre Stimme war scharf, weil sie ihn nicht merken lassen wollte, daß sie den Tränen nahe war. «Das Entscheidende ist, daß ich hier seit der Eröffnung ohne Pause und ohne Klage gearbeitet habe. Ich habe dich frühzeitig um den heutigen Nachmittag und den morgigen Tag gebeten. Du hast zugesagt. Ich habe Vorbereitungen getroffen. Das wär's. Wenn es dir nicht paßt –»

«Schon gut.» Er kapitulierte schlagartig, als er die Drohung hörte. «Ich komm zurecht – amüsier dich.»

Es war zehn nach drei.

Sie lief auf die Straße hinaus. Sie war wütend auf Kit, aber auch äußerst erregt über ihren Streit mit ihm und den Verlust seiner zuverlässigen, immer freundlich gewährten Unterstützung. Obwohl es sie noch in den Fingern juckte, ihm eine Ohrfeige zu geben, regten sich schon, vertraut und unangenehm, Schuldgefühl und Trauer in ihr. Sie wußte, daß er sie begehrte. Manchmal dachte sie, es wäre wahrscheinlich gut, wenn sie ihm nachgäbe.

Aber jetzt kam es darauf an, Benedict zu erreichen. Sie wollte direkt zum Auto und ihn bitten, einen Moment zu warten, damit sie ihre Sachen holen konnte. Seine Ungeduld würde ihr Beine machen, und sie würde die erste Viertelstunde Fahrt damit zubringen, sich zu entschuldigen. Schade, dachte sie. Hastig rannte sie über die Straße, wäre beinahe unter ein Pferdefuhrwerk gekommen, sprang zurück und verlor dabei ihren Schuh. Ihr Fuß berührte einen glitschigen Pflasterstein, sank in schmutziges Wasser. Sie angelte sich den nassen Schuh wieder und lief weiter. Sie hatte Seitenstechen, ihr Gesicht war heiß, ihr Haar, dachte sie, stand bestimmt nach allen Seiten ab. Zwanzig nach drei. Sie war an der Ecke zur Gasse. Da stand sein Wagen. Sie hob den Arm und winkte, hielt ungläubig inne, als der Wagen abfuhr.

«Benedict!» Sie wußte, daß er sie nicht hören konnte. Aber er mußte sie doch gesehen haben. Ganz bestimmt.

Sie ging in ihre Wohnung und warf sich auf ihr Bett. Zornig schlug sie mit den Fäusten in die Kissen. Es half nichts. Zehn Minuten lang etwa war sie so niedergeschmettert von Frustration und Enttäuschung, daß sie nichts anderes tun konnte, als sich in diese Gefühle hineinfallen und sie über sich zusammenschlagen zu lassen. Erst dann kam sie langsam wieder zu sich, und als erstes fiel ihr Blick auf die hübsch eingepackte Lilienschale, die darauf wartete, verschenkt zu werden.

Sie weinte ein paar Tränen, zündete sich eine Zigarette an, zog die Strümpfe aus und trocknete ihre Füße. Warum? fragte sie sich. Er hatte sie gesehen, da war sie fast sicher. Warum war er weggefahren, nachdem er zwanzig Minuten gewartet hatte? Um sie zu bestrafen? Das war unlogisch, emotional, sah Benedict gar nicht ähnlich. Sie wollte die Antwort wissen. Sie wollte nach Thornwick. Trotz Gekränktheit, verletztem Stolz und der konventionellen Seite ihres Wesens, die sagte, eine Frau müsse in solchen Momenten ihren Stolz wahren, dürfe niemals den ersten Schritt tun, zählte nur eines: dortzusein, bei ihm.

Es gab ja Züge nach Thornwick. Die Fahrt machte ihr keine Sorgen. Die drei Meilen vom Dorf zum Hof würde sie auch noch schaffen. Und dann? Ein feindseliger Wortwechsel, eine kühle Abfuhr? Wahrscheinlich. Sie hatte nicht einmal die Garantie, daß er überhaupt da war. Aber Garantien hatten in ihren Kalkulationen schon lange keinen Platz mehr. Sie wollte wenigstens den Versuch machen, ihm die Hand bieten. Sie hoffte, er würde sie nehmen, fürchtete, er würde es nicht tun. Doch das war schließlich das einzige, was zählte – die dargebotene Hand.

Sie hatte Glück. Als sie zum Bahnhof kam, stand ein Zug nach

Skipton zur Abfahrt bereit. Dort allerdings mußte sie eine geschlagene Stunde auf ihren Anschluß warten. Sie ließ die Reisetasche am Bahnhof, doch die zerbrechliche Schale nahm sie mit, als sie zum Zeitvertreib die Hauptstraße des hübschen Marktstädtchens auf und ab marschierte; das war erträglicher, als eine Stunde lang auf einer harten Bank am Bahnhof zu sitzen. Zwar hatte sie bald kalte Hände und fror in ihrem dünnen Mantel, aber mit wachsender Unbequemlichkeit wuchs auch ihre Entschlossenheit. Es wäre einfacher gewesen umzukehren. Es wäre vielleicht klüger gewesen, ins *Crown* zurückzukehren, wo sie gebraucht wurde, anstatt sich in Thornwick aufzudrängen. Doch da sie nun schon zehn, zwanzig Minuten in dieser klirrenden Kälte, diesem bitterkalten Wind ausgehalten hatte, würde sie wohl auch noch zehn, zwanzig weitere durchstehen. Viel kälter konnte ihr kaum werden. Dachte sie. Doch der asthmatische kleine Bummelzug zuckelte mit aufreizender Gemächlichkeit dahin und schien ihr in jedem gottverlassenen Nest zu halten. Und zehn Minuten vor der Ankunft in Thornwick fing es zu schneien an.

Das Dorf war stockfinster, leer, die einzige Straße von Schneematsch überschwemmt. Würde sich jemand finden, der sie zum Hof hinausfahren konnte? Der Wirt des einzigen Gasthauses konnte ihr nicht weiterhelfen, meinte nur, bei diesem Hundewetter ginge bestimmt kein vernünftiger Mensch freiwillig auf die Straße. Gab es einen Pfarrer, der sich ihrer erbarmen würde? Aber Pfarrer fragten gern und waren im allgemeinen mit anderen Pfarrern bekannt, von denen einer wiederum Miriam kennen konnte. Lieber nicht. Sollte sie es beim Schmied versuchen? In der Schmiede, wo dieser Tage nicht nur Pferde beschlagen, sondern auch Autos repariert wurden, brannte Licht. Sie tastete sich durch den dunklen Hof voller Alteisen und schaffte es, in dieser vorherrschend männlichen Atmosphäre um einen Becher Tee zu bitten und mit einem Bauern, der, sobald das Schneetreiben etwas nachließ, in ihrer Richtung fahren wollte, zu einer Vereinbarung zu kommen.

Der Karren rumpelte schwankend durch Wind und Schneetreiben, der Bauer, ein mürrischer, unlustiger Mensch, sprach die ganze Fahrt kein Wort. Am Anfang des Ziehwegs hielt er an. Sie warf ihre Reisetasche vom Wagen und sprang mit der kostbaren Schale im Arm zu Boden. «Vielen Dank.»

Die letzte Etappe. Bis zu diesem Moment hatte sie jeden Gedanken daran verdrängt, wie sehr ihr vor diesem Stück Wegs graute. Aber jetzt lag der schmale, von hohen Steinmauern eingeschlossene Pfad dunkel vor ihr. Der Boden war steinhart gefroren und glatt, die Mauern boten kaum Schutz, bildeten vielmehr eine Art Windkanal, in dem es pfiff und heulte wie in einem Gespensterschloß. Hatte sie Angst? Nein, an die Möglichkeit, daß in der Finsternis ein Verrückter sie überfallen könnte, glaubte sie nicht. Aber vor der Kälte graute ihr, und sie fürchtete, die kostbare Schale zu zerbrechen, wenn sie auf einem der glitschigen Steine ausrutschte. Sie war nicht mehr sicher, ob sie sie Benedict schenken würde. Vielleicht würde sie sie ihm an den Kopf werfen. Und wem würde sie sie schenken, wenn nicht Benedict? Nicht Euan. Der würde sie in seinen Rucksack stopfen und irgendwo unterwegs liegenlassen. Auch nicht Kit oder ihrer Mutter, die die Schale bizarr finden würde. Nola! Ja, wie passend. Die Vorstellung belebte sie auf dem letzten mühsamen Stück Weg zum Tor.

Sein Wagen stand im Hof. Sie hatte nicht mehr das geringste Verlangen, ihn zu sehen. Aber sie war völlig durchgefroren; sie wollte ein warmes Handtuch und einen Brandy, dann konnte sie zurückfahren. Peinlich war es trotzdem, verdammt noch mal. Die Tür war unverschlossen. Sie stieß sie auf und ging hinein.

«Alles Gute zum Geburtstag», sagte sie.

Er stand mit dem Rücken zu ihr am Kamin. Beim Klang ihrer Stimme ließ er das Scheit fallen, das er auflegen wollte. Wortlos starrte er sie an.

Dann sagte er schroff, ganz so, wie sie erwartet hatte: «Wie bist du hierhergekommen?»

War er zornig? Ein bißchen schuldbewußt vielleicht? Erfreut? Ach, zum Teufel mit den Ratespielen!

«Mit einem fliegenden Teppich, stell dir vor!»

«Du bist vom Dorf zu Fuß gegangen!»

«Richtig.» Sollte er das ruhig glauben.

«Warum?»

«Ich wollte ein Päckchen abgeben.» Sie stellte ihr Geschenk auf den Tisch, klatschnaß und unansehnlich. «Sieh dir's später an. Wenn ich wieder weg bin.»

Das Schweigen vertiefte sich. Wieder waren die Schatten um ihn so dicht, daß sie nur verschwommene Konturen von ihm sehen konnte. Aber hatte sie je mehr gesehen? «Du hast mich gesehen, als ich kam», sagte sie heftig. «Ich weiß es genau.»

«Ach, laß das doch.»

«Nein, ich laß es nicht.»

Mit einer Geste der Ungeduld ging er zur Tür und rief durch den Flur: «Mrs. Mayhew, würden Sie bitte ein heißes Bad einlaufen lassen.» Zu ihr sagte er gebieterisch: «Nimm erst einmal ein heißes Bad.»

Sie aalte sich in dem duftenden Wasser und spürte mit Genuß, wie ihr ausgekühlter Körper von Wärme durchströmt wurde und sich allmählich entspannte. Es war inzwischen halb sieben. Abendessen gäbe es erst um neun, bemerkte Mrs. Mayhew, die nebenan ihre nassen Sachen aufhängte. Ob sie gern einen Imbiß hätte?

«Danke, Mrs. Mayhew.» Sie tauchte den Kopf unter Wasser, wusch sich das Haar, wickelte sich in ein warmes Badetuch und überlegte, was sie anziehen sollte. Sie konnte nur zwischen Abendkleid und Nachthemd wählen. Ihrer Stimmung von Trotz und Resignation entsprechend beschloß sie, es wenigstens sich selbst recht zu machen, wenn sie es sonst schon niemandem recht machen konnte. Sie zog ihren alten roten Kimono mit den fadenscheinigen goldenen Drachen an und ging barfuß ins Wohnzimmer.

Ihr Sessel stand am Kamin. Auf dem Tischchen daneben warteten ein Teller mit belegten Brötchen, Kaffee, ein Glas Brandy. Sie setzte sich, streckte die nackten Beine aus, behaglich und locker, wie es schien.

«Kaffee?» Er schenkte ihr ein und setzte sich auf das Polster zu ihren Füßen. Er legte seine Hand auf ihren Fuß. Sie schloß die Augen, ignorierte die Berührung.

«Danke dir, Claire.»

Sie war lange im Bad gewesen. Gleich, was er gefühlt hatte, es war jetzt unter Kontrolle. Seine Stimme war ruhig und neutral. Nur seine Hand auf ihrer Haut war nicht ganz ruhig.

«Wofür?»

«Verschiedenes. Für die Schale zum einen.»

«Oh – sie gefällt dir also?»

«Ja. Sie gefällt mir. Sehr. Und ich weiß auch, wie schwierig es gewesen sein muß, sie zu finden.»

«Na, dann ist ja alles in Ordnung.»

«Wirklich?»

Nur der rötliche Schein des Feuers und die grünen und blauen Lichtreflexe der Tiffanylampe drangen in ihre halb geschlossenen

Augen. Doch jetzt hob sie die Lider und sah ihn an. Sein Gesicht war ernst, aber so unergründlich wie eh und je.

«Du hast mich am Mannheim Crescent gesehen, nicht wahr?»

Er nickte.

«Warum bist du dann weggefahren?»

«Reicht es, wenn ich dir sage, wie leid es mir tut?»

«Nein. Sag mir den Grund.»

«Ich gebe nicht gern Erklärungen, Claire.»

«Sehr bequem für dich. Aber ich lasse nicht locker, das –»

«Ich weiß.»

Sie schloß die Augen wieder. Der Druck seiner Hand auf ihrem nackten Fuß wurde stärker. Sie fühlte, wie sich die Atmosphäre zwischen ihnen auflud. Von ihm ging eine Spannung aus, die beinahe schmerzhaft an ihren schon überreizten Nerven zerrte. Es war ein Moment unerhörter Anstrengung: sich etwas abzuringen oder es zu unterdrücken.

«Ich sah dich kommen», sagte er langsam. «Ich war ein wenig zu glücklich darüber. Das ist alles, was ich sagen kann.»

Was er gesagt hatte – wenn sie recht verstanden hatte –, war erstaunlich, mehr als sie je zu hoffen gewagt hatte. Sie setzte sich auf.

«Ich hätte nie gedacht, daß du allein hierherkommen würdest, Claire.»

«Was hast du denn erwartet?»

«Verärgerung. Gleichgültigkeit. Das wäre angemessen gewesen – klüger. Es kam mir gar nicht in den Sinn, daß du meinetwegen Gefahr auf dich nehmen würdest.»

Er war besorgt um sie. Er versuchte, sie um Verzeihung zu bitten. Sie hörte es in seiner Stimme, fand es wunderbar, wünschte, er würde nie aufhören. Doch sie wußte instinktiv, daß es wichtig war, darüber hinwegzugehen; sie spürte, daß er nicht einmal mit diesem kleinen, zaghaft gezeigten Maß an Gefül fertig werden konnte.

«Was für eine Gefahr? Die Bauern von Thornwick neigen doch wohl kaum zu Vergewaltigung.»

Unverkennbar erleichtert, antwortete er mit seinem etwas spöttischen Lächeln. «Dummes Ding. Ich spreche von Lungenentzündung. Hör mal, das ist ja ein eigenartiger Morgenrock.»

«Ja. Den ziehe ich immer an, wenn ich gefährlicher Stimmung bin. Aber sag, Benedict – freust du dich, daß ich da bin?»

Er neigte sich über sie und löste die Schärpe, die die rote Seide zusammenhielt. Während sie nackt im Feuerschein lag, drückte er seine Lippen auf ihre Schultern und ihre Brüste, auf jede Wölbung und Mulde ihres Körpers, als wollte er ihn mit seinen Küssen in Besitz nehmen. Sie drückte sein Gesicht an ihren Bauch und hielt ihn dort in liebevoll bergender Umarmung.

«Ich hätte nie gedacht, daß du das tun würdest», sagte er und hob sie aus dem Sessel.

«O Benedict –» Sie lächelte. «Trägst du mich zum Bett? Wie schön!»

So behutsam, als wäre sie ein Kind, trug er sie ins Schlafzimmer, warf sie hoch und ließ sie mit Schwung aufs Bett fallen.

«Das war frech von dir, Benedict», rief sie lachend.

«Ja, nicht wahr? Die Seite von mir kennst du nicht.»

Sie streckte die Arme nach ihm aus, und er kam zu ihr. Zum erstenmal ließ er es zu, daß sie ihn in ihre Liebe einhüllte, auf ihre eigene Weise Zärtlichkeit und Wonne gab und nicht wie sonst nur das Gefäß war, das er für sie beide füllte. Als es vorbei war, ihr Körper noch vibrierte wie eine straff gespannte Saite, ihre Sinne noch in Glückseligkeit schwammen, wandte er sich wie immer von ihr ab, doch zum erstenmal wagte sie es, in den Schatten einzudringen, der sich über ihn gesenkt hatte. Mit federleichtem Druck ihrer Fingerspitzen drehte sie ihn zu sich herum, bis ihr Kopf in der Mulde seiner Schulter ruhte und ihre Körper in lockerer, freundschaftlicher Umarmung beieinanderlagen. Bisher hatte er allein ihre Beziehung gestaltet. Aber es war ihr wichtig, ihm zu zeigen, daß es auch anders möglich war, daß man eine Beziehung auch gemeinsam gestalten konnte, daß sie sich, auch wenn sie vorübergehender Natur war, nicht allein auf das Körperliche beschränken mußte, sondern auch mit geistigem Gehalt erfüllt werden konnte.

Das Leben hatte sie gelehrt, ohne viel Fragen alles mitzunehmen, was Glück sein konnte, es einfach dankbar anzunehmen. Deshalb genoß sie den Rest des Abends, war glücklich in ihrem roten Kleid und ihren schönen Ohrgehängen, während sie Vouvray und Champagner trank, sagte, was ihr gerade in den Kopf kam, und mit einem Mann flirtete, der mit Charme und Witz auf ihr Spiel einging, sie ab und zu zärtlich berührte, wenn er ihr Glas füllte oder ihr Feuer gab. Sie war glücklich, als sie in dieser Nacht neben ihm in dem breiten, tiefen Bett lag, glücklich am folgenden Morgen, als er ihr das Frühstück brachte.

«Benedict, du verwöhnst mich.»
«Ja, mit bösen Hintergedanken.»
«Oh – du willst mich wohl verführen. Wie schön.»
Er spielte den moralisch Entrüsteten. «Meine liebe junge Dame, haben Sie gar kein Schamgefühl?»
«Nein. Und auch nicht viel Verstand.»
Er lächelte. «Aber eine Menge –»
«Nicht aufhören. Das klingt wie ein Kompliment.»
«Hm. Laß dich nicht von mir ausbeuten, Claire.»
«Das wolltest du aber zuerst nicht sagen.»
«Nein – aber das muß ich sagen.»
«Der Kaffee schmeckt köstlich, Benedict.»
Sie war immer noch glücklich.
Später gingen sie unter blaßgrauem Himmel die verschneite Straße hinunter und sahen über das hügelige Land, das irgendwo, dachte sie mit einem leichten Schauder, nach High Meadows führte.
«Was denken sie, wo du heute abend bist, Benedict?»
«In London.»
«Glauben sie dir?»
«Es ist ihnen gleichgültig, Claire.» Es war die Feststellung einer Tatsache, ohne Groll ausgesprochen. Doch ihr tat es weh. Machte er sich etwas aus ihnen? Unwahrscheinlich.
«Bist du in High Meadows geboren, Benedict?»
«Ja. Mein Vater baute das Haus für meine Mutter – mit ihrem Geld allerdings, da er bis zur Heirat mit ihr keines hatte.»
«Deshalb also gehört es dir – und nicht – den anderen?»
Er sah sie lächelnd an, und sie war glücklich über diesen Moment des Vertrauens. «Ich glaube, mein Vater sah ‹die anderen› als eine Art Abwechslung, eine angenehme kleine Fantasie. Wogegen ich die nicht unbedingt angenehme Realität war.»
«Hattest du ihn gern?» Sie wünschte es von Herzen.
«Nein. Gar nicht. Ich arbeitete für ihn. Ich achtete darauf, daß er mich bezahlte.» Er lächelte wieder. «Ich war der arme kleine Waisenjunge, weißt du, der in der Fabrik arbeiten mußte, während ‹die anderen› zu Hause saßen und Erdbeeren mit Sahne schmausten. Und jetzt habe ich das Haus, die Fabrik und das ganze Geld – und die Frau, die ich begehre. Habe ich sie?»
«Ja.»
«Dann geh mit mir zum Mittagessen aus.»

Sie war glücklich. Später gelang es ihr trotz sorgfältiger Suche nicht, den Moment zu finden, wo er ihr entglitten war.

Die Fahrt über das Penninische Gebirge zu den Hochmooren von Lancashire war harmonisch. Das Gasthaus, in scheinbar hochgelegener Abgeschiedenheit, obwohl von mehreren größeren Städten aus leicht erreichbar, war für seine Weine und seine Geschichte berühmt und auf seine rustikale Weise so luxuriös, wie sie erwartet hatte. Banditen und Schmuggler hatten hier früher finstere Taten verübt. Ein berüchtigter Straßenräuber war im Hof vom Pferd geschossen worden. Durchgebrannte Liebespaare hatten hier Zuflucht gesucht, in der Scheune hatte sich der letzte Akt einer tragischen Liebesgeschichte abgespielt, als ein ortsansässiger Romeo und seine Julia dort in inniger Umarmung aus dem Leben geschieden waren. Natürlich gingen hier Geister um: die händeringende Julia im weißen Nachtgewand, ein ermordeter Mann, der an Weihnachten und in der Mittsommernacht Rache suchte. An den meisten Wochentagen jedoch servierte der derzeitige Wirt, dem der kommerzielle Wert von Geistern und Legenden durchaus bewußt war, seinen Gästen in einem niedrigen Raum mit geschwärzten Holzbalken und waffengeschmückten Wänden delikat zubereitete Speisen, Rinderbraten und Wildbraten aller Art, niemals schwer oder deftig, so daß Herren, die es sich leisten konnten, gern mit jenen Damen hier speisten, die nicht ihre Ehefrauen waren.

Da die meisten Gäste im *Gamecock* lieber nicht gesehen wurden, galt es daher als taktvoll wegzusehen. Doch als sie in die Bar traten, rief eine Frau aus dem Schatten auf der anderen Seite des Raums: «Benedict, wie nett!»

War das der Moment gewesen?

Sie war groß, nicht jung, doch Claire war klug genug, den Reiz reiferer Frauen wie dieser nicht zu unterschätzen, die, gewöhnt, ein großes Haus zu führen und das Geld des Ehemanns mit vollen Händen auszugeben, Selbstbewußtsein und Eleganz ausstrahlten.

«Edwina», sagte er. «Das ist eine Überraschung.» Er ging ihr entgegen, um sie mit einer Umarmung zu begrüßen; keiner leidenschaftlichen, wie Claire feststellte. Doch Edwina Challoner, neununddreißig Jahre alt, glänzend verheiratet, erwartete keine Leidenschaft von einem Mann, den sie seit Jahren kannte und der mehrmals über kurze Spannen ihr Liebhaber gewesen war. Es hatte jedesmal nett begonnen und ganz ohne Groll geendet. Wenn man von einem

Ende überhaupt sprechen konnte, da keiner von beiden tief genug fühlte, um je von «Schlußstrich» oder Trennung zu sprechen. Es war einfach etwas anderes dazwischengekommen. Gesellschaftliche Verpflichtungen. Geschäfte. Die Ansprüche der Familie und anderer Freunde. Sie hatte beispielsweise wegen der Bronchitis ihres Mannes den vergangenen Winter in Ägypten verbracht und selbstverständlich nicht damit gerechnet, daß ein Mann wie Benedict auf ihre Rückkehr warten würde. Sie war gegenwärtig selbst fest liiert. Dennoch war sie reichlich verwundert, ihn in Gesellschaft einer Frau wie Claire zu sehen: ein Jazz-Age-Baby in Edwinas Augen, mit dem kurzen Bubikopf und dem kurzen Rock, der, wie sie da gelassen auf dem Barhocker saß, ihre Knie sehen ließ; dünn wie eine Bohnenstange oder gertenschlank, wenn man es nett ausdrücken wollte, wozu sich Edwina jedoch nicht veranlaßt fühlte. Sie wollte Benedict zwar im Moment nicht für sich selbst haben, doch der Anblick dieser modernen jungen Frau, die ihre Zigarette mit dem selbstverständlichen Genuß eines Mannes rauchte, war ihr nicht geheuer. Edwina hatte immer nur mit Männern wie Benedict Affären gehabt: wohlhabend, einflußreich, heißblütig, kaltherzig, diskret. Und er hatte vermutlich nur mit Frauen ihres Typs Affären unterhalten. Jedes Anzeichen dafür, daß der Geschmack eines Freundes ihres «Kreises» eine abwegige Richtung dieser Art zu nehmen drohte, mußte sie beunruhigen.

Sie neigte sich dicht zu ihm, während sie über seine Schulter hinweg Claire musterte, die sie absichtlich nicht ansah. «Liebling», murmelte sie, «ein niedliches Ding, natürlich. Aber ehrlich gesagt – das ist ja beinahe Unzucht mit Minderjährigen.»

Er lachte, den Arm immer noch lässig um ihre Schulter. Es war ein Lachen, das Claire nicht erkannt hätte. «Meine Schwägerin, Liebling.»

Edwina lehnte sich an ihn. «Benedict, du Schwerenöter. Die Frau deines Bruders! Wie – äh – biblisch.»

«Unter anderem. Du mußt sie kennenlernen.» Ihm schien ein Gedanke zu kommen. «Ja, es wird sie interessieren, mich in einem anderen Licht zu sehen. Tut ihr vielleicht sogar gut. Komm, ich mache dich mit ihr bekannt.»

«Aber Benedict», fragte sie, «was hast du vor?» Dann aber drückte sie lächelnd ihre Wange an die seine. Ganz gleich, ihr würde es nicht weh tun. «Ich kann es kaum erwarten, Liebling. Aber vorher mußt du meine Freundin kennenlernen. Du kennst Lois Chiltern noch nicht?»

«Ich glaube nicht.» Die Art, wie er die Frau begrüßte, erstaunte die keineswegs unsensible Edwina. Nicht gerade mit Wärme, aber mit einer merkwürdigen Genugtuung, als wäre diese sorgfältig geschminkte und frisierte, ansonsten aber unscheinbare Frau genau das, was er sich wünschte.

Mit den beiden Frauen an der Seite kehrte er zu Claire zurück. Edwina sehr dunkel. Lois sehr blond. Sonst, fand Claire, unterschied die beiden Frauen kaum etwas. Langgliedrige, sportliche Reiterkörper, laute, unmelodische Stimmen, die sie bei der Eröffnung der Blumenschau erschallen ließen, Brillanten an kräftigen Fingern, unerschütterliches Selbstvertrauen. Sie waren so geschniegelt wie die Rennpferde, beide in Nerzmänteln, die sie nachlässig um die breiten Schultern trugen.

«Wollen wir zusammen essen?» schlug Benedict vor.

«Mit Vergnügen», riefen sie im Chor. Claire rutschte vom Barhokker und verbarg ihre Enttäuschung hinter einem Lächeln.

War er ihr da entglitten? Oder war das der erste Moment unguter Ahnung gewesen, eine Warnung, daß dieses Gefühl von Fremdheit und Ausgeschlossensein nicht nur anhalten, sondern sich noch vertiefen würde?

Im Speisesaal manövrierten die beiden Damen sie aus oder bildeten es sich jedenfalls ein; sie wußte, daß Benedict, hätte er neben ihr sitzen wollen, es einfach getan hätte. Er ließ sich von Edwina und Lois zum Tisch führen und setzte sich zwischen die beiden. Claire sah er gar nicht an, als sie auf dem noch freien Stuhl Platz nahm, ungünstig plaziert für die Teilnahme am Gespräch. Aber sie hätte gar nicht teilnehmen können, selbst wenn sie gewollt hätte; die ganze Konversation beschränkte sich auf eine Aufzählung von Dinner-Partys und Bridge-Gesellschaften, auf Anspielungen auf die Amouren einer Reihe von Männern und Frauen, die Claire nicht kannte und nicht kennen wollte. Das ging so bis zum Nachtisch, als Benedict sich ruhig, aber sehr eindeutig Lois zuwandte und leise eine Bemerkung machte, auf die sie mit einem erregten kleinen Lachen antwortete. Danach, bei Käse, Kaffee und Brandy, widmete er sich nur noch Lois, die ihm mit wasserblauen Augen auf den Mund blickte, ohne ihm zuzuhören, da sie aus langer Erfahrung wußte, was er wollte.

Auch Claire wußte es. Doch in diesem kritischen, feindseligen Kreis durfte sie keine Gefühle zeigen. Sie mußte ruhig bleiben, lächeln, sich nichts anmerken lassen. Ja. Er tat ihr weh, strafte sie, in meisterhafter Manier, mit einer tödlichen Brillanz, die ihr die Luft nahm. Und ihr einziger Schutz war, so zu tun, als merke sie nichts, zu lächeln, bis ihre Muskeln schmerzten, auf Edwinas gelegentliche triviale Fragen gleichermaßen triviale Antworten zu geben.

«Spielen Sie Bridge, meine Liebe?»

«Nein. Ich könnte nicht lange genug stillsitzen.»

«Wie schade. Benedict spielt fabelhaft.»

Was für ein Spiel spielte er jetzt? Edwina stellte sich die gleiche Frage. Sie verstand nicht, was einen differenzierten Mann wie Benedict an der zwar hübschen, aber schlichten Lois faszinieren konnte. Dieses verliebte Getue war so gar nicht seine Art. Die Antwort kam ihr plötzlich, während sie noch zwischen Roquefort und Brie schwankte. Es ging überhaupt nicht um Lois.

«Reiten Sie, meine Liebe?» fragte sie Claire beinahe nett.

«Schlecht und recht.»

Mit starrem Lächeln beobachtete Claire ihn, spürte, wie sich die Atmosphäre zwischen ihm und dieser Frau mit nackter Sinnlichkeit aufheizte. Auf eine schreckliche, pervertierte Art bot er ihr im Grund genau das, was sie herausgefordert hatte: eine neue Seite seines Wesens. Wie hatte sie sich das gewünscht. Diesen berechnenden Charmeur jedoch, diesen gierigen Lüstling, diesen kaltblütigen Mann, der mit diesen Frauen nicht aus Zuneigung schlief, sondern um in Übung zu bleiben, fand sie abscheulich. Wußte er es? Sie hoffte es von Herzen.

Es würde bald vorbei sein. Sie standen auf. Claire kam sich klein und häßlich vor; wie hatte sie je glauben können, ihre Jugend könnte es mit dieser gepflegten *hauteur* aufnehmen.

«Ich muß meine Bridgepartys wieder aufnehmen», sagte Edwina. «Ich zähle auf dich, Benedict.» Sie küßte ihn ausgiebig und genüßlich, dann nahm sie Claire beim Arm und führte sie weg, um Benedict Zeit zu geben, sich mit Lois zu verabreden.

Claire wartete im Auto, während er die beiden über den vereisten Hof zu ihren Wagen brachte, Lois unbestreitbar imposant im hellen Pelz mit der blonden Hochfrisur und dem üppigen Busen, den Polly für altmodisch erklärt hätte, den Männer von Benedicts Neigungen aber sicher nicht verachteten. Sie drückte die Augen zu und begann mit der Kraft und der Grausamkeit der Verzweiflung, all ihre inneren Quellen der Zärtlichkeit, des Stolzes, der Wärme, der Liebe und des Leids abzudrosseln, um sie erst wieder fließen zu lassen, wenn sie mit ihnen allein sein konnte.

«Mein lieber Benedict», sagte Edwina, nachdem Lois in den Wagen gestiegen war. «Mich hast du nicht getäuscht.»

«Nein?»

«Nein. Du warst sehr brutal zu dem Mädchen. Aber du sagst mir natürlich nicht, warum.»

«Liebling, du müßtest mich doch kennen.»

Lächelnd schob sie ihren Arm unter den seinen, wohl wissend, daß die beiden anderen Frauen sie beobachteten, das leidende, eigenartig anziehende Mädchen, das er so schnöde sitzengelassen hatte, und die hübsche, dümmliche Lois, die er – dessen war Edwina sicher – benutzt hatte.

«Gut», sagte sie, «dann laß mich raten. Es ist wohl anzunehmen, daß die Kleine dich nie wiedersehen wollen wird.»

Er lächelte. Etwas mühsam, fand sie. «Sie dürfte froh sein, mich los zu sein. Wärst du das nicht?»

Sie merkte, daß er es wirklich wissen wollte, und warf ihm einen scharfen Blick zu. «Himmel, Benedict, ist es zu glauben? Ich sah sofort, daß sie dich gern hat und wahrscheinlich Abschreckung nötig hatte. Zu jung natürlich, um diese Dinge – äh – so gelassen wie wir zu nehmen.» Sie überlegte stirnrunzelnd. «Hm, willst du sie vielleicht gar nicht verlieren, Benedict? Dann mußt du es natürlich so abbrechen, daß es nicht mehr zu flicken ist. Daß es kein Zurück gibt und das Mädchen dich außerdem für ein absolutes Schwein hält und dir nicht zu lange nachweint. Mein Lieber, mir scheint, die Kleine bedeutet dir etwas.»

«Hm – es bestand eine gewisse Gefahr. Und so etwas darf man nicht ins Kraut schießen lassen, stimmt's, Edwina?» Als sie den Kopf schüttelte, drückte er leicht ihre große, beringte Hand. «Geben wir dem Alter die Schuld. Ich bin gestern vierzig geworden. Eine schwierige Lebensphase, sagt man. Und ich finde, meine Schwägerin hat genug gelitten. Sie sollte mit einem Mann wie mir nicht zu lange liiert sein. Ich hielt es für das beste, da einzugreifen.»

Sie küßte ihn leicht auf die Wange. Nie war sie ihm in den zehn Jahren ihrer Bekanntschaft so nahe gewesen. «Benedict, du bist teuflisch.» Und tapfer, dachte sie. Und großherzig. Er hatte das Mädchen jetzt leiden lassen, damit es später nicht leiden mußte. Nobel. Es hatte ihn einiges gekostet. Wie müde er aussah!

«Komm doch Donnerstag zum Essen, Liebling», sagte sie. Bis dahin war die Sache mit Lois sicher vorbei.

Als er den Wagen durch den grauen Winterdunst steuerte, sagte er lächelnd: «Nette Frauen.»

«Nett?»

«Du bist offenbar anderer Meinung.»

«Na ja – ein bißchen ältlich. *Passé*, würde ich sagen.»

Er lachte, nicht heiter, aber so, als hätte ihm die Bemerkung Genugtuung verschafft.

«Mein liebes Kind, unterschätze nicht die Anziehungskraft der älteren Frau. Und glaub ja nicht, daß sie nur Dankbarkeit zu bieten hat. Enthusiasmus vielleicht. Ganz sicher Erfahrung, die viel zählt.»

«Ich habe nie viel mit älteren Frauen zu tun gehabt, Benedict. Ich überlasse also die Beurteilung dir.»

«Sehr klug.» Er ließ einen Moment verstreichen. «Um welche Zeit», fragte er dann höflich, «soll ich dich nach Hause fahren?»

Sie lächelte, ihr war am ganzen Körper eiskalt. «Oh», sagte sie nonchalant, «ich hole nur meine Tasche, dann können wir gleich fahren.»

Das Haus war warm und still. Mrs. Mayhew hatte ihre Tasche schon gepackt. Ruhig hob sie sie auf. Sie würde nicht mehr hierherkommen. Ob er das im voraus beschlossen oder einfach die Gelegenheit des Zusammentreffens mit Edwina und Lois wahrgenommen hatte, wußte sie nicht. Das Resultat war das gleiche. Es war früher geschehen, als sie gewünscht hatte. Und auf eine Weise, die ihr sehr weh tat. Sie würde ihn nach diesem denkwürdigen Tag wahrscheinlich nicht mehr besonders mögen. Aber da es früher oder später so hatte kommen müssen, war es vielleicht leichter, ihn so in Erinnerung zu behalten, wie sie ihn an diesem Tag zum ersten- und hoffentlich zum letztenmal erlebt hatte.

Ihr Blick fiel auf die Lilienschale auf dem Tischchen am Kamin, und sie wußte nicht, ob sie sie nehmen und schützend an sich drücken oder an der Steinwand des Kamins in tausend Scherben zerschmettern wollte.

«Auf Wiedersehen, Mrs. Mayhew. Vielen Dank.» Sie stieg in den Wagen. Bald war es vorbei. Je eher, desto besser. «Das ist wohl dein Standardtyp, Benedict – Lois und Edwina?»

Er lächelte. Wieder hatte sie das Gefühl, ihm ein Stichwort gegeben zu haben. «Hm, ja. Aber ab und zu gönne ich mir eine Abwechslung, wie du weißt. Das sollte jeder tun.»

«Ach ja? Ich werd's mir merken.»

«Tu das. Aber du hast deinen Typ noch gar nicht gefunden, Liebling.»

Nie zuvor hatte er sie «Liebling» genannt. Sie fand es beleidigend, wie er es tat. Nein, sie mochte ihn nicht. So nicht. Und wenn das die Wahrheit seines Wesens war, die sie so eifrig gesucht hatte, dann hatte er sie in der Tat sehr kühl, sehr subtil, sehr clever benützt. Sie verübelte es ihm nicht. Sie verübelte es sich selber.

Es war dunkel, als sie am Mannheim Crescent ankamen. Er neigte sich über sie, um ihr die Tür zu öffnen, ein Zeichen von Eile und Ungeduld.

«Da sind wir, Claire.»

«Ja.» Es war der Augenblick, wo sie sich sonst neu verabredet hatten.

«Was wollen wir sagen, Claire?»

«Ich weiß nicht. Was du willst.»

«Vielleicht bis Sonntag zum Essen in High Meadows, was meinst du?»

«Ja, ich denke auch.» Sie stieg aus, und er fuhr weg.

«Du bist früh da», sagte Euan. «Wie fand er die Schale?»

«Wunderschön. Sie war ein durchschlagender Erfolg.» Sie war freundlich, sehr ruhig.

«Gott sei Dank, daß du wieder da bist», rief Kit. «Clarence hat tatsächlich die Influenza. Hör mal, Claire, das mit gestern tut mir leid – ich meine, daß ich so ekelhaft war und –»

«Es war nicht so schlimm, Kit. So wichtig war es nicht.»

Sie war heiter, freundlich, ruhig. Ein anderes Verhalten hätte sie sinnlos gefunden. Erst als sie am folgenden Abend vor ihrer Tür ein steifes Arrangement von Gewächshausblumen fand, unpersönlich und teuer, mit einer Visitenkarte Benedicts und den hastig hingeworfenen Worten «Alles Gute und vielen Dank», erlaubte sie sich, Ruhe und Heiterkeit über Bord zu werfen.

Sie packte die unschuldigen, überzüchteten Blumen und stürmte in den Garten, wo sie jede einzeln zerpflückte und in die Mülltonne warf. Dann klappte sie den Deckel zu und drückte ihn fest herunter, so daß nicht ein einziges Teilchen dessen, was sie je für Benedict Swanfield gefühlt oder zu fühlen geglaubt hatte, entkommen konnte.

Gott sei Dank, daß es vorbei war. Beinahe hätte sie ihn geliebt. Jetzt konnte sie es nur als eine Krankheit sehen, von der sie gerade noch rechtzeitig geheilt worden war. Was weh tat, was brannte, war, daß sie eine so vertrauensselige, romantische Törin gewesen war.

13

Silvester, hatte Polly sich vorgenommen, wollte sie die Sensation des Abends sein: mehr Champagner trinken und mehr russischen Kaviar essen, mehr Küsse stehlen, heißeres Begehren bei den Männern und wütendere Eifersucht bei den Frauen wecken als sonst eine Frau in Faxby. In einem mit goldenen und silbernen Schmetterlingen übersäten Unterkleid aus orangefarbenem Satin, über dem sich ein durchsichtiger Rock aus goldglitzerndem Tüll bauschte, klirrende goldene Armreifen an den Armen, eine Schnur goldener Perlen um den hübschen Hals, tanzte sie Schlag Mitternacht von Männern umringt ganz allein auf der Tanzfläche im *Crown*. Zum Jaulen der Jazzkapelle improvisierte sie ihre eigene beschwipste Nummer, die Augen glasig vom Alkohol und einem inneren Bild ihres schönen Körpers, und tänzelte kokett und züchtig zugleich von einem Mann zum anderen. Auffallen um jeden Preis, dachte Sally Templeton an dem Tisch, wo Roy Kington sie wieder einmal sitzengelassen hatte; sie wartet ja nur darauf, daß es ihr einer gibt, dachte Adela Adair auf ihrem Klavierhocker; ihre Unschuld wird bald hinsein, dachte Claire hinter der Bar, wo sie MacAllister mit dem Cocktailshaker assistierte.

«Frohes neues Jahr.» Polly warf die Arme hoch und blieb im Lichterglanz stehen, damit alle das Funkeln der goldenen Schmetterlinge und den satten Glanz des Satins sehen konnten, der sich eng um ihren biegsamen Körper schmiegte. Dann umarmte und küßte sie lachend einen Verehrer nach dem anderen: Rex und Roy Kington, Roger Timms, Peter, Anthony und Stephen, sogar MacAllister, den Barkeeper, und Arnold Crozier, der wie eine dicke Spinne aus seiner Ecke kam.

An diesem Abend wollte sie geküßt werden. Denn das, was man in der Silvesternacht tat, wenn es zwölf schlug, erwartete einen auch im ganzen kommenden Jahr, und 1920 sollte nicht nur ihr Jahr werden, sondern das Muster für alle folgenden Jahre. Küsse, neue Kleider,

Beliebtheit rundum, ein Ehering. Zwar war sie Roy Kingtons noch nicht ganz sicher – Sally Templeton lief ihm ja immer noch auf schamloseste Weise hinterher –, doch sie verließ sich darauf, daß das Jahr 1920 das für sie regeln würde.

«MacAllister, Sie Schatz, warum sind Sie nicht Millionär statt Barkeeper, dann könnte ich mich in Sie verlieben. Nein, Mr. Crozier, Sie mögen Millionär sein, aber in Ihre Suite komme ich nicht mit, danke. Ach, hör doch auf, Anthony!»

«Die ist reif», sagte MacAllister zu Claire. «Die bittet ja förmlich darum. Mann, wenn die mich fragen würde –»

«Moment mal!» Toby Hartwell, der eigentlich gar nicht hätte hiersein sollen, fixierte MacAllister mit kaltem Blick. «An so was würde ich an Ihrer Stelle lieber *nicht* denken.»

«War nur so eine Bemerkung, Mr. Hartwell.»

«Hoffentlich. Ich würde Ihnen raten, Sie nicht zu wiederholen. Gute Nacht, Claire. Ein gutes neues Jahr.»

«Der Ritter ohne Furcht und Tadel», meinte MacAllister achselzuckend, als Toby gegangen war. Claire nickte lächelnd. Diese Rolle hätte Toby unter anderen Umständen sicher gut gestanden.

Eunice saß mit einer starken Erkältung zu Hause, fieberte und fühlte sich häßlich und elend, weil Toby sie allein gelassen hatte. Natürlich hatte sie gesagt, er solle ruhig gehen. Sie wußte doch, wie gern Toby feierte. Und natürlich waren ihre Worte ehrlich gemeint gewesen. Natürlich hatte er – anfangs – erklärt: «Kommt nicht in Frage, mein Schatz», und hatte sich erboten, zu verzichten und zu Hause zu bleiben. Und natürlich hatte sie nichts davon hören wollen. Aber jetzt, wo sie allein in dem riesigen Haus saß, war sie todunglücklich. Sie hatte keine Ahnung, wo Toby war. Nicht daß sie ihn der Untreue verdächtigte oder auch nur eines Flirts mit einer anderen; sie wollte nur seine Gesellschaft, wünschte sich, er wollte auch die ihre, wäre gern einmal mit ihm allein gewesen.

Sie hatte ihm zugeredet, auszugehen und sich zu amüsieren, gewiß, aber er hätte sie nicht allein lassen sollen. *Sie* hätte an seiner Stelle nicht so gehandelt.

Miriam Swanfield verbrachte den letzten Abend des Jahres bei einem Festessen in Faxbys Rathaus, wo sie selbst einmal ein glanzvolles Jahr lang als Gattin des Bürgermeisters geherrscht hatte. Aaron hatte das Amt natürlich nicht übernehmen wollen. Er wäre Geschäftsmann, hatte er brummig erklärt, und hätte keine Lust, seine

Zeit mit Diskussionen über die Aufstellung von Parkbänken und ähnlichem zu vergeuden. Aber er hatte sehr würdig ausgesehen in seiner Amtstracht, und Miriam hatte ihre Stellung als erste Dame nicht nur mit Würde, sondern auch mit Güte und Stil ausgefüllt.

Benedict hatte sie an diesem Abend begleitet. Seine Position als Chef der Firma Swanfield rechtfertigte seinen Platz am Tisch des Bürgermeisters, und sie mußte zugeben, daß die Würde ihm gut zu Gesicht stand, besser als Aaron damals. Ihr Mann hatte sich trotz goldener Amtskette und scharlachroter Robe eine gewisse Bodenständigkeit – um nicht Ungeschliffenheit zu sagen, obwohl das treffender war und dazu weit attraktiver, als man gedacht hätte – bewahrt, während Benedict eine natürliche Kultiviertheit besaß, ein sicheres Gefühl für Qualität.

«Ein frohes neues Jahr, meine Lieben.» Miriam hob das langstielige Weinglas. Die blauen Augen glänzten, an den hellen Wimpern hing eine sentimentale Träne, die sie mit einem Spitzentüchlein rasch fortwischte. Eine reizende ältere Dame, die allen und keinem überschwenglich ihre guten Wünsche darbrachte, während sie eiskalt dachte, wie erfreulich es wäre, wenn Nola entgegenkommenderweise ihr scheußliches kleines Auto eines Nachts gegen einen Laternenpfahl setzen und so Benedict die Freiheit geben würde, eine bequemere Schwiegertochter zu bringen. Claire zum Beispiel. Sie wußte nicht mit Sicherheit, was sich zwischen ihr und Benedict ereignet hatte. So wie sie Benedict kannte, nahm sie einfach an, daß er es wieder einmal «schlimm getrieben» hatte, wie sie es neckisch zu nennen pflegte. Claire gefiel ihr. Sie brauchte Claire. Sie wäre ihr willkommen gewesen.

Sie war daher etwas verstimmt, als sie sah, wie er das gemessene Mitternachtsläuten vom Rathausturm zum Anlaß nahm, eine Verabredung mit Elvira Redfearn, einer begüterten, energischen Witwe und ehemaligen Freundin, zu treffen. «Benedict», fragte sie auf der Heimfahrt zuckersüß, «verzeih mir, aber läufst du nicht Gefahr, ein rechter – äh – Libertin zu werden?»

«Nein, Miriam.» Er schien nicht im geringsten pikiert. «Das bin ich schon seit langem, wie du weißt.»

«Ja, mein Junge, ich weiß. Traurig. Wie dein Vater, bis ich mich seiner annahm. Du brauchst eine gute Frau, mein Junge.»

«Das glaube ich nicht, Miriam.»

«Das sagst du jetzt. Aber mit zunehmendem Alter wirst du

merken, daß diese flüchtigen Begegnungen dich nicht mehr befriedigen können. Sie werden dich langweilen und ermüden. Dein Vater entdeckte das auch. Er sagte oft, nun, da er die richtige Frau gefunden hätte, ginge ihm nichts über seine häusliche Gemütlichkeit.»

«Gewiß», murmelte Benedict, die Augen auf die Straße gerichtet. «Aber mein Vater war nicht mehr verheiratet, als er dich fand, Miriam.»

Nola hatte allerhand riskiert, wie sie meinte, um dem Festessen im Rathaus zu entgehen und das neue Jahr mit ihrem Liebhaber zu empfangen.

Sie hatte Benedict mit trockenem Mund etwas von einem Besuch bei den Croziers in Manchester vorgelogen, wo nicht nur eine Silvesterfeier anstünde, sondern mehrere Familienfeste dazu. Da mußte Nola sich sehen lassen. Unbedingt.

«Natürlich mußt du hin», sagte Benedict trocken. «Und ich wohl ebenfalls.»

Sie zwinkerte verwirrt. Die von Vaseline glänzenden Augenlider wirkten schwer und leicht geschwollen unter dem schwarzlila Chiffonschal, den sie sich um den Kopf gewunden hatte.

«Meinst du?» Sie senkte die glänzenden Lider noch tiefer, um die Erregung zu verbergen, die sie bei diesem gefährlichen Spiel des Betrugs immer wieder packte.

«Ich denke schon, Nola. Ein solcher Anlaß –»

«Nicht nötig, mein Schatz.»

«Wieso nicht?»

Sie glaubte ihm, daß er es wissen wollte. Sie glaubte ihm immer. Triumphierend, weil ihr die Ausrede blitzartig eingefallen war, sagte sie es ihm. Es waren keine direkten Crozierschen Familienfeiern. Die Jubilare waren lauter Verwandte von Nanette, der Frau ihres Vetters. Da brauchte Benedict sich wirklich nicht zu inkommodieren. Bei ihr – Nola – war das etwas anderes, sie kannte Nanette ja seit einer Ewigkeit. Außerdem hatte er doch Miriam versprochen, sie ins Rathaus zu begleiten, nicht wahr?

Er nickte. Sie hatte gesiegt. Aber – wie voraussehbar und wie aufregend – noch nicht ganz. «Du nimmst wohl den Nachmittagszug? Parker kann dich zum Bahnhof fahren.»

Sie mußte nicht zum Bahnhof. Sie wollte mit dem Auto nach Leeds. Konnte sie vorgeben, mit dem Auto nach Manchester fahren zu wollen? Nein. Benedict wußte genau, daß sie das nicht schaffen würde, dazu war sie beim Fahren nicht sicher genug, das kleine Auto viel zu unzuverlässig. Sie senkte wieder die schweren Lider und überlegte und lächelte.

«Es braucht sich niemand zu bemühen», sagte sie heiter, obwohl sie wußte, daß das nicht ausreichen würde. «Jetzt, wo ich mein eigenes Auto habe, kann ich selbst zum Bahnhof fahren.»

«Unmöglich.» Sie hatte gewußt, daß er so etwas sagen würde. «Was soll aus deinem Wagen werden, wenn du im Zug sitzt? Du kannst ihn nicht einfach am Bahnhof stehen lassen. Wer weiß, ob er dann bei deiner Rückkehr noch da ist.»

«Aber da will ich ihn ja gar nicht lassen.» Was wollte sie denn? Die Antwort kam wie von selbst – oft ging das so –, und als sie sprach, lag ein Lachen in ihrer Stimme. «Ich habe Claire versprochen, ihn ihr zu leihen. Ich hole sie am Mannheim Crescent ab, sie fährt mich zum Bahnhof und holt mich morgen wieder ab. Gut, was?»

«Sehr gut, mein Kind», sagte er. «Ich hatte es nicht anders erwartet. Amüsier dich. Und grüße Nanette.»

Es war gutgegangen. Mit dem Gefühl, etwas geleistet zu haben, trat sie die Fahrt nach Leeds an. Zwar verfuhr sie sich mehrmals, aber sie war guten Muts und sehr aufgeregt. Sie war auf dem Weg zu ihrem Geliebten, um ihm ihre Hingabe, ihr Vertrauen, ihren Glauben an seine Fähigkeiten und einen großen Korb mit kaltem Puter, Gänseleberpastete, Pudding und einer Flasche von Benedicts bestem Champagner zu bringen. Sie würde die Nacht mit einem hochbegabten Mann verbringen, der sie brauchte. Sie hatte es geplant und tagelang davon geträumt. Jetzt endlich war es soweit. Doch aus irgendeinem Grund war der Überschwang, als sie vor seiner Tür stand, matter, als sie gehofft hatte, der Freudentaumel, als er die Tür öffnete, nicht direkt berauschend.

Aber es war zu früh, um die Hoffnung aufzugeben. Sie tischte die Leckerbissen aus ihrem Korb auf, legte ihm fürsorglich die Hand auf die Stirn, um seine Temperatur zu prüfen, hörte sich sein Husten an und einen weitschweifigen Bericht über die fortschreitende Arbeit an seinem derzeitigen Meisterwerk. Aber irgend etwas fehlte. Was hatte sich geändert? Der Mann war wie immer mager, in sich selbst versponnen, selbstquälerisch. Das kalte Zimmer, eine kahle Zelle, eher asketischer Buße als sinnlicher Liebe förderlich, war unverändert. Was war aus dem süßen Aufruhr geworden, den dieser Mann und dieser Raum – diese Atmosphäre frustrierter Genialität – in ihr auszulösen pflegten? Verzweifelt suchte sie das Gefühl wiederherzustellen und festzuhalten, wie eine warme Decke in einer Winternacht über sich zu breiten, doch es entglitt ihr immer wieder.

Es war schon früher vorgekommen. Und jedesmal erwartete sie, daß es nie wieder geschehen würde. Diesmal war sie ganz sicher gewesen. Doch während sie den Champagner öffnete, merkte sie, daß ihr sein Beharren, ihn aus Zinnbechern zu trinken, das sie einmal so bedeutend gefunden hatte, jetzt leicht auf die Nerven fiel.

«Ein gutes neues Jahr, Liebling.» Für ihn würde es das werden. Er würde weiter mit Staub und Mäusedreck hier hausen, das harte Leben kultivieren, sein Haar nicht kämmen, sein Unglück sorgfältig konservieren, weil jeder geniale Künstler unverstanden und ungekämmt sein mußte. Sie begriff plötzlich, daß dieses Bohèmeleben alles war, was er wollte. Er hatte weder die Sehnsucht nach noch das Talent zum Erfolg. Sie hatte sich wieder einmal getäuscht. Doch da sie nun einmal hier war und nichts Besseres vorhatte, kleidete sie ihn aus wie immer, legte ihre eigenen Sachen ab, während er unter der dünnen Decke wartete, und drückte ihn brav die ein, zwei Momente an sich, die er brauchte, seine Leidenschaft auszugießen. Er war kein guter Liebhaber. Aber sie hatte ihre Befriedigung darin gefunden, seinen Mangel auszugleichen. Seine zitternde, tolpatschige Hilflosigkeit in solchen Momenten hatte sie immer beschwingt, seine körperliche Unzulänglichkeit sie auf perverse Weise befriedigt. Aber jetzt war sie gereizt, enttäuscht, traurig.

«Ich muß jetzt gehen, Roland.»

Erst als sie allein auf der menschenleeren Straße stand, fiel ihr ein, sich zu fragen, wohin sie eigentlich wollte. Nach Hause zu ihrem Mann konnte sie nicht; der hatte ja ihre Geschichte von den familiären Verpflichtungen in Manchester akzeptiert. Wohin dann? In keinem Hotel in Leeds würde man sie ohne Gepäck hereinlassen, trotz Fuchspelz und Smaragdring; und es war zu kalt, um im Auto zu nächtigen. Ein Windstoß fegte durch die traurigen Relikte der Feiertage, Dosen und Flaschen, faulende Blätter von Rosenkohl und Mandarinenschalen, bunte Hülsen von Knallbonbons, und packte eine Zeitung, die wie eine Riesenfledermaus aus der Dunkelheit segelte. Nola fühlte sich sehr allein.

Doch für solche Gefühle war jetzt keine Zeit. Sie waren sowieso sinnlos. Flüchtig schoß ihr der Gedanke an Kit Hardie und sein sauberes, bequemes Bett im *Crown* durch den Kopf. Auch sinnlos.

Jetzt mußte sie erst einmal dieses blöde Auto anlassen. Was, wenn es nicht funktionierte? Sie war völlig durchgefroren und hatte sich zwei Fingernägel abgebrochen, als der kleine Wagen endlich durch die schmalen grauen Straßen von Leeds knatterte, die alle gleich aussahen. Viermal passierte sie dasselbe schmutzige Lagerhaus, das sie nur deshalb von den anderen unterscheiden konnte, weil es in einem blassen Grün gestrichen war. Dann fand sie endlich die Hauptstraße und dort wunderbarerweise einen Wegweiser mit der Aufschrift «Faxby». Ohne zu überlegen, fuhr sie zum Mannheim Crescent, klopfte an Claires Gartentür. Nie war sie so durchgefroren gewesen, selten so unglücklich. Sie fühlte sich schwach, niedergeschlagen und deprimiert. Doch als Claire den Vorhang beiseite zog und dann hastig die Tür aufsperrte, zeigte sie ein strahlendes Gesicht.

«Ein gutes neues Jahr, Claire – darf ich? Du bist doch allein? Ah, ja – du Arme. Ich zufällig auch.»

Sie schüttelte die eisigen Wassertropfen aus ihrem Pelz, nahm ihren Hut ab.

«Geht es dir gut, Nola?»

«Eigentlich nicht. Und dir?»

«Ähnlich wie dir.»

«Komm, darauf trinken wir einen.»

Es war das zweite Jahr des Friedens, der – wer hatte ihnen das gesagt? – ewig dauern würde, das Jahr, wo Gespartes und Abfindungen zur Neige gingen, wo der Nachholbedarf an Leben und Vergnügen gedeckt und der Boom zu Ende war.

Claire, die an diesem ersten trüben Januarmorgen frierend und steifgliedrig erwachte, da sie die Nacht in zwei zusammengeschobenen Sesseln verbracht hatte, dachte als erstes an Nola, die sich ihr Bett einfach angeeignet hatte, indem sie irgendwann betrunken und völlig angekleidet darauf niedergesunken war. Doch Nolas Anwesenheit machte ihr weniger zu schaffen als ihr schmerzender Kopf und das erloschene Feuer. Das Zimmer war völlig ausgekühlt. Fröstelnd versuchte sie, auf der Asche ein neues Feuer anzuzünden.

«Solltest du den Kamin nicht erst saubermachen?» erkundigte sich Nola vom warmen Bett aus.

«Doch, Nola.»

«Damit die Flammen von unten Luft bekommen.»

«Richtig, Nola.»

Wütend stocherte sie mit dem Schürhaken im Kamin herum und

versuchte, den Rost zu säubern. Doch ihr graute davor, die Asche auf der Kehrschaufel durch den eisigen Wind zur Mülltonne im Hof zu tragen. Deshalb lief sie schließlich mit klappernden Zähnen in die Küche und holte einen Kanister Paraffin, mit dem sie Kohle und Holz tränkte.

«Du willst das doch nicht anzünden?» rief Nola beunruhigt.

Claire riß ein Streichholz an, trat ein wenig zurück und warf es in den Kamin, wo das Paraffin sogleich explosionsartig in Flammen aufging.

«Himmel», sagte Nola, «du lebst wirklich gefährlich!»

«Sag mal, Nola, hast du schon mal selbst Feuer gemacht?»

«Keine Spur. Ich lebe in einer Welt, wo Feuer sich selbst anzünden, das weißt du doch. Aber so übersättigt ich bin, meine Fähigkeit zur Neugier hab ich mir bewahrt.»

«Oh?»

«Was ist das für ein Pyjama, den du anhast?»

«Noch vom Krieg, Nola. Die Nächte in Frankreich waren kalt.»

«Und züchtig, wie?»

«Nicht unbedingt. Stehst du heute auf, Nola? Ich würde nachher gern mein züchtiges Bett machen – es sei denn, du übernimmst das?»

«Nein, besten Dank. Ich möchte nur eine Weile hier liegen und meine guten Vorsätze fürs neue Jahr überdenken. Ein neues Jahr bringt ja auch neue Möglichkeiten.»

«Heißt das, daß die Bildhauerei vorbei ist?»

Nola zuckte die Achseln. «Na ja, wenn ich's mir recht überlege, ist Rolands Arbeit nicht sonderlich originell.»

Hatte er je das Gegenteil behauptet? Oder hatte sie ihn und seine Arbeit in Besitz genommen und ihren eigenen Bedürfnissen angepaßt? Wahrscheinlich. Sie zog sich Claires Steppdecke über das Gesicht. Sie hatte starke Kopfschmerzen, entweder vom Alkohol oder von der bitteren Kälte im Zimmer.

«Ich glaube, ich bekomme die spanische Grippe», bemerkte sie mit einem Anflug von Interesse. Sie hatte noch nie eine Infektion gehabt. Die würde ihr die Zeit vertreiben, während sie überlegte, wie Roland zu ersetzen war.

Euan Ash, dessen Husten der Ballettlehrerin über Weihnachten schlaflose Nächte bereitet hatte, packte an diesem Tag seinen Tornister. Ein neues Jahr und neue Möglichkeiten.

«Ich fahre nach Edinburgh», sagte er zu Claire.

«Wirklich?»

«Ich schau auf jeden Fall mal am Bahnhof, was für Züge Richtung Norden fahren.»

«Mit dem Husten solltest du nicht reisen, Euan.»

«Mit diesem Husten, mein Engel, sollte ich eigentlich gar nicht mehr am Leben sein. Ohne ihn kann ich kaum reisen. Aber ich kann meine Bilder nicht mitnehmen – sie sind zu groß. Würdest du sie mir verwahren?»

Natürlich würde sie das tun. Es war das mindeste. Plötzlich fiel ihr noch etwas ein, was sie für ihn tun konnte. Bewußt beiläufig sagte sie: «In Ordnung, obwohl ich mich frage, wo ich sie verstauen soll. Aber vielleicht – ja, das ist ein Gedanke. Du zahlst doch nur ein paar Shillinge die Woche für das Zimmer. Würde sich vielleicht lohnen, wenn ich es behalte, schon wegen der Küchenbenützung. Ich bin nicht scharf darauf, mit einer wildfremden Person zu teilen.»

So würde er wenigstens eine Art Zuhause haben, wohin er zurückkehren konnte. Selbst wenn er nie das Bedürfnis haben sollte, er würde wissen, daß es da war.

Es erstaunte sie, wie traurig sie über seine Abreise war. Vor Kälte zitternd und den Tränen nahe stand sie auf dem windigen Bahnsteig und kam sich vor wie eine Frau, die einen zarten Ritter in den Kampf mit dem Drachen schickte. So hatte sie sich an dem Abend gefühlt, als Jeremy nach Frankreich gereist war, so hatte sie sich ein dutzendmal gefühlt, wenn sie Paul lächelnd nachgewinkt hatte.

«Genug Geld hast du?»

«Oh, ich komm schon durch. In meinem Garten steht ein Geldbaum, weißt du. Ich brauche nur die Hand hinzuhalten.» Er hielt sie jetzt ihr hin, und sie hielt sie fest. Seine Finger waren zerbrechlich und kalt. «Mach dir keine Sorgen um mich», sagte er und zog sie lächelnd an sich. «Ich komme schon zurecht, Claire.»

«Nein, kommst du nicht.» Sie stopfte ihm den warmen Schal, den sie ihm geschenkt hatte, in den Kragen des schäbigen Mantels. Er seufzte. «Doch. Auf meine Weise.»

«Was ist in Edinburgh, Euan?»

«Das erzähl ich dir, wenn ich dort bin.»

«Wenn –»

«Ja. Aber sorg dich nicht. Du willst dir doch meinetwegen keine Sorgen machen.»

«Da hast du absolut recht. Keinesfalls will ich mir deinetwegen

Sorgen machen.» Sie schlang beide Arme um ihn und drückte ihn: besitzergreifend, beschützerisch, zornig, und wußte doch, daß sie ihn, auch wenn sie ihn vielleicht vor der Welt schützen konnte, niemals vor sich selbst würde schützen können.

«Es tut mir leid», sagte er.

Auch ihr tat es leid, aus tiefster Seele.

Er hatte sich sonst von keinem verabschiedet, nicht von Kit und nicht von Nola, auch nicht von seinen Freunden auf dem Markt. Mit dem Tornister auf dem Rücken stieg er in den Zug und fuhr davon. Er hinterließ ihr zwei Dutzend Bilder, zarte Waldgeschöpfe, die einander zwischen den Stengeln englischer Wiesenblumen beäugten, mehr leere Dosen und Whiskyflaschen, als sie je an einem Ort beisammen gesehen hatte, und ihre eigene Küche.

Er fehlte ihr. In gewisser Hinsicht war sie froh, da sich nun ein Schmerz mit dem anderen mischte und schwer festzustellen war, was davon Euan und was Benedict galt.

Ein neues Jahr und neue Möglichkeiten; der Krieg war nun schon so lange vorbei, daß die seelischen Auswirkungen tragbar geworden waren, man mit ihnen umgehen konnte und sie nicht mehr wie bisher als Universalalibi für verantwortungsloses oder sprunghaftes Verhalten gebrauchen konnte. Wenn sie sich jetzt nicht zusammennahm, nicht bald erwachte, würden ihr die Ausreden ausgehen. Wenn bei ihr nicht etwas in Bewegung geriet, und zwar schnell, würde sie endgültig stecken bleiben. Paul war tot. Euan war fort. Benedict war ein schrecklicher Irrtum gewesen, eine Dummheit, die sie sich nicht verzeihen konnte. Aber sie hatte dabei etwas über sich selbst erfahren: Eine rein sexuelle Beziehung, wie er sie gesucht hatte, war ihr nicht genug. Auf so etwas würde sie sich nie wieder einlassen. Sie fühlte jetzt Verachtung für ihn. Seinen Lebensstil fand sie ekelhaft und oberflächlich, antiquiert die geheimen Zusammenkünfte mit diesen untereinander austauschbaren Frauen, die sich heimlich Liebhaber nahmen, weil es ihnen an Mut fehlte, allein zu stehen. Sie hatte Benedict nichts mehr zu sagen, was über die Höflichkeitsfloskeln der Familiensonntage hinausging.

Euan und Benedict – und Paul – waren fort. Kit blieb. Am Silvesterabend, als sie niedergeschlagen und zornig über ihren Irrtum ins *Crown* gekommen war und sich nach einer starken Schulter gesehnt hatte, war sie froh gewesen, als Kit sie in die Arme genommen hatte, und wäre – so schien ihr jetzt – bereitwillig mit ihm in seine gemütliche kleine Wohnung hinaufgegangen, um das zu Ende zu führen, was sich schon längst zwischen ihnen angebahnt hatte. Doch Kit war bei Arnold Crozier zu einer privaten Silvesterfeier eingeladen, einem lärmenden Fest mit blutjungen Revuetänzerinnen und einigen reiferen Damen von ortsweitem Ruf. Claire wäre nicht einmal hingegangen, wenn sie eingeladen gewesen wäre.

«Ich komme morgen bei dir vorbei – wenn ich darf», hatte er gesagt. «Wir könnten zusammen etwas unternehmen.»

Aber mit dem Morgen war Nola gekommen. Euan war nach Edinburgh abgereist. Kit war ziemlich angeschlagen nach einer langen Nacht in Gesellschaft des spinnenähnlichen Arnold Crozier. Der Moment war noch nicht gekommen.

Aber worauf wartete er? Eines Abends im Februar sagte er es ihr. Der Bürgermeister von Faxby und seine dicke, von sich eingenommene Gattin hatten im *Crown* gespeist, begleitet von mehreren städtischen Würdenträgern, darunter der zukünftige Bürgermeister Redfearn mit seiner jungen Frau und seiner Tochter Elvira. Man hatte sich gegenseitig ausgiebig Komplimente gemacht. Essen, Getränke, Bedienung hatten stadträtlichen Beifall gefunden.

«Wir können stolz sein auf Sie, Hardie», brummte gnädig der Bürgermeister, der vor nicht allzu langer Zeit noch lauthals erklärt hatte, in der «guten alten Zeit» wären «geriebene Geschäftsleute» wie die Croziers und ihre dubiosen Helfer kurzerhand aus der Stadt gewiesen worden.

«Sie haben dieses Hotel zu einer Zierde für Faxby gemacht, Major», sagte Elvira, die vor kurzem noch den Abriß des schmutzigen alten Kastens und den Bau einer Schule auf dem Gelände gefordert hatte.

Es gab keine Anspielung auf seine Dienstzeit in High Meadows, obwohl er allen, die hier waren, Hüte und Handschuhe abgenommen, Türen geöffnet und Stühle herausgezogen hatte. Aber wer erinnert sich schon an das Gesicht eines Butlers?

Claire trat zu ihm, als die Gesellschaft schließlich davonfuhr.

«Eines Tages», sagte er mit bitterem Lächeln, «fühle ich mich hoffentlich nicht mehr wie der Sohn der Köchin.»

«Wie fühlt der sich denn?»

«Tief geehrt, wenn ein alter Bock wie Redfearn ihn lobt.»

«Arthur Redfearn kann dir nicht das Wasser reichen, Kit.»

«Ich weiß.»

«Na also.»

Er lachte. «Wissen nützt nichts – man muß es fühlen.»

Ende Februar erhielt sie aus Whitby eine Postkarte ohne eine Nachricht. Nur Euans Name stand darauf. Sieben Wochen, und er war nicht weiter gekommen als bis zu dem malerischen alten Fischerdorf, das um diese Jahreszeit gewiß bitterkalt und von feuchtem Nebel verhängt war.

«Warum sich um ihn sorgen?» fragte Nola. «Warum sich überhaupt Sorgen machen?»

Nola hatte sich in diesem neuen Jahr entschlossen, das Leben nicht zu ernst zu nehmen. Was ließ sich schon viel mehr über das Leben sagen, als daß es kurz und unsicher war? Dann sollte es wenigstens lustig sein. Doch ihr Entschluß, unbekümmert und leichtfertig zu leben, mußte nach wenigen Tagen aufgrund eines, wie sie es nannte, gesundheitlichen Zusammenbruchs aufgeschoben werden. Sie hatte sich über Neujahr eine schlimme Erkältung geholt, von der sie sich nur langsam erholte. Die ersten beiden Januarwochen hütete sie das Bett. Von Schüttelfrösten geplagt, lag sie in ihrem stickig heißen Zimmer und trank Whisky gegen die Halsschmerzen, Brandy, um sich aufzuwärmen, Gin zur Abwechslung und um Miriam zu schockieren. Seither fühlte sie sich nicht richtig wohl. Morgens kam sie kaum auf die Beine. Immer stärker wurde die Versuchung, einfach im Bett zu bleiben, da es zum Aufstehen keinen besonderen Grund gab. Und wenn sie dann doch aufstand, war sie lethargisch, hatte keinen Appetit, wußte nicht, ob sie sich setzen oder ausgehen sollte.

«Ich bekomme einen Nervenzusammenbruch», sagte sie zu Claire. «Mach mir bitte eine Liste der teuersten Anstalten in der Gegend. Wenn es soweit ist, möchte ich gern diejenige auswählen, die meinen Mann am meisten kosten wird. Ich leide außerdem an chronischer Verstopfung. Meinst du, Miriam versucht, mich zu vergiften?»

«Entweder das», stimmte Claire zu, «oder es ist der Alkohol.»

«Aber Claire, ich ertränke nur meinen Kummer.»

Anfang Februar trat eine leichte Besserung ein. Nola sah beinahe aus wie immer, zeigte sich mit schwingender Fuchsstola, Chiffonturban und langen Ketten aus Gold und Bernstein. Lässig saß sie in der Bar des *Crown* und unterhielt Claire und Kit, ihren Vetter Arnold und MacAllister, der immer alles hörte, mit Details über ihre neueste Entdeckung, einen Lehrer ausgerechnet, der sich, selbst aus einfacher Familie, energisch für die Einführung der allgemeinen Schulpflicht einsetzte.

«Ein Mann des Volkes also», sagte Kit mit seinem vertrauten Zwinkern. «So einen hattest du schon mal, Nola.»

«Nein, Liebling», widersprach sie ernst, «er hat mit dir nicht die geringste Ähnlichkeit. Er ist ganz anders.»

Von der Bildhauerei zur Bildung. Und dann war ganz plötzlich und überraschend schnell auch das vorbei.

«Was ist aus dem Lehrer geworden?» fragte Claire.

«Aus welchem Lehrer?» Nola, die eben erst gekommen war, sah sich um, als hätte sie etwas vergessen, und ging wieder.

«Was ist mit Nola los?» fragte Kit. «Sie war gestern drei- oder viermal hier, immer nur ganz kurz, und sah aus – ja, also, wie eine verlorene Seele. Trotz Schminke und Pelz und schnippischer Bemerkungen.»

Claire fand den Vergleich passend. «Wahrscheinlich trinkt sie zuviel.»

Das stimmte. Am selben Abend betrank sie sich in der Bar so gründlich, daß Claire sie nach Hause fahren mußte.

Am nächsten Tag kam sie zur Teezeit wieder ins Hotel. Sie sah blaß und zerbrechlich aus, völlig erschöpft, lehnte die angebotenen Kuchen und Brötchen mit einem angewiderten Kopfschütteln ab. «Ich würde mich höchstens übergeben, Claire. Schade um Kits gepflegte Toilettenräume.»

«Beim Arzt warst du wohl nicht?»

«Nein.»

«Ich gehe mit dir hin, wenn du möchtest.»

Sie zuckte die Achseln. Sie wirkte auf Claire wie ein Schatten ihrer selbst. «Das ist sehr nett von dir, Claire.»

«Gut. Jederzeit. Heute?»

«Nein!» Scharf und ablehnend. Claire musterte sie genau und entdeckte eine Angst, die sie kannte, nur einen Schimmer, doch der reichte zum Wiedererkennen.

«Nola, du weißt, was dir fehlt, nicht?»

Nola lachte und schlug lässig ein langes, grünbestrumpftes Bein über das andere. «Aber natürlich. Miriams schleichendes Gift ist es. Sie will mich beseitigen, damit Benedict Elvira Redfearn heiraten kann. Ich gebe dir einen Brief, der nach meinem Tod geöffnet werden soll. Da belaste ich sie beide. Aber jetzt muß ich los – ich bin verabredet.»

«Nola, laß ihn sitzen. Er kann warten. Der Arzt nicht.»

Nolas Pelze wirbelten, als sie aufstand. «Himmel, bist du impulsiv. Nein, Claire. Dieser Mann – er ist etwas Besonderes.»

«Ach, Nola. Nicht schon wieder.»

Mit einem leisen Lachen zwinkerte ihr Nola auf beruhigend vertraute Weise zu. «Doch, schon wieder. Die große Liebe meines Lebens, Liebling. Sorg dich nicht! Du weißt doch: Unkraut vergeht nicht.»

Claire sah nur, wie krank Nola unter der Schminke aussah. Krank und verängstigt.

«Kit, hast du Nola eben gesehen?»

«Ja.» Er wirkte verdutzt. «Sie hat mich geküßt – ich meine, richtig. Kam plötzlich in mein Büro und – das hat sie seit – na ja, seit damals nicht mehr getan. Und dann zischte sie ab. Weißt du wohin?»

«Sie sagte, sie wäre verabredet.»

«Hm, will sie vielleicht mit einem Liebhaber durchbrennen? Oder ins Wasser gehen?»

«Kit!»

«Ich lauf rasch nach hinten. Vielleicht ist sie noch da.»

Doch auf der Straße war keine Spur von ihr.

Gegen Ende des Nachmittags ging Claire nach Hause. Sie wollte sich die Haare waschen, Euan schreiben, der ihr endlich seine Adresse mitgeteilt hatte, und dann früh zu Bett gehen. Solche Abende gemütlichen Alleinseins waren ihr von Zeit zu Zeit sehr lieb, aber ihr Unmut, als es läutete, verging sofort beim Anblick Nolas. Sie schien in Todesängsten.

Aber ungebrochen, immer noch bereit, sich über sich selbst und «es» lustig zu machen, in der Hoffnung, es durch ironische Bemerkungen vertuschen oder vielleicht sogar vertreiben zu können. Was immer «es» auch war.

«Setz dich», sagte Claire.

«Ja, ich glaube, das tu ich.»

«Du siehst ganz krank aus, Nola.»

«Ja. Das ist das schlechte Gewissen, Claire – weiter nichts.»

«Willst du es mir nicht sagen?»

Nola lächelte nervös. Ihr Mund war geschwollen, als hätte sie sich auf die Lippe gebissen, ihr Gesicht aschgrau. Ihre Augen, ihr ganzer

Ausdruck, ihr ganzes Wesen in Angst getaucht. Die Nonchalance war nur noch ein heillos zerfetztes Mäntelchen, das sie ängstlich um sich zog.

«Ja – ich bin hergekommen, um ein Geständnis zu machen. Die Beichte erleichtert ja, stimmt's? Ich bin schwanger, Claire? Ist das nicht irre? Ist das nicht ein echter Witz?»

Schweigen. Mit dem Mut der Verzweiflung versuchte Nola zu lachen, aber das Lachen schlug rasch in hysterisches Kichern um.

«Ist das nicht einfach ... Es würde mich interessieren, was die verdammte Doktor Stopes dazu sagen würde. Hm, Claire?»

Sie hatte an eine tödliche Krankheit, an schleichenden Tod und plötzliches Herzversagen gedacht; an Schwermut, Nervenzusammenbruch, sogar an Selbstmord hatte sie gedacht. An dies hier jedoch nicht, so unglaublich es schien.

«Von wem ist das Kind?» fragte sie, weil sie etwas sagen mußte, ruhig bleiben mußte und diese Frage logisch schien.

«Jedenfalls nicht von meinem Mann. Ich hab seit Jahren nicht mehr mit ihm geschlafen. Und ich kann jetzt nicht schnell wieder zu ihm ins Bett hüpfen und hoffen, daß er nichts merkt, wenn das Kind zwei Monate zu früh kommt – weil er mich nämlich gar nicht haben will.»

«Nola!» Claires ganzes Mitgefühl, ihre Trauer und ihr Verständnis fanden in dem Wort so starken Ausdruck, daß Nola in Tränen ausbrach.

«O Gott, Claire – tu mir das nicht an. Sei nicht nett zu mir. Sag mir lieber, was für eine blöde Kuh ich bin. Daß ich nichts Besseres verdient habe. Beschimpf mich wie alle anderen. Dann kann ich zurückschimpfen.»

«Nola, du zitterst – und schwitzt. Hast du Schmerzen?»

«Ich? Nein, nein. Nie. Ich hätte nur gern eine Zigarette.» Claire sah, daß ihre Hände feucht waren. Auf ihren Wangen vermengten sich Schweiß und Tränen mit Vaseline und Wimperntusche. Das Gesicht eines tragischen Clowns kam unter der Schminke hervor. Doch als sie Nola am Arm berührte, fuhr diese zurück. «Nola –»

«Nein. Bemitleide mich nicht. Das bringt mich höchstens zum Heulen. Ich erzähl dir was Komisches. In der Silvesternacht ist mir das passiert. Was tut Roland, während ich daliege und mir sage, daß es mit ihm aus ist? Schwängert mich! Ist das nicht ein Witz?» Wieder lachte sie heiser. Sie schluckte krampfhaft und drückte die Augen zu, während sie die Hände zu Fäusten ballte, um ja nicht die Beherrschung zu verlieren. «Ich weiß, daß es die Silvesternacht war, weil ich in der Woche vor Weihnachten außer Aktion war. Und sonst war seitdem nichts mehr.»

«Hast du es ihm gesagt?»

«Aber nein.» Ihre Stimme war plötzlich hart und geringschätzig. «Das geht ihn überhaupt nichts an.»

«Findest du?»

Sie schluckte wieder. «Ja. Aber der wahre Grund ist, daß er es gar nicht wissen möchte. Er würde sich schleunigst aus dem Staub machen. Das möchte ich mir nicht ansehen müssen. Verstehst du das?»

«Ja. Und was willst du nun tun?»

Nola lehnte sich in ihrem Sessel zurück und schloß wieder die Augen. Ihr Körper war steif und verkrampft. Doch dann löste sich die Verkrampfung in einem Seufzen.

«Ja, was soll ich tun? Ich komm mir vor wie ein Hamster auf dem Rad, das sich ständig dreht, ohne daß er vorwärts kommt. Es gibt in Faxby einen Arzt, Claire – der behauptet, er könnte so etwas in Ordnung bringen –»

«Nein!» Sie war so entsetzt, daß sie es körperlich spürte. Sie hatte von solchen Ärzten gehört. «Nein, Nola. Du meinst, da hockt irgendwo ein altes Weib mit einer Stricknadel –»

Nola schüttelte lächelnd den Kopf. «Nein, Claire. Bei dem alten Weib war ich zuerst. So verzweifelt ich war – also, ich konnte mir eine angenehmere Art des Selbstmords vorstellen. Obwohl sie sicher nicht jede umbringen kann, die sie anrührt. Ihr Geschäft floriert nämlich ganz schön.»

«Die Frauen sterben kaum bei ihr im Haus und wahrscheinlich auch nicht sofort.»

«Hm. Aber es gibt einen Arzt – er behauptet jedenfalls, Arzt zu sein. Nach seinen Qualifikationen kann man ja schlecht fragen. Bei dem Risiko, das er eingeht. Er würde ins Gefängnis wandern, nicht wahr, wenn er erwischt werden würde?»

«Ja.»

«Und ich?» Sie öffnete weit ihre Augen, und es schien Claire, als könnte sie durch sie hindurch geradewegs auf die nackte Angst sehen.

«Ich weiß nicht. Wenn er erwischt werden würde, wärst du wahrscheinlich sowieso tot.»

«Oh – danke. Das ist ausgesprochen aufmunternd. Ist denn eine Abtreibung so gefährlich?»

Vor langer Zeit, erinnerte sich Claire, war in Upper Heaton ein vierzehnjähriges Küchenmädchen im Kohlenschuppen verblutet. In Frankreich hatte eine Krankenschwester, die sie flüchtig kannte, sich vergiftet, als sie versuchte, eine Fehlgeburt herbeizuführen. In den Elendsvierteln der Städte, wo mittellose, unterernährte, schlecht informierte Frauen ein Kind nach dem anderen bekamen, war die Abtreibung das einzige Verhütungsmittel. Und wenn eine oder mehrere dieser Frauen starben, wer war dann schon betroffen genug, um Fragen zu stellen? Sie wußte, daß Arbeiterinnen und Verkäuferinnen, die, wie Nola, nicht bei einem unwilligen Liebhaber betteln wollten, sich häufig diesem heimlichen, oft tödlichen Eingriff unterzogen, weil sie von ihren Eltern wie Generationen Frauen vor ihnen die Botschaft mitbekommen hatten: «Bring uns ja keinen Ärger nach Hause», nicht nur aus moralischen Gründen, sondern weil die Familie einfach kein weiteres Mitglied ernähren konnte. Dann verbluteten sie eben in Kohlenschuppen, manchmal erst vierzehn Jahre alt. Oder sie trieben mit Entsetzen Scherz, redeten von Gefängnis und Tod wie Nola mit ihren achtunddreißig Jahren. Damals in Upper Heaton hatte kein Mensch auch nur das geringste Interesse an der Identität des Liebhabers des toten Mädchens gezeigt. In diesem Fall wollte Nola selbst den Liebhaber nicht hineinziehen.

«Tu es nicht, Nola», sagte sie.

«Liebling –» Claire sah wieder die Angst in den weitgeöffneten Augen. «Was soll ich sonst tun? Überleg mal. Was bleibt – außer dem Fluß? Im Grund läuft es doch auf folgendes hinaus: Ertrinken bedeutet den sicheren Tod. Mein Freund der Arzt tötet mich nur vielleicht. Ich muß es also wagen ...»

Stumm sahen sie einander an. Dann sagte Claire leise: «Du denkst nicht daran, das Kind auszutragen?»

«Bist du verrückt?» Nolas Stimme war ebenso leise.

«Es ließe sich organisieren.»

«Ja. Ich könnte aus gesundheitlichen Gründen ins Ausland gehen und nach neun Monaten wohlauf und strahlend zurückkommen – und irgendwo, in einem Kloster oder so, ein kleines Bündel zur Adoption zurücklassen. Aber das kostet Geld.»

«Ja.»

«Und wer hat Geld? Vetter Arnold natürlich. Er würde mir

vielleicht sogar etwas leihen. Aber er würde sich vor seinen Mädchen mit seiner Großzügigkeit brüsten. Vetter Bernard? Das würde Nanette ihm nicht erlauben. Sie ist nämlich eine anständige Frau, und das heißt, daß sie Leuten, die in Schwierigkeiten sind, nicht hilft. Und meine Mutter – ha, da käme noch eher der Fluß in Frage.»

«Du könntest dir das Geld doch beschaffen, Nola.»

«Vermutlich. Aber etwas anderes kann ich nicht, du Unschuldslamm: Ich kann Benedict nicht entkommen. Soll ich vielleicht ganz lässig sagen, ich fahr auf ein paar Monate nach Cannes, mein Schatz. Er ist doch nicht dämlich. Er würde es merken.»

«Ja.» Und wieder sahen sie einander lange in die Augen.

«Soll ich Benedict vielleicht die Wahrheit sagen?»

«Ja.»

«Lieber sterbe ich.» Sie sagte es kühl und undramatisch. Claire glaubte ihr. Von einem heftigen Mitgefühl und dem verzweifelten Wunsch getrieben, Nolas Leben und das Leben, das in ihr wuchs, zu bewahren, faßte sie Nolas Hände.

«Sag es ihm, Nola. Du kannst es ihm sagen.» Sie war dessen plötzlich gewiß. «Ganz gleich, was er tut oder sagt – lieber Gott, was kann er dir denn schon tun?»

Die Panik, die bis dahin leise im Untergrund gebrodelt hatte, brach sich wie ein Sturzbach Bahn und riß Nola in einen Strudel der Hysterie.

«Ihm sagen? Da würde ich lieber gleich ins Wasser gehen. Seit Jahren – Jahren – habe ich ihn betrogen. Er würde mich – ach, weiß der Himmel – absolut fertigmachen.»

Da Claire wußte, wie gern Nola das glaubte und daß dieser Glaube bei ihren häufig sinnlosen Affären gewissermaßen das Salz in der Suppe war, zögerte sie. Doch dann siegte ihre Entschlossenheit, Nola von diesem schrecklichen Eingriff abzuhalten. «Nola, ich bin sicher, er weiß es sowieso schon – das mit Roland, meine ich – und den anderen . . .»

«Er weiß es!» Unter anderen Umständen wäre Nolas Reaktion, Entsetzen, Verblüffung, Geringschätzung, komisch gewesen. «Nichts weiß er. Claire, machen wir uns doch nichts vor. Moderne Ansichten sind ja ganz schön, aber letzten Endes zählen die Regeln. Und für eine Frau lautet die Regel: Paß auf, daß es dich nicht erwischt. Das hat mir meine Mutter beigebracht. Und wenn es einen erwischt – so wie jetzt mich –, muß man selber sehen, wie man aus dem Schlamassel wieder herauskommt, ohne der eigenen Familie lästig zu fallen oder Peinlichkeiten zu bereiten.»

«Das mag stimmen, Nola.» Sie hatte das Gefühl, auf Eiern zu gehen. «Aber ich glaube, jetzt – in diesem Fall – kannst du Benedict vertrauen.»

«Meinst du?» Ihre Simme kam wie aus weiter Ferne.

«Ja. Du brauchst nicht zu diesem Arzt zu gehen, Nola!»

«Denk mal an!»

«Nola – es ist mir ernst.»

«Ich weiß. Tut mir leid.»

«Was tut dir leid?»

Wieder schluckte Nola krampfhaft und saß einen Moment wie erstarrt, ehe sie sagte: «Weil der Schweinehund mich reingelegt hat – o Gott, Claire!» Sie bäumte sich auf vor Schmerz. Ihre Augen waren glasig. «Claire!»

«Ich bin ja da. Halt dich an mir fest.»

«Das Schwein sagte –»

«Es ist ja gut, Nola.»

«Ich glaubte ihm. Ich glaubte, er könnte es dort tun, und dann wäre es vorbei. Dafür habe ich bezahlt.»

«Heute nachmittag?» Natürlich. Jetzt begriff sie alles: den kessen Schwung der Pelze, das Gerede von Miriams langsam wirkendem Gift, die plötzlichen Küsse für Kit, die Geschichte von der Verabredung mit der großen Liebe.

«Und als er mich fast an den Rand des Wahnsinns getrieben hatte, und ich – ich Idiotin dachte, es wäre vorbei, sagte er: ‹Gehen Sie jetzt nach Hause. In einigen Stunden werden Sie eine Fehlgeburt haben. Wenn die Schmerzen zu stark werden oder die Blutungen nicht aufhören, holen Sie einen Arzt.› Das hat er tatsächlich gesagt. ‹Gehen Sie heim zu Ihrem Mann und holen Sie Ihren Arzt!› Dieses Schwein! Das kann ich doch nicht, Claire. Genau das kann ich nicht. Und jetzt – sieh mich an, Claire – sieh mich an!»

«Ja, ich weiß.»

Sie hatte schon gesehen, daß Nola in einer Blutlache saß.

14

Sie brachte Nola zu Bett, legte ihre Beine hoch und redete beruhigend auf sie ein. Blut ängstigte sie nicht. Männerblut. Aber dieses Blut, das Teilchen ungeborenen Lebens enthielt, das war etwas anderes. Sie verspürte eine tiefe Zärtlichkeit und entfernte jedes blutgetränkte Tuch mit liebevoller Fürsorge.

Sie hatte so viele Männer leiden sehen, daß ihr Mitgefühl manchmal abgestumpft war. Weiblicher Schmerz war ihr neu, doch dieser Schmerz, durch die absichtliche Verwandlung von Geburt in Tod hervorgerufen, drang in ihren eigenen Körper ein, so daß ihr eigener Unterleib sich zusammenzog wie Nolas, ihr eigener Schoß sich unter Qualen öffnete, um diese Blutklumpen hervorzubringen, die ein Kind gewesen waren – ein Kind waren.

Sie verstand sich auf Wunden, die von Geschossen und Gas herrührten. Auf Wunden wie diese verstand sie sich nicht. Sie wußte nicht, wie sie die Blutungen unterbinden sollte, wie lange sie normalerweise andauerten, ohne daß es lebensgefährlich wurde. Sie wußte nicht, ob Nola im Sterben lag.

Und Nola war es gleichgültig.

Nur ja kein Arzt. Sie schrie und weinte es, verschluckte sich hustend an ihren Tränen. Ein Arzt würde sie ins Krankenhaus einliefern. Selbst wenn man die Polizei nicht informierte, würde man doch zweifellos ihrem Mann Mitteilung machen. Sie konnte hier nicht wie in London oder einer anderen großen Stadt einen falschen Namen angeben. Irgend jemand im Kreiskrankenhaus würde sie bestimmt erkennen. Spätestens am nächsten Morgen würde ganz Faxby Bescheid wissen.

«Allein schaff ich das nicht, Nola.»

«Das ist gleich. Ich laß es darauf ankommen.»

Sie hatte sich entschlossen, den Schmerz und das Risiko des Todes auszuhalten. Mut war das nicht. Wenn es keine Alternative gab, hatten Mut und Feigheit keine Bedeutung mehr. Als sie am Nachmittag voller Angst das adrette Häuschen mit den Topfpflanzen und den Spitzenvorhängen betreten hatte, war ihr selbst die aufdringliche Jovialität des Arztes, dessen Hände sie an zwei fette weiße Schnecken erinnerten, annehmbarer erschienen als die Schande der Entdeckung. Männern war es erlaubt, sich ihre kleinen Seitensprünge zu gönnen. Aber wenn eine Frau schon unbedingt sündigen mußte – die Sünde selbst wog anscheinend nicht so schwer –, hatte sie es entweder zu vertuschen oder zu bezahlen. Und bezahlte natürlich allein. Im stillen. Mit dem Tod, wenn unumgänglich. Hauptsache, der gute Name ihrer Familie und der Familie des Liebhabers wurden nicht in den Schmutz gezogen.

Darum hatte sie zugelassen, daß dieser ölige, heimlichtuerische Mann sie in seinem Hinterzimmer mit kaltem Stahl vergewaltigte. Angeekelt von seiner Art und seinen feisten Schneckenfingern auf ihrer nackten Haut, hatte sie ausgehalten, bis Schmerz und Angst ihren Ekel auslöschten und sie ihn weinend anflehte aufzuhören. Sie schluchzte vor Schmerz über ihren Verlust, als er ihr erklärte, warum er nicht aufhören könne.

Verlust! Warum hatte sich dieses Wort in ihr Hirn eingegraben? Verlust!

«Keinen Arzt!» Sie bäumte sich auf in Schmerz und Entsetzen. Bei ihren Entbindungen war sie angenehm betäubt und fern schwebend gewesen. Dies war ihre erste Bekanntschaft mit ungedämpftem Schmerz. Sie hatte nicht erwartet, daß er so furchtbar sein würde, auch nicht, daß sie sich so entwürdigt und schmutzig fühlen würde. Es änderte nichts. «Keinen Arzt.»

«Gut. Aber hör zu, Nola, ich muß einen Moment weg –»

«Nein – warum? Nein, geh nicht!»

«Doch. Ich muß. Wenn ich mich um dich kümmern soll, brauche ich verschiedenes. Ich muß in die Apotheke –»

«Nein.» Nola begann hilflos zu weinen.

«Nola, ich muß mich *richtig* um dich kümmern. Nicht nur deinetwegen, sondern auch meinetwegen.»

«O Gott! Daran hab ich überhaupt nicht gedacht. Aber versprich mir: kein Arzt.»

«Ich verspreche es dir.» Sie wusch sich hastig die Hände und lief zum Zahnarzt gegenüber, der ihr etwas argwöhnisch sein Telefon zur Verfügung stellte. Einen Moment lang konnte sie sich um alles in der

Welt nicht an die allzu vertraute Nummer von High Meadows erinnern.

Sie hatte keine Garantie, daß Benedict zu Hause war. Es war gut möglich, daß er in Thornwick war. Was dann? Auf dem Hof gab es kein Telefon. Was sollte sie tun, wenn sie ihn nicht erreichte? Dann mußte sie auf andere Art versuchen, Hilfe zu bekommen. Sie würde Kit anrufen. Er würde helfen. Sie würde ihn gleich anrufen. Doch der erleichternde Gedanke wich augenblicklich der Erkenntnis, daß sie ihn nicht in eine Sache hineinziehen durfte, die sich vielleicht zu einem Riesenskandal auswachsen würde. Nein, sie mußte Benedict finden oder allein fertig werden.

Sie gab der Vermittlung seine Nummer und mußte lange warten, ehe eine würdevolle Stimme sich mit «Hier bei Swanfield» meldete. Sie fragte nach Benedict.

«Einen Augenblick, Madam. Ich werde sehen, ob Mr. Swanfield im Haus ist.»

«Bitte machen Sie schnell.»

«Gewiß, Madam.»

Aber das Haus war groß. Sie hätte Nola nicht einmal einen Moment allein lassen dürfen, viel weniger die kleine Ewigkeit, die der pomadige Butler brauchen würde, um zu Benedicts Zimmer hinaufzusteigen. Sie begleitete ihn Schritt für Schritt, drängte ihn, versuchte ihm ihre eigene Ungeduld mitzuteilen. Bitte beeil dich! Gewiß, Madam. Am liebsten hätte sie laut geschrien.

«Swanfield hier.»

Sie hatte ihn erreicht. «Oh – Benedict!»

«Claire?» Sie hatte ihn nie zuvor angerufen.

«Ja. Könntest du bitte sofort zu mir kommen. Nola ist hier. Sie braucht dich.»

«Kannst du etwas deutlicher werden?»

«Ich will's versuchen. Sie ist schwer krank.»

«Hast du einen Arzt gerufen?»

«Nein. Man wird – mit Diskretion vorgehen müssen.»

«Ich verstehe. Gut, ich bin in einer Viertelstunde da.»

«Danke.»

Nola war der Bewußtlosigkeit nahe, als sie zurückkam. Ihr Atem ging röchelnd und angestrengt, ihre Wangen waren eingefallen, das Gesicht glich der knöchernen Maske, die Claire so oft bei sterbenden Männern gesehen hatte. Automatisch prüfte sie den Puls, maß die

Temperatur, strich Nola über die Stirn, richtete das Bett, setzte sich, wartete. Auf den Arzt. Auf Benedict. Oder etwas Endgültiges.

Es dauerte nicht lange. Benedict. Gefaßt. Stahlhart.

«Habe ich dich richtig verstanden, Claire?»

«Ja.»

Er hatte bereits einen Arzt bestellt. Da er im Abendanzug war, hatte er wohl eine Verabredung absagen müssen, ehe er losgefahren war. Sie konnte sich vorstellen, wie er kühl seine Entschuldigung vorgetragen hatte. «Es tut mir wirklich leid – es ist etwas Unvorhergesehenes dazwischengekommen – nein, nein, nichts Ernstes.»

Er ging an ihr vorbei ins Zimmer und blickte eine Weile wortlos auf Nola hinunter. Claire konnte sein Gesicht nicht sehen. Sie sah Nola an. Nola sah sie an. «Judas!» sagte sie.

Dann kam der Arzt.

«Ah, Doktor.» Benedict wandte sich ihm zu, ernst, aber freundlich und ein wenig erleichtert – genau das richtige Timbre. «Danke, daß Sie so rasch gekommen sind. Meine Frau hatte einen Unfall.»

«Ah ja.» Es war nicht Miriams gemütlicher Hausarzt, sondern ein jüngerer Mann, glatt und gewandt. «Ein Unfall, sagen Sie? In der Tat?» Unfälle dieser Art, sagte seine Reaktion, konnte man in der Armenstation des Krankenhauses jeden Abend sehen.

«Ja», antwortete Benedict. «Ein Unfall – das sagte ich.»

«Der Zustand Ihrer Gattin war Ihnen bekannt, Mr. Swanfield?»

«Selbstverständlich.» Sein Ton duldete keinen Widerspruch, gleich ob der andere ihm glaubte oder nicht. «Wir fingen gerade an zu hoffen. Zaghaft nur. Und nun diese Enttäuschung.»

«Ich verstehe», sagte der Arzt.

«Dann tun Sie bitte, was Sie können – ich brauche wohl nicht zu sagen, daß die Kosten Nebensache sind.»

Claire ging in ihr Wohnzimmer. Sie hatte getan, was in ihrer Macht stand, um Nolas Leben zu retten. Jetzt war ihr die Verantwortung abgenommen. Sie zündete sich eine Zigarette an und lehnte sich in ihrem Sessel zurück. Sie fühlte sich schlaff und ausgehöhlt. Was weiter geschehen würde, hatte Benedict zu bestimmen. Sie war im Moment zu müde, um sich mit ihren eigenen komplizierten Reaktionen auseinanderzusetzen. Ihr erster verzweifelter Impuls hatte sie getrieben, ihn anzurufen. Benedict, hatte sie gedacht, würde wissen, was zu tun war. Und genauso war es: Er hatte kühl und effizient reagiert. Das war vielleicht um so beeindruckender, als ihm die ganze Geschichte im Grund völlig gleichgültig war. Was mehr konnte sie erwarten? Er hatte die Vaterschaft für das ungeborene Kind seiner Frau anerkannt, obwohl er wußte, daß es nicht sein Kind sein konnte. Aber empfand er für Nola das geringste Mitgefühl? Begriff er jetzt, während er an ihrem Bett stand, daß sie sich aus Angst vor ihm diesem grausamen Eingriff unterzogen hatte? Er war ein kluger Mann, scharfsinnig und erfahren. Sicher verstand er das.

Die Schlafzimmertür öffnete sich. Er kam mit dem Arzt heraus. Der Arzt wirkte ausdruckslos, doch sein Ton war leicht abwehrend, als hätte er das Gefühl, zu weit getrieben worden zu sein.

«Gut, Mr. Swanfield, wenn Sie das wünschen.»

«Ja, ich wünsche es.»

«Dann lassen Sie mich noch einmal sagen – betonen –, damit ich mit reinem Gewissen –»

«Gewissen?» fragte Benedict mit schneidendem Sarkasmus. «Sprechen wir von Gewissen? Verzeihen Sie, aber ich dachte, wir erwögen das Risiko. Ihres und meines natürlich, was so ziemlich auf das gleiche herauskommt, nicht wahr?»

Es folgte eine kleine Pause. «Trotzdem, Mr. Swanfield –»

«Ja?»

«In Anbetracht des kritischen Zustands Ihrer Gattin –»

«Ja, Doktor, eben in Anbetracht dieses Zustands können wir vielleicht endlich handeln. Das Haus hat eine Hintertür. Sie haben einen privaten Krankenwagen, nicht wahr?»

«Ja.»

«Gut. Die Gasse ist schmal, aber Sie werden es gerade schaffen. Bitte veranlassen Sie das Nötige.»

Der Arzt ging. Claire stand auf, um nach Nola zu sehen, die jetzt fachmännisch versorgt war. Ihr bewußtloses Gesicht war zu nackt und zu hilflos, als daß man es lange hätte ansehen können. Als sie wieder ins Wohnzimmer kam, stand Benedict vor dem Kamin und zündete sich eine Zigarette an.

«Du zahlst dem guten Doktor wohl ein hübsches Sümmchen», sagte sie kalt.

«Meinst du, ich kann in dieser Situation feilschen?»

«Und du läßt sie gegen seinen Rat verlegen, nicht wahr?»

«Ich weiß keine Alternative.»

«Ich schon.»

«Natürlich.» Sein Ton sagte: Erspar mir die Einzelheiten. Bring mich nicht zur Weißglut. So sprach er mit Eunice.

«Sie kann hierbleiben. Ich sehe nichts, was dagegen spricht.»

«Nein – du nicht.»

«Aber du?»

«Ja.»

Das war alles. Ein kurzes, abweisendes Wort, mit dem er sie zur schwachköpfigen Wichtigtuerin degradierte. Aber noch ehe sie ihm ihre Meinung sagen konnte, fügte er mit sichtlicher Ungeduld hinzu: «Sie ist immer noch in Lebensgefahr. Wenn sie hier stirbt, müßtest du deine Großzügigkeit bitter bereuen. Möglich, daß du bereit bist, das Risiko auf dich zu nehmen, ich muß an andere Dinge und andere Menschen denken.»

Sie trat von ihm weg. «Mit anderen Worten, wenn sie in High Meadows stirbt, kannst du es vertuschen, aber wenn sie hier stirbt, gibt es einen Skandal. Darum muß sie jetzt brav in High Meadows sterben.»

«Genau!» Er warf seine Zigarette ins Feuer.

«Du bist wirklich ein eiskaltes Schwein, Benedict», sagte sie im Konversationston.

«Ja», antwortete er freundlich. «Du hast ziemlich lange gebraucht, um das zu merken.»

Die Fahrt nach High Meadows war nicht die schlimmste, die sie je unternommen hatte. Sie hatte Stunden und Tage, unvorstellbare Nächte in Lazarettzügen zugebracht, wo die Verwundeten wie Sardinen zusammengepfercht waren, auf Lazarettschiffen, wo im heißen August die Wunden schwärten und in der mörderischen Winterskälte gefroren. Dies war längst nicht so schrecklich. Aber es war schlimm genug.

«Mrs. Swanfield, Sie waren eine große Hilfe.» Der Arzt hatte seine eigene Schwester mitgebracht, eine tüchtige, zitronensaure Frau, die eine gewöhnliche Lazarettschwester aus dem Krieg von oben herab ansah. Claire kletterte nur in den Krankenwagen, weil sie Nola nicht allein lassen wollte.

Benedict war vor ihnen da. Nolas Zimmer war bereit. Ihr Mädchen und Parker warteten auf Befehle.

«Meine Frau ist plötzlich erkrankt.» Mehr brauchten sie seiner Meinung nach nicht zu wissen. «Haben Sie alles, was Sie brauchen, Doktor?»

«Ich denke schon.»

«Falls etwas fehlt, lassen Sie es mich wissen.»

«Danke.»

Claire konnte nicht erkennen, ob Nola unter der Fahrt gelitten hatte. Im Wagen war sie ruhig gewesen, hatte sich kaum gerührt in ihrem Betäubungsschlaf, aber als man sie hinauftrug, war sie so bleich wie eine Wachspuppe.

«Geh mit ihnen», sagte Benedict kurz und befehlend.

«Das wollen sie nicht.»

«Das kann ich mir denken. Aber ich möchte es. Du verstehst doch genug, um dir ein Urteil zu bilden.»

«Vielleicht.»

«Vielleicht reicht nicht, Claire.»

Nie hatte sie soviel Feindseligkeit und Bitterkeit gegen einen Menschen verspürt. «In Ordnung, Benedict. Du mußt natürlich informiert sein, damit du mit deinen einflußreichen Freunden reden kannst – falls sie stirbt.»

Polly war ausgegangen, würde erst spät zurückkommen, viel zu sehr mit ihren eigenen Angelegenheiten beschäftigt, um etwas zu merken. Miriam war im Theater. Was würde Benedict ihr erzählen, wenn sie nach Hause kam? Die geschickt abgewandelte Version der Wahrheit, die er dem Arzt geboten hatte und die Miriam genau wie dieser zu glauben vorgeben würde.

«Mein lieber Junge, wie traurig. Ich wußte gar nicht, daß bei euch ein Kind unterwegs war.»

«Ja. Man muß diese Wechselfälle des Lebens gelassen tragen.»

«Wie wahr.»

Miriam würde in ihr Zimmer trippeln und sich sagen, wenn man schon unbedingt Seitensprünge machen mußte, dann doch wenigstens mit Stil und vor allem mit Vorsicht.

Claire trat, ohne anzuklopfen, in Nolas Zimmer und schloß die Tür energisch hinter sich.

«Meine liebe Mrs. Swanfield –?» sagte der Arzt.

«Mr. Swanfield hat mich gebeten, Ihnen zu helfen.»

«Tatsächlich!» Er tauschte einen vielsagenden Blick mit der Schwester.

«Wenn Sie ohnmächtig werden sollten, meine Liebe», sagte Schwester Cardew zuckersüß, «fallen Sie bitte nach Möglichkeit nicht gerade auf die Patientin.»

Claire erwiderte, eine solche Gefahr bestünde nicht.

Nachtwache war ihr nichts Neues. Sie hatte viele Nächte allein in einer Baracke voll Sterbender gesessen, weil nicht genug Pflegepersonal dagewesen war. Sie unterwarf sich jetzt der Autorität dieses überheblichen, aber – das gab sie gern zu – tüchtigen Paares, Hilfsschwester wieder, die als Blitzableiter dient und den Tee zu holen hat. Und endlich war die Krise überstanden, die Blutungen hörten auf, Nolas Herz schlug noch, obwohl ihr Gesicht immer noch wächsern und nackt war.

Es ging der Patientin «den Umständen entsprechend». Mit Sicherheit konnte man nichts sagen. Die Worte «Infektion» und «Rückfall» lagen dem Arzt auf der Zunge, doch er meinte, er könne die Patientin jetzt mit ruhigem Gewissen seiner tüchtigen Pflegerin überlassen. Er würde am Morgen wiederkommen, vielleicht gegen elf. Es sei denn, es träte eine Wendung zum Schlechteren ein. Dann würde er selbstverständlich sofort kommen.

«Sie sollten sich ein bißchen ausruhen, Mrs. Swanfield», meinte Schwester Cardew, «sonst muß ich am Ende noch zwei Patientinnen pflegen.»

Das Haus lag in tiefer, frühmorgendlicher Ruhe, als sie nach unten kam. Perlgraues Licht sickerte durch die zugezogenen Vorhänge. Benedict saß in seinem Arbeitszimmer und wartete mit der lauernden Geduld einer Katze.

Sie war nicht mehr zornig. Vielleicht hatte sie den Zorn gebraucht, um durchzuhalten. Jetzt, wo die Gefahr gebannt schien, war sie nur noch erschöpft.

«Ich würde gern nach Hause fahren, Benedict.» Das war alles, was sie jetzt wünschte. Allein sein. Stille.

«Ich fürchte, das geht nicht. Dein Schlafzimmer muß erst einmal gesäubert werden.»

Verflixt, daran hatte sie nicht gedacht. Und sie hatte jetzt nicht die Energie, diese Säuberungsaktion in Angriff zu nehmen. Enttäuscht setzte sie sich ihm gegenüber.

«Wie geht es ihr jetzt?»

«Sie ist sehr ruhig. Die Cardew scheint zufrieden. Sie glaubt wohl, daß das Schlimmste vorbei ist.»

«Ja, so sieht es aus. Der Arzt hat mit mir gesprochen, ehe er ging.»

Was würde aus Nola werden? Würde er sie strafen, oder würde er es ihr, wie immer, selbst überlassen, sich zu strafen?

«Claire . . .»

Sie hob den Kopf und war entsetzt, als sie sein Gesicht sah. «Benedict, du siehst – grauenhaft aus.»

«Ach ja? Woher mag das wohl kommen?» Sein Ton war kühl und arrogant wie immer, doch sein Gesicht schien im zaghaften Licht des Februarmorgens wie ausgehöhlt von Anstrengung. Die Augen waren eingesunken, wirkten tief schwarz, und von ihren Winkeln verzweigte sich ein Netz feiner Linien, die sie nie zuvor gesehen hatte.

Sie begannen beide zugleich zu sprechen, doch seine Stimme übertönte die ihre und zwang sie, ihm zuzuhören.

«Ich fühle mich nicht verpflichtet, dir oder sonst jemandem Erklärungen zu geben –»

«Benedict, ich habe nicht verlangt –»

«– aber ist dir vielleicht der Gedanke gekommen, als du dastandest und mich beschuldigt hast – äh – was genau hast du mir vorgeworfen?»

Er war erregt, vielleicht nur von Zorn, aber erregt wie andere Menschen. Augen und Mund waren schmal, als er sich zu ihr neigte und die Worte sprach, die er, wie sie wußte, lieber nicht ausgesprochen hätte. Aber etwas in ihm war stärker als sein eisenharter Wille. Und wenn es durchbrach, würde es ihn verwunden.

«Ich dir etwas vorwerfen?» sagte sie bedacht. «Es kommt mir vor, als wäre es ewig her.»

«Aber mir nicht. Darum frage ich dich noch mal. Kam dir, als du die heldenmütige Jeanne d'Arc spieltest, auch nur flüchtig der Gedanke, daß ich auf zwei Kinder Rücksicht zu nehmen habe? Sicher, sie sind auf dem Internat, aber trotzdem. Hättest du ihnen gern gesagt, daß ihre Mutter unter verdächtigen Umständen in einem Mietshaus am Mannheim Crescent gestorben ist? Sie sind inzwischen alt genug, um zu begreifen, was das heißt. Aber noch zu jung, um es angemessen zu verarbeiten.»

«Es tut mir leid, Benedict.»

«Ich *mußte* Nola wegbringen.»

«Ja, ja, ich versteh das jetzt. Ich verstand es vorhin schon. Aber sie tat mir so entsetzlich leid, und – und –»

«– und ich zeigte überhaupt kein Gefühl. Richtig?»

«Ja. Tat sie dir denn leid?»

«Wieso? Maschinen haben keine Gefühle. Aber sie funktionieren in einer Krise verdammt gut – aus eben diesem Grund. Sie empfinden kein Mitleid und später keine Schuld – oder?»

«Und *du*?»

Sie sah, wie tief er fühlte, und das reichte. Es machte alles – Edwina und Lois und den furchtbaren Blumenstrauß – wieder gut. Schon ehe er darum bat oder ihr bewiesen hatte, daß er es verdiente, hatte sie ihm vergeben.

«Ich mußte sie hierherbringen. Natürlich war es ein Risiko. Und ich gebe zu, daß ich vor ihr an die Kinder dachte. Wäre sie unterwegs gestorben, es wäre meine Schuld gewesen. Du glaubst offenbar, das machte mir nichts aus.»

«Ja, das glaubte ich. Ich bin froh, daß es nicht stimmt.»

Er lehnte sich zurück und versank im Schatten wie so oft, aber plötzlich fuhr er hoch und schlug mit der flachen Hand auf den Tisch.

«Herrgott, Claire, wie kannst du so wenig auf dich achten? Weißt du nicht, in welcher Gefahr du warst? Wenn man sie bei dir gefunden hätte, hätte man dir ohne weiteres etwas anhängen können. Du warst Krankenschwester. Du hättest es selber tun können.»

«Benedict – niemals.»

«Das weiß ich. Aber was hätte ich tun können, wenn man dich wegen fahrlässiger Tötung vor Gericht gestellt hätte? Ich hätte dir einen guten Anwalt bezahlen können; aber hätte ich dir die Zeitungsfritzen und die Sensationsjäger vom Leib halten können? Hätte ich etwas daran ändern können, daß ein Aufenthalt in einer Gefängniszelle schrecklich ist? Bestimmt nicht. Daran hast du überhaupt nicht gedacht, wie? Du hast nur gesehen, daß ich keine Gefühle zeigte. Ich wollte Nola retten, und ich wollte dich retten, ganz gleich, was du von mir denken würdest. Claire, du hast dich verhalten wie ein Kind, das auf den Eisenbahnschienen sitzt. Gott sei Dank, daß du mich angerufen hast.»

«Ja.» Sie drehte den Kopf, vielleicht um ihn nicht so direkt ansehen zu müssen – und sah die Lilienschale. «Was tut die denn hier?»

«Was?»

Beinahe anklagend wies sie auf die Schale. Ohne sich umzuwenden, da er ja wußte, was sie gesehen hatte, antwortete er mit einer Geste künstlicher Nonchalance und hüllte sich in seinen abweisenden Zynismus wie in einen Mantel, der ihn aber nicht mehr ganz bedeckte.

«Ach, die. Wolltest du sie zurückhaben?»

«Natürlich nicht.»

«Warum sollte sie dann nicht hier sein?»

«Ich weiß auch nicht. Sie paßt nicht hierher.»

«Wie aufmerksam von dir. Du hast recht.» Wieder war er erregt, aber nicht von Zorn. Sie hörte das Splittern des Eises und flog ihm entgegen, um ihm Halt zu geben, und es war ihr gleich, ob sie zurückgestoßen wurde. «Nein», sagte er beinahe heftig, «sie gehört nicht hierher. Und ich auch nicht. Darum passen wir beide zusammen.»

«Ich verstehe dich nicht, Benedict.»

«Gut. Genau das wollte ich immer.»

«Du sagst, du gehörst nicht hierher. Aber High Meadows gehört doch dir.»

«Wirklich? O ja – seit sie mich unter seinen Grundmauern lebendig begraben haben. Das nenne ich Zusammengehörigkeit!»

Es war ihr eigener Kindheitsalptraum. Edward Lyall, wie er sie im Sand vergrub, während Dorothy mit liebevollem Lächeln an seiner Seite stand. Sie fröstelte. «Erzähl es mir», sagte sie.

Schweigen. Er griff gereizt nach einer Zigarre und schloß flüchtig die müden Augen. In dieser trüben Stunde winterlichen Tagesanbruchs spürte sie mit seinem Schwachwerden die Rückkehr ihrer eigenen Stärke, einer tiefen, weiblichen Kraft, die weit weniger spektakulär war als die des bewaffneten Kriegers, doch unendlich viel hartnäckiger, langmütiger, ausdauernder.

«Benedict?»

Das Feuer war heruntergebrannt, Regen prasselte gegen die Fenster. Bald würde einer der Dienstboten an die Tür klopfen, um Erlaubnis bitten, die Vorhänge aufzuziehen, ein neues Feuer zu machen, das Frühstück zu bereiten. In der Stille, die zwischen ihnen hing, beugte er sich vor und begann zu sprechen, kurz, schroff, bemüht, es hinter sich zu bringen.

«Also gut. Es gibt kein Geheimnis um mich, Claire. Ich bin der, den du gesehen hast. Nichts anderes. Ich bin ein Mann, der mit Fremden schläft und ihnen dann den Rücken kehrt. Weil ich möchte, daß sie Fremde bleiben. So einfach ist das. Ich herrsche mit eiserner Faust über diese Familie, weil mein Vater es mich so gelehrt hat. Und um sicherzustellen, daß ich ihm gehorche, legte er mich in eiserne Ketten. Tatsächlich beherrscht die Familie *mich*, wenn es auch keiner von ihnen merkt, und ich kann sie nicht loswerden. Sie haben ein

Recht auf die jährlichen Zahlungen, die ich verdienen muß. Ich kann sie nicht auszahlen, weil die Firma das nicht verkraften würde. Mein Vater wußte das natürlich; er hat mich praktisch Miriam und den anderen auf Lebenszeit ausgeliefert. Ich bin nicht glücklich mit dieser Position, aber ich akzeptiere sie. Ich bin an dieses Haus und diese Familie und an die Ehe, die dazu gehört, gebunden. Was willst du mit einem Mann wie mir, Claire?»

Er machte eine Pause, ließ ihr aber keine Zeit zu erwidern.

«Du weißt, was für ein Mensch ich außerhalb der Mauern dieses Hauses bin. Ich habe dafür gesorgt, daß du es erfährst. Es war das Beste, was ich für dich tun konnte. Täusche dich nicht. Mir gefallen Frauen wie Lois Chiltern. Sie passen mir. Mehr brauche ich nicht.»

«Das glaube ich dir nicht.»

«Claire.» Die verzweifelte Aufrichtigkeit hielt sie gefangen. «Ich war noch nie so ehrlich. Mehr brauche ich nicht. Mehr ist mir nicht möglich.»

Sie schüttelte den Kopf.

«Dann laß es mich so sagen: Mehr kann ich mir nicht leisten. Wenn man ein Gefangener ist und weiß, daß Flucht ausgeschlossen ist, tut man gut daran, die Flucht nicht zu wünschen. Mein Gefängnis ist bequem. Dafür habe ich gesorgt. Bring mich nicht in Unruhe, Claire.»

«Sag mir, warum die Schale hier ist.»

«Um mich daran zu erinnern, was für ein Fehler das mit dir war.»

«Beinahe habe ich dich geliebt, Benedict – ja, ich glaube, ich habe dich geliebt.»

«Wie kannst du das sagen? Wie kannst du das zugeben?» Er war entsetzt, und sie mußte darüber lächeln.

«Ich hab's doch so empfunden. Weshalb sollte ich es wegwerfen, indem ich so tue, als wäre es nicht so gewesen.»

«Ich kann das nicht», sagte er. «Für dich ist das so einfach – dich zu öffnen, deine Gefühle zu zeigen. Ich kann das nicht.»

Sie wartete einen Moment. «Die Schale.»

«Zum Teufel mit deiner Schale, Claire! Laß mich in Ruhe!» Er sprang auf. Die dunklen Augen blitzten in dem leidenschaftlichen Gesicht. Mit einer blitzschnellen Bewegung, so heftig, daß sie instinktiv abwehrend den Arm hob, war er bei ihr. «Ich brauche die Schale hier», stieß er rauh hervor. «Ich starre sie an wie ein Narr und denke an dich. Gerade darum habe ich dich weggeschickt, weil ich zuviel an dich dachte. Und du weißt es ganz genau. Und wenn ich dich zurückwünsche, was ziemlich häufig vorkommt –»

«Ich bin da», sagte sie.

«Was bist du doch für eine Närrin. Was für einen egoistischen Schweinehund machst du aus mir.»

Sie lächelte. «Benedict, ich bin da.»

15

Vier Wochen waren vergangen, sachte kam der April mit kühlem Sonnenschein und regenblankem Himmel, grünen Wiesen und blühenden Narzissen. Nola war nach Eastbourne abgereist. Es hatte keinen Skandal gegeben. Miriam selbst hatte dafür gesorgt.

Indem Benedict sich zu seiner Frau bekannt hatte, hatte er ihren Ehebruch verziehen und jede Möglichkeit einer Scheidung ausgeschaltet. Die blasse, dünne Frau mit dem leeren Blick, die mit Nanette Crozier nach Eastbourne gereist war, würde wohl so bald auch keinen Ehebruch mehr begehen – vielleicht nie wieder. Doch Benedict hatte sowieso nicht beabsichtigt, sich scheiden zu lassen. Er würde weiterhin für Nola die Verantwortung tragen. Das erklärte er sowohl ihr als auch Claire.

Am Sonntag nach ihrer Abreise saß Claire in Benedicts Arbeitszimmer und sah zu, wie der Nachmittagshimmel sich langsam verdunkelte. Sie fühlte sich gänzlich wohl und unbefangen in seiner Gegenwart und genoß es, mit ihm zusammen am offenen Fenster zu sitzen und ruhig zuzusehen, wie der launische Frühlingstag allmählich im Abenddunst versank.

Er war noch nicht wieder ihr Liebhaber. Ich bin da, hatte sie zu ihm gesagt, und das war ein Versprechen gewesen. Sie würde es halten, solange ihr Zusammensein seine Bedeutsamkeit behielt. Wie lange das so sein würde, wußte sie nicht. In ihr sprudelte eine Freude am Leben, eine Wärme, die nicht versiegte. Er konnte sie nicht geben. Das verstand sie. Aber was, außer feigem Stolz und dummer Konvention, hinderte sie daran, für zwei zu geben? Zum erstenmal seit ihrer Rückkehr aus Frankreich, fühlte sie sich bis an ihre Grenzen gefordert, erfüllt und lebendig.

Am Morgen hatte sie ihre Mutter zur Kirche begleitet, wo sie hinterher von der Gemeinde vollbusiger Matronen alle Details über Nolas «tragisches Mißgeschick» gehört hatte.

«Die rauhe Luft am Meer wird ihr guttun.»

Sie hatte zustimmend gelächelt, hatte auch zustimmend gelächelt, als Edward ihr auf dem Heimweg einen Vortrag darüber gehalten hatte, daß man im Leben ein Ziel haben müsse.

«Du kannst nicht den Rest deines Lebens im *Crown* bedienen, meine Liebe. In Gesellschaft eines Menschen, der – nun – der nichts anderes gewöhnt ist.»

«Sicher.» Um Dorothy nicht weh zu tun und weil Edward sie längst nicht mehr treffen konnte, sprach sie sehr freundlich.

«Und da eine Wiederverheiratung – wir wollen das doch klar sehen – bei dem derzeitigen Frauenüberschuß kaum in Frage kommt, mußt du dir vor Augen halten, Claire, daß die Zeit nicht für dich arbeitet.»

Aber sie hatte mit der Wechselhaftigkeit der Zeit eine weit innigere Bekanntschaft als Edward. Sie kannte ihre grausamen Streiche, ihre leeren Versprechungen, ihre hinterhältige Art, einfach abzulaufen.

«Weißt du eigentlich», sagte sie jetzt lächelnd zu Benedict, «wie sehr Edward dich vergöttert?»

«Der Mann hat offensichtlich einen guten Geschmack.»

«Nein. Er tut es aus den falschen Gründen.»

«Ach?»

«Weil du reich und mächtig bist und so unheimlich imposant.»

«Und das ist für dich kein Grund, mich zu vergöttern?»

Sie lächelte wieder. «Ich weiß nicht. Wir können ja nach dem Abendessen nach Thornwick fahren und sehen, wie es ist. Natürlich nur, wenn du willst.»

«Das weißt du doch.»

Er brauchte sie nicht zu berühren. Sie sahen sich nur lächelnd an, ganz im Einverständnis.

«Meinst du, es ist richtig, so bedenkenlos von dir zu geben, Claire?»

«Wahrscheinlich nicht. Ich sollte geizig und verschämt tun und dich zwingen, mir hinterherzulaufen. Aber wäre das nicht reine Zeitverschwendung?»

«Ist es denn so eilig?»

«Ja», antwortete sie. «Immer. Wenn man das Glück hat, etwas zu finden, das man sich wünscht – und das ist Glück, denn man kann Jahre dahinleben, ohne fähig zu sein, irgend etwas überhaupt zu wünschen –, dann muß man es sich nehmen. Sofort. Noch am selben Tag. Das Leben kann am nächsten Tag schon zu Ende sein.»

«Mein Kind, das bezweifle ich.»

«Das solltest du aber nicht. Das Leben geht jeden Tag für einen Menschen zu Ende.»

Er lächelte nachsichtig. «Ich weiß, Claire. Die Philosophie des heimgekehrten Soldaten. Gut, fahren wir nach dem Abendessen nach Thornwick – wenn wir früh genug wegkommen.»

Niemand legte ihnen etwas in den Weg. Eunice und Polly waren vollauf mit ihren Bemühungen beschäftigt, das Telefon zu monopolisieren; die eine, um ihren ältesten Sohn aufzuspüren, die andere, um den Anschluß für Roy Kington freizuhalten, der versprochen hatte, sie anzurufen. Und Miriam, die vielleicht Ansprüche auf Claire hätte erheben können, war durch Eunices ständiges Aufspringen beim Abendessen völlig verstört.

Keiner achtete deshalb auf sie, als sie durch die sternenhelle Nacht davonfuhren.

Im Haus war ein Duft von Frühlingsblumen und frischer Luft, die durch die geöffneten Fenster hereinströmte. Noch ehe sie den Mantel ausgezogen hatte, schlang sie die Arme um ihn und hielt ihn so, ihre Wange an der seinen, in einer langen, guten Umarmung.

«Wir wollen nicht zuviel analysieren, Benedict, ja? Ich weiß, wir müssen darüber sprechen, ob richtig oder falsch und wie lange es dauern kann. Aber nicht jetzt. Laß es uns jetzt einfach leben. Dann haben wir es, und keiner kann es uns nehmen.»

Er drückte sie fest. «Ich weiß. Ehe die Bomben fallen.»

Ihr Körper hatte ihn vermißt. Er hatte gewiß nicht enthaltsam gelebt, doch ihr Willkommen berauschte seine Sinne, so daß sie beide sehr rasch zum Höhepunkt kamen. Danach ließ sie ihre Arme um ihn und hielt ihn fest. Sie war glücklich und sagte es ihm.

«Und liebst du mich beinahe wieder?»

«O ja.» Sie schmiegte sich an ihn, schwindlig vor Liebe und Wonne, konnte alles sagen, so keck sein, wie sie wollte. «Erzähl mir von deiner ersten Freundin, Benedict.»

«Du meine Güte – Claire!» Aber er lächelte.

«Warum nicht?»

«Weil ein Gentleman über solche Dinge nicht spricht.»

«Ach, es muß doch schon ewig her sein. Wie alt warst du?»

«Sechzehn, glaube ich.»

«Schäm dich. Wehe, ich hör dich noch einmal was gegen Justin sagen. Und sie?»

«Ungefähr doppelt so alt.»

«Ach – wie aufregend!»

«Ja, das war sie. Eine sehr selbständige Lehrerin mit fortschrittlichen Ansichten. Exzentrisch. Unberechenbar. Sehr schön.»

«Falls du versuchen solltest, mich eifersüchtig zu machen – es gelingt dir prächtig.»

«Ich beantworte nur deine Frage.»

«Und danach?»

«Dann bin ich eine Zeitlang für die Firma gereist. Da macht man leicht Bekanntschaften. Dann hatte ich einen langen Flirt mit Elvira Redfearn und hätte mich beinahe mit ihr verlobt. Aber mein Vater entschied dagegen.»

«Benedict!» Sie fuhr erstaunt hoch. «Ich kann mir nicht vorstellen, daß du jemandem gestattest – auch deinem Vater nicht –, so etwas für dich zu entscheiden.»

«Du kanntest mich nicht, als ich fünfundzwanzig war.»

Sie zeichnete mit der Fingerspitze die schmale, leicht eingefallene Wange nach, den langen Mund, den Schwung seiner Brauen, den sie einmal für arrogant gehalten hatte.

«Nein, damals kannte ich dich nicht. Schade. Wie warst du?»

Er nahm ihre Hand. Ihr Gespräch drohte dichter und tiefer zu werden, als sie beabsichtigt hatten.

«Ich litt an chronischem Geldmangel. Daran erinnere ich mich am lebhaftesten. Taktik natürlich von seiten meines Vaters. Traditionelle Taktik in dieser Gegend. Wie könnte ein Fabrikherr, der etwas auf sich hält, seinen Sohn so hart in die Zucht nehmen, wie es hier üblich ist, wenn er ihn nicht mit dem Geld kurzhielte? Ein junger Mann mit Geld in der Tasche wäre vermutlich nicht so leicht bereit, jeden Morgen um halb sechs aufzustehen. Und würde vielleicht auch in anderer Hinsicht nicht immer gehorchen.»

«Du meinst, er würde seinem Vater nicht erlauben, ihm die Ehefrau auszusuchen?»

«Genau. Willst du hören, wie es war?»

«Ja.»

«Als ich fünfundzwanzig war, wurde beschlossen, daß ich heiraten sollte. Wenn man eine gewisse Stellung im Leben erreicht hat, ist es immer gut, verheiratet zu sein. Junggesellen werden in Kleinstädten leicht schief angesehen. Mit meinem Vater war ausgemacht, daß ich an meinem Hochzeitstag Aufsichtsratsmitglied werden würde – die offizielle Anerkennung für eine Stellung, die ich schon jahrelang ausgefüllt hatte. Außerdem sollte ich ein anständiges Gehalt bekommen. Elvira Redfearn hatte etwas Vermögen. Nola ebenfalls. Mein Vater fand die Lagerhäuser und Baufirmen der Croziers sowie ihren Ruf in der Wollbranche weit beeindruckender als die Ladenkette der Redfearns. Ich konnte nur zustimmen.»

«Es hat dir nichts ausgemacht?»

«Ich kannte Elvira schon lange. Nola war eine ganz neue Bekanntschaft. Deshalb fand ich sie vielleicht attraktiver. Um ehrlich zu sein, sie erinnerte mich an meine Lehrerin. Ungewöhnlich. Nicht hübsch im landläufigen Sinn. Sie paßte nicht in ein Schema. Nur, bei meiner Lehrerin erwies sich das als ‹originell› und ‹aufregend›. Bei Nola nicht. Ich muß aber auch zugeben, daß mir damals die neue Autorität und das Geld am wichtigsten waren.»

Sie ließ seine Hand los und streichelte sein Gesicht.

«Ich bin fünfundzwanzig, Benedict – oder doch beinahe.»

«Ich weiß. Und ich bin vierzig. Das hier ist also wirklich lächer –»

«Ja, sehr lächerlich. Weil ich eifersüchtig bin –»

«Auf wen denn um Himmels willen?»

«Auf originelle, ungewöhnliche Frauen im allgemeinen und im besonderen.»

«Claire», sagte er ernst, «eine Frau wie dich habe ich nie gekannt.»

Sie glitt auf ihn hinunter und küßte ihn lange, die Hände um seinen Kopf gelegt, ihren Körper warm und zärtlich an den seinen geschmiegt, bis er die Arme um sie schlang und sie so fest an sich drückte, daß sie leise sagte: «Du tust mir weh, Benedict.» Aber selbst da ließ er sie nicht los.

«Natürlich tue ich dir weh. Ich *muß* dir weh tun, so oder so. Wie kann ich es jetzt noch vermeiden? Du hättest mich aus deinem Leben streichen sollen, als ich dir die Gelegenheit dazu gab. Damals, mit Lois, wollte ich dir zeigen, daß ich nicht der Mann bin, den du lieben kannst. Um *deinetwillen*, Claire. Denn ich kann ja durch dich nur gewinnen. Ich möchte dich bei mir haben, Claire, und ich weiß genau, wie ich dich halten kann. Ich brauche nur deine Weichheit und deine Großzügigkeit auszunützen. Dann kann ich dich vielleicht sogar für immer an mich binden. Und das möchte ich. Als mir das das erstemal klar wurde, fuhr ich auf und davon. Ich habe dich nicht im Stich gelassen, Claire, ich wollte dich retten – vor dir selber! Aber du wolltest dich nicht retten lassen. Du reagiertest ehrlich und großzügig. Und ich konnte nicht widerstehen. Ich verlor den Willen zu widerstehen – bis zum nächsten Mittag, als ich mir das Zusammentreffen mit Lois und Edwina zunutze machte. Es fiel mir nicht leicht. Es wird mir wahrscheinlich nicht leichter fallen, wenn ich es wieder tun muß.»

«Wir sollten doch nicht zu tief schürfen – noch nicht.»

«Man muß den Moment nutzen. Gerade du müßtest das wissen. Und du willst doch deine Tage nicht im Blauen Zimmer beschließen, oder? Ich kann dir sonst nichts bieten. Im Augenblick kann ich noch erkennen, wie unrecht es wäre, dir eine solche Zukunft aufzuerlegen. Aber vielleicht sehe ich es mit der Zeit gar nicht mehr.»

«Nicht jetzt, Benedict – bitte.»

«Gut. Kannst du über Nacht bleiben?»

«Ich sollte nicht.»

«Das heißt, du kannst. Und wenn du morgen deinen Chef siehst, dann sag ihm, daß du Urlaub brauchst – vierzehn Tage spätestens ab nächsten Montag. Das schuldet er dir.»

Sie setzte sich wieder auf. «Verreisen wir zusammen?»

«Ja. Wollen wir nach Frankreich reisen? Nein, nein, rümpf nicht die Nase. Ich spreche nicht von einer großen Tour der Schlachtfelder. Ich dachte, du würdest dir gern die Gegend ansehen, wo der Vouvray herkommt.»

Sie lachte entzückt. «Ach ja. Das wäre schön. Geht das?»

«Natürlich. Wir brauchen uns nur in London zu treffen und dann in getrennten Zügen nach Faxby zurückzufahren.»

«Da scheint mir die Erfahrung zu sprechen.»

«Natürlich.»

«Ach so – natürlich.» Sie sahen einander lächelnd an. Es war eine Nähe zwischen ihnen, die mit körperlicher Berührung nichts zu tun hatte.

Zwei Wochen in Frankreich. Die Aussicht lockte wie ein glitzernder Preis und weckte in ihr die reine, uneingeschränkte Vorfreude der Kindheit. Kit gab ihrem Verlangen wohlwollend nach. Sie hatte schließlich acht Monate lang ununterbrochen gearbeitet. Sie brauchte eine Pause.

«Aber wieso gerade Frankreich?» fragte Dorothy, die spürte, daß ihre Tochter ein Geheimnis hatte. «Warum nicht an die Südküste, Kind? Edward und ich verbrachten vor einigen Jahren einen herrlichen Urlaub in Bournemouth. Die Adresse der Pension habe ich sicher noch irgendwo.»

«Nein danke, Mutter. Ich reise nach Frankreich.»

Miriam andererseits war ganz freundliche Ermunterung.

«Wie hübsch, mein Kind. Ich bin schon lange der Meinung, daß du eine Verschnaufpause brauchst. Benedict verreist auch. Ach, wußtest du das nicht? Natürlich – wieso sollte dich das auch interessieren. Ich weiß natürlich nicht wohin. Ich möchte auch nicht neugierig sein, weißt du. Ich vermute, es ist halb Geschäfts-, halb Vergnügungsreise. Vielleicht könntet ihr zusammen reisen, wenigstens bis London. Ach so. Du fährst erst Montag. Er reist schon morgen ab. Schade. Vielleicht begegnet ihr euch irgendwo, wer weiß. Es gibt ja die merkwürdigsten Zufälle. Unter uns gesagt – streng im Vertrauen –, Benedict macht mir oft Sorgen. Er ist zu einsam.»

«Ach?»

Miriam lächelte liebevoll und ein wenig verschmitzt.

«Du hast wohl einiges über seine Amouren gehört, hm? Und ich werde dich wahrscheinlich schockieren, wenn ich dir sage, daß die Gerüchte wahr sind. In Anbetracht von Nolas trauriger Erfahrung möchte ich mich über den Zustand ihrer Ehe nicht auslassen. Aber wenn ein Mann zu Hause nicht glücklich ist, fühlt er sich im allgemeinen berechtigt, sein Glück anderswo zu suchen. Mein eigener Mann hatte während seiner ersten Ehe zahllose Affären. Ehe er mich heiratete, sagte er einmal – er war sehr direkt, weißt du –, er hätte so viele Gesichter neben sich auf dem Kopfkissen gesehen, daß er sie kaum noch voneinander unterscheiden könnte. Das bedrückte ihn. Es würde mich interessieren, ob es Benedict ähnlich geht.»

«Ich weiß – das kann ich wirklich nicht sagen.»

«Nein?» Miriam lächelte wieder sehr süß. «Natürlich nicht. Du bist zu jung, um so etwas zu beurteilen. Die Erfahrung reift langsam, und ich habe dieser Tage kaum etwas anderes zu tun, als dazusitzen und meine Beobachtungen zu machen. Aber du weißt natürlich, daß Benedict ein sehr schwieriger Mensch ist?»

«Ja.» Mehr als dies eine Wort brachte sie nicht heraus.

«Weit schwieriger als sein Vater. Aaron war hart. Benedict ist kalt. Selbst erwählt natürlich. Aaron wollte hart wirken. Benedict hat sich Kälte ausgesucht.»

«Oh – ich verstehe.»

«Du kennst ja meine Theorie über die Kinder der verschiedenen Jahreszeiten?»

«O ja.» War sie irgendwie abzulenken? «Du sagtest, da ich im sonnigen Sommer geboren bin, müßte ich träge sein und das Leben auf die leichte Schulter nehmen. Und ich müßte eigentlich freigebig sein, da im Sommer die Bäume voller Früchte und die Wiesen voller Blumen sind.»

Aber Miriam ließ sich nicht ablenken. «Und bist du nicht so, Claire? Großzügig, vielleicht sogar ein bißchen verschwenderisch? Offen, da keine kalten Stürme dich in deiner Wiege bedrohten und du nie lernen mußtest, dich zu decken. Wie beunruhigend das für einen Menschen wie Benedict sein muß. Er kam in einer bitterkalten Nacht zur Welt. Seine Mutter starb. Niemand hatte Zeit, ihn zu wärmen. Wie kalt und bedrohlich die Welt für ihn gewesen sein muß. Ist es ein Wunder, daß er so viele Abwehrmauern errichtete? Ach, es ist traurig!»

«Ja, ja, sehr –»

«Du hättest die beiden sehen sollen, Vater und Sohn! Sie brauchten dringend ein bißchen Wärme, das sah ich gleich. Bei Aaron war es relativ einfach. Er war hart wie Granit. Und was kann die Sonne einem Granitblock schon anhaben? Nichts. Aaron wollte erwärmt werden. Er genoß es, und es tat ihm gut. Aber jetzt stell dir Benedict vor.»

Ihre Gedanken rasten.

«Jeder Mensch, Claire, der die Kälte spürt, muß den Wunsch haben, sich zu wärmen. Aber überleg dir, wie die Sonne auf das Eis wirkt. Und wenn Benedict das Eis so viele Jahre als Schutzwall gebraucht hat ... Um warm zu werden, müßte er zulassen, daß seine Abwehrmauern schmelzen. Das muß ihm ungeheuer angst machen. Wäre es da verwunderlich, wenn er sich immer wieder hinter seinem Schutzwall verkriecht? Das würde wohl jeder tun. Aber vielleicht begegnet er eines Tages einer Sommerfrau, die genug Geduld hat, ihn immer wieder herauszulocken. Ich hoffe es von Herzen.»

«Ja. Das wäre schön.»

«Ich wünsche dir einen schönen Urlaub, Claire. Vielleicht hilft er dir, mit dir ins reine zu kommen.»

Alles Unsinn. Romantischer, sentimentaler Unsinn, wie er für Miriam typisch war. In Wirklichkeit jedoch war Miriam unter ihrem süßlichen Getue pfiffig, scharfblickend und äußerst zielstrebig. Claire konnte sich an Momente erinnern, wo Benedict scheinbar die Arme nach ihr ausgestreckt hatte und dann zurückgeschreckt war, als hätte sie ihn verbrannt. «Ich bin nicht gut für dich», hatte er ihr oft genug gesagt. Immer hatte es so ausgesehen, als bestünde allein für sie Gefahr. Jetzt aber wurde ihr die Möglichkeit, daß sie ihm einfach durch ihre Liebe schaden konnte, so eindringlich vor Augen geführt, daß sie drei Nächte hintereinander denselben Traum hatte: wie er sich in ihren Armen in Nichts auflöste.

Doch es winkte ja noch der Urlaub in Frankreich, blitzend und blinkend wie der Polarstern. Nur das wollte sie noch haben, danach vielleicht nur noch ein bißchen mehr oder nichts mehr, aber wenigstens das.

Sie trafen sich im anonymen Gewühl des Waterloo-Bahnhofs, fanden sich sofort, wie voneinander angezogen durch Gedanken und Begehren. Claire mußte stehenbleiben, als sie ihn kommen sah. Hochgewachsen, die Menschen um ihn herum überragend, eilte er ihr entgegen, den Kaschmirmantel lose um die breiten Schultern, den Hut beinahe stutzerhaft schräg in die Stirn geschoben. Sie wäre glücklich gewesen, ihn den ganzen Tag lang einfach ansehen zu können, voll Stolz zu betrachten, seine Erscheinung, die Autorität und Selbstsicherheit ausstrahlte, die Haltung seines Kopfes, das dunkle Haar, das sich im Nacken leicht kräuselte, den Schwung seiner Brauen, und hundert andere wunderbare Details, von denen jedes die Macht besaß, ihr die Knie weich werden zu lassen.

Es war ein neues Gefühl. Sie liebte ihn.

Sie hatte schon früher geglaubt, ihn zu lieben. Doch was sie jetzt fühlte, was so ganz plötzlich über sie gekommen zu sein schien, war etwas anderes. Vorher war Liebe leicht gewesen, ein Gefühl, das ganz natürlich aufstieg und ungehemmt strömte und das sie zumindest einmal in der Vergangenheit erfahren hatte. Aber dies hier war ernst. Schrecklich ernst. Sie wußte, daß man früher oder später aus dem leichten, natürlichen, frei fließenden Gefühl wieder herausfand. Doch sie wußte noch nicht, ob man aus diesem hier je wieder herausfand.

«Hallo», sagte sie und konnte nicht mehr sagen.

«Hallo.» Erst berührten sie seine Augen, dann seine Hände. Er zog sie an sich und hielt sie fest. Es war ein Akt der Inbesitznahme und der totalen Hingabe. Sie war jetzt ganz sein, seinem Begehren, seiner

Liebe, seinem Bedürfnis ganz ohne Reserve und ohne Bedingungen hingegeben. Sein, solange sie konnte. Solange es dauerte. Bis zur übernächsten Woche.

Es war von Anfang an vollkommen. Eine Welt in einer Welt, wie abgetrennt von der Realität. Die Sonne strahlte. Das Meer war glatt. Es gab keine Pannen, jeder Zug fuhr pünktlich, jedes Hotel war gemütlich und warm, jeder Moment eine Einheit für sich, unvergeßlich.

Frankreich. Das Land, wo sie zur Frau herangereift war, wo sie das erstemal geliebt und gelitten hatte, wo Paul in einem schlichten Grab auf einem der Soldatenfriedhöfe lag. Sie hatte kein Bedürfnis, es zu besuchen, überließ dieses Ritual lieber seiner Frau und seiner Mutter. Sein Geist war lange bei ihr geblieben, unerreichbar, aber bei ihr, auch wenn er jetzt langsam von einer beinahe sichtbaren Präsenz zur Erinnerung verblaßte. Sie konnte ihn endlich gehen lassen, ihm und sich zu ruhen erlauben. Doch in der ersten Nacht in Paris kam er in ihr träumendes Bewußtsein, so sachte und liebevoll, daß sie wußte, er bemitleidete sie. Menschliche Gefühle berührten ihn nicht mehr. Verlangen und Sehnsucht, all die verzweifelten Bedürfnisse eines menschlichen Körpers, eines menschlichen Herzens nach einem anderen waren vorbei, und auch die Freude an der Liebkosung der Geliebten, am warmen Händedruck des Freundes im Dunkel.

Für ihn war das alles zu Ende. Doch für sie begannen Wonne und Leiden noch einmal ganz von neuem. Hier in Frankreich, wo sie gelernt hatte, nur dem Augenblick zu leben und das Maß an Glück, das er spendete, mit der Dankbarkeit und Hoffnungslosigkeit eines Wüstenwanderers aufzusaugen, der einen Regentropfen schmeckt und weiß, daß vielleicht nie wieder einer fallen wird.

Leb jetzt, sagte ihr der Traum. Verlier keine Zeit.

«Ich liebe dich, Benedict.» Hatte sie gesprochen? Oder sagten es ihre Arme, die ihn suchten? Und fanden. Nicht nur an diesem Morgen, sondern auch am nächsten und den folgenden.

Sie hatte alles, was sie sich wünschte. Die ganze Fülle des Lebens. In einem Menschen. Wie gefährlich. Doch die Gefahr war das Morgen. Das Heute war die Verzauberung der großen Boulevards, wo sie Arm in Arm mit ihm ging, waren die Cafés, wo sie unter gestreiften Markisen saßen und das Leben an sich vorüberziehen ließen, während sie nur einander sahen. Es war das Lächeln, das immer da war, das ihre zu erwidern, die Hand, die immer wartete, die ihre zu umfassen, so daß sie, blind auf seine Berührung vertrauend, zugreifen konnte. Es war das Vertrauen in seine Zuverlässigkeit und Beständigkeit.

Das war das Heute. Sie wußte, daß das Morgen kommen würde.

Sie reisten nach Süden in eine sanfte, samtgrüne Landschaft, vom hellen Band der Loire durchzogen; eine Landschaft voll geheimnisvoller Wälder, üppiger Weinberge, bunter Blumen, mit Häusern wie aus Bilderbüchern, Schlössern, die zauberhaft und verwunschen durch junges Grün schimmerten.

Und hier träumte sie keine Träume.

Sie besichtigten die Schlösser der französischen Könige in Chenonceaux, Chambord und Amboise, spazierten in linder Frühlingsluft durch königliche Wälder. Einen ganzen Nachmittag standen sie vor einem Schloß wie aus weißem Rauch, der in zahllosen gedrehten Türmen von einem See aus hellem Wasser aufstieg. Sie wanderten durch die steilen mittelalterlichen Straßen von Chinon, wo sich Richard Löwenherz nach seinem letzten Kreuzzug verkroch und starb. Sie folgten dem Lauf des Flusses, der um diese Jahreszeit sanft war, seine Fläche so glatt wie Seide, kaum gekräuselt von einem nach Zitrone duftenden Lüftchen. Sie besichtigten die Weinberge und die Kellereien in Vouvray, ein eiskalter Schoß tief in der Erde, wo der Wein in gewaltigen Fässern reifte. Nachdem sie aus der klammen Kälte der Keller wieder in Licht und Wärme hinaufgestiegen waren, setzten sie sich in die Sonne und kosteten einen Wein, in dem Claire alle Blumen und Gewürze der Gegend, die zauberisch grüne Landschaft, die seidige Schönheit des Flusses und die fragile Romantik der verwunschenen Schlösser zu schmecken meinte.

Eine Welt in einer Welt. Eine grüne Insel in der Dürre. Von dem Moment an, als sie Frankreich erreichten, erwähnten sie Faxby oder die Menschen, die damit verbunden waren, mit keinem Wort mehr. Und auch als sie nach Paris zurückkehrten, blieb es so. Zunächst. Doch am vorletzten Morgen ging Claire allein in die *Galeries Lafayette*, um Geschenke für Dorothy und Edward einzukaufen, fühlte sich plötzlich verpflichtet, auch Miriam etwas mitzubringen, und natürlich Polly und Eunice, nicht zu vergessen Nola. Und Kit natürlich.

Sie brauchte länger als gedacht, und als sie über die *Place Vendôme* zum Hotel eilte, sah sie Benedict kommen. Sie mußte stehenbleiben, mit klopfendem Herzen bei seinem Anblick, von Stolz und Freude überwältigt. Sie liebte ihn. Sie sagte es ihm.

«Danke», sagte er. Merkwürdige Antwort. Darauf: «Dann bist du sicher bereit, mir einen Gefallen zu tun.»

«Ja.» Gleich, was er verlangte, gleich, wie ungeheuerlich es war, sie würde ja sagen.

«Da du gerade in Einkaufslaune bist – ich möchte dir etwas kaufen. Etwas Teures, Extravagantes. Wirst du es annehmen?»

«Nein.» Sie war tief enttäuscht. «Warum willst du das?»

«Es würde mir einfach Freude machen. Möchtest du mir denn keine Freude machen?»

Wie konnte sie da nein sagen?

«Dann hör zu. Eine Frau kann ihren Gefühlen Ausdruck geben, indem sie ihren Körper schenkt. Der Mann kann das nicht. Er kann sich höchstens mit Geld ausdrücken. Vorzugsweise Geld, das er sich im Schweiße seines Angesichts erarbeitet hat. Das macht die Geste besonders liebevoll. Und ich bin nicht mehr fünfundzwanzig und knapp bei Kasse, weißt du.»

Einen Moment war ihr der Hals wie zugeschnürt, dann sagte sie beinahe schroff: «Was willst du kaufen?»

«Das kommt nur auf dich an.»

Sie ließen sich viel Zeit bei der Auswahl, denn sie wußte, es würde etwas sein, das sie den Rest ihres Lebens wie einen Schatz hüten würde. Er verlangte nur, es müsse etwas sein, das sie offen und häufig tragen könne. Ein Ring von dem Wert, wie er ihm vorschwebte, kam daher nicht in Frage; ebensowenig die beiden Halsketten, die ihr gefielen, die aber für Faxby viel zu auffallend waren. Schließlich wählte sie einen ovalen Rubin an einer goldenen Kette, an der Brillanten wie kleine Sterne glitzerten.

«Sie steht dir», sagte er, als er ihr die Kette am Abend umlegte. «Es tut mir nur leid, daß ich sie dir nicht auf spektakuläre Art übergeben konnte – zum Beispiel nach einer Wanderung durch Schnee und Kälte. Wie du das damals tatest.» Seine Hände umspannten ihre Schultern fester, er riß sie plötzlich an sich und hielt sie von hinten fest, so daß sie sein Gesicht nicht sehen konnte. «Ich kann den Abend nicht vergessen, Claire. Hast du eine Ahnung, wie schrecklich er für mich war?»

«Benedict –?»

«Ich war nahe daran, mich mit vierzig Jahren ernsthaft zu

verlieben. Es war wie der Anflug einer Krankheit, gegen die ich mich immun geglaubt hatte. Ich wollte es nicht. Aber jetzt will ich es.»

«Du hast es. Ich liebe dich, Benedict.»

«Pst», sagte er. «In meinen besseren Momenten weiß ich es. Und dann weiß ich auch, daß es für dich nicht gut ist.»

Als sie später durch die abendliche Stille der Tuilerien zur *Place de la Concorde* gingen, wurde ihr eine Stimmung gemeinsamer Traurigkeit bewußt, eine Trauer, so sanft, daß sie süß schien und sie umhüllte wie feiner Dunst. Sie drang in dieser Nacht in ihr Zimmer ein, hing über den gepackten Koffern, hockte wie ein dichtverschleierter Gast zwischen ihnen, als sie das letzte mühsam-fröhliche Frühstück einnahmen, ehe sie zum Zug eilten. Sie sickerte in das leere Abteil und ließ sich vor ihnen nieder, begleitete sie auf die Kanalfähre und streichelte sie mit bekümmerter Liebkosung, während sie aneinandergedrängt im scharfen Wind an Deck standen. Sie wurde schwer und dicht wie Nebel, durch den sie einander anlächelten. Als die Küste Frankreichs im Dunst versank und die Kreidefelsen von Dover auftauchten, nahm er ihre Hand und drückte kurz seinen Mund darauf.

«Sagst du mir adieu, Benedict?»

«Es wäre das Vernünftige.»

«Ja. Nicht wahr.»

Sie wollte direkt nach Faxby weiterfahren. Er wollte die Nacht in London bleiben. Sie vermutete, er würde dann nach Eastbourne reisen, um Nola zu besuchen. Sie hatte keinen Grund und kein Recht, Einwendungen zu erheben. Aber als sie die unpersönliche Betriebsamkeit der Stadt erreichten, paßte ihm ihr Plan, sich gleich zu trennen, nicht mehr.

«Ich bringe dich zum King's Cross.»

«Das ist nicht nötig.»

«Ich möchte dich aber begleiten und in den Zug setzen.»

«Benedict – der Zug nach Faxby. Und auf dem Nebengleis der Zug nach Leeds. Dutzende von Leuten könnten dich sehen.»

«Ja. Dann sehen sie, wie ich meine Schwägerin in den Zug setze. Ist da etwas dabei?»

«Dann bring mich nur bis zum Bahnhof. Komm nicht mit auf den Bahnsteig.»

Doch am King's-Cross-Bahnhof blieben sie zusammen, warteten stumm, in die dichte Traurigkeit solcher Abschiede gehüllt, die keine

Gewißheit bieten, daß man sich wiedersehen wird. Das Zuschlagen der Türen, das Schrillen der Pfeife war eine Erleichterung. So hatte sie sich von Paul getrennt. Vor nur zwei Jahren hatten auf diesem Bahnsteig und vielen anderen überall solche Abschiede stattgefunden. Die Menschen hatten sich durch das Zugfenster die Hände gereicht, in einem Schweigen, schwer von den Dingen, die ungesagt geblieben waren, die jungen Männern und Frauen, die dem Tod ins Gesicht sahen, klein und lächerlich vorgekommen wären.

Diesmal war es nicht der Tod. Es sei denn der Tod einer Zukunft, totgeboren wie Nolas Kind.

«Fährst du jetzt nach Eastbourne?» fragte sie.

«Ja. Ich bin für sie verantwortlich.»

«Und du hast sie gern. Ich auch.»

Lächelnd drückte er ihre Hand an seine Wange. «Sie würde für keinen von uns etwas aufgeben.»

Die Fahrt war allzu vertraut, nicht langweiliger als sonst, obwohl sie manchmal dachte, sie würde überhaupt nicht enden. Als sie das letztemal diese Strecke gefahren war, hatte Edward sie in Faxby abgeholt. Diesmal würde niemand sie erwarten. Aber das machte nichts. Sie würde sich an diesem Abend allein sowieso wohler fühlen. Und morgen würde sie nach Upper Heaton hinausfahren, ihre Geschenke überreichen, Lügen erzählen, Edward um ihrer Mutter willen hofieren. Sie nahm ein Taxi nach Hause. Nach Hause. Lächerlich. Am besten packte sie gleich aus, machte Feuer und sah die Briefe durch, die auf sie warteten. Auch das alles erschien ihr lächerlich. Vielleicht sollte sie lieber ins *Crown* hinübergehen und sich betrinken. Statt dessen legte sie sich nieder, ohne auch nur die Schuhe auszuziehen, rauchte eine Zigarette, fühlte sich tieftraurig und sah zu, wie der Abend kam.

Es bestand keine Notwendigkeit, allein zu sein. Dennoch blieb sie lange Zeit so liegen und machte sich mit dem Gedanken vertraut, daß «Alleinsein» für sie jetzt der Zustand des Nicht-Zusammenseins mit Benedict war. Früher einmal hatte es das Getrenntsein von Paul bedeutet. Aber Benedict lebte. Gar nicht weit entfernt. Sie hatte ihn glücklich machen wollen. Sie begriff, daß sie es nicht getan hatte, nicht konnte. Was hatte das alles für einen Sinn? Nicht den geringsten.

Drei Nächte hintereinander sah sie im Traum sein Gesicht, wie es am Bahnhof gewesen war: angespannt, hart, grau; sah nur sein

Gesicht, das körperlos vor dem Zugfenster schwebte, während der Zug mit gefährlicher Geschwindigkeit durch die Dunkelheit raste. Angst – um sich selbst, die sie diesen Weg ohne Ziel entlangraste, und um ihn, der draußen in der Kälte war. Am vierten Abend fuhr sie nach High Meadows zum Abendessen, und da war er, kühl und spöttisch wie immer, von der unerklärten Reise zurück, nach der niemand ihn zu fragen gewagt hatte.

«Soll ich dich nach Hause fahren, Claire?»

«So früh es geht.»

Der kalte Traum war vorbei.

16

Dennoch konnte, würde es niemals leicht sein, Benedict zu lieben. Die Schwierigkeit lag nicht nur in seinem verschlossenen, eigenbrötlerischen Wesen, sondern in einer neuen, oft heftigen Reaktion ihrerseits. Früher war es ihr leichtgefallen, seine doppelte Identität zu akzeptieren; sie hatte ohne Schmerz oder Verwirrung zugesehen, wie er in High Meadows seine Rolle spielte. Aber jetzt, während die Frühlingswochen funkelnd und sprühend verflogen, fiel es ihr nicht nur schwer, den Betrug zu ertragen, den sie leben mußten, aus Rücksicht auf Miriam, Eunice und Nola – sondern auch die Zeitverschwendung, das Versickern dieser kostbaren Substanz, die ihr unwiederholbares Leben war.

Was hinderte sie, an einem dieser bedrückenden Familiensonntage aufzuspringen und laut und deutlich zu sagen: «Ich liebe Benedict. Warum soll ich meine Liebe für einen von euch opfern? Ihr verdient es nicht. Und da wir in zehn, zwanzig Jahren, vielleicht auch schon morgen, alle tot sein werden, hat keiner von euch das Recht, sich einzumischen.»? Mehrmals träumte ihr, sie hätte genau das getan, plötzlich zu Riesengröße herangewachsen und von allen Fesseln befreit, während die anderen verdattert am Eßtisch saßen, bis sie – von Miriam und Dorothy angeführt – alle gemeinsam mit Decken und Plumeaus über sie herfielen, um sie zu ersticken. «Zu deinem eigenen Wohl, Kind. Weil wir dich brauchen. Weil wir dich lieben. Denn was werden die Leute sagen?» Damit stießen sie sie in die Erde hinein. Um Atem ringend, von der schrecklichen Furcht geschüttelt, lebendig begraben zu werden, erwachte sie dann.

Anfangs hatte High Meadows sie gelangweilt. Jetzt haßte sie es. Doch immer häufiger ließ Benedict sie merken, daß er sich ihr Bleiben wünschte.

Das Blaue Zimmer.

«Wir haben nur ein Leben», sagte er. «Das ist *deine* Philosophie,

Liebes. Ich kam mit meinem recht und schlecht zurecht, bis du anfingst, mich mit deinen Thesen aus der Ruhe zu bringen – daß man die kurze Zeit, die einem gegeben ist, nicht verschwenden, sondern sich nehmen soll, was einem geboten wird, solange man kann. Wir verschwenden sehr viel Zeit. Die Lösung liegt in deiner Hand.»

«Benedict – ich kann in High Meadows nicht atmen.»

«Wie schade. Ich würde gern für dich sorgen, Claire.»

«Ah ja. Und dafür gebe ich –»

Sie hatte sagen wollen: «Ich gebe meine Unabhängigkeit auf, meine Individualität.» Aber er schnitt ihr mit einem Ausruf der Ungeduld das Wort ab.

»Was gibst du auf? Einen armseligen Posten in einem halbseidenen Hotel bei einem Mann, der früher –»

Er hielt gerade noch rechtzeitig inne. Er war eifersüchtig, und sie sah, wie sehr ihn das kränkte, wie grollend er den Schmerz ertrug, wie verächtlich er dieses kleinliche Gefühl fand.

«Benedict, ich liebe dich doch.»

Er fuhr sich mit der Hand über die Augen. «Ich weiß. Verzeih mir. Und es fällt dir leicht, nicht wahr?»

«Ich finde es nicht schwierig.»

«Ich glaube, es macht dich sogar stark. Wie verschieden wir sind.»

Sie wußten, daß das Schicksal sie nicht füreinander bestimmt hatte, und waren sich dessen meist bewußt. Doch Claire verharrte immer noch bei ihrer Einstellung, man müsse die Dinge genießen, wie sie kämen, die Zukunft würde sich selbst regeln. Benedict hingegen, der die Zukunft immer als Objekt kühler Berechnungen gesehen hatte, neigte zum erstenmal in seinem Leben zu plötzlichen Stimmungsumschwüngen, konnte unversehens heftig eifersüchtig werden, sich von seiner negativen Seite zeigen, so daß niemand es ihm recht machen konnte, nur um sich gleich darauf, wenn das Gift heraus war, ebenso charmant, tolerant und liebenswürdig zu zeigen.

«Ich würde gern wissen, warum du mich überhaupt erträgst.»

«Vielleicht weil es – auch wenn du noch so schlimm bist – ohne dich noch schlimmer wäre. Ist das ein guter Grund?»

«Kaum.»

«Aber besser als nichts.»

Anfang Mai erhielt Claire einen kühlen Brief von der Oberschwester eines Krankenhauses bei Carlisle, in dem diese ihr über den jammervollen Zustand eines Lieutenants Ash Mitteilung machte.

Der junge Mann hatte auf Befragen sie, Claire, als nächste Angehörige angegeben, und man wäre dankbar, wenn sie sich umgehend melden würde, da Entscheidungen medizinischer und persönlicher Art anstünden. Offensichtlich war man in Carlisle nicht sehr beglückt über Lieutenant Ash.

«Ich muß nach Carlisle», sagte sie zu Benedict und erklärte ihm den Grund.

«Natürlich», sagte er.

«Ich begleite dich», erbot sich Kit. Als sie den Kopf schüttelte, drückte er ihr ein dickes Kuvert in die Hand. «Er hat bestimmt kein Geld für die Arztrechnungen. Wenn etwas übrigbleibt, kannst du ihm ja einen anständigen Mantel kaufen. Sag aber nicht, daß das Geld von mir stammt.»

Sie fand ihn im trostlosen Saal eines Armenkrankenhauses. Der ausgezehrte Körper steckte in einem viel zu großen Pyjama aus rauhem Flanell. Auf dem durchscheinenden Gesicht lag das Lächeln eines gefallenen Engels.

«Ah, da kommt Claire, meine Retterin. Sagte ich Ihnen nicht, Schwester, daß meine Schwester mich nicht im Stich lassen würde.»

«Doch, Lieutenant Ash, das sagten Sie mir – mehrmals.»

Das verkniffene Lächeln der Oberschwester ließ keinen Zweifel daran, daß sie zwischen dem hellhäutigen, blonden Lieutenant und dieser dunkelhäutigen Brünetten keine Familienähnlichkeit entdekken konnte.

Er war schwer krank gewesen. Bei dem Gespräch mit der Oberschwester kam Claire sich vor wie eine stellungsuchende Hilfsschwester. Er hatte ein äußerst ungesundes Leben geführt, nächtelang in Gasthäusern gesessen und die Gäste gezeichnet, in einer feuchten Kammer geschlafen. Kein Wunder, daß er Lungenentzündung bekommen hatte.

«Er wurde im Krieg mit Gas vergiftet», sagte Claire.

«Gewiß.» Die Oberschwester, eine Frau von engen Ansichten, fand das als Entschuldigung für Alkoholgenuß und Leichtsinn nicht ausreichend. «Er kann von Glück sagen, daß er noch lebt. Also, Mrs. – äh – Mrs. Swanfield, was soll nun mit ihm geschehen? Wir können hier nichts mehr für ihn tun. Aber ich könnte es vor meinem Gewissen nicht verantworten, ihn einfach auf die Straße zu setzen. Jemand muß die Verantwortung übernehmen. Sollten Sie dazu in der

Lage sein, Mrs. Swanfield – Sie und Ihr Gatte? – Dann könnte Ihr – Bruder? – noch heute entlassen werden.»

«Mit anderen Worten», meinte Euan lachend, als Claire ihm von dem Gespräch berichtete, «packen Sie ihn zusammen und nehmen Sie ihn mit, ehe er uns abkratzt. Die Arme hatte einen Riesenbammel, daß ich genau das tun würde und sie dann nicht wissen würde, wohin mit mir. Wäre doch peinlich für sie gewesen, wenn sie mich in ein Armengrab geschmissen und sich dann herausgestellt hätte, daß ich ein verkleideter Prinz war, oder wenn sie Zeit und Geld des Krankenhauses verschwendet hätte, mich auf Eis zu legen, und ich mich dann tatsächlich als Armeleutekind entpuppt hätte. Ich habe nämlich mal das eine, mal das andere zu sein behauptet. Riesenerleichterung, als mir meine Schwester Claire einfiel. Ich nehme an, sie hat mich dir ohne viele Fragen ausgeliefert.»

«So ungefähr. Du siehst schrecklich aus, Euan.»

Er lächelte gewinnend. «Um ganz ehrlich zu sein, ich fühle mich nicht gerade glänzend. Whitby war den ganzen Winter eiskalt. Manchmal ganz lustig, aber verdammt kalt. Ich hab ein paar schöne Seebilder gemalt mit Nebel und Sand. Auf einem hab ich, glaub ich, fast die Textur des Windes hingekriegt. Ich war richtig aufgeregt. Leider kann ich es dir nicht zeigen. Mein letzter Wirt hat die Bilder anstelle der Miete behalten – glaube ich.»

«Du bist also nicht bis Edinburgh gekommen?»

«Nein.» Er lächelte freundlich. «Aber ich hab's versucht. Von hier gibt's einen direkten Zug.»

«Willst du den nehmen?»

«Äh – ja. Aber nicht gleich. So eine Lungenentzündung ist ein großes Ereignis im Leben eines jungen Mannes, weißt du. Man muß sich damit auseinandersetzen. Ich hatte eigentlich vor, mich an irgendeinem hübschen, stillen Ort wie Ambleside und Grasmere niederzulassen und darüber nachzudenken.»

«Da regnet es doch dauernd.»

«Das macht mir nichts. Regen, der auf stilles Wasser fällt. Hast du eine Ahnung, wie viele Strukturen und Formen man in einer Pfütze entdecken kann? Es ist eine andere Welt.»

«Das kann ich mir denken – besonders wenn man fiebert und betrunken ist.»

«Hm, wahrscheinlich. Aber was willst du denn nun mit mir anfangen? Ich bin zu schwach, um Widerstand zu leisten.»

Sie nahm ihn mit nach Faxby. Von Kits Geld kaufte sie Kohlen, Decken, eine Matratze und Lebensmittel.

«Ich zahl dir das natürlich zurück.»

«Natürlich.»

«Nur kann ich leider nicht sagen, wann. Aber spätestens bevor ich nach Edinburgh abreise, in Ordnung?»

«In Ordnung. Hauptsache, du hältst dich immer schön warm und ißt richtig.»

«Was macht dein tapferer Lieutenant?» erkundigte sich Benedict einige Zeit später in neutralem Ton.

«Oh, es geht ihm ganz gut.»

«Das freut mich. Ein junger Mann aus guter Familie anscheinend – wäre schade, wenn noch mehr von diesen Jungen dran glauben müßten.»

«Ich weiß nichts über ihn, Benedict», sagte sie mit Bedacht. «Du?»

«Doch ja.» Er lächelte mit feinem Spott. «Ich sehe es als meine Pflicht an, über jeden Mann, der mit einem weiblichen Mitglied der Familie Swanfield Umgang pflegt, das Wesentliche zu wissen. Das gehört zu den Aufgaben eines verantwortungsbewußten Vermögensverwalters.»

«Benedict, hast du Nachforschungen anstellen lassen?» Sie war tief betroffen.

«Gewiß. Über zwei junge Helden zugleich: über Lieutenant Ash deinetwegen und Roy Kington Pollys wegen. Bedauerlicherweise konnte Captain Kington nicht bestehen. Da war von Schulden die Rede – aber die Leute, denen er Geld schuldet, scheinen Angst zu haben, es zu sagen. Das gefällt mir nicht. Die Familie Bardsley Ash hingegen hat in Sussex einen guten Namen.»

«Ich weiß nicht, ob ich das wissen will.»

«Aber sicher willst du. Sein Vater ist ein hoher Geistlicher.»

«Ein Bischof?»

«Ich dachte, du willst es nicht wissen.»

«Tja – und nun hast du bewiesen, daß du wieder mal recht hattest – wie immer.»

Er lächelte, etwas weniger spöttisch. «Ja, ein Bischof. Der jüngere Sohn eines Adligen, der es in der Kirche zu Adel gebracht hat. Euan Ash kommt aus bester Familie und wird den Titel seines Onkels erben, da vier oder fünf seiner Vettern im Krieg gefallen sind. Er wird also eines Tages Sir Euan sein – vorausgesetzt, er lebt lange genug.»

Er schwieg und ließ sie in Ruhe über den zukünftigen Edelmann nachdenken, den sie eben aus einem Armenkrankenhaus gerettet hatte. Eigentlich wunderte sie nichts, was er gesagt hatte. «Der arme Euan. Er kann es bestimmt nicht erwarten, seinen Titel zu übernehmen.»

«Er hat keine Wahl. Einen Titel kann man nicht ausschlagen. Dein häßliches Mietshausentlein hat sich als aristokratischer Schwan entpuppt. Stell dir vor, wie gut es deiner Mutter täte, von ihrer Tochter, Lady Ash, erzählen zu können. Und wie stolz Edward wäre.»

Sie schluckte. «Sag doch so was nicht.»

Er schüttelte den Kopf. Sein Gesicht war so angespannt und fahl wie an dem Tag am Bahnhof. «Du wirst eines Tages heiraten, Claire. Ich versuche mir das immer vor Augen zu halten. Es ist unwahrscheinlich, daß ich der Glückliche sein werde, deshalb möchte ich vorbereitet sein. Verstehst du das nicht?»

Es sei denn, sie würde den Kompromiß akzeptieren und ins Blaue Zimmer ziehen. Wenn ihre Liebe so tief, so mutig und so großherzig war, wie sie behauptete, dann mußte sie das doch fertigbringen.

Als sie nachts aus dem Schlaf hochfuhr, von einer Kraft hochgerissen, die sie sofort in einen Zustand wachen Bewußtseins versetzte, erkannte sie, wie sehr er sie brauchte. Und gebraucht zu werden war ihr Quelle tiefster Erfüllung. Vielleicht brauchte auch High Meadows sie. Aber als sie in einen seichten Schlummer zurückfiel, träumte sie zum erstenmal von Ersticken unter weichen Decken, von Erde auf ihrem lebendigen Gesicht.

Nola blieb bis Ende April in Eastbourne. Ihre Rückkehr verursachte kleinere Ungelegenheiten, da sie in ihrem Telegramm die Ankunftszeit des Zuges nicht angegeben hatte. Als sie endlich ankam, hatte sie verschiedene Gepäckstücke verlegt. Einige wurden im Speisewagen wiedergefunden, einige – gerade die Dinge, die sie am dringendsten brauchte – waren mit Nanette nach Manchester weitergegangen.

«Das tut mir leid. Es tut mir leid», sagte sie immer wieder.

«Das macht doch nichts», sagte Benedict immer wieder.

«Bitte entschuldige.»

«Du brauchst dich nicht zu entschuldigen.»

Erst ein Jahr war vergangen, seit Claire Nola kennengelernt hatte. Doch sie sah zehn Jahre älter aus, kleiner, unscheinbar, zeigte sich als die reizlose, fahrige, unsichere Frau, die sie tatsächlich war, unter dem eleganten Fuchspelz, dem glitzernden Turban und der herausfordernden Lässigkeit immer gewesen war. Jahrelang war sie wie ein widerspenstiges Rassepferd durch High Meadows stolziert, voller Geringschätzung für ihre Gefängniswärter, hatte das Haus zur Bühne ihrer großen Auftritte gemacht und sich an der Fassungslosigkeit geweidet, die sie hervorrief. Jetzt kam sie still herein, zum erstenmal in ihrem Leben bemüht, kein Aufsehen zu erregen. Der schillernde Glanz war verblaßt, selbst die Feder an ihrem Hut schien zu welken, und der salbeigrüne Mantel mit dem breiten aprikosenfarbenen Nerzkragen wirkte schlampig.

«Meine Liebe, wie gut du aussiehst», gurrte Miriam, entzückt zu sehen, daß es nicht so war.

Nola lächelte höflich, ging nach oben und streckte sich auf ihrer Chaiselongue aus. Mit nervösen, nikotingelben Fingern zündete sie sich eine Zigarette an und fragte Claire: «Was wird er jetzt mit mir tun?»

«Ach, ich glaube, nichts – nichts Schlimmes, meine ich.»

«Warum nicht?»

«Weil – ich denke – bist du denn nicht gestraft genug?»

«Hat er das gesagt?»

«Nein. Aber er sagt ja überhaupt nichts.»

Soweit es Nola betraf, war das wahr. Er hatte kein Wort zu Claire gesagt. Und auch nicht zu Nola. Bei seinem Besuch in Eastbourne hatte er sich mit ihr über das Hotel und den Service unterhalten. Auf der Heimfahrt vom Bahnhof war es um ihren Hutkoffer und ihren Schirm gegangen. Beim Abendessen hörten sie sich Miriams begeisterte Schilderungen der bevorstehenden Einführungsfeierlichkeiten für den neuen Bürgermeister Redfearn an, Pollys ausführliche Beschreibung des Kleides, das sie zu tragen gedachte, Eunices bittere Erklärung, daß sie sich ein neues Abendkleid nicht leisten könnte.

«Polly», sagte Benedict nach dem Essen, «würdest du bitte ins Arbeitszimmer kommen.»

Und begleitet von Ausbrüchen von Hysterie, wütendem Trotz und wilden Tränen, unterbreitete er ihr seine Einwände gegen Roy Kington und teilte ihr unverblümt mit, daß er ihr nicht einen Penny ihres Kapitals auszahlen würde, sollte es ihr gelingen, ihn vor den Traualtar zu schleppen.

«Du hast mir mein Leben verpfuscht», schrie sie. «Er hat mir mein Leben verpfuscht», schrie sie noch lauter, als sie schluchzend in den

Salon rannte. «Mutter – sag es ihm. Vater würde nie erlauben, daß er mir so was antut.»

«Ach Gott», sagte Miriam.

«Vater würde sich im Grab umdrehen», sagte Eunice, ausnahmsweise einmal mit ihrer Schwester einer Meinung.

«Dein Vater», versetzte Miriam hastig, immer noch zuckersüß, «hat sein Bestes für euch getan.»

Früher, vor einem Monat, vor einer Ewigkeit, hätte Nola die glänzenden Lider gesenkt und gesagt: «Du meinst, er hat für dich sein Bestes getan, Miriam.» Jetzt stand sie auf und zog sich unbemerkt in ihr Zimmer zurück.

Strafen, Einschränkungen, Bedingungen, so schien es, würde es nicht geben. Alles würde bleiben wie zuvor. Sie begriff jetzt, daß Benedict sie niemals eingeschränkt oder versucht hatte, ihr seinen Willen aufzuzwingen. Das war – wie so vieles andere – nur eine Illusion von ihr gewesen. Sie hatte sich eingebildet, seine Gefangene zu sein, sie hatte diese Illusion gebraucht. Wie allein war sie jetzt, wie erschreckend war es, erkennen zu müssen, daß sie immer frei gewesen war. Bedeutete das, daß sie jetzt für sich selbst verantwortlich war? Daß sie sich nicht mehr hinter der Witzfigur, dem gestrengen Ehemann, verstecken und sagen konnte: «Er ist an allem schuld. Ich hatte keine Wahl – keine Chance.»?

Das Schreckgespenst der freien Wahl stand vor ihr, und sie war nicht gerüstet, sich ihm zu stellen. Ihr Vater hatte sie Gehorsam gelehrt. Ihre Mutter hatte ihr gezeigt, wie man ihn mit List umging. Sie hatte geglaubt, durch ihre Ehe in eine Form gepreßt zu sein, durch die ihre Handlungsfreiheit begrenzt und ihre Möglichkeiten beschnitten waren. Sie hatte geglaubt, sich dagegen auflehnen zu müssen. Nun konnte sie tun und lassen, was sie wollte. Und sie hatte Angst davor.

«Ich glaube», sagte Claire zu Benedict, obwohl es sie immer verlegen machte, mit ihm über Nola zu sprechen, «sie möchte bestraft werden – auch mit Gewalt.»

«Das kann ich nicht. Das mußt du doch wissen.»

«Ja.»

«Was kann ich also tun? Wenn sie meine Verzeihung braucht – lieber Gott, Claire, es gibt nichts zu verzeihen. Und wer bin denn ich, daß ich mir ein Urteil erlauben dürfte? Kannst du ihr das nicht irgendwie klarmachen?»

Doch Nola suchte keine Vergebung. Auch nicht Strafe – jedenfalls nicht direkt. Eine Antwort dann? Aber sie wußte ja nicht einmal, wie die Fragen lauteten. Sie war beim Ehebruch ertappt worden, und niemand hatte einen Stein nach ihr geworfen. Sie hatte ein Kind abgetrieben, und anstatt sie ins Gefängnis zu werfen oder mit Schimpf und Schande davonzujagen, hatte man sie in ein komfortables Hotel am Meer gebracht. Sie hatte etwas Schlimmes getan, ein Unrecht begangen, aber keiner brachte es fertig, ihr ins Auge zu sehen und es klar auszusprechen.

«Wie gut du aussiehst, meine Liebe», sagte Miriam jeden Morgen zerstreut zu ihr. Sie fühlte sich – unwirklich. Wer war sie? Sie hatte es nie gewußt. Sie fuhr in die Stadt und brachte eine trostlose Stunde in der Bar des *Crown* zu, wo sie sich mit Alkohol vollaufen ließ, um gegen den plötzlichen Wahn zu kämpfen, sie wäre unsichtbar geworden. Sie wäre durchsichtig. Hohl. Überhaupt nicht vorhanden.

«Ist das nicht Nola, mein Schatz?» rief Kit Hardie durch die offene Tür. Hatte er sie wirklich gesehen? «Du siehst aus wie das blühende Leben, Nola.» Nein, er hatte sie nicht gesehen.

Sie fühlte sich körperlos wie ein Nebelwölkchen, als sie zu ihrem Wagen ging. Lange fuhr sie ziellos durch die Straßen. Wohin führte ihr Weg? Eine schreckliche Frage! Früher einmal wäre es nach Leeds gegangen, um ein Künstlergenie hochzupäppeln. Zu Kit. Und davor – zu wie vielen anderen? Am deutlichsten erinnerte sie sich, wie langweilig, wie banal ihr jede Affäre sofort nach ihrem Ende erschienen war. Sie bog in eine Seitenstraße ein und bremste im letzten Moment vor einer hohen, rußgeschwärzten Mauer ab. Ihr wurde schlagartig bewußt, daß sie nicht wagte, sich mit einem neuen Mann einzulassen. Sie hatte auch gar nicht den Wunsch.

Jetzt suchte sie etwas anderes – etwas Gewaltiges. Gott vielleicht? Oder vielleicht nicht. Keine Möglichkeit durfte außer acht gelassen werden, und in Faxby florierte die Religion. Es gab Gemeinden jeglicher Denkungsart, von der anglikanischen Hochkirche bis zur Heilsarmee, und in den ersten vierzehn Tagen nach ihrer Heimkehr suchte Nola einen geistlichen Herrn nach dem anderen auf, legte ihre Verbrechen dar und bat um Vergebung, die ihr, ihrer Ansicht nach, viel zu prompt gewährt wurde. Geh heim und sündige nicht mehr. Aber so einfach war es nicht. Sie wollte nicht heimgehen. Sie hatte es nie gewollt. Was sie jetzt verdutzte, war, daß sie auch nicht sündigen wollte. Dieses Problem brachte einige der weniger erfahrenen geistlichen Herren in rechte Verlegenheit, als sie mit Alkoholfahne und nikotingelben Fingern zu erklären versuchte, wie tief es sie beunruhigte. Sie war immer eine Sünderin gewesen. Das paßte zu Pelz, Lippenstift und schlagfertigen Bemerkungen. Aber was war jetzt noch von ihr übrig, wo sie nichts mehr zu verbergen, keine grandiosen Träume mehr hatte?

«Ich hoffe nur», sagte Miriam, «sie wird bis zu meinem Geburtstag etwas fröhlicher.»

Die Chancen standen schlecht. Sie begann andere anzustarren, mit eindringlichem, kritischem Blick und völlig stumm. Eunice fand es beunruhigend, Polly enervierend, ihren eigenen Söhnen war es peinlich, als sie zu Ostern nach Hause kamen.

Und sie begann unverblümt die Wahrheit zu sagen.

«Der junge Mann heiratet dich nicht, Polly. Du tätest gut daran, dich mit Roger Timms zufriedenzugeben.»

«Warum verschwindest du nicht auf Nimmerwiedersehen, Toby?»

«Miriam, ich glaube, du wirst alt.»

Doch Miriam, die ihre Jugend genossen hatte, war bereit, heiter und mit Grazie zu altern. Und auch ohne Nolas guten Rat hatte sie bezüglich Roger Timms bereits ihren Entschluß gefaßt. Sie und Polly hatten sich lange genug seiner bedient. Nun sollte er seine Belohnung haben. An ihrem Geburtstag wollte Miriam, die gute Fee, ihn damit beglücken. In Wahrheit war einfach ihre Geduld mit Polly am Ende. Sie war ihrer und ihrer Launen so müde, daß es ihr das beste schien, sie mit dem liebenswürdigen, langweiligen Roger zu verheiraten. Darum begann sie, höchst geschickt ihre Fäden zu ziehen.

Sie lud Roy Kington am folgenden Sonntag zum Essen ein, wo, vorhersehbar, Benedict mit kaltem Blick durch ihn hindurchstarrte, Eunice sich ebenso vorhersehbar laut und unvorsichtig über Tobys Gehalt beklagte, während Miriam sich schwer auf den Arm des jungen Mannes stützte, ihn nötigte, sich zu ihr zu setzen, und ihm mit entsprechenden Reminiszenzen ihre Fotoalben von Polly und Jeremy zeigte.

Er zeigte keine besondere Langmut, aber Miriam, die vergnügt über das Leben in High Meadows und all die reizenden kleinen Gewohnheiten und Traditionen plauderte, an die sich alle Familienmitglieder zu halten hatten, schien nichts Ungutes zu bemerken.

«Wirklich?» Der schneidige junge Mann war zu Tode gelangweilt.

«Aber ja. Einigkeit macht stark, sagte mein Mann immer. Deshalb sorgte er dafür, daß der Zusammenhalt über seinen Tod hinaus erhalten blieb. Er war ja so weitsichtig.»

Und als Benedict kurz erschien und sagte: «Toby, kannst du bitte mal einen Moment kommen», gab sich Miriam höchst bekümmert, obwohl sie wußte, daß Benedict, der Claire nach Hause bringen wollte, Toby nur bitten wollte, seinen Wagen wegzufahren. Sie legte Roy Kington die Hand auf den Arm und sagte leise: «Der arme Toby, er scheint wieder einmal in Ungnade zu sein. So bald schon nach dem schrecklichen Auftritt wegen seines Gehalts. Eunice war ganz außer sich. Obwohl ich es ihr schon hundertmal gesagt habe: wenn Benedict nein sagt, dann bleibt es dabei. Unwiderruflich. Ach Gott, verzeihen Sie mein Geplapper. Sagen Sie, lieber Junge, was tun Sie gleich wieder? Frischen Sie mein Gedächtnis auf. Ach ja – im Augenblick verkaufen Sie Automobile, nicht wahr? Das macht sicher viel Spaß. Aber bitte verkaufen Sie Toby keines. Das würde Benedict sehr ärgerlich machen. Es würde mich übrigens interessieren – wenn es vielleicht für die Frage auch noch etwas zeitig ist –, wie kommen Sie mit Benedict zurecht?»

Schlecht natürlich. Sie hatte gewußt, daß sie sich darauf verlassen konnte.

Nachdem sie Roy Kington auf solche Art abgeschreckt hatte, stand ein Tête-à-tête mit Rogers Mutter, Mrs. Timms, auf dem Programm.

«Gescheite Frauen wie wir, Edith, haben es doch immer schon geschafft, alles nach ihrem Willen zu arrangieren, hm?»

Edith Timms war in der Tat eine gescheite Frau. Ihr Mann war ein gescheiter Mann. Wieso Roger, ihr einziges Kind, ein solcher Dummkopf geworden war, liebenswert zwar und wohlmeinend, aber so unendlich schwerfällig, blieb beiden ein Geheimnis und ein Kummer. Seine Mutter liebte ihn dennoch. Aber sie war vor ihrer Ehe Miss Edith Taylor gewesen, Tochter des Seniorpartners der Firma *Taylor & Timms*, und die Vorstellung, dereinst alles, was ihr Vater und ihr Großvater in harter Arbeit geschaffen hatten, in Rogers Hände zu legen, machte ihr angst. Auch der Gedanke, Roger an ein flatterhaftes junges Gänschen ohne Grips gebunden zu sehen, behagte ihr wenig. Sie war Polly daher recht kühl begegnet; im Gegensatz zu ihrem Sohn und ihrem Mann war sie gegen den golden strahlenden Reiz des jungen Mädchens immun.

«Die alte Mrs. Timms mag mich nicht», erklärte Polly stets, wenn die Rede auf ihre Verlobung mit Roger kam.

Das wollte Miriam jetzt ändern, indem sie Edith Timms detailliert auseinandersetzte, wie weit Benedicts Kontrolle über Polly reichte und daß er seinem Vater versprochen hatte, diese Kontrolle so lange auszuüben, wie er es für notwendig hielt; im Fall der hübschen, extravaganten, liebenswerten Polly sicherlich ein Leben lang. Edith Timms war schnell klar, daß man sich, wo es um Finanzen und kluges Wirtschaften ging, unbedingt auf Benedict verlassen konnte. Die Behauptung «Die alte Mrs. Timms mag mich nicht» hatte plötzlich keine Geltung mehr. Plötzlich war Mrs. Timms' Tag nicht vollkommen, wenn sie nicht wenigstens ein Stündchen ihre Polly verwöhnen und umschmeicheln konnte.

Anfangs war Polly, an kühl hochgezogene Augenbrauen und verkniffenes Lächeln gewöhnt, mehr verblüfft als erfreut. Aber Edith Timms wußte, wie man junge Leute hätschelte – sie hatte schließlich ihren Roger auch immer verhätschelt –, und mit List und Erfahrung hatte sie Polly, die wie ein junges Hündchen nach Zuwendung lechzte, bald auf ihre Seite gezogen.

Sie wurde zum Abendessen eingeladen, wo die ganze Familie Timms, Mutter, Vater und Sohn, ihr Beachtung und Bewunderung schenkte – ganz anders als in High Meadows –, so daß sie sich hübsch, geistreich und klug vorkam. Wenn sie eingeladen wurde, über Nacht zu bleiben, brachte man ihr das Frühstück ans Bett und verwöhnte sie mit Naschereien, während sie die Kataloge mit den Pelzen und Abendkleidern der kommenden Saison durchblätterte.

Nie war jemand so nett zu Polly gewesen. Nie hatte jemand sie so herzlich bewundert, sich so bereit gefunden, sie nicht als dummes Gänschen zu behandeln, sondern als Frau. Nie zuvor hatte jemand an ihrer Meinung Interesse gezeigt. Sie fand es wunderbar, daß der Mensch, der sie nun endlich einmal ernst nahm, ausgerechnet Rogers Mutter war, vor der sie sich bis vor kurzem noch recht gefürchtet hatte. Aber jetzt fürchtete sie sie nicht mehr. Im Gegenteil. Sie hatte – so unglaublich ihr das immer noch schien – eine erfahrene, amüsante Freundin gefunden. Wie angenehm, mit Edith zusammen in diesem gemütlichen Haus zu leben, wo es keine Zwänge gab. Welche Rolle Roger dabei unweigerlich spielen mußte, darüber dachte sie einfach nicht nach.

Wie vollkommen wäre alles,wenn sie sich nur in Roger verlieben könnte. Wenn er nicht dauernd versuchen würde, sie zu küssen. Wenn er nur nicht immer so zittern würde und so tolpatschig wirkte.

Wenn sie ihn heiratete, würde sie sich dem jeden Abend stellen müssen. Sicher würde sie sich daran gewöhnen. Ihre Mutter hatte es gesagt, und Edith hatte es auch angedeutet. Sie würde lernen, es zu ertragen wie diese – wie fast alle Frauen. Aber dann fielen ihr die geschmeidige, stählerne Schönheit Roy Kingtons ein und die Empfindungen, die sie in ihr weckte. Sie hatte sich wirklich in ihn verliebt.

«Beweis es mir», sagte er. «Reden ist billig. Ich will mehr, mein Schatz. Dein Bruder mag mich nicht. Deine Mutter behandelt mich wie einen Idioten. Beweis mir, daß du mich nicht auch zum Narren hältst.»

«Ach Roy – wenn wir doch verlobt wären.»

«Ach Polly – eine Verlobung findet nicht statt, wenn du mir den Beweis schuldig bleibst.»

«Warum denn?» fragte sie verzweifelt.

«Weil ich nicht riskieren möchte, eines Morgens beim Aufwachen festzustellen, daß ich mit einer kalten Frau verheiratet bin.»

«Ich bin nicht kalt.»

«Beweis es, Polly.»

Miriam gab ein kleines Fest für Polly, zu dem diese alle ihre Freunde einladen durfte. Sie verteilte die Einladungen wie Flugblätter, dennoch überraschte es Polly, wie viele dieser Freunde sich als flotte, unbekannte Mädchen entpuppten, deren Blicke wie gebannt an Roy Kingtons Lippen hingen, während dieser mit einem Glas von Benedicts bestem Brandy in der Hand mit den Abenteuern renommierte, die er während des Krieges in Frankreich erlebt hatte und offenkundig nun vermißte. Woher kamen diese Mädchen? Sie hatte keine Ahnung. Und da sie selbst weder besonders aufmerksam noch schlau war – nicht aufgeweckt genug, um schlau zu sein, meinte Miriam –, hatte sie auch nicht bemerkt, wie oft auf Miriams Anweisung Roys Glas aufgefüllt worden war. Kein Wunder, daß er jetzt, als sie sich im Garten an der dunklen Rhododendronhecke gegenüberstanden, stark angetrunken war. Polly allerdings, die reichlich unerfahren war, merkte es nicht.

«Also, Polly, wie hast du dich entschieden? Willst du's mir beweisen? Oder nicht? Dann werde ich allerdings – du weißt, was ich meine.»

Sie wußte es. Sally Templeton, so sonnig und gutmütig und zu allem bereit, um sich einen Mann zu angeln. Angenommen, sie angelte ihn sich tatsächlich – auf diesem Weg. Angenommen, das war alles, was nötig war? Würde sich Polly dann nicht wie eine absolute Närrin fühlen?

«Also, Polly?»

Das erregende Gefühl in ihrem Unterleib verging. Sie ließ den Kopf hängen. «Also gut.»

«Ich hoffe, es ist dir ernst. Ich laß mich nämlich nicht gern an der Nase herumführen.»

«Natürlich. Aber wo?»

Er stürzte sich plötzlich auf sie und packte sie wie einen Kampfgegner. Nach den langen Wochen des Hin und Hers sah er keinen Grund, noch mehr Zeit zu verlieren.

«O Gott, doch nicht hier – nein, um Himmels willen.» Sie war entsetzt.

«Gut, dann in meinem Auto.»

«Roy! Es steht mitten in der Auffahrt. Da kann man uns von den Fenstern aus sehen.»

«Wo dann? Ist das nicht eine Laube da hinten?»

«Ach – die! Die starrt vor Dreck.»

«Hör mal» – er war kurzatmig, aggressiv –, «willst du kneifen? Noch mal frag ich nicht. Ich bin ein Mann, Polly, kein Bürschlein wie mein Bruder Rex oder Einfaltspinsel wie Roger.»

«Das weiß ich doch. Ich will ja auch – ich möchte –»

Nie in ihrem Leben hatte sie etwas so wenig gewollt.

«Das ist schon besser. Und hinterher bist du echt mein Mädchen. Es macht dir bestimmt Spaß, Polly.»

Das bezweifelte sie. «Ja, sicher. Aber hier geht es doch nicht, oder?»

«Es geht überall, Polly.» Er drückte sie in die Rhododendronhecke, und während er sich über sie neigte, streifte er ihr das Kleid von den Schultern, schob ihren Rock hoch bis zur Taille, entblößte ihre Brüste. «Macht das nicht Spaß, Polly?»

Es war gräßlich, erniedrigend, und irgend etwas – ein Ästchen wahrscheinlich – piekste sie in den Rücken. Sie fühlte sich unerträglich nackt, lächerlich, war völlig außer sich. Und was, wenn sie am Ende ein Kind bekam?

«Ja, es ist schön», sagte sie.

«Dann tu was, Polly. Beteilige dich.»

Was meinte er? Alles, was sie aus dem Getuschel Eunices und ihrer

Mutter über den Geschlechtsakt wußte, war, daß die Frau im Dunklen auf ihrem Bett lag und es über sich ergehen ließ. Wie eine Entbindung.

«Faß mich an, Polly.»

Er hatte Jackett und Hemd abgestreift, und obwohl sie ihre Hände lieber dazu benutzt hätte, sich die Augen zuzuhalten, legte sie sie zögernd auf seine bloße Haut und begann zaghaft zu streicheln. «Du liebst mich doch, Roy, nicht?»

«Aber ja – ich will's dir ja gerade zeigen.»

Plötzlich fühlte sie etwas Fremdes an ihrem Bein – o Gott, sie wußte, was es war, und konnte es sich doch gleichzeitig nicht vorstellen, war nur unsagbar froh, daß sie es nicht sehen konnte.

«Roy –», sagte sie flehentlich.

«Es passiert ja nichts, Süße. Es tut kein bißchen weh – jedenfalls nicht sehr – wie es heißt –»

«Nein! Bitte nicht.»

«Das sagen sie immer.»

Er zwängte seine kalte Hand zwischen ihre Knie und drückte ihr die Beine auseinander. Es war nicht das erstemal, sie hatte es auch anderen schon erlaubt, aber da war nur ihr Körper entblößt gewesen, nie der des Mannes. Ihr war fast übel vor Angst. Sie zitterte von Kopf bis Fuß, in einer schrecklichen Falle gefangen, da sie einerseits dies hier nicht wollte, ihn aber andererseits auch nicht verlieren wollte.

«Liebling!» Sie schlang die Arme um seinen Hals und küßte ihn wie wild, während sie fieberhaft auf ihn einredete. «Nicht hier, nicht hier, nein. Das ist doch etwas Besonderes, das kann man doch nicht so einfach – beim erstenmal wollen wir es doch richtig machen . . .»

Er fluchte wütend, aber sie ignorierte es – sie hatte die Worte sowieso nicht verstanden.

«Ich weiß, was», sprudelte sie weiter. «Ja, ich habe eine Idee, morgen beim Geburtstagsfest meiner Mutter, da ist das ganze Haus voll. Da können wir in mein Zimmer gehen – da merkt keiner was. Ach, Roy, denk doch nur . . .»

Er fluchte wieder, aber sie redete unter Küssen weiter.

«Ich möchte mich dir doch richtig geben, Roy, verstehst du das nicht? In meinem schönen, weichen Bett, mit nichts an – wir alle beide richtig nackt –, und vorher stell ich eine Flasche Champagner in den Schrank. Für danach –»

«Jetzt», knirschte er.

«Morgen», sagte sie verzweifelt, aufrichtig, da sie wirklich glaubte, morgen würde es gut sein. Morgen konnte er mit ihr tun, was er wollte. Alles. Sie sagte es ihm. Er erklärte ihr mit drastischen Worten – wütend, weil er seinen Kopf nicht durchsetzte und weil er unter einer körperlichen Spannung stand, die sie nicht begriff –, was er jetzt gleich mit ihr tun würde. Sie geriet in Panik, stieß ihn weg. «Morgen. Morgen. Ich verspreche es. Ich schwöre es.»

«Gut. Ich komme, aber nur dafür, und wenn ich's nicht kriege, siehst du mich nie wieder.»

Sie war wie im Fieber am nächsten Morgen.

«Ein großartiger Tag», sagte Miriam neckisch. «Wer weiß, was er uns bringt.»

Er brachte Claire in einem schwarzen mit blaßrosa Rosen bedruckten Georgettekleid. Sie kam mit ihrer kleinen Reisetasche, da sie über Nacht bleiben sollte.

«Gib mir einen Kuß, Liebchen», sagte Miriam. «Dein hübsches Blaues Zimmer wartet schon.»

Er brachte Eunice im blauen Seidenkleid vom vergangenen Jahr und ihre Söhne in nagelneuen Anzügen, handgenähten Schuhen und blütenweißen Leinenhemden, in Händen die prächtig verpackten Geschenke für Großmama. Er brachte Edward Lyall, der selbst an diesem strahlenden Maitag noch unter den Nachwehen seiner Wintererkältung litt, und Dorothy, die, mit Medikamenten und Taschentüchern bepackt, mit ihm litt. Er brachte einen höchstens zehnminütigen Auftritt von Benedict, aber Nola brachte er nicht – obwohl das niemand zu merken schien. Er brachte die Redfearns, die Mädchenmeute aus dem *Crown*, die Ärzte und Anwälte und Bankiers der Swanfields, Edith und Roger Timms. Er brachte Roy Kington und an seinem Arm eine schwüle Brünette, die Polly nie gesehen hatte, der sie aber «das Flittchen» sofort ansah.

«Hallo, Polly, das ist Natascha. Ich würde sagen, daß wir uns in Moskau beim Bolschoi-Ballett kennengelernt haben, wenn ich dächte, du würdest mir das glauben, aber so muß es eben reichen, daß wir uns vom Varieté kennen.»

Wie konnte er ein Mädchen dieser Sorte ins Haus ihrer Mutter bringen? Wie konnte er sie absichtlich so verletzen?

«Du hast es gestern abend mit mir nicht anders gemacht», zischte er ihr zu, als Natascha sich einen Moment entfernte. «Du hast mich kastriert. Jetzt tu ich das gleiche mit dir.»

Sie wußte nicht, was er meinte. Wußte nur, daß sie es nicht ertragen konnte, ihn zu verlieren.

«Ich hab's dir doch versprochen – heute.»

«Ich trau dir nicht.»

«Gib mir nur noch eine Chance.»

Er ließ sie warten. Lange. «Gut. Aber nur eine.» Sie erklärte ihm den Weg zu ihrem Zimmer, vereinbarte eine Zeit mit ihm. «Vergiß es nicht, Polly.»

«Nein, nein.» Sie war wieder fiebrig.

«Polly, komm, mach bei der Schatzsuche mit.» Tobys Stimme war vertraut und lieb, so liebevoll, daß sie schluckte und sich abwandte.

«Polly, du ißt ja gar nichts. Bist du krank?» Claires Stimme klang gutmütig erheitert. Vielleicht würde Claire sie verstehen. Doch ehe sie etwas sagen konnte, sie fragen, sie um Rat bitten konnte, mischte sich Miriam ein.

«Polly, kümmere dich doch mal um die beiden netten alten Damen dort drüben. Sie stehen die ganze Zeit allein.»

«Polly.» Es war Edith Timms. «Ich habe den Eindruck, du vernachlässigst mich.» Das wollte sie wirklich nicht. Aber Roger war bei seiner Mutter, gutmütig und unscheinbar wie immer; und Edith würden ihre heißen Wangen sicher auffallen.

«Ich muß rasch etwas für Mutter erledigen», rief sie und lief ins Haus.

«Lieber Gott», sagte Benedict, «kann man denn nirgends ungestört sein.» O Gott! Was hatte Benedict hier zu suchen? Doch er stellte ihr keine Fragen, wie sie fürchtete, sondern drehte sich um und ging.

Nur noch die Treppe und der obere Flur. Niemand sah sie. Doch als sie die Tür erreichte, hielt sie inne, blieb unschlüssig stehen, eine Fremde im eigenen Haus, rannte dann zum Badezimmer. Aber es mußte sein. Sie hatte sich dazu entschlossen. Es ging nur um die eine Frage, ob sie ihn liebte oder nicht. Und sie liebte ihn. Wenn er einen solchen Beweis verlangte, dann, ja – es war verständlich, natürlich, zeitgemäß. Er war Soldat gewesen, und wenn sie die Frau eines Soldaten werden wollte, mußte sie eben kühner sein, mehr wagen. An seiner Absicht, sie hinterher zu heiraten, zweifelte sie nicht. Nur, sie hätte es vorgezogen, wenn es wirklich erst danach geschehen wäre, nach einer stilvollen weißen Hochzeit. Sie hätte sich gewünscht, ihm in der Kirche wie ein Engel entgegenzuschweben und ihm die Gabe ihrer Unberührtheit darzubringen, wie ihre Mutter sie gelehrt hatte. Aber sie wußte genau, daß ihre Mutter nicht nur altmodisch, sondern auch unehrlich war. Sie konnte Miriams Urteil nicht vertrauen, da ihre Motive ihr verborgen waren. Und man brauchte sich ja nur anzusehen, was Miriams Wertmaßstäbe aus Eunice und Nola gemacht hatten. Ein solches Schicksal wollte sie nicht erleiden. Sie war eine «neue Frau», eine moderne Frau. Wie Claire vielleicht. Würde Claire dies tun? Sally Templeton? Ja, bei Sally zumindest war sie sicher, und damit war die Sache geklärt.

Sie ging langsam durch den Korridor, ging zu dem Mann, den sie liebte, wie zum Schafott. Und sie fieberte wieder. Ihre Hand drehte den Türknauf. In einer halben Stunde – dauerte es so lange? – würde sie eine andere sein. Und nichts würde je wieder ganz so sein wie zuvor.

Sie stieß die Tür auf, lächelte für den Fall, daß er vor ihr gekommen sein sollte, und sah ihn, schlank, muskulös, schön, auf dem Bett ausgestreckt mit einer Frau; irgendeine hätte es sein können – ihre Augen sahen es nicht –, aber es war wahrscheinlich die schwüle Natascha.

«Hallo, Polly, wo ist der Champagner?»

Sie stürzte aus dem Zimmer. Sie fühlte nichts, sie weinte nicht. Sie rannte die Treppe hinunter, durch den Vorsaal nach draußen.

«Polly», sagte der liebenswürdige, tolpatschige Roger Timms, «ich hab dich gesucht. Benedict sagte mir, du wärst nach oben gegangen.»

Er sah schlicht und ungefährlich aus. Genau das, was sie brauchte. «Mir ist nicht gut, Roger.»

«Komm – nur ruhig.» Er legte seine Arme um sie, und sie sank an seine Brust. Die Mütter, die die Umarmung gleichzeitig sahen, eilten mit verschämtem Lachen zu ihnen hin.

«Roger, mein Junge, gehört sich das?» fragte Edith Timms.

«Polly, Liebes – so öffentlich. Oder willst du nur dein Erröten verstecken?» gurrte Miriam.

«Ich hoffe, deine Absichten sind ehrenhaft, mein Junge», meinte Edith.

«Aber Mutter», brummte Roger hochrot, «du weißt doch, daß ich Polly heiraten möchte.»

«Und möchte Polly dich heiraten?»

«Aber natürlich», sagte Miriam, und Polly bestritt es nicht.

«Gratuliere», schluchzte Eunice.

«Darf ich die Braut küssen?» erkundigte sich Edward Lyall strahlend.

«Die Ehe wird von den meisten Männern als sexuelle Zuflucht betrachtet», sagte Nola, die eben gekommen war. «Die meisten Frauen hingegen reduziert sie unwiderruflich. Ich habe das neulich erst irgendwo gelesen.»

«Ich hätte nicht gedacht, daß sie gleich so weit geht», sagte Roy Kington, der den Tumult an Pollys Fenster hörte.

«Werd glücklich, Polly!» Toby war blaß und wirkte gar nicht glücklich.

«Hochzeit im September», rief Miriam und klatschte in die Hände, als wäre sie selbst die Braut.

«Ich bleibe nicht über Nacht», sagte Claire. «Ich möchte am liebsten gleich nach Hause.»

«Das verstehe ich», meinte Bendict. «Soll ich dich fahren?»

17

Die Verlobung wurde geziemend angezeigt, man reiste nach Leeds und kaufte einen großen Brillantring. Es fehlte nur noch die Verlobungsfeier großen Stils, und die sollte überraschenderweise im *Crown* stattfinden; Miriam nannte es ein Zugeständnis an die modernen Ideen ihrer Tochter. In Wirklichkeit hatte sie einfach keine Lust mehr, die modernen Freunde ihrer Tochter in High Meadows zu empfangen – jetzt, wo sie ihren Zweck erfüllt hatten.

Miriam schätzte zwar das Alleinsein immer noch nicht, aber doch ihre Ungestörtheit: keine Flecken auf den kostbaren Teppichen, keine Sprünge im zarten Waterford-Kristall, keine Zerreißproben für ihre gleichermaßen zarten Nerven. Darum sollten Pollys lärmende Freundinnen mit ihren schamlos kurzen Kleidern, ihren schrecklichen Frisuren und ihren Niggertänzen sich ruhig im *Crown* austoben.

«Aber gewiß, Madam – mit dem größten Vergnügen», sagte Kit Hardie am Telefon zu ihr, machte sich – was er für niemand anderen getan hätte – sogar die Mühe, extra nach High Meadows hinauszufahren, um alles mit ihr zu besprechen. Ein intimes Abendessen für fünfundzwanzig Personen, nein, sicherheitshalber für dreißig. Hinterher wollten die jungen Leute tanzen, die älteren eine Möglichkeit haben, gemütlich beieinanderzusitzen und zu plaudern. Ein buntes Sommermenü, Erdbeeren, Berge von Schlagsahne mit Weißwein – Sie wissen doch, Hardie, wie wir das in den alten Tagen hielten – oder vielleicht eine Erdbeerspeise mit Makronen und dicker Vanillesoße – so richtig dick, Hardie! – und einen Schuß Brandy. Ja, das hörte sich gut an. Und das übrige – ach, vielleicht etwas Fischiges mit einer Sahnesoße und Pilzen. Oder auch eine Hummerpastete. Beides? Warum nicht? Dann Hühnchen, vielleicht, wenn ein originelles Rezept zur Hand war, da Hühnchen ja, wenn man damit auch immer richtig lag, entsetzlich langweilig sein konnte.

«Überlassen Sie das ruhig mir, Madam.»

«Sehr schön, Hardie.»

Natürlich eine Verlobungstorte. Champagner in Strömen. Weine und Brandys und diese schrecklichen Cocktails, soweit angebracht. Und um Mitternacht für die Tänzer einen kleinen Imbiß – Räucherlachs, Hummer und irgend etwas in Aspik. Ach ja, und dann die köstlichen kleinen Käsebiskuits, die sie vor dem Krieg immer in High Meadows gereicht hatten. Meinte Hardie, daß sein Küchenchef das schaffen würde? Hardie glaubte es.

Und Blumen? Sie hielt inne, als wäre sie unsicher, ob in Hotelfoyers auch Blumen gediehen. Aber gewiß doch. Orchideen vielleicht? Nein. «Hübsche einfache Sträuße, Hardie, wie man sie zu Hause hat. Keinesfalls diese steifen Arrangements.»

Mit einem Dutzend samtpfötiger Anspielungen erinnerte sie ihn an seine frühere Stellung in ihrem Haus. Doch das hatte er erwartet, und nachdem er einen Impuls unterdrückt hatte, ihr das Fest kostenlos zu bereiten, als Geschenk an Polly, kehrte er in bester Laune ins *Crown* zurück. Der vierte Juni, das von Miriam festgesetzte Datum, würde ein Meilenstein in seiner Karriere als Hotelier werden. Er war voll Überschwang und Selbstvertrauen, entschlossen, sich dieser Gelegenheit mehr als würdig zu erweisen. Daß Speisen und Getränke im *Crown* superb waren, der Service tadellos, daran war man in Faxby gewöhnt. Ein Extramaß war erforderlich. Gut. Sie wünschte Blumen, sie sollte sie haben. Er engagierte drei Damen, die sich in diesen Zeiten schrumpfender Einkommen mit Freuden etwas dazuverdienten, und ließ von ihnen jene Teile des *Crown*, die Miriam ins Auge fallen würden, in einen Garten aus ihren hellrosa Lieblingsrosen, Rittersporn, dunkelblauen Kornblumen und weißen Margheriten verwandeln. Sie hatte die Käsebiskuits, die man früher in High Meadows aufgetischt hatte, mutwillig erwähnt, in der Annahme, das Rezept wäre mit der trübsinnigen Frau, die vor dem Krieg bei ihr Köchin war, verschwunden. Doch Kit gelang es, die Frau in einem Häuschen in Humberside aufzustöbern und unter Aufbietung seines ganzen Charmes und einer Fünf-Pfund-Note dazu zu bringen, ihm ihr Rezept zu überlassen. Fisch, Pastete und Nachspeise waren kein Problem, und zu dem zuverlässigen, doch leicht langweiligen Hühnchen mußte sich eben Aristide Keller etwas Originelles einfallen lassen, ein Hühnchen «Suprême Aristide» oder ein «Coq Keller». Die extravagante Torte, die Miriam wünschte, mußte natürlich

Amandine Keller fabrizieren, die Bäckerin ohnegleichen, und wegen der Cocktails, über die sie so verächtlich die Nase gerümpft hatte, rief er MacAllister zu sich und bat ihn, nicht nur für Polly, wie das bei einem solchen Anlaß im *Crown* üblich war, einen Spezialcocktail zu kreieren, sondern auch für Miriam, vielleicht mit dem Namen «Gracious Lady» oder so ähnlich. Etwas Majestätisches in einem Kelchglas mit süßem Jamaikarum und Apricot Brandy und einem Schuß Burgunderrot. Sie würde der Versuchung, davon zu kosten, nicht widerstehen können. Vielleicht würde sie sich sogar beeindruckt zeigen. Wenn das geschah, würde es ihm die Freude nicht im geringsten verderben zu wissen, daß er wahrhaft fürstliche Preise von ihr verlangte.

Doch zwei Tage vor dem großen Ereignis schlug das Schicksal zu. «Wo ist meine Frau?» wollte Aristide wissen und fand sie in den Armen des Fischlieferanten.

«Ich bring dich um», schrie Aristide, worauf seine Frau flugs eine Kuchengabel nach ihm warf, die sich in seine Schläfe bohrte, ohne jedoch allzu großen Schaden anzurichten. Während Claire dem Küchenchef erste Hilfe leistete, packte Amandine ihre Sachen und flüchtete sich in den Fischladen ihres Geliebten.

«Ich würde da erst mal keine voreiligen Schlüsse ziehen. Es kann ja eine ganz andere Erklärung geben», sagte Kit, der selbst keine andere Erklärung wußte. Doch Aristide Keller ließ sich von den falschen Zusprüchen falscher Freunde nicht beschwichtigen, sondern machte sich unter gedämpftem Fluchen auf, Rache zu üben.

«Bleib ihm auf den Fersen, Claire», meinte Kit. «Ich würde es selbst tun, aber in seiner gegenwärtigen Verfassung glaubt er womöglich, ich hätte selbst ein Auge auf seine Amandine.»

Sie folgte ihm mit Bedenken, verlor aber bald seine Spur, so daß sie nicht dabei war, als er das Schaufenster des Fischladens demolierte, das Geschäft und seine Frau so übel zurichtete, daß er eingelocht und am folgenden Morgen zu drei Monaten Gefängnis verurteilt wurde.

Es war also nichts mit dem Hühnchen «Suprême Aristide». Es war auch nichts mit Pollys Verlobungstorte, die zwar schon gebakken war, aber noch auf die Dekoration wartete. Natürlich standen auch das Mittag- und das Abendessen dieses denkwürdigen Tages auf dem Spiel. Und was sollte am nächsten Tag werden? Wie würde sich der Zwischenfall auf den Ruf des Hotels auswirken? Was würde

Arnold Crozier zu dieser Geschichte von Ehebruch und Gewalt in der Küche sagen?

«Immer eines nach dem anderen», sagte Kit, der den größten Teil der Nacht in dem vergeblichen Bemühen zugebracht hatte, Amandine und die Polizei dazu zu bringen, ihre Anzeige zurückzuziehen. «Denken wir erst mal ans Frühstück. Ihr wißt, daß ihr das ohne Schwierigkeiten schafft. Legt jedem Gast ein kleines Sträußchen aufs Tablett – für den Fall, daß sich die Lage im Lauf des Tages nicht bessert.»

Er ging in sein Büro, telefonierte lange, schickte ein paar Telegramme ab und rief dann Claire zu sich. «Ich muß nach Kent.»

«Kit – ausgerechnet jetzt!»

«Genau. Ich brauche einen Koch. Ich weiß, wo ich einen kriege. In Kent.»

«Kannst du ihn nicht einfach kommen lassen?»

«Wenn es so einfach wäre! Er hat dort eine Stellung. Ich glaube, es gefällt ihm nicht, darum muß ich zu ihm und ihn davon überzeugen, daß es ihm hier besser gefallen wird. Außerdem ist er ein ziemlich komischer Kauz. Ich hab vor Jahren mal mit ihm zusammengearbeitet. Damals war er schon komisch. Jetzt ist es wahrscheinlich noch schlimmer.»

«Wieso das?»

«Wegen des Krieges – er hat aus Gewissensgründen verweigert.»

«Ah, da gefällt er mir schon. Mußte er ins Gefängnis?»

«Natürlich. Er erzählte, einmal hätte man ihn und ein paar andere nach Frankreich gebracht und ihnen erklärt, sie würden hingerichtet. Man stellte sie tatsächlich an die Wand, verband ihnen die Augen, alles, was dazu gehört, aber es war nur Theater. Er hat das nie ganz verkraftet. Deshalb ist er – na ja, ein bißchen nervös eben. Die Küchenmädchen werden nicht begeistert sein. Aber kochen kann er.»

«Glaubst du, er kommt?»

«Ich hoffe es. Ich werd mein Bestes tun, ihn herzulotsen. Kannst du inzwischen Amandine bitten, Pollys Torte zu verzieren?»

«Bitten werden da wenig fruchten. Pfundnoten wirken besser.»

«Tu was nötig ist, um sie zurückzuholen.»

«Was heißt das?»

«Wenn ich John David kriege, den Burschen aus Kent, brauche ich Aristide nicht mehr. Wenn also die Kellers nicht mehr zusammenarbeiten wollen – und ich nehme an, so wird es sein –, dann nehme ich die Bäckerin.»

«Wie lange bleibst du weg?»

Er legte ihr ruhig die Hand auf die Schulter, lächelte gelassen, zeigte rückhaltloses Vertrauen. «Bis morgen nachmittag.»

Sie schluckte. «Das heißt, wir müssen heute allein mit dem Mittagessen und dem Abendessen zurechtkommen. Und morgen mindestens noch mit dem Mittagessen.»

«Da mach ich mir keine Sorgen, Claire. Ich weiß, das schaffst du spielend.»

«Von wegen. Ohne Koch?»

Er lächelte. Sie verstand nicht, wie er das konnte.

«Es ist Mitte der Woche. Nicht viel los. Trommle das Küchenpersonal zusammen und frag die Leute, was sie tun können. Und dann geh nach deinem eigenen Urteil. Einfache Speisen, keine Experimente, ausreichend Ersatzgerichte, falls etwas schiefgeht. Das Fleisch ist geliefert. Laß die Köche es ansehen, ehe du das Menü zusammenstellst. Und versuch, die Disziplin der Kellner aufrechtzuhalten.»

«Ist das alles?»

«Ja – außer daß du eine Prachtfrau bist.»

«Mir schlottern die Knie.»

«Ach wo. Wenn's erst losgeht, bist du bestimmt ganz ruhig.» Er lächelte ihr noch einmal zu, nahm seine Tasche und berührte flüchtig ihre Wange. «Übrigens –»

«Ja, Kit?» Sie kannte dieses «Übrigens» und wußte, daß sie guten Grund hatte, es zu fürchten.

«Es ist Mitte der Woche, wie gesagt. Eigentlich müßte es ruhig sein. Aber da Aristides kleines Mißgeschick sicher Schlagzeilen gemacht hat, kann es sein, daß eine Menge Neugierige hier auftauchen werden, um zu sehen, wie wir ohne ihn zurechtkommen. Es wäre mir lieb, wenn du keine Bestellungen ablehnen würdest.»

«Ja, Kit.»

«Kein Mensch ist unersetzlich, Claire.»

«Das habe ich auch schon gehört. Aber ich glaub's nicht recht.»

Das Mittagessen, wo es zum Glück wirklich ruhig zuging, war eine angsterfüllte Generalprobe für den Abend. Am frühen Nachmittag riefen die ersten Leute an und äußerten Zweifel wegen ihrer Vorbestellungen, unter ihnen auch Miriam, die Claire in äußerst wohlmeinendem Ton davon informierte, daß über das *Crown* ein ganz entsetzliches Gerücht in Umlauf wäre. Ob es zuträfe? Und wenn ja, so hoffe sie doch, daß das keinen Schatten auf ihr Fest würfe. Claire, die die nackte Verlobungstorte vor sich hatte, versicherte ihr, das sei keinesfalls zu befürchten.

Später kamen die Anrufe der Neugierigen, die sich die kleine Sensation nicht entgehen lassen wollten, und bald war klar, daß das Restaurant am Abend bis auf den letzten Platz gefüllt sein würde.

«Ausgezeichnet», erklärte Claire mit einem künstlichen Lächeln und machte sich mit einem großen Blumenstrauß auf, Amandine zurückzuholen. Für diplomatisches Geplänkel war keine Zeit. «Was verlangen Sie, Amandine?»

Rache vor allem. Einen Moment lang war Claire ratlos.

«Nun, er sitzt doch im Gefängnis, und wenn er herauskommt, will der Major ihn nicht mehr haben. Er will Sie.»

Amandine zuckte verdrießlich die Achseln. Ihr Mann wäre sowieso nicht ins *Crown* zurückgekehrt. Er hatte vor, am Rathausplatz ein Restaurant zu eröffnen.

«Gut, Amandine. Wir brauchen Sie.»

«Ich weiß», antwortete Amandine befriedigt. Und schließlich lief es nur aufs Geld hinaus. Sie nannte ihren Preis. Claire halbierte ihn. Sie feilschten, wurden sich einig. Sie würde zurückkommen und die Torte dekorieren, dann würden sie weitersehen. Vielleicht würde sie bleiben. Der Major war ja immer gut zu ihr gewesen. Abscheuliche Person, dachte Claire.

Die Zeit zum Abendessen rückte heran.

«Das ist ja köstlich», sagte Claire, die in ihrem schwarzen Abendkleid in der Küche stand und freundlich lächelte. «Es klappt alles hervorragend.»

Die Speisekarte war nicht so umfangreich wie sonst, dafür waren die Portionen größer, es gab vier Gemüse statt drei, Kartoffeln in allen Variationen, relativ einfache Hauptgerichte, aber eine größere Auswahl an Käse und kalten Nachspeisen, extravagante kleine Zwischenspeisen, ein Champagnersorbet nach dem Fisch, kristallisierte Früchte und Amandines Konfekt zum Kaffee.

«Ja, das ist genau richtig. Sie machen das glänzend.» Sie wußte kaum, was sie lobte. Sie lobte auf gut Glück, beschwichtigte mit freundlichen Worten, war einfach da – so wie Kit immer da war –, um gefragt zu werden, Entscheidungen zu treffen, die Verantwortung zu übernehmen.

Nur ein Funken von Panik, und es würde unmöglich sein, den Brand zu löschen, das wußte sie. Darum durfte es keine Panik geben. Als eine Soße gerann und jemand verzweifelt rief: «Was soll ich jetzt tun?», schaute Claire, die in ihrem Leben noch nie eine Soße gemacht hatte, mit kluger Miene in den Topf und sagte: «Ach, das ist nicht schlimm. Das kriegen Sie leicht wieder hin.» Als ein Küchenmädchen sich die Hand an der Bratrohrklappe verbrannte, nach rückwärts sprang und mit dem Kellner und seinem Tablett zusammenstieß, sprang sie blitzschnell zwischen die beiden und verhinderte einen Temperamentsausbruch, der womöglich weite Kreise gezogen hätte. Als allzu viele Kellner allzu viele Bestellungen brachten und sie alle zugleich herausschrien, versuchte sie nicht, die Küchenkürzel zu interpretieren, die sie sowieso nicht verstand. Sie stellte sich einfach zwischen die gegnerischen Truppen, die hemdsärmeligen, erhitzten Köche und die makellos gekleideten, würdevollen Kellner, und hielt sie allein durch ihre kühle Anwesenheit davon ab, sich gegenseitig an die Gurgel zu gehen. «Kommen Sie, machen wir weiter, ja?» Und sie unterwarfen sich ihr.

Lächelnd machte sie im Restaurant die Runde. «Ist alles nach Wunsch, Sir – Madam?» in den meisten Fällen war es das. «Was sind das für Gerüchte, die man überall hört?» wollte jemand wissen. «Von eifersüchtigen Ehemännern und Fleischermessern – sehr französisch, hm?» Aber im Grund war an Aristide doch nur sein Kalbsmedaillon «Marengo» interessant, an Amandine nur ihr *Millefeuilles*-Gebäck. Solange sich da nichts änderte, war alles andere Nebensache.

«Alles nach Wunsch, Sir?» In einem Fall war es das nicht, und der betreffende Gast äußerte seine Klagen ziemlich laut. Claires Worte des Bedauerns fielen schnell und freundlich, während das beanstandete Jägersteak, von dem allerdings kaum etwas übrig war, gegen den Hummer vertauscht wurde, auf den der Herr jetzt Geschmack hatte.

Sie schlief in dieser Nacht im Hotel, nachdem sie beim Aufräumen geholfen und großzügig Lob gespendet hatte, und war so früh wieder unten wie sonst Kit, um sicherzugehen, daß alle auf ihrem Posten waren.

«Kommt der Major heute wieder?»wollten Mr. Clarence und die Haushälterin wissen.

«Ich denke schon.» Sie gab sich unbekümmert. Wenn er kam, wunderbar. Wenn nicht, auch nicht schlimm.

Mrs. Tarrant schüttelte bekümmert den Kopf. Mr. Clarence lächelte nervös. Adela Adair, die eigentlich um diese Zeit gar nichts im Hotel zu tun hatte, stieß einen tiefen Seufzer aus und begann von ihrer langjährigen innigen Bekanntschaft mit Katastrophen aller Art zu erzählen. Gerard, der Oberkellner, sah immer wieder auf die Uhr, und MacAllister hatte trotz Claires Wachsamkeit weit mehr von seinem eigenen Rumpunsch getrunken, als für ihn gut war.

Konnte sie die Truppen noch über ein weiteres Abendessen zusammenhalten? Sie setzte sich in Kits Büro und knöpfte sich jeden einzeln vor, appellierte an die Mutter in Mrs. Tarrant und vielleicht auch in Mr. Clarence, an den guten Kumpel in MacAllister, den Fels in der Brandung in Gerard, obwohl sie ihn nicht für allzu standfest hielt.

Danach machte sie gelassen ihre Runde, plauderte hier und dort mit einem Gast, als könnte nichts sie aus der Fassung bringen, achtete darauf, daß alle sie sahen und wußten, wo sie zu finden war. Sie ging davon aus, daß er nicht kommen würde, und traf entsprechende Maßnahmen, wobei sie sich ständig vor Augen hielt, wie leicht das Chaos hereinbrechen konnte. Schon ein kleiner Ausrutscher genügte. Deshalb blieb sie den ganzen Nachmittag hellwach, schaute, lauschte, spürte, um den Ausrutscher vorauszusehen und zu verhindern.

Am späten Nachmittag kam er mit großen Schritten ins Foyer, an seiner Seite einen mageren, stillen, unansehnlichen Mann. John David? Sie hoffte es aus tiefster Seele.

«Hallo, Major», sagte sie mit gelassener Freundlichkeit, da das Foyer voller Gäste war. «Ich komme sofort.»

Sie verabschiedete alte Gäste, hieß neue willkommen, traf erst nach einer halben Stunde wieder mit ihm zusammen.

«Dein Koch ist also gekommen.»

«Ja. Er hat sich gleich an die Arbeit gemacht. Wollte nicht mal sein Zimmer sehen, sondern marschierte direkt in die Küche. Wie gesagt, ein komischer Kauz.» Kit sah müde aus, aber zufrieden. «Du hast großartige Arbeit geleistet, Claire.»

«Danke. Bekomme ich eine Gehaltserhöhung?»

«Darüber läßt sich reden. Ich wußte, du würdest es schaffen.»

«Du wußtest gar nichts. Du hast es einfach riskiert.»

«Sagen wir, es war ein kalkuliertes Risiko. Ihr habt mich bestimmt nicht mal vermißt. Du sahst absolut gelassen aus, als ich zur Tür hereinkam.»

«Kit, ich war nie in meinem Leben so froh wie in dem Moment, als du hereinkamst.»

«Ach, wenn es doch wahr wäre!»

Ja, wenn es doch wahr wäre! Sie hätte es beinahe selbst wünschen können. Doch jetzt, wo die Krise vorbei war und sie ihren kleinen Triumph genießen konnte, drängte es sie nur, Benedict die Geschichte ihrer Ängste und ihres Erfolgs zu erzählen. Sein Lob wollte sie haben. Wie gern hätte sie ihre Gefühle jetzt mit ihm geteilt, wo sie noch lebendig waren. Bis zum Sonntag nachmittag würden sie verblassen, und ihr würde bewußt geworden sein, wie wenig ihre Arbeit in einem kleinen Hotel ihn beeindrucken konnte, wenn er sich tagein, tagaus plagen mußte, die Auftragsbücher der Firma zu füllen und seine Angestellten vor Kurzarbeit und Lohnkürzung zu bewahren.

Er glaubte, er würde sich bald auf die Suche nach neuen Absatzgebieten machen müssen, in Nordamerika, Südamerika, Afrika, wenn er vermeiden wollte, daß die Webstühle stillstanden; sonst würde er Leute entlassen und das Risiko eingehen müssen, daß die übrigen in Streik traten. Er würde in den kommenden ein, zwei Jahren vielleicht viel im Ausland sein. Wenn sonst nichts, war das immerhin eine Fluchtmöglichkeit. Wollte er, daß Claire mitkam? Ihr Herz schlug beinahe schmerzhaft. Natürlich wollte sie mitkommen. Gerade in schwieriger Zeit. Aber konnte er ihr versprechen – wollte er das überhaupt –, daß ihre Bereitschaft, zu ihm zu stehen, nicht früher oder später im Blauen Zimmer enden würde?

«Ich begleite dich», sagte sie.

«Oh – ich glaube, eigentlich willst du das gar nicht.»

«Du irrst dich.»

Er schüttelte den Kopf. Seine dunkle Haut war grau, sein Gesicht düster und freudlos, ein geheimes Gesicht, älter und stärker von seelischer Belastung geprägt als die kühle Maske, die er für die Öffentlichkeit parat hatte. Wenn er so aussah, war sie bereit, alles für ihn zu tun, ohne einen Blick zurück alles hinter sich zu lassen, was ihr sonst so wichtig schien. Freiheit zum Beispiel. Selbstbestimmung. Die Vorstellung, die ihr in dieser Stimmung verschroben schien, daß sie ihre eigene Entwicklung hemmte, wenn sie sie mit seiner verknüpfte. Welche Höhen wollte sie denn erreichen außer ihrer natürlichen Erfüllung als Frau? Was für Gaben hatte sie denn außer ihrer Liebesfähigkeit?

«Ich komme mit, Benedict.»
«Das glaube ich nicht», sagte er.

Pollys Verlobungsfeier, nach den hohen Ansprüchen von Miriam, Kit Hardie und dem nervösen, aber höchst originellen John David ausgerichtet, war extravagant und elegant. Polly in Gold und Silber, Miriam in Altrosa, Edith Timms in Safrangelb mit teurer Valenciennesspitze. Roger Timms strahlte, blieb jedoch ansonsten im Hintergrund, wie man ihm geraten hatte, und auf Benedicts Toast auf das junge Paar erwiderte nicht er, sondern sein Vater.

Diesem jungen Paar, erklärte er, könne nur eine goldene Zukunft winken. Die junge Frau war schön, der junge Mann sein einziger Sohn. Das Grundstück, auf dem das neue Heim, eine Villa modernsten Stils, erbaut werden sollte, war bereits gekauft. Das vollkommene Glück erwartete das junge Paar, funkelnd wie der Champagner, mit dem man angestoßen hatte, exquisit wie die Speisen, die man an diesem Abend genossen hatte, wobei besonders das Hühnchen à l'Impératrice zu erwähnen war, eine Delikatesse, wie sie Mr. Timms bisher nie gekostet hatte. Und die Soße! Geschmeidig wie Samt mit einem Aroma, in dem sich die runde Blume guter Weine mit dem würzigen Duft eines ganzen Kräutergartens harmonisch vereinte. O ja, und die Käsebiskuits, federleicht, mit gerade der richtigen Spur von Zwiebel und einem Hauch von – was war es gewesen? Estragon?

Edith Timms sah ihren Mann an und hüstelte vielsagend.

«Ach ja», sagte er, als er sich erinnerte, was sie ihm zu sagen aufgetragen hatte. «Meine Frau und ich freuen uns, Polly als Tochter willkommen zu heißen.»

Polly zeigte lächelnd ihre ebenmäßigen weißen Zähne und ihren Brillantring.

«Und mir ist es eine große Freude, noch einen Sohn in meine Familie aufzunehmen», sagte Miriam und wischte sich eine Träne ab, um allen zu zeigen, daß sie an Jeremy dachte.

Eunice sprang auf, warf dabei ein Glas um, lief zu ihrer Schwester und küßte sie. «Ich wünsche dir, daß du so glücklich wirst, wie Toby und ich es sind.»

«Hört! Hört!» murmelte der gutherzige Toby.

Die nachfolgende Stille unterbrach eine von Tabak und Alkohol rauhe Stimme. «Die Institution der Ehe wird dieses Jahrhundert kaum überdauern», verkündete Nola.

Sie hatte sich insofern gebessert, als sie den anderen nicht mehr so lästig fiel. Lag es an einem neuen Mann? In gewisser Hinsicht, ja, wenn auch auf anderer Ebene als früher. Auf einer ihrer ziellosen Wanderungen durch den Stadtpark war sie, reichlich mitgenommen vom Brandy, den sie zum Frühstück genossen, und von Gin und Wermut, die sie statt des Mittagessens zu sich genommen hatte, dem Lehrer wiederbegegnet, der einmal ausersehen gewesen war, den Bildhauer zu ersetzen.

Ohne etwas zu erwarten, hatte sie ihn auf einen Besuch bei der Bewährungsstelle begleitet, eine, gelinde gesagt, merkwürdige Einrichtung nach Ansicht jener Unbelehrbaren, die einen Übeltäter lieber ausgepeitscht oder auf einem Schiff nach Australien gesehen hätten – wenn das noch möglich gewesen wäre – als in den Händen von Miss Pickles und Miss Drew, zwei wohlmeinenden alten Jungfern, die sich einbildeten, eingefleischte Schurken zum Besseren bekehren zu können. Doch in diesen unsicheren Zeiten, wo die Gefängnisse überfüllt waren, die Zeitungen dauernd gegen lange Strafmaße wetterten, wo nun auch Frauen über dreißig und alle Männer wahlberechtigt waren, tat man gut daran – wenn man gewählt werden wollte –, sich das zu eigen zu machen, was diese Zeitungen und diese Frauen für eine humane Alternative hielten.

Man stöberte daher ein altes Lagerhaus auf, säuberte und strich es, um dort Faxbys sozial Unangepaßte und Kranke aufzunehmen, wie Miss Drew es ausdrückte; eine Müllhalde – wie viele Stadträte es sahen – für solche Leute, die nicht ganz so verkommen oder verrückt waren, daß man sie hätte einsperren müssen.

Was selbstverständlich nicht verhinderte, daß man in der *All Saints' Passage* auch Leute traf, die ausgesprochen verkommen und äußerst verrückt waren. Ein Umstand, welcher zusätzliche Belastung für all jene bedeutete, die einfach von Natur aus ein wenig labil und langsam waren; die, hätten sie Arbeit gefunden, überhaupt nicht labil gewesen wären; die in Frankreich Gesundheit oder Glauben verloren hatten und damit nicht fertig wurden.

Miss Pickles war aus hartem Stoff gemacht, eine stramme Frau von unerschöpflicher Energie und unerschütterlichem Glauben an die Allheilmittel Wasser und Seife, mit denen sie alle ihre Schützlinge behandelte, da sie die Sauberkeit als Voraussetzung zur Gottesfürchtigkeit sah.

Miss Drew jedoch, obwohl altjüngferlich in ihrem Glauben, hatte die Werke des Vaters der Psychoanalyse, Sigmund Freud, gelesen und wußte darum um die Probleme unterdrückter Sexualität und die starken sexuellen Gefühle, die das kleine Mädchen dem Vater und der kleine Junge der Mutter entgegenbrachte; sie wußte, daß die falsche Behandlung oder das Mißverständnis dieser Gefühle zu mehr oder weniger emotionalen Störungen des Kindes führen konnten. Da diese zarte kindliche Leidenschaft für einen Elternteil unweigerlich falsch behandelt und häufig mißverstanden wurde, vertrat Miss Drew die Ansicht, daß man keinem Menschen für irgend etwas Schuld geben durfte.

Sie lud Nola in ihre rosa-weiße Wohnung mit Organdytischdecken und Spitzendeckchen ein und erläuterte ihr in ihrem dünnen Diskant die schreckliche Geschichte Ödipus', des Prinzen von Theben, der seinen Vater mordete und seine Mutter heiratete. Diese Tragödie, erklärte Miss Drew, hatte Freud zur Illustration der durchaus leidenschaftlichen Liebe benutzt, die ein Knabe im Säuglingsalter seiner Mutter entgegenbringen konnte, und der gleichermaßen starken Eifersucht, die er vielleicht gegen seinen Vater hegte. Aber gerade diese Eifersucht, erklärte sie weiter, ängstigte das Kind unter Umständen sehr heftig, denn das Kind mußte natürlich fürchten, besiegt zu werden, sollte es je zu einem Wettkampf zwischen dem mächtigen erwachsenen Vater und ihm kommen.

«Darum», sagte die propere und völlig leidenschaftslose Miss Drew, «brodelt es bei uns in unseren früheren Jahren förmlich von Eifersucht und Begehren, von einer explosiven Sinnlichkeit, die, da sie kein körperliches Ventil findet, sich nach innen richtet und – ach, unzählige Schwierigkeiten verursacht. Im späteren Leben, meine ich. Eine Frau, mein Kind, wird nur einen Mann zum Ehemann oder Geliebten nehmen, der entweder starke Ähnlichkeit mit ihrem Vater hat oder das extreme Gegenteil von ihm ist. Es kommt ganz auf ihre frühere Beziehung zum Vater an. Ebenso wird die Wahl des jungen Mannes davon beeinflußt, wie die frühe Beziehung zu seiner Mutter war. Sie sehen also, man verkrüppelt sein Kind allein schon durch die eigene Existenz. Wie traurig, und doch wie unvermeidbar, fürchte ich.»

Miss Drew hatte im großen und ganzen wahrscheinlich recht, aber da sie selbst nie einen Ehemann gehabt hatte, keine Kinder und keine Liebhaber, sondern nur eine kranke Mutter, die still und unauffällig aus dem Leben gegangen war, waren ihre Ansichten völlig theoretisch, und es erschreckte sie ein wenig, als Nola plötzlich bleich wurde.

«Ich habe eines meiner Kinder getötet», sagte Nola leise.

«Ach Gott.» Miss Drew wußte zunächst nicht, was sie davon halten sollte, und selbst als ihr die Fakten unterbreitet wurden, fiel ihr nichts ein, was Freud zum Thema Abtreibung gesagt hatte.

«Ach Gott.» An eines jedoch hatte Freud fest geglaubt: daß die Last der Seele leichter wurde durch das Bekenntnis. «Möchten Sie es mir nicht erzählen?»

Seit jenem grauenvollen Morgen, als sie weder in der Hölle noch im Nichts, sondern in ihrem eigenen Zimmer in High Meadows erwacht war, von lächelnden Gesichtern und einer Verschwörung höflichen Schweigens umgeben, wurde Nola von dem Bedürfnis getrieben, mit jemandem zu sprechen.

«Ich komme nicht darüber hinweg», sagte sie. «Ich weiß nicht, wieso. Ich müßte eigentlich eine Frau sein, der so etwas nichts ausmacht. Aber das bin ich nicht. Es verfolgt mich Tag und Nacht. Ich kann es nicht vergessen. Ich kann es selbst kaum glauben. Das einzige, was mir damals wichtig war, war, mich irgendwie aus der Affäre zu ziehen. Ich wollte einfach hingehen, es machen lassen und dafür bezahlen und dann nie wieder daran denken, falls ich mit dem Leben davonkommen sollte. Warum kann ich das jetzt nicht?»

Miss Drew hatte keine Ahnung.

«Sprechen Sie einfach, mein Kind», sagte sie, um sich selbst Zeit zum Überlegen zu geben.

Nola sprach. Am nächsten Tag kam sie wieder und sprach wieder.

«Lieber Himmel – langweile ich Sie?»

Aber Miss Drew, der nie etwas von der geringsten Bedeutung zugestoßen war und die daher keine eigenen Probleme hatte, war fasziniert von den Konflikten anderer.

«Sprechen Sie nur, mein Kind. Es wird Ihnen guttun.»

Sie sprach.

«Es würde mich interessieren», sagte Eunice, «was Nola jetzt wieder für Sachen macht?»

Sie war reif gewesen für eine Bekehrung. Zu einer extremen, vielleicht harten Religion von der Sorte, wo man mit nackten Füßen über Glasscherben gehen muß, zu einer linken Ideologie möglicherweise. Aber die *Labour Party* war inzwischen gemäßigt, und der Kommunismus war noch nicht bis Faxby vorgedrungen. Das plötzliche Benennen und Erkennen ihrer eigenen Neurosen diente ihr bestens. Freud – wie von Miss Drew interpretiert – vergab ihr ihre Sünden nicht. Er erklärte sie. Er sagte ihr, daß es niemals ihre Schuld gewesen war, niemals ihre Schuld sein konnte, daß Vergebung daher überflüssig war. Doch wenn es stimmte, daß jede Generation unwissentlich ihre Kinder verkrüppelte – und es schien wahr zu sein –, was hatte sie dann ihren eigenen Söhnen angetan? Auch wenn die Wurzeln ihrer Vernachlässigung in ihrer eigenen Kindheit lagen, mußte es doch jetzt, wo sie darauf aufmerksam gemacht worden war, wo sie wußte, daß sie die Mutterschaft wegen ihrer eigenen katastrophalen Mutterbeziehung abgelehnt hatte, ihre Pflicht sein, die Dinge wieder in Ordnung zu bringen. In ihrer Eigenschaft als Mutter war sie die erste Frau im Leben ihrer Söhne. Ihre Beziehungen zu anderen Frauen hingen davon ab, wie sie mit ihr zurechtkamen. Aber bisher hatte keinerlei Beziehung zwischen ihnen bestanden, hatte es keine liebevolle, fürsorgliche Frau im Zentrum ihres Lebens gegeben, die die Brücke zur Erwachsenenliebe schlagen konnte. Was hatte sie ihnen angetan! Keine Hoffnung, die Liebe zu erlangen oder auch nur zu erkennen, sollten sie ihr begegnen; genau wie sie selber sie nie erlangt hatte, nie gewußt hatte, das Echte vom Falschen zu unterscheiden. Keine Fähigkeit zur Liebe, keine Fähigkeit, Gefühle zu zeigen. Wie Benedict.

Das Lagerhaus in der *All Saints' Passage* wurde ihr Mekka. Sie hatte etwas gefunden, woran sie glauben konnte. Noch erstaunlicher, sie war drauf und dran, etwas zu tun zu finden. Sie war darum empfänglicher Stimmung, als sie hörte, daß ihr jüngerer Sohn Conrad aus dem Internat davongelaufen war.

Benedict reiste sofort nach Cheshire, um mit dem Direktor zu sprechen. Es fiel ihm nicht ein, Nola zu fragen, ob sie ihn begleiten wollte. Nein, sagte der Direktor, der Junge hatte keinen unglücklichen oder unangepaßten Eindruck gemacht, hatte eigentlich überhaupt keinen Eindruck gemacht. Er war leider nicht sehr mitteilsam, und bei solchen Jungen war es schwer zu sagen, was in ihnen vorging. Höflich, hilfsbereit, mit ordentlichen schulischen Leistungen, die leicht über dem Durchschnitt lagen, unter keinerlei Druck. Es hatte auch keinen «Zwischenfall» gegeben, keinen Streit, nichts Ungutes. Er hatte seinem Bruder nur gesagt, er «verschwände», und war verschwunden. Sein Bruder, ebenfalls nicht sonderlich mitteilsam, hatte nicht daran gedacht, ihn zu fragen, wohin oder warum. Schade eigentlich. Und so kurz vor dem Ende des Schuljahrs. Der Schulleiter fand es unverkennbar sehr bedauerlich, daß Conrad nicht so rücksichtsvoll gewesen war, ein oder zwei Wochen noch zu warten. Dann hätte er einfach nach Hause zu fahren brauchen.

Benedict sprach unter vier Augen mit seinem älteren Sohn, der ihm nichts zu sagen hatte, erkundigte sich bei der zuständigen Polizeiwache, beim Bahnhofsvorsteher, gewissen Geschäften im Dorf und kehrte nach Hause zurück.

Eunices Söhne wurden ins Arbeitszimmer gerufen und auf Herz und Nieren befragt. Hatte Conrad in den Ferien Freundschaften geschlossen oder von Freunden erzählt? Von einem Mädchen vielleicht? Sie machten verdutzte Gesichter, hätten wahrscheinlich gelacht, wenn der Inquisitor nicht Benedict gewesen wäre. Nein. Conrad schloß keine Freundschaften. Zu ihrer Überraschung akzeptierte ihr gestrenger Onkel das.

«Der arme Junge», jammerte Miriam. «Wie soll ich heute nacht schlafen, wenn ich dauernd an ihn denken muß?»

«Wenigstens sind meine Söhne nicht von der Schule durchgebrannt», murmelte Eunice.

«War ja auch nicht nötig», gab Polly bissig zurück. «Justin haben sie rausgeschmissen, ehe er auf die Idee kam.»

«Wenn ich irgendwie helfen kann, Benedict, dann laß es mich wissen», sagte Toby.

Zu Nola sagte keiner etwas.

Sie ging in den Garten hinaus, über die Wiese zur Straße, und stieß mit ihrem Sohn zusammen, der keuchend den Berg von Faxby heraufkam, staubig und zerzaust, einem kleinen Jungen ähnlicher, als sie ihn je gesehen hatte.

«Hallo, Conrad.»

Im ersten Moment war er entsetzt. Dann sagte er: «O hallo.»

Er hatte keine Ahnung, was von ihr zu erwarten war. Sie waren einander fremd. Nola wußte, daß sie daran im Moment nichts ändern konnte. Sie mußte jetzt den Ton angeben, mußte es wengistens versuchen. Jetzt – vielleicht nie wieder – bot sich ihr die Chance, etwas von der Schuld abzulegen, die sie ständig belastete, die nicht einmal mit Alkohol zu erleichtern war. Jetzt konnte sie vielleicht etwas wiedergutmachen.

«Du siehst müde aus, Conrad.»

«Ja.»

«Ziemliche Strapaze, heimlich davonzulaufen, hm? Aber auch ganz schön abenteuerlich, nicht?»

Er starrte sie an, als spräche sie chinesisch. «Bist du nicht – böse?»

«Nein. Ich bin nur froh, daß du nicht irgendwo tot im Straßengraben liegst. Das wäre schlimm gewesen.» Doch was hätte es ihr wirklich bedeutet? Letztes Jahr sehr wenig. Ihre neue erbarmungslose Ehrlichkeit zwang sie, sich das einzugestehen. Und jetzt? Ja – jetzt hoffte sie, daß es mit der Zeit große Bedeutung gewinnen würde. «Warum bist du weggelaufen, Conrad?»

«Ich weiß nicht.»

Sie wußte es. Er hatte seinen Vater und seine Mutter gesucht. Nicht sie und Benedict, sondern richtige Eltern: die warme, fürsorgliche Frau, die ihm Brücke zu den Frauen sein konnte; der aufgeschlossene, interessierte Mann, mit dem er sich identifizieren konnte. Sie konnte Benedict nicht verändern. Aber sie selbst konnte sich jetzt verändern.

Sie hatte recht. Es war daher höchst bedauerlich, daß sie mit diesen neuen Offenbarungen und Möglichkeiten nicht anders umzugehen wußte, als sich von ihnen fortreißen zu lassen, den Kopf über ihnen zu verlieren, so daß das, was im Grund richtig war, falsch wirkte und übertrieben.

«Willst du gleich nach Hause? Warte doch einen Moment – ich hol meinen Wagen, dann fahren wir zusammen irgendwohin zum Tee. Ist dir das recht?»

«Gut.» Sie war seine Mutter, und obwohl sie ihm fremd war, wußte er, daß man einer Mutter zu gehorchen hatte.

«Schön. Ich bin gleich wieder da.» In ihrer Aufregung, in ihrer großen Sehnsucht, mit ihm zu sprechen, seine Freundin, seine Vertraute, seine Heilerin – seine Mutter – zu werden, fiel ihr nicht ein, jemandem zu sagen, daß er aufgetaucht war.

Etwa zwei Stunden später kehrten sie aus dem *Crown* zurück, wo sie ihn mit Kuchen und Eiscreme gefüttert und mit tiefer Freude zugesehen hatte, wie er mit Genuß, wenn auch still und zurückhaltend, gegessen hatte.

«Das ist mein Sohn.» Er war ein Junge, auf den man stolz sein konnte. Das zumindest verdiente er. Und von nun an würde sie ihm Rat, Hilfe und Schutz geben, und wenn es das einzig Nützliche war, was sie in ihrem Leben tat.

Claire war zugegen, als sie, die Hand auf seiner Schulter, in den Salon trat. «Das ist mein Sohn.»

«Gott sei Dank!» Miriam sank auf das Sofa, was den Vorteil hatte, daß Eunice zunächst einmal beschäftigt war.

«Gehen wir in mein Arbeitszimmer», sagte Benedict nicht unfreundlich zu Conrad, als die Familie ihn mit Ausrufen der Freude und der Neugier umringte. Es war offensichtlich, beinahe komisch, daß weder Vater noch Sohn damit rechneten, daß Nola mitkommen würde.

«Ich bin seine Mutter», sagte sie.

«Ja, natürlich. Entschuldige.»

«Ich kann wirklich nicht bleiben», sagte Claire. «Es ist ja auch ganz überflüssig – ich meine, jetzt, wo er gesund wieder da ist. Wo alles gut ist.»

Gut? Weit davon entfernt, wie sie eigentlich hätte wissen müssen, vielleicht auch wußte, als Parker sie nach Hause fuhr.

«Gott sei Dank, daß das geregelt ist – wenn es geregelt ist», sagte Toby, als er am folgenden Morgen ins *Crown* kam.

«Oh – ist er wieder im Internat?»

«Hm, ja – das ist doch immer so. Benedict hat ihn heute morgen zurückgebracht. Was Nola allerdings vorhat, darüber möchte ich keine Spekulationen anstellen.»

Claires Lächeln trübte sich. «Wieso sollte Nola etwas vorhaben?»

«Meine liebe Claire –» Toby gab einen Schuß Wasser in seinen Whisky, trank einen großen Schluck und schüttelte sich. «Gestern abend sah es vorübergehend so aus, als wollte sie ihn erschießen. Benedict, meine ich. Wie eine Löwin, die ihr Junges verteidigt – mit gefletschten Zähnen und ausgestellten Krallen. Du kannst es dir nicht vorstellen. Ich dachte immer, sie merkt überhaupt nicht, was mit ihren Söhnen passiert, oder wenn doch, dann kümmert es sie nicht. Aber gestern abend, nachdem er ihr Angebot ausgeschlagen hatte, geriet sie völlig außer sich!»

«Ihr Angebot?»

«Ja – mir blieb die Spucke weg, sag ich dir. Und die Ruhe, mit der sie es ihm unterbreitete. Ganz unverblümt.»

«Ich verstehe.»

«Das bezweifle ich, Claire. So was hab ich noch nie gehört. Ich hätte nie gedacht, daß mir Benedict mal leid tun würde, aber ich sag dir, er tat mir leid. Er mußte natürlich ablehnen – ganz klar. Aber ich könnte mir vorstellen, daß er lieber angenommen hätte. Ich sollte mich vielleicht schämen zuzugeben, wie gut *ich* das verstehen könnte. Freiheit – keine Bindungen –»

«Toby?» Sie war zu entsetzt, um sich zu fragen, warum er sie so überaus mitfühlend anlächelte. «Kannst du mir nicht endlich sagen, was eigentlich passiert ist?»

Das Lächeln, das viele kleine Linien und Fältchen um Mund und Augen freisetzte, gab ihm das Aussehen eines weisen, gütigen Elfs.

«Doch, natürlich! Gerade, als ich Eunice so weit hatte, daß sie bereit war, mit mir nach Hause zu fahren, stürzte Nola aus dem Arbeitszimmer in den Vorsaal. Aber darum geht's jetzt nicht. Sie fragte, ob das sein letztes Wort sei, und erklärte, wenn ja, dann würde *sie* jetzt reden, aber nicht in seinem finsteren Arbeitszimmer, wo niemand sie hören und darüber urteilen konnte, wer recht hätte. Sie wäre nicht bereit, die Wahrheit zu verheimlichen. Also, ich sag dir, sie legte vielleicht los! Sagte der ganzen Welt ihre Meinung. Oder vielmehr Benedict. Ich glaube, sie hatte ihm das alles bereits ein- oder zweimal in seinem Arbeitszimmer ins Gesicht geschrien.»

«Im Beisein von Conrad?»

«O ja. Im Beisein von Conrad, der leichenblaß war und wahrscheinlich wünschte, er wäre auf dem Internat geblieben. Eunice und Polly fielen fast die Augen aus dem Kopf, und Miriam tat so, als zwänge man sie zuzuhören, obwohl sie in Wirklichkeit um keinen Preis ein Wort hätte versäumen mögen. Und Nola mit einem sensationellen Auftritt im Mittelpunkt des Geschehens, wie sich das gehört. Aber komischerweise hatte ich das Gefühl, daß es ihr nicht darum ging, uns zu schockieren. Nein, ich würde sagen, sie wollte uns aufklären. Sie packte es falsch an, sicher, und kämpfte auf verlorenem Posten, aber – tja, ich vermute, es war niemand in Stimmung, sich aufklären zu lassen.»

«Toby?»

«Ja, Claire. Ich komme schon zur Sache. Sie pflanzte sich mitten im Salon auf, eine Hand auf der Schulter des armen Jungen, und erklärte Benedict, er könne sich von ihr scheiden lassen, sie würde ihm Gründe in Fülle liefern. Ihre Ehe wäre sowieso nur Heuchelei. Seine Schuld wäre das nicht. Ihre auch nicht. Aber sie hätte genug. Sie wollte ein ehrliches Leben leben. Neu anfangen. Und sie wollte ihre Söhne haben. Du brauchst mir nur die Kinder zu geben, und ich gehe. Ein kleines Haus in der Stadt, die Schule am Ort, gute Freunde und gute Gespräche – sie hatte sich alles genau überlegt. So eine Art Avantgarde-Utopia, vestehst du. Wer die Rechnungen bezahlen sollte, sagte sie natürlich nicht. Aber Benedict kam selbstverständlich sofort auf diesen Punkt. Er versuchte es auf seine geringschätzig wegwerfende Art, aber davon ließ sie sich nicht einschüchtern. Daraufhin reagierte er gereizt und wollte sie einfach stehen lassen, aber sie ließ nicht locker. Sie folgte ihm. War ja wohl nicht anders zu erwarten, wo sie glaubte, endlich die Wahrheit entdeckt zu haben. Du weißt ja, wie Bekehrte sind. Am Ende machte er sie fertig – man konnte es kommen sehen. Er nahm kein Blatt vor den Mund, sage ich dir. Sie hätte sich an griechischem Tanz und Töpferei, an Musik und Bildhauerei und am Butler versucht, ganz zu schweigen von den Eskapaden dazwischen – er wühlte wirklich den ganzen Dreck auf und schleuderte ihn ihr ins Gesicht –, und wenn sie sich einbildete, sie könnte jetzt auf die gleiche dilettantische Art die Mutter spielen, solle sie sich das aus dem Kopf schlagen. Er klärte sie darüber auf, was das Gesetz ihm für Rechte gab, um sie an ihrem Vorhaben zu hindern, und was er gegen sie unternehmen würde. Erfreulich war das nicht. Aber es mußte sein. Ich würde mich selbst nicht gerade als fürsorglichen Vater bezeichnen, aber sogar ich kann sehen, wie gefährlich es wäre, wenn so ein junger Mensch sich nur auf Nola verlassen könnte. Und für Nola wär's auch recht riskant, wenn sie sich plötzlich auf sich selbst verlassen müßte. Ich kann mir ehrlich nicht vorstellen, wie sie das in dem Alter noch schaffen will. Kein halbwegs anständiger Mann konnte das außer acht lassen, weißt du.»

«Ja, Toby. Danke.»

«Es kommt noch was, Claire . . .»

«Ja?»

«Etwas – Eigenartiges, würde ich sagen. Vielleicht weißt du mehr darüber als ich. Frag mich nicht, weshalb ich das glaube. Ich werde es nie erwähnen, du kannst dich darauf verlassen.»

«Natürlich, Toby.»

«Also: Sie fing an zu reden – irgendwas von Schuld und Strafe. So hörte es sich jedenfalls für mich an, ich hab's nicht ganz verstanden. Aber Benedict verstand genau. Und er wollte auf keinen Fall, daß der Junge es mitbekam. Er schrie sie an, sie solle den Mund halten. Sogar Miriam wurde blaß, und Polly und Eunice bekamen weiche Knie. Aber Nola war wie geblendet von ihrer neugefundenen Wahrheit.»

«Was sagte sie?»

«Es blieb unverständlich, Claire, obwohl sie sich alle Mühe gab, sich klar auszudrücken. Schuld, Scham, Strafe – das waren die Worte, die fielen. Dann etwas von einer Schwangerschaft, die natürlich ewig hersein muß. Er versuchte, sie niederzuschreien, aber sie ließ sich überhaupt nicht beeindrucken. Es war ganz klar, daß sie nicht hinter dem Berg halten würde, um keinen Preis.»

«Und?»

«Da hat er sie geschlagen. So fest, daß sie das Gleichgewicht verlor. Zum Glück stand sie neben dem Sofa. Sie tat sich also nicht weh, als sie stürzte, wenn auch ganz deutlich zu sehen war, daß Miriam um ihr Porzellan bangte –»

«Toby!»

«Doch. Das Schlimme war Conrad. Ich hatte den Eindruck, er wollte auf Benedict losgehen. Das wäre schrecklich gewesen, weil Benedict ihn dann hätte prügeln müssen. Ich glaube, Benedict hatte den gleichen Eindruck, denn er fuhr herum wie der Blitz und sagte Conrad, er solle seiner Mutter aufhelfen und sie nach oben begleiten. Hart, dachte ich erst, aber so hatte der Junge etwas zu tun –»

«Und Nola?»

«Schlich davon wie ein Lamm – auf dem Weg zur Schlachtbank. So was hab ich noch nie gesehen. Barfuß und im Büßerhemd, zumindest im Geiste. Eunice erklärte mir die ganze Heimfahrt, sie hätte überhaupt nichts verstanden.»

«Hast du's denn verstanden?»

Er lächelte wieder dieses weise alte Lächeln.

«Nun – sie sprach von Strafe. Er hatte sie gestraft. Könnte es das sein?»

Sie rutschte von ihrem Barhocker. «Willst du hier essen?»

«Ja», antwortete er. «Leistest du mir Gesellschaft?»

Gegen Ende dieses langen Nachmittags rief Benedict an und sagte, er würde sie um acht abholen.

Er sah alt aus. Angespannt, maskenhaft und grau das Gesicht. Müde, körperlich und geistig. Erschöpft.

Sie selbst fühlte sich am Ende ihrer Reserven.

«Ich hatte keine Wahl», sagte er. «Ich hatte nie eine. Glaubst du mir?»

«Ich versuche es.»

«Ich bin für die Kinder verantwortlich. Sie ebenfalls. Aber nur wenn ich mit ihr lebe, kann ich sie unter Kontrolle halten. Das ist nichts Neues.»

«Ich weiß.»

«Und sie hätte es sowieso nie durchgeführt.»

Claire nickte.

«Es wäre nur grausam gewesen – gegen meine Söhne und gegen dich, auch gegen mich selbst –, hätte ich da nicht sofort einen Riegel vorgeschoben. Vielleicht war es ihr ernst mit allem, was sie sagte, Claire. Aber Tatsache ist, daß sie keine Ahnung hat, wie man sein Leben selbst in die Hand nimmt. Und ich kann nicht zulassen, daß sie an meinen Söhnen übt.»

«Nein, das verstehe ich.»

«Und du warst nicht – sagen wir – enttäuscht, als du hörtest, daß ich eine Scheidung abgelehnt hatte?»

«Doch. Bitter enttäuscht.»

«Und jetzt?»

«Ich habe es mit mir selbst abgemacht, Benedict. Ich sehe, daß du nicht anders konntest, und sehe auch, warum. Es wäre, als würde man sie der Selbstzerstörung aussetzen. Ich würde nicht erwarten, daß du so etwas tust.»

«Das weiß ich, Claire. Trotzdem, wünschst du nicht, ich hätte es getan? Hast du dir nicht gesagt, daß meine Söhne bald erwachsen sein und ihr eigenes Leben führen werden? Hast du dir diese Fragen nicht gestellt?»

«Doch, natürlich.»

«Und was ist mit uns? Zwei Teillösungen wurden uns geboten, das Blaue Zimmer und dies hier. Wenn wir keine von beiden nutzen können, was bleibt dann noch?»

Sie antwortete ihm nicht darauf. «Ist mit Conrad jetzt alles in Ordnung?»

«Im Grund nicht. Er wollte nicht aufs Internat zurück, und ich hätte ihn am liebsten nicht mehr hingebracht. Leider wußte ich keine bessere Lösung. Es ging ihm sehr schlecht. Seinem Bruder auch. Aber, typisch meine Kinder, sie wollten oder konnten nicht darüber sprechen. Aber dabei kann ich es doch nicht belassen. Sie sind schließlich meine Kinder. Ich muß der Ursache auf den Grund gehen und versuchen, ihnen zu helfen. Im Moment weiß ich nur eines: sie sind so besser dran, als wenn ich Nolas Ansinnen nachgegeben hätte. Es war schlimm, daß ich sie schlagen mußte. Conrad wird nie erfahren, warum. Er wird immer nur die Szene vor sich sehen. Er wollte sie verteidigen. Das kann ich ihm wirklich nicht übelnehmen.»

«Nein. Er scheint ein guter Junge zu sein.»

«Das eben möchte ich herausfinden – muß zumindest versuchen, es herauszufinden. Nicht wahr?»

Ja. Sie konnte sich keine andere Gefühlsregung erlauben, als darüber froh zu sein.

«Du mußt mir helfen, Claire.»

«Ja, natürlich. Gern.» Die Stille war schrecklich, eine erdrückende Last auf ihrem Herzen, obwohl sie den ganzen Tag schon gewußt hatte, was er sagen würde. «Benedict?»

Doch sein Gesicht war wieder im Schatten wie zu Anfang, als sie ihn kennengelernt hatte; während er sie aufmerksam und forschend betrachtete, zeigte er von sich nichts außer einer Kontur. Aber er hatte sie um Hilfe gebeten.

«Was soll ich tun?»

«Verlaß mich», sagte er. «Und wenn ich dich bitten sollte zurückzukommen, dann komm nicht. Versprichst du mir das?»

Es war das erste Versprechen, das sie ihm gab.

«Du verstehst doch», sagte er, «daß das jetzt das Beste ist, was wir tun können – das Einzige.»

Sie verstand. Es änderte nichts.

18

Sie gab ihm recht; sie mußte ihn verlassen. Manchmal wollte sie es sogar selber. Es wurde ein Akt der Liebe und der Rettung – für sie und ihn. Sie versuchte es.

Am folgenden Sonntagnachmittag saß sie bei Euan in seinem kalten Atelier und sah zu, wie er winzige Blütenblätter, Kolibris und Schmetterlinge auf weißes Porzellan malte, kleine Meisterwerke, die er zu seiner eigenen Freude schuf und später ohne Bedauern für ein oder zwei Shilling auf dem Markt verkaufen würde. «Such dir was aus», sagte er zu ihr. Obwohl sie wie betäubt war, reagierte sie, wie es von ihr erwartet wurde, dankte ihm und suchte, keineswegs blind, eine Tasse und eine Untertasse mit blitzblauen Glockenblumen und etwas unwahrscheinlichen blauen Spatzen aus.

«Danke, Euan. Die werd ich immer behalten.»

«Wozu denn das? Das rote Glas da an deinem Hals wirst du wohl auch nie hergeben.»

«Nein, vermutlich nicht.»

Wie ruhig sie war, wie von einem Hammerschlag getroffen, als wären alle Gefühle eingefroren. Wie ruhig sie war, während sie sich an diesem Abend für das Essen in High Meadows zurechtmachte, seinen Rubin trug, Miriam, Polly, Eunice und Benedict selbst lächelnd begrüßte und tat, was sie ihm versprochen hatte. Um Dorothys und der anderen willen, um ihrer eigenen Selbstachtung willen, durfte sie ihm nicht einfach aus dem Weg gehen, sondern mußte weiterhin offiziellen Umgang mit ihm pflegen. Freundschaft – nein. Das hatte er kategorisch abgelehnt, und sie selbst hielt sie auch nicht für möglich. Wie ruhig sie war, wie liebenswürdig am Eßtisch, wie angenehm leer und innerlich abwesend. Sie sprach weder zuviel noch zuwenig, sah ihn nicht an, ignorierte ihn aber auch nicht. Nur in dem einzigen Moment, als sie beim Aufstehen seinen Blick auffing, stockte ihr der Atem, klopfte ihr Herz zum Zerspringen. Aber sonst hielt sie sich wirklich gut. So gelassen, selbst als er an der Tür zum Salon erschien und schroff wie immer sagte: «Würdest du bitte ins Arbeitszimmer kommen, Claire.»

«Arme Claire», sagte Polly, «was hast du denn verbrochen?»

Sie folgte ihm durch den Flur in sein Zimmer und ging wie eine Schlafwandlerin direkt in seine Arme. Faser um Faser begann ihr Körper wieder zu fühlen, als sie einander berührten.

«Das sollst du doch nicht», sagte er heiser. «Du sollst nicht kommen, wenn ich dich rufe.»

«Dann ruf mich nicht.»

So ging es weiter. Sie rissen sich los und konnten dann doch nicht voneinander lassen, brachen von neuem. Es war ein Teufelskreis der Qual mit Momenten, wo die Trennung möglich schien, und anderen, wo sie völlig unmöglich war. Der Sommer war heiß, quälend, unerträglich lang; schwül und stickig die Tage, die Claire bohrende Kopfschmerzen brachten – woran sonst, sagte sie zu ihrer Mutter, konnte es liegen, wenn nicht am Wetter? – und Benedict lustlos und reizbar machten, was selbstverständlich der bedrückenden wirtschaftlichen Lage und den immer wiederkehrenden Problemen mit einer labilen Frau und zwei verschlossenen, unglücklichen Kindern zuzuschreiben war. Sonntags machte er jetzt Ausflüge mit ihnen, zum Teil, um sie Nola fernzuhalten, die sie bei jeder Gelegenheit in ihr Zimmer schleppte und sie in Tabaksqualm gehüllt nach ihren Träumen fragte, in denen sie die Ansätze zu Dutzenden von Neurosen zu entdecken meinte.

In Gegenwart ihrer Eltern fühlten die Jungen sich bedrückt und unbehaglich. Als die ganze Familie einen Ausflug zum Römischen Wall in Hexham machte, sprachen die Jungen kaum ein Wort, und Nola, die an dem schwülen Nachmittag keine Lust hatte, den Wall entlangzumarschieren, setzte sich in ein Hotel und betrank sich. Sie hatte geglaubt, Muttersein wäre romantisch, und fand es nun weit beschwerlicher als angenommen. Benedict wiederum fand die Gesellschaft seiner Söhne anstrengend und ermüdend.

Dennoch tat er regelmäßig seine Pflicht – wie er es sah – und achtete darauf, Nola soweit wie möglich an die ihre zu binden. Angesichts dieser Situation konnte Claire nur auf Distanz gehen. Sie war durch die Fixierung ihrer Mutter auf Edward in ihrer Kindheit selbst zu kurz gekommen und daher ungewöhnlich sensibel für solche Situationen. Keinesfalls wollte sie diesen Kindern gegenüber

Edwards Rolle übernehmen. Sie konnte von ihnen nicht erwarten, daß sie zu ihr eine Beziehung formten, wo sie schon zu ihrer eigenen Mutter keine echte Beziehung hatten. Sie würde nie etwas anderes sein als ein Eindringling, wie Edward es für sie immer gewesen war. Ein-, zweimal, als sie zufällig mit ihnen zusammentraf, versuchte sie, mit ihnen zu sprechen, und scheiterte jämmerlich; nicht, dachte sie, weil sie sie nicht mochten, sondern weil sie ihr nie die geringste Beachtung gezollt hatten. Sie ging sie nichts an. Wollte sie ihre Aufmerksamkeit auf sich ziehen? Würde sie das verkraften? Sie glaubte es nicht. Benedict war der gleichen Meinung.

«Wir wollen die Qual nicht in die Länge ziehen», sagte er. «Halte bitte diesmal dein Versprechen, Claire. Komm nicht zu mir zurück.»

Sie versprach es. Sechsmal von Mai bis August.

«Du sollst nicht kommen, wenn ich rufe.»

«Dann ruf mich nicht.»

Sie brauchten ein Ereignis, einen Zwischenfall, einen äußeren Anstoß, der sie entweder zur Trennung zwang oder unwiderruflich aneinanderband – etwas, das ihnen die Entscheidung aus der Hand nahm. Sie hatte ihr ganzes Leben von solchen Zwischenfällen und Anstößen von außen bestimmen lassen und versucht, das Beste aus dem zu machen, was geschah. Er hatte sich sein ruhiges Leben, seine Gelassenheit erhalten, indem er sichergestellt hatte, daß ihm nichts geschehen konnte. Und jetzt gab es Zeiten, wo die eisige Wand dieser Gelassenheit Risse bekam oder gar zu schmelzen begann.

Eines Abends in Thornwick kam es deshalb zu einem jener schicksalhaften Augenblicke, die ein ganzes Leben ändern können.

Die große Marmorwanne war nicht groß genug für beide. Nach einem langen, heißen Tag pflegten sie deshalb rasch nacheinander zu baden, im allgemeinen Benedict zuerst, dann Claire, die im Badezimmer auch ihre Verhütungsutensilien liegen hatte. Doch als er an diesem Abend aus dem Bad kam und sie ausgezogen stehen sah, trat er nicht zur Seite, um sie vorbeizulassen, sondern blieb vor ihr stehen und sah sie so intensiv an, musterte ihren Körper so eindringlich, daß sie verlegen wurde.

«Benedict?» sagte sie fragend.

Er schüttelte den Kopf, als wollte er vertreiben, was ihm durch den Sinn gegangen war, aber dann nahm er sie plötzlich in die Arme, hob sie aufs Bett und deckte ihren Körper mit der Kraft und der Hitze des seinen zu. Der Duft seiner Haut und seines Haares drang ihr in die

Nase, während er langsam von ihr Besitz ergriff, und sie gab sich ihm ganz hin, bis ihr siedend heiß einfiel, daß sie keine Vorsichtsmaßnahmen getroffen hatte.

«Benedict – ich muß ins Bad.»

«Ach ja, Dr. Stopes wartet, wie?» Doch er hielt sie fest.

«Benedict?» Ihre Stimme war klein und verwirrt.

«Ja. Ich weiß.»

«Dann laß mich aufstehen.»

«Gleich.» Doch er ließ sie nicht aus seinen Armen, und bei ihr löste seine Unbedachtheit nicht etwa Beunruhigung aus, sondern nur warme, prickelnde Erregung und glückliche Verwunderung. «Sollen wir dieses eine Mal das Risiko eingehen, Claire – und abwarten?»

Sie schlang die Arme um seinen Hals und küßte ihn langsam, nahm sich Zeit, kostete den Kuß aus, weil sie nachdenken wollte, so lange wie möglich in diesem gefährlichen, verführerischen Wahnsinn schwelgen wollte. Denn es war natürlich Wahnsinn. Wunderbar, unglaublich, aber vollkommen verrückt.

Solange sie erwachsen war, war ihr wichtig gewesen, eine Schwangerschaft zu verhüten; aber jetzt überflutete sie sein ursprüngliches, männliches Verlangen, sie, die Frau, die er erwählt hatte, in einem Akt der vollkommenen Vereinigung zu befruchten. Natürlich würde er es nicht tun. Doch damit, daß er sie dieses Verlangen sehen ließ, hatte er ihr ein kostbares Geschenk gemacht. Sie würde es niemals vergessen.

«O Gott, was tue ich da?» fragte sie.

«Mich lieben.»

Ja. Das war es. Sie liebte ihn. Und setzte ihre Zukunft aufs Spiel, wie sie das immer getan hatte, riskierte wieder einmal sich selbst. Sie liebte ihn. Vertraute ihm. Gab sich ihm ganz. Sie war von einer Sehnsucht ergriffen, die über Sinnlichkeit und Genußstreben hinausging zu einem weit elementareren Bedürfnis. Ihr Körper war begierig zu empfangen. Sie war sich der Gefahr ihrer Sehnsucht bewußt und doch geblendet von etwas Wunderbarem. Und nur dieses Wunderbare war von Bedeutung. Sie gehörte jetzt ganz ihm und hatte sich doch nie zuvor so sich selbst gehörend gefühlt.

«Lieg still», sagte er, und sie gehorchte ihm, lag warm an ihn geschmiegt, während sein Same den Weg durch ihren Schoß vollendete und so das Muster ihrer Leben festlegte. Der Same war es, erkannte sie, der entscheiden würde.

«Sind wir verrückt geworden, Benedict?»

«Vielleicht. Man erfährt seltsame Dinge über sich selbst. Ich sollte mich wohl eigentlich schämen.»

«Wahrscheinlich. Ich hätte dich hindern sollen.»

Als sie die Uhr schlagen hörte, stand sie auf. Ihr war seltsam zumute, ein wenig unwirklich. Einen Moment hielt er sie behutsam in seinen Armen, dann begann er sie sehr bedachtsam anzuziehen, machte jeden einzelnen Knopf zu, glättete jedes Fältchen, hüllte sie in ihre Kleider und drückte sie, als wäre sie ein hilfloses geliebtes Kind.

Der Abend war kalt geworden. Er knöpfte ihren Mantel zu, schlug den Kragen hoch, schlang ihr seinen Schal um den Hals, schob ihr die Hand unter das Kinn und küßte sie leicht auf Nase und Stirn, während sie sich an ihn lehnte, schwach und schwindlig von dieser neuen Tiefe des Gefühls. Und immer noch geborgen in diesem süßen Wahnsinn, glaubte sie, schon sein Kind zu tragen.

«Wenn du mich schon jetzt wie ein rohes Ei behandelst», sagte sie, «wie dann erst in sechs Monaten?»

«Ich werde für dich sorgen, Claire, und dir meine ganze Liebe geben.» Es war seine erste und einzige Liebeserklärung.

Aber sie wiederholten die Torheit nicht. Und als sie ihm nach zwei Wochen unterdrückter Angst sagen konnte, daß sie nicht schwanger war, begriff sie, daß sie das Ende erreicht hatten. Der süße Wahnsinn war zum unverantwortlichen Leichtsinn geworden. Nie wieder würde er so den Kopf verlieren. Sie hatten es riskiert. Hatten sie gewonnen oder verloren? Es machte jetzt keinen Unterschied. In knapp zwei Wochen würde er mit seinen Söhnen nach Italien reisen, um ihnen Geschmack an Malerei und Musik beizubringen. Nola würde vielleicht mit ihnen reisen. Claire lächelte. Ja. Sie hoffte es. Bestimmt wäre es zum besten. Sie selbst würde bis zu Pollys Hochzeit Ende September in Faxby bleiben und dann ...? Nun, einer unabhängigen und nicht völlig schwachsinnigen Frau bot die Welt jede Menge Gelegenheiten.

Sie gingen jetzt ganz besonders achtsam miteinander um, waren ungemein höflich, stets bedacht darauf, hilfsbereit und freundlich zu sein und einander unter keinen Umständen Vorwürfe zu machen. Manchmal war ihre Zurückhaltung tief bewegend, zu anderen Zeiten zerrte sie an ihren Nerven.

Sie schliefen nicht mehr miteinander. Das Klügste, wie sie einander versicherten. Denn daß Claire in jener Nacht des Wahnsinns nicht schwanger geworden war, hieß noch lange nicht, daß sie nicht ein andermal ungewollt schwanger werden konnte. Dennoch spürte Claire, als sie einige Tage später nach Thornwick fuhren, wo sie ihre Sachen abholen wollte, daß er sie begehrte und nicht widerstehen würde, wenn sie ihm nur einen winzigen Schritt entgegenkam.

Doch das löste keine Machtgefühle bei ihr aus, sondern nur einen tiefen Schmerz, der wie Seetang an ihr klebte, während sie mit schleppendem Schritt durch das Haus ging, um ihre Sachen einzusammeln, das schwarzseidene Nachthemd und die französische Unterwäsche, das Parfüm und das Puder, das bestickte Täschchen mit den Verhütungscremes, Beiwerk einer Liebesbeziehung, das nicht einmal einen kleinen Koffer füllte.

Es war vorbei. Sie setzte sich auf das Bett und spürte das Zimmer um sich herum, erinnerte sich so lebhaft der Stunden, die sie hier mit Benedict verbracht hatte, daß sie sich und ihn förmlich hören und sehen konnte. Manchmal angespannt, oft begierig und so oft in diesem schmerzlichen Zustand zaghafter Seligkeit, wo man nicht wagte, einfach glücklich zu sein, in dem qualvollen Bewußtsein verlorener, unerbittlich verrinnender Zeit.

Sie waren füreinander bestimmt gewesen, aber Zeit und Ort und die bedrängenden Ansprüche anderer waren dagegen gewesen. Losgelöst von den Umständen wären sie vollkommen glücklich gewesen. Er hätte ihr Leben erfüllt. Sie hätte das seine erwärmt und zum Blühen gebracht. In einer Welt halbherziger und zerfallender Bindungen hätten sie zusammen ganz sein können, ehrlich und heil.

Die Tür öffnete sich. «Bist du soweit, Claire?»

«Ja.» Sie stand auf. Sie fühlte sich wie schwebend, ein wenig unsicher, nicht ganz in Harmonie mit sich selbst, wußte nicht gleich, wo sie ihre Tasche hingestellt hatte. Ach ja, da war sie, direkt vor ihren Füßen. Sie würde nie wieder hierherkommen. Irgendwie mußte sie sich zwingen, das zu glauben. Sie lächelte, streckte ihm beide Hände hin, und er zog sie hoch, nahm sie in die Arme und trug sie zum Bett. Er liebte sie wie ein Ertrinkender, während sie völlig passiv blieb, und danach ließ er sie los und drehte ihr den Rücken zu.

Es war für beide ein schreckliches Erlebnis, ein zwanghafter Akt jenseits aller Kontrolle. Er hatte so etwas nicht beabsichtigt, und jetzt hatte er sich wie in den ersten Tagen von ihr abgewandt, sie allein gelassen.

«Benedict.»

Vorsichtig streckte sie eine Hand aus, spürte, wie die Muskeln seiner Schulter sich verkrampften.

«Laß mich», fuhr er sie an, und sie riß die Hand zurück, als hätte sie sich verbrannt.

Er stand ohne ein Wort auf, zog sich an, ging aus dem Zimmer. Nach einer Weile stand auch sie auf. Ihr Kopf und ihre Glieder schmerzten, ihre Haut war an manchen Stellen wund, an anderen ganz heiß. Sehr sorgsam trotz ihrer zitternden Hände zog sie sich an und folgte ihm.

Er saß vor dem großen Kamin, in dem kein Feuer brannte. Die Lampen waren nicht angezündet, das Zimmer war düster und irgendwie unheimlich, kalt, wie eine Bühne, wenn Publikum und Schauspieler nach Hause gegangen sind. Dies war nicht das Haus, das sie kannte, nicht der Mann, den sie kannte. Oder war das Haus immer nur eine Illusion gewesen, die nun ihren Sinn und Zweck verloren hatte, die neu zu schaffen er zu müde war?

Hatte *sie* ihm das angetan?

Er sprach nicht.

«Gibst du mir die Schuld?» sagte sie und setzte sich in ihren Sessel.

«Dir?» Er sah auf. Sein Mund war schmal und streng, doch seine Verachtung galt nicht ihr. «Natürlich nicht. Die Schuld liegt allein bei mir. Du hast nichts gegen deine Natur getan, Claire. Ich habe alles verletzt, was ich je an meinem Wesen geschätzt habe.»

Sie verstand genau, was er meinte. Aber alles, was sie sah, mit der erschreckenden Erkenntnis, daß sie es viel früher hätte sehen müssen, waren die Fahlheit seines Gesichts, der Verlust an Farbe, Energie, Substanz.

«Benedict, es geht dir nicht gut, nicht?»

«Nein.» Er schien überrascht, daß sie fragen mußte.

«Was ist es?»

«Meine Krankheit?» Er zuckte die Achseln. «Eine Krankheit des Gemüts, nehme ich an. Man könnte es Verantwortungslosigkeit nennen, Unschlüssigkeit, Selbstekel – die Unfähigkeit, das zu tun, von dem man weiß, daß es das Richtige ist. Man könnte es Vertrauensverlust nennen, Verlust an Vertrauen in mich selbst und mein Urteil – oder Verlust der Selbstkontrolle. Eine schlimme Serie von Symptomen für einen Mann wie mich. Verlorene Entschlußkraft. Seelische Not. Du kannst es dir aussuchen. Aber ich glaube ...» Er schwieg. Und als er wieder sprach, klang seine

Stimme, als käme sie aus einer tiefen Schlucht. «Ich nehme an, daß es sehr wahrscheinlich ... Nein, Claire, ich glaube, *du* tötest mich.»

Sie sagte nichts, schluckte, neigte ein klein wenig den Kopf und blieb so sitzen, still, ohne Hoffnung, ohne die Möglichkeit, ihm jetzt noch etwas zu geben.

«Weißt du nicht, was mit mir geschehen ist?»

Er hatte nicht gesagt, weißt du nicht, was du mir angetan hast. Aber sie verstand.

«Ich war nicht unglücklich, als wir uns kennenlernten. Ich war auch nicht glücklich. Ich hatte alles, was ich mir wünschte, oder alles, was ich mir zu wünschen gestattete, was auf das gleiche hinausläuft. Ich war – zufrieden. Ich glaube nicht, daß ich je wieder zufrieden sein werde. Aber ich muß funktionieren. Das ist wichtig für mich – lebenswichtig. Ohne diese Fähigkeit bin ich wie ein Kind im Dunkeln. Und ich funktioniere nicht, Claire. Deinetwegen. Ich bin nicht so, wie ich sein muß und möchte.»

Es kostete ihn Schmerz und Anstrengung zu sprechen. «Ich kann dir nicht widerstehen, Claire. Und ich glaube nicht, daß du begreifen kannst, wie sehr mich das entsetzt. Bitte – widersteh du mir! Wenn du mich zwingst, so weiterzumachen, wirst du mich zerbrechen. Ich weiß, daß du das nicht willst.»

Diese Möglichkeit hatte sie nie in Betracht gezogen. Gefahr – der Entdeckung, der Schande – hatte es immer nur für sie gegeben. Auch die Wahrscheinlichkeit des Leidens. Aber jetzt ... ‹Ich werde für dich sorgen und dir meine ganze Liebe geben.› Er hätte sein Wort gehalten. Aber es war zu spät. Zu spät auch für das Blaue Zimmer. Und in ihrem Wesen lag es zu heilen, nicht zu verletzen. Sie schloß die Augen, neigte den Kopf noch ein wenig tiefer, während sie sich klarmachte, wie tief sie ihn verwundet hatte. Du hast nichts gegen deine Natur getan, hatte er zu ihr gesagt. Doch indem sie ihn verwundet, ihn in diese Hoffnungslosigkeit gestürzt hatte, hatte auch sie gegen alles, was sie an sich schätzte, verstoßen. Sie hatte geglaubt, Liebe, jede Art der Liebe, wäre ein Segen, den Preis wohl wert, den man dafür zahlen mußte. Oder das Opfer. Aber sie hatte ihn geliebt und ihm geschadet.

«Ich hole meinen Mantel», sagte sie.

Der Wind, der vom Moor herunterpfiff, schien sehr kalt. Ihre Lippen waren wie gefroren, als sie in den Wagen stieg und zu lächeln versuchte. Sie würde nie wieder hierherkommen. Sie ging mit

Schmerz und ließ Schmerz zurück. Es war wieder ein Tod, wieder ein Frankreich. Sie hatte eine weitere Schlacht durchgestanden, lebend wie immer, aber schwerer geschlagen denn je.

«Ich wollte –» Sie stockte, sprach jedes Wort, als wäre es aus Glas. «Ich dachte, ich könnte dich glücklich machen –»

«Das war im Grund nie möglich», sagte er.

In dieser Nacht hatte sie Alpträume von zwei Bataillonen blinder Soldaten, die töteten, ohne zu wissen, wen sie töteten, so wie *sie* – ohne zu sehen – Benedict verwundet hatte. Sie erwachte mit hämmerndem Herzen. Sein Rubin an ihrem Hals war wie ein Talisman, mit dem sie ihn zurückrufen konnte. Aber das durfte sie nun nie wieder tun. Nie wieder. Sie wußte, daß sie ihm gefährlich war, fand sich grausam, träumte, nachdem sie sich wieder in den Schlaf geweint hatte, von ihm, wie er streng und starr am Speisetisch in High Meadows saß und seine Haut rissig zu werden begann und nicht Blut spie, sondern kaltes graues Wasser, schmutzig und trüb wie der Stadtschnee, wenn es taut.

«Er schmilzt», sagte Miriam gelassen und tupfte den Matsch mit der Serviette auf, während alle seelenruhig weiteraßen und zusahen, wie das graue Wasser über den ganzen Tisch quoll, über ihre Hände, in ihre Schöße, zu ihren Füßen Pfützen bildete, zu einer wahren Flut wurde, die einmal Benedict gewesen war.

In Panik fuhr sie aus dem Schlaf und sprang aus dem Bett. Sie brauchte Luft und Licht, doch sie konnte ihre Tür nicht finden und auch nicht den Lichtschalter. Wie ein geängstigter Vogel jagte sie durch das Zimmer.

Den ganzen Tag über, während sie im *Crown* ihrer Arbeit nachging, war sie in einem Zustand mühsam unterdrückter Erregung, erschrak beim geringsten Anlaß, beim Läuten des Telefons, beim Erscheinen des Telegrammboten, bei einem Schritt an ihrer Tür. Sie fürchtete und ersehnte eine Nachricht von ihm, schämte sich der Hoffnung, nährte die Furcht.

Am Abend schrieb sie ihm verzweifelte Briefe – niemals wollte ich dir weh tun! –, die sie dann zerriß und ins Feuer warf. Sie durfte keinen Kontakt mit ihm aufnehmen. Ganz gleich, wen sie damit kränkte, sie mußte ihn meiden, durfte nicht nach High Meadows hinausfahren, bevor er nach Italien abgereist war. Und wenn sie bei seiner Rückkehr immer noch fürchten mußte, ihn zu verletzen, würde sie eben ihre Arbeit aufgeben und wegziehen. Leicht würde es nicht werden. Es würde Dorothy verletzen. Und Kit. Auch ihnen hatte sie nie weh tun wollen. Schuldgefühle, diese vertrauten Gefährten, pirschten sich an, klammerten sich mit klebrigen Händen an sie, drückten sie nieder. Wieder ein Tod. Was hatte sie seit Pauls Tod vor zwei Jahren anderes fertiggebracht, als allen, die ihr am Herzen lagen, weh zu tun? Benedict. Dorothy. Kit. Keinem hatte sie etwas Gutes getan. Und das schlimmste für sie war vielleicht, daß sie wußte, sie würde sich erholen. Sie konnte neu beginnen, und sie würde es tun.

Der Krieg hatte sie gelehrt, daß jeder Schmerz vergeht, aber das machte ihren Schmerz nicht geringer. Und neben dem Schmerz mußte sie Miriams beharrliche Bemühungen ertragen, sie nach High Meadows zu lotsen. Zehn Tage noch bis Benedicts Urlaub, und jeden Tag ein neues Briefchen auf lavendelduftendem Papier. «Komm doch und hilf mir einen Hut für die Hochzeit auswählen.» – «Liebes Kind, ich brauche dringend etwas moralische Unterstützung bei der Zusammenstellung der Aussteuer.» – «Liebste Claire, ich fühle mich nicht wohl genug, um mit Polly nach Leeds zu fahren und den Taft für die Kleider der Brautjungfern auszusuchen. Könntest Du...»

Sie setzte sich an den Küchentisch, um sich eine Entschuldigung für den nächsten Familiensonntag auszudenken. So vertieft war sie, daß sie gar nicht merkte, wie Euan hereinkam und sie eine Weile amüsiert beobachtete.

«Verzeihen Sie, meine Dame –»

«Oh!» Er hatte sie erschreckt. «Euan. Ja? Was denn?»

«Nichts Wichtiges. Es würde mich nur interessieren – irre ich mich, oder steckst du wieder mal in einer Krise?»

«Du irrst dich nicht.»

«Hast wohl wieder mal mit deinem Freund Schluß gemacht?»

Sie nickte nur.

«Na, darin hast du ja Übung. Da sollte es für dich kein Problem sein.»

«Sollte nicht, nein.»

«Aber es gibt natürlich doch ein Problem. Soll ich es dir abnehmen?»

«Sei nicht blöd, Euan.»

Er zog eine Packung Zigaretten heraus, nahm sich eine, schob ihr die Packung hin. «Bedien dich.»

Als sie sich vorbeugte, um sich eine Zigarette zu nehmen, sah sie, daß es draußen zu dunkeln begann. «Wie spät ist es, Euan?»

«Keine Ahnung.» Er zuckte die Achseln. «Warum? Willst du noch weg?»

«Nur ins Bett.»

«Ah ja, ich hatte gehofft, du würdest einsehen, daß der Moment endlich gekommen ist. Und sag jetzt bloß nicht, reiß dich zusammen, Euan. Es ist bestimmt das beste. Da bin ich sicher.»

«Euan, bitte sei nicht so –»

«Es ist völlig vernünftig, mein Herz. Du willst doch einen Grund, nicht zu diesem Burschen zurückzukehren, oder? Bitte – geh mit mir ins Bett, das wirkt bestimmt. Nicht weil ich so ein perfekter Liebhaber bin, sondern weil du das nicht fertigbrächtest, zwei zur gleichen Zeit.»

Sie lächelte, obwohl ihr gar nicht danach zumute war, doch als sie der Blick dieser trügerisch unschuldigen blauen Augen traf, wurde sie ernst und sah Euan lange unverwandt an.

«Du meinst das ernst, nicht wahr?»

«Ja, ich meine es ernst.» Er neigte sich über den Tisch, der zwischen ihnen stand, und drückte, ohne daß auch nur ihre Hände sich berührten, seinen kühlen, geschlossenen Mund auf den ihren. Langsam öffnete er ihre Lippen mit der Zunge. «Na, besteh ich die Prüfung?»

«Mit Glanz. Aber du hast ja auch Übung genug.»

«Ich weiß. Darf ich also nun auf meine Nacht der Ekstase mit dir hoffen? Du mußt zugeben, ich war sehr geduldig.»

Sie schüttelte den Kopf. «Das könnte ich nicht, Euan. Ich kann dich nicht einfach so benützen.»

«Ach, da mach dir mal kein Kopfzerbrechen, Claire. Das habe ich selbst x-mal getan. Ich wäre der letzte, der sich darüber beschwert. Denk dir nichts. Wozu sind Freunde denn sonst da?» Er stand auf. «Ich mach uns eine Tasse Tee, dann kannst du in Ruhe darüber nachdenken.»

Er ging zum Spültisch, um den Kessel zu füllen, immer noch sehr mager, das feine Haar zu lang, strähnig, das karierte Hemd am Kragen und an den Manschetten zerschlissen. Seine Bewegungen waren leicht und unbefangen. Er pfiff leise vor sich hin, ein Lied, das ihr bekannt vorkam, einen Gassenhauer wahrscheinlich, als plötzlich, während er das Gas aufdrehte, sein Streichholz erlosch – entweder durch einen Luftzug vom Fenster oder durch überschwappendes Wasser aus dem Kessel. Zischend strömte das übelriechende Gas aus den Düsen unter dem Kessel.

Es war nicht schlimm. Er hätte nur den Gashahn abzudrehen oder ein frisches Streichholz anzuzünden brauchen. Sie wußte instinktiv, daß er keines von beiden tun konnte.

«O Gott!» Mit kreideweißem Gesicht versuchte er, die Hand zum Hahn auszustrecken, und brachte es nicht fertig. «O Gott!» In Panik sprang er zu seinem Stuhl zurück und kauerte sich auf ihm zusammen, das Gesicht fest auf den Tisch gedrückt, die Arme über dem Kopf wie ein Mann, der sich vor einem Bombenangriff schützen will.

Sie lief zum Ofen und drehte das Gas aus. Dann rannte sie zu ihm. Er zitterte, seine Schultern waren eiskalt. Und obwohl er eben noch ganz mühelos geatmet hatte, mußte er jetzt unter Qualen um jeden röchelnden Atemzug ringen.

Mit einiger Mühe schleppte sie ihn in ihre Wohnung. Er wollte nicht mit, wollte das allein durchstehen, sich verkriechen wie ein Tier in äußerster Not und entweder gesund werden oder sterben. Aber sie war schon mit kräftigeren Männern fertig geworden, und es gelang ihr mit Zerren und Ziehen, mit Drohungen und guten Worten, ihn in ihr Wohnzimmer zu lotsen. Da er sich weigerte, sich in ihr Bett zu legen, holte sie Decken und Kissen und richtete ihm ein Lager vor dem Kamin.

«O Gott.» Mehr konnte er nicht sagen. Mehr hatte er auch an jenem milden Sommerabend nicht gesagt, als das Gas durch den Graben zu ihm heraufgezogen war. Es war das letzte, woran er sich erinnerte: seine eigene Stimme, wie sie Flüche schrie, nicht Gebete, ehe ihm das Gas die Lunge füllte, ihm die Augen aus dem Schädel trieb, ihn in einem dicken, stinkenden Nebel ertränkte, dessen Geruch er seitdem immer in der Nase hatte. Nur ein Hauch Haushaltsgas, und er ertrank von neuem. Im Augenblick konnte sie nicht mehr für ihn tun, als ihn warmzuhalten. Deshalb kroch sie zu ihm unter die Decke und schloß ihre Arme um ihn, obwohl ihre Körperwärme gegen die bittere innere Kälte, die ihn schüttelte, kaum etwas ausrichten konnte. Sie sprach nichts, redete nur in leisen Tönen beschwichtigend auf ihn ein, bis er aufhörte, so heftig zu zittern, und ein wenig Wärme in seinen eisigen Körper zurückkehrte, bis er nicht mehr blind war vor Entsetzen, sondern nur noch erschöpft, zornig, voller Scham.

«Herrgott noch mal, warum ausgerechnet jetzt!» Das schmale Gesicht wurde fast aufgezehrt von den dunklen Schatten, die sich unter seinen Augen breitmachten. «Warum ausgerechnet jetzt!» Er fing an zornig und erbittert zu fluchen.

«Du solltest dich ausziehen», meinte sie ruhig. «Dein Hemd ist klatschnaß.»

Aber als sie anfing, die Knöpfe zu öffnen, sagte er: «Nein Claire – bemuttere mich nicht.»

«Gut.» Sie küßte ihn auf den Mund, holte ihm einen Morgenrock und machte ihm, während er sich umzog, eine Tasse Tee.

Sie schlüpfte wieder zu ihm unter die Decke. Aneinander gekuschelt wie zwei Waisenkinder im Wald tranken sie ihren Tee.

«Tja», meinte er, «jetzt weißt du die häßliche Wahrheit über Lieutenant Ash. Nicht gerade der Ritter ohne Furcht und Tadel. Im Gegenteil – ein Kerl mit einer kaputten Lunge und seiner eigenen Version vom Veitstanz. So ziemlich das einzige, was ich nicht habe, ist die Syphilis.»

«Natürlich nicht, Lieutenant. Mit den Offizieren geben sich ja wohl nur die besseren Damen ab.»

«Schon möglich. Aber was meinen Koller angeht –»

«Den haben wir doch alle, Euan – mehr oder weniger. Jeder, der länger als sechs Monate drüben war, meine ich. Das hat man uns jedenfalls im Lazarett gesagt. Sie sagten, wir sollten vorsichtig sein, weil niemand weiß, wie lange er anhält und was er für Auswirkungen haben kann.»

«Mir ist aber noch nicht aufgefallen, daß du plötzlich das Zipperlein und Schweißausbrüche bekommst, Claire.»

«Stimmt. Aber ich träume. Ich tue verrückte Dinge. Ich kann mich zu nichts entschließen. Einmal – Gott sei Dank nur einmal – hatte ich Halluzinationen. Das kann wahrscheinlich jederzeit wieder passieren.»

Er legte sich nieder. Sein Atem ging jetzt leichter, aber sein Gesicht war eingefallen.

«Hoffentlich nicht. Ich hab mal eine Zeitlang jedesmal, wenn ich in den Spiegel schaute, einen grinsenden Totenschädel gesehen. Lächerlich. Ich wußte, daß der verdammte Kopf nicht Wirklichkeit war. Trotzdem hab ich mich fast zwei Monate lang nicht mehr rasiert. Ich wette, Kit ist so was nie passiert.»

«Er ist älter.» Sie fühlte sich verpflichtet, ihn zu verteidigen. «Und er war vermutlich von Anfang an um einiges stabiler als wir. Er mußte es wahrscheinlich sein. Außerdem ist er nicht ins Gas gekommen.»

«Nein.» Er schloß einen Moment lang die Augen. «Das Gas fürchtete ich am meisten. Dabei hatte ich bei der ersten Verwundung Glück – eine saubere Sache. Ein Splitter in die Lende. Ein paar Zentimeter weiter rechts, und meine Stimme wäre um mehrere Oktaven höher geworden. Aber ich hatte Glück, wie gesagt. Ich kann noch Kinder in die Welt setzen. Nur habe ich nicht die Absicht, es zu tun.»

«Nie?»

«Nie! Hast du mal den Friedensvertrag gelesen, den die zusammengebraut haben? Spätestens in zwanzig Jahren geht's wieder los. Ich hab keine Lust, dafür Söhne großzuziehen.»

Sie fröstelte. Sie würde dann fünfundvierzig sein. Jung genug, um die gleichen Qualen noch einmal zu erleiden.

«So darfst du nicht denken, Euan. Wir brauchen Glauben in die Zukunft.»

«Hast du den gefunden?»

«Nein, obwohl ich mich bemüht habe – ernsthaft.»

«Ach, Claire. Du brauchst einen Mann, der stark ist und weiß, was er will.»

«Hm.» Sie streckte sich neben ihm aus und sah ihn an. Ihre Gesichter berührten sich beinahe. Dann erzählte sie ihm von Paul, alles, was sie bisher für sich behalten hatte, weil nur ein Eingeweihter, ein Überlebender, einer der Verletzten, wie sie selbst eine war, es hätte verstehen können.

«O ja», sagte er. «Ich komme gut zurecht mit Paul. Ich kenne ihn gut. Was ist mit dem anderen Kerl – der dich in letzter Zeit so quält?»

Sie erklärte es ihm rasch, erleichterte sich die Last ein wenig durch den Akt des Geständnisses.

Er pfiff durch die Zähne. «Tja, Claire, du hast es selbst gesagt. Wir haben alle den Kriegskoller. Du zitterst zwar nicht, aber vielleicht schleppst du eine Todessehnsucht mit dir herum, wer weiß? Das war bei vielen so. Auch bei mir. Als man mich nach dem Splitter nach Hause schickte, meldete ich mich sofort wieder freiwillig. Hinein in den Tod. Statt dessen hat mich das Gas erwischt. Paß auf, daß dir so was nicht passiert.»

Er legte seine Hand in ihren Nacken und sah sie aus halbgeschlossenen Augen an, in denen keine Bosheit schimmerte. «So eine Gemeinheit», sagte er. «Da braucht nur die verdammte Gasleitung zu zischen, und schon bin ich impotent.»

«Aber nicht lange.»

«Das will ich hoffen. Tut mir leid, Claire. Du hast mit deinen Männern wirklich nicht viel Glück gehabt, hm?»

«Und du – mit Frauen?»

Er lächelte, die Augen immer noch geschlossen. Es war ein Lächeln echter Erheiterung, nicht dieses boshaft süße Lächeln des gefallenen Engels. «Das ist für mich keine Frage, mein Schatz. Weil ich nie eine Frau geliebt habe.»

«Oh!»

Immer noch bleich, aber grinsend jetzt, setzte er sich auf.

«Oh, sagt sie. Und weil sie eine Dame ist, sagt sie nicht, was soll das denn heißen? Das Schlimmste womöglich – das, wofür Oscar Wilde eingesperrt wurde und worüber Mami niemals sprechen würde? Könnte das wirklich sein?»

«Könnte es?» Wenn ja, so würde sie es gelassen nehmen, würde vielleicht ein wenig enttäuscht sein, aber mit der Zeit verstehen.

«Nein», sagte er, während er sie jetzt mit diesem strahlenden, schönen Lächeln übergoß, das ihm als Selbstschutz diente. «Nicht direkt.»

«Willst du es mir erzählen?»

«Warum nicht? Ich habe dein Geständnis gehört. Dann kannst du auch meines hören. Ich hatte einen Freund. Wir waren zusammen auf dem Internat und später in Cambridge. Wir hatten zu gleicher Zeit unser erstes Mädchen – unsere sexuellen Neigungen gingen also in die richtige Richtung –, und hinterher haben wir Erfahrungen ausgetauscht, wie sich das für feine junge Herren gehört. Wir hatten eine Menge Mädchen. Aber die Beziehung zwischen uns war die beste, die wir kannten. Wir waren uns näher als Brüder. Sein Vater war Richter in Indien. Er hatte ihn seit seinem achten Lebensjahr nicht mehr gesehen. Meine Familie saß zwar nur in Sussex, aber sie hätte ebensogut auf dem Mond sein können, so unwichtig war sie mir. Nette, anständige Leute natürlich. Sie hielten nur nichts davon, ihren Sohn mit Zärtlichkeit zu verhätscheln. Und ich war damals ausgesprochen zärtlichkeitsbedürftig. Drücke ich mich verständlich aus?»

Sie rieb ihre Nasenspitze ganz leicht an der seinen.

«Ja. Du hattest einen Freund. Er liebte dich, und du liebtest ihn.»

«Richtig. Und sonst liebten wir niemanden. Brauchten wir nicht. Außerdem gab es sowieso niemanden, den wir unserer Liebe für würdig gehalten hätten. Wir wurden auf dem Internat sehr bewundert. Besonders er. Er sah gut aus, war witzig und klug, aber er hatte noch etwas ganz Besonderes, eine Gabe, die man nicht definieren konnte, die aber jeder spürte. Das Wort Charme beschreibt sie nur zum Teil. Er war natürlich arrogant. Ich war es auch. Ihm ließ man alles durchgehen. Mir das meiste. Jedem war klar, daß er strahlende Erfolge haben würde, ganz gleich, was er anpackte. Er würde seine erste Million verdienen, wann immer er Lust dazu hatte, die Frau heiraten, die er haben wollte. Man sah es ihm einfach an. Er war großzügig, gab immer mehr weg, als er sich leisten konnte, und das war das einzige, was er im stillen tat, damit es niemand merkte. Er hätte dir gefallen, Claire. Er war der auf dem Bild – du weißt schon, auf dem, das ich der Balletteuse geschenkt habe.»

«Ja.»

«1914 meldeten wir uns freiwillig. Gleich nach dem Studium. Das erwartete man von uns. Wir konnten die Uniform gar nicht schnell genug anziehen. Guter Gott, du hättest uns sehen sollen – die reinen Toren! Mir würde das Herz bluten, hätte ich noch eines, wenn ich daran denke, wie wir unsere Schwerter und unsere Seelen der Gerechtigkeit, der Freiheit und dem Recht weihten. Nachdem wir unser Offizierspatent bekommen hatten, erklärte uns ein alter Tattergreis von Pädagoge, was für ein Glück wir hätten, im ruhmreichen Jahr 1914 jung zu sein und an diesem glorreichen Feldzug teilnehmen zu können. Wir glaubten ihm. Wir wollten mit Trompetengeschmetter und wehender Standarte in die Schlacht reiten. Wir hatten keine Ahnung, daß wir uns als Kanonenfutter für inkompetente Idioten hergaben, die sich mit Tausenden unserer Leben ein paar Zentimeter Boden erkauften, nur um es am nächsten Morgen nach Entfernung der Leichen wieder abzutreten, weil es ihnen doch nicht paßte. Und die Inkompetenz der Offiziere kann ich, denke ich, bestens beurteilen. Ich war selbst Offizier. Ich war inkompetent. Ich wußte es. Die Männer wußten es. Der einzige, der es anscheinend nicht wußte oder den es nicht kümmerte, war der gottverdammte Kompaniechef. Aber man lernt ja aus seinen Fehlern. Und da man im Krieg seine Fehler verscharrt – in den Schützengräben –, kommt man ungestraft davon. Ich brauche dir nicht zu sagen, daß es die Hölle war – ein grausiges Gemetzel...»

«Nein, Euan.» Er schwitzte wieder, und sie wischte ihm mit dem Deckenzipfel behutsam die Stirn.

«Sie schlachteten uns ab, Claire.»

«Ich weiß.»

«Zum Spaß, wie mir schien. Aus Jux.»

«Ja.»

«Und wo war Sir Galahad da?»

Sie wußte, er würde es ihr erzählen, mußte es ihr erzählen. Als sie sah, daß er trotz seines drängenden Bedürfnisses nicht sprechen konnte, sagte sie ruhig: «Was geschah deinem Freund?»

«Er ist in Edinburgh», antwortete er. Es kostete ihn seine ganze Kraft, den Satz auszusprechen.

«Ich wußte nicht –» Und sie wußte auch nicht, wie sie das verstehen sollte.

«Nein.» Er lächelte sehr schwach. «Natürlich nicht. Du dachtest, ich hätte da oben eine Ehefrau versteckt, hm?»

«Der Gedanke kam mir, ja.»

«Ganz natürlich. Viele haben im Urlaub geheiratet und wußten dann nicht mehr, warum. Nein, da oben ist ein Lazarett – eine Anstalt besonderer Art. Kennst du es? Für schlimme Fälle. Für Leute, die nicht mehr vorzeigbar sind. Lieber Gott, irgendwo müssen wir sie doch hinstecken, nicht? Wenn die armen Teufel auf der Straße herumliefen, würden ja die Pferde scheuen. Aber laufen können die sowieso nicht.»

«Euan!» Sie drückte ihre Wange an sein Gesicht und spürte Nässe. Es konnte Schweiß sein, aber wahrscheinlich waren es Tränen. Sie selbst weinte sowieso.

«Er ist gelähmt und blind. Und verbrannt. Er ist sechsundzwanzig. Er liegt seit drei Jahren in einem Lazarettbett.»

«Warst du bei ihm?»

«Nein.» Das auszusprechen, war für ihn am dringendsten gewesen.

«Wirst du ihn besuchen?»

«Ich versuche es. Anfangs kam es nicht in Frage, weil ich selbst ziemlich am Boden war – ich meine von dem Gas und so. Und dann – als ich wieder auf die Beine kam – zweimal bin ich bis Edinburgh gekommen, dann bin ich wieder umgekehrt. Den ganzen Winter in Whitby hab ich versucht, mich auf einen Zug zu quälen. In Carlisle mußte ich umsteigen. Den Rest kennst du.»

«Weiß er –? Ich meine, daß du kommen könntest?»

Er lachte kurz und bitter, vielleicht um ein Schluchzen zu vertuschen. «Ich glaube, er weiß nichts und es kümmert ihn auch nichts. Sein Vater ist vor zwei Jahren gestorben. Geld war anscheinend keines da. Manches bezahle ich. Ich habe einen Wechsel von zu Hause. Viel ist es nicht, weil sie versuchen, mich zurückzulotsen. Das meiste schicke ich nach Edinburgh. Deshalb bin ich meistens knapp bei Kasse. Aber ich bring es einfach nicht fertig, da raufzufahren und ihn mir anzusehen. Er war – wirklich ein toller Bursche. Und ich schaff's nicht, dem ins Gesicht zu sehen, was von ihm übrig ist. Schwach von mir, hm?»

«Das ist doch nicht schwach, Euan. Ich weiß nicht, ob ich es schaffen würde.»

«Doch, du schon. Und er an meiner Stelle auch.»

«Was würde es denn helfen?»

«Ihm nichts, vermutlich. Aber es würde mich vielleicht mit mir selbst ins reine bringen. Es kann mich natürlich auch völlig aus der Bahn werfen. Ich muß es versuchen. Ich weiß nur nicht, wann. Ich bin bereits seit zwei Jahren unterwegs.»

«Wenn du es tun mußt, Euan, dann warte nicht mehr allzu lange.»

«Warum denn nicht, Claire?» Wieder setzte er sich auf und sah sie mit seinem blendenden Lächeln an. «Er stirbt nicht. So etwas Befreiendes geschieht ihm bestimmt nicht. Es kann sein, daß sich sein Zustand verschlechtert – ja, damit ist eigentlich zu rechnen. Aber er wird ein hohes Alter erreichen. Er wird am Leben bleiben. Eine Schande, daß der arme Teufel keinen Freund hat, der ihm ein Kissen ans Gesicht drückt.» Er wollte aufstehen.

«Du brauchst nicht zu gehen, Euan», sagte sie hastig.

Er zog sie in die Höhe und drückte sie flüchtig an sich. Sein Körper war kantig und kühl. «Danke dir, Claire. Das bedeutet mir viel. Mehr als mir lieb ist, um ehrlich zu sein.»

«Was heißt das nun wieder?»

«Ich weiß nicht genau. Vielleicht, daß ich dich bitten werde, mit mir nach Edinburgh zu fahren. Würdest du das tun?»

«Das weiß ich erst, wenn du mich fragst.»

Sie ging mit in sein kaltes, staubiges Zimmer, schlug ihm das Bett auf und packte ihn hinein.

«Gib mir einen Gute-Nacht-Kuß.»

Sie küßte ihn wie eine Schwester oder eine Mutter und danach wie eine Geliebte.

«Wenn wir jetzt miteinander schlafen», sagte er, «verdrängt das alles andere. Und Liebhaber sind sowieso leicht zu haben, nicht wahr? Was ich brauche, ist ein Freund.»

Lächelnd küßte sie ihn noch einmal. «Ich bin da, Euan.»

19

Als sie am folgenden Nachmittag vom *Crown* nach Hause kam, fand sie drei Briefchen von Miriam in ihrem Briefkasten und Parker mit einem vierten vor der Tür. In allen wurde sie aus diesen oder jenen Gründen zu einem Besuch in High Meadows gebeten.

Sie dankte Parker für seine Mühe, sagte, er brauche nicht auf Antwort zu warten, und ging, ohne auch nur ihre Wohnungstür aufzusperren, schnurstracks wieder ins Hotel, um Kit mitzuteilen, sie brauche dringend eine Weile Tapetenwechsel. Persönliche Probleme. Das Getue um Pollys bevorstehende Hochzeit und Miriams dauernde Versuche, sie für irgendwelche Ämtchen einzuspannen, seien kaum noch auszuhalten. Außerdem sei sie müde. Sie wisse, daß es im Hotel im Moment nicht viel zu tun gäbe, und es liefe doch alles glatt, nicht wahr? John David hatte sich auf seine verdrießliche, neurotische Art einigermaßen eingefügt, und wenn er es auch immer wieder fertigbrachte, die Küchenmädchen mit einem bloßen Blick so weit aus der Fassung zu bringen, daß sie in Tränen ausbrachen, waren doch nur zwei von ihnen tatsächlich gegangen, und Ersatz hatte sich leicht gefunden. Amandine Keller, selbst recht schwierig, war geblieben, hatte zwar die Preise ihres Geliebten, des Fischhändlers, hochgeschraubt, kreierte jedoch, seit sie verliebt war, schönere Torten und köstlicheres Gebäck als je zuvor. Und Aristide Keller hatte sich, nachdem er aus dem Gefängnis entlassen worden war, auch nicht als ernstliche Bedrohung entpuppt, da der Stadtrat seinen Plänen, am Rathausplatz ein Restaurant zu eröffnen, aus baugewerblichen Gründen nicht zustimmen wollte.

«Du könntest mich ganz gut entbehren, Kit. Nur eine Woche oder zehn Tage höchstens. Das würde mir reichen.»

«Du täuschst dich. Ich kann dich überhaupt nicht entbehren», entgegnete er. Aber zehn Tage würde er sie gehen lassen.

Sie sagte es keinem außer Euan und ihrer Mutter, die wie erwartet

Einwendungen erhob. Edward würde das nicht recht sein. Miriam Swanfield hatte bereits durchblicken lassen – wirklich nur ganz behutsam –, daß Claire sie in letzter Zeit vernachlässigt hatte. Nein, sie war nicht böse gewesen, keineswegs, nur traurig. Und enttäuscht. Edward hatte sich das sehr zu Herzen genommen.

«Ja, Mutter. Das glaube ich.»

«Und dabei geht es ihm gar nicht gut – wirklich nicht.»

«Ach? Und was machen seine Launen?»

Dorothy errötete. «Ich – wir finden Undankbarkeit einfach nicht schön, Claire. Das mindeste, was du für Mrs. Swanfield zum Dank für all ihre Güte tun könntest, ist, daß du ihr bei den Vorbereitungen zur Hochzeit hilfst. Sie ist ja schon in drei Wochen.»

«In fünf, Mutter.»

«Gut, dann eben in fünf. Auf jeden Fall gibt es unendlich viel zu tun. Hochzeiten arrangieren sich nicht von selbst.»

Dorothy liebte Hochzeiten, hatte in ihrer Jugend von einer weißen Satinkrinoline geträumt, sich aber bei ihrer überstürzten Heirat mit Claires Vater mit einem Gesellschaftskleid begnügen müssen, das sie vorher schon zweimal getragen hatte. Und Claire, ihre hübsche Tochter, war wie ein Schulmädchen in geblümtem Musselin und einem Strohhut mit langen blaßrosa Bändern zur Kirche gegangen.

Bei der Erinnerung an das ernste, junge Gesicht ihrer Tochter an jenem Tag mußte sie lächeln.

«Ich komme ja frühzeitig genug wieder zurück, Mutter», sagte Claire, augenblicklich auf das Lächeln reagierend. «Und dann fahren wir nach Leeds, wenn du Lust hast, und suchen dir einen Hut für die Hochzeit aus.»

«Ach ja, das wäre hübsch, Kind.» Nur würde Edward es wahrscheinlich nicht erlauben, sondern gerade wenn Dorothy Mantel und Handschuhe angezogen hatte, irgendeinen neuen Schmerz in seinem Körper entdecken oder merken, daß sich ein alter wieder meldete. Und Dorothy würde ihren Hut kurz vor der Hochzeit in dem uneleganten kleinen Lädchen in Upper Heaton kaufen müssen.

«Edward», bemerkte Dorothy, «hat sich einen neuen Cut bestellt. Ich hoffe nur, es geht ihm gut genug für die Anproben.»

«Ach, das wird er schon schaffen. Was hast du denn bestellt, Mutter?»

«Oh – mach dir da keine Gedanken. Du wirst ja sicher bezaubernd aussehen.»

«Das glaube ich nicht. Polly ist nicht bereit, sich von jemandem ausstechen zu lassen. Die Brautjungfern dürfen nur billige Fähnchen aus Taft tragen. Meines ist lila und absolut scheußlich. Ich schenke es hinterher einem wohltätigen Verein.»

Dorothy war entsetzt. «Claire – jeder in Faxby wird das Kleid sofort erkennen. Das kannst du nicht tun. Das wäre eine Beleidigung für Mrs. Swanfield und Mrs. Timms.»

Ja, und Edward fände das natürlich absolut untragbar.

Am selben Nachmittag reiste sie nach Scarborough ab, wo MacAllisters Schwester eine Pension hatte. Ihr Zimmer war klein und sauber, eine Mansarde mit schrägen Wänden und einem schmalen Bett, wie sie es aus ihrer Internatszeit kannte. Das Essen war einfach und reichlich, die Wirtin freundlich und nicht neugierig. Sie hatte mit sich und ihrem Leben genug zu tun und wollte von Claire nichts, außer daß sie am Ende der zehn Tage anstandslos bezahlte. Bis dahin würden Benedict und vermutlich auch Nola zu dem dreiwöchigen Italienurlaub abgereist sein. Zeit – ihre Verbündete jetzt, wie sie hoffte – würde verstreichen.

Sie machte lange Spaziergänge auf den Klippen über der grauen, häufig von Nebel verhangenen Nordsee, um das Gewühl der Sommergäste zu fliehen und in der Stille mit sich ins reine zu kommen. Und am siebten Tag ihres Aufenthalts sah sie Euan Ash mit dem Tornister auf dem Rücken vor dem Tor der Pension stehen. Sie freute sich.

«Ich hab mir überlegt, daß ich's noch mal versuchen will», erklärte er. «Meine Bilder und die meisten meiner Sachen hab ich in der Wohnung gelassen. Wenn ich's schaffe, müßte ich in ein paar Tagen zurück sein. Wenn nicht, geb ich dir Bescheid.»

Er ließ seinen Tornister bei MacAllisters Schwester, die ein Herz für Soldaten hatte, und dann wanderten sie zusammen zu den Klippen hinaus, hoch hinauf, bis das Städtchen hinter ihnen verschwand und sie in einer grauen Wolkenlandschaft standen, wo nur die kreischenden Möwen lebendig waren.

«Schau», sagte er und zeigte ihr, wie er ihr einmal versprochen hatte, den Zauber einer Wasserpfütze, die Muster, die Regenwasser in weiche Erde grub, Farben und Texturen von Kieselsteinen in all ihrer Vielfalt, ein Blatt, das wie ein Stern aus reinem Bernstein neben einer weißen Flaumfeder trieb.

Sie sahen sich Baumwurzeln an, die sich knorrig und durstig in die salzige Luft streckten, fanden unter einem Haufen gebrochener Äste eine zerdrückte blaue Blume, beobachteten still, Hand in Hand, eine huschende Maus, einen Frosch, einen Marienkäfer. Sie stiegen von den Felsen ab zum Strand und betrachteten den Sand, eine Welt für sich, wo jede Muschel ihr eigenes Gesicht hatte, jeder Vogel seine eigene Stimme, wo Himmel und Meer, die sie eintönig grau gesehen hatte, sich ihr durch das Auge des Malers in gedämpften Schattierungen von einem Dutzend Farben offenbarten.

Am Wasser entlang gingen sie zur Stadt zurück, naß und verschmutzt. An ihrem Rock haftete feuchter Sand, ihre Schuhe waren durchweicht, ihre Fingernägel schmutzig. Sie waren traurig und glücklich zugleich. Sie fühlte sich wohl in seiner Gesellschaft und wußte doch, daß sie ihn, wenn er um die nächste Ecke bog, vielleicht nie wiedersehen würde.

«Bleibst du ein bißchen, Euan?»

«Nein. Ich wollte dir nur sagen, daß ich mich auf den Weg mache. Ich kann noch heute abend in Carlisle sein. Und von da ist es ein Katzensprung.»

«Euan!» Sie blieb abrupt stehen. «Laß es diesmal nicht beim Versuch bewenden. Fahr hin. Klär es.»

Sie konnte die Vorstellung kaum ertragen, daß er ein Leben lang vor dieser Krankenhaustür zaudern, seine Lebensenergien mit dem Konflikt zwischen dem Bedürfnis hineinzugehen und der Angst davor verschwenden würde. Ewig «auf dem Weg», ewig verhindert, für immer in diesem Alptraum gefangen, wo man rennt, ohne vorwärtszukommen.

«Euan. Bitte!»

Er legte seine Hände auf ihre Schultern und zog sie an sich. Sah ihr aufmerksam entgegen, als sie näher kam, betrachtete sie mit aller Intensität, mit reinem, klarsichtigem Gefallen, wie zuvor die Kieselsteine und die Gräser. Sie ließ sich von ihm in die Arme nehmen und festhalten, als stünden sie nicht auf einem Strand, sondern auf einem Schlachtfeld, umschlungen zu Willkommen und Abschied zugleich.

«Du mußt hingehen, Euan, und es erledigen. Sonst stirbst du daran.»

«Ja. Gib mir einen Abschiedskuß.»

«Gut», sagte er, nachdem er seinen Kuß bekommen hatte, «was mich angeht, wäre alles klar. Und was ist mit dir?»

«Es wird sich schon etwas ergeben.»

«Das bezweifle ich nicht. Aber hör mal, Claire – könntest du – aber könntest du etwas warten? Keine Entscheidungen treffen, meine ich, bis du mich wiedersiehst?»

«Und wenn ich dich nicht wiedersehe?»

«Ach, ich komme bestimmt wieder. Ich hab einfach dieses ungute Gefühl, daß ich eines Tages putzmunter und voller Unternehmungsgeist in Faxby einmarschiere und du bist weg.»

«Da würde ich eine Adresse hinterlassen, Euan.»

«Ja, wahrscheinlich. Aber die würde mir nicht viel nützen, hm, wenn du inzwischen mit irgendeinem ehrenwerten Bürger vor den Traualtar getreten sein solltest – oder mit deinem Schwager was Bindendes vereinbart hast.»

«Nein, das wohl nicht.»

Er lächelte, und zum erstenmal, seit sie ihn kannte, gelang es ihm nicht, ganz die blendende Unbekümmertheit zu zeigen. «Ich kann im Moment nur eines sagen, Claire: Ich möchte dich wiedersehen.»

«Es ist schön, daß du mir das sagst, Euan.»

Nach dem Tee bei Teresa MacAllister nahm Euan seinen Tornister.

«Also dann – ich muß los.» Er bat sie nicht, ihn zu begleiten. Zu viele verzweifelte letzte Umarmungen hatten sie beide hinter sich. Nicht noch einmal wollte er ihr das antun. «Bis bald – denke ich.»

«Ja, das denke ich auch.»

Sie lächelte, äußerlich sehr ruhig und sehr gelassen. Nichts verriet das plötzliche Wiederauftauchen einer alten abergläubischen Furcht, die sie jedesmal überflutet hatte, wenn sie Paul adieu gesagt hatte. Wenn ich weiter lächle, passiert ihm nichts. Unentwegt hatte sie sich das im stillen vorgesagt, während sie den davonfahrenden Zügen nachgeblickt hatte. Sie hatte weitergelächelt, und er war gefallen.

«Auf Wiedersehen, Euan.« Sie ließ ihn bis zum Tor gehen, dann packte sie ihren Mantel und lief ihm nach. «Ich bring dich zum Bahnhof.»

«Danke, Claire.»

Er beugte sich aus dem Zugfenster und hielt ihre Hand. Seine Finger waren kalt, sein Körper so gespannt, daß sie das Vibrieren seiner Nerven spüren konnte, die Anfänge von Widerwillen und Panik, von einem Mitgefühl, das zu tief war, um ertragen werden zu können, und den unvermeidlichen, unauslöschlichen Haß.

«Ich glaub, ich schaff es jetzt», sagte er. «Daß ich es dir erzählen konnte, hat mir geholfen.»

Er hatte sie nicht gebeten, mit ihm zu fahren. Aber sie brauchte nur in den Zug zu steigen, und er wäre froh. Warum nicht? Ein leichtsinniger, lächerlicher Schritt vielleicht, aber sie war geneigt, ihn zu tun. Wenn es Euan gelang, die Zerstörung seines Glaubens und seiner Liebe zu verarbeiten, konnte er ihr Freiheit bieten. Was konnte sie ihm bieten?

«Halte durch», sagte sie ihm.

«Ich werd's versuchen. Du hast ja recht. Wenn ich es nicht tue, zerstört es mich.»

Die Pfeife schrillte, trieb sie zueinander.

«Warte auf mich, Claire.»

«Ja, ich warte.»

Man versprach alles, wenn diese Pfeife schrillte. Er lächelte, während er immer noch ihre Hand umfaßt hielt.

«Ich komme mit dir», sagte sie. Hatte sie es laut gesagt? Hatte er es gehört? Unwichtig. Der Zug war schon angefahren. Wenn ich nur weiterlächle, dann passiert ihm nichts.

Ihr Lächeln war starr, als sie in die Straße einbog, wo die Pension war. MacAllisters Schwester stand am Tor und beschattete die Augen mit der Hand, als hielte sie nach jemandem Ausschau. «Mrs. Swanfield! Oh, Mrs. Swanfield.» Sie begann aufgeregt zu winken. In der Hand hielt sie ein orangefarbenes Papier. Claires Lächeln wurde so blendend und leer wie Euans.

«Ah, Mrs. Swanfield, Sie waren noch keine fünf Minuten weg, als das Telegramm abgegeben wurde.» Sie hielt es ihr mit spitzen Fingern hin, und einen Moment lang lächelte Claire starr weiter, so unfähig, einen Gedanken zu fassen, wie Euan unfähig gewesen war, den Gashahn zuzudrehen.

«Sicher eine schlechte Nachricht», sagte Teresa MacAllister, die zwei Brüder und zahlreiche Vettern im Krieg verloren hatte und wußte, was ein Telegramm bedeutete.

Ja. Schlechte Nachricht. Nicht Euan. Das wenigstens wußte sie mit Sicherheit. Noch nicht. Und auch nicht Kit. Irgendwie war sie dessen gewiß. Aber Benedict war auf Reisen in Italien. Wenn er einen Unfall gehabt hatte, krank geworden war – und sie brauchte sich nur sein ausgehöhltes Gesicht zu vergegenwärtigen, um zu wissen, daß das möglich war –, würde es dann jemandem einfallen, ihr Bescheid zu geben? Ja. Toby würde daran denken. Dann mußte es Benedict sein. Sie wurde so plötzlich blaß, daß Teresa MacAllister den Arm ausstreckte, weil sie fürchtete, Claire würde ohnmächtig werden. Doch als sie das Kuvert aufriß und las, wurde das bleiche Gesicht wieder rosig, der Ausdruck des Entsetzens wich einer Art erstaunter Erleichterung.

«Es ist Edward», sagte sie. «Der Mann meiner Mutter. Er ist heute morgen gestorben.»

Sie zerknüllte das orangefarbene Kuvert und ging weiter die Straße entlang, mit beschwingtem Schritt zum Strand hinunter.

Sie war frei. Das war der einzige Gedanke. Frei. Nichts als jauchzende Freude fühlte sie. Kein Schuldgefühl bedrückte sie. Wie konnte sie um einen alten Mann trauern, der friedlich in seinem Bett gestorben war, wenn sie mit angesehen hatte, wie andere mit neunzehn in Fetzen gerissen, mit dreiundzwanzig verbrannt und geblendet worden waren? Sie spürte keinen Haß. Sie sprudelte einfach über vor Dankbarkeit und Erleichterung, daß er nicht mehr war. Für sie war er unzerstörbar gewesen, ein ewiger Schatten auf ihrem Leben. Aber jetzt konnte sie nach Faxby zurückkehren und leben, wie es ihr gefiel. Jetzt konnte sie nach High Meadows hinausfahren, wann es ihr gefiel, ohne fürchten zu müssen, daß Edward ihre Mutter quälen würde, wenn sie sich überhaupt nicht dort blicken lassen sollte. Jetzt spielte es keine Rolle mehr, was die Swanfields sagten. Sie war frei. War sie sich bis zu diesem Moment, wo die Niedergeschlagenheit gewichen war, überhaupt bewußt gewesen, wie sehr er sie unterdrückt hatte? Ihr war ganz leicht, sie schwebte in blauer Luft, beseelt von einer wahrscheinlich ungehörigen Freude, die sie zum Postamt trug, wo sie ein feierlich und korrekt abgefaßtes Antworttelegramm schickte und versprach, mit dem nächsten Zug heimzukehren.

Zur Beerdigung fanden sich keine Menschenmengen ein. Edward hatte nur wenige Verwandte, keine persönlichen Freunde, und da er schon lange nicht mehr beruflich tätig gewesen war, fanden nur wenige Kollegen und ehemalige Mandanten den Weg nach Upper Heaton. Die Nachbarn wahrten natürlich den Anstand, ließen die Vorhänge zum Zeichen ihres Respekts den ganzen Nachmittag zugezogen. Miriam schickte einen bombastischen Kranz aus Lilien und weißen Rosen und ihre Entschuldigung. Es ging ihr selbst nicht so gut, und Begräbnisse deprimierten sie immer. Benedict war noch in Italien. Kein Mensch erwartete, daß Polly sich eine Beerdigung antun würde. So kam es, daß die Swanfields nur durch die wohlmeinende Eunice und den unbedeutenden Toby vertreten waren, eben jene, die Edward am wenigsten geachtet hatte.

«Ich finde, Miriam hätte sich ruhig die Mühe machen können», meinte Claire, die wußte, daß Dorothy auch dieser Meinung war.

«Aber nein, keinesfalls.» Dorothy war noch nicht davon überzeugt, daß Edward sie nicht mehr hören konnte, und war sichtlich eingeschüchtert durch die Anwesenheit zweier Lyalls, die große Ähnlichkeit mit ihm hatten. «Die Blumen sind doch sehr schön.»

Die Lyalls tauschten vielsagende Blicke. Dorothy wurde rot, da sie wußte, daß sie in ihren Augen immer noch die junge Hauslehrerin war, die Edward so überstürzt geheiratet hatte.

«Es freut mich zu sehen», sagte Miss Richmal Lyall, «daß Sie das Silber gut gepflegt haben.»

«Sagen Sie», meinte Mr. Charles Lyall, «müßten von diesen Cloisonné-Vasen nicht zwei dasein? Ihr Wert sinkt erheblich, wenn sie nicht paarweise vorhanden sind.»

«Aber natürlich waren es ursprünglich zwei», sagte Richmal, und beide wandten sich mit strengen Mienen Dorothy zu.

«Oh», sagte die ganz verwirrt. «Ich weiß nicht mehr. Kann es sein, daß eine zerbrochen ist?»

«Wohl kaum, da sie aus Metall sind. Aber es könnte natürlich eine verhökert worden sein. Hat das jemand getan?»

«Ich glaube», warf Claire kalt ein, «meine Mutter hat im Augenblick Wichtigeres im Kopf als das Schicksal chinesischer Vasen.»

«In der Tat», entgegneten die beiden Lyalls bissig mit schmalen Lippen, ehe sie hinausgingen, um den Garten zu inspizieren.

«Ach Gott, ich glaube, du hast sie verärgert», hauchte Dorothy.

«Das hoffe ich von Herzen. Sie sprachen ja mit dir, als hätten sie die Haushälterin vor sich, Mutter!»

«Ach bitte, Claire, mach kein Theater. Sie sind schließlich Edwards Angehörige.»

«Und du warst Edwards Frau. Dieses Haus gehört jetzt dir. Wenn sie wieder anfangen, die silbernen Löffel zu zählen, sag Ihnen, sie sollen verschwinden.»

«Claire! Das kann ich nicht!» Dorothy war hell entsetzt.

«Mutter?» Dorothy antwortete nicht. «Mutter – was geht hier eigentlich vor?»

«Nichts! Was soll vorgehen? Aber das Haus ist Familienbesitz. Die Lyalls haben immer hier gelebt – und –»

«Wollen sie es dir abkaufen? Das wäre kein dummer Gedanke.»

«Nein, das wollen sie nicht.» Dorothy brauste auf, um ihre Verlegenheit zu vertuschen. «Das Haus ist nie verkauft worden, seit Edwards Großvater es baute.»

«Und jetzt gehört es dir, oder nicht?»

Nicht einmal Claire dachte so schlecht von Edward, daß sie auf den Gedanken gekommen wäre, er könnte seine Frau ohne ein Dach über dem Kopf zurückgelassen haben.

«Ja, natürlich gehört es mir. Zumindest – ja, es gehört mir – vorläufig wenigstens. Solange ich lebe, meine ich. Danach gehört es ihnen.»

«Ihnen! Mutter – die sind doch älter als du.»

Mit brennenden Wangen zuckte Dorothy die Achseln. «Dafür kann ich doch nichts! Außerdem ist ein Neffe da, er ist erst dreißig. Der überlebt mich bestimmt. Himmel, Claire, das wurde alles vor der Heirat vereinbart: was ich einmal bekommen und was in der Familie bleiben sollte.»

«Das ist schon eine sonderbare Familie, Mutter, wo Ehefrauen ausgeschlossen werden.»

«Bitte, mach kein Theater. Es wurde damals alles festgelegt – mit Brief und Siegel. Ich war doch wesentlich jünger als Edward. Ich habe genug zum Leben. Ich bekomme eine hübsche kleine Rente, und alle Ausgaben für das Haus werden aus dem Nachlaß bezahlt.»

«Mutter!» Jetzt war Claire entsetzt. «Hast du nur für eine ‹hübsche kleine Rente› jahrelang wie eine Sklavin für diesen Menschen geschuftet?»

Dorothy, die sich ihrer unerfreulichen Lage voll bewußt war, es aber um keinen Preis zugeben wollte, rettete sich in den Angriff. «Unsinn! So ist das üblich, wenn jemand eine Frau heiratet, die schon einmal verheiratet war. Jedenfalls in guten Familien, wo Vermögen da ist. Wenn du mir nicht glaubst, dann frag Mr. Duckworth, Edwards Anwalt.»

Herbert Duckworth, ein schmächtiger, verstaubter Mensch, räumte Claire am folgenden Morgen fünf Minuten ein und bestätigte mit gelangweilter Miene und hinter vorgehaltener Hand gähnend ihre Befürchtungen. Dorothy würde nichts erben. Sie hatte aber den Nießbrauch des Hauses, und ihr war ein monatlicher Unterhaltsbetrag ausgesetzt.

«Wieviel?» fragte Claire.

Er sagte es ihr.

«Das entspricht dem Lohn einer Haushälterin.»

Mrs. Dorothy Lyall hatte damals an der Vereinbarung nichts auszusetzen gehabt. Im allgemeinen überlebten ja junge Frauen ihre älteren Ehemänner, und es kam vor, daß sie wieder heirateten. Mr. Lyall hatte lediglich dafür Sorge getragen, daß seine Witwe, falls sie einem anderen Hand und Herz geben sollte, nicht das Vermögen der Lyalls in die neue Ehe einbringen würde. Das wäre den übrigen Lyalls gegenüber kaum fair gewesen, meinte Mr. Duckworth wieder gähnend. Insbesondere den jungen Mr. Henry, Edwards Neffen zweiten Grades, der demnächst heiraten wollte, hätte es hart getroffen. Im übrigen hätte Miss Richmal um eine umgehende Bestandsaufnahme des im Haus befindlichen Inventars gebeten und vorgeschlagen, daß gewisse Gegenstände, das Silber zum Beispiel und ein Speiseservice – viel zu groß für eine Frau allein, wie Miss Lyall meinte –, dem Neffen zur Hochzeit geschenkt werden sollten. Miss Lyall hatte aber nicht nur hinsichtlich des Silbers und des Geschirrs mit Vorschlägen aufzuwarten, sondern auch was die Möbel betraf. Edwards Schreibtisch, seine Bücherschränke, die Einrichtung der Gästezimmer – mehrere Betten, sowie einige schöne Mahagonischränke und -kommoden – und ein Teil der reichlich vorhandenen Tisch- und Bettwäsche sollten gleich an den Neffen Henry übergeben werden, um ihm bei der Gründung seines neuen Hausstands Kosten zu sparen.

«Er war ja nicht einmal auf der Beerdigung.»

«Nein. Er macht, glaube ich, irgendwo in Österreich Urlaub, und da der Todesfall so plötzlich kam – ich denke, wir können davon ausgehen, daß seine Tante, Miss Richmal, in seinem Namen spricht.»

Als sie nach Upper Heaton zurückkam, fand sie Miss Richmal Lyall sehr geschäftig am Geschirrschrank, wo sie eine Bestandsliste anfertigte, während Dorothy oben war, nicht in dem Zimmer, das sie mit Edward geteilt hatte, sondern nervös und ängstlich in Claires früherem Zimmer auf dem Bettrand saß.

«Mutter, was tut diese Person da?»

«Sie schreibt jede einzelne Tasse und Untertasse auf. Was denkt sie sich eigentlich? Daß ich für die Stücke bezahlen soll, die ich zerbreche?» Sie bemühte sich um Edwards willen, nicht zornig zu werden, doch es gelang ihr nicht ganz.

«Und was denkst du dir?»

«Daß sie es haben kann – sie kann das ganze Zeug gleich mitnehmen!»

«Mutter, wie konntest du nur!»

«Was?»

«Dich so billig verkaufen.» In ihrer Stimme lag Bekümmerung, nicht Vorwurf, und Dorothy, die es hörte, fuhr plötzlich zusammen, drückte die Augen zu, ballte die Hände und stieß einen zitternden Seufzer aus.

«Weil ich Angst hatte und zweiunddreißig war, und er der einzige war, der mir einen Antrag machte.» Sie fing an, so heftig zu schluchzen, daß ihr die Augen brannten und der Kopf weh tat, aber es tat ihr gut. «Wie blöd», schnüffelte sie und schneuzte sich. Sie meinte immer noch, sich für ihre Tränen entschuldigen zu müssen, weil Edward Tränen nie hatte ertragen können. «Es wird schon alles gut, Claire. Ich wollte damals nur ein Dach über dem Kopf – für dich und mich – und genug Geld, um den Milchmann und die Kohlen bezahlen zu können und mich nicht verstecken zu müssen, wenn es an der Tür klingelte. Das wenigstens werde ich nie wieder tun müssen. Ich habe ein Zuhause –»

«Ja, wenn die Person da unten dir nicht das ganze Haus ausräumt.»

«Das ist mir gleich. Sie kann alles mitnehmen –»

«Kommt nicht in Frage. Sag ihr, sie soll sich zum Teufel scheren.»

«Claire!»

«Mutter, du warst seine Frau, nicht seine Haushälterin. Und du warst ihm eine gute Frau. Du hast keinen Grund, so unterwürfig zu sein und dir alles gefallen zu lassen. Ist es dir recht , daß diese Person dein Geschirr zählt?»

Dorothy schüttelte den Kopf.

«Soll sie in deinen Wäscheschränken herumkramen?»

«Nein.»

«Willst du ihr das Silber geben?»

«Nein.» Stunden hatte Dorothy damit zugebracht, dieses Silber zu putzen.

«Und willst du am Ende hier in einem ausgeräumten Schlafzimmer kampieren?»

Dorothy schauderte. Leere Zimmer waren ihr ein Greuel wegen der Erinnerungen an eine Vergangenheit, wo der Gerichtsvollzieher die Möbel beschlagnahmt, die Teppiche zusammengerollt, die Vorhänge abgenommen und alles zusammen mitgenommen hatte. Sie hatte Edward geheiratet, um dem zu entgehen.

«Nein.»

«Gut, Mutter.»

Claire ging nach unten und sagte kühl: «Miss Lyall, ich hätte Sie gern einen Moment gesprochen.»

Doch Miss Lyall hatte Claire nichts zu sagen. «Sie sehen, ich bin ziemlich beschäftigt, Mrs. Swanfield.»

«Gewiß, das sehe ich. Darf ich fragen, was Sie im Geschirrschrank meiner Mutter zu suchen haben?»

«Ich mache eine Bestandsliste.»

«Wer hat Sie darum gebeten? Und zu welchem Zweck?»

So hatte noch nie jemand mit Miss Richmal Lyall gesprochen. Der Ton war der einer Oberschwester, die eine Hilfsschwester abkanzelt. Sie selbst schlug zwar diesen Ton regelmäßig anderen gegenüber an, fand es aber haarsträubend, selbst so angeredet zu werden.

Claire ließ ihr keine Zeit, sich zu erholen. «Wenn meine Mutter eine Bestandsliste haben möchte, dann wird sie selbst eine machen.»

«Es kommt wohl kaum darauf an, was Ihre Mutter möchte, Mrs. Swanfield.»

«Im Augenblick kommt es ausschließlich darauf an, was meine Mutter möchte, Miss Lyall. Sie wohnt hier. Ich muß Sie wirklich bitten, ihre Sachen nicht anzurühren.»

Einen Moment lang war Miss Lyall sprachlos.

«Also wirklich!» Sie suchte krampfhaft nach einer niederschmetternden Erwiderung, doch nur ein lahmes «Wie können Sie es wagen, so mit mir zu sprechen?» fiel ihr ein.

«Ganz einfach», entgegnete diese kühle, leicht belustigte junge Frau. «Sie benehmen sich schlecht, und ich sehe nicht ein, weshalb man Ihnen das durchgehen lassen sollte.»

Edward hatte sie es sein Leben lang durchgehen lassen. Sie wünschte, sie hätte die Courage gehabt, mit ihm so zu sprechen. Aber diese engherzige, habgierige Frau war ein guter Ersatz, ihm so ähnlich, daß Claire sie beinahe freundlich anlächelte, als sie ihren nächsten Pfeil setzte.

«Sie scheinen die Sachlage zu verkennen, Miss Lyall. Meine Mutter ist kein flatterhaftes Ding von siebzehn Jahren, die ein, zwei Monate bei Ihrem Vetter in Gunst stand und nun versucht, ihr

Schäfchen ins Trockene zu bringen. Sie hat achtzehn Jahre lang als seine Ehefrau mit ihm zusammengelebt. Sie pflegte ihn, wenn er krank war, und er bildete sich ständig ein, krank zu sein. Sie ertrug geduldig seine Launen, an denen es ihm wahrhaftig nicht mangelte. Sie hat verdammt hart für ihn gearbeitet, Miss Lyall, und sie hat sich ihren Platz in diesem Haus verdient, samt Mahagonibuffets, silbernen Leuchtern und gutem Geschirr. Wenn Sie versuchen sollten, sie unter Druck zu setzen oder ihr Schuldgefühle zu machen, werde ich das nicht ruhig mitansehen.»

«Sie sind eine unverschämte junge Person.» Richmal Lyall hatte dieselben Worte bei vielen Gelegenheiten zu Hausmädchen und Verkäuferinnen gesagt, die darauf augenblicklich in Tränen ausgebrochen waren und unterwürfig um Verzeihung gebeten hatten. Aber diese schreckliche Person mit den gemalten Lippen und dem kurz gestutzten Haar musterte sie von oben bis unten und lächelte auch noch.

«Ich will Ihnen einmal etwas sagen, meine Liebe.» Miss Lyall war völlig durcheinander. «Als Ihre Mutter meinen Vetter Edward bedrängte, sie zu heiraten –»

«Bedrängte?» Zu Miss Lyalls Verblüffung vertiefte sich Claires Lächeln zu einem Strahlen der Erheiterung. «Hat er Ihnen das erzählt? Daß sie ihn bedrängte? Ja, ich kann es förmlich hören. Aber sind Sie wirklich so naiv? Er konnte es ja kaum erwarten, an meine Mutter heranzukommen. Er war ganz scharf – aber ich will eine altjüngferliche Dame wie Sie nicht in Verlegenheit bringen. Altjüngferlich, ja, das war er auch. Vielleicht war gerade das der Grund, weshalb er so – ach, lieber Himmel, ein Witz war er, weiter nichts, und ein ziemlich schlechter dazu. Ich hätte das schon vor Jahren sehen müssen.» Plötzlich fing sie an zu lachen.

«Ich höre mir das nicht an.» Miss Lyall stand wie angewurzelt.

«Das ist mir wirklich gleichgültig, Miss Lyall. Es gibt auch nicht mehr viel zu sagen. Nur, lassen Sie meine Mutter in Zukunft in Ruhe, ja? Sie ist keine Haushälterin, die man mit einem Monatsgehalt und einem Zeugnis an die Luft setzen kann. Sie wird dann gehen, wenn es ihr paßt. Wenn Edward für die Freuden und Dienstleistungen einer Ehefrau nicht bezahlen wollte, dann hätte er sich mit einer Hure begnügen sollen. Das hätte ihn früher umgebracht und weniger gekostet.»

«Da ist bestimmt noch nicht das letzte Wort gesprochen», meinte

Dorothy, als Claire sie halb trotzig, halb verängstigt auf dem Treppenabsatz vorfand.

«Da ist sicher noch nicht das letzte Wort gesprochen», sagte auch Kit Hardie und lächelte sie über den Schreibtisch hinweg an, während sie die Einnahmen zählten. «Wenn es ums Familiensilber geht, können alte Jungfern sehr bissig werden, glaub mir. Ich hab das in den Familien, für die ich gearbeitet habe, immer wieder erlebt. Hör mal, Claire, wenn deine Mutter Tapetenwechsel braucht, kann sie jederzeit ein, zwei Wochen hier wohnen. Die Rosensuite steht im Moment leer, und das Personal würde sich um sie kümmern.»

«Das ist lieb von dir, Kit.»

«Dann denk daran. Oder fahr mit ihr an die See, wenn sie darauf Lust hat. Ich geb dir frei.»

«Kit – großzügig bist du auch noch.»

«Ja. Ich bin überhaupt ein netter Kerl – meistens jedenfalls. Ich würde natürlich erwarten, daß du zurückkommst, ehe Aristide sein Lokal eröffnet und mir das Leben schwermacht. Ach, hab ich dir das gar nicht erzählt? Er hat was in Petergate gefunden. Die große Eröffnung soll Mitte September steigen. Aber jetzt kümmre dich erst mal um deine Mutter.»

Mitte September würde sie sowieso in Faxby sein müssen, wegen Pollys Hochzeit.

«Liebste Claire, ich kann nicht verstehen, warum Du mich nicht besuchst», schrieb Miriam in Variationen.

«Liebe Miriam», antwortete Claire, «ich komme, sobald ich kann. Aber im Augenblick braucht mich meine Mutter.»

Was würden die Swanfields und die Lyalls dazu sagen?

Miriam, so fix und beweglich wie eh und je, schickte Dorothy Pralinen und ein Körbchen kristallisierte Früchte. Miss Richmal Lyall, wesentlich direkter, aber weit weniger intelligent, schickte Mr. Herbert Duckworth mit einem offiziellen Angebot: Dorothy solle Haus und Inventar sofort zugunsten von Mr. Henry Lyall aufgeben und sich eine «andere Bleibe» suchen, eine kleine Wohnung oder vielleicht eine Pension in einem ruhigen Kurort am Meer. Die Miete würde für die Dauer ihres Lebens aus dem Nachlaß bezahlt werden. War es zu leugnen, daß das Haus den Erfordernissen eines ehrgeizigen jungen Ehepaares und seiner künftigen Kinder weit mehr entsprach als denen einer alleinstehenden Frau? Und wäre es, da diese Frau sowieso nur Nutznießerin und nicht Eigentümerin war, gerecht oder auch nur vernünftig, die jungen Leute bis zu ihrem Lebensende warten zu lassen – mindestens zwanzig Jahre nach Miss Lyalls Schätzung. Konnte Mrs. Dorothy Lyall denn leugnen, daß Edward, könnte er aus dem Grab zu ihr sprechen, sie drängen würde, ihre Ansprüche aufzugeben?

Dorothy geriet augenblicklich in Panik und konnte es nicht leugnen. Natürlich würde er das tun. Er hatte vielleicht sogar zu Lebzeiten davon gesprochen, aber nicht insistiert, da er nicht damit gerechnet hatte, so plötzlich an einem Herzversagen zu sterben. Wahrscheinlich hätte er, wenn er lange genug gelebt hätte, die Sache von neuem zur Sprache gebracht. Und da sie dann gewiß zugestimmt hätte, konnte sie ebensogut jetzt zustimmen. Sie hatte sich bemüht, es ihm recht zu machen, aber er hatte sie immer verachtet. Sie war nicht dumm und auch nicht naiv. Er hatte sie verachtet und sich selbst dafür verachtet, daß er sie so gierig begehrte. Sie hatte seine Begierde ertragen wie alles andere auch, und jetzt war sie froh, sie los zu sein – ja, sehr froh. Und ebenso froh würde sie sein, dieses finstere, unfreundliche Haus zu verlassen, diese verstaubten alten Schränke und Buffets nicht mehr sehen zu müssen.

«Laß es doch den Lyalls», schrie sie. «Ich will es nicht. Ich geh mit der Axt auf den ganzen alten Krempel los, wenn ich hierbleiben muß. Das Geschirr durfte ich sowieso nur zweimal im Jahr herausnehmen, abspülen und mußte es wieder in den Schrank stellen. Soll Richmal das doch von jetzt an tun. Ich nehme mir irgendwo ein Zimmer – mir ist es gleich –, fang ich eben wieder von vorn an. Ich gehe noch heute.»

Auf sich selbst gestellt hätte Dorothy zweifellos auf alle ihre Rechte verzichtet, jedem Druck nachgegeben, blind einem Leben vornehmer Armut in einer Mietwohnung zugestimmt. Das wußten Mr. Duckworth und Miss Lyall genau.

«Nein, Mutter», sagte Claire.

«Ich muß», entgegnete Dorothy. «Die lassen mich nicht in Frieden, bis sie mich kirre haben.»

Wieder suchte Claire Mr. Duckworth auf, teilte ihm mit, ihre Mutter wäre bereit, das Haus aufzugeben.

«Sehr vernünftig, Mrs. Swanfield. Diese Familienzwistigkeiten schleppen sich meist ewig hin, wissen Sie – und es lohnt sich selten. Ich kann also das Dossier Lyall gegen Lyall schließen, hm?» Er schien unendlich erleichtert.

«Noch nicht, Mr. Duckworth. Da Mr. Lyall ein großes Vermögen hinterlassen hat, bin ich der Meinung, daß die Unterhaltszahlungen an meine Mutter jährlich erhöht werden sollten. Im Verhältnis zu den ständig steigenden Preisen, würde ich vorschlagen.» Sie lächelte ihn freundlich an.

«Das müßte ich erst mit der Familie besprechen.»

Sie nickte. «Und ich müßte ihre Zustimmung haben, ehe ich meiner Mutter gestatten könnte, das Haus zu verlassen.»

«Ja – äh, gewiß. Und – gibt es sonst noch etwas?»

«O ja, Mr. Duckworth. Sie erwarten doch nicht im Ernst, daß Sie so billig davonkommen? Meine Mutter hätte gern ein kleines modernes Haus in einer der neuen Siedlungen am Stadtpark. Sie haben sie vielleicht schon gesehen, hell und freundlich, vier Zimmer, Küche, Bad und eine Abstellkammer. Dazu ein kleiner Garten. Ideal für eine alleinstehende Frau. Sie käme gut zurecht, wenn sie zweimal die Woche einen Gärtner hätte und eine Tageshilfe, die ihr saubermacht und kocht. Ausgesprochen ökonomisch.»

Mr. Duckworth schloß die Augen wie in tiefer Andacht, während sie, noch immer von der Wonne getragen, nie mehr vor Edward Angst haben zu müssen, sich eine Zigarette anzündete.

«Meine liebe junge Dame», sagte er endlich, «diese Häuser sind zu verkaufen.»

«Ja, ich weiß.»

«Der Familie hatte aber eigentlich vorgeschwebt –»

«Ja, ich weiß auch das. Ein möbliertes Zimmer mit Gemeinschaftsküche und -bad. Ich wohne selbst so. Wenn man fünfundzwanzig ist, kann das amüsant sein. Wenn man fünfundvierzig oder fünfundfünfzig ist, muß es sehr traurig sein. Ich habe nicht die Absicht, meiner Mutter das zuzumuten.»

Wieder schloß er die Augen, faltete die Hände, suchte eine Ausweichmöglichkeit und fand sie. Narrensicher war sie nicht, vielleicht gut genug, ihn vor Richmal Lyalls Zorn zu bewahren. Er tauchte aus seinen Meditationen auf und lächelte.

«Sie meinen sicher, der Nachlaß Lyall sollte ein Haus zum Nießbrauch Ihrer Mutter erwerben, nicht wahr, das nach ihrem Tod an den Nachlaß zurückfällt. Ich denke, so etwas ließe sich machen. Nicht die Siedlung am Stadtpark vielleicht, aber etwas – äh – Passendes.»

«Kleiner, meinen Sie, und billiger? Ein kleines Reihenhäuschen mit einer außerhalb gelegenen Toilette? Wie schade, daß es im Armenhaus keine Zimmer zu vermieten gibt.»

«Mrs. Swanfield – wirklich – mit Bitterkeit ist bei solchen Familienstreitigkeiten nichts gewonnen.»

Sie drückte ihre Zigarette aus. «Wahrscheinlich nicht. Deshalb will ich Ihnen klipp und klar sagen, wie ich mir die Regelung vorstelle. Meine Mutter ist nicht habgierig. Sie ist jedoch der Meinung, daß ihr für die achtzehn Jahre des Zusammenlebens mit Mr. Lyall eine angemessene Entschädigung zusteht. Ein Haus am Stadtpark, nach ihren Wünschen eingerichtet, und monatliche Unterhaltszahlungen, wie eben besprochen, dürften in etwa angemessen sein. Das neue Haus samt Inventar wird natürlich ausschließlich Eigentum meiner Mutter sein.»

«Ja», sagte Mr. Duckworth, «ich fürchtete schon, daß Sie das meinten. Dem wird Miss Richmal niemals zustimmen, und sie wird auch Mr. Henry und Mr. Charles nicht erlauben, dazu ihre Einwilligung zu geben. Da würde ja dem Nachlaß Geld entzogen werden. Aus welchem Grund sollte sie darauf eingehen?»

«Sagen Sie ihr, daß meine Mutter andernfalls in Upper Heaton bleiben wird. Vielleicht ziehe ich sogar zu ihr. Es gibt in Edwards Testament keine Klausel, die das verbietet. Und da meine Freunde größtenteils ehemalige Kriegsteilnehmer sind, die sehr viel trinken und rauchen und immer allerhand Streiche im Kopf haben, dürfte nach zwanzig Jahren nicht mehr viel vom Geschirr für Mr. Henry übrig sein.»

Duckworth schluckte. «Das klingt ja fast wie eine Drohung.»

«Es ist ein Versprechen, Mr. Duckworth. Sorgen Sie dafür, daß Miss Lyall es in seinem ganzen Umfang begreift.»

«Ja, ja. Aber sie ist eine eigensinnige Frau und neigt zur Prinzipienreiterei. In diesem Falle ist sie nicht nur überzeugt davon, im Recht zu sein, sondern auch ziemlich sicher, daß sie Ihre Mutter mürbe machen kann.»

Claire dachte, wie schnell und sicher Benedict diese Situation geregelt hätte. Sollte sie einfach mit seinem Eingreifen drohen? Würde sie es überhaupt fertigbringen, seinen Namen auszusprechen?

«Bitte richten Sie Miss Lyall aus», sagte sie, «daß ich bis morgen vormittag eine Antwort erwarte. Sollte sie nicht bereit sein, die Bedingungen meiner Mutter zu erfüllen, so werde ich die Sache meinem Schwager, Mr. Swanfield, übergeben. Ich nehme an, Sie kennen ihn? Gut. Dann sind Sie ja in der Lage, Miss Lyall darzulegen, welche Chancen sie hat, *ihn* mürbe zu machen.»

«Damit kommen wir nie durch», sagte Dorothy. «Ich sehe schon, ich muß den Rest meines Lebens in diesem Mausoleum verbringen.»

Nichts hätte sie jetzt lieber getan, als Upper Heaton möglichst schnell den Rücken zu kehren. Sie hatte nie die Möglichkeit gehabt, sich das Haus auszusuchen, in dem sie wohnen wollte. Und jetzt sollte sie sich einfach ein Haus am Stadtpark kaufen können? Unmöglich!

«Niemals wird sie einverstanden sein. Und selbst wenn, woher weißt du, daß ich ein Haus am Stadtpark bekommen könnte? Vielleicht sind sie alle schon weg.»

«Fahren wir doch mal hin.»

«Nein.» Dorothy war schockiert. «Das wäre eine Versuchung des Schicksals.»

Sie fuhren hin und entdeckten genau das Haus, das Dorothy sich ihr Leben lang gewünscht hatte, und nebenan gleich ein zweites solches Wunschexemplar: ein schlichter Kasten mit zwei Erkerfenstern, hinter denen zwei kleine quadratische Zimmer waren, oben zwei Schlafzimmer und ein blaugekacheltes Bad, rundherum ein kleines Gärtchen.

«Gefällt dir das?»

«Ja.» Dorothy war selig.

«Gut, dann fahren wir gleich bei Duckworth vorbei und veranlassen alles Nötige.»

Er empfing sie beinahe augenblicklich. «Das ging aber schnell!» Er hatte erst eine Stunde zuvor eine Nachricht durch Boten nach Upper Heaton geschickt. «Aber Sie müssen zugeben, auch die Lyalls waren nicht säumig. Also dann – bleibt nur noch die Frage der Einrichtung. Ihre Tochter, Mrs. Lyall, verlangte, daß das Haus nach Ihren Wünschen eingerichtet werden soll. Miss Lyall und ihr Bruder fanden diese Formulierung etwas unbestimmt – es verdächtigt Sie selbstverständlich niemand der Extravaganz. Aber Miss Lyall wäre es lieber, wenn man sich auf eine feste Summe einigen könnte. Sie schlägt vor, Sie machen eine Liste all dessen, was Sie brauchen, Zimmer für Zimmer –»

«Ja, gut, das tue ich», sagte Dorothy.

«Keine Liste», widersprach Claire, die wußte, daß Dorothy nicht einmal die Hälfte der Dinge aufschreiben würde, die sie brauchte. «Ich schlage vor, meine Mutter besorgt alles, was sie braucht, bei *Taylor & Timms* und läßt Ihnen die Rechnungen schicken.»

Duckworth, der so etwas erwartet hatte, nickte kummervoll.

Am Abend aß sie mit Kit in seinem Büro. Als sie beim Nachtisch waren, sagte er: «Schau – ich wollte dir das hier zeigen.»

Er nahm ein Telegramm aus dem Schreibtisch. Sie konnte sehen, daß es nicht erst vor kurzem gebracht worden war. Es war aufgerissen, zerknittert, die schlimme Nachricht, die es enthielt, war inzwischen erledigt, konnte sie nicht mehr treffen. Dennoch krampfte sich ihr Magen zusammen, und sie wurde blaß.

«Reg dich nicht auf. Es kam für Euan. An dem Tag, an dem dein Stiefvater beerdigt wurde, glaube ich. Die Ballettlehrerin nahm es an und gab es dann Adela, die es mir gab. Ich werde nicht klug daraus.»

Sie nahm das Telegramm und las: «Teilen mit Bedauern mit, daß Captain Roderick Manners heute morgen verschieden ist. Erbitten Ihre Nachricht.»

Etwa eine Woche später hörte sie früh am Morgen Rumoren in der Küche und fand Euan dort, der gerade einen Schuß Whisky in seinen Tee kippte. Als wäre er nie fortgewesen.

«Es ist ein Telegramm für dich da», sagte sie.

«Ja. Ich weiß.»

«Dann warst du also in Edinburgh?»

«Ja. Ich kam gerade rechtzeitig zu seiner Beerdigung. Immerhin etwas. Er wußte schon seit langem nicht mehr, was um ihn herum vorging – behaupteten sie jedenfalls. Er hätte mich nicht erkannt, wenn ich früher gekommen wäre, sagten sie, es hätte also gar nichts geändert. Sagten sie jedenfalls.»

«Wenn sie das sagten, dann stimmt es auch, Euan. Es ist sehr wahrscheinlich.»

Er lächelte. «Ja – na ja, ist ja auch egal. Bei der Beerdigung waren nur ich und zwei Schwestern. In zehn Minuten war's vorbei. Komisch, wenn man bedenkt, daß er entschlossen war, mal Premierminister zu werden. Und er hätte es auch geschafft.»

«Ja.»

«Und da wären wir nun wieder. Ich bin nur gekommen, um meine Bilder einzusammeln. Hilfst du mir?»

Sie gingen in sein kaltes, unaufgeräumtes Zimmer und arbeiteten eine Stunde zusammen. Sie erzählte ihm von Edward und ihrer Mutter und wartete, bis er ihr von sich selbst erzählen konnte.

«Hat es geholfen, Euan?»

«Ihn zu sehen? Ja. Er war tot, da brauchten wir uns nicht mehr zu fragen, warum. Ich brauchte auch nicht zu merken, daß er blind war und sich nicht bewegen konnte und daß sein Hirn Matsch war. Du weißt schon – weil man von einer Leiche nichts Tolles erwarten kann. Aber es hat geholfen. Ja – logisch. In den letzten zwei Jahren hab ich ja nichts anderes getan als versucht, da raufzukommen. Jetzt war ich dort. Ich brauch nicht noch einmal rauf. Ich kann mich auf etwas anderes konzentrieren.»

«Auf das Malen?»

«Das bezweifle ich. Da würde ich mich vielleicht zu stark ergreifen lassen, würde Ehrgeiz entwickeln, und das möchte ich nicht. Ich möchte nichts wollen. Es ist eine Form der Feigheit, das gebe ich gern zu. Das kommt daher, daß ich früher einmal mehr wollte als meinen Anteil. Vielleicht komme ich darüber hinweg.»

«Und inzwischen?»

«Ich fahre eine Weile nach Hause. Nicht lange. Das konnte ich nicht versprechen. Aber sie haben mich nicht gesehen, seit ich bei Kriegsende aus dem Lazarett entlassen worden bin. Jetzt, wo ich in Edinburgh war, schaff ich es, glaube ich, auch, mich zu Hause zu zeigen. Eine absolut freudige Gelegenheit ist es nicht, das kannst du mir glauben. Außer mir sind die jungen Männer alle gefallen. Es ist keiner mehr da, der die Fuchsjagd anführen und die Tochter des benachbarten Gutsbesitzers heiraten kann ...»

«Außer dir. Und du wirst es nicht tun, wie?»

«Nein. Mit mir stirbt das Geschlecht aus.»

Noch ein Tod. Sie fröstelte. Er nahm ihre Hand. Sein Gesicht war blaß und müde, sehr still jetzt, wo das Schlimmste vorbei war und noch nichts die Leere füllte.

«Das Haus ist schön, das ich erben könnte. Ich würde sogar gern darin wohnen. Aber ich werde es nicht tun.»

«Du mußt doch aus deinem Leben etwas machen, Euan.»

«Warum? Das haben sie uns gesagt, als wir jung waren. Und jetzt sind nicht mehr viele von uns übrig, die ihnen sagen können, daß es Quatsch war. Ich würde dich gern heiraten, Claire, und mit dir in das Herrenhaus ziehen. Aber du würdest Kinder wollen, und ich könnte – niemals. Ich habe ziemlich eingehend darüber nachgedacht, und –

ich brächte es einfach nicht fertig. Und es wäre nicht fair gegen dich. Ich werde mich also weiterhin damit begnügen, die Dorfmädchen zu verführen und – ich liebe dich, Claire.»

«Ich liebe dich auch.»

Doch das war die Vergangenheit. Es war nie geschehen, und es war immer zu spät gewesen.

Sie begannen mit den Vorbereitungen für seine Abreise.

«Behalte die Bilder. Oder verhökere sie. Vielleicht bekommst du ein paar Pfund dafür. Kauf dir was Tolles davon.»

«Läßt du mir eine Adresse da?»

Er kritzelte sie auf einen Zettel. Auf seinem Gesicht lag ein Schatten des alten süß-verdorbenen Lächelns, als er ihn ihr in den Ausschnitt ihres Kleides stopfte. «Vielleicht komme ich wieder. Hast du vor, das Zimmer wegen der Küche zu behalten?»

Sie hörte Schritte, das Klappen einer Tür, und wußte, ohne sich umzudrehen, daß Kit dort stand. «So, so», sagte er, «der verlorene Sohn oder das schwarze Schaf –»

«Genau das bin ich, Major. Zu Ihren Diensten.»

«Ich war gerade auf dem Markt und hörte, daß man Sie mit dem Tornister auf der Schulter gesehen hat ... Ob Sie kamen oder gingen, konnte mir allerdings keiner sagen.»

Claire spürte, daß er unter der Fassade lockerer Herzlichkeit beunruhigt war, daß er ihretwegen, nicht Euans wegen gekommen war, um sich zu vergewissern, daß sie sich nicht plötzlich entschlossen hatte, mit ihm fortzugehen.

«Beides, Major. Ich bin eben angekommen und eben dabei, wieder abzureisen.»

«Soll ich Sie zum Bahnhof fahren?»

Plötzlich brach Euans Lächeln wieder mit seiner ganzen Strahlkraft durch. «Nein, Kit, vielen Dank. Ich marschiere mit Claire zum Zug. Komm, Claire, zieh dir was an.»

Sie ging sich umziehen. Lange starrte Euan wortlos auf die Tür. Dann wandte er Kit das schmale Gesicht zu, in dem nichts war als Müdigkeit, und sagte, bemüht, leicht und spielerisch zu sprechen, obwohl ihm das nicht gut gelang: «Ich kann mich wohl auf Sie verlassen, Major – Sir –, daß Sie sich um sie kümmern werden?»

«Das können Sie.» Kits Stimme war rauh. Er spürte Zorn und grollende Zuneigung. Mitleid. Den Drang zu schreien, Herrgott noch mal, reiß dich zusammen, Bursche, obwohl er nur allzugut wußte –

er brauchte ja nur an die mit Leichen gefüllten Gräben und das Gesicht des schönen Pilgers zu denken –, warum er es nicht konnte.

«Werden Sie sie heiraten, Kit?»

«Ja. Wenn ich kann.»

«Oh, Sie schaffen das schon, alter Junge, wenn Sie es sich richtig vornehmen. Also dann – halten Sie sich tapfer. Ich will ihr nicht Lebwohl sagen. Feige von mir, wie, aber so bin ich nun mal. Es gibt Verletzungen, die man sich nicht selbst zufügt.»

Er schlüpfte in seinen Trenchcoat, schwang sich den Tornister über die Schulter und ging zur Hintertür. Dort blieb er stehen, lächelte mit so viel natürlicher Süße und solcher Qual, daß Kit – der wieder an den Pilger denken mußte – wegsehen mußte.

«Ich liebe sie. Sehr. Zu sehr, um es zu riskieren. Deshalb komme ich nicht wieder. Das – das ist das Beste, was ich für sie tun kann. Das einzige. Sagen Sie ihr, daß ich nach Hause fahre.»

«Und tun Sie das?»

«Na ja, auf jeden Fall fahre ich nach Süden.»

«Euan, Sie Narr! Haben Sie Geld?» Kit hatte Geld zu geben, Nahrung, Zuflucht und Feuer, und er hätte nicht sagen können, wie tief es ihn schmerzte, daß Euan nichts von alledem annehmen wollte.

«Ich komm schon zurecht, Kit.»

«Nein, mein Junge – weit davon entfernt.»

«Hauptsache, *sie* kommt zurecht. Und die Aussicht dafür ist besser, wenn ich nicht da bin.» Er bot Kit die Hand. Sie lag schmal und kalt in Kits kräftiger, brauner. Kit kämpfte gegen das Würgen in seiner Kehle und schlang plötzlich einen Arm um Euan und zog ihn fest an sich.

«Euan! Sie sind ein Idiot! Sie wissen, wo ich zu finden bin, wenn Sie mich brauchen.»

«Danke, Kit. Bei Ihnen ist sie gut aufgehoben. Besser als bei dem anderen Burschen. Wissen Sie von ihm?»

«Ja, ich weiß.»

«Kümmern Sie sich um sie, Kit. Sagen Sie ihr nur – also, danke, Kit.»

Nach einem angedeuteten Salut eilte er durch den Hinterhof, den Tornister leicht auf der Schulter, und pfiff einen zotigen Gassenhauer.

«Viel Glück», sagte Kit mit zugeschnürter Kehle ins Leere. Dann schloß er die Tür, nahm Miriam Swanfields geblümtes Geschirr vom Bord und setzte Teewasser auf.

«Ist er schon gegangen?» Sie war blaß, den Tränen nahe, aber nicht überrascht.

«Ja, er hielt es für das beste.»

Sie nickte nur.

Er wußte, wie er sie am ehesten trösten konnte. «Er möchte nicht, daß du ihm folgst, Claire. Er läßt dir Lebwohl sagen und wünscht dir alles Gute. Ich hatte den Eindruck, daß er nicht vorhat zurückzukommen. Hoffentlich tut dir das nicht allzu weh. Ich habe Wasser aufgesetzt. Eine Tasse Tee löst zwar keine Probleme, aber man hat wenigstens etwas zu tun.»

«Danke, Kit.» Sie setzte sich an den Tisch.

«Keine Ursache. Ich sag dir doch, ich bin ein netter Kerl.»

«Ja, das bist du.»

Er redete, versuchte sie mit leichten Anekdoten aus dem *Crown* abzulenken, erzählte von den Kellers, von Faxbys Bürgermeisterfamilie, von der neuen Blondine, die Arnold Crozier aufgegabelt hatte und die ihn angeblich mehr kostete als sein Rolls-Royce.

«Hier, trink deinen Tee. Und weil wir gerade von hübschen jungen Mädchen sprechen – du hast wohl gehört, daß die große Hochzeit ausfällt? Vorläufig jedenfalls. Roger Timms mußte am Blinddarm operiert werden. War anscheinend höchste Eisenbahn. Es heißt, er wird eine ganze Weile liegen müssen. Polly ist also wieder auf der Pirsch.»

«Kaum. Die werden gut auf sie aufpassen.»

«Sicher. Jetzt komm, Claire, trink den Tee.»

«Glaubst du, er – er kommt zurecht? Euan, meine ich?»

«Nein, das glaube ich nicht.» Er setzte sich neben sie und legte seine große, braungebrannte Hand auf ihre beiden. «Aber du kannst nichts für ihn tun, Claire.»

«Oh – das weiß ich.»

«Und da wir gerade beim Thema sind – warum ziehst du jetzt, wo er weg ist, nicht ins Hotel? Für alle Beteiligten besser, würde ich sagen.»

«Findest du, Kit?»

«Ja.»

«Ich werd's mir überlegen.»

Der Druck seiner Hand wurde ein klein wenig stärker.

«Ich möchte dich gern drüben haben, das weißt du.»

«Ja.»

Sie sah auf, und er lächelte sie mit Wärme an. «Ich sagte dir doch, daß ich hoffe, ich werde mich eines Tages nicht mehr als Sohn der Köchin fühlen.»

«Und?»

«Jetzt bin ich stolz darauf.»

20

Roger Timms' Genesung ging nur langsam vorwärts. Zu langsam für Miriams Geschmack. «Vielleicht könnten wir die Hochzeit kurz vor Weihnachten feiern», meinte sie hoffnungsvoll, da sie Polly endlich los sein wollte.

Edith Timms glaubte das nicht. «Roger ist zarter, als er aussieht.»

Für Polly, die an dem Tag, an dem ihre Hochzeit hätte sein sollen, an seinem Bett saß, sah er nur aus wie ein schwitzender Wal, der an Land gespült worden ist und freundlich nach Luft schnappt; zu dumm, dachte sie, um zu merken, daß er langsam erstickte. Während sie an seiner Seite saß, wurde ihr bewußt, daß sie, abgesehen von den Zeiten in seinem Auto, wo er entweder chauffiert oder sie zu küssen versucht hatte, nie mit ihm allein gewesen war. Und niemals hatten sie ein Gespräch geführt.

«Wie geht es dir heute, Roger?»

«Oh – es geht schon voran.» Er sagte das jeden Tag.

«Ich habe dir Pralinen mitgebracht.»

Was sonst konnte sie ihm mitbringen. Was sonst interessierte ihn oder gefiel ihm?

«Du könntest mir einen Kuß geben, Polly.»

Sie lächelte. Und schauderte. Wäre er vor zehn Minuten ihr Ehemann geworden, sie hätte ihm viel mehr geben müssen.

Sie fuhr nach Hause und betrachtete ihr Hochzeitskleid, das in stolzer Einsamkeit in einem besonderen Schrank hing. Sie hatte es selbst entworfen, das aufregendste Kleid, das Faxby je gesehen hatte. Stundenlanges Nachdenken hatte sie jeder luftigen Stoffbahn gewidmet; manche waren von Süßwasserperlen durchwirkt, so daß sie steif abstanden, während andere, leicht und zart, sich beim kleinsten Lufthauch bauschten. Es sollte aussehen, als schritte sie in einer edelsteinglitzernden Wolke zum Altar.

Die Braut des Jahres. Die schönste Braut überhaupt, die da auf rotem Teppich zum mächtigen Brausen der Orgel dem freundlichen, tolpatschigen Roger entgegenschritt, der sich in ihrer Fantasie leicht in den stahlharten Krieger verwandelte, den es nicht einmal gekümmert hatte, ob er ihr das Herz gebrochen hatte.

Hatte er es denn getan? Sinnlos, darüber zu grübeln. Er hatte Faxby kurz nach der Geburtstagsfeier ihrer Mutter verlassen. Sie hatte sich mit Roger verlobt. Heute hätte sie ihn geheiratet. Nun würde sie ihn eben etwas später heiraten.

Inzwischen mußte sie ihn brav besuchen, an seinem Bett sitzen und sich bemühen, etwas mit ihm zu reden, ihn nicht zu häufig anzusehen, da der Anblick seines dicklichen Körpers in dem schlotternden Pyjama sie daran erinnerte, daß sie bald neben ihm im Bett liegen würde. Und die Vorstellung behagte ihr gar nicht.

Am folgenden Nachmittag kam sie ein bißchen später, am Tag darauf noch später.

«Mein liebes Kind.» Edith machte ihr sofort Vorwürfe. «Roger konnte dein Kommen kaum erwarten.»

Sie hatte in Edith die Mutter gesehen, die sie sich immer gewünscht hatte. Aber sie war eben doch Rogers Mutter.

«Roger, mein Junge, hier bring ich dir Polly. Sie wird dich sicher nicht wieder warten lassen.»

Hier bringe ich dir Polly. Früher einmal hatte sie ihm ein Pony geschenkt, ein Perserkätzchen, ein Fahrrad, ein Automobil. Jetzt brachte sie ihm Polly – hübsch verpackt in ihr schönstes seidenes Nachthemd.

Sie sah auf ihren Brillantring und lächelte – und fröstelte.

Claire gab ihre Wohnung am Mannheim Crescent auf und zog ins *Crown* in eine hübsche Zwei-Zimmer-Suite. Dorothy, die genau wußte, was Edward dazu gesagt hätte, wußte nicht recht, ob sie selbst das gut fand oder nicht.

«So bin ich jederzeit erreichbar, und das kann wichtig sein. Außerdem brauche ich nicht mehr selbst zu kochen.»

Es hieß auch, daß sie «diesem Menschen» noch näher war.

«Ich schlafe nicht mit ihm, Mutter», sagte sie unverblümt.

«Oh.» Dorothy machte ein verdutztes Gesicht. «Und was meinst du, wirst du es eines Tages tun?» Hatte Dorothy das wirklich gesagt? Edward wäre entsetzt gewesen.

«Ich weiß nicht, Mutter.» Claire war entzückt. «Findest du, ich sollte?»

«Sieh nur zu, daß du nicht schwanger wirst», sagte Dorothy, die sich seltsam weise und eigentlich etwas merkwürdig vorkam, ihrer selbst aber plötzlich sehr sicher war. «*Das* finde ich.»

Claire hatte jetzt keinen Grund mehr, die Swanfields zu besuchen. Nur Toby sah sie noch, der wie immer zu seinen ausgedehnten Mittagessen ins *Crown* kam, oft bis in den Nachmittag bei seinem Brandy saß und ihr die letzten Neuigkeiten erzählte, die sie mit einem flackernden Lächeln entgegennahm. Polly, die Arme, war auf Befehl der beiden Mütter immer noch dazu verdammt, täglich ihren Verlobten zu besuchen. Eunice hatte mit den Kindern zu tun, war fuchsteufelswild, weil Benedict nicht erpicht darauf schien, Justin in die Firma zu nehmen. Ihre Wut war verständlich. Es war schließlich ein Familienunternehmen, und Justin als Aaron Swanfields ältester Enkel hatte gewisse Rechte. Darauf beharrte jedenfalls Eunice, und es lag auf der Hand, daß niemand Justin einstellen würde, wenn sein Onkel Benedict es nicht tat. Eunice hatte sogar eine Aufsichtsratssitzung einzuberufen versucht, um Benedict überstimmen zu lassen, aber da hatte sie natürlich überhaupt keine Chance gehabt. Sie hatte sich nur furchtbar aufgeregt, und Benedict hatte Toby daraufhin gesagt, er solle seine Frau gefälligst an die Kandare nehmen; ganz schön stark von einem Mann, dessen Frau die meiste Zeit mit einer Flasche Gin im Bauch und einer in der Handtasche in der Stadt herumlief, um junge Mädchen vor der Sünde zu retten. Sie wäre schon ein dutzendmal wegen Trunkenheit belangt worden, wäre sie nicht Mrs. Benedict Swanfield gewesen. Aber das war Toby natürlich nicht eingefallen, als Benedict ihm die Leviten gelesen hatte, und er gab ehrlich zu, daß er zu feige gewesen wäre, es zu sagen, wenn er daran gedacht hätte.

Himmel – war es wirklich schon vier? Toby zuckte lächelnd die Achseln. Ziemlich sinnlos, jetzt noch mal in die Firma zu stiefeln. Ziemlich sinnlos auch, nach Hause zu fahren, wo Justin mißmutig herumstrich, weil seine Mutter ihm keine Stellung als Generaldirektor besorgen konnte, und Simon sich ständig mit Eunice in den Haaren lag, weil sie beide seine Rechenaufgaben nicht herausbekamen, während die Kleinen jetzt, wo Eunice das Kindermädchen entlassen hatte, wie die Wilden herumtobten. Nein, er würde nicht nach Hause fahren. Noch nicht. Sinnlos, wo Eunice sich doch so bemühte, das Fehlverhalten der Jungen vor ihm zu verbergen, und es ihn so anstrengte vorzugeben, er wüßte von nichts. Dabei nahm ihm

Justin in letzter Zeit nicht mehr nur das Kleingeld aus den Taschen, sondern versorgte sich aus seinem Wäscheschrank mit seidenen Hemden und Schals, die Eunice jedesmal hastig ersetzte. Die arme Eunice. Sie machte sich völlig kaputt. Und ihn auch, um mal ehrlich zu sein. Manchmal tat sie ihm entsetzlich leid. Aber auch das war ziemlich sinnlos. Nein, er würde nicht nach Hause fahren. Er würde ein Weilchen in die Zeitung schauen, und wenn MacAllister aufmachte, wollte er sich in der Bar einen Martini genehmigen, obwohl das auch nicht mehr das gleiche war – dieser Tage.

Er meinte, wie Claire erkannte, «ohne Polly».

Durch den Aufschub von Pollys Hochzeit war es ihr erspart geblieben, Benedict sehen zu müssen. Nola allerdings kam ab und zu immer noch auf einen Drink ins *Crown*, ehe sie davonflitzte, um die Träume einer mittellosen Mutter von zwölf Kindern zu analysieren, deren fixe Idee wahrscheinlich vor allem die Frage war, wo sie ein paar Shillinge leihen konnte, um die Miete zu bezahlen.

Der Urlaub in Italien war kein Erfolg gewesen. Nola hatte ihn wie einen Feldzug angetreten, auf der Suche nach ihrem Mutterinstinkt, den sie, wie ihre nach Freudianischem Muster vorgenommene Selbstanalyse sie gelehrt hatte, von Natur aus nicht besaß. Sie war mit den besten Vorsätzen abgereist. Sie wollte sich für ihre Kinder opfern, selbst wenn dies die Rückkehr zu einem Mann bedeutete, der sie befangen und beschämt machte. Sie wußte, daß er sie nicht mochte. Sie hoffte, er würde sie niemals mögen. Das war ihre Art, für den Mord an ihrem Kind zu büßen. Sie folgte mit gesenktem Kopf durch Rom und Venedig, durch Florenz und Pisa, gehorsam und stumm wie ihre verwirrten Söhne. «Wohin möchtest du jetzt?» fragte er. Früher, vor einem Jahr noch, wäre sie auf eigene Faust nach Wien gereist, um einen Analytiker der Freudschen Schule zu finden und seine glühende Anhängerin zu werden. Der Gedanke kam ihr und verließ sie wieder. Sie war zu müde.

«Egal», sagte sie.

«Nach Hause?»

Gott sei Dank. Diese verschlossenen, kritischen Jungen wollten ihr Opfer nicht. Sie wollten – ja – Geld wollten sie. Wie sie selbst hatte man sie gelehrt, Zuneigung am Preis zu messen, und ihr Vater war der Mann mit dem Geld, er bezahlte für die teure Reise, die Hotels erster Klasse, das üppige Leben. Sie sah, wenn auch etwas verschwommen, da sie selbst ziemlich üppig diniert hatte, daß beide

Jungen dies an Benedict bewunderten. Was bewunderten sie an ihr? Sie hatte den Eindruck, daß sie ihnen nur eine peinliche Last war, jemand, für dessen Vorhandensein sie sich am liebsten entschuldigt hätten.

«Nach Hause», sagte Benedict. Er sah aus, als verließe auch ihn langsam die Kraft.

Nach Hause. Sie fuhr direkt zur *All Saints' Passage* und stürzte in das winzige Büro von Miss Drew, ohne auf die Leute Rücksicht zu nehmen, die draußen auf den Bänken warteten. «Ich bin verzweifelt», sagte sie.

«Ach du meine Güte.» Miss Drew war nur mit der Verzweiflung der unteren Klassen vertraut. Damen besaßen im allgemeinen den guten Geschmack, nicht darüber zu sprechen.

«Ich dachte, wenn ich mich ihnen ganz widmen könnte, würde ich darüber hinwegkommen. Aber sie haben es nicht zugelassen.» Sie waren nur höflich zu mir.»

Sie brach geräuschvoll in Tränen aus. Miss Drew rief die unerschütterliche Miss Pickles zu Hilfe. Die gönnte Nola nur einen Blick und sagte: «Sie haben nicht genug zu tun, meine Liebe. Arbeit ist die beste Medizin. Wollen Sie es versuchen?»

Anfangs übertrugen sie ihr die Ablage ihrer Unterlagen. Dann aber meldeten sich zaghafte Zweifel an ihrer «Eignung» an. «Es sind immerhin vertrauliche Dokumente mit den intimsten Einzelheiten aus dem Leben unserer Klienten. So etwas ist kein Gesprächsthema für eine Cocktailbar ...» Daraufhin ließen sie sie auf die Klienten los, die im allgemeinen jedem mit Freuden ihre Geschichte erzählten.

Natürlich nicht auf die «besten» Klienten, nicht auf die interessanten Fälle: die Mädchen, die auf Miss Pickles' Methode harter Arbeit am besten ansprachen; die Unglücklichen, deren Gefühlswirrwarr Miss Drew so begabt zu entwirren verstand; nicht auf das Mädchen, das den Mann ihrer Mutter liebte; den Musiker, der eine hysterische Lähmung der rechten Hand entwickelt hatte, seit er eine kleinere Urkundenfälschung begangen hatte; die frechen jungen Dirnen, die bühnenreife Auftritte hinlegen konnten und deren Erzählungen immer unterhaltsam waren.

Aber vielleicht interessierte es Nola, sich, wenn nicht um die Stars von Faxbys Asozialengemeinde, so doch um einige unbedeutendere Mitglieder zu kümmern, hoffnungslose Fälle, unverbesserlich oder unheilbar, denen Nola nicht schaden konnte, ganz gleich, was sie tat:

die langweiligen Fälle, die kleinen Diebe; die gemeinen Prostituierten; die Minderbegabten und Schwachsinnigen, die – nach so vielen Jahren vergeblicher Liebesmüh' – Miss Pickles frustrierten und Miss Drew langweilten.

Nola war nicht ideal. Das wußten sie wohl. Aber sie waren überlastet, ihre Bezahlung gering. Und sie war willig.

«Mrs. Swanfield, würden Sie diesen armen alten Herrn zur Heilsarmee bringen?» Der Mann fluchte wie ein Stallknecht, kratzte sich verdächtig viel, füllte Nolas Wagen mit einem Gestank nach ungewaschener Haut und schweißdurchtränkten Kleidern. Als er «Biergeld» verlangte, gab sie ihm eine Fünf-Pfund-Note, da sie nichts Kleineres im Portemonnaie hatte, worauf der Alte schnurstracks der Heilsarmee den Rücken kehrte und sich nie wieder blicken ließ.

«Nola, meine Liebe, wären Sie so nett, diese alte Dame nach Hause zu bringen? Sie hat ein wenig zu tief ins Glas geguckt, und wenn die Polizei sie auflesen sollte, würde man sie voraussichtlich ins Gefängnis stecken.»

Die nette, alte Dame, die aussah wie mindestens neunzig und so klapprig war wie ein verhungerter Spatz, war nicht nur betrunken, sondern hatte auch ihre Adresse vergessen.

«Ach du meine Güte», sagte Miss Drew, als Nola sie wieder mitbrachte. «Fahren Sie einfach ein bißchen mit ihr in der Stadt herum – vielleicht erinnert sie sich dann...»

Neurotiker waren Miss Drews Spezialität, nicht Streuner, die ihre Neurosen wieder mitnahmen, oder Betrunkene, die ihre vergessen hatten. Sie kam überhaupt nicht auf den Gedanken, daß Nola die Alte in die Küche von High Meadows mitnehmen würde, wo es, hätte nicht Benedict eingegriffen, einen Aufstand unter dem Personal gegeben hätte.

«Mrs. Swanfield, das ist Patsy. Sie ist schrecklich einsam. Könnten Sie ihr vielleicht einmal die Woche ein, zwei Stunden Gesellschaft leisten?»

Patsy war bleich, depressiv und konnte Tag und Nacht in tonloser Flüsterstimme von Unglück, Elend und Selbstmord reden. Sie glaubte fest, daß nie jemand sie geliebt oder verstanden hatte. Nola glaubte es auch.

«Ich brauche Sie», sagte Patsy.

«Jederzeit», sagte Nola und schrieb ihre Telefonnummer und Adresse auf. Von da an konnte in High Meadows zu jeder Tages- und

Nachtzeit das Telefon läuten, aus dem dann schrill Patsys Hilfeschrei drang: «Kommen Sie – aber sofort!» Oder aber man fand Patsy selbst am frühen Morgen wie ein verlorenes Waisenkind vor der Küchentür, wo sie geduldig wie eine Katze die ganze Nacht gewartet hatte.

«Ich habe das Gefühl», erklärte Miriam, die ernsthaft verstimmt schien, «unter Belagerung zu stehen.»

«Leih dir bloß nie ihren Wagen oder laß dich von ihr mitnehmen», warnte Polly, nachdem sie auf dem Beifahrersitz ein Tierchen entdeckt hatte, das sie augenblicklich als Laus erkannte, obwohl sie nie zuvor eine gesehen hatte.

«Ich habe mir irgendwo die Krätze geholt», verkündete Nola, als erwartete sie Glückwünsche. «Schau da, an den Gelenken.»

«Geh bloß weg!» kreischte Polly.

«Komm ja nicht in die Nähe meiner Kinder», rief Eunice.

«O Gott», sagte Miriam und mußte sich plötzlich setzen. «O mein Gott. Das darf kein Mensch erfahren.»

«Es ist nur eine Frage der Zeit», sagte Toby ganz ohne Bosheit zu Claire, «wann sie sich in einen Einbrecher verliebt. Stell dir die Gesichter vor, wenn sie in den Gerichtssaal marschiert und verlangt, daß man ihn mitsamt seinem Werkzeug in ihre Obhut entläßt, weil sie die einzige ist, die ihn versteht.»

Was würden Miss Pickles und Miss Drew sagen? Und Benedict?

Darüber wollte sich Claire lieber keine Gedanken machen. Sie tat ihre Arbeit im *Crown* und versuchte mit einigem Erfolg, nicht an ihn zu denken, bis eines Abends Elvira Redfearns Stentorstimme quer durch das Restaurant schallte. «Meine Liebe», sagte Elvira zu ihrer Tischnachbarin, «wenn Sie an ein Häuschen auf dem Land denken, kann ich Ihnen einen Tip geben. Benedict Swanfield verkauft ein bezauberndes Bauernhaus in den Dales. Vermutlich hat es ihm jemand hinterlassen, da auch das Mobiliar zum Verkauf steht. Die Versteigerung soll, soviel ich weiß, nächsten Samstag sein. O ja, ich gehe natürlich hin. Wir können zusammen fahren. Wunderschöne Glassachen.»

Claire ging in die Toilette. Die Stirn an den Spiegel gedrückt, stand sie mit geschlossenen Augen, während es sie abwechselnd heiß und kalt überlief. Er wollte das Haus verkaufen, die Tiffanylampen, die Gläser, die chinesischen Teppiche, die Erinnerung. War es ihm unmöglich gewesen, eine andere Frau dorthin mitzunehmen? Triumph und Verzweiflung zerrten gleichzeitig an ihr. Wohin würde er sich nun zurückziehen, wenn er Frieden und Ruhe und seine Illusion von Freiheit brauchte? Sie meinte die sanfte Ruhe des niedrigen Raumes mit den Eichenbalken zu spüren, erinnerte sich, wie sie sich während Miriams goldglitzerndem Weihnachtsfest danach gesehnt hatte. Jetzt hatte sie ihm auch das geraubt.

Einige Tage später brachte ihr ein Bote der Firma ein Päckchen, auf dem in Benedicts Handschrift stand: «Vorsicht! Zerbrechlich!» Sie wußte, daß es die Lilienschale war. Als sie das Päckchen am Abend mit in ihr Zimmer nahm, brachte sie es nicht fertig, es zu öffnen. Doch die Schale schien sie durch das braune Packpapier hindurch anzustarren. Und auch als sie das Päckchen in der hintersten Ecke ihres Kleiderschranks versteckt hatte, ließen die Gedanken daran sie nicht los. Sie konnte die Schale nicht behalten, konnte sie aber auch nicht weggeben. Sie konnte sie nicht auspacken, konnte den Gedanken nicht ertragen, daß sie nur wenige Meter von ihr entfernt zwischen alten abgelegten Pullovern erstickte. Schließlich nahm sie sie mit in Dorothys neues Haus und ließ sie dort im Gästezimmer.

«Was ist das?»

«Nur Erinnerungen, Mutter.»

«Oh – na schön, dann machen wir die Tür zu und gehen zu *Feathers'* zum Tee, ja?»

Seit neuestem ließ sich Dorothy auch gern überreden, ins *Crown* zu gehen, und nach einer Weile sah sie Kit Hardie nicht mehr als «diesen Menschen», wie Edward ihr eingebleut hatte, sondern als den Geschäftsführer dieses angenehmen Hotels, einen Mann von Autorität und beträchtlichem Charme.

«Der Major sieht heute gut aus.»

«Er sieht immer gut aus.»

«Das Gebäck ist köstlich.»

«Es ist immer köstlich.»

Aber stimmte es, daß Amandine Keller Anzeichen von Unzufriedenheit mit ihrem Liebhaber zeigte, besonders jetzt, wo das Restaurant ihres Mannes, *Chez Aristide*, eröffnet werden sollte? Kit hatte den Eindruck.

«Es mag nur ein Bistro sein», sagte er zu Claire, «aber dort wäre sie wenigstens *la patronne*.»

«Es ist schon ein bißchen feiner als ein Bistro. Als ich das letztemal vorbeikam, war eine rot-gold gestreifte Markise über der Tür.»

«Geh das nächstemal rein und sieh dich um», sagte Kit. «Du kannst ja andeuten, daß du eine Stellung suchst. Mal sehen, ob er anbeißt. Laß dir die Speisekarte zeigen.»

«Du bist doch nicht beunruhigt, Kit?»

«Lieber Himmel!» Er zwinkerte lächelnd. «Beunruhigt! Als könnte *mir* jemand meine Gäste stehlen!»

«Ich denke, sie werden alle wiederkommen»

«Sicher. Aber ich weiß nicht mal, ob mir das wichtig ist.»

«Was soll das denn heißen?»

«Daß ich überlege, ob ich meine Zelte abbrechen soll.»

Sie war wie vor den Kopf geschlagen. «Kit!» Was sie sagen wollte, war: Wie kannst du mich verlassen?

«Das Hotel war für mich nie mehr als eine Bewährungsprobe», sagte er. «Und ich finde, ich habe mich bewährt.»

«Und jetzt?»

«Ich weiß noch nicht. Ich kann mich wahrscheinlich erst nach Weihnachten gründlicher damit befassen.»

«Mehr kannst du mir nicht sagen?»

«Ich werde jedenfalls nicht in Faxby bleiben. Ich glaube, Faxby ist *passé* – ich meine, für so ein Feinschmeckerlokal. Wenn die große Flaute kommt und draußen die Arbeitslosen herumlaufen, werden sich die Reichen bei ihrem Filetsteak hier nicht mehr wohl fühlen. Sie werden nicht gesehen werden wollen. Das heißt: verschwiegene kleine Lokale in abgelegenen Winkeln. Umgewandelte Landhäuser in den Dales oder oben an den Seen, wo man nur mit dem Auto hinkommt.»

«Klingt riskant.»

«Das war beim *Crown* auch so. Und du hast mitgemacht.»

«Heißt das –?»

«Natürlich! Du sollst mitkommen. Ich muß nur erst ein paar Kleinigkeiten regeln; die Finanzierung zum Beispiel –»

«Darum hat dein Bankmensch in letzter Zeit so häufig hier gegessen.»

«Richtig. Ich hoffe, er war beeindruckt.»

Kurz vor Weihnachten kehrte Polly mit ihrem genesenen Verlobten im Schlepptau ins *Crown* zurück. Beide Mütter gerieten darob in Aufruhr. Edith Timms erklärte empört, ihr Sohn wäre längst nicht gesund genug für dieses nächtliche «Herumzigeunern». Miriam sagte, wenn er soviel herumzigeunern könne, könne er auch heiraten.

Doch Edith Timms hielt es nicht für ratsam, Roger in seinem geschwächten Zustand mitten im kalten Winter in ein neues Haus ziehen zu lassen.

«Du siehst doch ein, Polly, mein Kind, daß das unklug wäre. So ein Umzug ist viel angenehmer, wenn die Sonne scheint.»

Polly, die seit Rogers Krankheit sehr fügsam geworden war, Stunden still dasitzen und träumen konnte, wie Edith glaubte, lächelte und nickte. «Natürlich, wie du meinst.»

Was für ein liebes Ding, dachte Edith, revidierte diese Meinung jedoch prompt, als ihr Sohn eines Morgens mit dem Milchmann nach Hause kam und aussah wie unter Schock, da er Polly vom *Crown* aus zu nicht weniger als drei verschiedenen Festen gefolgt war, wo er wie immer herumgesessen und mit Sally Templeton geredet, der Hotelpianistin Adela Adair ab und zu einen Drink spendiert hatte und dann über seinem Whisky Sour eingenickt war, während Polly tanzte.

Sie hatte seit Anfang September nicht mehr getanzt. Und jetzt wollte sie alles nachholen, denn schon im nächsten Jahr, wenn sie Rogers Frau war, würde ihr die Zeit sehr lang werden. Wie gejagt hetzte sie von Vergnügen zu Vergnügen, um Erinnerungen aufzuspeichern für den nicht mehr fernen Tag, wo Edith Timms, die sie für ihre Freundin gehalten hatte, von ihr Ernsthaftigkeit verlangen würde. Sie war wie ein verzweifelt flatternder Schmetterling, der hierhin und dorthin taumelte bis zu dem Tag, wo Ediths Netz ihn zur Ruhe zwingen würde.

Es kam ihr nicht in den Sinn, die Verlobung zu lösen. Das tat man nicht, wenn nicht ein ernster Anlaß vorlag. Und Roger hatte ihr keinerlei Anlaß gegeben, außer daß er Blinddarmentzündung bekommen und sich ihr in dem zerknitterten gestreiften Pyjama gezeigt hatte. Sie hatte eingewilligt, ihn zu heiraten – und alle, ihre Mutter, seine Mutter, ihr Bruder Benedict, die Autoritätsfiguren ihres Lebens, hatten sie ernst genommen. Man hatte Geld ausgegeben. Benedict hatte finanzielle Arrangements für sie getroffen. Da war das neue Haus in Lawnswood Hill. Da war die Einrichtung. Da war ihr Hochzeitskleid. Sie konnte jetzt nicht einfach alles rückgängig machen. Im übrigen war es besser, verheiratet zu sein, wenn auch mit einem langweiligen Mann, als sein Leben als alte Jungfer zu beschließen.

Sie war, ohne sich dessen bewußt zu sein, in einer Untergangsstimmung, wo sie zu allem bereit war. Sie war eine Flamme, die sich selbst verzehrte. Sie war selbstzerstörerisch, labil, am Ende ihrer Geduld. Unwiderstehlich.

«Ein Schatz», sagte Arnold Crozier mit taxierendem Blick.

«Diese Verschwendung», sagte Toby mit traurigem Blick auf Roger Timms, der gleichmütig zwischen Mauerblümchen wie Sally Templeton saß und später, wenn sie und die Jazzmusiker gegangen waren, Adela Adair mit Drinks und türkischen Zigaretten freihielt, damit sie am Klavier blieb und Polly tanzen konnte.

Weihnachten zog hinter Nebelschleiern der Schlaflosigkeit vorüber. Januar und Februar kamen kalt und grau, doch für Polly mit goldenem Glanz. Und in dieser Stimmung sah sie Roy Kington wieder.

Sie hatte ihn nicht vergessen, war nur zu stolz gewesen, über ihn zu sprechen, und hatte seinen Bruder Rex absichtlich nicht nach seinem Verbleib gefragt. Da Sally Templeton jedoch solche Zurückhaltung nicht kannte, wußte inzwischen auch Polly, daß er in Cheltenham bei seinem früheren Kompaniechef zu Besuch gewesen war. Er hatte sie verletzt. Er verdiente ihren Haß, und sie wünschte sich, sie könnte ihm den zu spüren geben. Doch als er eines Abends im Februar plötzlich an der Tür zur Bar stand, stählern und arrogant, traf sein Erscheinen sie wie ein Schlag, der alte Wunden wieder geöffnet und Wonnen wieder lebendig gemacht hatte, die besser vergessen geblieben wären.

Sie hatte nicht vergessen, auch nicht die Beschämung, die Grobheit, die letzte Erniedrigung, der er sie ausgesetzt hatte. Aber wichtig war jetzt nur, daß er *ihr* Aufmerksamkeit zollte, nicht Sally, nicht der gierigen Adela Adair, keinem dieser Mauerblümchen. Aus diesem Grund ignorierte ihn Polly, während Sally offen ihre Freude zeigte und Adela Adair ihr rotes Haar und ihre nackten, sommersprossigen Schultern ins Licht tauchte, damit er sie bewundern konnte.

Polly ignorierte ihn und tanzte.

Er stand an eine Säule gelehnt, ließ sich von Sally und Adela beobachten, während er sie beobachtete.

Auf der Heimfahrt erlaubte sie Roger die üblichen, plumpen Liebkosungen nicht. «Ich bin todmüde, Roger – und ich habe Kopfschmerzen.» Zum Glück, oder vielleicht auch nicht, hatte Roger vor Kopfschmerzen allen Respekt und glaubte – wie seine Mutter ihn gelehrt hatte –, daß ein Mann in solchen Momenten besonders behutsam sein müsse.

«Schon wieder diese gräßlichen Kopfschmerzen», sagte sie am folgenden Abend im *Crown* zu ihm. «Es ist so verqualmt hier drinnen. Ich brauche frische Luft. Nein, nein, du brauchst nicht mitzukommen. Ich möchte allein sein.»

«Gut, Polly.» Lächelnd setzte er sich wieder. Hundertmal hatte er das gleiche von seiner Mutter gehört, wenn sie nicht gestört werden wollte.

Sie traf Roy Kington hinter dem Hotel, ihm ihre Verachtung ins Gesicht zu speien und ein letztes verächtliches Lebewohl zu sagen, worauf er erwiderte: «Ich konnte dich nicht vergessen, Polly.»

Das hatte sie nicht erwartet.

«Ich bin deinetwegen aus Faxby weggegangen. Ich konnte nicht bleiben, nachdem du dich mit diesem Burschen verlobt hattest. Ich bin nur zurückgekommen, um meine Mutter zu besuchen, und dann – na ja, hat doch keinen Sinn, hier herumzulungern, oder?»

In Wirklichkeit hatte er Faxby verlassen, weil eine Stellung in Cheltenham winkte, und er wäre nicht zurückgekehrt, wenn aus der Stellung etwas geworden wäre. Polly hatte er als unberechenbares kleines Luder in Erinnerung, das ihn aufgeheizt und dann versucht hatte, einen Narren aus ihm zu machen. Nur hatte er den Spieß dann umgedreht. Als er sie wiedersah und bemerkte, welches Begehren sie in anderen Männern wachrief, hatte er beschlossen, noch einen Verführungsversuch zu machen. Mehr bedeutete es ihm nicht.

«Ich muß dauernd an dich denken, Polly.»

Er hatte in Cheltenham eine Frau kennengelernt, die ihn, älter und erfahrener als er, in der Liebeskunst unterrichtet und ihm erklärt hatte, daß Frauen leichter, und manchmal ausschließlich, durch Zärtlichkeit zu erregen waren.

«Ich – du hast mir gefehlt, Polly.»

«Ich glaube dir nicht.» Doch da sie nichts lieber wollte als ihm glauben, bedurfte es nur eines weiteren Wortes, um sie zu überzeugen. «Warum hast du diese schreckliche Frau mit zu uns auf das Fest gebracht?»

Er ging augenblicklich zum Angriff über, um sich zu verteidigen. Rache, sagte er. Wahnsinn natürlich, aber wer war schuld daran, wenn nicht Polly, die ihn verletzt, zu diesem Wahnsinn getrieben hatte? Er hätte sie am liebsten umgebracht, und wenn stimmte, was der Dichter sagte, daß nämlich jeder Mensch das tötet, was er liebt, dann solle sie selbst ihre Schlußfolgerungen ziehen.

Sie lehnte an der Mauer und starrte ihn an wie hypnotisiert.

«Gib mir einen Abschiedskuß», sagte er kurz, mit Schmerz in der Stimme, wie er hoffte, um sie wissen zu lassen, daß er nur ihretwegen sein gemütliches Zuhause, seine verwitwete Mutter, vielleicht sogar sein Heimatland verließ, obwohl er sich in Wirklichkeit mit seiner Mutter bereits gestritten hatte, derzeit mit drei Junggesellen seines eigenen Schlags in einer möblierten Wohnung hauste und keine festen Pläne für die nächste Zukunft hatte.

Sie wurde schwach und ging ihm prompt ins Netz, doch eingedenk des guten Rats seiner Freundin in Cheltenham küßte er sie nur ganz sanft. Die Zurückhaltung fiel ihm um so leichter, als er später in seiner Wohnung mit einem Mädchen billigerer Tugend verabredet war.

«Roy, Liebling – geh nicht fort.»

«Warum nicht?» Sein Ton war schroff. «Mich hält hier nichts.»

Als Roger später den Wagen in diskreter Entfernung von der Haustür von High Meadows anhielt und seine feuchte Patschhand auf ihr nacktes Knie legte, ekelte ihr so stark, daß sie mit den Worten aus dem Auto stürzte, ihr wäre sterbensübel.

Den nächsten Tag verbrachte sie im Bett, fiebrig und ständig den Tränen nahe. Sie hatte Kopfschmerzen und einen verstimmten Magen, konnte weder den Geruch von Essen noch der Blumen ertragen, die ihr Verlobter – oder vielleicht seine Mutter – ihr geschickt hatte.

Sie wollte keinen Menschen sehen. Der einzige Mensch, dem sie je vertraut hatte, war Edith Timms, und sie konnte Rogers Mutter nicht gestehen, daß die körperliche Nähe Rogers sie anekelte. Angenehm war sie ihr nie gewesen, aber sie hatte geglaubt, sie würde sich an ihn gewöhnen. Jetzt wurde ihr klar, daß er ihr unerträglich war. Sie konnte ihn nicht heiraten. Und da sie sich dem vereinten Druck der Swanfields und der Timms' sowie der Verurteilung, mit der man in Faxby eine untreue Frau zu strafen pflegte, allein nicht gewachsen wußte, mußte sie sich darauf verlassen, daß Roy Kington sie entführen würde.

Das Fieber, mit dem er sie zuvor schon einmal infiziert hatte, packte sie von neuem und hielt die letzten trüben Februartage hindurch an bis zu einem plötzlich heiteren, narzissengelben März.

«Wie soll ich dir glauben», sagte er zu ihr, «nachdem, was du mir das letztemal angetan hast? Woher soll ich wissen, daß du mich nicht wieder nur an der Nase herumführst? Du hast mir weh getan, Polly. Ich will das nicht noch einmal durchmachen müssen.»

Wenn sie ihn liebte, würde sie sich ihm geben. Warum nicht? Selbst der nette, tolpatschige Roger hatte das gleiche gewollt, und an seiner Aufrichtigkeit war nicht zu zweifeln. Und sie verlangte ja auch sehr viel von Roy. Er hatte kein Geld, und wenn Miriam und Benedict es so wollten, würde auch sie keines haben. Es war wirklich nicht zuviel verlangt, wenn er einen kleinen Beweis ihrer Liebe wollte. Er versuchte ja nicht mehr, sie zu zwingen. «Bitte Polly», sagte er. Und später, wenn das, was sie in ihrem Kopf zu einem so riesigen Hindernis aufgebaut hatte, überwunden war, konnten sie überlegen, ob sie durchbrennen oder direkt nach High Meadows gehen und den Kampf ausfechten sollten.

«Bitte, Polly. Bitte, bitte –», würde Roger jeden Abend auf ewige Zeiten betteln, wenn sie nicht jetzt etwas tat, um es zu verhindern.

«Also gut – ich gehe fort», sagte Roy Kington. Sie umarmte ihn voll Angst und Verzweiflung und hätte sich ihm gleich dort an die Mauer gedrückt hingegeben, wären sie nicht von einer Gruppe lärmender, neugieriger Nachtschwärmer gestört worden.

«Komm mit in meine Wohnung – es ist gleich über der Straße.» Er hatte sie früher schon dorthin eingeladen, und sie hatte immer widerstanden. Aber jetzt war sie der Kapitulation so nahe, daß ihr alles gleich war.

«Ja, Polly, komm – du bist soweit. Du liebst mich – beinahe kann ich es glauben...»

Sie hatte Roger in der Bar sitzenlassen, wo er wie immer über seinem Whisky Sour hing und Adela Adair anblinzelte.

Roy Kington drückte seinen Mund an ihr Ohr. «Was macht das schon, Polly? Wenn du erst mir gehörst, kehrst du sowieso nicht zu ihm zurück.»

Die Lockung dieser Worte zog sie über die Straße, ihre schillernde Verheißung verdeckte die Schmuddeligkeit seines Zimmers. Dennoch stieß es sie ab, wie er sich die Kleider herunterriß und an die ihren heranging. Polly pflegte ihre Sachen. Sie wollte ihr Kleid nicht achtlos zerknittert auf dem Boden liegen sehen. Außerdem fror sie.

«Ich wärme dich.» Aber er tat es nicht. Seine Erfahrung mit Frauen war weitreichend, seine Erfahrung mit unberührten Mädchen gleich Null. Zärtlichkeit, meinte er, wäre so kurz vor dem Ziel nicht mehr nötig. Er hatte lange auf Polly Swanfield gewartet, ihretwegen

Frustration und Blamage ertragen – er hatte vor allzu vielen Freunden damit geprahlt, wie leicht er sie «kriegen» könnte –, und jetzt wollte er vor allem Tempo machen, damit sie es sich nicht wieder anders überlegen konnte. Nachdem er in sie eingedrungen war, war ihm nur noch wichtig, Ausdauer zu zeigen. Er nahm an, daß sie, genau wie er, nach dem Ereignis mit anderen darüber sprechen würde, und wollte ihr Anlaß geben, ihn als männlich und erfahren zu schildern.

«Ist es nicht toll?» sagte er.

«Ja.» Es mußte toll sein. Sie lag unter ihm auf der dünnen, kratzigen Decke und ertrug mit zusammengebissenen Zähnen diese Vergewaltigung durch ein hartes, liebloses Objekt, das in ihren Körper eindrang, um sich auf diese häßliche, ungehörige Weise bei ihr Befriedigung zu verschaffen.

Sie fand es furchtbar. Sie konnte ihre Ohren nicht vor den Geräuschen der Pension verschließen: fremde Leute, die redeten, die durch die dünnen Wände zuhörten. Wenn *sie* ihre Stimmen, ihre Schritte, ihr Husten, ihr Gelächter hören konnte, dann konnten sie zweifellos auch das ächzende Quietschen der Sprungfedern von Roys Bett hören, das peinliche Stöhnen und Keuchen, das er von sich gab. Sie hatte nie gewußt, daß es beim Geschlechtsakt so geräuschvoll zuging. Was, wenn plötzlich jemand klopfte oder hereinkam und sie der Unzucht beschuldigte? Was, wenn jemand drohte, den Wirt zu holen oder die Polizei oder Benedict?

Sie fand es gräßlich. Es tat weh und machte ihr angst, und es verwirrte sie, weil sie in dem, was er bis jetzt mit ihr getan hatte, nicht einmal die Möglichkeit zur Lust erkennen konnte. Aber wenn er es wollte, dann würde sie es mit Freuden über sich ergehen lassen. Und würde ihre Lust in der seinen finden. Sie liebte ihn. Sie hatte ihm ihre Unschuld geschenkt, um es ihm zu beweisen. Keine Frau konnte ihm mehr geben. Und gleich – konnte es denn noch viel länger dauern? – konnte sie sich anziehen und ihr gemeinsames Leben planen. Vielleicht würde er noch heute abend mit Benedict sprechen wollen. Vielleicht auch würde er sie gleich entführen wollen, sie bitten, nach Hause zu schleichen, heimlich ihre Sache zu holen und mit ihm durchzubrennen? Ganz gleich, sie war sicher, daß Benedict, wenn er erkannte, daß sie diesen letzten Schritt getan hatten, der sie für immer aneinanderband, klein beigeben und ihr ihre große Hochzeit lassen würde. Das Haus in Lawnswood Hill war mit ihrem Geld gebaut worden. Warum sollte sie nicht nach einer angemessenen Frist mit Roy dort leben?

Er zitterte plötzlich heftig, stöhnte laut, packte sie fester, tat ihr einen Moment lang sehr weh und wälzte sich zur Seite. «War das nicht wirklich toll?»

«Doch, wunderbar.»

Er hatte seine Wette gewonnen. Jetzt war es an der Zeit, sich aus der Affäre zu ziehen. «In Wirklichkeit bist du anderer Meinung, Polly. Du lügst mich an.»

«Nein. Wirklich nicht.» Sie hatte sich auf Zärtlichkeit gefreut, auf liebevolle Worte und Pläneschmieden; sie war entsetzt.

«Doch, doch, ich merke es genau. Du findest mich als Liebhaber unmöglich – nun ja, wenn es so ist, dann kann ich es nicht ändern. Betteln tu ich nicht.»

Zehn Minuten lang bettelte sie, weinte, schwor – ohne sich jetzt noch darum zu kümmern, wer sie durch die dünnen Wände hörte –, er wäre wunderbar, aufregend, schön, sie vergöttere ihn.

«Ich glaube dir nicht.»

In panischer Angst fing sie von neuem zu weinen an, schrie laut, wieviel er ihr bedeutete.

«Herrgott, halt doch den Mund», sagte er. «Polly – die Wände sind papierdünn. Wir brauchen doch nicht die ganze Umgebung zu unterhalten.»

«Vorhin war's dir egal, wer was hörte.»

«Vorhin war vorhin, und jetzt ist jetzt. Ich würde mich an deiner Stelle anziehen, mein Schatz. Der Freund, der bei mir wohnt, kann jeden Moment kommen.»

Zitternd, schluchzend, von schrecklichen Ahnungen gepeinigt, schlüpfte sie in ihre Kleider. Das konnte nicht sein, sie mußte sich irren. So etwas Grauenvolles konnte nicht geschehen.

«Tut mir leid, daß es nicht geklappt hat», sagte er.

Was meinte er? Mit offenem Mund starrte sie ihn an.

«Na ja, das mußt du doch zugeben, Polly. Es war nichts. Deshalb muß man's ja probieren. Stell dir vor, man würde blind heiraten – so wie unsere Eltern – und dann entdecken, daß man in der wichtigsten Sache nicht zusammenpaßt!»

Er hatte sie tödlich verletzt und gab ihr jetzt rasch den Gnadenstoß.

«Wirklich schade. Wir können's ja noch mal versuchen, wenn du magst, wenn ich aus Irland zurückkomme – vorausgesetzt, ich komme zurück. Nein, ich weiß, ich hab dir nicht gesagt, daß ich mich zu den *Black and Tans* gemeldet habe, aber im Krieg und in der Liebe ist alles erlaubt. Tja, und nun ziehe ich also wieder in den Krieg, Polly.»

Schreiend stürzte sie sich auf ihn. Es war ihr gleich, was er ihr tun würde, wenn sie ihm nur die Nägel oder die Zähne ins Fleisch schlagen, ihm Schmerz zufügen konnte. Sollte er sie ruhig umbringen, wenn sie ihm nur zuerst weh tun konnte.

«Ach, wie lustig», sagte er und wehrte sie lässig ab. Aber sie war kräftig, und er mußte fest zuschlagen, um sich ihrer zu erwehren, und selbst als er sie niederschlug, sprang sie wieder auf und stürzte sich von neuem auf ihn.

«Ehrlich, Polly, du bist ein tolles Mädchen.» Er hatte sie nie so attraktiv gefunden.

«Du Schwein!» Sie schlug wie eine Wahnsinnige auf ihn ein, so daß er erleichtert war, auch wenn er das nie zugegeben hätte, als seine Freunde kamen, harte Burschen wie er.

«He – darf man da mitmachen?»

«Bedient euch», sagte Roy und lachte, um seine Kurzatmigkeit zu verbergen.

Sie waren zu dritt. Einen Moment lang stand Polly wie angewurzelt, wehrlos in die Enge getrieben, dann stürzte sie zur Tür, ließ Mantel, Handtasche und Illusionen zurück und rannte die knarrende Treppe hinunter auf die Straße.

In der Bar war es an diesem Abend nicht mehr voll. Nur Arnold Crozier mit einer seiner Blondinen, Toby und zwei junge Paare waren noch da. Claire sah immer wieder auf die Uhr und wünschte alle fort, da sie am nächsten Morgen mit Kit nach Westmorland fahren wollte, um ein Haus zu besichtigen, das er zum Umbau in ein Hotel für geeignet hielt.

Sie war erstaunt, als sie Polly plötzlich mit wirrem Haar und verstörtem Gesicht schwankend durch die Tür kommen sah. War sie betrunken? Es sah entschieden so aus. War sie gestürzt und hatte sich dabei angeschlagen? Claire hielt es für wahrscheinlich. Damit wäre auch der Zustand ihrer Kleidung erklärt. Aber Roger war längst gegangen. Warum war sie zurückgekommen?

«Alles in Ordnung, Polly?»

Ohne sie zu beachten, ging Polly direkt zu dem Tisch, wo Roger zu sitzen pflegte, und sagte merkwürdig abgehackt: «Roger!» Als nichts geschah, rief sie: «Wo ist Roger? Wo ist er?»

«Ich weiß nicht, Polly.»

Arnold Crozier, Toby, sogar Kit Hardie sammelten sich um sie, und jeder zog seine eigenen Schlüsse aus den blauen Flecken, den Spuren von Tränen und Wimperntusche auf ihren Wangen, dem schrecklichen Zittern, das tief aus ihrem Inneren kam und ihren ganzen Körper schüttelte.

«Wo ist Roger?»

«Gegangen», antwortete MacAllister.

«Das würde er nie tun!» Und selbst in ihrer Hysterie sagte ihr Ton noch: der arme Narr.

MacAllister zuckte die Achseln. «Wie Sie meinen, Polly, aber ich habe gehört, wie er Adela Adair anbot, sie nach Hause zu fahren.»

Darauf war sie nicht gefaßt gewesen. «Gut», sagte sie. «Ich bin froh. Ich bin wirklich froh. Zum Teufel – mit mir, meine ich, nicht mit ihm. Zum Teufel mit mir. Ich bin sowieso nichts wert!» Sie zog sich den Brillantring vom Finger und schleuderte ihn heftig zu Boden. «Zum Teufel mit mir! Zum Teufel –»

Mehrere Hände streckten sich nach ihr aus, als sie schwankte, doch es war der schmächtige, unbedeutende Toby, der sie auffing und hielt, als sie sich schluchzend an seine Schulter warf und sich aller erdenklichen Schandtaten und Scheußlichkeiten beschuldigte.

«Ich bin eine verkommene Person, Toby.»

«Du bist meine Prinzessin, Polly. Meine Allerliebste.»

Er führte sie zu seinem Wagen hinaus. Claire, die mit vagem Unbehagen hinter ihnen herging, verspürte plötzliche Besorgnis. Hastig wandte sie sich Kit zu. «Sollte nicht jemand mit ihnen fahren?»

«Wer denn? Du bist die einzige, die sie begleiten könnte, Claire, und das möchte ich dir nicht zumuten.»

«Trotzdem ...»

«Ach was, Claire – das ist doch der gute alte Toby, der sie da so fürsorglich in seinen Wagen packt – nicht Arnold Crozier. Ich denke, von ihm hat sie nichts zu fürchten, hm?»

«Wahrscheinlich hast du recht.»

Die Vorstellung, es könnte anders sein, schien wirklich lächerlich.

«Außerdem, Claire, scheint mir der Schaden bereits angerichtet. Und nicht von Roger, diesem armen Teufel –»

«Ja, so sieht es aus. Arme Polly.»

«Ja, arme Polly. Es war offenbar nicht sehr schön für sie. Aber das ist ja nun nicht unsere Sache, hm?»

Sie dachten beide an die Fahrt nach Westmorland.

21

Die Reise war angenehm und bequem, zuerst mit der Bahn bis Windermere, dann in Decken gehüllt im Einspänner zwischen knospenden Rhododendronhecken und blühenden Narzissen zum Dorf Wansfell: ein Dutzend niedriger, schiefergedeckter Häuser, deren Gärten einen Flickenteppich aus lilafarbenen und gelben Frühlingsblumen bildeten. Und am Hang über dem See das Herrenhaus, Wansfell Howe, mit Zinnen und Türmchen, stolz inmitten einer Wildnis von Ginster, Flieder und buschigen Rhododendren. Mächtige Nadelbäume bewachten das Tor, in der Allee scheuchte der Frühlingswind die welken Blätter des vergangenen Herbstes auf.

«Ich war hier mal Unterlakai», bemerkte Kit und lächelte ohne Bedauern bei der Erinnerung. «Dann Lakai, und zum Schluß machte ich die Arbeit des Butlers, wenn mir auch der Titel fehlte. Ich hab gern hier gearbeitet – nette Leute. Drei richtige Lausejungen, die nur Dummheiten im Kopf hatten. Madam war eine angenehme Frau, Tochter eines Grafen, die ein bißchen unter ihren Stamm heiratete. Er hatte nämlich keinen Titel, aber er war ein hochgebildeter Mann. Er starb vor ungefähr einem Jahr, und seither steht das Haus leer. Sie findet es wahrscheinlich trostlos, allein hier zu leben.»

«Und die Söhne?»

«Alle tot.»

«Gefallen?»

Er nickte, während er auf das glitzernde Wasser hinaussah, das zwischen den Ästen der Bäume durchschimmerte. «Ja. Gleich im ersten Kriegsjahr, wie die Haushälterin mir erzählte. Drei Telegramme in einem Monat. Julian muß ungefähr neunzehn gewesen sein, die Zwillinge einundzwanzig. Nette Burschen.»

«Und deshalb steht das Haus zum Verkauf?»

«Ja. Keine Erben. Als die Haushälterin mich erkannte, sagte sie nur: ‹Ich sehe, *Sie* haben's heil überstanden, Christopher Hardie.›»

«Du schämst dich dessen doch nicht?»

«Nein, ich bin heilfroh.»

«Ich auch.»

Das Haus war noch voll möbliert: alte, bequeme Sofas und Sessel, in denen sich Halbwüchsige nach Herzenslust rekeln konnten; schwere Buffets, vom Zahn der Zeit und vorwitzigen Taschenmessern angenagt; alte Teppiche, an vielen Stellen fadenscheinig, blauweißes Porzellan, das säuberlich gekittet war; eine Bibliothek mit Klubsesseln und Eichentischen, aus der nur die Bücher entfernt worden waren. Die nackten Borde wirkten so traurig wie das Haus ohne seine Kinder.

«Ich gebe mir alle Mühe, Hardie», sagte die geradrückige, schmallippige Haushälterin, «aber der Staub siegt. Sie bleiben wohl über Nacht? Soll ich ein Zimmer richten oder zwei?»

Einen Moment war es still.

«Ein Zimmer reicht vollkommen», sagte Claire dann.

«Gut.» Sie wußte aus Erfahrung, daß Unterlakaien lockere Vögel waren, und war nicht schockiert. «Und das Abendessen um sieben. Paßt das?»

«Ja», antwortete Kit. «Ich habe ein paar Flaschen Wein im Wagen. Würden Sie die kühl stellen?»

Er sprach mit freundlicher Autorität, und einen Moment lang schwankte sie, ob sie gehorchen sollte. Schließlich hatte sie Christopher Hardie oft genug mit aller Schärfe Befehle erteilt, ohne sich von seinem Charme beeindrucken zu lassen, mit dem er sich die Zimmermädchen gefügig und die gnädige Frau gewogen gemacht hatte.

«Den Wein, Mrs. Roe.»

«Gewiß», sagte sie.

Das Haus war groß genug, um in ein Hotel umgewandelt zu werden: zwei geräumige Salons mit Blick auf den See und die kahlen Uferhänge, die Bibliothek mit hohen Fenstertüren zur überdachten Veranda hinaus, deren Stufen in den verwilderten Park führten. Die Küchenräume waren altmodisch, aber groß, das Speisezimmer gut gelegen und dicht daneben ein Billardzimmer, das man leicht in einen zusätzlichen Speiseraum für etwa vierzig Personen umbauen konnte. In den beiden oberen Stockwerken waren Zimmer genug, die allerdings viel guten Geschmack und durchdachte Planung brauchten. Das Haus lag malerisch. Die Landschaft rundum gehörte wahrscheinlich zum Spektakulärsten im ganzen Land. Man konnte wandern, klettern, am See spazierengehen, das Haus des Dichters Wordsworth besichtigen, der nicht weit entfernt sehr idyllisch mit seiner Schwester gelebt hatte.

«Und du meinst, die Leute werden kommen?» fragte Claire.

«Sicher. Wenn es sich herumspricht. Ich habe mich noch nicht gebunden. Ich denke nur, es könnte das Richtige sein. Für mich – und für dich. Was meinst du? Oder möchtest du lieber warten und es mir morgen sagen? Du weißt, ich habe dich nicht deswegen hierher mitgenommen ...»

«Ach, du lieber Himmel.» Sie lachte und hakte sich bei ihm unter. «War ich zu direkt? Keinesfalls würde ich Sie gegen Ihren Willen verführen wollen, Major!»

«Ich denke, ich werde mich mit Grazie fügen.»

Arm in Arm spazierten sie zum Dorf hinunter. Eine frische Brise kräuselte den See und machte die Narzissen nicken. Sie kauften frischgebackenen Pfefferkuchen und schlenderten die gewundene Straße hinunter zum alten Friedhof mit den moosbewachsenen Grabsteinen.

«Wie würden die Leute auf ein Hotel hier reagieren, Kit?»

«Unfreundlich», antwortete er, «zumindest zu Beginn. Nicht einmal der Inhaber des Dorfladens wäre erfreut, da ich meine *foie gras* wohl kaum bei ihm kaufen würde. Aber vielleicht würde er sein Sortiment mit der Zeit den Bedürfnissen meiner Gäste anpassen und gute Geschäfte machen. Außerdem könnte ich oben im Hotel die jungen Mädchen beschäftigen, die jetzt mit fünfzehn weggehen, weil es hier keine Arbeit für sie gibt. Die meisten kommen nie zurück. Ich würde das Dorf verändern, aber auch am Leben erhalten.»

«Und wärst der neue Herr, wie?» Sie drückte liebevoll seinen Arm, und er gab ihr lachend einen Kuß auf die Stirn.

«Ich hab Mrs. Roe angesehen, daß sie das gleiche dachte und wütend war.»

«Laß dich davon nicht beeindrucken.»

Zurück in Wansfell Howe, inspizierte Kit aufmerksam bauliche Details, um festzustellen, was gemacht werden mußte und wie hoch etwa die Kosten sein würden. Das Gebäude selbst war solide, das Innere nicht allzu heruntergekommen. Man brauchte nur die alten Möbel zu entfernen, die Mauern bloßzulegen und neu zu verputzen. Das Endprodukt – er sah das schon jetzt ganz klar – würde ein

Landhaus sein, wie man sich Landhäuser immer vorstellte und wie sie in Wirklichkeit nie waren: rustikale, aber gepflegte Gemütlichkeit; sanitäre Anlagen, die funktionierten, was seiner Erfahrung nach in adeligen Häusern nicht immer der Fall war; Boiler und Öfen, die wirklich heizten. Billige Arbeitskräfte gab es hier genug, die einheimischen Handwerker waren zuverlässig. Das Gebiet lag auch nicht mehr so isoliert wie früher, und im Grund war nicht mehr nötig als ein Ruf für gute Küche und Komfort, um in einer Welt, die von Tag zu Tag schmuckloser, nüchterner und kleinlicher wurde, Gäste aus allen Gegenden Englands anzulocken. Natürlich würde er diesmal sein eigenes Geld und das der Bank einsetzen, nicht das der Croziers. Aber schon hatte er Lust, es zu wagen.

«Dann tu es», sagte Claire.

Noch einmal gingen sie durch das Haus, planten, stellten sich Einzelheiten vor. Nein, eine Bar natürlich nicht, aber Cocktails in allen Spielarten auf silbernen Tabletts serviert. MacAllister wollte er nicht mitnehmen, auch nicht Mr. Clarence, zwei hartgesottene Städter, die die Einheimischen nur kopfscheu machen würden. Aber John David würde er mitnehmen; der paßte gut in diese grüne Wildnis. Vielleicht würde er auch Mrs. Tarrant auffordern, aber erst wollte er sehen, was mit Mrs. Roe zu machen war, diesem alten Drachen seiner Jugend, den er gern zähmen würde. Adela Adair würde er hier nicht gebrauchen können, aber Gerard, den Oberkellner des *Crown*, und wenn er Amandine Keller überreden konnte mitzukommen, sollte ihn das freuen, er hielt es jedoch angesichts der Eröffnung von Aristides Lokal für unwahrscheinlich.

«Wie steht es mit dir, Claire?» Seine Begeisterung war ansteckend. «Ich brauche eine feste Zusage», erklärte er. «Hier oben ist es einsam. Wir wären sehr viel und sehr nahe zusammen.»

«Ja.»

«‹Ja›, du willst, oder ‹ja›, du wirst es dir überlegen?»

«Ich habe mit Entscheidungen immer schon Schwierigkeiten gehabt, Kit.»

«Hat man dich so behütet?»

«Eher erstickt.»

«Du brauchst einen guten Mann, der für dich sorgt.»

Euan hatte das gleiche gesagt.

Mrs. Roe hatte die Bedürfnisse des ehemaligen Unterlakaien richtig erkannt und ihnen ein Zimmer mit Balkon gegeben. Im

Zwielicht war es, als hinge es direkt über der stillen Fläche des Wassers. Das hohe Bett roch nach Geißblatt und Lavendel und Nelken aus den Duftsäckchen, die unter der Matratze lagen, die handgestickte Tagesdecke war an manchen Stellen ein bißchen brüchig, und Claire faltete sie vorsichtig in dem Bewußtsein, daß sie mit Liebe gemacht war.

Sie spürte keine Scheu vor ihm. Für sich hatte sie sich schon vor Monaten für dieses Zusammensein entschieden. Er hatte nur den Zeitpunkt zu wählen brauchen. Jetzt hatte er ihn gewählt, und sie war bereit – nur das; nicht begierig, nicht in Flammen, aber mit Freuden bereit; er war ihr zu vertraut, als daß Widerstreben oder Ängste sie gehemmt hätten. Sie waren Freunde, die dabei waren, ein Liebespaar zu werden. Vielleicht war das die richtige Reihenfolge. Sie hoffte es, als sie ihm die Arme öffnete und sich von ihm ohne die Verlegenheit, die sie bei anderen Liebhabern gespürt hatte, die Strümpfe ausziehen, Fesseln und Knie küssen ließ. Sie lächelte gänzlich unbefangen, während er die kleinen Perlenknöpfe ihrer Bluse öffnete, ganz gemächlich, ohne Hetze – hundert wären ihm nicht zuviel gewesen –, bis das Kleidungsstück auseinanderklaffte und er es sorgfältig abstreifte, um mit zärtlicher Muße jeden Zentimeter Haut zu streicheln, der sich ihm enthüllte. Lange, geduldig, behutsam hatte er sie begehrt, und jetzt belohnte er seine Geduld, indem er ohne Eile mit Händen, Mund und Augen ihren ganzen Körper erforschte, nicht einmal, sondern wieder und wieder, sooft er es wünschte. Er hatte ja die ganze Nacht vor sich und einen ganzen Tag dazu. Dieser Augenblick war zu kostbar für Hast und Eile. Er mußte Tropfen um Tropfen gekostet, aufgesogen, mit allen Sinnen genossen werden. Und erst dann nahm er sie, bedächtig, behutsam, ohne einen Gedanken an sexuelle Technik oder die Spielchen, mit denen er sich bei anderen Frauen einen Ruf gemacht hatte. Er suchte nur die Vereinigung mit dieser Frau und gewahrte mit Triumph und Dankbarkeit, wie ihre Lust sich steigerte, schürte das Feuer, führte sie zum Höhepunkt und ließ dann seine eigene Lust dazu strömen mit dem Drang, sie zu besitzen und zu beschützen.

«Ich liebe dich», sagte er.

«Kit.» Sie lachte, und er auch. «Du brauchst das nicht zu sagen.»

«Ich weiß.» War es überhaupt wahr? Er hoffte es. Er wünschte es. «Du würdest mich wohl nicht heiraten, Claire?»

«Ich – ich habe nie darüber nachgedacht. Ist es denn nötig?»

«Wenn du mit mir hier heraufkommst, wäre es sicher besser. Wegen der Leute. Und mir würde es auch besser gefallen.»

Strahlen von Mondlicht schwebten wie helle Federn durch die offenen Fenster und glitten über sein vertrautes Gesicht. Sie hob die Hand und strich ihm über die Wange.

«Du wärst mir ja doch untreu, Kit – das weißt du genau. Aus Gewohnheit. Die vielen hübschen Barmädchen und gierigen Opernsängerinnen und hingebungsvollen Bürgermeistersgattinnen. Da könntest du nicht widerstehen.»

Er hielt es für möglich, daß sie recht hatte.

«Ich würde mich bemühen», sagte er und küßte ihre Hand.

«Das ist ehrlich.»

«Natürlich. Ehrlichkeit kann ich dir versprechen. Vielleicht ist es so viel besser, Claire. Ehrlichkeit statt romantischer Schwüre, die fast immer gebrochen werden. Du hast natürlich recht. Ich war mein Leben lang ein treuloser Liebhaber. Ich habe aber auch nie etwas versprochen. So war das Domestikenleben nun mal. Der Lohn war schlecht, aber man lebte gut. Eine Flasche Champagner hier, ein Zimmermädchen da, und man zieht wieder weiter. Beim Militär war es ähnlich, nur wurden aus den Zimmermädchen Börsenmaklersgattinnen. Du weißt selbst, wie es war. Ich bin kein geborener Ehemann und wurde auch nicht dazu erzogen. Ich will keine Frau, die für mich kocht und putzt. Zu Kindern hab ich keine Meinung. Wenn sie kommen, werde ich sicher mit ihnen fertig. Wenn nicht, wird mich das auch nicht unglücklich machen. Ich suche nicht jemanden – Frau oder Kind –, der meinem Alter einen Sinn gibt. Aber ich bin gern mit dir zusammen, Claire. Ich sage nicht, daß ich dich so dringend brauche, daß ich ohne dich nicht leben könnte. Aber ich möchte nicht ohne dich sein. Wir könnten ein gutes Leben zusammen haben, Claire.»

«Ich glaube, du hast recht.»

Im federzarten Mondlicht, vom leisen Wind und dem Plätschern des nahen Wassers eingelullt, war sie überzeugt davon.

«Aber du kannst dich nicht entscheiden.»

Sie lächelte, seufzte, kuschelte sich an ihn. «Vielleicht solltest du mich an den Haaren mitziehen – nur sind sie dafür wahrscheinlich nicht lang genug.»

«Da mach dir mal keine Sorgen», sagte er und nahm sie fest in seine warmen Arme, «sie sind so lang, daß man sie packen kann. Und ich lasse bestimmt nicht los.»

Als das graue Licht des neuen Tages durch die Fenster fiel, liebten sie sich noch einmal, ohne Hast, mit tiefem Genuß.

«Sollen wir noch eine Nacht bleiben?»

«Hast du keine Angst, daß das *Crown* ohne dich vor die Hunde geht, Kit?»

«Ich würde es mir gern einbilden. Aber wahrscheinlich nicht.»

Sie blieben, machten einen langen Spaziergang am See, verbrachten den Nachmittag im Bett. Mrs. Roes saures Lächeln, als sie zum Abendessen erschienen, sagte klar, daß sie von einem früheren Unterlakaien nichts anderes erwartet hatte.

«Sie kannte meine Mutter», sagte Kit, nachdem sie ihnen Entenbraten serviert hatte und davongegangen war, um den Nachtisch zu holen. «So habe ich damals die Anstellung hier bekommen. Meine Mutter und Emma Roe stammen aus demselben Dorf in Northumberland. Einen Mr. Roe hat es natürlich nie gegeben. Einen Mr. Hardie gab es auch nie. Meine Mutter mußte für eine Zeit in Schande nach Hause zurückkehren, um mich zur Welt zu bringen. Emma Roe machte solche Sachen nicht. Deshalb kam sie schneller und besser vorwärts. Als ich sechzehn war, brachte meine Mutter mich hierher. Es ging damals bergab mit ihr, der Armen. Sie hatte in einigen vornehmen Häusern gearbeitet, aber ihre Gesundheit machte nicht mehr mit, und zu der Zeit war sie nur noch Köchin bei einem Geistlichen, während Emma Roe in Wansfell Howe Haushälterin war. Meine Mutter war ängstlich, Emma gönnerhaft. Das konnte sie sich wahrscheinlich einfach nicht verkneifen; meine Mutter war nämlich das hübscheste Mädchen vom ganzen Dorf gewesen. Emma tat also recht von oben herab, und meine Mutter ließ ihr den Spaß. Sie wollte mich in einer guten Stellung sehen und brauchte Emma als Fürsprecherin für mich beim Butler. Ich bekam die Stellung, und einen Monat später starb sie. Ich wollte, sie könnte mich jetzt sehen.»

Claire beugte sich über den Tisch und küßte ihn. «Sie wäre stolz auf dich.»

Er seufzte und schüttelte den Kopf. «Nein. Als ich Butler in High Meadows war, wäre sie stolz auf mich gewesen. Jetzt würde sie nur sehen, daß ich etwas tue, was nicht meinem Stand entspricht, und das heißt, daß man ein böses Ende nehmen wird. Sie würde aus allen Wolken fallen, müßte sie hören, daß ich Emma Roe eine Stellung anbiete. Und daß ich die Dreistigkeit besitze, mich an Ihnen zu vergreifen, Mrs. Swanfield –»

«Vergreif dich noch mal an mir, Kit.»

Emma Roe, die mit dem Nachtisch an der Tür stand, zog schockiert die Brauen hoch, stellte die Schale auf den Tisch und marschierte hocherhobenen Hauptes hinaus. Tragisch, diese verkehrte neue Welt, wo sie Sally Hardies unehelichen Sohn bedienen und noch froh und dankbar für die Fünf-Pfund-Note sein mußte, die er ihr gegeben hatte.

Nach dem Abendessen machten sie in der Dunkelheit noch einen Spaziergang am See, obwohl es sie verlangte, miteinander zu schlafen. Sie zögerten den Moment der Rückkehr hinaus, um das Verlangen noch dichter werden zu lassen, blieben auf der Veranda sitzen, bis eine drängende Sehnsucht daraus wurde, die sie jederzeit stillen konnten, indem sie die Treppe hinaufstiegen.

«Vergreifen Sie sich an mir, Hardie.»

«Mit Vergnügen, Madam. Meine Mutter würde es nie glauben, Claire, aber ich bin der richtige Mann für dich.»

«Ich hab das Gefühl, ich glaube das langsam auch.»

«Gut. Dann brauchen wir uns jetzt nur noch über Mittel und Wege klarzuwerden.»

Sie liebten sich, und danach erläuterte er ihr seine Pläne, während er neben ihr lag, den Arm über ihrem Bauch, besitzergreifend, aber nicht schwer. Er wollte das Haus kaufen, sobald er das Geld aufbringen konnte. Er würde es zu seinem Haus machen, Wansfell Howe vor dem Verfall retten und damit – ja, vielleicht nicht gleich ein Vermögen machen, aber doch genug Geld, um ein gutes, befriedigendes Leben zu führen, riskant – wie alles, was etwas wert war –, aber lohnend, herausfordernd, aufregend. Zum erstenmal in seinem Leben würde er sein eigener Herr sein. Das war es, was er immer gewollt hatte, und er würde es erreichen.

«Du brauchst mich nicht wirklich», sagte sie.

«Ich begehre dich. Das ist besser. Zieh mit mir auf Abenteuer aus, Claire. Ich glaube, das ist es, was ich möchte.»

Am nächsten Morgen ließ Mrs. Roe sie ausschlafen, da sie, wie sie Kit spitz erklärte, gemeint hatte, nach den Anstrengungen, diesen langen Spaziergängen, müßten sie müde sein. Er steckte ihr lächelnd noch eine Fünf-Pfund-Note zu und bat sie, dafür zu sorgen, daß der Einspänner rechtzeitig bereit sei, sie zum nächsten Zug zu bringen.

«Warum bittest du mich nicht, noch eine Nacht zu bleiben?» fragte Claire verschmitzt, die wußte, was er antworten würde.

«Weil ich einen dringenden Termin bei meiner Bank habe, mein Schatz.»

Die Reise war in jeder Hinsicht ein Erfolg gewesen, und dafür waren sie beide dankbar, da sie wußten, wie selten das Leben solche ungetrübten Stunden beschert. Es wunderte sie bei ihrer Rückkehr nach Faxby nicht, daß das *Crown* noch stand, und es interessierte sie auch nicht mehr so brennend wie vielleicht früher einmal. Sie hatten jetzt andere Sorgen. Sie waren nicht mehr ganz dieselben, die drei Tage zuvor aus Faxby abgefahren waren, und deshalb brauchten sie, als sie mitten in den Freitagabendtrubel hineinplatzten, auch eine Weile, um aufzunehmen, was Mr. Clarence und Mrs. Tarrant, Gerard und MacAllister ihnen zuflüsterten.

Die Verlobung von Polly Swanfield und Roger Timms war gelöst.

Und Toby Hartwell war tot.

Claire wußte, sie würde nach High Meadows hinausmüssen. Sie wußte auch, daß Kit, für Miriam immer noch der ehemalige Butler, sie nicht begleiten konnte. Wer dann? Dorothy vielleicht, als Schutz vor Benedict, obwohl sie jetzt eigentlich so etwas nicht mehr brauchen sollte. Sie lieh sich John Davids alten Talbot und fuhr zum Stadtpark. Dorothy war zu einem Kondolenzbesuch sofort bereit. Es tat ihr natürlich leid um Toby, der immer sehr nett zu ihr gewesen war, zugleich aber berichtete sie voller Lust von den Gerüchten über Roger und Polly, die in der ganzen Stadt kursierten. Kein Zweifel, Roger Timms' Entschluß, die strahlende Polly wegen eines schamlosen Flittchens, das weit über dreißig war, wie es hieß, zu verlassen, bewegte sie weit mehr als das einsame Ende Toby Hartwells in den frühen Stunden dieses Morgens auf der Straße nach – äh, Dorothy konnte nicht sagen, wohin er gewollt hatte.

Auch Miriam konnte ihnen das nicht sagen. Es war unerklärlich. Grauenhaft. Wie sie da auf der Kante des breiten Sofas kauerte wie ein Kind, schien sie Claire kleiner, als sie sie je erlebt hatte. Rouge und Puder, die sie angeblich nie benützte, waren auf den runden, glatten Wangen deutlich zu sehen; das Bedürfnis, sich mit einer Maske zu schützen, war an diesem Tag wohl stärker gewesen als ihre Sorge um die Schicklichkeit. Aber mochte sie noch so erschüttert sein, sie hatte für Dorothy und Claire, für die ältlichen Verwandten und «guten Freunde», die sich wie eine Schar Krähen um sie versammelt hatten, Tee und Sherry, Waffeln und englischen Kuchen und ihr tapferes Lächeln parat.

Eunice lag mit Schlafmitteln betäubt und von einer Pflegerin bewacht in ihrem früheren Mädchenzimmer. Auch Polly war bei der schrecklichen Nachricht zusammengebrochen und daher am besten im Bett aufgehoben, besonders da das arme Kind ja selbst einen Schicksalsschlag erlitten hatte – hier spitzten die ältlichen Verwandten die Ohren wie eine Meute Terrier. Benedict war am Unfallort, zehn Meilen von hier, und kümmerte sich um die traurigen Details... Ach Gott, es war keineswegs so einfach, wie wenn man schlicht in seinem Bett starb. Sie schien direkt ein wenig ärgerlich auf Toby, daß er seinen extravaganten, teuren Wagen in einen Steinbruch gefahren hatte, anstatt, ohne Umstände zu machen, daheim zu sterben.

Nein, sie hatte keine Ahnung, wohin Toby um diese Zeit gefahren war. Vielleicht würde Eunice dazu etwas sagen können, wenn sie sich halbwegs erholt hatte. Traurig, um so mehr als Toby seinen letzten Abend in ihrem Haus verbracht hatte. Er war extra gekommen, um Polly aufzuheitern, die – nun, es war wohl inzwischen kein Geheimnis mehr – guten Grund gehabt hatte, niedergeschlagen zu sein. Wirklich, eine skandalöse Geschichte. Wie hatte man sich in dem jungen Mann nur so täuschen können? Sie konnte sich nur denken, daß Edith Timms, seine Mutter, da einiges versäumt hatte. Aber es war nun mal geschehen, und es hatte keinen Sinn, darum herumzureden. Ihrer Tochter war schwere Schande angetan worden. Der junge Mann hatte ihr die Ehe versprochen und sie dann auf erniedrigende Weise betrogen, indem er mit einer Person von übelstem Ruf auf und davon gegangen war. Polly war natürlich ganz verstört gewesen. Völlig niedergeschmettert. Miriam hatte sie frühmorgens im Flur vorgefunden, wo sie im Morgenrock schluchzend und händeringend umhergewandert war wie – äh, wie hieß diese tragische Königin gleich wieder? – ach ja, Lady Macbeth. Dieser Kummer! Gab es überhaupt einen Mann, der solchen Schmerz wert war? Und dann ausgerechnet ein so – nun, so gewöhnlicher Mensch wie Roger Timms. Den ganzen Tag hatte sie so weitergemacht, war stöhnend und weinend herumgelaufen, so daß Miriam mit den Nerven völlig am Ende und froh gewesen war, als gegen fünf Uhr Toby auftauchte und ihr die Last abnahm. Der Gute. Er hatte immer so viel Verständnis für Polly gezeigt, immer geduldig ihre Launen und gelegentlichen kleinen Zornesausbrüche ertragen. Sie selbst hatte sich ein wenig hingelegt, nachdem er gekommen war, und als sie ungefähr eine Stunde später aufstand, sah sie, daß er Polly auf eine Spazierfahrt mitgenommen hatte, eine ausgezeichnete Idee, fand sie, genau das Richtige, um Polly von ihrem Schmerz abzulenken. Aber als die beiden zurückkamen – so gegen acht –, sah Polly schlimmer aus als vorher, und Toby selbst wirkte auch recht mitgenommen, was kein Wunder war, nachdem er drei Stunden lang Polly in ihrem Herzeleid getröstet hatte. Miriam dankte ihm und winkte an der Haustür, bis sein Wagen verschwunden war.

Es gab keinen Zweifel, daß er nach Hause gefahren war. Die Jungen hatten ihn gesehen und vermutlich auch Eunice, die darüber allerdings im Augenblick nichts sagen konnte. Ohne mit jemandem zu sprechen, war er in sein Zimmer hinaufgegangen. Und heute morgen um fünf hatte man seinen Wagen völlig zertrümmert in einem Steinbruch im Gebirge gefunden. Nein, niemand wußte etwas Genaues. Sein Wagen war an einer besonders gefährlichen Kurve von der Fahrbahn abgekommen und später von einem anderen Autofahrer entdeckt worden, dem auffiel, daß der Zaun um den Steinbruch eingerissen war. Zum Glück verständigte die Polizei dann Benedict und nicht Eunice. Er war sofort losgefahren, um Toby zu identifizieren, und dann hatte man es Eunice natürlich sagen müssen. Dem Wahnsinn nahe war sie mit Benedict nach High Meadows gekommen. Ihr Leben lang würde Miriam nicht die schrecklichen Schreie vergessen. Sie hatten ihr förmlich ins Herz geschnitten. Ja, seitdem hatte sie ständig Schmerzen in der Gegend. Und dann auch noch Polly! Mitten im Vestibül war sie zusammengebrochen und hatte mit dem Kopf immer wieder gegen das Treppengeländer geschlagen. Ein grauenvolles Bild! Sie geriet jetzt noch außer sich, wenn sie daran dachte. Ja, sie war ziemlich müde. Wie lieb von den anderen, daß sie es merkten. Sie brauchte nur ein wenig Schlaf, ein paar Tropfen Eau de Cologne auf die Stirn, dann würde sie wieder frisch sein.

Claire nahm nicht als Familienmitglied, sondern als Angestellte des *Crown* an der Beerdigung teil, denn dort hatte sie Toby am direktesten erlebt. Sie stand deshalb mit Kit, Mrs. Tarrant, MacAllister, Mr. Clarence und der sehr gedämpften Adela Adair am Grab, der wohl nicht klar gewesen war, worauf sie sich einließ, als sie Rogers Angebot, sie heimzufahren, angenommen hatte. Edith Timms und Roger waren unter diesen Umständen nicht erschienen. Die Familie wurde von Mr. Timms vertreten, verlegen und gehemmt in Gegenwart des Mädchens, das sein Sohn sitzengelassen hatte, und der Frau – die zweifellos über dreißig war –, die er nun offenbar unbedingt heiraten wollte.

«Eine schlimme Sache», sagten alle. Toby war ein feiner Mensch gewesen. Keiner wollte als erster Vermutungen darüber anstellen, was er auf dieser einsamen Straße getan hatte.

Es war ein trister Märztag, der Wind blies kalt. Eine schlimme Geschichte. Laßt sie uns begraben, schnell! Das ist das beste.

Claire hob den Blick und sah über das offene Grab Benedict an, sah ihn seit Monaten zum erstenmal, umgeben wie immer von grapschenden, fordernden Frauen: auf der einen Seite stützte sich die dichtverschleierte Miriam schwer auf ihn, auf der anderen die gleichermaßen verhüllte Polly. Nola, unpassend in Tweedkostüm und Jägerhut, stand dicht hinter ihm. Schmerz, der nicht von der *All Saints' Passage* kam, konnte sie nicht interessieren.

Eunice stand, von Laudanum betäubt, bleich und starr wie eine Holzpuppe zwischen ihren Söhnen Simon, der sich seines Schmerzes, und Justin, der sich seiner Mutter schämte. Er hatte von Frauen gehört, die sich ins Grab stürzten, wenn der Sarg hinuntergelassen wurde, weil sie sich nicht von ihrem Mann trennen wollten. Würde seine Mutter das womöglich auch tun? Der Verdacht, daß sie dazu durchaus fähig war, ließ ihn nicht los. Und wenn sie es tat, würde dann er, als ältester Sohn, hinunterklettern und sie wieder herausholen müssen? Vor ganz Faxby? Wenn sie ihm das antat, würde er ihr niemals verzeihen.

Doch als die Feier vorüber war und die ersten Häufchen Erde herabfielen, ging sie zu seiner Erleichterung gehorsam mit starrem Blick und abgehackten Bewegungen mit ihm weg. Fast wie eine Irre, dachte er. Aber wenigstens machte sie kein Theater, sondern überließ es Polly, die ihr immer schon die Schau gestohlen hatte, plötzlich auf die Knie zu fallen und sich gewaltsam zu übergeben.

«Mein Gott, das arme Kind!» Neugier und Sensationslust liefen durch die Reihen bis hin zum verlegenen Mr. Timms und der rothaarigen Adela Adair.

Gemeinsam hatten sie Polly das Herz gebrochen. Wer hätte das gedacht? Wer hatte, genaugenommen, geglaubt, daß sie überhaupt ein Herz hatte? Aber wenn man sie jetzt sah, wie sie sich, die Seidenstrümpfe, der teure Pelz mit Friedhofsschmutz bedeckt, zitternd und schluchzend übergab, konnte man nicht daran zweifeln.

«Polly!» Claire wollte zu ihr, aber Kit hielt sie fest und sagte: «Laß gut sein, Liebes.» So hob Benedict sie auf und trug sie zum wartenden Wagen. Ihr blonder Kopf hing über seinen Arm wie der Blütenkelch einer gebrochenen Lilie.

Eunice kehrte am Abend in ihr eigenes Haus zurück. Miriam, die wirklich sehr müde war und wußte, daß mit Eunice auch ihre lauten Söhne gehen würden, hatte gegen ihren Entschluß, «ihr Leben wiederaufzunehmen», nichts einzuwenden. Die Jungen waren natürlich reizende Burschen, aber nur in kleinen Dosen zu genießen. Die Tage mit ihnen waren nervenaufreibend gewesen. Ein Glück, daß es Eunice in ihr eigenes Haus zog.

«Das ist das beste, Kind – nur so kommt man darüber hinweg.»

Doch Eunice wollte gar nicht «darüber hinwegkommen»; sie wollte Toby ein Heiligtum errichten, sehr zu Justins Enttäuschung, der erwartet hatte, daß er nun die flotte Garderobe seines Vaters erben würde. Tobys Art, sich zu kleiden, hatte ihm immer imponiert, es ärgerte Justin daher sehr, daß all die eleganten Seidenhemden, die steilgeschnittenen Blazer, die lässigen Hosen und Kaschmirpullover im Schrank vermodern sollten, nur weil seine Mutter sich einbildete, das Zimmer ihres Mannes müßte genauso bleiben, wie er es verlassen hatte. Sie hatte es sogar abgelehnt, seine Haarbürste zu säubern. Plemplem, war das einzige Wort, das Justin dazu einfiel, bis sie ein, zwei Tage später morgens wie eine Furie auf ihn losging und ihm einen Pullover Tobys vom Leib riß, den er in Wirklichkeit schon ein paar Wochen zuvor stiebitzt hatte. Während sie das Kleidungsstück in ihren Armen wiegte wie ein Baby, dachte ihr Sohn nur: «Komplett verrückt.»

Ohne Bestürzung wurde ihm bewußt, daß er seine Mutter nicht mochte. Dennoch hätte er ihr den Brief nicht gegeben, als er ihn fand, aber ihre «Verrücktheit» zwang ihn dazu.

Er steckte in der Tasche des Kamelhaarmantels, auf den er immer ein Auge gehabt hatte, großenteils weil sein arroganter Onkel Benedict einen ähnlichen mit einer Lässigkeit trug, die Justin oft zu imitieren versucht hatte. Und wenn auch Toby nie arrogante Lässigkeit zur Schau getragen hatte, so war der Mantel doch irgendwie ein Symbol für die Überlegenheit der Swanfields. Justin wollte ihn haben. Als er ihn zufällig an einem Haken in der nun leeren Garage hängen sah, wo seine Mutter noch nicht gewesen war, weil sie es nicht ertragen konnte, den leeren Raum anzustarren, wo einst Tobys Wagen gestanden hatte, schlüpfte er probeweise hinein. In der einen

Tasche fand er die Autohandschuhe seines Vaters, in der anderen den Brief.

Toby hatte, wie Justin sich erinnerte, den Mantel getragen, als er an jenem letzten Abend von High Meadows nach Hause gekommen war, und wenn er nun hier in der Garage hing, hieß das, daß er ihn auch angehabt hatte, als er wieder weggegangen war. Vielleicht war bei diesem zweiten Mal der Wagen nicht gleich angesprungen, Toby hatte den Mantel ausgezogen, um unter die Haube zu sehen, hatte ihn vergessen und war ohne ihn losgefahren. Ganz gleich, Justin, hocherfreut über seinen Fund, fand unwichtig, wie es gewesen war. Wahrscheinlich hätte er in seinem Bestreben, den Mantel schleunigst vor Eunice zu verstecken, den Brief gar nicht gelesen, hätte er, als seine Finger das zerknitterte Papier in der Tasche berührten, nicht geglaubt, einen Geldschein gefunden zu haben. Und nachdem er einmal das erste Wort gelesen hatte, gab es kein Halten mehr.

«Polly, mein Liebstes, ich liebe Dich schon so lange. Wie ein Bruder, glaubte ich, oder vielleicht auch wie ein Vater – meine Polly, meine Prinzessin. Ich redete es mir ein. Aber wir wissen jetzt, wie unwahr das war. Ich hätte Dich niemals angerührt – niemals, das weißt Du –, wärst Du nicht in Deinem Kummer zu mir gekommen und hättest um Liebe gebeten. In Deiner Unschuld ahntest Du die Wahrheit nicht, aber Du brauchtest mich. Ich war Dein einziger Halt. Ich rettete Dich und vernichtete mich selbst. Ich verführte Dich. Alles wird wieder lebendig, während ich diese Worte schreibe. Ich habe Dich von dem gereinigt, was man Dir angetan hatte. Behalte das im Gedächtnis und vergiß mein Bitten und Betteln von heute. Ich war wahnsinnig zu glauben, Du könntest einwilligen. Du hast keinen Grund, Dir Vorwürfe zu machen, Polly. Du hast mein Leben hell und licht gemacht. Mein Leben in den letzten fünf Jahren war nur erträglich, weil Du da warst. Und ich möchte nicht von jetzt an in Finsternis leben, Polly, mein Liebes –»

Es war zuviel für Justin.

«Justin?» Eunice, die ihren Sohn in den letzten Tagen mit Argusaugen beobachtet hatte, sah die offene Garagentür und wartete auf dem Gartenweg. «Justin – die Sachen da drinnen gehören deinem Vater. Komm heraus.»

«Ach, Himmel, Mutter!» Er wußte nicht, was er tun wollte.

«Justin, hör auf, in den Sachen zu wühlen, die deinem Vater und mir gehören.»

Sie sah den Mantel und stürzte sich auf Justin, riß an Ärmeln und Revers, bis sie den Brief in seiner Hand sah. Tobys Schrift. Tobys Worte. Ihr Toby. Wie konnte dieser ekelhafte kleine Dieb, der einmal ihr geliebter Sohn gewesen war, ihr das wegnehmen! Wie eine Rasende begann sie ihn ins Gesicht und auf den Kopf zu schlagen, eine Irre, vor der er Angst gehabt hätte, wäre sie nicht seine Mutter gewesen.

Er schleuderte ihr den Brief hin und lief weg.

Miriam hatte Polly zum erstenmal überreden können, zum Essen herunterzukommen. Die Szene an Tobys Grab war schlimm genug gewesen; es ging nicht an, daß die Leute am Ende noch sagten, Polly hätte über dem Verlust ihres Verlobten den Verstand verloren Sie mußte schließlich nach einem anderen Ehemann Ausschau halten. Deshalb hatte sie darauf bestanden, daß Polly aus ihrem abgeschlossenen Zimmer kam und sich mit an den Tisch setzte. Nun war das Abendessen vorbei, Benedict hatte sich in sein Arbeitszimmer zurückgezogen, Miriam und Polly saßen in bedrückender Stille im Salon, als die Tür aufflog und Eunice hereinstürzte.

«Eunice, mein Kind –?»

«Hure!» kreischte sie.

Polly verstand sofort und sprang auf. «Nein», flüsterte sie. «Nein.»

«Du hast Toby umgebracht.»

«Nein – nein, bitte –»

«Mörderin!»

«O nein –»

«Du hast ihn verführt und getötet. Deinetwegen hat er seinen Wagen in den Steinbruch gefahren.»

Sie hatte Polly immer gehaßt, glaubte das jetzt zumindest. Immer. Als sie jetzt Pollys Angst sah, wie sie zurückschreckte, sich wand wie das elende Gewürm, das sie war, triumphierte sie. Keine Waffe. Nur ihre bloßen Hände an Pollys Hals. Nur das. Polly, größer, kräftiger und weit jünger, war unfähig, sich zu verteidigen, konnte nur wimmern und zittern, weil sie wußte, daß sie schuldig war.

«O mein Gott!» Kreideweiß stürzte Miriam aus dem Zimmer und rief nach Benedict, der lange Zeit, wie es Miriam schien, nicht mehr tun konnte, als die beiden auseinanderzuhalten.

Sie liebte keine ihrer beiden Töchter besonders, doch der Anblick der tobenden Eunice und der angstvoll kauernden Polly, der Lärm und Geruch von so viel Haß und Schrecken, zerrissen ihr das Herz. Was redeten sie da? Diese grauenvollen Anschuldigungen gegen Polly und Toby! So etwas Unaussprechliches konnte nicht wahr sein. Ausgeschlossen. Doch Polly leugnete es nicht, sondern flehte nur Benedict schluchzend an, Eunice von ihr fernzuhalten. Während Eunice – war sie wahnsinnig geworden? Hieß das Ärzte, eine Anstalt? O nein, bitte nicht. Ihr schwamm der Kopf, und sie schloß die Augen, sah plötzlich Bilder vor sich, die man ihr in ihrer Jugend einmal gezeigt hatte, von Verrückten, die angekettet, mit Schaum vor dem Mund tobten. Sie hatten sie damals so geängstigt, wie ihre Tochter sie jetzt ängstigte. Oder war Toby verrückt geworden? Hatte er sich den Brief grundlos aus den Fingern gesogen? Männer in diesem Alter hatten manchmal merkwürdige Fantasien. Sie wollte eingreifen, ihnen ihre Lösung unterbreiten, eine Version, die man den Dienstboten und den Nachbarn erzählen konnte. Aber obwohl sie die Lippen öffnete und die Zunge bewegte, kam kein Laut aus ihrem Mund. Oder war ihre Stimme vielleicht in dem Lärm untergegangen? Wieder versuchte sie zu sprechen, ruhig, vernünftig, mit der Weisheit des Alters.

«Kinder – so benehmt euch doch!»

Aber niemand hörte sie. Polly packte plötzlich die Sofapolster – welch lächerliche Waffe – und warf sie auf ihre Schwester, die noch immer von Benedict zurückgehalten wurde. Seltsam, sie schienen so weit entfernt.

«Kinder –» Und dann: «Ach Gott, ich – mir ist nicht gut.»

Niemand hörte sie. Es dauerte mehrere Augenblicke, ehe sie bemerkten, daß sie zusammengebrochen war.

Man brachte sie zu Bett und rief den Arzt.

«Kümmre dich um sie», fuhr Benedict Eunice an. «Geh auf dein Zimmer und bleib dort», befahl er Polly.

Sie gehorchten. Polly sperrte ihre Tür ab. Ihr Leben, dachte sie, war sowieso zu Ende, ob Eunice sie nun tötete oder nicht. Und was immer ihr jetzt auch geschah, sie hatte es verdient. Nichts konnte schlimm genug sein. Sie war zu Toby gelaufen, wie sie zu ihrem Vater gelaufen wäre. Er war so lieb und gut gewesen und so vertraut. Sie hatte ihn sehr gern gehabt, hatte ihm vertraut, hatte sich ganz natürlich an ihn gekuschelt und sich geborgen gefühlt wie damals, als sie noch sehr klein war und ihr Vater noch lebte. Wie wunderbar, dieses Gefühl jetzt wiederzufinden. «Toby, ich hab dich so lieb.» Sie erinnerte sich, wie sie ihm das zugeflüstert hatte. Was dann geschehen war, schien ihr nur eine Erweiterung dieses auf so wunderbare Weise wiedergefundenen Gefühls, sich in der Obhut eines Menschen zu wissen, der alles wieder in Ordnung bringen würde. Seine Küsse, selbst als sie intensiver und brennender wurden, hatten sie nicht stutzig gemacht. Er hatte sie ja mit Liebe umgeben, war nicht über sie hergefallen, und selbst als er tat, was Roy Kington ihr getan hatte, fühlte sie es kaum, erkannte es kaum als das gleiche. Es war so kurz gewesen, so bald vorbei, daß es das Kuscheln und Streicheln, das sie so dringend gebraucht hatte, kaum unterbrochen hatte.

Und er war dafür gestorben.

Am nächsten Tag hatte er sie gebeten, mit ihm fortzugehen, und sie hatte den Mut und den Kopf verloren. Er hatte das Leben verloren. Verzweifelt wünschte sie, Eunice würde sie umbringen. Doch als sie eine Stunde später heimlich zum Bad schlich und plötzlich Eunice gegenüberstand, drückte sie sich in panischer Angst an die Wand und schloß die Augen

«Jetzt hast du also auch Mutter umgebracht», zischte Eunice.

«Nein.» Mehr konnte Polly nicht sagen.

«Doch.» Miriam war nicht tot, nicht einmal mehr in Lebensgefahr, aber Eunices Drang zu töten war jetzt einem Drang zu verstümmeln gewichen. «Sie ist tot, und du hast sie umgebracht. Bevor sie starb, sagte sie, es wäre deine Schuld. Und jetzt bist du mit mir allein, Polly.»

«Benedict?»

«Der erledigt die Formalitäten.» Eunice lachte höhnisch. Es klang schrecklich wahrscheinlich.

«Nur ich bin da –»

Polly schrie auf, stieß Eunice mit der Kraft der Verzweiflung weg und rannte um ihr Leben, obwohl es ihr so wertlos schien. Sie stürzte die Treppe hinunter, zur Tür hinaus, zur Straße. Ausgestoßen. Nur fort. Gleich, wohin.

«Ist Polly noch in ihrem Zimmer?» fragte Benedict, als er sich eine Stunde später plötzlich ihrer erinnerte.

«Ja», antwortete Eunice.

«Sieh zu, daß sie dort bleibt», sagte er.

Die Straße von High Meadows nach Faxby ging bergab. Viel zu schnell näherte sie sich der Stadt. In den Fluß? Zur Eisenbahn? Aber sie wußte in diesem Moment, wo sie noch wie betäubt war von Angst und Entsetzen, daß sie nicht Hand an sich legen konnte. Sie würde sich auf andere Weise strafen müssen. In dieser Stimmung stieß sie auf Arnold Crozier. Er hielt seinen Rolls-Royce neben ihr an und lud sie, wie die lauernde Spinne, mit der sie ihn immer verglichen hatte, ein, zu ihm in den Wagen zu steigen.

Sie erinnerte sich dieses Abends nur verschwommen. Da sie seit Tagen kaum etwas gegessen hatte, stieg ihr schon der erste Schluck Wein in den Kopf. Seit langem beobachtete er sie. Sie war das Modell, an dem er sich bei der Wahl all der blonden, jungen, langgliedrigen flatterhaften Dinger orientierte, mit denen er sich vergnügte. Polly selbst hatte er für unerreichbar gehalten, aber jetzt sah er seine Chance und nahm sie kaltblütig wahr. Mit langer Überlegung war in diesen Dingen nichts gewonnen. Und als sie in der Wärme seiner Suite nach einer Flasche Champagner kokett und kätzchenhaft wurde, gestreichelt und gehätschelt werden wollte, trug er sie wie eine Kostbarkeit zu seinem orangefarbenen Bett und liebte sie auf eine Weise, die selbst Polly, wäre sie nüchtern gewesen, als meisterhaft erkannt hätte.

Arnold Crozier, der zwar nie ein gutaussehender Mann gewesen war, mochte die Frauen nicht nur, sondern verstand sie auch. Pollys vom Alkohol gelockerter Körper war unter seinen Händen wie ein Juwel, das zum Sprühen gebracht werden mußte, ein Leckerbissen, der nicht gierig, sondern mit der Delikatesse des Feinschmeckers genossen werden wollte. Man mußte feststellen, aus welchen Quellen ihre Lust gespeist wurde und diese dann ganz allmählich zum Sprudeln bringen. Er tat es mit einer zauberischen Geschicklichkeit, die sie nie für möglich gehalten hätte und auch jetzt nicht für möglich hielt. Das war nicht Wirklichkeit. Sie träumte verrückterweise, sie läge mit Arnold Crozier im Bett und eine ganz eigentümliche Empfindung breite sich über ihren ganzen Körper aus, eine Empfindung, von der sie schon zuvor ein-, zweimal geträumt hatte, nur daß es diesmal – Himmel! – so weit war es vorher nie gegangen. Die anderen Male war sie plötzlich aufgewacht und hatte das Beste immer verpaßt. Aber jetzt nicht. Als sie im ungewissen Licht eines regnerischen Morgens neben Arnold Crozier erwachte, immer noch verwirrt, und er dieses unglaubliche Gefühl von neuem in ihr weckte, da schien ihr, sie hätte einen passenden Ersatz für den Fluß gefunden. Sie war der Spinne ins Netz gegangen. Und wenn das, was er mit ihr tat, abstoßend war – wie es sein mußte, da Arnold es tat –, so fand sie es doch auch erregend. Gab es eine bessere Erniedrigung?

Sie hatte ihm gesagt, daß sie nicht nach High Meadows zurückkonnte. Normalerweise hätte ihn eine solche Erklärung beunruhigt, er hätte Verwicklungen gefürchtet. Aber Polly war nicht nur ganz nach seinem Geschmack, sie war außerdem eine Swanfield, ein Mädchen aus gutem Hause und reich. Und er wurde der Zufallsbekanntschaften langsam müde, die häufig mehr kosteten, als sie wert waren.

«Komm mit mir», sagte er. Dazu erzogen, die Autorität des älteren Mannes angenehm zu finden, stieg sie in seinen Rolls-Royce und ließ sich davonfahren, zuerst nach Manchester, um Kleider zu kaufen, dann zum Zug, zur Fähre, zu einem Hotel in Rotterdam, wo Arnold geschäftlich zu tun hatte.

War sie in Sicherheit? Sie wußte, daß er nach High Meadows telefoniert hatte. Und da ihr niemand gefolgt war, wurde sie nun hier, tagsüber immer noch reichlich verwirrt, unfähig, einen klaren Gedanken zu fassen, schnell müde, jedesmal von neuem erstaunt am Abend, wenn sie mit geschlossenen Augen und vom Champagner gelockert in seinen Armen lag und er wieder und wieder diese wilden Empfindungen in ihr weckte.

«Wir können heiraten», sagte er. Sie brach in Tränen aus. Wie konnte sie ohne weißes Kleid, neidische Brautjungfern und gestickten Schleier heiraten?

Er zuckte die Achseln. «Überleg es dir.»

«Nein», sagte sie. «Ich kann nicht.» Drei, vier Wochen später mußte sie es überdenken, als ihr klar wurde, daß sie ein Kind erwartete, ohne zu wissen, von wem.

22

Miriam hatte eine Herzattacke erlitten, die ihrer Meinung nach durch die entsetzlichen Enthüllungen ihrer Töchter ausgelöst worden war. Ihre Genesung, die nur langsam voranging, wurde zusätzlich behindert durch den nervlichen Zusammenbruch Eunices und den moralischen Zusammenbruch Pollys.

Es war alles so furchtbar gewesen, daß sie selbst drei, vier Monate später nicht ohne Tränen daran denken konnte. Und da sie kaum an etwas anderes dachte, weinte sie viel. Benedict hatte natürlich getan, was er konnte. Dennoch – eigentlich hätte er Pollys Verschwinden bemerken müssen. Wahr – schrecklich wahr –, daß Eunice es vertuscht hatte, indem sie vorgegeben hatte, durch die Tür mit Polly gesprochen zu haben; aber Benedict hätte sehen müssen, daß Eunice nicht bei Sinnen war. Schrecklich! Und ebenso schrecklich, daß Benedict nichts von Pollys Flucht gemerkt hatte und sie sicher, wenn auch nicht unbedingt wohlbehalten, oben in ihrem Bett geglaubt hatte, bis Arnold Crozier angerufen und mitgeteilt hatte, sie ginge für eine Weile mit ihm fort. Monströs!

Und Benedict hatte sie gehen lassen!

Natürlich sagte er jetzt, es wäre Eunices wegen gewesen, die genau in dem Moment einen totalen Zusammenbruch erlitten hatte, wenn auch ihre Mutter zu krank gewesen war, um es wahrzunehmen. Wie hätte er, sagte er, zwei kranke Frauen und vier halbwüchsige Jungen allein lassen können, um Polly hinterherzujagen?

Der Schaden, hatte er ihr kühl gesagt, wäre da sowieso schon angerichtet gewesen. «Es ist sogar anzunehmen, daß er schon angerichtet war, bevor er telefonierte.»

Ja, das hatte er zu *ihr*, Pollys Mutter gesagt, während er an ihrem Bett gestanden und auf seine völlig gefühllose Art auf sie herabgesehen hatte, ohne auf ihre Hilflosigkeit und ihre Schwäche Rücksicht zu nehmen. Und sie war immer noch krank, konnte ihr Bett nie länger als ein, zwei Stunden am Tag verlassen. Dann trug man sie, wenn das Wetter es erlaubte, in den Garten hinaus, damit sie sich auf der Chaiselongue liegend von der Sonne wärmen lassen konnte. Eunice strich um sie herum wie ein streunender Hund, wusch sich nicht, kämmte sich nicht, starrte die ganze Zeit ins Leere, anstatt ihrer Mutter zu helfen und sie ein wenig zu unterhalten. Und Nola mit ihrem großartigen Gerede von Menschlichkeit war genausowenig hilfreich, Ehebruch und Nervenzusammenbruch, Selbstmord und Verzweiflung interessierten sie nur, wenn sie sich in einem Arbeiterhäuschen oder einer Mietskaserne zutrugen. Und diese Jungen, die dauernd die Türen warfen, schrien und lachten und die Möbel ruinierten!

Ja, hier saß sie nun. Und Polly war, soweit man gehört hatte, in Cannes und aalte sich in der Sonne.

In Faxby wußte man nicht recht, was man von alledem halten sollte. Natürlich waren die Ereignisse jener schicksalhaften Nacht von den Dienstboten nicht unbemerkt geblieben. Natürlich hatte sich einiges herumgesprochen. Die Meinungen in Faxby waren geteilt. Die einen glaubten, Polly hätte Toby verführt – den Glückspilz! Die anderen glaubten, es wäre umgekehrt gewesen – die Mädchen von heutzutage wollten es ja nicht anders mit ihren kurzen Röcken! Es gab die, die vorzogen zu glauben, es wäre alles Ausgeburt einer kranken Fantasie – Eunices oder Tobys, je nach Geschmack; und eine ziemlich große Anzahl, hauptsächlich weiblichen Geschlechts, meinte, Eunice müsse töricht sein, daß sie es nicht hatte kommen sehen, und noch törichter, daß sie sich so davon niederschmettern ließ.

Auf jeden Fall, da waren sie sich alle einig, war es eine schlimme Geschichte, wobei Polly mehr Teilnahme bekam, als sie vielleicht bekommen hätte, wäre Arnold Crozier, obwohl ein stadtbekannter Wüstling, nicht Millionär gewesen. Viele entschuldigten so ihr Verhalten nach ihrer geplatzten Verlobung mit Roger Timms.

Allerdings wurde man auch aus dieser geplatzten Verlobung nicht recht klug. Die meisten Leute, die zur großen Hochzeit geladen gewesen waren, hatten die Geschenke schon gekauft. Zurückgeben wäre peinlich gewesen, da sie größtenteils von *Taylor & Timms* stammten. Was tat man also am besten? Polly hatte offenbar in aller Stille im Ausland geheiratet, und ohne Einladung keine Geschenke! Sollte man die Sachen aufheben, bis Edith Timms den Bitten ihres Sohnes doch noch nachgab und einwilligte, an seiner Hochzeit mit

Adela Adair teilzunehmen? Oder würde er vielleicht wie Polly einfach verschwinden und als Ehemann zurückkehren? Es sah ganz danach aus.

Ach, wie tragisch und unerwartet war das alles! Nie hätte Edith Timms gedacht, daß einmal der Tag kommen würde, wo sie ihrem Sohn nicht mehr befehlen konnte. Doch in Sachen Adela Adair wußte sie sich geschlagen, lange ehe sie es zugeben konnte. Niemand hatte es erwartet, am wenigsten Adela selbst. Sie war zweiunddreißig und fühlte sich älter, eine Frau mittelmäßiger Gesundheit, mittelmäßiger Begabung, mittelmäßigen Aussehens, wenn auch ihr rotes Haar sich im Kerzenlicht gut machte. Sie war weder besonders ehrgeizig noch besonders tugendhaft und hatte in Roger nicht mehr gesehen als eine leicht zugängliche Quelle für Brandy und türkische Zigaretten. Er tat ihr leid, weil sie wußte, was für ein Spiel Polly trieb, aber sie fand ihn auch einfältig, An dem Abend, als Polly ihn schließlich allzu lange warten ließ und er ihr anbot, sie nach Hause zu fahren, hatte sie nichts weiter erwartet. Sie hatte nicht damit gerechnet, daß er ihre Höflichkeitseinladung zu einer Tasse Schokolade in ihrer Wohnung annehmen würde. Doch er hatte es sich gleich an ihrem Kamin gemütlich gemacht und sich in ihrer etwas schäbigen, aber warmen und lebendigen Wohnung sichtlich wohl gefühlt. Und nach einer Weile, weil sie sich einsam fühlte und weil das die übliche Konsequenz der Einladung zu einer Tasse Schokolade war, war sie mit ihm ins Bett gegangen.

Roger Timms war siebenundzwanzig, kräftig und potent, aber völlig unerfahren, da Schüchternheit und Mangel an Selbstvertrauen ihn bisher daran gehindert hatten, mit einer Frau zu schlafen. Er war immer schon ungeschickt und linkisch gewesen, hatte schon bei relativ einfachen Dingen Schwierigkeiten zu verstehen, wie sie funktionierten, erst recht bei diesem komplizierten und geheimnisvollen Akt der Fortpflanzung. Seine Mutter hatte ihn ausgelacht. Polly hatte es ihr nachgetan, und gerade weil er sie so angehimmelt hatte, war er in ihrer Gegenwart noch tölpelhafter gewesen. Er war sich völlig im klaren darüber, daß er sich in seiner Hochzeitsnacht lächerlich machen würde. Allein bei dem Gedanken daran brach ihm der kalte Schweiß aus. Er wünschte es herbei und hatte Angst davor. Ganz klar, daß Polly ihn auslachen würde. Adela, älter, freundlicher und weniger anspruchsvoll als Polly, wäre nie auf den Gedanken gekommen. Obwohl er genauso ungeschickt war, wie er gefürchtet hatte, und ihr nicht den geringsten Genuß bereiten konnte, tat sie so, als fände sie es wonnig mit ihm. Schließlich mußte jeder einmal lernen, und am schnellsten lernte man mit ein wenig Ermutigung.

«Das war wunderbar, Roger.» Er konnte es nicht glauben. Sie hatte ihn zum Mann gemacht. Und nicht nur das, sie war auch noch nett zu ihm, lachte über seine Witze und nicht über ihn. Er fand es herrlich. Er hatte nie gewußt, daß Frauen so nett sein konnten. Und obwohl er nicht gerade ein fixer junger Mann war, begriff er schnell, daß er solche Unbefangenheit und soviel Spaß im Zusammenleben mit Polly nie erwarten konnte.

Danach überstürzten sich die Ereignisse auf eine Weise, die auch klügere Köpfe als Roger verwirrt hätte. Da war zum Beispiel der Brillantring. Als Kit Polly am nächsten Morgen deswegen anrief, erklärte sie hysterisch, sie könne ihn nie wieder anrühren. «Geben Sie ihn Roger und sagen Sie ihm, er soll ihn einer anderen schenken.» Als Kit das tat, redete sich Roger ein – weil er das gern wollte –, daß Polly wüßte, wo er die Nacht verbracht hatte, und ihm deshalb den Laufpaß gegeben hatte. Ausgezeichnet. Er hatte sowieso schon beschlossen gehabt, sie nicht zu heiraten, hatte nur nicht gewußt, wie er es ihr beibringen sollte. Nun marschierte er schnurstracks zu seiner Mutter und überbrachte ihr die frohe Botschaft, daß er eine andere Braut gewählt hatte.

«Unsinn, Roger. Bitte strapazier heute morgen meine Nerven nicht, ich habe Kopfschmerzen.»

Wie Polly, dachte er.

«Also wirklich, Roger – was soll das?»

Er war nicht klug. Aber er war hartnäckig. Edith hatte ihn unterschätzt. Außerdem hatte sie überhaupt keine Vorstellung von seiner Angst, von Polly als Mann verachtet zu werden, und konnte daher das Ausmaß seiner Dankbarkeit Adela gegenüber nicht ermessen. Seine Logik war umwerfend einfach: Warum sollte er bei anderen Frauen suchen, was er bei ihr schon hatte, und dabei das Risiko eingehen, ausgelacht zu werden? Er hatte seine Lebensgefährtin gefunden. Basta.

«Lieber Gott», sagte Adela, als ihm einfiel, sie ins Bild zu setzen, «deine arme Mutter. Das kann ich ihr nicht antun.»

Darauf schleppte MacAllister sie in eine Ecke. «Bist du völlig blöd?» flüsterte er. «Der hat Geld wie Heu. Was kümmert dich seine Mutter. Mach den armen Teufel glücklich.»

Polly kehrte nach England zurück, um hier ihr Kind zur Welt zu bringen. Sie war nun Mrs. Arnold Crozier, hatte einen aprikosenfarbenen Nerz für den Sommer, einen blauen für den Winter, Ringe von gutem Anlagewert an fast jedem ihrer Finger. Selbst die Brillantknöpfe in ihren Ohren waren größer als der Solitär, den sie Roger zurückgegeben hatte. Sie wirkte sehr einsam, sehr elegant, sehr schwanger, als sie aus dem Rolls-Royce stieg und das *Crown* betrat, wo Arnold nur ein paar Tage bleiben wollte, um über die Zukunft des Hotels zu entscheiden.

«Hallo, Claire. Hier sind wir wieder. Lustig, nicht? Ich glaube, du sollst mir zum Tee Gesellschaft leisten und alle meine plötzlichen Gelüste nach schrecklich teuren und schrecklich ausgefallenen Dingen stillen, während mein Mann – so ein Witz, hm? – und dein – wie sollen wir ihn nennen? –»

«Arbeitgeber», murmelte Claire.

«Na gut. Immer schön schamhaft. Ich hab's anders gehört und kann's dir wirklich nicht verübeln. Aber wie dem auch sei, du sollst dich um mich kümmern, während mein Mann und der hinreißende Hardie wichtige Dinge besprechen. Du weißt schon – wie sie das Geld machen sollen, das wir ausgeben. Das *ich* ausgebe, jedenfalls.»

Claire hatte sie als verzweifeltes, zu Tode geängstigtes Kind gesehen, das an Tobys Grab im Schmutz kniete. Jetzt sprühte sie in kaltem Glanz vom blitzenden Lächeln bis zu den funkelnden Brillanten, posierte ständig, schwatzte und schnatterte, immer in hektischer Bewegung, dauernd sich selbst bespiegelnd, die junge Frau eines reichen Mannes, die alle sehen ließ, wie sehr sie sein Geld vergötterte.

«Ach, der gute alte Laden hat sich überhaupt nicht verändert.» Nach den monatelangen Reisen mit Arnold war sie Paläste gewöhnt, die beste Suite in jedem Grand Hotel, Champagner in der Badewanne, wenn ihr danach gewesen wäre. Und die Kleider! Claire mußte sie unbedingt besuchen – sie würden den Rolls schicken – und sich ihre Kleider ansehen. Arnold mochte es, wenn sie das Geld mit vollen Händen ausgab. Oder zumindest hatte er es gern, wenn sie so aufgedonnert und mit Schmuck behangen war, daß die Leute sich nach ihr umdrehten. Nanette – die spießige Frau seines Bruders – fand natürlich, sie solle ihre Brillanten im Safe aufheben. So ein Quatsch. Wozu hatte man sie denn? Sie trug sie schon zum Frühstück. Sie trug sie sogar im Bett, wenn sie Spaß daran hatte.

Warum auch nicht? Arnold hatte sich bis jetzt nicht darüber beschwert. Das war die Entschädigung dafür, daß sie keine richtige Hochzeit gehabt hatte. O doch, sie waren natürlich vor Recht und Gesetz verheiratet. Sie hatte ihren aprikosenfarbenen Nerz getragen und einen Federhut. Aber – na ja...

«Komm, trinken wir etwas.» Sie rauschte in die Bar und streckte MacAllister beide Hände hin. Er begrüßte sie mit dem Enthusiasmus, den er für die Frau seines Arbeitgebers angemessen fand.

«Was darf's sein, Pol – Mrs. Crozier?»

«Sagen Sie Polly, Gin mit Angostura. Claire?»

«Ich bin im Dienst.»

«Du mußt dich um mich kümmern. Trink doch einen Whisky Sour à la Roger.» Sie sprach seinen Namen ohne Verlegenheit aus. «Hat der eigentlich diese Frau geheiratet?»

«Ich denke, ja. Sie hat jedenfalls gekündigt und ist letzte Woche gegangen. Ich vermute, sie haben irgendwo in aller Stille geheiratet.»

«Fern von Mutter Timms. Kann ich verstehen. Mit ihr wird er bestimmt glücklicher, als er es mit mir je geworden wäre.»

Was für Erinnerungen gingen ihr sonst noch durch den Kopf? Keine, schien es.

«Ich habe natürlich meinen eigenen Wagen.»

«Natürlich.»

«Und überall Einkaufskonten – sogar bei *Harrods*.»

«Ich bin beeindruckt.»

Doch als MacAllister Schluß machte und sie gehen wollten, blieb sie einen Moment stehen. Der kalte Glanz erlosch. Sie ging zum Ende des Tresens und lehnte sich schwer an den letzten Hocker. «Hier hat er immer gesessen – Toby, meine ich.»

«Ja.»

«Abend für Abend, immer in der Hoffnung, daß ich kommen würde. Und wenn ich dann da war, ließ er mich nicht aus den Augen. Das hat er mir gesagt. Glaubst du, daß es wahr war? Oder nur so dahingesagt?»

Eine gewaltige Woge des Schweigens schien sich zwischen ihnen aufzutürmen, ein Schwall erinnerter, vergeudeter, mißverstandener Gefühle. Und als Claire sprach, klang ihre Stimme gedämpft, ihre Worte wolkig verwischt.

«Wenn er es gesagt hat, wird es wohl wahr gewesen sein.»

«Ja.» Sie schluckte und zwinkerte lächelnd ein paarmal. «Das denke ich auch. Komm, gehen wir zum Tee nach oben. Gibt es Amandine eigentlich noch?»

«Nein. Wir haben jetzt eine kleine Schweizerin, die köstliche Eclairs bäckt.»

«Gut. Ich nehme ein Dutzend.»

Seelenruhig saß sie in der Suite, wo ihr Mann noch vor kurzem seine ausschweifenden Feste gefeiert hatte, und schmauste mit ihrem gewohnten Appetit Eclairs, Schokoladenkuchen und Rosinenbrötchen.

«Ich esse für zwei, weißt du.»

«Mindestens.»

«Zwillinge? Meinst du? Das wäre himmlisch.»

«Wünschst du dir das Kind, Polly?»

«Das hättest du nicht gedacht, wie?»

Claire schüttelte den Kopf.

«Ich auch nicht. Aber man erfährt immer wieder Neues über sich selbst. Die Ehe mit Arnold ist an sich schon ein Lernprozeß. Ich bin gealtert, denke ich.»

«Meinst du nicht, du bist erwachsen geworden?»

«Nein. Ich weiß, was ich meine. Gealtert.» Sie lehnte ihren Kopf an die hohe Rückenlehne ihres Sessels, verzog den perfekt gemalten roten Mund zu einem scheuen Lächeln und erzählte Claire stockend und mühsam ihre Version der Ereignisse, die zu Tobys Tod geführt hatten.

«Ich wollte einfach von irgend jemandem angenommen werden. Als ich wieder zu denken anfing, was ziemlich lange dauerte, machte ich mir schwere Vorwürfe, daß ich nicht mit ihm weggegangen war. Aber, mein Gott – ich hätte ihm das Leben zur Hölle gemacht, so wie ich damals war. Damit habe ich mich getröstet. Aber trotzdem – habe ich ihn umgebracht, Claire?»

«Polly, du warst zwanzig Jahre alt. Er war fünfundvierzig. Er muß gewußt haben, daß du überfordert warst.»

«Entschuldigt mich das? Und sag jetzt nicht, daß er mit Eunice ziemlich fertig gewesen sein muß, um meinetwegen den Kopf zu verlieren. Daran habe ich auch gedacht. Und sie sicher auch. Wenn ich das einzige war, wofür er lebte, dann hatte er wahrhaftig nicht mehr viel vom Leben.»

«Ja.»

«Das Schlimme ist, er fehlt mir.» Sie begann lautlos zu weinen.

Die Tränen sammelten sich an ihren Wimpern und rannen eine nach der anderen ihre Wangen hinunter. Einen Moment ließ sie den Schmerz frei fließen, dann dämmte sie ihn mit einem Lächeln und einem Taschentuch ein. «Ich sollte das nicht tun – wegen des Kindes. Ich kann dir nicht sagen, wie sehr ich mich darauf freue. Ich weiß nicht, wie es aussehen wird, ob es ein Junge oder ein Mädchen wird, und es ist mir auch gleich – das heißt, vielleicht wünsche ich mir doch ein Mädchen.»

«Warum, Polly?»

«Oh...» Sie zuckte mit einem blendenden Lächeln die Achseln. «Immer wollen alle Söhne haben. Ebenbilder des Vaters. Bei mir war das erst auch so – aber es wäre das reinste Ratespiel. Und dann dachte ich auf einmal, warum nicht ein Mädchen, ich und doch nicht ich. Nicht verwöhnt und innerlich verwahrlost wie ich. Ich werde besser für meine Tochter sorgen. Und Arnold läßt mir freie Hand, das weiß ich. In seinen Augen ist das Kind für mich nur ein Spielzeug. Und eigentlich ist er sehr lieb, weißt du.»

«Ja.»

«Claire – äh –»

«Ja, was möchtest du gern?»

«Ich würde sehr gern meine Mutter sehen. Glaubst du, sie würde mich hinauswerfen, wenn ich käme?»

«Ach, Polly.» Sie schüttelte den Kopf. «Das weiß ich wirklich nicht.» Seit Tobys Tod hielt niemand mehr sie über die Ereignisse in High Meadows auf dem laufenden. «Ich höre nie von ihnen, Polly.»

«Ich müßte sicher sein. Ich kann es in meinem Zustand nicht riskieren, daß Eunice auf mich losgeht. Und keinesfalls möchte ich Mutter so aufregen, daß sie noch einen Anfall bekommt. Aber wenn sie mich auch sehen möchte... Könntest du nicht mal hinauffahren und fragen?»

Nein. Das konnte Claire nicht. Doch Polly, die den echten Grund für die Ablehnung nicht kannte, war nicht bereit, es dabei zu belassen. Und Arnold Crozier, der seine Polly nach Strich und Faden verwöhnte, erwartete von allen anderen das gleiche. Es war nur natürlich, daß eine Frau in Pollys Zustand ihre Mutter sehen wollte. Arnold Crozier wollte selbst gern mit Miriam sprechen, denn wenn es um das Familienvermögen ging, schätzte er Frieden über alles. Nicht daß er Pollys Geld brauchte. Weit davon entfernt. Aber wäre es nicht eine gute Idee, es auf Pollys erstes Kind zu überschreiben? Vor allem aber lag ihm daran, daß seine Polly sich nicht aufregte. Das konnte in ihrem Zustand nur schaden. Ob Claire einen bestimmten Grund dafür hätte, einen Besuch in High Meadows abzulehnen? Oder ob es nur eine – Laune sei?

«Ich glaube, du mußt in den sauren Apfel beißen», sagte Kit.

«Nein. Er kann mir den Buckel runterrutschen.»

«Er hat mit dem Grund, weshalb ich glaube, daß du hinfahren mußt, überhaupt nichts zu tun.»

Einen Moment lang war sie verstört. «Ich war nie sicher, ob du es weißt, Kit.»

«Das mit Benedict Swanfield? Ja, das weiß ich. Nicht gerade das Gescheiteste, was du je getan hast.»

«Nenn es Kriegskoller –»

«Gut. Und jetzt fahr hin und sieh der Sache ins Auge. Und dann bitte ihn auch gleich, dir dein Kapital auszuzahlen, damit du es in Wansfell Howe investieren kannst.»

Plötzlich lachte sie so vergnügt, wie sie eben noch niedergeschlagen gewesen war. Obwohl sie jetzt natürlich keine Wahl hatte. Und auch keine Zeit, darüber zu grübeln, keinen Grund. Sie rief an, um Benedict zu warnen, daß sie kommen würde.

Als sie seinen Wagen in der Auffahrt sah, wurden ihr die Knie weich. Sie hatte gehofft, er würde nicht dasein. Aber schon die Hoffnung war Verrat. War sie auch ein Vertrauensbruch an Kit? Sehr wahrscheinlich. Aber sie war sich nicht sicher, wieviel Kit das ausmachen würde. Er hatte sie nicht gebeten, ihn mit Leidenschaft zu lieben, auf eine Art, wo seine An- oder Abwesenheit dafür entscheidend war, ob sie himmelhoch jauchzend oder zu Tode betrübt war. Eine solche Liebe wäre Kit nicht geheuer gewesen. Und wie ging es ihr? Was er wollte und was er gab, war anregende, freischwebende Partnerschaft, belebt von gemeinsamer Arbeit und fantasievoller Sexualität. Ein Leben mit einem guten Freund, dem besten, den man hatte und der zugleich der Geliebte war. Dieser Freund war Kit. Und soweit es um Vergnügen und Genuß, um Unternehmungslust und Spaß ging, war sie mit ihm glücklicher, weit glücklicher gewesen als mit Benedict. Oder Paul. Oder irgendeinem anderen Mann.

Der Butler, neu im Haus, empfing sie wie eine Fremde und teilte ihr mit, daß «Madam» sie im Salon erwartete und Mr. Swanfield fragen ließ, ob sie danach ein paar Minuten Zeit für ihn hätte.

Sie nickte, ihr Lächeln unsicher wie eine flackernde Kerze. Das

Haus war nicht mehr das alte. Vielleicht nicht direkt vernachlässigt, aber ungepflegt, nur stellenweise belebt: kranke Frauen in ihren Krankenzimmern, Benedict hinter der Tür seines Arbeitszimmers. Getrennte Mahlzeiten auf getrennten Tabletts, entwurzelte Kinder, für die Dienstboten, die in einem Haushalt ohne Aufsicht träge wurden, nur das Nötigste taten. Die Pflanzen auf dem Tisch im Vestibül vertrocknet und welk. High Meadows, Miriams luxuriöses, liebevoll ausgepolstertes Nest, ihr Lebenswerk, so lieblos und verstaubt wie eine unpersönlich geleitete Institution.

Miriam empfing sie nicht mit Vorwürfen, auch wenn ihr vielleicht danach war. Dazu war sie zu klug. Sie sagte vielmehr lächelnd mit kleiner, atemloser Stimme: «Mein liebes Kind, ich freue mich so, dich zu sehen.» Das war ehrlich. Nie in ihrem Leben war sie so verzweifelt gewesen.

Die Krankheit hatte sie verändert. Das hatte Claire erwartet. Dennoch traf es sie wie ein Schlag, Miriam so klein und alt zu sehen, wie ein Kind, das sich das Spitzenneglígé einer Matrone über den dünnen Körper gezogen hat. Der Trauring der achtzehnjährigen Braut hing lose an ihrem Finger, der so dürr war wie ein vertrocknetes Ästchen, und das Gesicht hatte seine Lebhaftigkeit verloren, hatte nichts mehr von der Teerosenweichheit und den sanften Farben. Nein, das war nicht mehr die «hübsche Mimi».

Claire setzte sich zu ihr und hielt ihre Hand, während sie zugleich die Veränderungen im Raum um sie her zur Kenntnis nahm. Hier in Miriams Salon, dem blutvoll schlagenden Herzen ihres Hauses, war alles von einer symbolischen Staubschicht überzogen, die Vasen, in denen einst die Blumen jeder Jahreszeit geleuchtet hatten, standen leer und achtlos, Schmuckgegenstände waren verschoben, manche überhaupt nicht mehr da, Bilder hingen schief.

Claire, die wußte, wie sehr das Miriam irritieren mußte, stand auf und richtete sie gerade.

«Danke, mein Kind. Das ist lieb von dir. Ich bin ja völlig hilflos.»

Aber sie war relativ heiter, bis Eunice erschien, oder besser, eine Karikatur von ihr: Eunice, die immer etwas füllig gewesen war, jetzt dick und aufgedunsen, so daß man den Eindruck hatte, sie müsse gleich aus allen Nähten platzen; Eunice, die immer leicht außer Fassung geraten war, jetzt völlig überdreht, ständig in hektischer Bewegung, so daß auch Claire den Druck auf ihre Nerven spürte. Wie Miriam.

«Ah, *da* bist du, Mutter.»

Miriam schloß die Augen.

«Eunice, wie geht es dir?» Claire wußte nicht, was sie sonst sagen sollte.

«Ich bin ungeheuer beschäftigt.»

«Oh – gut.»

«Ja, es gibt so viel zu tun.»

Und sie begann im Zimmer umherzulaufen, hier einen Gegenstand zu verschieben, da unter ein Kissen zu schauen, dort an einem Vorhang zu zupfen, bis sie sich plötzlich auf einen Stapel Zeitungen stürzte, den sie selbst mitgebracht hatte, und damit zur Fensterbank ging, wo sie jedes Blatt ans Licht hielt und mit ungeheurer Konzentration den Inhalt einer Seite mit dem einer anderen verglich. Was suchte sie? Gründe? Einen Zweck? Vergebung?

Nie war Eunice besonders aufgefallen, aber jetzt füllte sie das ganze Zimmer aus, erdrückte alles mit dem Rascheln der Zeitungen, dem Gewicht ihrer Krankheit: ein schlammiger Sog, der Claires gesunden Verstand und Miriams schwache Nervenkraft langsam einsaugte und verschlang.

Miriam legte Claire eine Hand auf den Arm, näherte ihren Mund Claires Ohr, so daß ihr alter, nach Medizin riechender Atem sie einhüllte. «Sie folgt mir überall», zischte Miriam wie eine Gefangene hinter dem Rücken ihres Wärters. «Und Benedict auch. Dauernd lauert sie ihm draußen auf, oder sie lungert vor meiner Schlafzimmertür herum. Ich kann hören, wie sie atmet, wie die Dielen unter ihren Füßen knarren. Elvira Redfearn meint, sie sollte eine Weile fortgehen – du verstehst. Aber wie soll ich mit den Jungen fertig werden? Das ist mir zuviel, Claire. Benedict machen sie wahnsinnig. Und er zeigt es. Dann weint sie – und weint – du kannst dir nicht vorstellen, wie! O Gott! Und Nola schleppt immer noch diese alten Leute in die Küche, so daß das Personal dauernd mit Kündigung droht. Ich kann selbst keine Leute mehr anstellen. Benedict engagierte den Butler, aber Zimmermädchen muß eine Frau aussuchen – und ich schaffe das im Moment nicht. Das Haus verwahrlost völlig. Ich liege im Bett und höre zu, wie es verfällt. Ist es ein Wunder, daß ich nicht so schnell auf die Beine komme, wie ich sollte?»

Draußen im Vestibül wurde es laut, schwere Stiefel schlitterten über das blanke Parkett, jemand kicherte, dann ein Warnschrei:

«Vorsicht, Simon», danach das Klirren zerspringenden Porzellans und schuldbewußtes Schweigen.

Miriam schloß die Augen. «Eunice», sagte sie schwach.

Doch Eunice war mit den Zeitungen beschäftigt.

«Eunice – die Jungen.»

Welche Jungen? Sie hob die leeren, stumpfen Augen. Jahre ihres Lebens hatte sie ihrer Erziehung, ihrer Pflege, ihrem Schutz gewidmet. Aber Justin war es gewesen, der ihr Tobys Brief gegeben hatte. Justin und Simon gemeinsam hatten ihr deutlich zu verstehen gegeben, daß sie erwarteten, ihr Leben werde heiter und sorglos weitergehen, und daß sie – anders als sie – nicht bereit waren, auf den Sommerurlaub zu verzichten. Selbst die Kleinen hatten Theater gemacht, weil der Urlaub in Grange-over-Sands ausfallen sollte. Sie wußte, daß alle vier bereit waren, Toby zu vergessen. Warum sollte sie dann nicht auch sie vergessen?

Sollte Benedict sich mit ihnen befassen.

Sollte er sich auch mit Nola befassen, die eben in ihrem Wagen angebraust kam. Türen knallten, dann rannte sie in ihrem Tweedkostüm zielstrebig durch das Haus. «Miriam», rief sie, nur flüchtig an der offenen Tür erscheinend, «draußen liegt alles voller Scherben. Wieder mal eines dieser kleinen Ungeheuer.»

Eunice, die sich eben noch gesagt hatte, daß sie ihre Söhne nicht mochte, brach in Tränen aus.

«Nimm dich zusammen», sagte Nola, die all ihr Mitgefühl für ihre neue Tätigkeit brauchte und daher keines übrig hatte. «Du weinst um deine verlorenen Schuhe, aber wenn du mal genau hinschaust, wirst du sehen, daß um dich herum viele ihre Füße verloren haben.»

Nola lächelte scharf, hielt sich kerzengerade, beinahe soldatisch, jetzt wo die unerschütterliche Miss Pickles bald in den Ruhestand gehen und in der *All Saints' Passage* einen Platz freimachen würde, der von Amts wegen neu besetzt werden mußte. Nola wollte diesen Posten haben und schien es in ihrem Bemühen darum für nötig zu halten, Miss Pickles in jeder Hinsicht nachzueifern.

Eunice weinte weiter, verstreute ihre Zeitungen über die ganze Fensterbank und stieß eine Topfpflanze um.

«Würdest du der Schwester sagen», murmelte Miriam, «daß ich gern in mein Zimmer möchte.»

Claire verbrachte eine bedrückende halbe Stunde oben bei Miriam, während diese von einer Schwester zu Bett gebracht wurde, die sie wie ein kleines Kind behandelte und nur wünschte, daß «sie brav ihr Abendessen aß», «schön ihre Medizin nahm», «ein kleines Schläfchen machte», «schön brav und ruhig war».

«Mir scheint, wir sind übermüdet», sagte die Schwester und bedachte Claire mit einem Lächeln, das besagte, daß ihrer Meinung nach sie allein schuld daran war.

«Einen Moment noch», erwiderte Claire und gab durch ihre Kühle zu verstehen, daß sie gehen würde, wann es ihr paßte. Sie brauchte nicht lange, um sich zu vergewissern, daß Miriam Polly zwar mit Freuden wiedersehen würde, es jedoch Eunice gegenüber kaum fair fand. Und auch nicht ganz ungefährlich für Polly angesichts ihres Zustands und der seelischen Verfassung Eunices. Vielleicht würde sie, wenn es ihr wieder besser ging, selbst nach Bradford oder Manchester fahren können, wo Polly jetzt wohnte. Wie schrecklich, daß sie nicht einmal die Adresse ihrer Tochter wußte! Ihrer Lieblingstochter noch dazu.

«Es geht mir bestimmt bald besser.» Aber es war eine Frage, mit der Scheu eines kleines Mädchens gestellt.

Als Claire hinunterkam, war immer noch alles voller Scherben. Der Butler stand in Bereitschaft, aber nicht um aufzuräumen, sondern um sie an ihre Verabredung mit Benedict zu erinnern.

«Bitte folgen Sie mir, Madam.»

«Sollte da nicht jemand saubermachen?»

«Gewiß, Madam.»

Er öffnete die Tür zum Arbeitszimmer, die Schranke, dachte sie, zwischen Benedict und dem tückisch lauernden Chaos draußen, und führte sie hinein.

Er saß an seinem Schreibtisch: schwere Eiche mit goldverziertem rotem Leder, Akten und Hefter, amtlich aussehende Dokumente, Kristallaschenbecher, schwere silberne Zigarrendosen. Ihr Sessel stand auf der anderen Seite dieser Barriere bereit. Das Zimmer, das nie jemand ohne Benedicts ausdrückliche Einladung betrat, war unverändert. Eine Oase. Eine Festung, um die sich die Schar der kriegführenden Einheimischen immer enger zusammenzog. Wie lange noch, ehe sie das Tor eindrückten?

Sie fröstelte.

Er sah es, lächelte flüchtig, ohne nach dem Grund zu fragen. Er wirkte so verschlossen wie immer, beschäftigt, dicht an der Grenze seiner Geduld. Älter.

«Ich komme von Polly.» Einer mußte anfangen. Irgendwo.

«Ja. Arnold Crozier hat mir geschrieben. Ich werde wohl mit ihm sprechen müssen. Wie geht es Polly?»

Verdutzt wurde sie sich bewußt, daß sie diese Frage von ihm nicht erwartet hatte.

«Sie ist traurig und ängstlich. Und hat starke Schuldgefühle. Aber ich glaube, sie wird sich fangen. Sie freut sich unheimlich auf das Kind. Und sag jetzt nicht, daß es für sie nur ein Püppchen ist, mit dem sie spielen kann.»

Er sah sie an. «Ich glaube nicht, daß ich das gesagt hätte.»

Die Kraft, mit der er sie anzog, das Verlangen seiner Hände, die sich nicht von der Stelle rührten und sich dennoch nach ihr ausstreckten, dieses Drängen zusammenzukommen – das sollte doch jetzt nicht mehr sein! Nach so langer Zeit. Sie wollte es nicht glauben. Sie wollte es nicht haben. Er auch nicht. Darum sage schnell, was gesagt werden muß. Und dann geh.

«Crozier erwartet wohl, daß ich sie auszahle.»

«Er meinte, er wolle das Geld dem Kind überschreiben.»

«Ja. Verständlich, wenn man in Betracht zieht, daß es vielleicht nicht von ihm ist.»

«Hält die Firma es aus, wenn du soviel entnimmst?»

«Man muß nur Mittel und Wege finden. Daran sitze ich eben. Mache Zahlenspiele. Zum Glück bin ich darin ganz gut.»

«Geht es schlecht?»

«In der Firma? Den Umständen entsprechend. Besser als bei manchen anderen. Keine Sorge, das Geld ist sicher. Dabei fällt mir ein, vielleicht brauchst du deines auch.»

«Wie kommst du darauf?»

Er lächelte flüchtig, ein wenig traurig. «Vielleicht möchtest du es in ein Seehotel investieren.»

«Oh, du weißt davon?»

«Elvira Redfearn weiß davon und zog gewisse Schlüsse. Und da Elvira immer recht hat –» Er nahm ein Dokument aus einer Schublade. «Das ist die Vollmacht zur Freigabe deines Kapitals. Ich brauche sie nur zu unterschreiben.»

«Danke.»

Er unterschrieb, reichte ihr das Papier. Sie überflog es kurz und legte es wieder auf den Schreibtisch.

«Würdest du das Geld bitte für mich anlegen, Benedict.»

«In was?»

«Bei *Swanfield Mills.*»

Er senkte hastig den Kopf. Sie sah nur das dunkle Haar, das flüchtige Zucken seiner schmalen Hand. Dann sah er sie an. «Wenn du das tust, kannst du alles verlieren.»

«Das ist mir eigentlich gleichgültig.»

«Aber deinem Freund Hardie vielleicht nicht.»

Darauf lächelte sie. Sehr sicher. «Kit braucht es nicht. Er schafft es allein. Er wird das Hotel zu einem Erfolg machen, da kann kommen, was will.» Und sie wußte, daß sie darauf sehr stolz war.

«Dein Vertrauen in ihn muß ihm sehr guttun.»

Sie lächelte wieder. «Ich glaube, das interessiert ihn so oder so nicht sonderlich. Er hat Selbstvertrauen, weißt du. Genug für zwei.»

«Der Glückliche. Bitte, Claire, nimm dein Geld und –»

«Geh?»

«Ja.»

«Du hast den Hof verkauft, nicht?»

«Ja.»

«Und alles –?»

«Es schien mir das beste.»

«Und was tust du jetzt – ich meine –?»

«Nichts, Claire.»

«Gar nichts?»

«Ich gehe in die Firma und tue meine Arbeit.»

«Und dann kommst du wieder hierher.» Sie fand es unerträglich.

«Natürlich.»

Abend für Abend saß er an diesem Schreibtisch, hinter dieser Tür. So sollte kein Mensch leben müssen. Aber wer konnte mit ihm leben, seine Isolation durchbrechen, wenn nicht sie? Wer konnte den Schaden wiedergutmachen, den sie allein angerichtet hatte?

«Ich treffe mich manchmal mit Elvira.»

«Gar nicht wahr. Ich hörte, wie sie neulich jemandem sagte, sie bekäme dich überhaupt nicht mehr zu Gesicht. Es hat nicht geklappt, nicht wahr, Benedict? Du sagtest, du wolltest wie vorher werden, aber das ging nicht. Oder?»

«Nein.»

«Es ist meine Schuld.»

«Ja.»

«Was kann ich tun?»

Abrupt drehte er sich in seinem Sessel, so daß er mit dem Rücken zu ihr saß. Seine Stimme klang wie ein Echo, das von der gegenüberliegenden Wand zurückgeworfen wurde. «Es tut mir leid, Claire. Ich habe es versucht. Ich habe mit alten Bekannten Kontakt aufgenommen und fand es sinnlos.»

«Und Nola?»

«Ich habe kläglich versagt. Dabei wäre es so einfach gewesen. Es wäre ein leichtes gewesen, Nola den Kopf zu verdrehen. Für sie war es immer lebensnotwendig, sich etwas oder jemandem zu widmen, warum nicht mir? Sie war reif dafür, jemandem zu Füßen zu fallen. Als ich sie nach Italien mitnahm, tat ich es in der Absicht, sie für mich zu gewinnen. Ich konnte es nicht. Es war physisch unmöglich. Einen Widerwillen dieser Art kann man vor einer erfahrenen Frau nicht verbergen.»

«Und jetzt?»

«Wenn du nicht zu mir zurückkommst, Claire, sehe ich kaum noch einen Sinn in meinem Leben.»

«Aber wie soll ich zurückkommen?» Sie hörte ihr Zaudern, ihr erschrecktes Stocken. Sie hatte nicht erwartet, daß er das sagen würde, sondern sich, wie ihr plötzlich bewußt wurde, darauf verlassen, daß er es nicht sagen würde. Das Blaue Zimmer. Nichts hatte sich geändert: Sie liebte ihn, sie hatte ihm weh getan; immer noch waren da Nola und Miriam, die sie jetzt mehr denn je brauchten; Christian und Conrad, die sie nicht akzeptieren und als Störenfried betrachten würden. Und auf der anderen Seite Kit – frische Luft, Lebendigkeit, das Leben mit einem guten Freund, der auch Liebhaber war.

«Komm zurück und bleib bei mir, Claire – das ist alles.»

«Hierher?» Guter Gott. Wie konnte sie das?

«Ich brauche dich. Ich habe kein Vertrauen mehr in mich selbst. Früher war das anders, ja. Aber jetzt ...»

«Habe ich es dir genommen?»

«Ich glaube, ja. Deinetwegen habe ich die Kontrolle verloren. Du hast mich irgendwo schwach gemacht.»

Das Eis war geschmolzen. Sie verstand. Ihre Schuld. Wenn sie ihn gebrochen hatte, wer sonst konnte ihn heilen?

«Ich kann aus diesem Haus nicht fort», sagte er. «Das mußt du einsehen. Noch nicht. Vielleicht nie.»

«Ja, das verstehe ich.»

«Und ich halte es nicht aus, Claire – nicht allein.»

Auch das verstand sie.

«Ich brauche dich, Claire.»

Sie schloß die Augen, um die plötzliche Vision einer freien, herzerfreuenden Sonne abzuwehren, die über Wansfell Water vom Himmel lachte. «Ja, Benedict.»

«Du kommst?»

«Ja.» Leise, wie das Ja vor dem Altar.

«Hierher? Nach High Meadows?»

«Ja.»

«Als meine Frau, obwohl du alles andere aufgeben müßtest? Obwohl du eben nicht meine Frau wärst – jedenfalls zu Anfang nicht – vielleicht niemals?»

«Ja, Benedict.»

«Wann, Claire?»

Es mußte gleich sein. Der klare Himmel über dem Wasser hatte sich zugezogen. Die Sonne war verschwunden. Sie mußte handeln, ehe sie wieder herauskam. «Heute, Benedict.»

Er drehte sich wieder um, so daß er ihr ins Gesicht sehen konnte. «Ich glaube, du würdest es tatsächlich tun.»

«Natürlich ... *Was!*»

«Mehr brauche ich nicht», sagte er. «Du bist frei.» Er stand auf, nahm sie bei den Schultern und schüttelte sie leicht. «Claire – Claire, du glaubst doch nicht, daß ich dir das zumuten könnte? Niemals. Es macht mich traurig, daß du mich für so schwach hältst. Ich trage meine Verluste selbst, Liebes. Du sollst sie mir nicht abnehmen. Es geht mir gut.»

«Nein, es geht dir nicht gut.»

«Doch. Ich habe eben nur einer Laune nachgegeben. Ich bat dich, etwas für mich zu tun, von dem ich wußte, daß du es schrecklich finden würdest. Ich verlangte ein Opfer. Und du wolltest es mir bringen. Vielleicht war es für uns beide wichtig zu wissen, daß du dazu bereit warst. Aber das reicht. Ich werde immer wissen, daß du mich genug liebtest, um es zu tun. Du wirst immer wissen, daß ich dich zu sehr liebte, um es zuzulassen. Jetzt sind wir frei voneinander und können uns anderen Dingen widmen. Ich hatte das sehr nötig. Du nicht?»

Sie glaubte ihm nicht. Sie glaubte ihm auch nicht die Unbeschwertheit. Das konnte nur Maske für etwas unendlich viel Komplexeres sein. Etwas Schmerzhaftes. Oder Unheimliches. Oder Gefährliches.

«Benedict, du sagtest, du könntest es nicht aushalten.»

«Ich habe dich belogen. Das habe ich schon früher getan.»

«Du sagtest, daß du mich brauchst.»

«Ja. Und Hardie braucht dich auch. Jeder auf seine Art. Aber wo bleibst du eigentlich, Claire? Bist du der Preis für den, der dich am meisten braucht? Siehst du dich so?»

«Vielleicht.»

Er nickte kurz, plötzlich und ganz entschieden Herr der Lage und – wie immer schon – seiner selbst. «Gut. Und darf ich dir sagen, wer meiner bescheidenen Meinung nach der Mensch ist, der dich am meisten braucht?»

«Bitte.»

«Du, Claire.« Als sie, nicht ablehnend, sondern perplex den Kopf schüttelte, fügte er scharf hinzu: «Doch, Claire. Nicht ich. Nicht Hardie. Du selbst. Darum mach dich frei und widme dich mit Spaß dem neuen Hotel oder mach dein eigenes am anderen Seeufer auf, wenn du Lust dazu hast. Leb jetzt einmal für dich – eine Zeitlang wenigstens. Lerne dich abgrenzen. Das ist es, was ich von dir möchte. Geh – geh fort.»

Sie fuhr in John Davids Wagen die Straße hinunter, ohne sich zu erinnern, wie sie da hingekommen war. Ihr schwindelte nicht nur vor Verwirrung, sondern vor Erschöpfung. Wie hatten sie sie alle ermüdet, ausgesogen, weniger durch ihre Forderungen als durch die, welche ihr eigenes Mitgefühl an sie gestellt hatte. Und was war mit Benedict geschehen? Was hatte sie getan, diese Veränderung in ihm zu bewirken? War es ihr Angebot gewesen, ihr Geld wieder in die Firma zu investieren? Und dann das Angebot, zu ihm zu kommen? Ja, sie hatte jeder seiner Forderungen nachgegeben, jedes Zugeständnis gemacht, sich ihm ganz und unwiderruflich ergeben. Aber warum – fiel ihr plötzlich ein – hätte das eine solche Veränderung in ihm bewirken sollen, wenn er, wäre er weniger zurückhaltend, bedenkenloser gewesen, das gleiche zu jeder Zeit in den vergangenen achtzehn Monaten hätte haben können? Das mußte er doch wissen. Als ihr der Gedanke kam, hielt sie den Wagen brüsk an und blieb einen Moment lang an das Steuerrad gelehnt sitzen, während sie im Geist Worte und Eindrücke siebte, jeden Satz auf versteckte Nuancen prüfte. Er hatte von Freiheit gesprochen. Aber von was für einer Freiheit? Angst packte sie, namenlos nur, weil sie sich weigerte, sie zu benennen. Nein. Niemals! Und doch wendete sie den Wagen so überstürzt, daß sie in ihrer Hast mit den Hinterrädern in den Straßengraben rutschte. Sie ließ ihn einfach stehen und rannte den Hügel wieder hinauf nach High Meadows.

Es war niemand da. Im Vestibül wartete kein Butler mit hochmütig fragender Miene. Nirgends ein Mensch. Nie hatte sie dieses Haus so verlassen gesehen. Benedict! Sein Schreibtisch, vorher voller Papiere, war jetzt völlig leer. Alles erledigt, geregelt, abgeschlossen. Auch davon war er frei.

Benedict! Sie rannte wieder ins Vestibül. Die Stille fühlte sich so schwer und kalt an wie dicht fallender Schnee. Sie schrie seinen Namen, und als er dann plötzlich da war und gar nicht so aussah, wie er eigentlich in einem solchen Moment höchster Panik hätte aussehen müssen, nicht gequält oder gepeinigt oder langsam verblutend, sondern nur ein wenig verwundert, leicht belustigt, warf sie ihm heftig die Arme um den Hals und riß ihn an sich, nicht in liebender Gebärde, sondern einfach, um sich zu vergewissern, daß er heil und gesund war, gefangen vielleicht, aber unbeschadet.

«Ich dachte –»

«Was?» Unglaublich, er lachte. «Daß ich mir eine Kugel durch den Kopf schießen würde? Wohl kaum. Ich kann nicht mal ein Schneehuhn schießen.»

«Mach dich jetzt nicht über mich lustig!»

Wie erstaunlich, diese Unbekümmertheit!

Ihre wilden Schreie hatten mehr Aufmerksamkeit erregt, als ihr recht sein konnte, und als sie sich jetzt umdrehte, schwach, aber unsäglich erleichtert, sah sie Eunice und Nola auf sich zukommen, Simon, peinlich berührt, und Justin, betont gelangweilt, diese rührselige Szene verfolgend, sah Miriams Pflegerin, die über das Treppengeländer spähte, um ja nichts zu versäumen.

Und Benedict lachte.

«Das darfst du nicht tun», rief Benedicts Schwester händeringend. «Du kannst nicht so sein – genau wie *sie*.»

«Ach Gott, so ist das also», sagte Benedicts Frau. Sie vergaß, Miss Pickles zu sein, und wurde – wie erfrischend! – wieder Nola. «Aber ich kann mich nicht von dir scheiden lassen. Tut mir leid, aber der Bewährungsausschuß würde das niemals durchgehen lassen.»

Benedicts Geliebte sah nur die Familie, die näher rückte, um ihn zu verschlingen. «Bleibt ihm vom Leib», schrie sie und stellte sich mit schützend ausgestreckten Armen vor ihn.

«Sollen wir ins Arbeitszimmer gehen?» Benedict hob sie lachend hoch und trug sie über die Schwelle. Drinnen ließ er sie mit einem Plumps in einen Klubsessel fallen.

«Lieber Himmel, was hab ich denn da getan?» fragte sie.

«Du wolltest mich beschützen, wenn ich es richtig gesehen habe. Das hat noch nie jemand getan. Ich fand es unnötig, aber sehr lieb.»

«Benedict, bitte hör auf zu lachen. Ich halte es nicht aus.»

«Nein? Das tut mir leid.»

«Ich dachte wirklich, du hättest –»

«Nein», sagte er. «Ich kann nicht töten, Claire. Ich bin von Natur aus – ob du's glaubst oder nicht – ziemlich ängstlich und gar nicht hartherzig. Hätte ich im Mittelalter gelebt, ich wäre ins Kloster gegangen. Nicht aus religiösen Gründen, sondern um kein Ritter werden zu müssen. Das taten ängstliche, gutherzige Burschen damals. Ich hätte auf einer schottischen Insel gelebt und gelehrte Chroniken illustriert oder Wein gemacht. Es hätte gut zu mir gepaßt.»

«Was – was erzählst du mir da eigentlich?»

«Mein Vater hatte für ängstliche Jungen nichts übrig, und man lernt schnell, statt dessen arrogant zu erscheinen. Mein Vater hatte auch für Feiglinge nichts übrig.»

«Du bist doch gar nicht feige.»

«Doch. Ich habe Angst vor Verletzung, und in meiner Kindheit wurde ich sehr verletzt. Weniger durch das, was man mir tat, als durch das, was keiner Zeit oder Lust hatte zu tun. Am deutlichsten erinnere ich mich, daß ich damals dauernd fror. Das hatte nichts mit mangelnder Zuwendung zu tun, es war ein rein körperliches Frieren. Mein Vater war sehr sparsam, ehe Miriam auf der Bildfläche erschien, er geizte mit Licht und Heizung, und High Meadows braucht viel. Er erlaubte nur ein einziges kleines Feuer in der Küche. Völlig ausreichend seiner Meinung nach für die Haushälterin und mich. Er selbst wärmte sich jeden Abend an anderen Feuern. Oh, ich erinnere mich! Die Haushälterin zog ihren Stuhl ans Feuer und nahm die ganze Wärme für sich – bestrafte *mich* dafür, daß mein Vater sie vernachlässigte. Und ich hockte zitternd vor Kälte da und bettelte um ein freundliches Wort von ihr und haßte mich dafür. Es gab nur eine Lösung: ich mußte lernen, es auszuhalten. So hörte sie wenigstens auf, mich mit Verachtung zu behandeln, wenn sie mich deshalb auch nicht lieber mochte.»

«Wolltest du denn, daß sie dich mochte?»

«Natürlich. Sie war außer meinem Vater, der mir völlig unzugänglich schien, der einzige andere Mensch in meinem Leben. Natürlich wollte ich, daß sie mich mochte. Aber sie mochte mich nicht. Lieber Himmel, die arme Frau hatte selbst Probleme genug. Das ist mir jetzt klar. Wahrscheinlich war mein Vater ihrer überdrüssig, und sie wußte nicht, wohin. Vielleicht hat sie ihn sogar geliebt. Aber ich sah damals nur, daß sie mich nicht mochte. Und vielleicht zog ich daraus den Schluß, daß ich eben nicht liebenswert war und es deshalb das Gescheiteste war, wenn ich mich nie wieder um Liebe bemühte. Eigentlich erinnere ich mich nur, daß sie mir jedesmal, wenn ich näher ans Feuer wollte, einen Puff versetzt hat und mich wegstieß. Manchmal träume ich noch davon. Nola – oder ihre Miss Drew – würde dir wahrscheinlich erklären, daß der Schmerz und die Demütigung dieser Schläge dazu führten, daß ich genau vor der Wärme, die ich suchte, Angst bekam. Miriam würde auf ihre Art das gleiche sagen. Ich glaube, sie haben recht. Ich habe mein Leben lang die Nähe zu anderen Menschen gemieden, weil die Freude an einer Beziehung mir nicht stark genug erschien, die Furcht aufzuwiegen, sie wieder zu verlieren. Das ist doch Feigheit, meinst du nicht? Ich habe mich in unseren ersten Ehejahren ein dutzendmal von Nola zurückgezogen, nicht weil ich Angst hatte, sie zu lieben, sondern weil ich nicht die Last haben wollte, von ihr geliebt zu werden. Als mein Vater starb, zog ich mich von Polly zurück, die wirklich liebenswert war und die in mir einen besseren Vater gefunden hätte als in Toby oder Arnold Crozier. Ich hätte Eunice ein guter Freund sein können, wenn ich den Mut gehabt hätte, sie zu mögen, und sie hätte sich jetzt auf mich stützen können, hätte bei mir, ihrem Bruder, Zuflucht suchen können anstatt im Wahnsinn. Und was hab ich je für Toby getan, außer ihm angst zu machen? Wäre ich zugänglich gewesen, er hätte von Mann zu Mann mit mir reden können. Und seine Söhne und meine eigenen! Auch sie schüchtere ich nur ein, absichtlich, weil ich das immer gefahrloser fand. Gewiß, mein Vater machte es schlimmer, indem er mich zu Richter und Geschworenen zugleich machte – und zum Gefängniswärter auch noch. Aber ich will mich nicht entschuldigen. Es paßte mir. Claire – ich habe das alles über mich immer gewußt. Dies ist das erste Mal, daß ich mich willens und fähig fühle, etwas zu ändern.»

«Warum gerade jetzt?»

«Weiß der Himmel. Frag nicht. Bete lieber, daß es anhält. Ich mußte lächeln über deine Naivität zu glauben, ich könnte so armselig sein, dir alle meine Gebrechen aufzubürden. Ich war bewegt von deiner Großherzigkeit – tief bewegt. Wie früher auch schon. Aber diesmal hat es mir keine Angst gemacht. Weil ich mich nicht mehr wehre. Und wenn es der Widerstand war, der den Schmerz verursachte ... Nun, wer weiß?» Er lächelte sie an. «Habe ich dich jetzt ganz durcheinandergebracht?»

«Das kann man wohl sagen.»

«Gut. Dann beantworte mir nur eine Frage.»

«Ja, Benedict?»

«Wer braucht dich am dringendsten?»

Sie erwiderte sein Lächeln. «Ich.»

23

Polly brachte ihre Tochter Cassandra am ersten Weihnachtsfeiertag zur Welt.

«Cassandra Crozier!» Dorothy, die die Weihnachtsfeiertage im *Crown* bei Claire verbrachte, fand den Namen schwerfällig. «Cassy! Das arme kleine Ding.»

Doch Miriam fand ihn edel, wie Claire feststellte, als sie sich Zeit zu einer Stippvisite in High Meadows nahm. Ihr gefiel er. Sie war allerdings immer noch verwundert über einen Brief von Polly, in dem diese sich ganz ekstatisch – ja, wirklich ekstatisch, liebe Claire – über die höchst unangenehme Prozedur der Entbindung ausließ. Miriam schauderte leicht.

«Sie schreibt, sie kann es kaum erwarten, von neuem anzufangen. Wie schrecklich – äh, man könnte es beinahe primitiv nennen. Und was ist überhaupt mit ihrem Mann? Er wird doch kaum wünschen, in seinem Alter noch Vater einer ganzen Kinderschar zu werden. Der arme Arnold. Man kann nur hoffen, daß er sich mit Polly nicht zuviel zugemutet hat.»

Doch Polly hatte ihrer Mutter zu Weihnachten eine wunderschöne Spitzenstola geschenkt, sandte ihr dauernd kleine Geschenke, Blumen, Konfekt, Parfüm und reizende Briefchen auf parfümiertem Papier – blaßrosa mit Büttenrand – sehr elegant.

Man war dabei, Polly zu verzeihen; man war dabei, Eunice, die unterdessen zu einem Hotel, wie Miriam es zu nennen beliebte, an der Südküste abgereist war, zu vergessen.

Benedict hatte das alles veranlaßt. Sie selbst hätte niemals... Es wäre zu schmerzlich gewesen! Es war zwar eine sehr teure Angelegenheit, und Benedict ging ziemlich weit in seiner Sorge um Eunice, schrieb ihr – wie Miriam glaubte – häufig und besuchte sie oft, aber es war zu hoffen, daß sie, wie Benedict behauptete, wieder gesund werden würde.

Eunice hatte sich zweifellos merkwürdig verhalten, und die Jungen waren völlig außer Kontrolle gewesen. Ein glänzender Einfall von Benedict, Justin in ein so berühmtes Regiment zu stecken, wo er sich sportlich betätigen konnte – Polo spielen und fliegen, all die Dinge, die Toby so interessiert hatten. Und die beiden Kleinen hatte er in einem hervorragenden Internat in der Nähe vom New Forest untergebracht, wo sie in der Nähe ihrer Mutter waren. Nur Simon war noch in High Meadows, und er machte wirklich keine Mühe, schon gar nicht jetzt, wo Benedict die tüchtige Mrs. Bishop aufgetrieben hatte. Eine wahre Perle von einer Haushälterin. Immer gut gelaunt, immer hilfsbereit, eine prächtige Person. Und ihre Tochter Amy war stets zu einem Plausch bereit. Ein reizendes junges Ding, ein bißchen schlicht vielleicht, aber willig. Und unermüdlich beim Vorlesen.

Ja, Benedict hatte sich wirklich bemüht, Mrs. Bishop und Amy zu finden. Und Schwester Evans dazu, die nicht steif und zugeknöpft war wie diese andere Person, sondern ein hübsches junges Ding mit einem ungemein ansteckenden Lachen. Aaron hätte sich gefreut zu sehen, welche Umstände sich Benedict ihretwegen gemacht hatte. Was er allerdings vom Umzug seines Sohnes nach Lawnswood Hill gehalten hätte, in das Haus, das ursprünglich für Polly gebaut worden war, wagte sie nicht, sich auszudenken. Sicher, es hatte leergestanden, da Polly sich nie dafür interessiert hatte und den Timms' nur darum zu tun gewesen war, den Gegenwert für ihr Geld zu bekommen. Also hatte Benedict es nach eigenen Vorstellungen fertigstellen lassen, und er schien sich dort wirklich wohl zu fühlen. Nicht so weit zur Fabrik, sagte er. Günstiger gelegen, wenn er früh anfangen wollte, ruhiger, wenn er sich abends Arbeit mit nach Hause brachte. Auch das mußte man wohl glauben. Und sie hatte beschlossen, Nolas Behauptung, daß sie aufgrund ihrer neuen beruflichen Tätigkeit fünf Nächte in der Woche in der Wohnung dieser unerträglich properen Miss Drew verbringen müsse, für bare Münze zu nehmen. Die beiden wollten gemeinsam einen Lehrgang mitmachen, wie es schien, wo sie Vorlesungen über diese unanständigen Themen besuchen mußten, die Nola so brennend interessierten: von kleinen Mädchen, die wünschten, sie hätten das – äh – nun ja, eben das Organ kleiner Jungen – du weißt, was ich meine, Kind –, und sich einbildeten, sie wären verkrüppelt oder unwert oder so etwas, weil sie es nicht hatten. Was für ein Unsinn! Nun, so brauchte man wenigstens nicht zu fürchten, Nola könnte beim Abendessen plötzlich mit ihren Geschichten von kleinen Jungen anfangen, die sich unnormal entwickelten – du weißt schon –, weil sie nicht richtig gestillt worden waren, oder die impotent wurden, weil sie ihren Vater im Adamskostüm gesehen hatten und überzeugt waren, sie könnten es niemals mit ihm aufnehmen.

Ja, bei Nola drehte sich alles um Brüste und – äh – Biologie. Weiß Gott keine Tischgespräche. Jedenfalls nicht in High Meadows. Wie es mit den Gesprächen am offenbar echten Queen-Anne-Tisch bei Miss Drew bestellt war, konnte sie natürlich nicht sagen. Womit sie keinesfalls andeuten wolle, es bestünde Anlaß zu einem Skandal. Faxbys Bewährungsausschuß konnte nur Personen von bestem Leumund einstellen; da wäre jeglicher schwarze Fleck auf Nolas gutem Ruf gewiß ans Licht gekommen. Dies jedenfalls wollte Miriam glauben.

«Wenn ich denke, daß ich vor ihr einmal Angst hatte», sagte Dorothy, die in ihrer Suite auf der Chaiselongue lag und nichts Wichtigeres zu entscheiden hatte, als welches von zwei Kleidern sie am Abend zum Essen anziehen sollte.

Dorothy war glücklich. Sie hatte ihr eigenes Heim, konnte tun und lassen, was sie wollte, sie war jünger als Miriam Swanfield, wesentlich gesünder, und *ihre* Tochter war nicht mit einem Mann durchgebrannt, der alt genug war, ihr Vater zu sein. Darum war Dorothy glücklich und freute sich auf den Tag, an dem ihre Tochter Kit Hardie heiraten würde.

Erstaunlich eigentlich, wenn man bedachte, wie entsetzt Edward – und sie mit ihm – bei der Vorstellung gewesen war, Claire könnte auf Dienstbotenniveau «abrutschen», wie er es formuliert hatte. Dorothy allerdings hatte Hardie nie als Dienstboten kennengelernt. Er war vermutlich damals in High Meadows gewesen – vor Claire und Jeremy –, als Edward es nicht riskieren wollte, vor wichtigen Freunden von seiner Frau «blamiert» zu werden. In Wirklichkeit waren sie gar nicht seine Freunde gewesen. Wie viele von ihnen hatten sich denn die Mühe gemacht, zu seiner Beerdigung zu kommen? Nur Eunice, die am Ende ihren nie übermäßig scharfen Verstand verloren hatte, und Toby, den sie und ihre Schwester gemeinsam in den Tod geschickt hatten. Kein Wunder, daß Mrs. Miriam Swanfield einen Herzanfall erlitten hatte! Und nun saß sie allein mit einer Pflegerin und einer bezahlten Haushälterin in dem großen, leeren Haus und mußte so tun, als wäre sie glücklich und zufrieden, daß Polly – in letzter Minute! – ihren alten Millionär geheiratet hatte, als befände sich Eunice nur zur «Erholung» in der Anstalt an der Südküste, als lebten Benedict und seine Frau bestens zusammen, nur weil sie gemeinsam am Bankett der Handelskammer teilgenommen hatten; dabei wußte alle Welt, daß er in den gräßlichen modernen Kasten in Lawnswood gezogen war und Nola, die ständig im Tweedkostüm herumlief und russische Zigaretten paffte, eigentlich nur noch in Gesellschaft von Frauen gesehen wurde.

Verglichen mit alledem war es das reinste Vergnügen, ihre Tochter mit einem Butler verheiratet zu sehen, schon gar jetzt, wo er sein eigenes Hotel hatte. Er hatte sie wie eine Fürstin behandelt, als sie mit Claire zur großen Eröffnungsfeier nach Wansfell Water gekommen war. Sie mochte Kit. Trotzdem war sie natürlich besorgt, ja, erschrocken gewesen, als sie gehört hatte, daß Claire Geld in das neue Hotel gesteckt hatte. Zwar nicht alles, was sie besaß, aber doch genug, um einen Heiratsantrag zu garantieren. Den hatte sie aber auch verdient, wenn man bedachte, wie sie Tag und Nacht für Kit Hardie geschuftet hatte, seit er den alten Trümmerhaufen übernommen und mit seiner und Claires Hände Arbeit zu einem gemütlichen Hotel gemacht hatte, in dem sich jeder sofort zu Hause fühlte. Jedes Wochenende voll, sogar jetzt in der flauen Nachweihnachtszeit.

Claire würde bei ihm gut aufgehoben sein. Aus diesem Grund hatte sie so getan, als wüßte sie nicht, daß er und Claire in der Nacht der Eröffnungsfeier ein Zimmer geteilt hatten – das war leicht auszurechnen gewesen –, und war auch nicht auf die Bemerkung eingegangen, die sie am folgenden Tag beim Frühstück zufällig mitbekommen hatte, als Claire zu Kit Hardie sagte: «Du bist vielleicht nicht zum Ehemann geeignet, Kit, aber du bist ein guter Freund – und ein hinreißender Liebhaber.» Darauf hatte er Claire einen, wie Dorothy fand, ausgesprochen liebevollen Kuß auf die Nasenspitze gegeben und gesagt: «Du weißt, wo ich zu finden bin. Jederzeit.»

Das hatte Dorothy nicht recht verstanden, eigentlich überhaupt nicht verstanden. Aber die jungen Leute waren ihr oft rätselhaft. Man durfte eben nicht vergessen, daß sie den Krieg mitgemacht, sich in einem Alter mit Fragen um Leben und Tod konfrontiert gesehen hatten, wo man sie nicht einmal für fähig gehalten hatte, sich selbständig einen neuen Hut auszusuchen. Manchmal beneidete sie sie um ihre Selbständigkeit. Manchmal taten sie ihr leid, weil diese

Selbständigkeit unweigerlich mit der Last der eigenen Entscheidung verbunden war. Ihr hatte man in der Kindheit ein für allemal eingetrichtert, was richtig und was falsch war. Diese jungen Leute mußten es selbst herausfinden und nach eigenem Ermessen ihre Entscheidungen treffen.

Claire war in letzter Zeit ruhiger geworden, viel zielbewußter seit Edwards Tod. Sie hatte viel zu tun, auf der einen Seite mit Wansfell Howe, auf der anderen mit Arnold Crozier, der ständig von Bradford herüberkam, um sich von ihr berichten zu lassen, wie im *Crown* die Geschäfte gingen.

Ruhig, fleißig, gescheit. Und sehr attraktiv. Ja, Dorothy Lyall gefiel ihre Tochter.

Im *Crown* war an diesem Abend mehr los, als man erwartet hatte; sehr befriedigend, fand Claire, besonders im Hinblick darauf, daß es, wie man ihr berichtet hatte, im *Chez Aristide* längst nicht voll war. Ein Glück, das sich John Davids Nachfolger, ein Waliser, beim bürgerlichen Publikum so gut eingeführt hatte. Er war nicht so extravagant wie Aristide, mehr für die schlichten Zeiten geeignet, die Kit angesichts der steigenden Arbeitslosenzahlen kommen sah. Der Hochbetrieb in der Bar allerdings ließ von Geldmangel noch nichts spüren. Sie warf einen Blick durch die Tür und nickte MacAllister zu. Noch floß der Gin in Strömen, noch warfen blondgelockte Mädchen wie einst Polly zur jaulenden Jazzmusik die Beine. Toby, Arnold Crozier und Roger Timms kamen nicht mehr, auch Roy Kington nicht, der mittlerweile bei den *Black and Tans* zum Major befördert worden war, wie sie gehört hatte.

Langsam schritt sie durch das Restaurant wie jeden Abend, blieb an jedem Tisch ein Weilchen stehen, nahm sich Zeit für jeden Gast, wie Kit sie das gelehrt hatte. «Alles in Ordnung, Sir? Ich freue mich, Sie zu sehen, Mrs. Redfearn. Oh, das ist ein entzückendes Kleid, Mrs. Timms. Hat Ihnen die Nachspeise geschmeckt, Mr. Greenwood?»

Der Krieg war vorbei. Sie hatte lange gebraucht, um sich dessen bewußt zu werden und zu begreifen, daß alles, was sie heute tat, das Morgen beeinflussen konnte. So lange war das Morgen ein Luxus gewesen, ein lockender Preis, an den man nicht zuviel denken durfte, denn es konnte ja sein, daß man ihn nicht gewann. Jetzt erst konnte sie daran glauben, daß das Morgen ganz natürlich dem Heute folgen würde und daß man deshalb dafür planen, es zumindest in seine Pläne einbeziehen mußte.

Doch als sie Euan in diesem Sinn geschrieben hatte, hatte sie keine Antwort bekommen.

Was sie an Geld im Wansfell-Howe-Hotel investiert hatte, war sicher und wohl verwaltet; was sie an Gefühlen in ihre Freundschaft mit Kit eingebracht hatte, ebenfalls. Sie hatten einen *modus vivendi* gefunden, der ihnen beiden zusagte; sie hoffte nur, sie würde ihn Dorothy niemals erklären müssen.

Sie ging in ihr Büro – Kits Büro – und setzte sich an den Schreibtisch. Oben auf dem Poststapel lag ein Brief von ihm; darunter häuften sich geschäftliche Schreiben und Rechnungen.

Mr. Clarence kam herein. Sehr freundlich, da sie wußte, wie empfindlich er war, machte sie ihn auf einige Unklarheiten seiner Art, Vorbestellungen zu buchen, aufmerksam.

Mrs. Tarrant schaute herein, um sich die Erlaubnis zu holen, einige beschädigte Wäschestücke auszutauschen.

Der neue Koch, John Michael, streckte den Kopf zur Tür herein, um gute Nacht zu sagen, und sich ihren Beifall zu holen, den er uneingeschränkt bekam.

Sie las die Post, beantwortete einen dringenden Brief von Arnold Crozier und schrieb ein paar Zeilen an Polly dazu. Dann griff sie zum Telefon. Ihr Blick ruhte auf der Lilienschale, die im Licht der Schreibtischlampe stand, während sie sich vom Amt mit einer Nummer in Lawnswood Hill verbinden ließ.

Auch das war etwas, was Dorothy kaum verstehen würde.

«Swanfield», meldete er sich.

«Hier ebenfalls», antwortete sie und hörte sein leises Lachen.

«Natürlich. Wer sonst würde um diese Zeit noch anrufen.»

«Störe ich dich?»

«Du störst mich nie.»

«Was treibst du, Benedict?» Sie konnte ihn vor sich sehen.

«Ich genieße mein Alleinsein. Hast du Lust, herüberzukommen und mit mir allein zu sein? Ja? Wann?»

«Morgen? Um acht?»

«Fein.»

«Geht es dir gut?»

«Ja. Und dir?»

Sie wußte, daß er besser mit sich zurechtkam, ausgeglichener war.

«Bis morgen dann. Gute Nacht.»

MacAllister kam wütend und nicht mehr ganz nüchtern herein,

um sich über die neue Klavierspielerin, Miss Sidonie, zu beschweren, die schlimmere Allüren hatte als Mrs. Roger Timms. Sie beschwichtigte ihn, lachte ihm gutmütig ins Gesicht, bis er über sich selbst lachen mußte und mit dem Gefühl abzog, verstanden worden zu sein.

Sie war auf dem Weg zu sich selbst. Langsam genas sie vom Krieg und seinen Nachwehen, konnte endlich wachsen, sich entwickeln. Sie wartete nicht *auf* Benedict, sondern *mit* ihm; geduldig, ihrer selbst so sicher wie nie. Sie vertraute ihm. Ihrem Liebhaber, der ihr Freund war. Die Zeit, dachte sie, ist mit uns. Mit der Zeit würden seine Kinder selbständig werden und hoffentlich verständig. Mit der Zeit würde Nola lernen, ganz auf eigenen Füßen zu stehen. Die Zeit, die weder Feindin noch Heilerin war, würde ganz einfach vergehen. Und inzwischen leitete sie das Hotel *Crown*.